言語の七番目の機能

ローラン・ビネ

高橋啓 訳

LAURENT
BINET

La septième fonction du langage

東京創元社

目次

言語の七番目の機能

いたるところに代弁者はいる。相手の言語を少しはわかっているくせに、
誰もが自分の言語をしゃべろうとする。代弁者の策略の適用範囲はとても広く、
しかも彼は自分の利益を忘れることはない。

――デリダ

第一部　パリ

I

人生は小説ではない。少なくとも、あなたはそうであってほしいと思っているだろう。ロラン・バルトはビエーヴル通りをたどって自宅に帰ろうとしている。二十世紀最高の文芸評論家が極度の不安に苛《さいな》まれているのも無理はない。きわめてプルースト的な関係を保ってきた母親が死んだ。コレージュ・ド・フランスにおける「小説の準備」と題された講義がごまかしようのないほどの失敗に終わったということもあるだろう。一年にわたってずっと彼は受講生たちに様々なことを語りかけた。日本の俳句について、写真について、シニフィアンとシニフィエについて、パスカルの言う気晴らしについて、カフェのギャルソンについて、部屋着について、あるいは大教室講義の座席については語っても、肝心の小説についてはついに語らなかった。そういうことが続いて三年になろうとしている。講義そのものが、本格的な文学作品に着手するタイミングを遅らせるための時間稼ぎの方便にすぎないことくらい彼が知らないはずはない。彼のなかには鋭敏な作家性が眠っていて、それはすでに二十五歳以下の読者のバイブルになっている『恋愛のディスクール・断章』のなかで芽生えはじめていたことは衆目の一致するところだ。サント＝ブーヴからプルーストまで語った今、みずから脱皮して作家の殿堂入りをはたすときがきた。そして、ママンが死んだ。『零度のエクリチュール』以来、ようやく出発点に戻ったのだ。時は満ちた。

政治の問題、なるほど、それもあるだろう、だが、あわてなさんな。中国を旅してから、すっかり毛沢東主義者《マオイスト》になってしまったということはないだろう。そもそも、彼に期待されているのはそんなことではないし。

シャトーブリアン、ラ・ロシュフコー、ブレヒト、ラシーヌ、ロブ゠グリエ、ミシュレ、ママン。

ある青年に対する愛。

あの頃からすでに街《カルティエ》のどこにでもスポーツ用品チェーンの《オー・ヴュー・カンプール》の店はあったのだろうか。

十五分後に、彼は死んでしまう。

ブラン゠マントー通りでの食事は、さぞ美味しかっただろう。あの界隈《かいわい》の人たちの舌は肥えているはずだから。ロラン・バルトは『神話作用』のなかでブルジョワジーがみずからの栄光を称《たた》える神話の数々を解読し、この著作によって一躍有名になった。ということは、穿《うが》った見方をすれば、それでブルジョワジーは儲《もう》かったということにもなるだろう。でも、それはかつての小ブルジョワジーに属する事柄だ。今や大ブルジョワは人民に奉仕するようになっているという観点は分析に値するきわめて特殊なケースだ。いずれ文章にする必要があるだろう。今夜は？　すぐに書けば？　それは無理だ、その前にまず彼は自分の持っているスライドを整理しなければならないから。

ロラン・バルトは周囲に目もくれず足早に歩いている。しかし、彼は生まれながらの観察者なのだ。その本分は観察し分析することであり、その全生涯を通じてありとあらゆる徴候を見逃さないように気を配ってきた人なのに。サン゠ジェルマン大通りに沿って並ぶ街路樹もショーウィンドウも走り抜ける自動車も、まったく見えていない。この通りなら目をつぶってでも歩ける。ここはもう日本ではない。肌を刺す寒さも感じていない。かろうじて通りの騒音だけが耳に入ってくる。裏返しにした洞窟のアレゴリーのようでもある。つまり、観念の世界に閉じ込められてしまったせいで、感覚的世界に対する知覚が曇っているのだ。周囲には影しか見えない。

ロラン・バルトの不安げな態度を説明するために今挙げた理由はすべて〈史実〉として証明されているものばかりだが、僕が語りたいのは、本当は何が起こったのかということだ。その日、彼が上の空だったのは、たんに母親が死んだからではないし、小説が書けないからでもないし、ましてや青年たちに対する愛がどうしようもなく薄れていった――と彼は思っていた――からでもない。もちろん彼がそういうことを考えていなかったと言っているわけではないし、彼に強迫神経症的な気質があったことは疑いようがない。しかし、この日は別のことも起こっていた。もの思いにふけっている男の虚《うつ》ろな視線に、注意深い通行人なら、バルト自身がもう感じなくなってしまったと思っていた状態、つまり興奮状態を見て取ることもできただろう。つまり、その眼差しには知識欲《リビド・シエンディ》が宿っていたということ。そして、その知への渇望にともなって、人間の知に革命を起こし、ひいては世界を変革できるかもしれないという誇らしげな展望がふたたび首をもたげてきたのだ。バルトはエコール通りを横断しながら、自分のことを相対性理論について考えているアインシュタインのように感じていたのではないだろうか？　確かなことは、彼があたりにあまり注意を払っていなかったということだ。自分の仕事部屋まであと数十メートルというところで、彼は軽トラックにはねられる。彼の肉体は、肉が鉄板にぶつかるときに特有の、鈍く気味の悪い音をたて、布の人形のように舗道に転がる。通行人たちが飛び跳ねる。その日、一九八〇年二月二十五日の午後、通行人たちは自分の目の前で何が起こったのかわからないでいる。それも無理はない。なぜなら現在まで誰もその真実を知らないできたのだから。

2

記号学とはじつに不思議なものだ。記号学という学問の最初の構想を抱いたのは、言語学の創始者であるフェルディナン・ド・ソシュールだ。『一般言語学講義』のなかで、彼は「社会生活における記号《シーニュ》の生について考究する科学を構想する」ことを提案している。たったそれだけ。ただし、その仕事に取り組もうとする人のための道しるべのようなものとして、次のように付け加えている。「それは社会心理学の一部をなし、ひいては一般心理学となるわけなのだが、われわれはそれを記号学（semiologie—ギリシア語で記号を意味する semeion から）と呼ぶことにしよう。それは記号がどういうものから成り立ち、いかなる規則に支配されているかを教えてくれる。ただし、それはまだ存在していないので、どんなものになるかはわからないのだが、存在する権利はあるし、それが位置する場所はあらかじめ定められている。言語学はこうした一般科学の一部でしかなく、記号学が明らかにする法則は言語学にも適用されるだろうし、そのことによって言語学は人間が繰り広げる事象の総体の限定された領域に属するものとなるだろう」この一節をファブリス・ルキーニ（独特の語り口で有名なフランスの俳優）がいつものように単語を一つひとつ強調して読み上げてくれたらいいのにと思う。そうすれば、意味はともかく、少なくともこの文章の美しさに全世界の人が気づくだろう。この天才的直感は同時代の人にはあまり理解されなかったが（この講義は一九〇六年に行なわれた）、それから一世紀が経った今でも、その力強さも、難解さも失われていない。以来、たくさんの記号学者たちがもっと明快でもっと具体的な定義付けを試みてきたが、結局のところ互いに矛盾し（ときにはその矛盾に気づかず）

混乱したまま、ついには言語の範囲に収まらない記号体系のリストを長くするだけという結果に終わっている。たとえば交通法規、国際海事法、バスの番号、ホテルの部屋番号に始まって、軍隊の階級、聾唖《ろうあ》者《しゃ》用のアルファベットなど、挙げだしたら切りがない。

最初に抱いた野心に比べると、いささか貧弱である。

こうしてみると、記号学というのは、言語学の領域を拡大するどころか、一般のどんな言語より複雑でない、より限定された粗雑な原言語《プロトランガージュ》の研究に萎縮してしまった感がある。

でも、実際はそうじゃない。

ボローニャの賢人にして記号学者の最後の生き残りのひとり、ウンベルト・エーコ（二〇一六年死去）が人類の歴史における画期的な大発明として、車輪、スプーン、書物などを引き合いに出して、その類《たぐい》まれな効率性のゆえに完璧な道具だとしているのは偶然ではない。どんな角度から見ても、記号学は人類史における大発明の一つであり、人間が作り上げたもっとも強力な道具の一つなのだが、火や原子と同じく、最初はそんなもの何の役に立つのか、どうやって使えばいいのかわからないのである。

3

じつは十五分後に死んだわけではない。ロラン・バルトは側溝にはまり込んで身動きできなくなっているものの、彼の肉体からは荒い吐息が漏れ、彼の精神は無意識に沈み込み、おそらく頭のなかには俳句が旋回し、ラシーヌの十二音綴《アレクサンドラン》、パスカルのアフォリズムが巡りめぐっていたことだろうが、そのとき彼の耳には――これが生涯最後に聞いた音になるのだろうなと、彼は内心（そう間違いなく内心）思った――動転した男の叫び声が聞こえてきた。「じぶんくぁらぁ、くるぅまの下に飛び込んできたずらぁ！　じぶんからぁ飛び込んできたずら！」どこの国の訛《なま》りだ？　彼の周囲には、茫然自失の状態から立ち直った通行人たちが集まってきて、息も絶え絶えの彼の身体を覗き込み、ああでもない、こうでもないと語り合い、分析し、評定している。

「救急車を呼ばないと！」

「手遅れだろうよ、この様子じゃ」

「じぶんくぁらぁ飛び込んできたずら、あんたらぁ見てただろぉ！」

「それにしても酷《ひど》くやられたもんだ」

「かわいそうに……」

「電話ボックスを探さないと。誰か小銭持ってるか？」

「ブレーキ踏む間もなかったんだ！」

「触るな、救急車が来るまで待てよ」

「どきたまえ！　私は医者だ」

「おい、動かすなよ！」

「私は医者だ。まだ生きてる」

「家族に連絡しないと」

「かわいそうに……」

「この人、知ってる！」

「自殺か？」

「血液型を知る必要があるな」

「うちの客だよ。毎朝、一杯やりに来るんだ」

「もう来られないだろうな……」

「酔ってたのか?」

「アルコールのにおいがするぞ」

「毎朝、カウンターで白をちょっと引っかけるだけなんだ、もう何年にもなるよ」

「それじゃ血液型はわからんよ……」

「こっちを見もしないで通りぃを渡ってきたずらぁ!」

「運転手はどんな場合でも自分の車を制御できる状態でなければならない、それがこの国の法律だ」

「安心しなよ、ちゃんとした保険に入っていれば大丈夫さ」

「だけど保険料はかなり割り増しになるな」

「触るなって!」

「私は医者なんだぞ!」

「私もだ」

「なら、あんたが見ていてくれ。私は救急車を呼んでくるから」

「おらぁ、荷物を届けなきゃならぁんのに…」

世界の大半の言語は、rを舌先歯茎音で発音する。これは俗に巻き舌と呼ばれる発音だが、フランス語はこれとは違って、ほぼ三百年来、舌背軟口蓋音でrを発音してきた。ドイツ語でも英語でもrを巻き舌では発音しない。しかし、イタリア語でもスペイン語でもない。ひょっとしたらポルトガル語か? 男の発音は、じつは少しかすれているが、それほど鼻にかかっているわけではなく、歌うような抑揚《よくよう》もなく、一本調子と言ってもいいくらい、事故でパニックになっているはずなのに声に動揺の徴候もない。
ロシア語かもしれない。

4

言語学から生まれた記号学がうまく育つことができずに、きわめて貧しく汎用性の乏しい初歩的な言語機能の研究に留まり、最後には中性子爆弾のように使い勝手の悪いものに成り果てたのはどうしたことなのか?

そこには、バルトに縁がないわけではないある操作が関与している。

当初、記号学は非言語的なコミュニケーション系についての研究を目ざしていた。ソシュールその人が学生たちに向かってこう言っている。「言語とは観念を表現する記号体系であるから、文字や聾唖者用のアルファベット、象徴的な儀礼、行儀作法、軍隊の合図などと比較できるものである。言語はこういった体系のなかで最大のものであるにすぎない」たしかにそのとおり、他に抜きん出た体系だ。ただし、記号体系の定義を明確かつ意図的に意思を伝えるのに適しているものに限定するという条件で。エリック・ビュイッサンスは記号学を「コミュニケーションの方法、つまりは他者に影響を与えるために使用され、影響を及ぼしたい相手にそれと認識できる手段に関する研究」と定義した。

バルトの天才的なひらめきは、コミュニケーションのシステムに留まることなく、その研究範囲を意味作用のシステムにまで拡げたところにある。ひとたび言語の味を知ってしまうと、ほかの初歩的な言語機能の形態にはすぐに飽きてしまう。言語学者が道路標識や軍隊の暗号表を研究することは、チェスやポーカーのプロがタロットやラミーで遊ぶのと同じくらい他愛もなく楽しいことだろう。ウンベルト・エーコなら、人に何かを伝達《コミュニケ》するための言語は完璧なものであり、これ以上いいものはつくれない、とでも言うところだろう。ただし、言語がすべてを言い尽くしているわけではない。肉体も語るし、もの《オブジェ》も語るし、歴史も語るし、個人の宿命も集団の宿命も語るし、生と死も絶えず様々な形で語りかけてくる。人間は解釈する機械であり、多少の想像力があれば、いたるところに記号《シーニュ》が見える。妻の着ているコートの色にも、愛車のドアのすり傷にも、踊り場をはさんだ隣家の食習慣にも、フランスの月ごとの失業率にも、ボージョレ・ヌヴォーのバナナの香り（いつもバナナ風味で、ごくまれにフランボワーズ風味のときもあるが、なぜだろう？　誰にもわからないが、必ず説明はつくはずだし、それが記号学だ）、自分の目の前で地下鉄の階段を上っていく黒ずくめの女の、誇らしげに胸を反《そ》らした歩きっぷりにも、会社の同僚がシャツの上二つのボタンをはめない習慣にも、あのサッカー選手独特のゴールを祝福するときの儀式にも、絶頂を知らせるときのパートナーの声のあげ方にも、北欧家具のデザインにも、あのテニス・トーナメントのメイン・スポンサーのロゴにも、あの映画のクレジットのバックに流れる音楽にも、建築にも、絵画にも、料理にも、ファッションにも、広告にも、インテリアデザインにも、女と男に関する、愛と性に関する、空と大地に関する西洋風の表現にも。バルトにとって、記号《シーニュ》はもはや標識《シニャル》に留まらず、予兆《アンディス》となっていた。これは決定的な変化だ。そういうものはいたるところにある。すでに記号学は広大な世界を制覇《せいは》しつつあった。

5

バイヤール警視はピティエ＝サルペトリエール病院の救急部で、ロラン・バルトの病室番号を問い合わせた。その時点で彼が持っていた調書の要点は次のとおり。男、六十四歳、月曜の午後、エコール通りの横断歩道を渡ろうとして、クリーニング店の軽トラックにはねられる。軽トラの運転手はイヴァン・デラホフというブルガリア国籍の男、違反状態の〇・八パーセントを下回るアルコール血中濃度〇・六パーセント検出。ワイシャツを店に届ける時間に遅れていたことを本人も認めている。が、時速六十キロは超えていなかったと主張している。事故の被害者は救急が到着した時点で意識はなく、身分証明書も所持していなかったが、被害者の同僚のひとりで、ミシェル・フーコーというコレージュ・ド・フランス教授にして作家の証言で身元が判明した。ロラン・バルト、同様にコレージュ・ド・フランス教授で作家。

この調書には、刑事捜査官なり内務省情報局の警視なりが急派《きゅうは》される理由をにおわせるものは何もない。ジャック・バイヤール警視の登場は瑣末《さまつ》なことでしかない。一九八〇年二月二十五日、ロラン・バルトがブラン＝マントー通りでフランソワ・ミッテランと昼食をともにしたのち車にはねられるという事故が起こった時点においては。

そもそも基本的には、昼食会と交通事故とのあいだにも、翌年行なわれる大統領選挙の社会党候補者とクリーニング企業に雇われたブルガリア人運転手とのあいだにも関係はないのだが、情報局というものは何でも知りたがるものだし、とりわけ大統領選を翌年に控えた時期であるから、フランソワ・ミッテランの動向に関心を向けていたとしても、何ら不自然ではない。この時点ではミシェル・ロカールのほうがずっと人気があった（一九八〇年一月に行なわれた世論調査では、「社会党候補として最適なのは？」という質問に対して、ミッテランと答えたのは二〇パーセント、ロカールと答えたのは五五パーセントだった）。とはいえ、おそらく上のほうでは、あえてルビコンを渡るような冒険はしないだろうと踏んでいるはずだ。社会党員は現体制を支持しているし、ミッテランが党首に再選されているのだから。彼は六年前の大統領選ですでにジスカールの五〇・八一パーセントに対して四九・一九パーセントの得票率を獲得している。これは国民投票による直接選挙が導入されて以来、もっとも僅差の大統領選挙だった。第五共和政になって以来初めて左翼の大統領が選ばれるという危険を避けられない情勢だ。だからこそ情報局は捜査員を送り込んできた。ジャック・バイヤールの任務はまず、ミッテラン邸での昼食会でバルトが飲みすぎていなかったかどうか、あるいはひょっとして犬を交えたサドマゾの乱交パーティか何かに参加していたのではなかったかどうかを確かめることにあった。ここ数年、社会党指導者を陥れるスキャンダルはほとんどなく、さぞ用心しているのだろう。オプセルヴァトワール庭園での偽誘拐事件は、もう忘れられている。戦時中、ヴィシー政府に協力したことはタブーになっている。そんな昔のことを蒸し返しても、費用がかさむだけだ。ジャック・バイヤールの表向きの任務は事故の状況を確認することだが、何が自分に期待されているかは説明してもらうまでもない。社会党の大統領候補の信頼を貶《おとし》める材料を探し、場合によってはほじくり出せないか。

ジャック・バイヤールが病室の前まで来たときには、廊下にすでに数メートルの列ができていた。みな被害者の見舞客。身なりのいい老人に身なりの悪い若者、身なりの悪い老人に身なりのいい若者、スタイルもまちまち、髪も長かったり短かったり、マグレブ出身者風の人もいて、女より男が多い。

自分の番を待っているあいだ、話し合っている者、大きな声で話しかける者、悪態をついているのもいれば本を読んでいるのもいるし、煙草をふかしているのもいる。バルトがどれくらいの有名人かまだ知る術《すべ》もないバイヤールは、この騒ぎはいったい何ごとかと訝《いぶか》っている。彼は自分の特権を利用し、「警察だ」と言い放ち、列を無視して病室に入っていく。

入るなりジャック・バイヤールが気づいたことは、やたらに高く持ち上げられたベッド、喉に差し込まれた管、顔面の血腫、悲しげな目つき。部屋にはほかに四人いた。弟、編集者、教え子、それにとてもおしゃれなアラブの王子さまみたいな青年。アラブの王子さまの名はユセフ、先生と教え子のジャン＝ルイの共通の友人だ。ジャン＝ルイは師が教え子のなかでもっとも聡明だとみなし、いずれにせよ、もっとも愛情を注いでいる青年だ。ジャン＝ルイとユセフは十三区にあるアパルトマンに一緒に住んでいて、バルトの生活を活気づける夕べをあれこれ用意するのが彼らの役割だ。そこに行けば大勢の人に会える。学生や女優、様々な連中が出入りし、アンドレ・テシネ監督はその常連、ときにはイザベル・アジャーニ、いつも若いインテリたちであふれ返っている。当面、こういった些細《ささい》なことはバイヤール警視の関心を惹かない。ここに来た目的は事故の状況を確認するためでしかないから。バルトは病院に到着したとき意識を取り戻していた。駆けつけてきた近親者には「なんて馬鹿なんだ！　なんて馬鹿なんだ！」と繰り返していた。何か所も打撲し、肋骨を何本か骨折しているにもかかわらず、彼の容態はそれほど危険な状態ではなかった。ただしバルトには、弟によれば「肺というアキレス腱」があった。若いときに結核にかかったことがあるうえに、葉巻のヘビースモーカーなのだ。その結果、呼吸器に慢性的な弱点があって、その夜はそれに苦しんでいた。呼吸困難に陥ったため、挿管しなければならなくなった。したがってバイヤールが到着したとき、バルトの意識は回復していたが、話をすることは不可能だった。

バイヤールは静かにバルトに話しかけた。いくつか質問するが、首を動かして、はい、いいえの意思を示してくれればいい。バルトはコッカースパニエルのような悲しげな目で警視を見つめ、弱々しくうなずいた。

「職場に向かう途中で車にはねられた、ということでいいですか？」バルトはうなずいて、はいの意思を示した。「車はスピードを出していましたか？」バルトは頭をゆっくりと横に振り、バイヤールはその仕草で相手がそれについてはわからないと言おうとしていることを理解した。「放心状態だったのですか？」はい。「あなたの不注意は昼食と関係していますか？」いいえ。「講義の準備のせい？」間。はい。「昼食でフランソワ・ミッテランと会いましたか？」はい。「その昼食のあいだ、何か特別なこと、あるいは、ふつうではないことが起こりましたか？」間。いいえ。「アルコールを飲みましたか？」はい。「一杯？」はい。「二杯？」はい。「三杯？」間。はい。「四杯？」いいえ。「事故に遭ったとき身分証明書は身につけていましたか？」はい。間。「確かですか？」はい。「事故現場で救出されたとき、あなたは身分証の類を持っていなかったのですよ。自宅か、どこかほかの場所に置き忘れたという可能性はありませんか？」長い間。バルトの目に突然新たな緊張がみなぎったように見える。彼は首を横に振って否定の意思を示した。「救急車が来るまで倒れていたあいだに誰かに探られたような記憶はありますか？」バルトは質問の意味がわからないのか、聴いていないのか、首を横に振る。「憶えていないという意味ですか？」また間があくが、バイヤールは今度は顔に浮かんだ表情の意味がわかったと思う。まさか、という表情。バルトは首を横に振る。「財布には金が入っていましたか？」バルトは相手の目を見据えたまま動かない。「バルトさん、聞こえますか？　金は持っていましたか？」いいえ。「そのほかに大事なものを持っていましたか？」応答なし。じっと見つめるその視線は、その奥に奇妙な炎がなければ、バルトは死んだのではないかと思えるような視線だ。「バルトさん、何か大事なものを持っていませんでしたか？」病室を支配する静寂を乱すのは人工呼吸器の管から漏れるバルトのかすれた吐息だけだった。なおも無言のときが流れた。ゆっくりとバルトは首を振り、やがて顔を背《そむ》けた。

6

病院を出たバイヤール警視は、不可解な点があると思った。通常の捜査ですませるくらいならしないほうがいいだろう。身分証明書の紛失は、一見すると平凡な交通事故のように思える出来事のなかで興味深い影の領域であり、当初想定していたより多くの人に尋ね歩いてそれを明るみに出さなければならないだろう。まずはエコール通りのコレージュ・ド・フランスに行って（彼はこの日までこんな教育機関が存在していることを知らなかったし、ましてやそれがどういう性質のものかも知らない）、「思想体系史教授」（これも同様なんのことやらわからない）という肩書きのＭ・フーコーとやらに会ってみよう（この人物に関しても同上）。それからおびただしい数の長髪の学生、事故現場の目撃者、被害者の友人たちにも当たってみなければなるまい。こんなに仕事が増えるとは思ってもみなかったので、彼は困惑し、うんざりしている。だが、彼は病室で自分が見たものの正体を知っていた。バルトの目のなかに潜《ひそ》んでいたもの、それは恐怖だった。

バイヤール警視は考え事に没頭していたので、大通りの向こう側に駐車している黒塗りのＤＳに気づかなかった。警察車両のプジョー５０４に乗り込むと、コレージュ・ド・フランスに向かった。

7

入口のホールに入ると、彼は講座のリストに目を留めた。核磁気学、発達神経心理学、東南アジアの社会誌学、イスラム以前のオリエントにおけるキリスト教とグノーシス……。なんのこっちゃ。彼はまっすぐ教授控え室に行き、ミシェル・フーコーに会いたいと申し出た。まさに今、講義中とのこと。

階段教室は大入り満員。バイヤールは教室に入ることすらできない。受講生が立錐《りっすい》の余地もなく立ち並んでいるので、無理やり割り込もうとすると睨まれてしまう。親切な学生が小声で教えてくれる。座席を確保したいのなら、講義の始まる二時間前に来ていなければならない。満席のときは、向かいの無線教室に入ればいい。フーコー先生の姿は見ることができないが、少なくとも声は聞こえる。というわけでバイヤールはB教室に入った。ここにも大勢の人が押し寄せていたが、空席は残っていた。受講生の顔ぶれはじつに多彩で、若いのもいれば年寄りもいる、ヒッピーもいるし、ヤッピーもいる、パンクもいれば、時代遅れのゴシック野郎もいる、ツィードのベスト姿の英国人もいれば胸をはだけたイタリア人もいる、チャドルをかぶったイラン人のご婦人もいれば小さな愛犬を連れたおばあさんたちもいる……。彼は宇宙飛行士の格好をした（といってもヘルメットはかぶっていない）若い双子の隣に座った。みんな生真面目にノートを取り、一心に耳を傾けている。ときどき劇場のように咳払いの声があがるが、演台には誰もいない。スピーカーから四十がらみの鼻にかかった声が流れてくる。シャバン＝デルマス（一九一五―二〇〇〇。フランスの政治家）ほどではないが、ジャン・マレーとジャン・ポワレの声を合わせて、やや鋭くしたような声。

「ここで提示しようとしている問題はこういうことです」と声は言う。「たとえば救済という観念——あるいは啓示という観念でもいいし、最初の洗礼ですでに満たされる贖罪という観念でもいい——の内部における意味作用はどういうものであるか、罪の悔い改めが繰り返されるとき、あるいは罪そのものが繰り返されるときの意味作用はどういうものであるか」

やたらに理屈っぽい話だな、バイヤールにはそう感じられる。いったい何を言っているのか懸命に理解しようとするが、その甲斐もなくフーコーの話はさらに続く。「かくして主題は真実に向かい、愛によっておのずとそこに引き寄せられ、みずからの言葉のなかで、ある真実が顕現《けんげん》するのであるが、それはまさしく、ある神の臨在を示すものにほかならないのであって、その神は嘘をつくことができないがゆえに真実はまことに真実なのであるとしか言えない神なのである」

その日のフーコーの話題は監獄について、監視について、考古学について、生権力《ビオプーヴォワール》について、あるいは系譜学についてだったかもしれないが、それはともかく、冷徹な声はひたすら語りつづける。

「一部の哲学者、あるいは一部の宇宙論にとっては、世界は、個々人の生活のなかで、ときにある方向に回転し、ときには別の方向に回転したりするものであるかもしれないが、時間には一つの方向しかない」バイヤールは理解できないまま、しかし啓蒙的であると同時に、この種の講義としては流《りゅう》暢《ちょう》で、節度と間と抑揚を自在に塩梅《あんばい》している口調にうっとりさせられていた。

こいつはオレより稼いでいるんだろうか？

「様々な行動にのしかかり、ある意思の主体に関わるこの法体系と、そこから生じる過誤の際限ない反復性、そして、やはり主体にのしかかり、一時的な発音障害《スカンシオン》とある種の不可逆性を含む救済と完全無欠の枠組み《シェーマ》のあいだには、思うに統合はなく、それゆえ……」

ふーん、なるほど。バイヤールは本能的な敵意を抑えることができない。この種の声を聞くだけで胸くそが悪くなるのだ。警察はこういう輩《やから》と税金の奪い合いをしているわけだ。自分は公務員だ。社会はその仕事に応じて割り前を与えてくれる。だが、このコレージュ・ド・フランスって何だ？　フランソワ一世によって創設されたってことはわかった、入口に書いてあるから。だからどうした？　全市民に公開された講義などと謳《うた》っているが、左翼の失業者とか、年金生活者とか、夢想家だとか、パイプをくわえた先生方《プロフ》しか聴きに来ないし、それにテーマだって聞いたこともないようなあり得ないものばかり……。卒業証明もなければ試験もない。バルトとかフーコーとやらにわざわざ金を払って、人を煙に巻くような話をさせている。バイヤールは一つだけ確信していることがあった。ここは手に職をつける場所ではないということ。エピステーメーだと、知るか、そんなもの。

　ではまた来週という声が聞こえてきたので、バイヤールはA教室へと向かい、両開きのドアから吐き出されてくる受講者の群れをかき分けるようにして、ようやく階段教室に入り込み、下のほうを見ると、タートルネックのセーターにジャケットをはおり眼鏡をかけたスキンヘッドの男がいた。痩せ形だが逞《たくま》しく、意志的でやや尖った顎、自分の価値が世に知られていることを知っている人間の尊大な態度、そして頭を完璧に剃《そ》り上げている。バイヤールは教壇の上で声をかけた。「フーコーさんですね？」禿頭の大男は講義を終えた教師に特有のいかにもほっとした様子でノートやメモを片づけているところだ。愛想よくバイヤールのほうに顔を向ける。ファンが自分に声をかけてくるのにどれだけ勇気がいるかをよく知っているのだ。バイヤールは名刺を差し出した。彼もまたこの名刺の効力をよく知っている。フーコーは一瞬動きを止めると、名刺に目をやり、警官の顔をじっと見つめてから、またノートに目を戻した。そして芝居がかった口調で、立ち去ろうとしている聴衆に向けて語りかけるように「私は権力による身元特定は断固拒否する」と応じた。バイヤールはその答えが耳に入らなかったかのようにかまわず続けた。「これは事故に関する調査です」

禿《はげ》の大男はノート類を鞄《かばん》に詰め込むと、無言で演壇から立ち去ろうとする。バイヤールはそのあとを追う。「フーコーさん、どこへ行くんですか。あなたに訊かなければならないことがあるんですよ！」フーコーは大股で教室の階段を駆け上がっていく。振り返ろうともせず、その場にまだ残っている受講者全員に聞こえるように大声で答える。「権力によるつけ回しは断固拒否する！」教室中に笑いが響く。バイヤールは相手の腕をつかむ。「私は今回の事故に関するあなたの解釈を知りたいだけなんですよ」フーコーは立ち止まり、押し黙る。全身が強《こわ》ばっている。自分の腕をつかんでいる手を、カンボジアの大量虐殺以来の人権侵害であるかのように見つめた。それでもバイヤールはつかんだ腕を放さない。二人の周囲でざわめきが起こる。しばらくしてフーコーがしぶしぶ口を開いて、「私の解釈は、彼は殺されたということだ」と言った。バイヤールはその言葉がにわかには理解できない。

「殺された？　誰が？」

「友のロランがだよ」

「まだ死んでませんよ！」

「いや、すでに死んでいる」

フーコーは眼鏡の奥の近視眼で相手を睨みつけ、自分しか知らない秘密の論理による長たらしい説明の結論を宣《のたま》うかのごとく、わざと音節を区切って答えた。

「ロラン・バルトは死んだのだ」

「誰に殺されたって言うんですか？」

「制度《システム》だよ、決まってるじゃないか！」

システムという言葉で、バイヤールは自分が恐れていたことが現実のものとなったことを悟った。左翼の連中と関わる羽目になったのだ。警官としての経験から、それが彼らの口癖であることくらいすぐにわかる。腐敗した社会だの、階級闘争だの、「制度《システム》」だの……。彼はじっくりと話の続きを待った。フーコーは寛大にも説明を続けた。

「ロランはここ数年、ひどい扱われ方をしてきた。なぜなら彼は物事をありのままに理解することと、それを見たこともない新鮮なかたちで提示するという矛盾した能力を持っていたから、彼独自の言葉遣いが非難され、あるいは模倣され、パロディの対象となり、風刺され、揶揄《やゆ》されたりといった具合に……」

「彼の敵に心当たりは？」

「あるに決まってるだろ！　コレージュ・ド・フランスで講義するようになってからというもの――招き入れたのはこの私だがね――嫉妬はいや増す結果になった。敵なんてものじゃなかった。保守反動、ブルジョワ、ファシスト、スターリニスト、そしてなんといっても、腐りきった古い評論家たちは絶対に彼を許さなかった！」

「何を許さないというのですか？」

「勇敢に考えたことだよ！　彼らのブルジョワ的な古い思考の枠組みをあえて俎上《そじょう》に載せ、その鼻持ちならない規範的な機能を明らかにし、その真の姿を暴《あば》いたことさ。つまり、愚劣と妥協にまみれた老いぼれの売春婦だってことだよ！」

「誰のことを言ってるんですか？」

「名前が知りたいのか？　私にそれを言わせようというのか？　ピカールだの、ポミエだの、ランボーだの、ビュルニエだのといった連中のことだよ！　やつらは、できるものなら、ソルボンヌの中庭の、ヴィクトル・ユゴー像の下でバルトを一斉射撃の銃殺刑にしてやりたいと思ってるはずさ！……」

そこまで言うとフーコーは急にまた歩き出した。バイヤールは予想していなかったので、数メートル遅れをとった。フーコーは教室を出ると、階段に向かって走っていく。バイヤールもあとを追い、離されないように走る。二人の足音が石の床に鳴り響く。バイヤールは大声で呼びかけた。「フーコーさん、その人たちはどういう人たちなんですか？」フーコーは振り返らずに答えた。「犬、ジャッカル、愚鈍なロバ、馬鹿、無能、だが、そのうえ、そのうえ、そのうえだ！　規制の秩序の幇間、旧世界の代書屋、その猥褻《わいせつ》な薄笑いで際限なく死臭を押しつけてくる死んだ思想の女衒《ぜげん》だから始末が悪い」バイヤールは階段の手すりにつかまって言う。「どんな死臭ですか？」フーコーは大急ぎで階段を駆け上がりながら「死んだ思想のだよ！」と答えると、ひどく意地の悪い笑い声を上げた。バイヤールは追いかける速度をゆるめず、レインコートのポケットからペンを取り出した。「ランボーのつづりを教えてくれませんかね？」

8

警視は書店に入り、本を買おうとするものの、こういう場所になじみがないので、どの棚を目ざせばいいのかわからなかった。レイモン・ピカールの著作が見当たらない。通りがかりの、比較的事情に詳しそうな店員に尋ねてみると、フーコーはわざわざ教える必要もないと思ったのでしょうが、レイモン・ピカールなら死にました、でも『新たな批評、新たな欺瞞 *Nouvelle critique ou nouvelle imposture*』ならお取り寄せできますよ、とのこと。そのかわり、構造主義批評に嚙みついたレイモン・ピカールの弟子、ルネ・ポミエの『解読はもういい！ *Assez décodé!*』なら在庫がありますよ（いずれにせよ、本屋はこうして、あまり気の進まない客に本を売りつけるわけだ）、それにパトリック・ランボーとビュルニエの『ロラン・バルトなんてどうってことはない *Roland Barthes sans peine*』も、と言う。緑色の薄手の本で、オレンジ色の楕円の枠に収められた真面目そうな顔をしたバルトの写真が表紙を飾っている。楕円の枠のなかにはそこから飛び出すようにロバート・クラム風に描かれている小人がからかうように歯を剝《む》き出しにし、手で口もとをおさえ「ヒヒ！」と笑っている。調べてみれば、そもそもこの絵はクラムが描いたものなのだが、バイヤールは「フリッツ・ザ・キャット」なんて聞いたこともない。六八年に発表されたコミックで、黒人がサキソフォンを演奏するカラスとして描かれ、主人公はタートルネックのセーターを着た猫で、都市の騒乱と燃えさかる掃きだめ地区を背景にして、マリファナを吸い、ケルアック風のキャデラックを乗り回し、相手かまわずやりまくる、といった設定。だが、クラムはとくに、太く強力な腿、がっしりとした肩、砲弾のような胸、牝馬みたいなヒップを具えた女の描き方で有名なのだ。バイヤールはアメコミにはなじみがないから、そんなことには何の関心もない。でも、結局はこの本を、ポミエの本と一緒に買うことになった。ピカールの本は取り寄せないことにした。捜査のこの時点では、死んだ著者には関心がなかったから。

警視はカフェに入って、ビールを注文し、ジターヌに火をつけ、『ロラン・バルトなんてどうってことはない』を開き（どこのカフェだろう？　些細なことのようだが、その場の雰囲気を再現するには重要なことではないだろうか？　僕には《ソルボン》にいる警視の姿がはっきりと見える。エコール通りの端にある小さな前衛芸術映画館《シャンポ》の真向かいのバーだが、じつは僕は何も知らないので、読者の好みの場所を選んでもらってけっこうだ）、読みはじめた。

ＲＢ（『ロラン・バルトなんてどうってことはない』のなかでは、ロラン・バルトはＲＢと称される）は二十五年前、『零度のエクリチュール』と題された著作においてアルカイックな姿で登場した。以来、彼はおのれが部分的に属しているフランス語から少しずつ離れていき、いつしか彼固有の文法と語彙《ごい》を備えた自律的な言語のようなものと化した。

バイヤールはジタークを吸い、ビールを一口飲み、ページを繰っている。店のなかではバーテンが客に対して、ミッテランが大統領に選ばれれば、なぜフランスが戦争になるかを説明している。

レッスン１　いくつかの会話の例。

１―きみはいかにして自分を表明するか？

通常のフランス語にすると――あなたの名前はなんと言いますか？

２―わたしはＬと表明する。

通常のフランス語にすると――わたしはウィリアムと申します。

バイヤールにも風刺的な意図があることはなんとなく理解できたし、そもそもこのパロディを書いた著者とウマが合うと感じるところがあって当然なのだが、彼は警戒した。なぜ『ＲＢ』においては、「ウィリアム」は「Ｌ」と言われなければならないのか？　よくわからない。おかまのインテリどもめ。

バーテンは客に向かって言う。「コミュニストが権力を握れば、金持ちはフランスから金を持ち出して、税金を払わなくてもいいところに金を移すんだよ、絶対金を取られないところがあるのさ！」

ランボーとビュルニエ。

3―きみの実践《プラグマ》の経済をきみのジツゾン《エクジスタンス》の掩蔽《えんぺい》かつ／または搾取《さくしゅ》として監禁し、囲い込み、組織し、案配するのはいかなる「約定《スティピュラシオン》」であるか？

通常のフランス語にすると――何を生業としておられますか？

4―（わたしは）符号《コード》の端切れを排出している。

通常のフランス語にすると――わたしはタイピストです。

さすがにバイヤールもこれには少し笑わせられたが、そもそもが自分に対する言語的威嚇《いかく》を前提としていると本能的に感じられるものに嫌悪を感じた。まあしかし、この種の本が自分のために書かれたものでなく、あくまでもインテリ向けの、インテリの寄生虫どもが仲間内でくすくす笑うために書かれた本だということくらいよくわかる。やつらをからかうこと、これほど格別《ディスタンクシオン》なことはない。バイヤールはとんまではないから、知らないうちにブルデューのようなことをしていたのだ。

カウンターでは講釈が続いている。「ひとたび金が全部スイスに行ってしまうと、給料を払う資金がなくなってしまう、そうなると内戦になる。社共連合が勝つと、こうなるわけさ！」そこまで言うと、バーテンは客の注文を取るためにその場を離れた。バイヤールは読書を続ける。

5―私の言説は鏡の戯れのなかでRB語全般にわたる固有の原文性《テクステュアリテ》をとことん見抜く。

通常のフランス語にすると――私はロラン・バルト語を流暢にしゃべる。

バイヤールはおおよそのことがわかった。ロラン・バルトの言葉遣いは厄介なのだ。だったら、どうしてわざわざ時間をかけて読むんだろう。ましてや一冊の本を書くなんて？

6―（私の）コードがエロス《キューピッド》の昂進を断ち切る「第三の切断」に相当するがごとき、わが欲望の「昇華」（総合）。

通常のフランス語にすると――私もこの言語を学びたい。

7―冗漫としてのRB語はガリシスム（外国語に翻訳できないフランス語特有の表現）による質疑の閉域を有刺鉄線で囲うようなものではないのか？

通常のフランス語にすると――ロラン・バルト語はフランス人にとっても難しすぎるのではないか？

8―バルト的文体のスカーフは、それを繰り返し／冗長さのなかでひけらかすかぎり、コードの首を絞めることになる。

通常のフランス語にすると――だめだめ、そんなのは容易《たやす》いこと。そうではなく、ちゃんと働かなくては。

警視の困惑はいや増す。どちらが嫌いなのかわからなくなる。バルトなのか、はたまた彼をからかおうとしている軽薄な二人の著者なのか。彼は本を閉じ、煙草をもみ消す。バーテンはカウンターの後ろに戻ってきている。客は赤ワインのグラスを手に反論する。「たしかにな、でも、ミッテランは国境のところでそういうやつらを逮捕するだろう。で、金は没収される」バーテンは眉を吊り上げて、客を怒鳴りつける。「あんたは金持ちを舐《な》めているのか！　やつらはプロの運び屋を雇うんだよ。密売ルートをたどって現金を運び出す。アルプスとピレネーを越えるのさ、ハンニバルみたいにね！　戦時中と同じさ。ユダヤ人を通すことができるんだから、タリバンだってわけなく通せるわけ、でしょ？」客は半信半疑で聞いているが、明らかにどう返答していいかわからず、ただうなずき、グラスを空けお代わりを注文している。バーテンは、開栓した赤のボトルを取り出して、胸を反らしてなおも続ける。「そうとも！　そうともさ！　オレはどうでもいいんだよ　アカの連中が勝ったら、さっさと逃げ出して、ジュネーブにでも働きに行くさ。あそこだったら、金を巻き上げられることはないからな、そうさ、オレは金輪際アカのために働いたりしない、見損なうなってんだ！　オレは誰のためにも働きはしない！　オレは自由なんだ！　ドゴールみたいにさ！……」

　バイヤールは、ハンニバルって誰だったたっけと思い出そうとしながら、バーテンの左小指が関節一個欠けているのに気づいた。そして、バーテンの演説を遮《さえぎ》ると、もう　杯ビールをたのみ、ルネ・ポミエの本を開いた。最初の四ページでくだらない《ファリボル》という言葉が十七回も出てきたので、本を閉じた。その間、バーテンは別の話題に移っていた。「どんな文明社会だって死刑なしにすむわけないじゃないか！……」バイヤールは代金を払い、お釣りを置いて店を出た。

　モンテーニュ像には目もくれず通り過ぎ、エコール通りを渡って、ソルボンヌに入った。バイヤール警視は、こういった馬鹿げたことに関して、自分は何もわからない、あるいはほとんどわからない、ということをよくわかっていた。彼に必要なのは、その手ほどきをしてくれる人間、専門家、翻訳者、伝達者、指導者のような人間なのだ。教師とか。ソルボンヌに入ると、記号学の学部はどこかと尋ねた。受付の係員は、そんなものはありませんと素っ気なく答えた。中庭に入ると、マリン・ブルーの

Ｐコートにデッキシューズをはいた学生たちに声をかけ、記号学の講義を聴講できる場所はないかと尋ねた。大半が、何それ？　という返事か、聞いたことがあるような気がするけど、という返事。だが、ルイ・パストゥール像の下でジョイントを吸っているもじゃもじゃ頭の学生が、「記号《セミオ》」なら、ヴァンセンヌ（パリ第八大学）に行かなきゃだめだよと教えてくれた。バイヤールは大学のことに関しては門外漢だが、ヴァンセンヌが左翼の巣窟《そうくつ》で、働く気のない専業扇動家《アジ・プロ》たちがうようよしている大学であることくらいは知っている。好奇心から、彼はその学生になぜあっちに入学しなかったのかと訊いてみた。大きめのタートルネックのセーターに、ムール貝を採るときみたいに裾をまくり上げた黒いズボンに紫色のドクターマーチンのショートブーツをはいた青年は、ジョイントを吸いながら答えた。「二回目の二年生まで、あっちにいたんだよ。ただ、トロツキストのグループにいたもんでね」彼はそれだけ言えば十分だと思ったのだが、バイヤールがさらに問いたげな目つきで見つめるので、「ま、いろいろ問題があってさ」と付け足した。

　バイヤールはそれ以上訊かなかった。５０４にまた乗り込むと、ヴァンセンヌに向かって走り出した。赤信号で、黒塗りのＤＳに気づくと、「ああ、あれはいいクルマだったな！……」と思った。

9

　プジョー５０４はポルト・ド・ベルシーで環状道路に入り、ポルト・ド・ヴァンセンヌで抜け、やたらに長いアヴニュー・ド・パリを走り、軍人病院前を通り、日本人の運転する目の覚めるような青のフエゴには優先権を与えずにシャトー・ド・ヴァンセンヌを迂回《うかい》し、植物園を通り過ぎて森に入り、建築的には人類が作り上げた最悪のものと言ってもいい七〇年代特有の馬鹿でかい郊外の公立中学にも似た粗末な建物群の前で駐車した。バイヤールは、遠い昔にアサス（パリ第二大学）の法学部に在籍していたことを思い出し、かえって新鮮な驚きを感じた。教室に達するまでにアフリカ系の学生でごった返すスークのような場所を通り、昏睡状態で地面に倒れている麻薬患者を跨《また》ぎ、水が涸れ汚物であふれた水盤の前を通り過ぎ、ポスターや落書きだらけの壁に沿って歩いていく。その壁には、「教授、学生、講師、事務職員たちよ、くたばれ、裏切り者！」、「食糧スークの閉鎖に反対」、「ヴァンセンヌからノジャンへの移転反対」、「ヴァンセンヌからマルヌ＝ラ＝ヴァレへの移転反対」、「ヴァンセンヌからサヴィニー＝シュル＝オルジュへの移転反対」、「プロレタリア革命万歳」、「イラン革命万歳」、「毛沢東＝ファッショ」、「トロツキスト＝スターリニスト」、「ラカン＝サツ」、「バディウ＝ナチ」、「アルチュセール＝人殺し」、「ドゥルーズ＝母ちゃんと寝てろ」、「シクスー＝オレと寝ないか」、「フーコー＝ホメイニのスケ」、「バルト＝中国びいきの裏切り者」、「カリクレス＝ＳＳ」、「禁止することを禁止することは禁止されている」、「左翼連合＝最悪」、「うちに来て、資本論を読もう！　署名：バリバール」。マリファナのにおいをぷんぷんさせている学生たちが寄ってきて、むやみやたらにビラを押しつけてくる。「同志よ、チリで何が起こっているか、知ってるか？　エルサルバドルは？　アルゼンチンで起こっていることに自分も関わりがあるとは思わないか？　モザンビークはどうだ？　モザンビークなんて自分の知ったことじゃないと思ってるだろ？　どこにあるか知ってるか？　じゃ、ティモールの話ならどうだ？　せめてニカラグアの識字運動のためにカンパしてくれよ。コーヒー一杯おごってくれないか？」こんなことくらいで驚きはしないと彼は思った。若い頃「若い国民」（フランスの国家主義運動）に所属していたときには、この種の薄汚れた左翼のチビどもを思い切り張り倒したことがあるのだ。彼はビラをすべて屑入れ代わりの水盤のなかに放り込んだ。

バイヤールはとにかく、どこをどう歩いたのか自分でもわからないままに〈文化・コミュニケーション学部〉にたどり着いた。廊下のコルクボードに貼り出されている履修単位一覧にざっと目を通して、自分の求めているものに近い講義名を見つけた。〈映像《イマージュ》の記号学〉、教室の番号、曜日と時間、そしてシモン・エルゾグとかいう講師の名前が記されていた。

10

「今日は、ジェームズ・ボンドにおける数字と文字について考えます。ジェームズ・ボンドのことを考えると、まずどういう文字が思い浮かびますか？」教室に沈黙が流れ、学生たちは考えはじめる。教室のいちばん奥に座ったジャック・バイヤールは、少なくともジェームズ・ボンドのことならよく知っている。「ジェームズ・ボンドの上司は何という名前ですか？」それなら知ってる！ バイヤールは思わず大きな声で答えを言いたい衝動に駆られたが、同時に声を上げた何人かの学生に先を越された。答えは、M。「Mとは誰か？ なぜMなのか？ このMとは何を意味するか？」間が空く。返事がない。「Mは老人だが、じつは女性であって、Mはmother のMなのだ。育ての母、つまり育て、守るひと、ボンドがヘマをやらかしたときには叱りつけるが、つねに彼に対して情け深いところを示す母であり、彼のほうも任務を遂行することによって喜ばせたいと願っている相手なのだ。ジェームズ・ボンドは派手に立ち回る男だが、単独行動はしない。一匹狼でもなく、孤児でもない（伝記的にはそうなっているが、象徴的にはそうではなく、彼の母は大英帝国であり、祖国と結婚したのではなく、祖国の愛児《いとしご》なのだ）。彼はある階級、後方支援によって支えられており、一つの国全体が彼に不可能な任務を与え、彼はそれを国の誇りにかけて遂行するのだが（その際、定期的にM、すなわち、英国の換喩的表象にして女王陛下の代理人が登場し、ボンドはわが最良のスパイであり、最愛の息子であるということを思い出させる）、その任務の遂行のために必要な資金・人材・機材のすべてを国は提供するのである。要するにジェームズ・ボンドとは、天から二物を与えられた男なのであり、だからこそあれほど人気のある幻想なのであり、きわめて強力な現代の神話なのである。つまり、ジェームズ・ボンドとは公務員にして冒険家なのだ。行動と安全の同居。彼は違反も軽罪も犯すし、ときには死罪に値するようなことだってするが、彼は守られているし、許されているから、叱責されることはないだろう。それがかの有名な登録制の「殺しのライセンス《ライセンス・トゥ・キル》」であり、われわれをあの魔法の数字、007に誘《いざな》うのだ。

　この二重のゼロは殺人の権利を保障するコードであるが、ここでは数字の持つ象徴性がいかに巧みに応用されているかを見てみることにしよう。殺人許可証をなんらかの数で表わすとしたら、どういう数が考えられるだろう？　十？　二十？　百？　百万？　死は量的なものではない。死は虚無であり、虚無はゼロで表わされる。だが、殺人となると、それは単純な死ではなく、他者に強いる死である。それは二重の死である。不可避的に訪れるみずからの死、その蓋然性《がいぜんせい》は従事している仕事の危険性によって増加するような死（二重のゼロのついたスパイが生き残る希望はきわめて低い、そのことは言うまでもない）と、他者の死である。二重のゼロとは、殺す権利であり、殺される権利でもある。では7は？　もちろん選ばれた数であり、伝統的にすべての数のなかでもっともエレガントな数の一つであり、由緒ある数々の象徴を担《にな》う数であるが、この場合、とりわけ二つの基準を満たしている。すなわち、ご婦人に捧げる薔薇の本数のように必ず奇数でなければならないこと、そして素数であること（素数とは1と自分自身でしか割れない数のこと）が、この数の持つ特異性、単一性、不可分性を説明し、登録番号を使うことで生じる互換性や没個性の印象を打ち消しているのだ。テレビ・ドラマ「プリズナー№6」シリーズの主人公「№6」が繰り返し絶望的に「オレは番号ではない！」と言っていることを思い出してほしい。だが、ジェームズ・ボンドのほうは自分の番号に完全に満足している。なにしろ、この番号は彼に前代未聞の特権を付与し、その結果、彼を貴族のような身分にする（責務として女王に仕えるわけだから）という便宜まで計《はか》ってくれるのだから。ダブル・オー・セブンはナンバー・シックスの対極にある。社会から自分に付与される超特権的な立場に満足しつつ、敵の性質や動機などにはいっさい顧慮することなく、確立された秩序を守るために邁進するのだ。ナンバー・シックスが変革であるならば、ダブル・オー・セブンは保守である。保守反動の7はここでは改革派の6と対立し、「保守反動《レアクショネール》」という言葉の意味が時間的にあとであることを前提としているように（保守派は旧体制すなわち既成の秩序への復帰を画策することで革命に「反応」するから）、反動的数字は革命的数字の後に続くものであること（あからさまに言えば、ジェームズ・ボンドが005ではないこと）は理の当然である。007の機能は、したがって、世界の秩序を不安定化する脅威にさらされている既成の秩序の復帰を保障することにある。そもそも、各エピソードの結末はいつも「正常な状態」への復帰、すなわち「旧秩序」への復帰として描かれているし、ウンベルト・エーコはジェームズ・ボンドはファシストだと断じている。彼がとりわけ保守反動だと言われる所以《ゆえん》がよくわかるだろう……」

ひとりの学生が手を挙げた。「でもQというのもいるじゃないですか、珍奇な装置を開発している研究者の……。この文字にも意味があるとお考えですか？」

すると教師は、バイヤールをびっくりさせるほど素早く、こう続けた。

「Qは父性的な人物だね。というのもジェームズ・ボンドに武器を提供するのも彼だし、それをどう使うのかを教えるのも彼だから。つまりノウハウを伝達するわけだ。この意味ではFと呼ばれるべきだったかもしれない、Father のFとしてね……。しかし、Qと一緒に登場する場面を注意深く観察してみると、何が見える？　心ここにあらずといったふうで、礼儀をわきまえず、ふざけた態度で、相手の話に耳を傾けない（あるいは聴いてないふりをしている）ジェームズ・ボンドがそこにいる。で、最後には決まって「質問は？」と訊かれることになる（もしくは「わかったかい？」とか、ヴァリエーションがある）。だが、ジェームズ・ボンドは決して質問しないが、間抜けな生徒のような顔をしていながら、相手の説明を完璧に消化している。比類のない理解力の持ち主なのだ。だからQとは、質問《ケスチオン》のQであり、Q自身は彼の願望を質問と呼んでいるのであり、ジェームズ・ボンドのほうは決して質問を口にしないか、冗談で返したり、いずれにせよQが期待しているようなものになることはないわけだ」

するともうひとりの学生が発言した。「さらに言えば、Qは英語ではキュー、フランス語ではク。これは尻尾とか行列の〝queue〟と同じ音。つまり、買い物の場面を連想させる。新奇な装置を売る店で列《ク》をなしている時間、すなわち自分の番が回ってくるのを待っているあいだ、アクションとアクションの場面のあいだの遊んでいる死んだ時間を意味するわけです」

若い教師は興奮して両手を大きく広げた。「おみごと！　よく思いついたね。素晴らしい着想です。一つの解釈ですべてが言い尽くされるわけではなく、多義性というのは底なしの井戸であり、無限のこだまが返ってくるということを忘れないように。一つの言葉であっても完全に汲み尽くすことはできないのです。一つの文字であっても、ね」

教師は腕時計を見た。「ご静聴、ありがとう。来週の火曜日は、ジェームズ・ボンドの服装について考えてみることにしよう。男子学生諸君は、もちろん、タキシードで来るように（教室内に笑い）。

女子学生諸君は、ぜひウルスラ・アンドレス（初代ボンドガール）風のビキニで（女子学生たちの口笛と抗議の声）。ではまた来週！」

　学生たちが教室から立ち去ろうとしているときに、バイヤールは慇懃《いんぎん》な作り笑いを浮かべて若い教師に近づいていった。若い教師に通じるわけもないが、その笑いの意味するところは「ちょっと禿《はげ》オヤジつき合ってくれないか」というものであった。

11

「まず最初にはっきりさせておきたいのですが、警視さん、僕はバルトの専門家ではないし、本来の意味での記号学者でもないんですよ。僕の専門は現代文学で、歴史小説についての論文で専門研究過程修了証書（ＤＥＡ）を取得し、現在は演習を担当しています。今期は映像の記号学と題して踏み込んだ講義を行ないましたが、昨年は記号学入門を受け持っていました。第一期過程の学生を対象とした初歩の指導付学習で、言語学の基礎を教えるんです。言語学は記号学の基礎ですから、ソシュールとかヤコブソンとか、オースティンにも、サールにも多少触れますが、もっぱらバルトについて勉強してきたわけです。というのも、それがいちばん取っつきやすいし、バルト自身が大衆文化から研究対象を選んでいることもあって、ラシーヌやシャトーブリアンについての批評よりは学生の好奇心を惹きやすいんですよ。ここの学生はコミュニケーションを専攻しているのであって、文学を専門にしているわけではないですから。バルトのおかげで、フライドポテト付きステーキや最新型のシトロエンやジェームズ・ボンドについて有意義な議論をすることができました。それは分析というものにより遊び感覚で接近できると同時に、そもそも記号学の定義に近いものですからね。非文学的な対象に文芸批評の方法を適用する訓練なのです」

「彼は死んでませんよ」

「え、何とおっしゃいましたか？」

「今、バルトを引き合いに出したとき過去形で語りましたよね。もう終わったことだと言わんばかりに」

「いや、そんなつもりは……」

シモン・エルゾグとジャック・バイヤールは大学の廊下を並んで歩いている。若い大学教師は一方の手に鞄を持ち、もう一方の手で山のようなコピーを抱きかかえている。学生にビラを差し出されても、頭を横に振ることしかできないので、ファシスト呼ばわりされている。彼はその学生に申し訳なさそうな笑みを返し、バイヤールに対してはこう言い返した。

「たとえ死んでいたとしても、彼の批評方法を応用し続けることは可能でしょ……」

「どういうわけで彼が死ぬかもしれないと思ったんですか？　私は彼の怪我《けが》の状態を伝えただけですよ」

「なるほどね、ただ、どんな交通事故でも警視が捜査に当たるとは思えません。おそらく事態は深刻で、事故の状況も込み入っていると推測するのですが」

「事故の状況はいたって明快で、被害者の容態もほとんど不安を惹起《じやつき》するような状態ではありません」

「あ、そうですか？　なら、僕は満足ですけど、警視さん？」

「自分が警視だとは言ってないが」

「え、違うんですか？　てっきりバルトは警視を送り込んでくるほど有名なのかと思いましたよ」

「昨日までそんな男のことは聞いたこともなかった」

博士論文準備中の講師は口を閉ざし、困惑したような顔をしているので、バイヤールは満足した。ソックスにサンダルを履いた女子学生がビラを渡してきた。「ゴダールを待ちながら、一幕劇」と書いてあった。そのビラをポケットに押し込むと、シモン・エルゾグに訊いた。

「記号学って、いったい何なんだ？」

「ええと、社会生活にあふれている記号の生命を研究することですかね？」

バイヤールはさっき読んだ『ロラン・バルトなんてどうってことはない』を思い出し、歯ぎしりをした。

「それを普通のフランス語で言うと？」

「そんなこと言ったって……これはソシュールの定義ですよ……」

「その履き物とやらはバルトの知り合いだったのか？」

「そんなわけないでしょ、とっくに死んでますから、記号学の創始者《ショシュール》ですよ」

「なるほどね」

とは言うものの、バイヤールは何にもわからない。二人の男はカフェテリアのなかを通っていった。メルゲーズ・ソーセージやクレープや大麻のにおいが充満している倉庫みたいなところだ。紫色のトカゲ革のブーツを履いたひょろっと背の高い男がテーブルの上に立っている。くわえ煙草にビールを手にして、演説をぶっている。若者たちは目を輝かせてそれに聴き入っている。シモン・エルゾグにはまだ自前の部屋がないので、バイヤールにその辺に腰かけて話そうと誘い、無意識に煙草を一本差し出した。バイヤールはそれを断わり、自分のジターヌを取り出し、話を続けた。

「具体的には、その……何とか言う学問は、何の役に立つんだ？」

「そうね、まぁ……現実を理解するのに、かな？」

バイヤールはわずかに眉をしかめた。

「ということは？」

博士論文準備中の講師はしばし考え込んだ。相手の抽象化の能力は明らかに限定されたものである以上、何時間も堂々巡りをすることのない効果的な返答はないものか。

「じつはどうってことはないんですよ、われわれを取り巻く世界には、そう、ある一定の用途のあるものがたくさんひしめいている、でしょ？」

相手の敵意に満ちた沈黙が流れる。カフェテリアの反対側では、紫のトカゲ革のブーツを履いた男が、若い崇拝者たちに向かって、六八年の壮挙について語っている。この男に言わせると、この騒乱はマッド・マックスとウッドストックを混ぜ合わせたようなものらしい。シモン・エルゾグはできるだけ単純化しようと心がけた。「椅子は腰かけるものだし、テーブルは食事をするためのものだし、オフィスは仕事をするところ、衣服は身体を温かく保つもの、といった具合に。ここまではいいですか？」

冷たい沈黙。かまわず続ける。

「じつは用途や有用性のほかにも、これらの物には象徴的な価値が備わっているんです……あたかも言葉を持っているかのように、ね。いろんなことを語りかけてくるんですよ。たとえば、今あなたが腰かけている椅子の場合なら、そのまったく没個性的なデザインといい、ニスを塗った粗悪な木材といい、錆びた鉄の骨組みといい、われわれは快適さとか美しさとかをいっさい顧慮《こりょ》せず、また金もない集団のなかにいるということを物語っているわけです。それに加えて、不味《まず》そうな食堂とマリファナの混ざったにおいが、われわれのいるところが大学であることを教えてくれるわけです。同じようにして、あなたの服装があなたの職業を物語っているのです。あなたがスーツを着ていることは、あなたが管理職であることを暗に示していますが、服そのものは安物です。ということは、あなたの給料が安いか、あなたが身なりなどどうでもいいと思っているか、その両方であるか、そのいずれかなのでしょう。つまり、あなたは見栄《みば》えなどどうでもいいか、それほど気にしなくてもいい職業に就いているということになります。あなたは車で来ているのに、履いている靴はとても傷《いた》んでいる。ということは、デスクを前にした仕事ではなく、外回りの仕事をしていることを意味します。オフィスの外で仕事をする幹部職となれば、捜査を専門とする職種である可能性が大だということになります」

「ふむ、なるほど」とバイヤールは答えた（それに続く長い沈黙のあいだ、シモン・エルゾグの耳には、紫のトカゲ・ブーツ男が、興奮した聴衆に向かって、自分がスピノザ主義派のトップだったとき、どんなふうにしてヘーゲル青年派を打ちのめしたかを語っているのが聞こえてきた）。「それはそうと、オレは自分の居場所くらいわかってるがね、入口に《パリ・ヴァンセンヌ第八大学》って書いてあったからね。それに、さっきあんたの講義が終わったときにオレが差し出した三色の名刺にはでかでかと《ポリス》って印刷されているわけだから、あんたがいまさら何を言っているのかよくのみ込めないね」

　シモン・エルゾグは汗をかきはじめた。口述試験のつらい記憶が甦《よみがえ》ってきたのだ。あわてるな、落ち着け、沈黙を秒で数えたりするな、試験官のいかにも優しそうな偽の態度を無視するんだ。内心では自分が相手に押しつける制度的な優越と苦痛を面白がっているサディストなんだから。彼もまた過去に同じ経験をしているのだ。若い講師は素早く考えをめぐらせ、自分の目の前にいる男を注意深く観察し、教えられたとおりに順序正しく一歩ずつ前に進んでいった。だいたいのところはつかめたと思ったところで、さらに数秒間を置いてから、こう言った。

「あなたはアルジェリア戦争を経験し、二度結婚し、別れた二番目の奥さんとのあいだに二十歳未満の娘さんがいるけれども、関係がぎくしゃくしている。前回の大統領選挙では予備選と本選のどちらもジスカール・デスタンに投票し、来年の選挙でもそうしようとしている。職務遂行中に、おそらくはあなたのミスが原因で、相棒を亡くしており、そのことであなたは自分を責めているか、あるいはそのことに対して気まずい思いを抱いている。でも、上層部はあなたに責任はなかったと考えている。それから、あなたは最新作のジェームズ・ボンドを映画館に行って観ているが、どちらかというとテレビでメグレを観るか、リノ・ヴァンチュラの映画を観るほうが好きだ」

長い、とても長い沈黙。カフェテリアの反対側では、スピノザの生まれ変わりが群衆の歓声のなかで、いかにして自分の率《ひき》いる一派がフーリエ左派に引導を渡したかを語っている。

「その根拠は？」

「ま、とても簡単なことですよ！」またもやここで間《ま》が空くが、今度は若い講師が主導権を握っている。バイヤールは口を挟まず、右手の指先は微動だにしない。紫のトカゲブーツ男はアカペラでローリング・ストーンズの曲を歌いはじめている。「さっき、授業が終わる頃、あなたが教室に入ってきたとき、ごく自然にドアや窓に背を向けないように振る舞ったのです。そういうことは警察学校ではなく、軍隊で学んだはずです。その種の反射的な行動がまだ残っているということは、あなたの軍隊経験が通り一遍の兵役に留まるものではなく、無意識の習慣として保たれるほど深く刻まれたものだということを意味します。だから、あなたにはおそらく戦闘体験があって、しかもインドシナを体験したほどの年齢ではない、それでアルジェリアに送られたのだろうと考えたわけです。あなたは警察組織のなかにいる、ということは必然的に右翼であり、そのことは学生やインテリに対して基本的に嫌悪を示していることからも明らかですが（われわれが言葉を交わしたときからすでにそれは明白です）、アルジェリア戦争の古参兵としては、ドゴールが承認したアルジェリアの独立を裏切りと見なしているわけですから、ドゴール派の候補者であるシャバンには投票できないうえに、あなたはたいへんな合理主義者だから（職業的に獲得された資質）、ルペンのように力もなく、本選に進む可能性もまったくない候補に投票することなどあり得ない。だからあなたの一票は当然ジスカールに向けられるほかはなかった。あなたはここにひとりでやって来た。フランスの警察においては捜査は少なくとも二人で行なうのが通例なのに。つまり、あなたには特別な管理規定が適用されている、それはあなたが同僚を失ったという重い動機があるがゆえに与えられた、特別待遇なのでしょう。あなたにはもう新たな相棒はほしくないというトラウマがあり、上層部はそういうあなたに単独捜査を許しているというわけです。あなたは、見るからにメグレそっくりですよ。そのレインコートから判断するに、意識しているかどうかは別にして、メグレはあなたのお手本なのでしょう（革のブルゾンを着たムーラン警視（一九七六年から中断期間を含んで二〇〇八年までフランスＴＦ１で放映された刑事ドラマシリーズの主人公）は若すぎて同化できないだろうし、ジェームズ・ボンドみたいな身なりをするほどの財力もないといったところでしょうか）。あなたは右手の指に結婚指輪をはめているが、左手の薬指には指輪の跡がまだ残っている。おそらくあなたは二度目の結婚に際して、指輪をはめる手を変えることによって繰り返しの印象を避けようとしたのでしょう。いわばツキを変えるつもりで。でも、その御利益《ごりやく》はなかったようですね。まだ朝の早い時間だというのにワイシャツはしわくちゃだということは、家にはアイロンをかけてくれる人がないことの証明だ。ところで、あなたの社会文化環境であるところのプチブル的な生活モデルによれば、もしあなたの奥さんが今もあなたと一緒に生活しているのであれば、アイロンのかかっていない服で外出させるようなことはしなかったでしょう」

二十四時間続くのではないかと思われるほどの沈黙が流れた。

「で、娘については？」

博士論文準備中の講師は、白々しく謙虚ぶって、手を左右に振った。

「説明するといささか長くなりそうなんですが」

実際、彼はすっかり調子に乗っていた。娘という要素を付け加えると、絵になると思ったのだ。

「わかった、ついてきてもらおうか」

「え？　どこにですか？　逮捕ですか？」

「雇うんだよ。そのへんの長髪よりは穏健そうだし、こういったわけのわからんことを翻訳してくれる人間が必要だからな」

「そんな……、すいません、絶対無理ですよ！　明日の授業の準備があるし、論文も書かなくちゃならないし、図書館に返却する本もあるし……」

「こら、ちゃんと聞け、オレと一緒に来るんだ、わかったか？」

「と言ったって……どこに行くんですか？」

「容疑者を尋問するんだ」

「容疑者ですって？　でも、交通事故だと思ってましたけど！」

「目撃者と言うつもりだった。さあ、行くぞ」

紫のトカゲ・ブーツ男の周りに集まっている若い熱狂的ファンの群れが騒いでいる。「スピノザ、万歳、ヘーゲルなんかクソ食らえ！　スピノザ万歳、ヘーゲルなんかクソ食らえ！　くたばれ、弁証法！」バイヤールと新たな助手がカフェテリアから出ようとすると、入れ違いに「俺たちにはバディウ（一九三七―　パリ第八大学教授）がついている！」と叫びながら、毛派《マオイスト》の一団が入ってきた。明らかにスピノザ主義者を粉砕するために入ってきたのだ。

12

ロラン・バルトはセルヴァンドーニ通りに住んでいた。サン＝シュルピス教会の脇、リュクサンブール公園の目と鼻の先だった。そこに僕はこれから車を停めようとしている。すでに十一番地の入口の前にはプジョー５０４が停まっているが、あれはバイヤールの車だろう。すでに誰もが使っているウィキペディアの記述をコピペする手間を省いてあげよう。イタリアのなんとか言う建築家がブルターニュ大司教のなんとかのために設計した個人邸宅、云々かんぬん。

立派なブルジョワの建物だ。良質の白い石を使い、鋳鉄《ちゅうてつ》の大きな門がはめ込まれている。門の前ではヴァンシ社の従業員が、コードの入力装置を取り付けるための作業をしているところだった（当時、ヴァンシ社はまだヴァンシと名乗ってはおらず、後にアルカテルとなるＣＧＥ――Compagnie Générale d'Électlicité――に属していたが、そんなことはシモン・エルゾグの知る由もないことである）。まずは庭を横切り、管理人室のすぐ右手にあるＢ階段を上がっていかなければならない。バルトとその家族は三階と六階に別れて住んでいて、さらにその上の七階にある対の屋根裏部屋《シャンブル・ド・ボンヌ》をバルトは仕事部屋として使っていた。バイヤールは管理人から鍵を借りた。シモン・エルゾグがいったい何を捜しに来たのかと問い質しても、バイヤールに何かの考えがあるわけでなし、そうこうしながら二人は階段を上がっていく。エレベーターがないので仕方なしに。

三階のアパルトマンの内装は古めかしく、木製の重厚な時計があちこちに置いてあって、とてもこぎれいに片づけられていて、書斎として使われている部屋も含まれている。ベッドサイドには小さなラジオとシャトーブリアンの『墓の彼方の回想』が置いてあるが、バルトが仕事をするのはもっぱら七階の屋根裏部屋だ。

六階のアパルトマンで二人の男を出迎えたのはバルトの弟で、その妻は——バイヤールはアラブ女だと思い、シモンはきれいなひとだなと思った——、もちろん、お茶でもどうぞと二人を招き入れた。三階に二世帯《アパルトマン》あって、六階も同様ですと弟は説明した。一時期はバルトとその母親と弟で六階に暮らしていたが、母親が病気になり六階まで上がるのは難しくなった、ちょうどそのとき三階のアパルトマンが空いたので、バルトがそこを買い取り、母と一緒に暮らすようになったのだという。ロラン・バルトは多くの人と会い、とくに母親が死んでからは外出も多くなった。しかし、彼の交際範囲のすべてを知っているわけではないと弟は言う。自分が知っていることは、しょっちゅう《カフェ・ド・フロール》に行って、仕事関係の打ち合わせをしたり、友達と会ったりしていたということだけだ、と。

その上の七階は、隣接する二つの屋根裏部屋をぶち抜いて二間続きの仕事部屋として使っていた。架台の上に天板を載せただけのデスク代わりのテーブル、スチール・ベッド、小さなキッチンには冷蔵庫があって、その上には日本茶が置いてある。いたるところに本、どれもほとんど吸い殻でいっぱいの灰皿、その横にはコーヒーカップ、とにかく古く、汚く、乱雑な部屋だが、ピアノ、ターンテーブル、クラシックのレコード（シューマン、シューベルト）、そしていくつもの靴箱、そのなかには整理カード、いろいろな鍵、名刺、新聞雑誌の切り抜きなどが詰め込まれている。

揚げ床式の出入り口があって、いったん踊り場に出なくても六階のアパルトマンに降りられるようになっている。

壁に貼ってある何枚もの奇妙な写真にシモン・エルゾグは見覚えがあった。バルトが最後に出したばかりの『明るい部屋』と題された本に収められている写真たち、そのなかには冬の庭で撮られた少女の黄ばんだ写真が含まれている。彼の最愛の母の写真だ。

バイヤールはシモン・エルゾグに整理カードと書棚をちょいと調べてみてくれないかと頼んだ。シモン・エルゾグは文学者なら誰もがそうするように、人の家に招かれたとき、そのために来たわけではないのに、つい好奇心から書棚に並んでいる本をじっくりと検分した。プルースト、パスカル、サド、またもやシャトーブリアン、現代文学はほとんどない、あるのはわずかにソレルスとか、クリステヴァとかロブ゠グリエとか、あるいは辞書類、トドロフ、ジュネットなどの批評作品、そしてソシュール、オースティン、サールなど言語学関係の著作……。デスクの上には紙一枚差し込まれているタイプライター。シモン・エルゾグの目にそのタイトルが映っている。「自分の愛するものについては、いつだってうまく語れないものだ」。その内容をざっと読むと、スタンダールについて書いた文章だということがわかった。シモンは、バルトがこのデスクを前にしてスタンダールのことを、愛のことを、イタリアのことを考えていたのかと思うと感動した。まさか、この文章をタイプで打てば打つほど、クリーニング屋の軽トラックにはねられる時間に刻一刻と近づいているとは夢にも思わずに。

タイプライターの横には、ヤコブソンの『一般言語学』が置いてあって、そのページのあいだに挟まれている栞《しおり》は、シモン・エルゾグには被害者の手首に巻かれたまま止まった腕時計のように思えた。バルトが軽自動車にはねられたとき、彼の頭はこのことでいっぱいになっていたのではないか。まさしく彼は言語活動の持つ様々な機能に関する章を読み返していたところだったのだ。バルトは栞代わりに四つ折りにした紙を使っていた。シモン・エルゾグがその紙を開くと、ぎっしりと細かい字で書かれたメモが目に入ってきたが、彼はそれを解読しようとはせずにまた、たたみ直して、さっきと同じところに丁寧に挟み込んだ。バルトが帰ってきたら、自分が読みかけていたページがすぐに見つかるようにと。

デスクの端には、開封した郵便物が少し、ほとんどの郵便物は未開封のまま、そして同じように細かい字で書きなぐったメモ書き、最近の『ヌーヴェル・オプセルヴァトゥール』が何冊か、新聞記事や雑誌の写真の切り抜きが置いてある。紙巻き煙草が薪束のように積み上げられている。シモン・エルゾグは悲しみが染み入ってくるのを感じた。バイヤールが小さなスチール・ベッドの下を探っているあいだに、窓から身を乗り出して下を見ると、黒塗りのDSが二重駐車しているのが見えたので、思わずその象徴性に微笑んだ。なぜならばシトロエンのDSはバルトの『神話作用』と題されたエッセイ集を象徴するもっとも有名な分析対象であり、表紙の写真にも選ばれているからだ。ヴァンシ社の従業員が、デジタルコードの金属プレートを埋め込むための切り込みを石壁に穿っている音が聞こえてきた。空は白んでいる。ひしめく建物の向こうの空の下にリュクサンブール公園の木々の気配があった。

ぼんやりともの思いにふけっているシモン・エルゾグは現実に引き戻された。バイヤールがベッドの下から引っぱり出して、デスクの上に積み上げた雑誌は『ヌーヴェル・オプセルヴァトゥール』のバックナンバーではなかった。そら見たことかと言わんばかりの満足げな顔で、彼はシモンに言い放った。「このインテリはちんぽが好きだったんだぜ！」シモン・エルゾグの目に、デスクの上に広げられた雑誌の表紙を飾る裸の男たちの姿が飛び込んできた。その当時、バルトが同性愛者だったことが今のように公然の事実として知られていたかどうか、僕は知らない。ベストセラーになった『恋愛のディスクール・断章』を書いたとき、バルトは愛の対象が男性なのか女性なのかをはっきりさせないように、入念に「パートナー」とか「相手」とか中性的な呼称に留めている（なぜならフランス語では中性名詞は男性の代名詞「彼」で受けるので、そのあとは気兼ねなく「彼」を繰り返し使えるからだ）。もちろん僕は知っている、みずからの同性愛を正当な権利として誇示していたフーコーとは違って、バルトはとても慎み深く、おそらくは羞恥心《しゅうちしん》が強く、いずれにせよ、世間体を取り繕《つくろ》うことに腐心《ふしん》していた。少なくとも母親が死ぬまでは。フーコーはそもそもバルトのことをよく思っていなかったし、そういう態度のせいで軽蔑していた、と思う。でも、公の場や大学の関係者が集まる場で、噂が流れていたかどうか、あるいは周知の事実と言えるものであったかどうかについては知らない。いずれにせよ、シモン・エルゾグがバルトの同性愛を知っていたとすれば、捜査が始まったばかりのこの段階で、そのことをバイヤール警視に告げるべきではないと思っただろう。

警視が『ゲ・ピエ』とかいう雑誌の真ん中のページをにやにやしながらめくっているとき、電話が鳴った。バイヤールは真顔に戻った。開いていた真ん中あたりのページを閉じることもなく、そのまま雑誌をデスクの上に戻し、じっと身構えた。シモン・エルゾグのほうに目を向けると、相手もまたこちらを見ている。写真のなかの美青年《ベル・エフェーブ》も、ペニスを勃起させたまま二人を見つめ、その間、電話は鳴りつづけている。バイヤールはなおも呼び出し音をそのまま鳴らしつづけてから、何も言わずに受話器を取った。シモンは数秒間無言で警視の動きを見守った。と同時に電話の向こうの沈黙も聞こえてきて、本能的に息を止めた。バイヤールがようやく「もしもし《アロー》」と声を出すと、受話器を通じてガシャという音が聞こえ、通話の終了を意味するツーツーツーという音に変わった。バイヤールは受話器を置いた。困惑している。シモン・エルゾグは「間違い電話ですか？」と間抜けたことを訊いた。下の街路で発進する車のエンジン音が開け放たれた窓から入ってきた。バイヤールはポルノ雑誌をすべて押収《おうしゅう》し、二人の男は部屋を出た。シモン・エルゾグは「窓を閉めてくればよかったな。雨が降ってきそうだ」と思い、ジャック・バイヤールは「インテリのおかま野郎め……」と思った。

管理人の部屋の呼び鈴を鳴らし、鍵を返そうとしたが、返事はなかった。デジタルコードのロック装置を取り付けている作業員は、自分が鍵を預かっておいて、あとで管理人が帰ってきたときに渡すというのはどうかと提案してきたが、バイヤールは弟に手渡すほうを選んだ。
上からまた降りてきたとき、シモン・エルゾグは休憩中の作業員と一緒に煙草を吸っていた。通りに出ても、バイヤールが504に乗ろうとしないので、シモン・エルゾグが「どこに行くつもりですか?」と尋ねると、「《カフェ・ド・フロール》さ」という答えが返ってきた。「電子ロックを取り付けていた作業員にスラブ訛りがあったのに気づきましたか?」とシモンが訊くと、バイヤールは「そんな細かいことにかまっていられるか」とふてくされたように答えた。サン＝シュルピス広場を渡ろうとして、青いフエゴとすれ違ったとき、バイヤールはまるで車の査定士みたいな口ぶりでシモン・エルゾグに言った。「あれはルノーの新車だ、工場から出てきたばかりのな」それを聞いて、あの車を製造した工員たちはたとえ十人がかりで資金を集めたとしても手を出せないだろうな、とシモン・エルゾグは反射的にマルクス主義的な感想にふけっていたので、この車に乗っている二人の日本人には気づかなかった。

13

《フロール》に入ると、小柄で金髪の優しげな女性の隣に、ぶ厚い眼鏡をかけた斜視の老人の苦しげな物腰とその蛙《かえる》みたいな顔が目に入った。バイヤールはどこかで見たことがあるような気がしたが、その老人に会うためにここに来たのではない。バイヤールは三十歳以下の客に目をつけ、声をかけていった。ほとんどがこの界隈で男漁りをしているジゴロたち。バルトと面識があったかと尋ねると、誰もがうなずく。バイヤールがひとりひとり訊いて回っているあいだ、シモン・エルゾグは目の端でサルトルの様子を窺《うかが》っていた。体調がすぐれないようで、煙草を吸ってはひっきりなしに咳き込んでいる。フランソワーズ・サガンが優しく背中をさすってやっている。バルトを最後に見かけたのはモロッコ人の青年だった。高名な文芸批評家は新顔と交渉中だったという。その相手の名は知らないが、別の日に二人でどこかに出かけていったのを見ている。その日に何をしたのか、どこに行ったのか、その相手がどこに住んでいるのかは知らないが、今夜、どこに行けばそいつに会えるのかはわかってる。ディドロ浴場《バン・ディドロ》、ガール・ド・リヨン近くのサウナだ。「サウナ？」シモン・エルゾグが驚いたそのとき、スカーフを巻いた変人が聞こえよがしに大声でしゃべりながら、店内に闖入《ちんにゅう》してきた。「とくとご覧あれ、諸君！　時間は取らせない！　諸君に尋ねたいのは、ブルジョワってものは君臨するべきか死ぬべきか、それだけ！　さあ、飲まれよ！　諸君の階級の健康のためにそのフェルネを飲まれよ！　楽しみたまえ！　儲けるがいい！　求めよ！　くたばれ！　ボカサ（中央アフリカ共和国の政治家。一九七六年皇帝の地位に就くも、七九年失脚）、万歳！」いくつかの会話が中断し、常連客はうさん臭そうな目つきで闖入者を見つめ、観光客はいったい何が始まったのかわからないまま、このショーを楽しもうとしているが、ウェイターたちは何ごともなかったかのように仕事に励んでいる。スカーフを巻いた変人は、店内の客を一掃するかのように芝居がかった腹立たしげな仕草で片手を大きく振り払うと、勝ち誇ったような口調で叫んだ。「駆けだすには及ばない、同志よ、旧世界はきみの目の前だ！」

バイヤールがあの男は何者だと尋ねた。ジゴロは、あいつはジャン＝エデルン・アリエ、貴族の作家みたいなやつで、しょっちゅう騒ぎを起こし、来年の大統領選でミッテランが勝ったら入閣するとか言っている男だ、と答えた。バイヤールは口もとをへの字に曲げ、青い目をぎらぎらさせて、貴族や大ブルジョワ特有の訛りはほとんど発音障害みたいなもんじゃないかと思った。彼は質問をさらに続けた。ところで、その新入りってのは、どんな男だった？　モロッコ人のジゴロは、南仏訛りのあるアラブ人で、片耳に小さなピアスをしていて、長い前髪が顔にかかる男だったと説明した。ジャン＝エデルンは何の脈絡もなく声をかぎりに、エコロジーと安楽死とラジオ放送の自由とオウィディウスの『変身譚』の良さを称揚している。シモン・エルゾグは、サルトルがジャン＝エデルンのほうを見ているのに気づいた。サルトルがいることに気づいたジャン＝エデルンは震え上がった。サルトルはじっと相手を見据えていた。フランソワーズ・サガンが同時通訳者のように耳もとでささやいている。ジャン＝エデルンは目を細め、そのせいでもじゃもじゃ頭の下の狡猾《こうかつ》そうな顔を際立たせることになった。数秒間、何ごとか考え込んでいるように口を閉ざしていたが、やがてまた語りだした。「実存主義はボツリヌス菌にやられている！　第三の性、万歳！　第四の性も万歳！　アカデミー・フランセーズを窮地に陥れてはいけない！」バイヤールはシモン・エルゾグに、ディドロ浴場に一緒に来て、新顔のジゴロを見つけるのを手伝ってほしいと説明した。ジャン＝エデルン・アリエはサルトルの前に立ちふさがり、片手を開いて宙に差し出し、履いているモカシンの踵《かかと》を床に打ちつけ、「ハイル、アルチュセール！」と叫んだ。シモン・エルゾグは、自分がつき合わなければならない必要はどこにもないのではないかと言い返した。サルトルは咳き込み、またジターヌに火をつけた。バイヤールは、いやむしろ逆で、ホモのインテリ小僧がいたほうが容疑者を見つけ出すのに役に立つのだと言う。ジャン＝エデルンは「インターナショナル」のメロディに合わせて卑猥《ひわい》な歌を歌いはじめた。シモン・エルゾグは水着を買うには遅すぎるのじゃないかと言う。するとバイヤールはにやりと笑って、自分にはそんなもの必要ないと答える。サルトルは『ル・モンド』を開いて、クロスワード・パズルを始めた（彼の目はほとんど見えなくなっているので、隣にいるフランソワーズ・サガンが枠のなかの文字を読んでやっている)。ジャン＝エデルンは通りの何かに気づくと、大声を上げながら表に飛び出していった。「中庸よ、おまえなどクソ食らえだ！」時刻はすでに七時を回り、あたりは暗くなっている。バイヤール警視とシモン・エルゾグは、バルトの家の前に停めてあるプジョー504のところに戻ると、バイヤールはフロントグラスに張ってある三、四枚の駐車違反切符を剝《は》がし、レピュブリック広場のほうに向かって車を走らせた。そのあとから黒塗りのDSと青のフエゴが続いた。

14

ジャック・バイヤールとシモン・エルゾグはサウナの蒸気のなかを白い小さなタオルを腰に巻き、触れなんばかりに密集する汗まみれのシルエットの群れをかき分けるように進んでいった。警視は身分証をクロークに預け、身分を隠してここに入っているから、たとえ彼らがピアスをしたジゴロに目を付けたとしても、相手を怯えさせる心配はない。

実際のところ、彼らはけっこう信頼し合えるカップルになっていた。一方は、尋問者として押し出しのいい頑丈そうな毛深い上半身の老人、もう一方は、いつもきょろきょろ周囲を窺《うかが》っている痩せっぽちで毛の薄い青年。シモン・エルゾグはいかにも臆病そうな人類学者然とした物腰のせいで相手の欲望をかき立て、すれ違う人々はしげしげと彼を見つめ、振り返って彼の行く先を追っているし、バイヤールのほうもそれなりの注目を集めていた。二、三の若者が流し目を送り、ある太った男は遠巻きに彼を見つめ、自分の性器をしっかりと握りしめている。明らかにリノ・ヴァンチュラ風の男がお気に入りなのだ。バイヤールはこの能なしのホモたちに同類と見なされるのはまっぴらごめんだが、警察官としてのプロ意識は十分に持っていたから、その感情を押し殺し、言い寄ろうとする試みを挫《くじ》くために軽くすごんでみせる程度に抑えるくらいのことはできた。

この総合施設はいくつかの空間に分かれている。文字どおりのサウナ、大浴場《ハマム》、プール、様々な形態の奥の間《バックルーム》。そこにたむろする連中もまたじつに様々。ありとあらゆる年齢、ありとあらゆるサイズ、ありとあらゆる体つきがここには集《つど》っている。だが、警視とその助手がお目当ての人物をつきとめるには、一つの問題があった。ここに来ている男たちの大半がピアスをしているのだ。しかも、マグレブ出身の三十歳以下に限定するとその割合は百パーセントに達する。残念なことに、髪の毛の特徴もここでは使い物にならない。顔に覆いかぶさるような前髪をしている可能性のある若者がいたとしても、こういう環境では髪の毛が濡れたり、無意識のうちにバックに撫でつけていたりすると、見分けがつかなくなってしまう。

最後に残された特徴は南仏訛りだ。だが、これを決め手とするには、遅かれ早かれ、まずは会話を成立させることが前提になる。

サウナの隅にある陶製のベンチの上では、二人の若い美青年がキスを交わしながら、互いの性器をしごき合っている。バイヤールはこっそり近づき、二人がピアスをしているかどうかを上から覗き込んだ。二人ともしている。しかし、彼らがジゴロなら、二人きりで時間を潰したりするか？　そういうこともあり得るのだろうが、バイヤールは風俗営業取締に所属したことがなく、その道には疎《うと》い。彼はサウナ全体をひと回りしてみようとシモンを誘った。光が濾《こ》されて、見通しが悪く、蒸気がぶ厚い霧と化し、何人かは奥の間に引きこもっている。そのなかは格子窓を通してしか見えない。すれ違ったのは、誰彼となく相手の性器に触れようとする間抜け面のアラブの青年、二人連れの日本人、髪の毛ふさふさの髭面二人、刺青《いれずみ》をいれた肥満男、スケベ爺《じじい》、秋波《しゅうは》を送る若者、などなど。みな腰にタオルを巻いているか、肩にかけていて、プールに入るときは裸になり、勃起させているものもいればそうでないものもいる。そこにもありとあらゆるサイズ、ありとあらゆる形状がある。バイヤールはピアスをつけている男を選り分け、そのうちの四人か五人に目を付け、さらにそのうちの一人に話しかけてこいとシモンに命じた。

シモン・エルゾグは、ジゴロに声をかけに行くのは自分ではなくバイヤールのほうだろうと当然思ったが、刑事の頑《かたくな》な顔を前にすると、何を言っても無駄だろうと観念した。いかにもぎこちなく、彼はジゴロに歩み寄り、こんばんはと声をかけた。声が震えている。相手は微笑んだが、返事はない。大学の教室を出ると、シモン・エルゾグはむしろ内気な性格で、ナンパは得意ではない。なんとか二言三言月並みなことを口に出してみたものの、すぐに場違いか滑稽だと悟った。相手はひと言も返さずに、シモンの手を握ると奥の間へと引っ張っていった。シモンは相手のなすがままについていった。こういう場合、素早く反応しなければならないのだ。彼はおずおずとした声で「名前はなんていうの?」と尋ねると、相手は「パトリック」と名乗った。この名前の発音だけでは南仏訛りの特徴はとらえられない。シモンがその若者と小さな個室に入ると、若者はシモンの腰を抱きかかえるようにして、真正面にひざまずいた。シモンは相手に完全な一文を発音させたいという一心で、せき立てるように早口で訊いた。「僕が先にしたほうがいいんじゃないの?」相手は、いや《ノン》とひと言口にすると、タオルの下に手を突っ込んできたので、シモンは身震いした。タオルが落ちる。シモンは自分のペニスが青年の指に触れられて少し元気になっているのを見てあわてた。「ちょっと待って! 僕のやりたいことわかってる?」と言う。相手は「なんだよ?」と聞き返す。こんな短い答えではやっぱり訛りは特定できない。「きみの上に乗っかってやりたいんだよ」と続ける。相手は驚いてシモンを見つめる。「やれる?」とたたみかけると、パトリックはようやく南仏訛りのないフランス語で「わかった、でも少し高くなるよ!」と応じる。すかさずシモン・エルゾグは落ちたタオルを拾い、「残念だね! また今度ってことでどう?」と言い残して、さっさと立ち去った。こんな調子でこのサウナにいるジゴロを次から次へと相手にしていくと、夜が明けてしまうだろう。シモンは、出会い頭に相手のペニスに触ろうとする間抜け面のアラブの青年とまたすれ違った。二人の髭面、二人の日本人、太った刺青男、秋波を送る若者ともすれ違い、ようやくバイヤールとふたたび合流した。ちょうど、力強い教授然とした鼻にかかった声が響いているところだった。「秩序の従僕が、生権力の場に、その高圧的な筋肉を誇示しに来たわけか? これほど自然なことがほかにあろうか!」

バイヤールの向こうに、スキンヘッドで鰓《えら》の張った痩せぎすの男が裸で座っている。両腕を左右に伸ばして木製のベンチの背もたれにのせ、両脚を大きく開き、自分の性器をしゃぶらせているところだった。針金のように痩せ細った相手の若者は、ピアスをしているものの短髪だった。「警視、何かめぼしいものは見つかったかね?」とミシェル・フーコーは尋ね、シモン・エルゾグを睨みつけた。

バイヤールは、驚きは抑えているが、どう返事をすればいいのかわからないでいる。シモン・エルゾグはただ目を丸くしている。奥の間が並ぶ空間は静まり返り、ときおり叫び声や呻《うめ》き声が響いた。髭面のカップルは手を握り合ったまま、バイヤールとエルゾグ、そしてフーコーのほうを盗み見ている。アラブ人は相変わらずペニスを求めて徘徊している。日本人たちはタオルを頭にのせ、プールに入りに行くふりをしている。刺青を入れた男たちはイケメンの優男たちに言い寄っている――あるいはその逆。ミシェル・フーコーはバイヤールになおも訊く。「こんな場所をどうやって見つけたのかな、警視?」バイヤールは答えず、奥の間からの「あん! あん!」という声だけが響く。フーコーは続ける。「あなたは誰かを捜しに来たようだが、捜すまでもないように見えるが」そう言うと、シモン・エルゾグを指さして、「ほら、そこにあんたを崇拝するアルキビアデスがいるじゃないか」と続けた。奥の間からは相変わらず「あん！　あん！」という声が響いてくる。バイヤールは「私の捜しているのは、バルトが事故に遭う直前に会っていた人物ですよ」と答えた。フーコーは自分の股のあいだでせっせとお勤めをしている青年の頭を撫でながら、「そう、ロランには秘密があった……」と言った。どんな秘密かとバイヤールは問い質した。奥の間の喘ぎ声はさらに大きくなった。フーコーはバイヤールにこう説明した。バルトはセックスというものを西洋式に考えていた。つまり、秘すべきものであると同時にその秘密を暴くべきものと考えていた。「ロラン・バルトは」と彼は続けた。「羊飼いになりたかった羊なのだ。そしてみごとにそうなった！　これほど華々しい例はほかにない！　ただし、ほかのすべてのことには当てはまるにしても、ことセックスに関しては羊のままだった」奥の間からはさらなる呻き声。「あ！　あ！　あ！　あ！」アラブの触り屋はシモンのタオルの下に手を差し入れようとするので、そっとその手を押し返してやると、今度は髭面たちに近づいていった。「つまるところ」とフーコーは言う。「ロランにはキリスト教徒的な気質があったということだ。初期のキリスト教徒がミサに出かけていくときのような気分でここに来ていたのだ。何もわからないまま、ただ夢中になってね。やみくもにただ信じていたというわけさ」（奥の間では、「そう！　そう！」）「同性愛と聞くと虫酸《むしず》が走るんじゃありませんか、警視？」（「もっと強く！　もっと強く！」）ところが、われわれを作ったのはあなたがたなのだ。男性の同性愛という概念は古代ギリシアにはなかった。だからソクラテスは弟子のアルキビアデスと肉体関係を持っても男色家呼ばわりされることもなかったし、ギリシア人は若者の腐敗ということに関してもっと高度な考えを持っていた……」

フーコーは頭をのけぞらせ、目を閉じたが、バイヤールもエルゾグもそれが快楽に身を任せている仕草なのか、それとも深く考えている仕草なのか、よくわからなかった。奥の間からは相変わらず

「ああ！　ああ！」というコーラスが響いている。

　フーコーは何かを思い出したかのように、ふたたび目を開けた。「しかしながらギリシア人にも限界はあった。同性愛を通じて若者も快楽を得るということを認めなかったのだ。むろん、それを禁ずることなどできるわけがないのだが、どうしてもその事実を認めることができなかったために、結局はわれわれと同じようなやり方をするほかなかった。つまり、礼節に悖《もと》るものとして排除することにしたのだ。（奥の間からは「ノン！　ノン！　ノン！」）礼節というものはつねに強制のもっとも効果的な手段であって、早い話が……」と言って、彼は股間を指さし「これはパイプではない、とマグリットなら言うかもしれない、ハハ！」そして、相変わらず一所懸命ペニスを吸いつづけている青年の頭を持ち上げ、「でも、おまえは俺のをしゃぶるのが好きなんだろう、ハメッド？」青年はおとなしくうなずく。フーコーは優しく青年を見つめると、その頬を撫で「短髪がよく似合うよ」と言った。青年は「どうもね《メルシ・ビエン》」と答えた。

　バイヤールとエルゾグは耳をそばだてた。ちゃんと聴き取れたかどうか自信がなかったからだが、青年はさらにこう付け加えた。「ほめてくれでありがとね、ミシェル、それにしても、あんだのモノは立派だなぁ！」

15

　そう、彼は数日前にロラン・バルトと会っていたのだ。じつは二人に性的な関係があったわけではない。バルトはそれを「船遊び」と呼んでいた。でも、それほど活動的なわけではなかった。むしろ情緒的。バルトは彼に《ラ・クーポール》でオムレツをおごってやり、うちに来ないかとしつこく誘った。二人はお茶を飲んだ。特別なことは何も語らなかったし、バルトはそんなに饒舌《じょうぜつ》ではなかった。何か考え込んでいるようだった。別れる前に、彼はこう尋ねてきた。「もしきみが世界の支配者だったとしたら、何をする?」ジゴロは、すべての法律や規則を廃止すると答えた。するとバルトはこう言った。「文法もかい?」

16

ピティエ＝サルペトリエール病院の待合室には、比較的落ち着いた雰囲気が漂っていた。ロラン・バルトの友人、ファン、知り合い、あるいは野次馬たちが毎日入れ替わり立ち替わりやって来て、病院の待合室に群がり、ある者は煙草、サンドイッチ、新聞、またある者はギー・ドゥボールの本、クンデラの小説など手にして、小声で語り合っているところへ、突如、三人組が出現した。小柄でショートヘアのエネルギッシュな女が二人の男に付き添われてやって来たのだ。一人の男は胸もとを大きくはだけた白いシャツの上から黒の長いコートをはおり、黒い長髪を風になびかせている。もう一方の男は鳥のような顔で紙巻き煙草用のパイプを口にくわえ、髪はベージュ色。

この一団が確固たる足取りで待合室に陣取る人々の群れをかき分けていくと、これから何かが起こるぞ、オーヴァーロード作戦でも始まるのかという感じがあたりに漂い、そのまま一行は昏睡患者の病棟へと突き進んでいった。バルトのためにそこにいる人々は目配せして訝った。ほかの見舞客も同じ。五分も経たないうちに、最初の大声が響きわたった。「死なせはしない！　死なせはしない！」

復讐の三天使が黄泉《よみ》の国から解き放たれてやって来たのだ。「こんな掃きだめみたいな場所で死なせてなるものか！　言語道断！　こんな扱いが許されると思っているのか？　どうしてもっと早く知らせてくれなかったのか？　われわれがついていれば、こんなことにはならなかった！」ここに写真家がいなかったのはまことに残念だ。いれば、フランス知識人の歴史に残る名場面を記録することができたのに。クリステヴァ、ソレルス、ＢＨＬ《ベー・アッシュ・エル》（ベルナール＝アンリ・レヴィ）が、彼らの偉大な友ロラン・バルトのような名高い患者をこんな劣悪な条件で入院させるとは、なんたることかと病院側スタッフに詰め寄っているところなのだから。

読者はおそらくこんなところにＢＨＬがいることに驚かれただろうが、当時からすでに彼はどこにでも顔を出していたのである。バルトは彼を「新たな哲学者」として、いささか曖昧《あいまい》ではあるけれど比較的正式な言葉で支持を表明したし、そのせいでドゥルーズにこっぴどく非難されもしたのである。バルトはいつも甘く、頼まれると断われない、と彼の友人たちは言っている。ＢＨＬが一九七七年に出版した『人間の顔をした野蛮』が送られてきたときも、彼は鄭重《ていちょう》な礼状を書いている。内容にはあえて踏み込まず、文体を褒《ほ》めるに留めてはいるけれど。ＢＨＬのほうはそんなことは意に介さず、その手紙を『ヌーヴェル・リテレール』に発表し、ソレルスと懇《ねんご》ろになり、そして、それから三年後、こうしてサルペトリエールで声を張り上げ、偉大な批評家である友のために騒々しく病院側に訴えるという行為に及んだわけだ。

ところで、彼と二人の仲間が哀れな医療スタッフに向かって嚙みつかんばかりに抗議を続けているあいだに（「一刻も早く移送すべきだ！　アメリカン・ホスピタルに連れていけ！　ヌイイに電話するんだ！」）、仕立ての悪そうなスーツを着た二つの人影が廊下に忍び込んだ。警備する者はいない。現場に居合わせたジャック・バイヤールは困惑し、いささかあきれながら、黒いコートに黒髪をなびかせている長身の男の手を振り回す様子と、黄色い声で喚《わめ》き立てるほかの二人の様子を観察している。シモン・エルゾグはその傍らで、まさにそのために雇われた任務を遂行し、同時通訳者のように彼の耳もとでこの連中が何者であるかを説明している。その間、三人の狼藉者《ろうぜきもの》は罵詈《ばり》雑言《ぞうごん》を投げつけながら、待合室のなかをあてどなく彷徨《ほうこう》しているように見えるが、そこになにがしかの戦略的振り付けがあったとしても、僕は驚かない。

三人組はまだ吠えている（「あんたたちは相手が誰だか知っているのか？　ロラン・バルトをそんじょそこらの患者と同じに扱えると信じているふりをいつまで続けるつもりだ？」こういった連中はいつだって、選ばれた者として特権的な扱いを求めるのだ……）。そのとき、さっき廊下に忍び込んでいった身なりの悪い二人の人影がまた待合室に戻ってきたかと思うと、そっと姿を消した。そして、彼らがまだ病院内にいるうちに、金髪のすらりとした脚の看護師があわてた様子で姿を現わし、院長の耳もとで何ごとかささやいた。すると待合室にいた全員がいっせいに廊下に殺到し、バルトの病室目がけて押し寄せた。偉大な文芸批評家が床に倒れている。管を外され、すべてのコードが引きちぎられ、紙のように薄い患者用の寝間着がめくれ上がり、太ももが露わになっていた。仰向けにすると、彼はぜいぜいと咳き込み、焦点の合わない目であたりを見回し、医師たちと一緒に駆けつけてきたジャック・バイヤール警視の姿が目に入ると、超人的な力で身体を起こし、警視の上着をつかんで無理やり自分のほうに引き寄せ、フィリップ・ノワレの声と聞き違えるほどのみごとな、しかし、かすれ、しゃくりあげるような、あの低音で、か細いながらも明瞭に、こう言ったのだ。

「ソフィア！　彼女は知《エ》っ《ル》て《・》い《セ》る……」

戸口にクリステヴァが立っているのに彼は気づいた。その視線は彼女に向けられたまましばらく動かず、しかもその取り乱したような眼差しの激しさに、病室にいた医師、看護師、友人、警察、全員度肝を抜かれたが、やがて彼は意識を失った。

病院の外では、黒塗りのDSがタイヤをきしらせて発進した。シモン・エルゾグは待合室に残っていたので、その音に気づかなかった。

バイヤールはクリステヴァに訊いた。「ソフィアというのは、あなたですか？」クリステヴァは否定した。だが、続く言葉を期待していると、やがてフランス語風のはっきりした発音で「ジュ」の音を強調しつつ、「私の名前はジュリアです」と言い添えた。その発音にかすかに外国人訛りがあることに気づいたバイヤールは、こいつはイタリア女かな、それともドイツか、あるいはギリシア、それともブラジル、ひょっとしたらロシアか、と思った。きつい顔立ちの女だなと思い、こういう相手を射貫くような目つきは気に入らないし、小さな黒い目は自分は知的な女であり、しかも相手よりもずっと知的で、しまいには大馬鹿のデカなんか軽蔑していると言っているように思えた。いつものように習慣的に「職業は？」と質問すると、偉そうに「精神分析学者です」という答えが返ってきたので、あやうく手が出るところだったが、どうにか堪《こら》えた。まだ二人、話を聞くべき人間がいた。

金髪の看護師がバルトをベッドにふたたび寝かせたが、意識のない状態のままだった。バイヤールは二人の警官を病室の戸口に立たせ、新たな命令が出るまで、見舞客を室内に入れないようにと指示を出した。そして、残る二人の鞨間《ギユギユス》に目を向けた。

氏名、年齢、職業。

ソレルス、ことジョワイヨ、フィリップ、四十四歳、作家、配偶者はジュリア・ジョワイヨ、旧姓クリステヴァ。

レヴィ、ベルナール＝アンリ、三十二歳、哲学者、高等師範学校卒業。

この二人は事故が発生したときパリにいなかった。バルトとソレルスはとても親しかった……。バルトは、フィリップ・ジョワイヨことソレルスが創刊した文芸誌『テル・ケル』に参加しているし、ジュリア同伴のソレルスとともに数年前、中国を訪れている……。何をしに？　学術調査だと……。小汚いコミュニストめ、とバイヤールは内心つぶやく。バルトはソレルスの仕事を称賛する記事をいくつも書いている。バルトはソレルスにとっては父のような存在なのだ、ときに少年のようだと言われることがあるにしても……。で、クリステヴァに対しては？　バルトはあるときはっきりこう言ったことがある、自分が女を愛することのできる男であるとすれば、ジュリアに恋したであろうと……。それほど彼女を絶賛していたわけだ……。それで、あんたは嫉妬しなかったのかね、ジョワイヨさん？　ハハハ……。僕らはその種の関係じゃないからね、ジュリアをめぐって争うなんてことは……。それにその頃のロランはすでに男たちともそんなにうまくいっていなかった……。どうして？　彼は自分のほうから攻めていくことができなかった……いつもしてもらっていたのさ……。なるほど。で、あんたはどうなんだ、レヴィさん？　もちろん、大いに敬服してますよ、偉大な人だから。あんたも、彼と一緒に旅したことがあるのかね？　彼にはいろんな企画を持ちかけてましたよ。どんな企画？シャルル・ボードレールの生涯についての映画とか、ボードレール役を打診するつもりでいたんですけどね、ソルジェニーツィンとのクロス・インタビューとか、NATO軍によるキューバ解放のための募金だとかね。そういう企画の実現性を裏付けるものを提出できるのかね？　もちろんですよ、アンドレ・グリュックスマンにも話しましたから、証明してくれると思いますよ。バルトには敵がいたのだろうか？　ええ、たくさん、とソレルスが答える。彼はわれわれの友であり、われわれに多くの敵がいることは周知の事実ですよ！　たとえば？　スターリニストども！　ファシストたち！　アラン・バディウ！　ジル・ドゥルーズ！　ピエール・ブルデュー！　コルネリウス・カストリアディス！　ピエール・ヴィダル＝ナケ！　それからエレーヌ・シクスーも！（BHL──あ、そう、あの連中もジュリアと仲が悪いんだ？　ソレルス——うん……いや、じつはねマルグリットのせいでジュリアに嫉妬しているのさ……）

マルグリット？　デュラスだよ。バイヤールは全部の名前を書き留めている。ところでジョワイヨさん、ミシェル・フーコーとかいう人のことはご存じですかね？　と訊かれて、ソレルスはその場でくるくる、イスラムの托鉢僧《ダルウィーシュ》のように回転しはじめた。回転数が増すとともに、口にくわえたパイプの先の、火のついたままの煙草の端が病院の廊下のなかでオレンジ色の曲線を描くのだった。「真実を申し上げましょうかね、警視殿？　紛《まご》うかたなき真実……、正真正銘の真実をね……フーコーはバルトの名声を妬《ねた》んでいたんですよ、とりわけ、この私、ソレルスがバルトを愛しているということを妬んでいた……なぜならフーコーは下等なものたちの僭主《せんしゅ》なのですからね、警視殿。僕《しもべ》と言うべきか……いいですか、公共の秩序の代表者たる警視殿、どうか想像していただきたい、フーコーが私に最後通牒を突きつけ、『バルトか私か、どちらかを選べ！』と迫ったとしましょう。あたかも、モンテーニュからラ・ボエシか……、ラシーヌかシェイクスピアか……、ユゴーかバルザックか……、ゲーテかシラーか……、マルクスかエンゲルスか……メルクスかプリドールか（自転車選手）……毛沢東かレーニンか……ブルトンかアラゴンか……ローレルかハーディか（「極楽コンビ」）……サルトルかカミュか（ああ、これは違う）……ドゴールかティクシエ＝ヴィニャンクールか……計画経済か市場経済か……ロカールかミッテランか……ジスカールかシラクか……」ソレルスは回転数を下げていき、パイプをくわえたまま咳き込む。「パスカルかデカルトか……コホン、コホン……トレゾールかプラティニ（サッカー選手）か……ルノーかプジョーか……マザランかリシュリューか……おっとっとっと……」いよいよこれで立ち消えかと思いきや、「左岸《リヴ・ゴーシュ》か右岸《リヴ・ドロワット》か……パリか北京か……ヴェネツィアかローマか……ムッソリーニかヒトラーか……ソーセージ《アンドゥイユ》かピュレか……」

突然、病室内から物音が聞こえてきた。バイヤールがドアを開けると、痙攣しながらも何ごとか譫言《うわごと》をしゃべっているバルトの姿が見えた。看護師が毛布をかけ直している。彼は「かすかな地震」のように何かを語っている。「意味の塊」が「星空のように散りばめられたテクスト」、読むだけでは、滔々と連なる文の流れ、淀みなく続く談話《ディスクール》、このうえなく自然な日常語によって絶妙に継ぎ合わされたその滑らかな表面しか摑めないようなテクスト。

バイヤールは、これを翻訳させるためにただちにシモン・エルゾグを呼び寄せた。バルトはベッドの上でますます大きく身悶えしている。バイヤールはその彼におおいかぶさるようにして訊く。「バルトさん、あなたを襲った人を見たんですか?」バルトは目をかっと見開いて、バイヤールの首筋をつかむと、苦しそうに息を切らせながらも、はっきりとこう言った。「読み手を導くシニフィアンは互いに関連する一連の短い断片《フラグメント》に分割されることになろう。その断片をここでは語単位《レクシ》と呼ぶことになるだろうが——それが読解の単位なので——、この分割が恣意的に行なわれることはなく、そこに方法論的な責任が入り込む余地もない、と言わなければならない。なぜなら、この分割はシニフィアンに関与するものであるのに、意図的な分析はシニフィエにしか関与しないからである……」バイヤールが目で問いかけてみても、エルゾグは肩をすくめるばかり。バルトは食いしばった歯のあいだから相手をたじろがせるような息を吐き出す。バイヤールが尋ねる。「バルトさん、ソフィアって誰ですか?　彼女は何を知っているんですか?」バルトは相手をじっと見返すと、訊かれていることの意味がわからないか、あまりよくわからないままに、しわがれた声で「テクストというものは、それを総体として見るならば、平らかであると同時に深く、なめらかで果てもなく目盛りもない。あたかも古代ローマの卜占官が手にした杖を空に向け、その先で架空の長方形を切り取り、いくつかの基準に従って、鳥たちの飛翔を占うがごとく、注解者もまたテクストに沿って、読みの範囲を画定し、そのなかで意味の変遷、規範《コード》の露出、引用の通過などを観察するのだ」。バイヤールはエルゾグに罵声を浴びせかけた。その当惑した顔は明らかに、こんなわけのわからない言葉は翻訳不可能だと告げている。だが、バルトはそんなことはおかまいなしにヒステリーも極まって、自分の人生はそこにかかっていると言わんばかりに叫びはじめた。「すべてはテクストのなかにあるんだ！　わかるかね？　テクストを取り戻さなければならないのだ！　機《フォンクシオン》能だと！　あまりに馬鹿ばかしい！」そう言うと、また枕に倒れ込み、お祈りでもするようにぶつぶつとつぶやきはじめた。「語単位《レクシ》は、意味総体の皮膜であり、談話の流れに沿って可能な意味の植え込みのように配置された（とはいえ体系的な読解によって規制され、認められたものであるが）多元的テクストの稜線にほかならない。こうして、語《レクシ》とその単位は、単語や単語集団、文、段落、すなわち、それらを結びつける自然の結合材である言《ラン》語《ガージュ》に覆われた多面体を形成する」と言うと、彼は気を失った。バイヤールは相手を揺さぶって、意識を戻そうとしたが、金髪の看護師が、患者を休ませてあげないと、と言って、病室から二人とも追い出した。

バイヤールがシモン・エルゾグにもっと詳しく教えてくれと迫ると、この大学講師はソレルスとBHLを重要視する必要はないと言うに留めようとしたのだが、同時にこんな機会はめったにあるものではないと思い、いかにも物欲しげに「それよりドゥルーズから取り調べたほうがいいですよ」と言った。

病院から出ようとしたとき、シモン・エルゾグはバルトを担当していたさっきの金髪の看護師と鉢合わせになった。「あ、どうもすみません！」と謝ると、彼女は愛嬌たっぷりの笑みを浮かべ、rの音を引きずるような発音で答えた。「気にならさらららないで《ス・ネ・リリリリヤン・ムシュー》」

17

ハメッドは朝早く目が覚めた。前夜、身体に染み込んだ蒸気と液体がまだ残っていて、熟睡できなかったのだ。このまったく見覚えのない部屋にどうして自分はいるのか、ここで何をしたのか、不快感のなかでなす術《すべ》もなくただ茫然とした状態で、なかなか思い出すことができなかった。自分の隣に寝ている青年を起こさないように、静かにベッドから抜け出すと、ノースリーブのシャツをかぶり、リークーパーのジーンズをはくと、キッチンで一杯分のコーヒーを淹れ、ついでにジャグジー形の灰皿に残っている昨日のジョイントを吸い切り、胸のところに赤い大きなFの字が縫いつけてある白黒のテディスミスのブルゾンを引っ摑んで勢いよくドアを開けて外に出た。

外は晴れ、黒塗りのDSがひとけのない通りの、歩道のくぼんだところに駐車している。ハメッドは爽《さわ》やかな戸外の空気を気持ちよく吸い込み、ウォークマンでブロンディの曲を聴いているので、背後で黒塗りのDSが発進し、あとからゆっくりついてくるのに気づかない。彼はセーヌ川を渡り、植物園に沿って歩き、運がよければ《カフェ・ド・フロール》で誰かにコーヒーを一杯おごってもらえるだろうと思っていたが、実際に《フロール》に来てみると、同業者のジゴロと二、三のケチな年寄りしかいなく、それにサルトルもすでに来ていて、セーターを着た少人数の学生たちを前にしてパイプを吹かしながら咳き込んでいる。それでハメッドは、悲しい目をしたビーグル犬を連れているレインコート姿の通行人に煙草を一本めぐんでもらい、まだ開店していない《パブ・サンジェルマン》の前で、自分と同じように寝不足で、昨夜は飲みすぎ、吸いすぎて食べることを忘れた若いジゴロたちと煙草を吸った。そこにサイードがいて、昨日は《青いクジラ》に顔を出したかと訊いてきたし、ハロルドは《パレス》であやうくアマンダ・リアと寝るところだったと言い、スリマーヌは誰かに殴られたが理由は憶えていないと言った。みんな、もううんざりだ、という点では一致していて、ハロルドはモンパルナスかオデオンで『ベルモンドの道化師』でも観に行くかな、と言っているが、十四時前から上演している映画館はない。向かいの歩道では、二人の髭面男が黒塗りのDSを停めて《リップ》でコーヒーを飲んでいる。彼らの着ているスーツはまるで車のなかで一夜を明かしたかのようにしわくちゃで、二人とも肌身離さず傘を持っている。ハメッドは、帰って寝たほうがいいことくらいわかっているが、五階まで上がっていくのは面倒だなと思っているうちに、地下鉄の階段から黒人が上がってきたので煙草を一本ねだり、病院に見舞いに行くべきかどうかを考えている。サイードは、「ババール」は昏睡状態だけど、おまえの声を聞いたら喜ぶんじゃないのと言う。昏睡状態でも植物みたいにクラシック音楽を聞かせると反応するらしいよ、とかなんとか。ハロルドはボマージャケットを見せびらかしている。表が黒で裏がオレンジの、リバーシブル。スリマーヌは、昨日、知り合いのロシアの詩人が顔に傷をつくってきたのを見かけたが、かえってそのほうが美男子に見えるんで、思わず笑っちゃったと言う。ハメッドは、これから《ラ・クーポール》でも覗きに行こうかなとか言って、レンヌ通りを上がっていった。二人の髭男がすぐにそのあとを追ったが、傘を忘れた。ウェイターが二本の傘をつかみ、「お客さん、お客さん!」と大声を出し、剣のように振りかざすものの、その日はそもそも朝から快晴なので誰も気に留めない。二人の男は傘を受け取ると、また尾行を続けた。彼らは、タルコフスキーの『ストーカー』とソ連の戦争映画の二本立てを上映している《コスモス》の前で足を止めた。ハメッドは先を歩いているとはいえ、ブティックの前を通るときには足が遅くなるので、見失う心配はない。

それでも、二人組の一方は来た道を引き返し、ＤＳを取りに行った。

18

ラ・フルシュとクリシー広場のあいだ、ビゼルト通りにある自宅で、ジル・ドゥルーズは二人の捜査員を迎えた。シモン・エルゾグは有頂天になっている。偉大な哲学者と、その自宅で、膨大な書物に囲まれて面会できるのだから。部屋に入ると、哲学と冷たく沈んだ煙草のにおいが漂っていた。テレビがついていて、テニスの試合をやっている。シモンはライプニッツに関する著作があちこちに散らばっているのに気づく。ボールをポーンポーンと打ち合う音が耳に入ってくる。コナーズとナスターゼの試合だ。

二人がここに来た表向きの理由は、ドゥルーズがＢＨＬによって非難されているからである。というわけで尋問は検察官口調で始められた。

「ドゥルーズさん、あなたはロラン・バルトと対立関係にあったと聞いています。その内容をお聞かせ願えませんか？」ポーンポーン。ドゥルーズは半分吸いかけの煙草を口にくわえていたが、火は消えている。バイヤールはその指先の爪が異様に長いことに気づいた。「あ、そう？　でも、違いますよ。私はロランと対立などしていない。ただし、あの能なしを、いつも白いワイシャツを着ている大馬鹿野郎を支持したことを除けばね」

シモンは帽子掛けに帽子が掛かっているのに気づいた。入口のところにあったコート掛けにも一つ、箪笥の上にも一つ、それぞれ色違いだが、どれも『サムライ』のなかでアラン・ドロンがかぶっていた帽子と同じスタイル、ずいぶんたくさんの帽子がある。ポーンポーン。

ドゥルーズはソファに深く腰かけている。「このアメリカ人、わかるかね？　アンチ・ボルグだよ。いや、違うな、アンチ・ボルグはマッケンローだ、変幻自在のエジプト式サーブにロシア魂とでも言うか、ふむ、ふむ（咳払い）。だがコナーズ（彼はフランス式にコノルズと発音した）は違う、あのフラットなプレイ、つねにリスクを取るスタイル、地を這うボール……それはとても貴族的だと言ってもいい。だが、ボルグはコートの奥に構えてボールを返す、トップスピン《リフタージュ》をかけてネットのはるか上を越えてね。どんな労働者《プロロ》だって、わかる道理さ。ボルグはプロレタリアートのテニスを編み出したんだ。マッケンローやコナーズは、もちろん、プリンスのプレイだ」

バイヤールは長椅子《カナッペ》に座り、こんな馬鹿げた話を山ほど聞かされるのかと思っている。

シモンはあえて異議を唱えた。「でも、コナーズは庶民的な選手の典型ではないですか？　彼はバッド・ボーイと呼ばれる不良でチンピラ、インチキをするわ、審判に文句をつけるわ、大声で喚くわ、性悪なプレイヤーですよ、喧嘩っ早いし、信じられないほど執念深いし……」

ドゥルーズは苛立ちの仕草を抑えて、言う。「あ、そうかね？　なるほど、反論としては面白い」

バイヤールが口を挟む。「バルト氏から何かを盗もうとしたということもあり得るのじゃないですかね。何かの書類とか。お考えをお聞かせ願えませんか、ドゥルーズさん？」

ドゥルーズはシモンのほうを見て、言う。「何か《ケスク》と問う質問がよい質問だとはかぎらない。誰《キ》、幾《コンビ》ら《アン》、どのようにして《コマン》、どこで《ウ》、いつ《カン》で始まる質問のほうがよい場合もある」

バイヤールは煙草に火をつけ、我慢強く、観念したように、さらに問いかける。「つまり、何をおっしゃりたいのですか？」

「そうですな、事実をよく調べもしないで、馬鹿な哲学者みたいな当てずっぽうを面と向かってぶつけに来るくらいですから、ロランの事故はおそらくただの事故じゃないってことでしょう。で、あなたがたは犯人を捜している。つまりは動機だ。しかし、なぜと問う《プルクワ》までの道のりは長いのではないですかな？　どうやら運転手の足取りを追っても何も出てこないようですな？　ロランは意識を取り戻したと聞いています。彼は何も言おうとしなかったのでしょう？　だったら、なぜの問いを変更すべきでしょう」

テレビでは、コナーズが一球打つたびに唸り声をあげているのが聞こえる。シモンは窓の外に目をやった。下に青いフエゴが停まっているのが見えた。

バイヤールは、バルトが自分の知っていることを明かさなかったのだとしたら、それはなぜだろうとなおも問いかけた。ドゥルーズは、それについては何もわからないが、一つだけ知っていることがある、と答えた。「いったい何が起こり、どうしてこんなことになったのかはともかく、その座を求める候補者は何人もいる。つまり、こういうことをやらせたら、自分が一番だと言い張るやつが何人もいるということだ」

バイヤールは、低いテーブルの上の、梟《ふくろう》の形をした灰皿を自分のほうに引き寄せた。「で、あなたはいったい何を求めているんですか、ドゥルーズさん？」

ドゥルーズはせせら笑いとも咳き込みともつかない、かすかな音を立てた。「人が求めるものはつねに、自分がなり得ないもの、あるいはかつてそうだったが二度とそこには戻れないものでしょう、警視さん。でも、そういうことが問題なのではない、違いますか？」

バイヤールは、では何が問題なのかと問うた。

ドゥルーズはまた煙草に火をつけた。「いかにして候補者を選別するか、でしょう」

建物のなかで女の叫ぶ声が響いた。悦びの声か怒りの声か、わからない。ドゥルーズは指先でドアを示した。「女というものはね、警視さん、後天的なものではなく、生まれつき女であるのでもない。女はね、たえず女として生成しつつあるものなんですよ」と言うと、彼もまた少し喘ぐような声を出して立ち上がり、グラスに赤ワインを注いだ。「われわれは、みな同じですよ」

バイヤールはうさん臭そうに問い返した。「みんな同じだと思っているのですか？　あなたと私が同じだと言うのですか？」

ドゥルーズは笑みを浮かべる。「まぁ……つまり、ある意味ではね」

バイヤールはせいぜい愛想よく振る舞おうとしたが、ついほのめかしのような言葉を漏らした。

「あなたも真実を追究しているというわけですか？」

「なんと！　真実と来たか……。それはどこから始まって、どこで終わるのか……じつは、いつだってその真ん中にいる、そうでしょう」

コナーズが第一セットを6－2で取った。

「数ある王位継承候補者のうちいずれが最善かをどのように決めるか？　その方法《コマン》がわかれば、その理由《プルクワ》もわかる。たとえば、ソフィストを例にとってみよう。プラトンによれば、問題は、彼らが受け取る資格のないものを求めることだという……。そう、いかさまをするわけだ、あの卑劣漢たちは！……」そこで彼は両手をこすり合わせた。「訴訟というのはいつだって根拠のない王位継承者選びに似ている……」

彼はグラスのワインを一気に飲み干すと、シモンを見つめて、こう付け足した。「それは小説と同じくらい面白い」

シモンはその視線を受け止めた。

19

「ああ、そんなの絶対に無理ですってば、断じてお断わりです！　僕は行きませんからね！　もうたくさんだ！　僕があんたたちの本丸に足を踏み入れるなんて話にならない！　そもそもあのクソみたいな言葉を僕が解読する必要なんてないじゃありませんか。僕だってわざわざそんな言葉を聞きに行く必要はない。いいですか、僕は大資本の走狗《そうく》なんだ。労働者階級の敵なんだ。僕はありとあらゆる情報手段を持ってる。アフリカで象狩りこそしないけど、FMの自由放送なんて認めない。表現の自由なんて圧殺すべきだ。原発なんかいたるところに建てればいい。僕は貧しい人々の家に押しかけてゆく女衒の煽動者なんだ。メトロのなかでプロレタリアートを演じてみせるのが好きなんだ。僕は皇帝か道路清掃人の黒人が好きだ。人道的という言葉を聞くと、すぐに落下傘部隊を派遣する。女の子との揉め事を片づけるときに極右の根城を使う。国民議会なんてクソ食らえだ。つまり……僕は……いけ好かない、いけすかないファシストなんだ！」

シモンは震える手で煙草に火をつけた。バイヤールは相手の発作が終わるのを待っている。捜査のこの段階においては手持ちの判断材料は限られているし、大本の関係まで洗い直してみると、ひょっとするとこれは大事《おおごと》になるぞという気はしたが、まさか、あんなところに召喚されたりはしないだろうと思っていたのである。この若いのまで連れて。

「いずれにせよ、僕は行かない、行かない、絶対に行かない」と若いのは抵抗した。

20

「大統領閣下がお会いになります」

ジャック・バイヤールとシモン・エルゾグは、緑色の絹地を張った壁に囲まれた照明のまぶしい角部屋に通された。シモンは青ざめていたが、本能的に見るべきものは見ていた。自分たちの腰かけている二つの肘掛け椅子の真向かいにはデスクがあって、その向こうにジスカールが席に着いていて、部屋の反対側にも肘掛け椅子とソファと低いテーブルが置いてある。シモンは選択の項目をすぐに理解した。大統領が客と距離を置きたいか、それとももっと打ち解けた会談を演出したいのかによって、デスクを盾のようにしてその背後に座って客を迎えるか、低いテーブルの周囲に座ってもらい、ケーキなど食べながら自然と前屈みになるように計らうか、その違いが出てくるわけだ。シモン・エルゾグはまた、文箱《エクリトワール》のなかに目立つようにケネディに関する本が置いてあるのに気づいた。ジスカールのあやかりたい若くて現代的な国家元首像を暗示しようとしているのだろう。巻き込み式蓋のついたライティング・デスクの上に置いてある赤と青の箱、あちこちに配置されているブロンズ像、積み上げられた書類の山は巧みに高さが計算されている。低すぎれば、大統領は何もしていないという印象を与えるし、高すぎれば、仕事に追い回されているという印象を与えるだろう。壁にはいくつかの名画がかかっている。ジスカールは、重厚なデスクの向こう側に立ち、そのうちの一つを指さした。それは美しくも厳《いか》めしい女性の姿を描いた作品で、腕を大きく開き、乳白色の豊満な胸をかろうじて隠してはいるものの腹部のあたりまで肌を露出した薄手の白いドレスを身にまとっている。「フランス絵画のなかでもっとも美しい作品の一つを運よくボルドー美術館から借りることができましてね。ウジェーヌ・ドラクロワの「ミソロンギの廃墟に立つギリシア」ですよ。素晴らしいでしょう？　ミソロンギはもちろんご存じだろうが、かのバイロン卿がギリシアのトルコからの独立戦争のときに死んだ町の名前です。一八二四年のことでしたね、たしか（シモンは、この「たしか」に媚《こ》びを感じた）。凄惨な戦争でした、なにしろオスマン・トルコ軍の兵士はたいへんな残忍さでしたから」

デスクから離れることなく、握手のそぶりも見せず、大統領は二人の客人に椅子をすすめた。この二人にはカナッペもケーキもない。大統領のほうは相変わらず立ったまま、話を続ける。「おそらく私は歴史の悲劇を感じ取っているとは言えないかもしれませんが、少なくともギリシアの民衆が解放される希望を一心に担って傷ついている、この若い女性の悲劇的美しさに感動を覚えていることだけは確かでありましょう！」大統領の話を遮る術など知るはずもない二人はただ黙っているほかなかったが、鄭重な同意の証としての沈黙に慣れている大統領を気まずい思いにさせることもなかった。やたらにシューシュー子音を強調する話し方の男が身体の向きを変えて窓のほうを見やったとき、シモンはこの空白が話題転換の役目を果たし、いよいよこれから本題に入るのだと理解した。

そのまま身体の向きを変えずに、話し相手に自分の禿頭を見世物にすることも厭《いと》わず、大統領はふたたび話しはじめる。「ロラン・バルトとは一度会ったことがある。私が彼をエリゼ宮に招待したのです。とても魅力的な男でね。十五分間にわたって、その日の献立の分析をし、それぞれの料理の持つ象徴的な意味をきわめて鮮やかに証明してみせた。それはそれは興味深い話でしたよ。かわいそうに、彼は母親の死からなかなか立ち直れないでいたと聞きましたが？」

ようやく腰をおろしたジスカールは、バイヤールに向かって語りかけた。「警視、事故当日、バルトさんはある書類を持っていて、それを何者かに盗まれたのです。あなたにはその書類を見つけ出してほしい。国の安全保障に関わることなのです」

バイヤールは問い返した。「その書類は正確にはどういう性質のものなのですか、大統領閣下？」

ジスカールは前屈みになって、デスクに両拳をつき、深刻な口調で応じた。「国の安全保障を左右するきわめて重要な書類です。誤って用いれば、計り知れない損害をもたらし、民主主義の根幹を揺るがしかねない。残念ながら、これ以上は申し上げることができない。きわめて慎重に行動していただかなければなりません。しかし、やり方は自由です、そちらにお任せします」

そう言うと、大統領はようやくシモンのほうに目を向けた。「お若いの、聞くところによると、あなたは、その……警視の案内役を務めているとか？　ということは、バルトさんがその思想を発展させた言語学の分野に精通なさっているわけですな？」

シモンはおずおずと答えた。「いえ、それほどでも」

ジスカールが探るような目を向けてきたので、バイヤールは説明した。「エルゾグくんは捜査に有益な知識を持っております。ああいう連中がなぜあんな行動をするのか、いったい何が問題なのかをよく理解しております。それに警察にはとても見えないものを見ることができます」

ジスカールは笑みを浮かべた。「つまり、きみは千里眼なのかな、アルチュール・ランボーのように？」

シモンは恥ずかしそうにつぶやいた。「いえ、とんでもないです」

ジスカールは、二人の背後の壁に掛けてあるドラクロワの作品の下の、巻き上げ式ライティング・デスクの上の赤と青の箱を指さした。「きみの考えでは、あのなかに何が入っていると思うかね？」

シモンは自分がテストされているとは思わず、答えられたら自分の得になるのかどうかも考えず、反射的に答えた。「レジオン・ドヌール勲章のメダル、ですか？」

ジスカールの笑みが大きく広がった。立ち上がると、片方の箱を開けて、メダルを取り出した。

「どうして当てられたか、お尋ねしてもよろしいかな？」

「では、申し上げましょう。まず、この部屋全体がシンボルに満ち満ちています。絵画作品も、壁の装飾も、天井の刳形《モールディング》も……。どのオブジェ、どの細部も、共和国政府の豪華絢爛《ごうかけんらん》と威厳を表現する使命を負わされている。ドラクロワを選択したことも、文箱のなかの本のカバーに使われているケネディの写真にしろ、何もかも重苦しいほどに意味ありげです。しかし、シンボルというものは目に見えなければ価値がありません。箱の底に隠れているシンボルなんてものは何の役にも立たない、いや、それどころか、そんなものは存在しないと言ってもいいでしょう。

と同時に、わざわざこの部屋に電球だとかネジ回しだとかをしまっておくとも考えられない。ですから、この二つの箱が道具箱として使われているとはとても思えなかった。それに、もしそれがクリップやホッチキスの針を入れておくための箱ならば、仕事机の上の、手の届くところに置いてあるはずだ。とすれば、中身はシンボリックなものでもなければ、機能的なものでもない。でも、どちらかでなければならない。鍵が入っている可能性もありますが、エリゼ宮では大統領直々、門扉やドアの開閉をするはずがないし、専属の運転手がいるのに自動車のキーを持ち歩く必要もない。とすれば、残るはただ一つの解答しかなく、眠っているシンボルということになります。つまり、この部屋にあってもそれ自体はなんの意味も持たないけれども、この部屋の外に出てはじめて活躍するものとなれば、この場所、すなわち共和国の偉大さを象徴する携帯可能な小さなシンボルしかありません。ということはおそらく、何かのメダル、この場所からして、レジオン・ドヌール勲章、というわけです」

ジスカールはバイヤールと合意の眼差しを交わし、「警視、どうやらあなたの言いたいことがわかったように思います」

ハメッドはマリブ・オレンジをすすりながら、マルセイユで暮らしていたときのことをぽつりぽつり語っているが、相手はその話をろくすっぽ聞きもしないで言葉をのみ込んでいる。ハメッドはこのコッカースパニエルのような目つきをよく知っている。彼はこの男の主《あるじ》なのだ、なぜなら、彼はこの男にこいつをものにしたいという狂おしいほどの欲望をかき立てているから。相手は自分の身を委《ゆだ》ねようとしているか、あるいはそこにいささかの悦びを得ようとしているかもしれないが、この快楽は自分が欲望の対象であるという立ち位置が彼にもたらす力の感情よりはおそらく小さいだろうし、このことは若く、美しく、そして貧しくあることのよい面なのだ。なぜなら、相手をものにするために、なんらかの形で金を払おうとしている連中を、そのつもりはなくても、ごく自然に見下すことができるから。

夜も更けて、いつものように、冬も終わりの首都の真ん中に位置する豪華なアパルトマンは自分には分不相応だという感情が湧き上がってくると、彼は邪《よこしま》な喜びに酔いしれる。自分の額に汗して稼いだものよりも、盗んだもののほうが倍の価値がある、そんなことを思いながら、アラン・バシュンの「ギャビー・オー・ギャビー」に合わせて腰を振っている客たちのあいだを縫うようにして、オードブルの並んだテーブルから、タプナードを塗ったパン切れをまた齧《かじ》っては、ほのかに南仏のことなど思い出している。ここにもスリマーヌが来ていて、エスカルゴを詰めたひとくちパイをむしゃむしゃ食べながら、こっそり尻を撫でてくる太鼓腹の編集者の冗談に無理して愛想笑いをしている。その横では、若い女が大げさに頭をのけぞらせて笑い声を上げ、「そしたら、彼、ぴたりと止まっちゃって……尻込みするのよ！」とか言っている。窓辺ではサイードが、いかにも外交官面をした黒人と一緒にジョイントを吸っている。スピーカーから「ワン・ステップ・ビヨンド」の最初の数小節が流れ出すと、わざとらしい興奮が部屋全体に湧き起こり、客たちはいかにも音楽に乗せられたかのように叫び声を上げる。まるで快楽の波が全身を駆けめぐっているかのように、まるで狂気が、どこかに姿を消してしまった忠実な飼い犬が突然尻尾を振りながら戻ってきたかのごとく、あるいはこの空間をむせび泣くサキソフォンによってリズムを刻まれた道具的なものとして考えたり、考えなかったりするのを中断できるかのように、あるいはそんなことはどうでもいいと言わんばかりに、喚声を上げている。それに続いて、上機嫌を保つためにディスコ風の歌が何曲か流れることになるだろう。ハメッドはトリュフ入りのタブレ（クスクスのサラダ）を自分の皿に取り分けながら、一回分のコカインか、それがなければスピードを少々恵んでくれる相手を物色している。どちらも性欲を刺激してくれるが、スピードをやると勃起してもあまり固くならない、でも、そんなこと、どうってことないじゃないかと彼は思う。自分の家に帰らなくてもいいようにできるだけ長く粘ればいい。ハメッドは窓辺のサイードのところに行った。アンリ四世大通りの角に立っている広告塔を街灯が照らし出している。広告塔には、ネクタイ・スーツ姿のセルジュ・ゲーンズブールのポスターが張り出されていて、「バイヤールを着れば男になれる。そうですよね、ゲーンズブールさん？」という宣伝文句が読める。ハメッドには、なぜこの名前に親しみを感じるのかわからないまま、精神状態がヒポコンデリー気味なので、過ぎ去ったこの一年の、自分のスケジュールを声に出して唱えながら、お代わりのグラスを取りに行く。スリマーヌは壁に掛かった一連のリトグラフをじっと見つめている。虹色のグラデーションで描かれた犬たちが、一ドル札の詰まった飯盒《はんごう》に鼻先を突っ込んでむしゃむしゃ食べている。そういう作品を覗き込むことで、今では自分の腰をこすりつけ、首筋に息を吹きかけてくる太鼓腹の編集者など眼中にないふりをしているのだ。スピーカーから流れ出てくるクリッシー・ハインドの声が客たちに、まさかの時の用心に、めそめそするのはおやめと諫《いさ》めている。二人の髭面がボン・スコットの死について語り、ハンチングをかぶったデブのトラック野郎、ブライアン・ジョンソンがロックバンドAC／DCに入ってつとまるのかね、とか言っている。髪を七三に分けているスーツ姿の青年が、映画『警察《ラ・ゲー》戦争《ル・デ・ポリス》』に出演しているマルレーヌ・ジョベールは胸を出してるって、間違いないらしいよ、と耳を貸してくれる人には誰彼となく、興奮して繰り返している。それにレノンがマッカートニーとシングルを出すらしい。ひとりのジゴロがハメッドのところにやって来て——ハメッドは相手の名前を忘れている——、ハッパ持ってないかと訊くついでに、このパーティはあまりにも「左岸《リヴ・ゴーシュ》」すぎるぜと毒づき、窓から見えるバスティーユ広場にそびえる自由の記念碑を指さして言う。「よう、何が問題か、わかる？　いくら俺が急進派《ジャコバン》でありたいと願っても、やっぱりいろいろ制約があるってことさ」。誰かがキュラソーの入った自分のグラスをカーペットの上にひっくり返した。ハメッドがここを出て、サン＝ジェルマンに戻ろうかと迷っていると、サイードが浴室のほうを指し示した。二人の若い女と年取った男が同時に浴室に入っていく。セックスのためではなく、麻薬を吸引するためであることは見え見えだから（老人のほうが素知らぬふりをしているのは、二人の少女が目当てなのではなく、少なくとも五分間その影がいてくれればいいからだ）、うまく立ち回れば、コカインを一回分か二回分手に入れることができるかもしれないと踏んだのだ。はげ上がった口髭男に、あなたはパトリック・ドゥヴェールじゃないですか、と尋ねているやつがいる。スリマーヌは太鼓腹の編集者から逃れるために、伸縮性のジーンズをはいた金髪を誘い、ダイアー・ストレイツの「悲しきサルタン」に合わせてロックを踊らせる。このにわか仕立てのカップルは、誰の目にも余裕があるように見せるために、皮肉っぽいと同時に愛嬌のある態度を装おうとして、その場で半回転してみせる。太鼓腹の編集者はただそれをあっけに取られて見ている。彼もまた、みなそうであるように孤独なのだが、彼はそれを隠すことができないから、この孤独を持て余しているのだなと気づく以外は誰も彼に注意を向けないのだ。スリマーヌは次に流れてきたダイアナ・ロスの「アップ・サイド・ダウン」でもパートナーを離さないでそのまま踊っている。ザ・キュアーの「キリング・アン・アラブ」のイントロが始まったとき、フーコーがエルヴェ・ギベールを伴って、このパーティに乗り込んできた。チェーンのついた大きな黒い革のブルゾンを着て、頭には剃り上げたときの傷が残っている。ギベールは若く、美しい。パリジャンを気取っているにしても、まともな作家だとは思えないほど、わざとらしいほど美しい。サイードとハメッドは浴室のドアを叩き、もっともらしい言葉と馬鹿げた言い訳でなかにいる連中を言いくるめようとするが、ドアは無情に閉ざされたまま、その向こうから、金属とエナメルと吸引のかすかな音が聞こえてくるだけ……。銃を手に浜辺に立つと。彼が現われるといつもそうであるように、フーコーはおずおずとした興奮といったようなものを惹起する。ただし、アンフェタミンをやりすぎている者や、海を見つめ、砂浜を見つめ……という歌詞を聞いて、ただの海辺の歌だと勘違いして、あちこちで飛び跳ねている連中は除いて。浴室のドアが開くと、二人の若い女と老人が出てきてサイードとハメッドを睨みつけながら、何リットルものセロトニンを自分の脳内で煙と化してなおくたばらないどころか、そのストックは年月を重ねるほど、ますます長きにわたって再生されると信じている上流階級の麻薬常用者に特有のプライドをこれ見よがしに誇示するかのごとく、鼻を鳴らしている。僕は生きていて、僕は死んでいる……。早くも彼らの周りには人だかりができていて、その真ん中でフーコーは若いギベールに向かって、あたかも自分が引き起こした周囲の興奮に気づいていないかのように、ここに来る前から始めていた会話を続けている。「子供の頃、僕は金魚になりたかったんだよ。すると母親は僕に言うのさ。『まあ、なんてこと言うの、そんなの無理でしょ、だっておまえは冷たい水が嫌いなんだから』ってね」それにロバート・スミスの声がかぶさる。僕は異《ザ・》邦人《ストレンジャー》だ！　フーコーは続ける。「その言葉が僕を困惑の淵に沈め、僕は母にこう言った。それじゃせめてほんの一秒だけでもいいから、金魚が何を考えているか知りたい……」ロバート・スミスも続ける。……アラブ人を殺して！　サイードとハメッドはほかを当たってみることにする、たとえば《ラ・ノーシュ》とかに行けば目当てのものが手に入るかもしれない。スリマーヌはまた太鼓腹の編集者がいるところに戻っていく。とにかく食べることが先決なので。相手の瞳に映る自分を見つめて……。フーコー――「誰かがまず正直に打ち明けなければならない。いつだっているんだ、ついには正直に白状してしまうやつが」ロバート・スミス――浜辺で死んだ男の瞳に映る自分……。ギベール――「彼はソファに裸でうずくまっていて、使える個室《キャビン》を見つけるのは不可能だった……」浜辺で死んだ男……。「で、ようやく空いている個室を見つけると、コインを持っていないことに気づくというわけだ……」ハメッドがまたカーテン越しに窓の外に目をやると、下の路上に黒塗りのDSが駐車しているのが見えた。「もう少しここに残ることにするよ」と彼は言う。サイードが口にくわえた煙草に火をつけると、パーティの照明の当たるガラス窓の枠内に二人の姿がくっきりと浮かび上がった。

22

「ジョルジュ・マルシェ（当時のフランス共産党書記長）なんか、どうでもいい、まずはそいつをはっきりさせておかないと！」

ダニエル・バラヴォワーヌ（フランスのシンガー・ソング・ライター）が、ようやく発言することができたとき、少なくとも三分後には、どうせこのマイクは取り上げられてしまうと覚悟したので、とにかく彼は、興奮した独り言のような早口で、政治家たちが古くさく、腐敗していて、まるっきり時代遅れであることをまくし立てた。

「べつにあなたの代弁をするわけではないですけど、ムシュー・ミッテラン……」

でも結局はそういうことだ。

「僕が知りたいのはさ、何に関心があるのかって訊かれたとして、つまり移民労働者たちが払う家賃は誰に払っていたのかって……要はさ……移民労働者たちに毎月七百フランも払わせてゴミため、あばら屋に住まわせているのは、どこのどいつだってこと……」この支離滅裂、構文もおかしければ、言葉の遣い方も間違いだらけ、早口すぎて聞き取れないくらいだが、みごとなしゃべりっぷりだ。

いつものことだがジャーナリストたちは、まるで話の内容を理解できないうえに、バラヴォワーヌが、あんたたちは若者をこういう席に呼んだためしがないじゃないかと非難するので、ぶつぶつ文句を言いはじめた（そして、いつものように格好をつけた薄笑いを浮かべ、反論する。そんなことはない、その証拠におまえみたいな若造がここに来てるじゃないか！）。

だが、ミッテランは何が起こっているか正しく理解した。この青二才は今まさに、自分も含めてテーブルの周りに座っているジャーナリストたち、そしてその同類たちの、ありのままの姿を描き出しているのだ。あまりに久しく似たもの同士のうちに引きこもっているので、世間から見れば死んだも同然、しかもその自覚さえない老いぼれたち。怒れる若者の意義を強調しようと必死で語っているが、言葉を挟もうとするたびに見当違いの温情主義が前面に出てしまう結果になっている。

「今書き留めたメモをざっと読み上げることにしましょう……いずれにせよ、私があなたに提示できるものがあるとすれば、それは一つの警告でしょう……」ミッテランは唇を噛みながら、手にした眼鏡をもてあそんでいる。この様子がカメラで撮影され、しかも生中継、万事休すだ。「私があなたに言えることは、絶望は人々の情に訴えかけるものであり、そうなったとき絶望は危険だということです」

ジャーナリストが残酷な皮肉を忍ばせて発言した。「ムシュー・ミッテラン、あなたは一人の青年と対話しようとして、ずいぶん熱心に彼の話に耳を傾けておられますが……」うまく切り抜けてくれ、たのむよ。

するとミッテランは俄然、力をこめて語りはじめた。「私が興味を惹かれたのは、その考え方、反応のし方、それに加えて自己表現のし方なのです！　なぜならダニエル・バラヴォワーヌ君は文章でも音楽でも自己表現をしている……すでに市民権を得て……耳目《じもく》を集めている、ということは理解されているということだ」がんばれ、がんばれ。「彼は自分の流儀で語っている。自分の言葉に責任を持っている。立派な市民だ。一人前のね」

日付は一九八〇年の三月十九日、場所は《アンテンヌ2》のニュース番組の収録スタジオ、時刻は十三時三十分、ミッテランは老獪《ろうかい》だ。

23

死に瀕したバルトはいったい何を考えているだろう？　母親のことだと、彼らは言う。彼を殺したのは母親だと。はい、はい、相も変わらぬ些細な私事、取るに足らない小さな秘密だね。ドゥルーズが言うように、誰にも信じ難いことばかり起きるおばあさんの一人くらいはいるものだ、だから？「心痛のあまり」。なるほど、わかりました、彼は心痛のあまり死ぬのであって、ほかの理由はないと。ああ、哀れなフランスのちっぽけな思想家たちよ、このうえなくみすぼらしく、このうえなく陳腐な、このうえなく卑屈なジコチューの内部世界に萎縮した世界のヴィジョンに閉じこもったまま出てこない思想家たちよ。何の謎も、何の神秘もない、母、この世のすべての答えの生みの親。二十世紀は神をお払い箱にしてくれたが、その代わりに母親を据えたのだ。たいしたもんだ。でも、瀕死のロラン・バルトは自分の母親のことなど考えてはいない。

もし、読者が彼のぼんやりとした夢想の糸をつかむことができれば、きっとわかるだろう。もうじき死ぬ男が、自分がどういう人間であったか、とりわけ、できればこうでありたかった自分、そんなことにしか思いを馳せないというのだろうか？　彼は自分の全生涯ではなく、事故のことを振り返っているのだ。この作戦に金を出したのは誰か？　彼は事故の直後何者かにジャケットの内側をまさぐられたことを憶えている。そして書類がなくなった。出資者が誰であれ、われわれはおそらく例のない破局の前夜にいる。一部は自分のために、執着していたロランだからこそ、その書類の正しい使い方がわかったはずなのに。一部は自分のために、残りの大半は世界のために。こうして自分の臆病さを克服することができたはずなのに。なんてことだ。たとえ命拾いできたとしても、手遅れだ、もう喜びはない。

ロランは母親のことなど考えてはいない。誰も彼も精神を病んでいるとはかぎらない。

彼は何を考えているか？　おそらく彼はかくかくしかじかの思い出が、内心の、あるいは無意味な、あるいは自分だけが知っている物事が脳裡をよぎっていくのを目の当たりにしている。ある夜のこと――あるいはまだ明るいうちだったか――、自分の作品を翻訳しているアメリカ人の翻訳者がパリに立ち寄ったとき、フーコーと三人でタクシーに同乗したときのことだった。翻訳者を真ん中にして三人で後部座席に乗り込むと、いつものようにフーコーが会話を独占し、自分の生気に満ちた声について語り、古代の人のように鼻にかかったその声に自信を持っていると語り、この場を支配しているのは自分なのだと言わんばかりに、いつものように即興で小さな独演会を開き、自分がどれほどピカソを嫌っているか、ピカソがどれほど能なしであるかと語ると、当然そこで笑いが起こり、若い翻訳者はおとなしく傾聴しているが、彼だって自分の国では作家であり、詩人であるのに、ここではこの二人の傑出したフランスの知識人の発言に恭《うやうや》しく耳を傾けざるを得ないのはそもそも困りものなのだが、バルトはすでに彼がフーコーの饒舌をまともに受け止められなくなっているのはわかっていて、それでも何か言わずに遅れを取るのは嫌だし、彼もまた笑って時間稼ぎをしているけれど、自分でもその笑いが嘘っぽく響いているのは意識していて、ばつが悪そうな顔になるのでよけいにばつが悪く、こうなると悪循環なのだが、彼の人生はいつもこういうことばかり、それくらい彼はフーコーの信頼を勝ち得たいのであるが、自分の話に信心深く耳を傾ける学生たちの前で語るときですら、自分の内気さをその教授口調に隠さねばならず、彼が自信を感じられるのは書き物をしているときだけ、紙の陰、自分がこれまで書いてきたプルーストについて、シャトーブリアンについての本の陰に隠れているときだけ自分に自信が持てるのだが、フーコーはそんなことお構いなしに、ピカソをこき下ろし、その一方でバルトにしても、話に乗り遅れまいとして、じつは自分もピカソが嫌いであると言い、そう言っておきながら、彼が自己嫌悪を感じるのは、彼には何が起こっているのかよく見えるし、それを見るのが彼の仕事だから、結果的にはフーコーを前にして自分を貶めることになるのがよく見えるわけで、おそらく若くて美貌の翻訳者もそれに気づいていて、彼もまたピカソに唾を吐きかけ、とはいえ、おずおずとほんのわずかな唾を吐きかけるだけなのだが、フーコーのほうはそれを聞いて大口を開けて笑い、バルトもまた、ピカソは過大評価されている、人が彼の何を評価しているのか自分にはよくわからないと言うものの、本心からそう思っているかどうかは不明で、結局のところ、バルトはとりわけ古典好き《クラシック》であり、とどのつまりは近代的なものが嫌いというか、極言すれば、そんなものどうでもよく、たとえピカソが嫌いだったとしても、そのことが問題なのではなく、フーコーの後手に回り、フーコーがこれほど偶像破壊的な断言を繰り出した時点で、自分がただそれに追従して吠えている老いぼれのようになっていること自体が問題なのであって、たとえ自分が本当にピカソのことが好きでないにしても、どこに向かって走っているのかわからないあのタクシーのなかで、今さらピカソをこき下ろし、からかうのは褒められたことではない云々。

　そんなわけで、おそらく、バルトは死ぬとき、このタクシーでの移動のことを思い出し、目を閉じ、悲しげに、彼にいつも取り憑いてきた、母か母でないかはともかく、おそらくはハメッドへのほのかな思いも含めて、この悲しみを抱いて眠った。自分はどうなるのか？　自分に託された秘密はどうなるのか？　彼はゆっくりと穏やかに、最後の眠りのなかに沈んでいく、もちろんそれは不快な眠りではないのだが、肉体の機能が一つひとつ消えていく一方で、精神は跳躍しつづけているのだ。この最後の夢想は、この期に及んで彼をどこに連れていこうとしているのか？

　そのとき、本当は自分はラシーヌが好きではなかったとか言えばよかったのだ。「フランス人はみな、自分たちにはラシーヌ（二千語の人）という古典があることを飽きもせずに自慢する一方で、シェイクスピアという古典を持っていないことは問題にしない」とでも言ってやれば、若い翻訳家はさぞ面白がったことだろう。と言っても、バルトがこの一文（「ラシーヌ論」）を書いたのはずっとあとのことだ。ああ、それにしても、彼が例の機能《フォンクシオン》を持っていれば、そうしたら……。

　病室のドアがゆっくりと開くが、昏睡状態に陥っているバルトの耳には聞こえない。

「古典好き」というのは、そもそも真実ではないのだ、あの研ぎ澄まされた十二音綴《アレクサンドラン》も、あの凝《こ》りに凝ったアフォリズムも、あの知的に見せかけた情熱も……。

彼の耳には自分のベッドに近づいてくる足音が聞こえない。

たしかに並外れた修辞家たちではあるけれど、その冷たさが、肉に欠けるところが好きではないのだ。ラシーヌ的情熱か、ずいぶん大仰だこと。フェードル、うん、たしかに傑作だ、条件法的な働きをする接続法大過去による告白の場面、なるほど、アリアーヌ（アリアドネ）の代わりに自分を、テゼー（テーセウス）の代わりにイッポリートを配して歴史を書き換えるフェードルとはよく考えたものだ……。

何者かが心電計に近づいていくのを彼は知らない。

だが、ベレニスはどうだ？　ティトゥスは彼女を愛していなかった、そんなこと明々白々ではないか。じつに単純、まるでコルネイユだ……。

人影が自分の持ち物を探っているのが彼には見えない。

ならば、ラ・ブリュイエールはどうかと言えば、あまりに教科書的。少なくとも、パスカルとモンテーニュ、ラシーヌとヴォルテール、ラ・フォンテーヌとヴァレリーのあいだには会話が成立した……。だが、誰がラ・ブリュイエールと話したいと思うだろう？

人工呼吸器の電位差計《ポテンシオメータ》をそっと回す手の動きは彼には感じられない。

ラ・ロシュフコーはいい、なんといっても。いずれにしろ、バルトは『箴言集《マキシム》』に多くを負っている。ラ・ロシュフコーは早すぎた記号学者だった。われわれの行動の徴候《シーニュ》のなかに人間の魂を読み解くことができたという意味で……。フランス文学における大貴族、それ以外の何者でもない……。バルトは、テュレンヌ元帥の砲火に追われ、サン＝タントワーヌ街の堀をコンデ公とともに馬で進む誇らしげなマルシヤック公（ラ・ロシュフコー）の姿を思い描いている（フロンドの乱）。もちろん、ついにその日が来たかなどとつぶやきながら……。

いったいどうしたのか？　彼は呼吸できなくなる。急に胸が収縮してしまった。

ところが、モンパンシエの姫御前《グランド・マドモワゼル》（アンヌ＝マリ＝ルイーズ＝ドルレアン）が城門を開け、コンデ大公の軍隊を招き入れたので、目に負傷して一時は失明状態だったラ・ロシュフコーも命拾いをし、立ち直ることになる。

彼は目を開ける。まぶしい逆光の照明のなかに聖母のような人影がくっきりと浮かび上がっているのが見える。彼は咳き込み、助けを呼ぼうとするが、口から声が出てこない。

立ち直るはず、だよね？　そうだよね？

その人影はそっと微笑みかけ、起き上がれないように彼の頭を枕に押しつけたが、どっちみち彼にそんな力は残っていない。今度こそ一巻の終わりだということがわかるから、それに身を委ねようとするが、肉体は彼の意に反して痙攣し、なおも生きようとし、動転した彼の頭脳は血液にまで届いてこない酸素を求め、その心臓は最後のアドレナリンの効果で暴れ、やがて鎮まる。

「永遠に愛し、永遠に苦しみ、永遠に死ぬ」結局、最後の思いはコルネイユのアレクサンドランにたどり着く。

24

一九八〇年三月二十六日、二十時のテレビニュースのキャスター、ＰＰＤＡ（パトリック・ポワーヴル・ダルヴォール）の発言。

「視聴者のみなさん、こんばんは、今日も盛りだくさんの情報……」ＰＰＤＡはここで間を置く。

「日々のわれわれの生活に役立つ具体的な情報をお届けします。心躍るものもあれば、そうでもないものもありますが、その仕分けはみなさんにお任せします」（テレビのニュースを欠かさず見るドゥルーズは、クリシー広場のすぐ近くにあるアパルトマンの一室で、例のソファにどっかりと腰をおろし大きな声でキャスターに応じる。「ありがとう！」）

二十時一分。「まずは一・一パーセントという二月の生活費の上昇についてです。『この数字はさほどよい徴候ではありません』と言うのは、経済相のルネ・モノリーです――といっても、まだましですが（これ以上悪くしようがないでしょう、とPPDAが口を挟み、ビエーヴル通りの自宅でテレビを前にしているミッテランもまた同じことを思っている）、一月の一・九パーセントと比べても、合衆国や英国と比べてもまだましですし、……西ドイツとは並んでいます」（ライバルの西ドイツへの言及を耳にすると、エリゼ宮の執務室で書類に署名しているジスカールは書類に目を落としたまま、無意識のうちにくっくと笑い声を上げた。屋根裏部屋にいるハメッドは出かけようとしているが、片方の靴下を見つけられないでいる）

二十時九分。「明日もまた教育現場でストライキです。全国教職員組合（SNI）では、パリとエソンヌ県の教員に今度の新学期に予定されている学級閉鎖に抗議するようにと呼びかけています」（ソレルスは片手に中国製の青島ビール、もう一方の手には煙草のないパイプを持ち、ソファにどっかり腰をおろし、「公務員の国だよ！……」と毒づく。キッチンにいるクリステヴァがそれに応じて「仔牛のソテーができたわよ」と言う）

二十時十分。「次は、言うなればほっと一息つけるニュースです（シモンは空を見上げる）。フランスではこの七年で大気汚染がかなり軽減されていて、窒素化合物の排出量は三〇パーセント減少したと、環境相のミシェル・ドルナーノが発表しました。二酸化炭素も四六パーセント減少したとのことです」（ミッテランはしかめっ面をしようとしたが、そうしたところでいつもの表情と変わるわけで

もない）
二十時十一分。「では、海外の話題から。今、何が起こっているか、チャドで……、アフガニスタンで……、コロンビアで……」（国名が列挙されていくが誰も聞いていない、フーコーと、もう一方の靴下を見つけたハメッドを除いて）
二十時十二分。「ニューヨーク州の予備選ではエドワード・ケネディがかなり予想外の勝利を収めました……」（ドゥルーズはガタリに電話しようと受話器を取る。自宅にいるバイヤールはテレビの前でワイシャツにアイロンをかけている）
二十時十三分。「昨年の交通事故数が増加していることを、全国交通警察憲兵隊が発表しました。それによると七九年の交通事故は二十五万件で、死者数は一万二千四百八十名、これはサロン＝ド＝プロヴァンスくらいの町の全住民が、去年事故で消失したのに相当します（ハメッドは、なんでサロン＝ド＝プロヴァンスなんだ、と不思議に思う）。復活祭休暇の前日に熟考を促す数字です……」（ソレルスは指を一本立て、「熟考！……熟考だってさ、聞こえたかい、ジュリア？……熟考を促す数字だってさ、ハ、ハ、ハ！……」クリステヴァは答える。「早くテーブルについて！」）
二十時十五分。「最悪の事態を招きかねなかった一件の交通事故の報告です。昨日、放射性物質を積んだトラックがもう一台の大型トラックに追突し、側溝に転倒しました。防御システムの性能がよかったために放射能漏れはありませんでした」（ミッテラン、フーコー、ドゥルーズ、アルチュセール、シモン、ラカンはそれぞれのテレビの前でどっと笑い声をあげる。バイヤールはアイロンをかける手を止めずに煙草に火をつける）
二十時二十三分。「続いては、フランソワ・ミッテランの『ラ・クロワ』誌上でのインタビューから、時代を画するであろう発言のいくつかを紹介します（ここでミッテランの満足げな微笑み）。『ジスカールは相変わらず一つの派閥、一つの階級、一つのカーストを代表する男でしかない。彼の成果といえば、六年にわたる渋滞、拝金主義のダンス。そして、ユビュ王（アルフレッド・ジャリの戯曲に登場する王）がよく言う、くそったれ《メルドル》』（「そう、フランソワ・ミッテランがまさにこう言ったのです」とPPDAは正確を期して言い添える。ジスカールは天を仰ぐ）。これが現大統領に対する評価です。では、共産党書記長のジョルジュ・マルシェと三人組についてはどうか。『その気になれば』と、同じくフランソワ・ミッテランの発言です。『マルシェはどうしようもなく滑稽な喜劇を演じることができる』（アルチュセールはウルム通りの自宅で肩をそびやかす。キッチンにいる妻に向かって、「聞いたか、エレーヌ？」と叫ぶが、返事はない）。最後に、社会党内におけるミッテラン／ロカールの連立チーム《チケット》の可能性について問われると、その米語表現はわれわれの習慣ではフランス語訳は存在しないと述べるにととまり、いや、とどまりました（PPDAの舌はときにもつれるが、平然と言い直した）」

　二十時二十四分。「ロラン・バルトが……（PPDAの間）本日の午後、パリのピティエ＝サルペトリエール病院で亡くなりました（ジスカールは署名の手を止め、ミッテランはしかめ面をやめ、ソレルスはパイプの先でパンツのなかを搔くのをやめ、クリステヴァは仔牛のソテーをいじくるのをやめて、キッチンから飛び出し、ハメッドは靴下をはく手を止め、アルチュセールは妻に対して怒鳴り声を上げないようにする努力をやめ、バイヤールはワイシャツにアイロンをかけるのをやめ、ドゥルーズはガタリに「あとでまた電話する」と言い、フーコーは生権力について考えるのをやめ、ラカンは葉巻を吸いつづけている）。この作家・哲学者が交通事故に遭ったのは一か月前のことでした。享年……（PPDAの間）六十四歳でした。彼は現代の文章表現とコミュニケーションに関する著作で名を馳せました。ベルナール・ピヴォが自分の司会する文学番組『アポストロフ』に彼をゲストとして招いたときには、『恋愛のディスクール・断章』という広範な読者の支持を得た自著（フーコーが天を仰ぐ）の紹介も行ない、これからご覧いただくVTRでは、社会学的観点から（シモンが天を仰ぐ）情愛と……（PPDAの間）性愛（フーコーが天を仰ぐ）の関係を解きほぐしています。ではVTRをどうぞ」（ラカンが天を仰ぐ）

ロラン・バルト（フィリップ・ノワレの声）――「私の主張は、ある主体が――ここで主体という言葉を使うのは、そう、この主体の性別を前もって限定しないためですね――恋愛の主体である場合には、情愛のタブーを克服するのに、実際、ひ……ひ……ひどく苦労するわけですが、一方、性愛のタブーは現代ではいとも簡単に乗り越えられてしまう」

ベルナール・ピヴォ――「つまり、恋をすると子供じみた状態になるからですか？」（ドゥルーズは天を仰ぎ、ミッテランはマザリーヌに電話しなければとつぶやく）

ロラン・バルト――「まあ、そう、ある意味では、世間ではそう思われている。世間では恋する主体に二つの性質というか、二つの欠点を与えている。まず第一に、言うまでもなく、往々にして馬鹿になるということがあり――恋する人間には愚行が付き物で、これについてはそもそも本人が感じていることですが――それから、恋する人間の狂気がある――これについては巷間《こうかん》諸説あふれています――ただし、これはおとなしい狂気でしかありません、法に触れるほどの偉大なる狂気の光栄には浴さない狂気です」（フーコーは目を伏せて笑みを浮かべる）

VTRからの抜粋が終わると、PPDAがまた発言する。「では、ジャン＝フランソワ・カーンに登場してもらいましょう。えー、ロラン・バルトは何にでも興味を示し、あらゆることについて語り、映画にも出演しましたね……様々な役で……最近のことですが、結局は何でも屋だったということではないでしょうか？」（たしかにテシネ監督の『ブロンテ姉妹』にサッカレー役で登場しているが、ほんのちょい役で自分の才能をひけらかすようなものではなかった、とシモンは思い出している）

J＝F・カーン（ひどく興奮して）――「そりゃそうです、明らかに何でも屋ですよ！　いろんなことに関心を持ってましたからね、モードやネクタイだとかについて書いたし、なんだかよくわかりませんが、プロレスのことまで書きましたから！……　ラシーヌについて、ミシュレについて、写真について、映画について書き、日本についても書いたとなれば、何でも屋ですよ！（ソレルスは顔をしかめる。クリステヴァは厳しい視線を投げかける）でもね、じつはそこにある統一性があるんですよ。ほら、これが最後の本です！　恋愛のディスクール……つまりは恋愛の言葉遣《ランガージュ》いについて書いたもので、そう、じつはロラン・バルトはつねにランガージュについて書いてきたんですよ。でもね……彼のネクタイというか……われわれのネクタイというか、それは語りの方便でもあるわけです（ソレルスは軽く憤って、「語りの方便だって、ものは言いようだってことじゃないか、よく言うよ」）。つまり、自己表現の手段なんですよ、モードというのは。オートバイというのは、ある集団が持つ表現手段なのです。映画だってもちろんそうですし、写真もそうです。つまりですね、ロラン・バルトは様々な記号《シーニュ》＝しるしを捕えることに生涯を費やした人なんですよ！……シーニュというのは、ある社会なり、集団なりが自分を表現するためのものなんです。その意識はないにしても、ある集団が持つ散漫で混乱した感情を表現するためのね。その意味では、彼は偉大なジャーナリストでした。そもそも彼は記号学、つまり記号を科学する学問を究めた人だったわけだし。

　だからこそ、とても偉大な文芸評論家であったわけです！　なぜなら、結局は同じ現象なのです。作品とは何か？　作品とは、それを通じて作家が自己表現をするものです。そして、ロラン・バルトが証明したのは、文学作品には三つのレベルがあるということ、まずは言語――ラシーヌはフランス語で書き、シェイクスピアは英語で書いた、これが言語。次に文体《スティル》がくる、これは彼らの技術、彼らの才能の結果。しかし、その文体――恣意的というか、まぁ、自分で統御できるもの――と言語のあいだに三番目のレベルがあって、それがエクリチュール。で、彼に言わせると、このエクリチュールというのは、広い意味で政治に関わる場所であって、作家が意識するしないにかかわらず、それを通じて、自分が社会的にどういう存在であるか、おのれの文化、出自、社会階級、自分を取り巻く社会環境がおのずと語られる場所であり……たとえ何を書こうと、何でもいいのだけれど――たとえば、ラシーヌの戯曲のなかの『さあわれわれは自分の部屋に引っ込むことにしましょう』というセリフでもいいし、何の変哲もない言葉でもいいのだが――そこがじつは違う、何の変哲もない言葉なんてものはないのだとバルトは言うわけです。たとえ、言わずもがなであっても、まさにそこが疑わしいところで、その下に何かが表現されている、というわけです」

PPDA（何も聞いていなかったか、理解していないか、どうでもいいと思っているのか、自信たっぷりに）――「つまり、言葉をひとつひとつ分析するわけだ！」

J＝F・カーン（啞然として）――「いや、それだけじゃなく……バルトの素晴らしいところは、文体について、とても……数学的にというか、冷たい分析をしたと同時に、文体の美しさについて正真正銘の賛歌を歌い上げたということなんです。結論としては、いいですか、とても重要な人物だということ、現代の特質を表現している人だと思うわけです。その理由を言いましょうか、つまり演劇によって表現される時代もあれば、いや、実際そうなんですが（このあたりからカーンは支離滅裂なことを言いだす）、小説の時代もあったわけで、たとえば五〇年代のモーリヤックだとかカミュだとか、ね。でも、六〇年代に入ると……フランスでは……フランスの文化的特質は、言説《ディスクール》についての言説《ディスクール》によって表現されるようになったんではないか。しかも、余白《アン・マルジュ》のディスクールについてです。この時代、おそらく本格的な小説は生まれなかった……あるいは本格的な戯曲も生まれなかったんじゃないか、優れた作品はむしろ、他人が言ったり、為したりしたことを説明し、それを説明しつつ、もとのテクストよりも面白いこと、違うことを言わしめる、古いディスクールを活性化する、そういうところに出てきたのではないか」

PPDA――「サッカーの話題です。あとわずかでパルク・デ・プランス・スタジアムでフランス代表チームがオランダ代表チームと対戦します（ハメッドは部屋を出て、ドアをバタンと閉め、階段を駆け下りる）。親善試合ですが、当初の見込み以上に重要な試合になっています。というのも、オランダ・チームは決勝進出チーム《フィナリスト》だからです。ご存じのように、優勝こそ逃したもののワールドカップでは最近二回続けて決勝に進出しています（フーコーはテレビを消す）。さらにはフランスとオランダは、八二年にスペインで開催される次のワールドカップ予選で同じ組に入っているからです（ジスカールは署名を再開し、ミッテランはジャック・ラングに電話するために受話器を取る）。試合の結果については、エルヴェ・クロードの最終ニュースが終わったあと、二十二時五十分頃から録画を放送しますので、それをご覧ください（ソレルスとクリステヴァはようやく食卓につく。クリステヴァは涙を拭く仕草をして「彼はきっと報われる」と言う。二時間後、バイヤールとドゥルーズは試合の録画を見る）

25

今日は一九八〇年三月二十七日木曜日、数時間前に飲み干したコーヒーカップを囲んで動かない若者たちであふれているバーで、シモン・エルゾグは新聞を読んでいる。僕はその店のある場所をモンターニュ＝サント＝ジュヌヴィエーヴ通りとしてみるが、まぁ、そんなに重要なことではないので、ここでも読者のお好みの場所にしてもらってかまわない。若者たちがいる場所ということを説明するうえでは、カルティエ・ラタンあたりにしておいたほうが都合がいいし、つじつまも合っているということにすぎない。イギリス式の小さなビリヤード台《プール》があって、球のぶつかり合う音が昼下がりのがやがやした会話に鼓動のようなものを刻んでいる。シモン・エルゾグもコーヒーを飲んでいるが、その理由は彼自身の社会心理学的体面からして、ビールを飲むには少し時間が早いからである。

一九八〇年三月二十八日金曜日付の『ル・モンド』（なぜなら、前日の夕方に発売される『ル・モンド』の日付はつねに翌日のものになっているので）は一面トップでサッチャーの「反インフレ」予算（なんと「公共事業費の削減」を先取りしているではないか）とチャドの内乱について大きく報じ、バルトの死についても一面右下で言及している。著名な文芸ジャーナリスト、ベルトラン・ポワロ＝デルペッシュの追悼《オマージュ》は、こんなふうに始まっている。「カミュが車のグローブボックスに魂を捧げて二十年、文学は、またもやクロームメッキの女神にいささか過酷な貢《みつ》ぎ物を捧げたのだろうか！」シモンはこの一文を何度も読み返し、店内に目を走らせた。

ビリヤード台の周りでは、おそらくは十八かそこらの少女の目の前で、二十代の二人の青年が勝負をしている。シモンは無意識のうちに品定めをしている。身なりのいいほうの青年が少女をものにしたがっているが、少女のほうは、だらしない、長い髪が汚れた感じのもう一人の青年をものにしたがっている。その青年のやや横柄に見える投げやりな態度からは、彼もまた少女に関心を抱いているかどうか、自分が優越していることを示すための戦略的無関心を演じているのか、つまり、少女がいずれ自分のものになるのはわかりきったことだと思っている支配的雄《おす》としての沽券《こけん》に関わるお決まりの無関心なのか、それとも、誰かもっと美しく、簡単にはなびかない、もっと堂々とした、自分の生活程度にふさわしい人が現われるのを待っているのか（この二つの仮説はもちろん二者択一だ）、今のところ断言できない。

ポワロ＝デルペッシュは続ける。「バルトは、バシュラールと並んで、この三十年来、文芸批評をもっとも豊かにしてきた人のひとりであるとしても、いまだつかみどころのない記号学の理論家としてではなく、新たな読書の快楽を見出した立役者としてである」記号学者のひとりであるシモン・エルゾグはそれを読んで不満の声をあげた。読書の快楽とかなんとか、甘ったるいこと言うな。いまだつかみどころのない記号学だなんて、おまえがとんまなだけじゃないか。それは、まぁ、いい。「新たなソシュールというよりも、新たなジッドになっていただろう」シモンが思わず音を立ててカップを受け皿に置くと、中のコーヒーがその勢いで新聞の上にこぼれた。こもった音がビリヤードの球のぶつかり合う音にかき消され、誰もそれに注意を払わなかったが、例の少女だけが振り返った。シモンと目が合った。

二人の青年は見るからに下手くそだったが、だからといって恋の駆け引きの舞台としてビリヤードを使うことには何の支障もなかった。眉をしかめたり、頭を振ったり、球すれすれの高さまで顔を傾けてみたり、じっと考え込みながらビリヤード台の周りをぐるぐる回ってみたり、白い手球をカラーボールに当てるポイントを技術的・戦略的に計算してみたり（どの球に当てるかさえ紆余曲折の末、選ばれる）、空打ちを繰り返してみたり（ビリヤード用語では「ストローク《リマージュ》」と呼ばれる段階だな、とシモンは思う）、その動作にしても力みすぎでぎくしゃくとして速すぎるから、この試合に賭けられているエロス的なものとプレーヤーの未熟さを同時に彷彿させるし、それに続く乾いたミスショットの音が、キューの動きをいくら速くしても下手くそであることは隠せないことがわかる。シモンはまた『ル・モンド』に目を落とす。

文化・コミュニケーション大臣のジャン＝フィリップ・ルカは、こう述べた。「エクリチュールと思想に関する彼の探究はすべて、自分自身についての認識を深め、社会のなかでよりよく生きるために、人間を深化させる方向を目指すものでありました」またもや受け皿の音、今度はさっきよりも控えめ。シモンは少女が振り返っているかどうかを確かめる（振り返っている）。明らかに文化省のなかには、この平板な感想以上のものを抱くことのできる人間は誰ひとりいないのだ。まさかどんな作家、哲学者、歴史家、社会学者、生物学者……、どんな場合にも当てはまる定番の弔辞を持ってきて当てはめただけというんじゃあるまいな、とシモンは訝る。人間の深化、なるほど、たいしたもんだ、うまいこと考えたな。これならサルトル、フーコー、ラカン、レヴィ＝ストロース、ブルデューが死んでも使い回せる。

　身なりのこぎれいなほうの若者が規則に関して異議を唱えた。「違うよ、きみが最初のショットで自分の手玉をポケットに入れてしまったときには、相手のファウル二打は累積されることはないんだよ」法学部、二年生（たぶん落第して一年生を二回やっている）。ジャケットにしろ、その下のシャツにしろ、着ているものを見るかぎり、アサス（パリ第二大学）だろうとシモンは思う。もう一方の若者は、語気を強めて答える。「オーケー、それでいいよ、クールにやろう、きみの好きなようにしていいよ。僕はどうでもいい、どっちみち同じことだから」心理学の二年生（もしくは一年生を繰り返している）、サンシエ（パリ第三大学）かジュシュー（パリ第六大学）（ホームでプレイしているって感じが見え見えだから）。少女はいかにも慎み深そうな、それでいて相手に伝わることを願っている小さな笑みを浮かべている。ツートンカラーのキッカーズに裾を折り返した真っ青なジーンズをはき、ポニーテールをシュシュでまとめ、ダンヒル・ライトを吸っている。近代文学専攻、一年生、ソルボンヌか新ソルボンヌ《ソルボンヌ・ヌヴェル》（パリ第三＝サンシエ）、おそらくは一学年飛ばしている。

「あらゆる世代の人々を対象にして、コミュニケーションのメディアについて、神話作用について、言語の働きについて、その分析の場を彼は広げた。ロラン・バルトの著作は自由と幸福を求めて響きわたる呼び声として、誰の胸にも残るだろう」ミッテランがとくに刺激を受けたわけではないだろうが、この発言にはバルトの能力が届く範囲がそれとなく示されている。

長々と続くゲームの最終盤になって、パリ第二《アサス》の男が信じ難い一打（さらにゲームの快楽を引き延ばすためにブルターニュの酔っ払いが発明した架空の規則にのっとり、しかるべく黒球をクッションに置いた）で勝利をもぎ取ると、ボルグを真似て両手を突き上げた。パリ第三《サンシエ》の男は嘲《あざけ》るような態度を取り繕い、ソルボンヌの女がサンシエの男の腕をさすって慰めると、そこに居合わせた人たちはみな、こんなのただの遊びじゃないかと言わんばかりに笑うふりをした。

共産党も珍しく声明を出した。「想像力とコミュニケーション、テクストの快楽とエクリチュールの物質性についての考察にその仕事の主要な部分を捧げた知識人に対して、われわれは今日、敬意を払うものである」シモンは、この文章の肝の部分をすぐに抜き出した。自分たちが敬意を払うのは、この知識人に「対して」、であると限定することは、ジスカールと昼食をとったり、毛沢東主義者《マオイスト》の友人たちと中国に行ったりする、政治的態度の煮え切らない中立的な人間に対して、ではないことを暗示している。

新たな若い女性客がバーに入ってきた。カールさせた長い髪に革のブルゾン、ドクターマーチンのブーツ、イヤリング、擦り切れたジーンズ。シモンは思う。美術史専攻の一年生だな。入ってくるなり、彼女は身なりのだらしない男の唇にキスをした。シモンはポニーテールの女の子を注意深く観察している。その横顔には、悔しさ、抑えた怒り、表に迫り上がってくる劣等感（もちろん根拠はない）、その唇の皺《しわ》には、思い違いでなければ、痛恨の思いが軽蔑に挑みかかる内なる闘争の痕跡が見て取れる。二人の目と目がまた合った。彼女の視線が一瞬異様な光を放った。立ち上がると、シモンのほうに近づいてきて、テーブルの上に覆いかぶさるようにして、まじまじと目を覗き込んで言った。

「何なの？　わたしの写真がほしいの？」シモンはすっかりあわてて、わけのわからないことをもぐもぐつぶやくと、ミシェル・ロカールの記事に目を落とした。

26

素朴なウルトの村にこれほどのパリジャンが集まったことはついぞなかった。みな、バイヨンヌ行きの列車に乗って、葬儀にやって来たのだ。墓地には冷たい風が吹き、土砂降りの雨が叩きつけ、傘を持ってくるなんて誰の頭にもなかったので、みな少人数になって肩を寄せ合っている。バイヤールも遠路はるばるやって来るにあたって、またもやシモン・エルゾグを駆り出し、二人して濡れ鼠《ねずみ》のサン＝ジェルマン族を観察している。ここはパリの《フロール》から七百八十五キロメートルも離れていて、神経質そうにパイプを噛んでいるソレルスや、いつもははだけているシャツのボタンをきっちり締めているBHLの様子を見るかぎり、葬儀が延々と続くようなことがあってはならないと誰しも思っていることだろう。シモン・エルゾグとジャック・バイヤールの二人には、ここに参列している人々のほぼ全員の見分けがついている。まずはソレルス、クリステヴァ、BHLのグループ、次にユセフ、ポール、ジャン＝ルイのグループ、そしてダニエル・ドゥフェール、マチュー・ランドン、エルヴェ・ギベール、ディディエ・エリボンを含むフーコーのグループ、それからツヴェタン・トドロフとジェラール・ジュネットの大学の同僚グループ、さらにはドゥルーズ、シクスー、アルチュセール、シャトレを含むヴァンセンヌのグループ、ならびに弟のミシェルと妻のラシェル、担当編集者と学生たち、エリック・マルティ、アントワーヌ・コンパニョン、ルノー・カミュ、元彼《もとかれ》たち、これに加えてハメッド、サイード、ハロルド、スリマーヌなどのジゴロ・グループ、はたまたテシネ、アジャーニ、マリー＝フランス・ピジエ、イザベル・ユペール、パスカル・グレゴリーなどの映画関係者、そして喪服に身をつつんだ双子の二人（テレビ関連の仕事をしている隣人だとか）、そして村人……。

　彼はウルトの人々に愛されていたのだ。墓地の入口では、二人の男が黒塗りのDSから降りてきて、雨傘を開いた。参列者のひとりがその車に気づき、大声を上げた。「ほら見て、DSだよ！」そこに弔意のしるしを見た参列者のあいだに感嘆のざわめきが広がった。なぜなら、バルトがあの『神話作用』を公刊したのは、かの有名なシトロエンの後援によるものだったから。シモンがバイヤールの耳もとでささやく。「この群衆のなかに殺人犯がいると思ってるんですか？」バイヤールはそれには答えず、参列者のひとりひとりを観察する。すると、全員が容疑者のように思えてくる。捜査を前に進めるには、自分が何を探しているのかをまず認識しなければならないことを、彼は知っている。バルトはいったい何を持っていたのか？　それを盗むだけでなく、その所有者までをも殺さなければならないほど価値のあるものとは、いったい何なのか？

27

　ここはファビウスの部屋、いたるところ刳形《モールディング》が施され、床は全面山形寄せ木細工になっている——と僕は想像するのだが——パンテオン広場に面した瀟洒《しょうしゃ》なアパルトマンだ。ジャック・ラング、ロベール・バダンテール、レジス・ドブレ、ジャック・アタリ、セルジュ・モアティの面々が集まって、見た目《イマージュ》と「広報宣伝《コミュニカシオン》」——当時、この言葉はまだやや俗っぽい響きがあったが——の観点から、自分たちの支持する候補者の強みと弱みを二段に分けて列挙している。

一段目はまだほとんど埋まっていない。ドゴール将軍相手に決選投票に持ち込んだとだけ記入されている。十五年前のことだがな、とファビウスが指摘する。

二段目の書き込みは多い。重要度の順に並べると、

マダガスカル問題
オプセルヴァトワール事件
アルジェリア戦争
歳をとりすぎている（第四共和政的すぎる）
犬歯が長すぎる（人を小馬鹿にした印象を与える）
いつも負けている

奇妙なことに当時は、ペタン元帥から直接渡された闘斧（対独協力政府のシンボル）のことや、取るに足らないとはいえ、ヴィシー政権のもとで彼の果たした役割のことは、メディアによっても（いつものことだが健忘症なので）、政敵によっても（忌まわしい過去を蒸し返して、かえって自分の支持者に反感を抱かせる結果になることを恐れたのだろう）取り上げられたことがないのだ。わずかに、当時は小集団だった極右だけが、新しい世代が中傷とみなすものを吹聴《ふいちょう》していたにすぎなかった。

それはともかく。この聡明で野心的な若き社会党員の一派を突き動かしているものはいったい何なんだろう？　なかには、おそらく、今なお理想主義的で、そこそこ輝かしい明日を夢みているのもい

て、そういった連中が、あのフランス社会党の前身たるSFIO（社会主義労働者インターナショナル・フランス支部）の残党、あの民主社会主義左翼連盟（議長F・ミッテラン、六五年―六八年）の残骸、あの第四共和政の遺物、植民地主義者にして死刑執行人たるモレティスト（発言は極左的でありながら、政権運営としては中央集権的かつ植民地主義的な立場を取ったギー・モレの政治手法を指す）（彼が内務大臣および法務大臣を務めていたときにアルジェリアでは四十五名の死刑が執行された）を支持しようと声を合わせて歌っているのだ。なぜロカールではなく、ミッテランなのか？　ロカールならモーロワやシュヴェーヌマンのお気に入りだし、欧州統合主義者のドゥロールや組合主義者《サンジカリスト》のエドモン・メールにも支持されているではないか。モアティに言わせれば、ロカールは「もともと〈自主管理〉社会主義に財政監査を加味したものとして、われわれと合流したんだ」ということになるだろう。だが、こう言うモアティだってミッテランと合流したのは、あの六八年のどんちゃん騒ぎのなかでミッテランがより左翼的な路線を鮮明にする発言をしてからだった。すなわち「私は生産、投資、交易手段の社会化を信奉するものである。経済全体を牽引《けんいん》できる大規模な公共企業体の必要性を信ずる」と彼は明言したのだ。

　作戦会議が始まる。ニスを塗った木製の大きなテーブルの上に温かい飲み物、クッキー、フルーツジュースが用意されている。モアティはこの仕事の重要性をしっかり把握するために、一九六六年発行の『ヌーヴェル・オプセルヴァトゥール』から切り抜いたミッテランに関するジャン・ダニエルの古い論説記事を取り出す。「この男は何も信じていないという印象を与えるのみならず、この男の前では何かを信ずることが罪深いと感じられてくるのだ。自分の意に反するかのように、純粋なものなど何もない、何もかも穢らわしく、いかなる幻想も許されないと彼はほのめかしている」

　テーブルの周りに陣取った全員が一致して、これはなかなか面倒な仕事になりそうだと感じている。モアティはヤシの新芽《パルミット》を食べている。

バダンテールはミッテランの立場を擁護する。冷笑的《シニスム》な態度は、政治においては、どちらかと言えばハンディキャップとなるが、同時に巧妙な立ち回りとプラグマティズムにも関わる。つまりは、マキャベリストは老猾《マキャベリック》であることと同じではないのだ。妥協は必ずしも良心を曲げることを意味しない。それは柔軟さと計算を求められる民主主義の根幹をなすものとさえいえる。犬儒《キニク》学派のディオゲネスはきわめて聡明な哲学者だった。

「それはわかった、じゃ、〈オプセルヴァトワール事件〉のほうはどうする？」ファビウスが問いかける。

ラングが反論する。あの忌まわしいオプセルヴァトワール通りの偽装襲撃事件（ミッテラン自身が首謀したとして起訴された）の真相はいまだに解明されていないし、すべては元ドゴール主義者で極右に転向した男の、事実関係の説明が二転三転する怪しげな証言に基づくものだ。何にせよ、何発もの弾痕の残るミッテランの車が見つかっているではないか！　ラングはまさしく憤懣やるかたなしといった顔だ。

「なるほど」とファビウス。では、陰謀だということにしておこう。あと問題なのは、とりわけ人好きのする感じでもなく、とりわけ社会主義者風なところもなく、今に至っているというところだろうか。

ジャック・ラングが思い出す。ジャン・コーが言っているじゃないか、あれは司祭だ、彼の社会主義は「キリスト教信仰を裏返しにした手袋」だと。

ドブレはため息をつく。「何とでも言えるさ」

バダンテールは煙草に火をつける。

モアティはショキニを食べている。

アタリ――「彼は左に舵《かじ》を切ったんだ。共産党の勢いを削《そ》ぐにはそれが必要だと考えたのだろう。だが、それでは左翼穏健派の有権者を逃してしまう」
ドブレ――「それはちがう。きみは左翼穏健派と呼ぶが、僕に言わせれば、それは中道派だ。厳密に言えば、ヴァロワ地方（パリ北部に広がる農業地帯）の急進派だ。いずれにせよ彼らが投票するのは右翼だ。つまり、ジスカール派だってことだ」
ファビウス――「きみは左翼急進派を含めるのか？」
ドブレ――「もちろん」
ラング――「なるほど、じゃ犬歯は？」
モアティ――「マレ地区の歯科医に予約を入れてある。ポール・ニューマン風の微笑みにしてくれるだろう」
ファビウス――「年齢は？」
アタリ――「経験だ」
ドブレ――「マダガスカルは？」
ファビウス――「気にしなくてもいい、みんな忘れてる」
アタリが詳しく説明する。「彼が植民地大臣だったのは五一年、虐殺事件が起こったのは四七年のことだ。いろいろ取り沙汰されたことは確かだが、彼の手が血で汚れているわけではない」
バダンテールは何も言わない。ドブレも。モアティはホットチョコレートを飲んでいる。
ラング――「だが、植民地帽（コルク製の熱帯用ヘルメット）をかぶって腰巻き姿のアフリカ人の前に立っている姿が写っているフィルムが残っている……」
モアティ――「テレビではその種の映像はもう流さないよ」
ファビウス――「植民地の問題は右派にとっても具合が悪い、話題にしてほしくないんだ」

アタリ――「それはアルジェリア戦争にも当てはまるな。アルジェリアの問題は、まず何よりもドゴールの裏切りの問題だから。できれば触れたくない。ジスカールはピエノワール（アルジェリアで生まれ育ったフランス人）の票を取ろうとはしないだろう」
ドブレ――「じゃ、共産党は？」
ファビウス――「マルシェ書記長がアルジェリア問題を持ち出すなら、こっちはメッサーシュミット問題を持ち出すまでだよ。政治の世界では、誰だって過去を蒸し返されたくないものさ」
アタリ――「なおもこだわるなら、独ソ不可侵条約のことでもぶつけてやるさ！」
ファビウス――「うん、それじゃ、プラスの点は？」
沈黙。
みな、コーヒーをお代わりする。
ファビウスは煙草に火をつける。
ジャック・ラング――「何と言っても、彼には文人の一面があるじゃないか」
アタリ――「そんなの問題にならないね。フランス人はバダンゲ（ナポレオン三世のあだ名）に投票しても、ヴィクトル・ユゴーには投票しないよ」
ラング――「彼は弁が立つよ」
ドブレ――「たしかに」
モアティ――「そうは思えない」
ファビウス――「ロベールはどう思う？」
バダンテール――「どっちとも言えないな」
ドブレ――「集会じゃ総立ちだよ」

バダンテール――「自分の考えを時間をかけて展開できるときや、信頼関係のある場ではいいんだよ」

モアティ――「でも、テレビ受けはしない」

ラング――「対談はいいんだが」

アタリ――「テレビ討論はだめだよ」

バダンテール――「相手に言い返されたり反論されたりすると、たちまち落ち着かなくなってしまうからな。彼は自分の意見を主張することはできる、だが口を挟まれることを嫌う。支持者相手の集会では昂揚し、のりのいいところを見せるが、ジャーナリストを相手にすると、話が難解になり退屈になる」

ファビウス――「テレビだと、往々にして相手を見下すような態度を取る」

ラング――「ゆっくり時間をかけて、流れに乗り、ひととおり音階練習をしたいのさ。演壇では喉を温め、効果を試し、聴衆に合わせることもできる。テレビじゃそれができない」

モアティ――「でも、テレビがわざわざ彼のために変わることはないだろう」

アタリ――「いずれにせよ、来年は無理だな。こっちが政権を取ったら……」

全員――「エルカバック（当時頭角を現わしてきたニュースキャスター）はクビだ！」（笑い）

ラング――「テレビを大規模集会のようなものだと思えばいいんだよ。カメラの向こうには大群衆が控えているんだから」

モアティ――「おいおい、集会で盛り上がっても、それがスタジオで通用するとはかぎらないよ」

アタリ――「彼にはもっと簡潔で、もっと直截であることを学んでもらおう」

モアティ――「進歩してもらわないと。訓練が必要だ。繰り返し練習してもらおう」

28

ファビウス――「うむ、そういうのは大好きだと思うよ」

四、五日外泊したのち、せめてきれいなTシャツの一枚くらい残っているかどうか確かめるために、ハメッドはようやく自分の部屋に戻ることにした。くたくたの身体を引きずるようにして、六階か七階分の階段をよじ登って屋根裏部屋まで上がる。浴室がないのでシャワーを浴びることはできないけれど、数時間ベッドに横になれば、心身の疲れを取り、世間体や生きることの煩わしさから、いっとき解放されるだろうと思っていたのだが、鍵穴に鍵を入れて回したとたん、いつもと違う感触が伝わってきた。こじ開けられていることはすぐにわかったが、かまわずそのまま静かにドアを押してやると、控えめな軋《きし》み音とともに、荒らされた室内の光景が広がった。ベッドはひっくり返され、抽斗《ひきだし》はすべて抜き出され、壁と床の継ぎ目の幅木《はばき》もはぎ取られ、衣類は床に散乱し、冷蔵庫は開けっ放し、ドアにはバンガのジュースの瓶が手つかずのまま残っている。洗面所の上の鏡が割られて破片と化し、ジニとセブンアップの缶が部屋の四隅に散らばり、バックナンバーの揃った『ヨット・マガジン』はずたずたに引きちぎられ、BD版フランス史（どうやらフランス革命とナポレオンの巻がなくなっている）も辞書《プチ・ラルース》も愛読書もすべて床に散乱し、音楽テープはすべて入念にカセットのなかから引っぱり出されているし、ハイファイのコンポーネントの一部は分解されていた。

ハメッドはスーパートランプのテープをカセットに巻き戻すと、デッキのなかに入れてプレイボタンを押し、まだ動くかどうか確認した。それから、裏返しになったマットレスの上にどさりと倒れ込み、着衣のまま、ドアも開けっ放しにしたまま、「ロジカル・ソング」の出だしを聞きながら、自分だって子供の頃は人生は美しく、まるで奇跡か魔法のようだと思っていたのに、今では何もかも変わってしまったけれど、その責任が自分にあるわけでもないし、そんなにやりすぎたわけでもないような気がするんだけどな、と歌詞を反芻《はんすう》しながら眠りに落ちた。

29

いかにも腕っ節が強く、生真面目そうな黒人のガードマンに守られた《摩天楼《ル・グラット・シエル》》の入口の前には、十メートルほどの列ができている。そこにサイードとスリマーヌが最近できた痩せぎすで長身のボーイフレンド、自称軍曹《ル・セルジャン》と一緒にいるのにハメッドは気づく。みんな一緒に列の前に割り込むと、門番にファーストネームで呼びかけ、中でロランが、いや違った、ミシェルが待っているんだと言う。すると《摩天楼》のドアが目の前で開いた。店内に入ったとたん、厩舎とバニラ風味のシナモンと漁港のにおいが入り混じった奇妙なにおいに包まれる。クロークにベルトを預けているジャン＝ポール・グードとすれ違い、その振る舞いそのものからしてすでに頭がおかしくなっていることが見て取れた。サイードがハメッドのほうに顔を寄せてきて、もうだめさ、決まってるじゃないか、ジスカールの時代は終わりさ、物価は高いけど、ヤクはどうしても必要だし、とかぶつくさ言っている。スリマーヌはボノ・ヴォックスがバーのなかにいるのに気づいた。舞台の上では、荒っぽいレゲエ・バンドがつかみどころのない下品なステージをつとめている。〈軍曹〉は、ボノの陰気な視線が自分に向けられているのを意識しながら、リズム・ボックスの打ち出すシンコペーションのリズムに合わせて、けだるそうに腰を振っている。イヴ・ムルージ（一九七〇年代後半から八〇年代にかけて活躍したフランスのテレビ司会者）はグレイス・ジョーンズの下半身に語りかけている。ブラジルのダンサーたちがカポエイラの俊敏な動きを披露しながら客たちのあいだを縫うように移動していく。第四共和政時代にけっこう影響力のあった元大臣が、名の売れはじめた女優の胸を触ろうとしている。そして、いつものように若い男女の行列が生きたオマール海老を頭に載せ、あるいは綱で引いて床を歩かせたりしながら登場する。一九八〇年代のパリは、どういうわけだか、オマール海老が大流行しているのだ。

入口では、身なりのよくない二人の髭面男が五百フラン札を用心棒の手に握らせ、店内に入ると持っている傘をクロークに預けている。

サイードはドラッグのことでハメッドにあれこれ尋ねている。ハメッドはもっとリラックスしろという仕草で答えると、『時計仕掛けのオレンジ』のモロコ（ミルク）・バーにあるような、両膝と両手をついた裸の女性をかたどった低いテーブルの上でジョイントを巻いている。彼らの腰かけているコーナー・ソファには、アリス・サプリッチが同席していて、シガレット・ホルダーをくわえて煙草をくゆらせ、首にはボアを巻き（本物のボアかよ、とハメッドはぎょっとしつつ、やっぱり悪趣味なオモチャだよな、と思い直している）、口もとに堂々とした笑みを浮かべている。そして、彼らのほうに身を傾け、大きな声で呼びかけた。「あーら、お若いの、夜は楽しい？」ハメッドはジョイントに火をつけながら笑みを浮かべたが、サイードは「なんだよ？」と気色ばんだ。

バーでは〈軍曹〉がボノに酒を一杯おごらせることにまんまと成功しているのを見て、スリマーヌはあの二人はいったい何語で話しているんだと思ったが、実際には言葉を交わしている様子はなかった。二人の髭男はバーの隅に陣取り、ズブロッカを一本注文した。それに惹かれて見目麗しい若い男女が集まってきて、さらには二流の映画スターも一人二人その輪に加わった。バーの近くでは、胸をはだけたシャツを着て、耳にはダイヤのイヤリングをつけた茶髪のビクトル・ペッチ（七九年の全仏オープンで準優勝したパラグアイ出身のテニスプレイヤー）が、やはり胸をはだけたシャツにリングのピアスをつけたビタス・ゲルレイティス（七七年の全豪オープンで優勝したアメリカ出身のテニスプレイヤー）と語り合っている。スリマーヌは、タクシー・ガールのヴォーカルと何やら話し込んでいる拒食症の女の子に遠くから挨拶した。そのすぐ横では、ドーリス式の四角い柱頭を模したコンクリート製の柱を背にしているテレフォンの女性ベーシストが、フロリダのオーランドではどんなふうにテキーラを飲むのか説明しようとしている女友達に、顔色一つ変えずに頬をぺろぺろ舐めさせている。〈軍曹〉とボノは姿を消した。スリマーヌはイヴ・ムルージに口説かれている。フーコーがトイレから突然出てきて、ＡＢＢＡのヴォーカルと夢中になって話し込んでいる。サイードはハメッドに悪態をついている。「オレは落ち着きたいんだよ、ヤク《ドープ》が、アレ《シュヌフ》が、白いのが、茶色いのが、シュガーが、ゾウが、サイがほしいんだよ、なんでもいいから、なんか出してくれよ、ったく！」そこでハメッドがジョイントを差し出すと、サイードは待ってましたといわんばかりに、乱暴にそれをひったくって口にくわえ、いかにも不味そうに、貪るように吸っている。隅のほうにいる二人の髭男は新しくできた友達と親しげに話し込み、「乾杯《ナズドローヴィエ》」と声を上げて杯を交わし合っている。ジェーン・バーキンが、兄弟のようにそっくりな若い男に懸命に何かを伝えようとしているが、結局は何も伝わらず、自分の無力を告白するように五回も繰り返して肩をそびやかしている。サイードはハメッドに向かって叫んでいる。「俺たちに残っているのはなんだ？　ＰＡＣか？　だったら、どうする？」ハメッドは、ヤクが切れるとサイードがとたんに不機嫌になることを知っているので、その両肩をつかんで、真正面から相手の眼を見つめ、ヒップポケットから二つ折りにしたＡ５判サイズの紙を取り出し、「いいか、よく聞け」と言った。それは《レックス》の前に開店したばかりのナイトクラブ《アダマンティウム》への招待状だった。招待状代わりのフライヤーに描かれたどことなくクルー・リードに似た大きな顔のイラストの下にその名が印刷されていることからもわかるように、ちょうどその夜はハメッドの知り合いの麻薬の売人《ディーラー》が七〇年代風の特別なパーティを仕切ることになっているのだ。彼はアリス・サプリッチからペンを借りると、そのディーラーのファーストネームをフライヤーの裏に丁寧に大文字で書き入れ、もったいをつけてサイードに差し出した。受け取ったサイードはジャケットの内ポケットに丁寧にしまうと、ただちにその場を離れた。身なりの悪い二人の髭男は相変わらず隅のほうで楽しそうに新しい友達と遊んでいるようで、パスティスとウォツカとスーズを混ぜたカクテルを考えついたところに、イネス・ド・ラ・フレサンジュも同じテーブルにやって来たのだが、サイードが出口に向かっていくのを見ると急に笑うのをやめて、「ブラット！　ブラット！」と大声を上げて、彼らにキスをしようとするトラストのドラマーの挨拶を鄭重に辞退して、二人同時に立ち上がった。

地下鉄のグラン・ブルヴァール駅に向かってサイードは後ろも振り向かず黙々と歩いているので、傘を持った二人連れの男が距離を置いて背後からつけているのに気づかない。お目当てのコカインを手に入れるために《アダマンティウム》のトイレで何回お相手をしなければならないか、その数を計算しているのだ。たぶんアンフェタミンを何錠か飲めばいいんだろうが、それだとあんまり効き目はない分、安くつく。でも、長持ちする。でも、いくぶん萎えてしまう。でも、やっぱりやりたくなる。そういうこと。客をその気にさせるのに五分、空いているトイレを探すのに五分、ショートのお相手に五分、全部で十五分、これを三回やればなんとか足りるだろう、いや、さかりのついた金持ちなら二人で十分だろう。たしか、《アダマンティウム》が求めているのは、あくまでも粋できちんとした客、麻薬常習の尻軽タイプではないはずだ。うまくいけば、一時間以内にヤクを手に入れることができるだろう。ところが、そんなことを考えているうちに、背後からつけてきた二人の男が近づいてきて、ポワソニエール通りを渡ろうとしたちょうどそのとき、第一の男が雨傘の先を下に向け、ストーンウォッシュのジーンズの上からふくらはぎを刺した。サイードが悲鳴を上げて飛び跳ねたその隙に、二番目の男がブルゾンに素早く手を差し入れ、内ポケットのなかのフライヤーを抜き取った。サイードが振り返ったときには、すでに彼らは横断歩道を渡り終えていた。刺された脚がずきずき痛むのと同時に、上半身をかすめていった素早い接触の感覚も残っているので、とっさにこれは二人組のスリの仕業《しわざ》ではないかと直感し、証明書の類は残っていることは確認できたが（金はそもそも持っていない）、案内状がなくなっていることに気づくと頭がぐらぐらして、「オレの案内状、オレの案内状！」と叫んで二人を追いかけたが、目眩《めまい》に襲われて全身から力が抜け、眼はかすみ、脚は言うことをきかなくなり、車道の真ん中で立ち往生すると、両手で目を押さえて、自動車のクラクションが鳴り響くなかで崩れ落ちた。

翌日には、『ル・パリジャン・リベレ』に二人の死亡記事が掲載されることになる。一人は麻薬の過剰摂取《オーバードーズ》により路上で昏倒した二十歳のアルジェリア人青年、もう一人は最近開店したばかりのナイトクラブ《アダマンティウム》のトイレでなぶり殺しにされたディーラー。警視総監はただちに店の閉鎖を命じた。

30

「やつらは何かを探している。ハメッド、一つだけわからないのは、なぜ彼らはそれを見つけられなかったのかということなんだ」

バイヤールは口にくわえた煙草を嚙み、シモンはクリップをもてあそんでいる。

バルトは車にはねられ、サイードは毒殺され、相手の売人は殴り殺され、ハメッドのアパートも荒らされている。そろそろ警察に行かなければ自分の身が危ないとハメッドは考えた。ロラン・バルトに関することのすべてを語ったわけではなかったから。最後にバルトと会ったとき、彼は一枚の紙を託されていたのだ。署のいたるところでタイプライターのカタカタいう音が鳴り響いている。パリ警視庁《ケ・デ・ゾルフェーブル》は警察行政業務で忙《せわ》しなく動いている。

そう、彼らは部屋中探しまわったが何も見つけられなかった。そして自分の手もとにもない。ならば、彼らが持ち帰ったのではないという確証はどこにある？　そもそも部屋に隠しておいたわけではないし、焼いてしまったので。

なるほど。

で、中身は読んだのか？　もちろん。どういうことが書いてあったか言えるか？　まあ、だいたいのところは。いったい何が書いてあった？　黙《だんま》り。

バルトから文書の内容を暗記したら焼却するように言われたのだ。どうやら、南仏訛りは暗記に向いていると考えていたらしい。ハメッドがそれに応じたのは、つまるところ、たとえ相手が腹が出ている二重顎の老いぼれであっても、死んだ自分の母親のことをまるで子供のように悲しげに語るこの老人が好きだったからであり、そして、こんな大先生がたった一度だけアナルセックスではない任務を自分に託してくれたからであり、さらにはバルトがこの仕事に三千フラン出すと約束してくれたからだった。

バイヤールは問い質す。「そこに書かれてあった文章をここで暗唱してくれないか？」また黙《だんま》り。

シモンはクリップのネックレス製作を中断した。部屋の外ではタイプライターの鳴り響く音が続いている。

バイヤールがジゴロに煙草をすすめると、彼自身は褐色煙草《ブリューヌ》は吸わないのに、ついジゴロの習慣で受け取った。

ハメッドは煙草を吸い、無言のままでいる。

バイヤールはなおも相手に言いつのる。おまえがなんらかの重要な情報を持っているのは明らかだし、少なくとも三人の死者を出すきっかけを作ったその情報を公《おおやけ》にしないと、今度は自分自身の命が狙われるんだぞ、と。ハメッドは反論する。その逆に、もし自分の脳みそだけがその情報の保管場所であるならば、殺されることはないんじゃないか。秘密保持は生命保険なのだ。バイヤールは《アダマンティウム》のトイレで惨殺された売人の写真を見せた。ハメッドは数枚の現場写真をじっくり見つめている。やがて、急に椅子を倒して立ち上がり、朗唱しはじめた。「幸いなるかな、オデュッセウスのごとく、美しい旅をなした者よ／はたまた黄金の皮衣を勝ち取った者（イアソン）のごとく……」バイヤールが問いかけるような視線を投げかけると、シモンはデュ・ベレーの詩ですよと答えた。「いつになればこの私は、自分の生まれた村の／屋根から煙が立ちのぼるのをまた目にするのだろう、いかなる季節になれば……」ハメッドは学校で習ったんだよ、まだ憶えているんだと語り、いかにも自分の記憶力に自信があるようだった。バイヤールは、二十四時間見張りをつけることもできるんだぞと伝えた。ハメッドは、ならそうすればいいさと応じた。バイヤールは、落ち着いて作戦を練り直すために吸いさしでもう一本のジターヌに火をつけた。ハメッドはもう部屋には戻れないはずだ。寝る場所は確保しているのか？　うん、バルベスに住んでいる友達のスリマーヌのところなら泊めてくれるはずだよ、とハメッド。一時的に忘れられる必要があるな、ふだん出入りしていたところには行かないこと、知らない相手にはドアを開けないこと、外出するときには注意を怠らず、通りでは頻繁に後ろを振り返ること、要は目立たないようにすることだ。バイヤールはシモンに彼を車で送っていってやってくれないかと頼んだ。このジゴロは年寄りの刑事よりも警官ではない若者相手のほうが胸襟を開きやすいだろうと直感したこともあるが、小説や映画の刑事とは違って、ほかにも担当している事件があるので、いかにジスカールから最優先の捜査を命じられ、自分自身もジスカールに投票したとしても、一〇〇パーセントの労働時間をこの件に費やすわけにはいかないのである。

二人が自由に使える車両の手配をすませると、バイヤールは、ハメッドにソフィアという名前に心当たりはないかと尋ねた。なんとなく気になるから訊いてみたのだが、ソフィアなんて女はまったく知らないという。一本の指の先がない制服警官が二人を車庫に連れていき、一般車両として登録されているルノー16《セーズ》のキーを渡した。シモンが書類にサインすると、ハメッドは助手席に乗り込み、車はパリ警視庁を出て、シャトレ方面に向かった。彼らの背後から、見張りの警官に怪しまれることもなく、抜け目なく二列に並んで駐車していた黒塗りのDSが発進した。交差点で止まると、ハメッドはシモンに向かって（いつもの南仏訛りで）、「わ！　フエゴだ」色は青だった。

シモンの運転するルノーはシテ島を渡り、裁判所の前を通過し、シャトレまで来た。そこでハメッドに、どうしてパリに出てきたのかと尋ねた。するとハメッドは、マルセイユはホモ《ペデ》にとっていいところではない、パリはまだまし、万能の妙薬《パナセ》ではないにしても（シモンは「パナセ」という言葉の使い方に注目した）、ホモはもっといい扱いを受けている、というのも田舎ではホモはアラブ人よりも悪いことだから、と説明した。それにパリには金持ちのホモがたくさんいるから、ずっと面白い。シモンがリヴォリ通りの信号を黄色で通過すると、後ろのDSは引き離されないために赤信号を無視して突っ切った。逆に青のフエゴは停止した。シモンはハメッドに、自分は大学でバルトを教えていると説明し、言葉を選んで慎重に「ところで、例の文にはどういうことが書いてあったの？」と訊いてみた。ハメッドは煙草を一本ねだってから、「じつはわかんないんだ」と答えた。

シモンは、ハメッドがごまかしているのではないかと思ったけれど、ハメッドは理解しようとせずに丸暗記したんだと言った。バルトに命じられたのは、もし自分の身に何かあったら、ある特定の人物だけに口頭で伝えろということだった。その人以外には言ってはならないと。じゃどうしてそうしなかったんだと、シモンは尋ねた。そうしなかったと考えた理由はなんだいと、ハメッドは訊き返した。もしそうしていたら、警察には来なかっただろうと思ったんだと、シモンは答えた。うん、そのとおりだと、ハメッドは認めた。ものすごく遠いんだよ、その人はフランスには住んでいないし、自分には金もない。バルトからは三千フランもらったけれど、その金は別のことに使いたかったんだと言う。

シモンはバックミラーを通じて、DSがずっと自分たちのR16を追っていることに気づいている。ストラスブール＝サン＝ドニのあたりで赤信号を無視して突っ切ると背後のDSも信号を無視してついてくる。減速すると向こうも減速する。相手の出方を見極めようと、駐車している車の横にわざと道をふさぐように二重に停車してみる。するとDSはその背後でぴたりと停まる。シモンは心臓の鼓動がやや速まるのを感じる。彼はハメッドにこう尋ねる。たっぷり金が入ってきたら、何がしたい？そのうちいつか金が入ってきたらの話だけどね。ハメッドはなぜシモンが急に車を停めたのかすぐには理解できなかったけれども、そのことはあえて問わず、こう答えた。できれば自分の船を買って、観光客相手のクルーズでもやりたい、自分は海が好きだし、子供の頃は父親と一緒に（といっても、父親から勘当される前の話だけど）よく入江に釣りに行ったものさ。シモンはタイヤをきしらせて車を急発進させた。バックミラーのなかには、油圧サスペンションによってシトロエンの黒い大きな車体がアスファルトの路面から浮かび上がるのが見えた。ハメッドも振り返って黒塗りのDSを確認し、自分のアパートの下に停まっていた車とバスティーユでのパーティを思い出し、自分が数週間前から追われていること、そして十回は殺されてもおかしくなかったこと、だからといって十一回目に殺されないとはかぎらないことがわかると、窓の上の取っ手にしがみつき、たった一言「右に行ってくれ」と言うなり黙り込んだ。

シモンは反射的にハンドルを右に切ると、マジェンタ大通りに平行して走っている狭い通りに入った。彼が今もっとも恐れているのは、背後の車がただ何もしないで穏便に尾行しているだけではないことが明らかになることなのだ。だが、背後の車が実際に接近してくると、彼は不確かな直感に促されて急ブレーキを踏んだので、DSはR16に激突した。

数秒間、二台の車はどちらも意識を失ったかのように身動きせず、歩行者たちも突然の交通事故に茫然として立ち尽くしている。やがて、DSの窓から腕が伸び、金属製の物がきらりと光るのが目に入った。拳銃だ、とわかるや否や、シモンはクラッチを踏み、ギアをファーストに入れるとR16は勢いよく前に飛び出した。腕が引っ込むと、今度はDSが急発進した。

シモンはすべての信号を無視し、クラクションを鳴らしつづけたので、道行く人はみな、差し迫った空襲を告げる警戒警報か第一水曜日の全国一斉演習警報が突如十区に鳴り響いているのかと思った。背後からはDSが照準装置で敵機に狙いをつけたまま追尾する戦闘機のようにぴたりと追いかけてくる。シモンはプジョー505に追突し、小型トラックにぶつかって飛び跳ね、歩道に乗り上げて、あやうく二、三の通行人をはね飛ばしそうになりつつ、レピュブリック広場へと突入した。後ろのDSも障害物を蛇のようにかわしながら追ってくる。シモンは車の列を縫うように追い越し、通行人をはねないように気をつけながら、ハメッドに向かって叫んだ。「テキストだ！　暗唱したテキストを声に出して読み上げろ！」しかし、ハメッドは集中できるはずもなく、窓の上のグリップを固く握りしめたまま、一語も発することができない。

　さあ、どうする、シモンは広場を一回りしながら考える。このあたりの警察署がどこにあるのかはわからない、でもマレ地区のバスティーユ広場近くにある消防署で催された革命記念日のダンスパーティに行ったことはある。そこで彼はフィーユ＝デュ＝カルヴェール大通りに車を進め、ハメッドに向かって吠えた。「いったい何が書いてあったんだ？　タイトルは？」するとハメッドが顔面蒼白のまま「言語《ランガージュ》の七番目の機能」と声を発した。ところが、いざこれから本文を朗唱しようとしたとき、DSがR16の真横に並び、助手席側の窓が下がった。シモンは髭の男がピストルを自分のほうに向けているのに気づくと、銃声が鳴り響く寸前に力のかぎりブレーキを踏んだ。銃が火を噴いたときにはDSは二人を追い越していたが、そのかわり背後からプジョー404に追突された勢いで、R16はまた前に飛び出し、またDSに並んでしまったので、シモンは思い切りハンドルを左に切って、DSを前の車列に送り出したちょうどそのとき、反対方向から忽然と現われた青のフエゴを避けようとして、《冬のサーカス《シルク・ディヴェール》》前の側道に逃れ、フィーユ＝デュ＝カルヴェール大通りに続くボーマルシェ大通りに並行して走るアムロ通りに姿を消した。

　シモンとハメッドはこれでようやく尾行の車を巻いたと思い、車は相変わらずバスティーユ方面に向かっていたが、自分たちが狭い通りの入り組んだマレ地区で道に迷っていることは念頭にない。ハメッドは丸暗記した本文を朗唱しはじめる。「言語によるコミュニケーションに不可欠の様々な要素には収まりきらず……ある意味ではそのすべてを包含している機能がある。この機能を呼び習わすにあたって……」と、ここまで読み上げたちょうどそのとき、直交する通りから忽然と現われたDSがR16の側面に突っ込んできた。R16は街路樹に激突し、鉄とガラスの悲鳴とともに大破した。

　シモンとハメッドがまだ気を失っているときに、煙を上げているDSからピストルと傘で武装した髭男が飛び出してきて、R16に駆け寄ると、ぶらぶらしている助手席側のドアを無理やり引き外した。そして、手に握った拳銃をハメッドの顔に向け、引き金に指をかけて力を入れたが、何ごとも起こらない。銃は空回りし、何度試してもカチカチいうだけで役に立たない。そこで彼は細く巻いた傘を槍のように持ってハメッドの脇腹に突き刺そうとするが、ハメッドは腕でその攻撃を振り払ったので、傘の先は彼の腕に刺さった。痛みのあまり甲高い叫び声が上がるものの、恐怖はやがて怒りに変わった。髭男の手から傘を奪い取るその動きの流れのなかで同時にシートベルトを外して突進し、傘の先を相手の胸の真ん中に突き刺した。

その間、もうひとりの髭男は運転席のほうに回り込んでいた。シモンは意識を取り戻し、R16から脱出しようとするものの、ドアが開かないので、車内に閉じ込められたままでいる。二番目の髭男に銃を向けられると、彼は恐怖のあまり身動きできず、弾丸が飛び出してきて自分の命を奪う銃口の黒い穴を見つめ、「一瞬光って、あとは真っ暗闇か」と思ったそのとき、轟くようなエンジン音があたりの空気を切り裂き、青いフエゴが髭男をはね飛ばし、男は舗道の上に腹ばいに倒れた。フエゴからは二人の日本人が降りてきた。

シモンは這うようにして助手席の側から車の外に出ると、最初の髭男の遺体の上に覆いかぶさっているハメッドに駆け寄り、仰向けにしてみるとまだ反応があることがわかってほっとした。二人の日本人の一方がやって来て、傷ついた若いジゴロの頭部を支えて脈をとってから、「毒《ポワソン》」と言ったが、シモンには最初「魚《ポワソン》」と聞こえたので、日本の食べ物に関するバルトの分析のことなど思い浮かべたりしたが、ハメッドの顔色も目の色も黄ばんでいて、身体が痙攣しているのを見て事態がのみ込めた。誰か救急車を呼んでくれと叫ぶと、ハメッドは何か伝えたいことがあるらしく、辛そうに身を起こしたので、シモンは顔を近づけてさっきの朗唱の続きを求めたが、ハメッドはとてもそんなことをできる状態ではなかった。せっかく思い出したものがみんな引っ込んでしまい、マルセイユで過ごした貧しい少年時代、パリでの生活、仲間のこと、ショートタイム、サウナ、サイード、バルト、スリマーヌ、映画、《ラ・クーポール》のクロワッサン、自分が肌すり合わせたオイルで艶やかに輝くたくさんの身体の記憶が甦っているのだろう。だが、息を引き取る寸前、遠くに救急車のサイレンの音が聞こえてくるなかで、かろうじてつぶやいた言葉は、「こだま《エコー》」だった。

31

ジャック・バイヤールが現場に到着したとき、すでに警察は一帯を沈静化していたが、二人の日本人も、フエゴにはね飛ばされたもう一人の髭男も姿を消していた。ハメッドの遺体はまだ舗道に横たえられたままだ。彼を攻撃してきた男も、胸に傘が突き刺さったまま倒れている。シモン・エルゾグは背中から毛布をかけられて煙草を吸っている。いや、怪我はないよ。二人組の日本人にも心当たりはない。何も言わずひとの命を救い、姿を消したんだ。フエゴとともに。そう、もうひとりの髭男もおそらく怪我をしている。あれだけの衝撃を受けてまた立ち上がれるのだから、よっぽど頑丈なやつなんだろう。ジャック・バイヤールは大破した二台の車を見て当惑している。なぜDSなんだ。一九七五年に生産停止になったモデルじゃないか。かたやフエゴは生産が始まったばかりで、まだ市場には出回っていないはずだ。ハメッドの遺体の輪郭に沿ってチョークの線が引かれている。バイヤールは煙草に火をつける。つまりジゴロの計算は外れたわけだ。彼の握っていた情報は自分を守ってはくれなかった。そこでバイヤールは、彼を殺した連中は口を割らせるのではなく、口を封じるほうを選んだと結論した。なぜだ？　シモンはハメッドの最後の言葉を伝えた。バイヤールは、その言語《ランガージュ》の七番目の機能とやらについて知っていることを教えてくれと頼んだ。ひどい目に遭ったとはいえ、教師が本業のシモンはすらすらと答えた。「言語の持つ機能はロシアの偉大な言語学者によってとうの昔に言語学的に理論化されたカテゴリーに属していますが、その言語学者の名は……」

ロマン・ヤコブソン。

そこまで言いかけて、シモンは話を続けられなくなった。バルトの仕事机の上に、ロマン・ヤコブソンの『一般言語学』が開かれたままになっていたのを思い出したからだ。開かれているところはちょうど言語機能について分析しているページで、そこに栞代わりらしきメモも挟まっていたのだ。

彼はバイヤールに、四人が殺される原因となった文書は、おそらく警察がセルヴァンドーニ通りのバルトの仕事部屋を捜索したときに目にしているはずだと説明を続けた。そのとき背後にいた警官が、それだけ聞けば十分だと言わんばかりに、その場を離れて電話をかけに行ったことには気づかなかった。その警官の左手の一本の指先がないのも目に入らなかった。

バイヤールもまた、そのヤコブソンとやらの話については相変わらず理解できなかったものの、それだけ聞けば十分だと、シモンをプジョー５０４に乗せると、カルティエ・ラタンに向かった。あとには制服警官を多数乗せたワゴン車が付き従ったが、そのなかには指が一本ない警官も含まれていた。けたたましく鳴り響くサイレンの音とともにサン＝シュルピス広場に到着したが、おそらくそれがそもそも間違いだった。

重い正面玄関の扉には、コード入力装置がついているので、管理人室の窓を叩かなければならない。管理人はあわてて扉を開けた。

いいえ、屋根裏部屋を見せてくれと頼んできたひとはいません。先月、ヴァンシの業者にコード入力装置を取り付けてもらってからは、とくに変わったことは何も。ええ、ロシア語訛りのある人でしたよ。ひょっとしたらユーゴスラヴィアかギリシアの人かもしれませんけど。そうそう、おかしなことに、その人、今日もやって来たんですよ、ついさっきね。インターフォンを取り付けるための装置を作りたいとか言って。いいえ、七階の鍵なんか頼まれませんでしたよ、どうしてですか？　鍵はちゃんとほかの鍵と一緒にかかってますよ、ほら見てください。ええ、上に上がっていきましたよ、五分もたってないんじゃないですか。

　バイヤールは鍵を受け取ると、前のめりになって階段を駆け上がっていった。それに数人の警官が続く。シモンは管理人と下で待つことにした。七階の屋根裏部屋は閉まっていた。バイヤールが鍵を差し込もうとするが、鍵穴が何かでふさがっている。中から鍵が差し込まれているのだ。おそらく路上に倒れたバルトから持ち去った鍵だろうとバイヤールはとっさに思い、「警察だ！」と叫びながらドアを叩いた。室内から物音が聞こえた。バイヤールがドアをぶち破れと命じた。デスクは手つかずのままだが、本がなくなっている。栞代わりのメモもなくなっていて、部屋には誰もいない。窓はすべて閉まったままだ。

　ただし、六階に通じる床の揚げ板が開いている。

　バイヤールは部下にすぐに階段を引き返せと大声で命じたが、その間にすでに男は六階のドアから飛び出して階段を駆け降りて、おまけにその後を追う警官たちは、天井から突如見知らぬ男が闖入してきたため、あわてふためいて部屋から出てきたバルトの弟のミシェルと鉢合わせになったので、ヴァンシの職人を装う男は二階分先を行くことになった。もちろん一階にいるシモンは何が起こったのか理解できないまま、全速力で逃げ出そうとする男に突き飛ばされ、正面玄関の門が閉じられたときには、その男がみずから取り付けた装置が作動して、扉はしっかりと施錠されることになった。

バイヤールは管理人室に駆け込み、受話器に飛びついた。応援を要請しようとしても、電話がダイヤル式なので、男は地下鉄のポルト・ドルレアンあたりまで、それどころか、そのずっと先のオルレアンにまで達してしまうのではないかと思うほどダイヤルの動きは遅かった。

しかし、男が向かったのはその方角ではなかった。車で逃走しようにも、表には二人の警官が見張っているので、通りの端に停めておいた自分の車に戻ることができない。そこで、二人の警官が呼び止めるのも無視して、リュクサンブール公園のほうに向かって駆けだした。扉越しにバイヤールが「撃つな!」と叫ぶ。もちろん生きたまま逮捕するつもりでいるのだ。部下の警官たちが壁のなかに埋め込まれたボタンを押して、ようやく装置を解除したときには逃走犯はすでに姿を消していたが、バイヤールは警戒態勢を敷くように命じた。この地区を包囲して、犯人の逃走経路を塞ぐ。

男はリュクサンブール公園を全力で走り抜け、そのあとを追う警官の呼び子の音が聞こえてくるが、通行人は公園内を走るジョガーや管理人が鳴らす呼び子の音には慣れっこになっているので気にも留めない。さすがに、前から来た警官と鉢合わせになり、地面にねじ伏せようとする警官をラグビー選手のように振り切って、逆に横転させ、その上をまたいで逃走を続ける様に直面すると、これはただ事ではないことが周囲にも伝わってくる。彼はどこに行くつもりだ? 本人もわかっているのか? 彼は方向を変える。はっきりしていることは、すべての出入口が封鎖される前に公園の外に出なければならないということだ。

バイヤールはすでにワゴン車のなかにいて、無線で指示を出している。警官隊がカルティエ・ラタン全域に展開し、男は包囲されている。万事窮すだ。

だが男にはまだまだ余力が残っていて、警察はムシュー=ル=プランス通りを駆け降りているところを発見したものの、この通りは狭くて一方通行なので車で追いかけることはできない。どういうわけだか、彼はなんとしてでもセーヌ右岸に渡ろうとしているらしい。ボナパルト通りを駆け抜け、ポン・ヌフに差しかかったところで、逃げ道は断たれた。橋の向こう側にはすでに警察のトラックが何台も待ち構えていて、振り返れば、退路を断つためにやって来たバイヤールの乗ったワゴン車が見える。こうなれば袋の鼠、たとえ川に飛び込んだところで遠くまでは行けないはずだが、自分にはまだ最後の切り札が残っていると彼は考えた。

彼は欄干の上に立つと、上着のポケットから取り出した紙を川に向かって突き出した。バイヤールはひとりで歩み出る。男は叫ぶ。それ以上一歩でも近づいたら、この紙をセーヌに投げ込むぞ。バイヤールは見えない壁に突き当たったかのようにぴたりと立ち止まる。「落ち着け」

「下がれ！」

「何が望みだ？」

「ガソリンを満タンにした車一台用意しろ。そうしなければこの書類を投げ込む」

「やればいい、投げ込め」

男は腕をぐるりと振り回す。バイヤールは思わず身震いする。「待て！」その紙切れのせいで少なくとも四人の人間が命を落としたことを彼は知っている。「話し合おうじゃないか、どうだ？　名前はなんという？」シモンがそこに駆けつけてきた。橋の両側にいる警官隊が男に照準を合わせている。あまりに走ったせいでへとへとになり息を切らし、前屈みの姿勢でもう一方の手でポケットを探ろうとしたちょうどそのとき、一発の銃声が鳴り響いた。男は欄干の上で一回転した。バイヤールが大声を上げる。「撃つな！」男は石のように真っ逆さまに川に落ちていったが、紙切れのほうはひらひらと風に舞い、上流のほうに飛んでゆく。バイヤールとシモンはあわてて石の欄干に駆け寄ると身を乗り出し、まるで催眠術にでもかけられたかのように、優雅な曲線を描き、ふらふらと落下していく紙片に見とれている。紙片はようやく川面にそっと着水し、そのまま漂っている。バイヤールにシモン、そして警官たちは、この書類がじつは自分たちが本当に追い求めているものであることを本能的に理解しているので、誰もが息を詰め、身じろぎもしないで波間に漂う紙片を見つめている。

やがてバイヤールはこの静観的な無力状態から我に返り、まだ希望がすべて失われたわけではないと自らに言い聞かせ、着ている上着とワイシャツとズボンを脱ぐと、欄干にまたがり、束の間の躊躇、跳躍。そして大きな水しぶきのなかに消えた。

ふたたび水面に姿を現わしたときには、紙との距離は二十メートルくらい離れていたので、シモンと警官たちは大騒ぎして応援するサポーターのように、いっせいに大声を出して泳ぐ方向を教えはじめる。バイヤールは全力で泳ぎ、追いつこうとするが、紙も波に運ばれて遠ざかっていく。とはいえ次第に距離は縮まり、あと数メートルで追いつきそうになったところで、バイヤールと紙片は橋の下に消えた。シモンと警官たちは反対側の欄干に移り、紙片を追いかけるバイヤールが反対側から姿を現わし、その距離があと一メートルくらいまで近づくと、またもや大歓声が湧き起こったが、そのとき一艘の遊覧船《バトー・ムーシュ》が現われ、紙片は波に巻かれて沈みそうになった。バイヤールはとっさに手を伸ばすが、紙は沈んでいくので、彼もまた潜る。その間、水中を移動するバイヤールのパンツしか見えないが、やがて濡れた紙片を手にふたたび浮かび上がり、必死になって岸壁にたどり着くと、あたりは歓呼に包まれた。

しかし、岸辺に引き上げられ、開いた手のひらのなかにはすっかりふやけて糊のように溶けた紙しか残っておらず、バルトが万年筆で記した文字は跡形もなく消え去っていた。これは科学捜査班が活躍するテレビドラマではないので、文章を再現することも、魔法のようなスキャンにかけることも、ブラックライトを当てることもできず、文書は決定的に失われてしまった。

発砲した警官の言い訳によれば、男がポケットから銃を出すように見えたので、考える暇もなく発砲したのだという。バイヤールは、そう語る警官の左手の一本の指先がないことに気づいた。その指はどうしたのかと尋ねると、警官は田舎で暮らしている両親の実家で薪割りをしているときに切り落としてしまったのだと答えた。

さて、警察の潜水班が遺体を引き上げ、ブルゾンのポケットを探ってみたところ、出てきたのは銃ではなく、バルトの書斎にあったヤコブソンの『一般言語学』だったので、まだ身体も乾ききっていないバイヤールがシモンに尋ねる。「なんてこった、だがそもそも、このヤコブソンってのはいったい誰なんだ?」そこでようやくシモンは、さっき言いかけて中断した説明を再開することになった。

32

ロマン・ヤコブソンは十九世紀末に生まれたロシア出身の言語学者で、その研究は「構造主義」と呼ばれる思想運動のきっかけとなるものです。ソシュール(一八五七―一九一三)やパース(一八三九―一九一四)ののち、イェルムスレウ(一八九九―一九六五)と並んで、おそらくは言語学の創始者のうちでもっとも重要な理論家と言えるでしょう。

ヤコブソンは、古代ギリシア・ローマの修辞学に由来する二種の文飾、すなわち隠喩《メタフォール》(ある言葉をそれと何らかの類似関係にある別の言葉で置き換えること、たとえばコンコルド旅客機を「金属の鳥」と呼んだり、往年のブルファイター、ジェイク・ラモッタを「暴れ牛」と呼んだりすること)と換喩《メトニミー》(ある言葉をそれと隣接関係にある別の言葉で置き換えること、たとえば「鋭い刃」を剣の達人の意味で、さらには切れ者の意味で使ったり、「一杯やる」が酒を飲むことを意味する場合が当てはまる）の分析から出発して、言語の機能を範列軸と連辞軸の二つの軸から説明することに成功しました。

大ざっぱに言うと、範列軸は縦軸で、語彙の選択に関係しています。つまり、ある単語を発するたびに、あなたは自分の頭のなかにある単語リストを解きほぐして一つの単語を取り出しているというわけです。たとえば、「山羊」、「経済」、「死」、「ズボン」、「私・あなた・彼」とか、その他いろいろ。そして、それをほかの単語につなげていく。「スガンさんの」（山羊）とか、「病んだ」（経済）とか、「鎌を持った」（死神）とか、「皺の寄った」（ズボン）とか、「下記署名の」（私・あなた・彼）とか。こうして一つの文ができ上がる。このつながりが、つまり水平軸で、秩序だった単語の並びによって文が構成され、さらにいくつかの文が集まることによって、最終的には一つの言説としてまとまる。これが連辞軸と呼ばれるものです。

一個の名詞を選んだあとは、それにつなげる単語を選ばなければなりません。形容詞にするか、副詞にするか、動詞にするか、接続詞にするか、あるいは前置詞にするか……、さらにはどんな形容詞にするか、どんな副詞にするか、どんな動詞にするかを決めなければならない。つまり、連辞の各段階でその都度、範列的操作を繰り返すことになるわけです。

範列軸は、文法で分類された単語リストのなかから、名詞にするか代名詞にするか、形容詞にするか、あるいは相応の前置詞か、副詞か、動詞か、という具合に言葉を選ぶ働きをします。

連辞軸は、選んだ単語の順番を決める働きをします。たとえば主語―動詞―補語にするか、あるいは動詞―主語、あるいは補語―主語―動詞の並びにするか、とか。

つまり語彙と統辞ですね。

一つの文を表明するたびに、意識するしないにかかわらず、この二つの操作をしているということです。言ってみれば、範列軸は頭のなかのハードディスクを起動させるもので、連辞軸はワードプロセッサーを立ち上げるということになりますかね（といっても、バイヤールにコンピュータの用語が通じるかどうか疑わしいけれど）。

でも、この場合、僕らにとって重要なのはそこではありません。

（バイヤールはぶつぶつ文句を言っている）

ヤコブソンはその一方で、コミュニケーションの過程を次のような極を含む図式のもとに統合しています。発信者、受信者、メッセージ、文脈《コンテクスト》、情報経路、それに規範《コード》です。この図式から、様々な言語機能が取り出されてくるのです。

ジャック・バイヤールはそんなに詳しく説明してくれなくてもいいと思っているに違いないけれど、捜査の観点から、少なくとも大枠くらいは理解しておく必要がある。つまり、その言語機能とは次のようなものです。

――「指示」機能は言語の最初に挙げられるべき、もっともわかりやすい機能です。人は言葉を何かについて語るために使います。そこで使われる単語は、なんらかの状況《コンテクスト》、なんらかの現実に、それに関する情報を与えたい主題を指し示しています。

――「感情表出」と呼ばれる機能は、発話者の発するメッセージの内容と対応して、発話者自身の存在や立場を明らかにすることに関わります。たとえば間投詞、様態付与の副詞、判断の痕跡、皮肉の援用……などがこれに該当します。発話者が自分自身とは直接関係しない主題をもつ情報を表明するときでも、その表明のし方のなかに発話者自身の情報が含まれているのです。いわゆる「私」について語る機能です。

――「働きかけ」と呼ばれる機能は、いわば「あなた」に働きかける機能です。メッセージの受信者に向けられるもので、おもに命令法や呼格で用いられます。すなわち相手に呼びかけるわけです。たとえば「兵士諸君、余は君たちに満足している！」という具合です（ここで気をつけてほしいのは、一つの文が一つの機能に集約されることはほとんどなく、たいていの場合は複数の機能が絡み合っているということです。アウステルリッツの戦いに勝利したのち、部下の兵士たちに語りかけているとき、ナポレオンは感情表出の機能――「余は満足しておるぞ」――と働きかけの機能――「兵士諸君」「君たちに！」――を合体させているのです）。

――「話しかけ」の機能は、コミュニケーションそのものを目的とした機能で、これがいちばん面白い。たとえば電話で「もしもし」と言うとき、それは「はい聞いてますよ」という以外の意味は持ちません。つまり、「私はコミュニケーションできる状態にあります」ということを相手に伝えることだけを目的にしているわけです。たとえばビストロで友人たちと何時間も語り合っているとき、天気のことや前日のサッカーの試合について話しているとき、あなたは実際にはそこで語られている情報そのものに関心があるわけではなく、話すために話している、つまり会話を維持すること以外の目的があるわけではないのです。私たちが言葉を発するときの動機の大半はこの働きに拠るものだと言ってもいいでしょう。

――「メタ言語的」機能と呼ばれる働きは、発信者と受信者が理解し合っていること、すなわち同じ規則を用いていることを確かめるためのものです。「わかる？」とか、「僕の言いたいこと、わかる？」とか、「知ってるよね？」とか、「説明させてもらうけど……」あるいは、受信者側から「それで何が言いたいわけ？」と尋ねる場合もある。単語の定義や論旨の明確化に関すること、言語の習得過程に関すること、言語に関する話題は、すべてこのメタ言語的機能に帰する。辞書はメタ言語的機能以外の何ものでもない。

――そして最後の機能は、「詩的」機能と呼ばれる働きです。これは言語を美的な次元で捉えるものです。語呂合わせ、頭韻、半諧音、反復、反響韻やリズムの効果、こういった詩の技術はすべてこの機能に当てはまります。もちろんこれは詩のなかにあるものですが、歌や新聞の見出し、演説、広告の宣伝文句や政治的なスローガンなどにも使われます。たとえば「CRS＝SS《セーエールエス・エスエス》」（保安機動隊はナチ親衛隊の意。六八年五月の騒乱で左翼のあいだに広がったスローガン）には言語の詩的機能が使われているのです。

ジャック・バイヤールは煙草に火をつけてから言った。「それで六つだな」

「え?」

「それで六つだ」

「あ、そうか、そうですね」

「七番目の機能はないのか?」

「なんというか、まあ……どうやら、あるみたいですね」

シモンはにやりと笑ってごまかす。

バイヤールはわざと声に出して自問する。何のためにシモンに金を払ってると思ってるんだ。シモンは、念を押す。べつにこっちからお願いしたわけじゃない、警察国家のトップに立つファシストの大統領の命令で、不承不承ここにいるだけですからね。

とはいうものの、よく考えてみると、というかヤコブソンを読み直してみると、「不在の、もしくは無生物の三人称を働きかけのメッセージの受け手に転換すること」を目的とする「魔術的もしくは呪術的機能」で呼ばれるメカニズムに、七番目の機能が隠れているのではないかとシモン・エルゾグは思う。実際ヤコブソンはその例として、リトアニアのおまじないを援用している。「このものらいが消えてなくなりますように、ツッツッツッ」(日本語では、たとえば「痛いの、痛いの、飛んでけ!」)そうか、そうか、そうか、とシモンはみずから納得する。

ヤコブソンはまた、ロシア北部の呪文《じゅもん》にも触れている。「水よ、川の女王よ、曙《あけぼの》よ! 悲しみを青海原の彼方に、海の底に運び去るがいい、そして悲しみがやって来て神の僕《しもべ》の軽やかな心を重くすることがないように……」さらには、聖書のなかに記されている呪文も引用している。「日よ、ギブオンの上にとどまれ、月よ、アヤロンの谷にとどまれ。すると日はとどまり、月は動かなくなった」(ヨシュア記十章十二節)

なるほど、でも、こんなことはみな逸話みたいなもの、独立した一つの機能として語られているようには思えない。「働きかけ」機能をせいぜい詩的な方向に利用するために、いくらか狂気じみた用法を示唆するものであって、絶対的な効果を持つとは言えない。呪術的な祈りはそもそも物語のなかでしか機能しないものだ。シモンは、これではとても言葉の七番目の機能とは言えない、ヤコブソンは念のために、持ち前の完璧主義からついでに補足しているだけで、やがて本来の分析に戻っているではないかと思い直す。「魔術的もしくは呪術的機能」? 取るに足らない好奇心。ついでにちょっと言ってみただけのおふざけ。いずれにせよ、こんなことのために人は殺人を犯したりしない。

33

「キケロの魂の命ずるところ、わが友垣に告ぐ、今宵は省略三段論法《アンティメーム》(大前提、小前提、結論のいずれかを省略した論法)の雨が降るであろう! アリストテレスを見直してくる者はいるだろう、クインティリアヌスを熟知している者もいるだろう、だが、それで統辞のスラロームに仕掛けられた罠を克服するに十分たり得るであろうか？　カア、カア！　汝らに語りかけているのは烏《コラックス》であるぞ。創設の父祖に栄えあれ！　今宵の勝利者はシラクーザに滞在する資格を得るであろう。そして敗者らは……ドアに指を挟むであろう。それでも舌《ラング》を取られるよりはましだろうて……。今日の雄弁家が明日の扇動家であることも忘れてはならぬ。ロゴスに栄えあれ！　〈ロゴス・クラブ〉万歳！」

34

シモンとバイヤールは、なかば研究室、なかば武器庫のような部屋にいる。二人の目の前では、白衣を着た男が、ハメッドの頭蓋骨をあやうく吹き飛ばしかねなかった髭男の持っていたピストルを調べている（「これはQだな」とシモンは思う）。弾道学の専門家は、手にした火器を操作しながら、声に出して説明する。「九ミリ、八連発、ダブルアクション、鋼鉄製、ブロンズ仕上げ、銃床はクルミ材、重量は弾倉抜きで七三〇グラム」ワルサーＰＰＫに似ているが、安全装置のレバーが反対向きなので、マカロフＰＭ、ソ連製の拳銃だ。ただし。

銃はエレキギターに似たところがある、と専門家は説明を続ける。たとえばフェンダーはキース・リチャーズの使ったテレキャスターやジミ・ヘンドリクスのストラトキャスターを製造したアメリカのメーカーだが、フランチャイズによってメキシコや日本で作られたモデルもある。ＵＳオリジナル・ヴァージョンのレプリカだから、安くて、作りもしっかりしているが、概して仕上げはそれほどよくない。

このマカロフはロシア製ではなく、ブルガリア製だ。おそらくそのせいで、弾が出なかったのだろう。ロシア製は非常に信頼性が高いが、ブルガリアのコピーはそれほどではない。

「さて、ここからが面白いところです、警視殿」髭男の胸から抜き取った傘を指さしながら、専門家は言った。「この穴が見えますか？　先端部が中空になっているでしょ。注射器と同じように、薬液が柄を伝っていく仕組みになっている。取っ手の部分についている引き金に力を入れると、シリンダーの弁が開いて圧縮空気に押されて薬液が先端から放出されるわけです。恐ろしく単純な仕組みですね。ブルガリアの反体制のジャーナリストで作家、ゲオルギ・マルコフが暗殺されたときに使われたものと同じです。二年前に起こったロンドンの事件、憶えてますよね？」むろんバイヤールは記憶している。ブルガリアの秘密情報機関の仕業ではないかと見なされている事件だ。そのときに使われたのはリシンだったが、今回はもっと毒性の強いボツリヌス菌が使われている。これは神経と筋肉の情報伝達を阻害して、筋肉組織を麻痺させ、窒息もしくは心停止によって数分以内に死に至らしめる猛毒だ。

バイヤールは何かを考えながら、傘の仕掛けをいじくり回している。

ひょっとして、シモン・エルゾグ、学内にブルガリア人の知り合いはいないか？　シモンはしばし考える。

ええ、一人います。

ポニアトウスキとオルナーノ、二人のミシェルが大統領の執務室で報告にあたっている。ジスカールはいかにも心配そうに、エリゼ宮の庭に面した二階の窓を前にして立ち尽くしている。オルナーノが煙草を吸っているので、ジスカールは自分にも一本くれないかと頼む。ポニアトウスキは応接コーナーの大きなソファに腰をおろしている。目の前の低いテーブルには、自分でグラスに注いだウィスキーが置いてある。まず彼が口を開いた。「アンドロポフとつながりのある仲介者に連絡を取ってみたのですが」ジスカールは何も言わない。このレベルの権力者ともなれば、自分のほうから重要な質問をしなくても済むことを相手に期待するのだ。そこでポニアトウスキは無言の質問に答えた。「彼らによると、KGBはこの件にからんでいないようです」

ジスカール――「その見解が信用できると考える根拠は？」

ポニア――「複数あります。もっとも確かな根拠は、彼らにはそんな文書を使う差し迫った必要がないということでしょう。政治の面では」

ジスカール――「向こうの国々では宣伝工作が決定的な働きをする。だとすればその文書は彼らにとってもきわめて有益じゃないのかね」

ポニア――「それはどうでしょう。ブレジネフがフルシチョフの後釜となってから、表現の自由が格段に優遇されたとは言えない。ソビエトに討論会は存在しない。あるとしても、党の内輪で行なわれるだけで、公になることはない。だから、ものを言うのは説得力ではなく、政治的な力関係なのです」

オルナーノ――「ブレジネフであれ、ほかの要人であれ、まさに党の内部でその文書を使おうとすることは十分にあり得ることだ。なにしろ中央委員会は呉越同舟だから、切り札はどうしても必要だろう」

ポニア――「ブレジネフがそんなふうにして自分の権勢を誇示するとは思えない。彼にはそんなことをする必要がない。政敵は存在しないのだ。体制は盤石だ。それに中央委員会のメンバーが党執行部の知らないところで自分の利益のためにそんな作戦命令を出せるとは思えない」

オルナーノ――「アンドロポフ以外はな」

ポニア（苛立って）――「アンドロポフはあくまでも影の男だ。KGBのトップだからこそ権力が揮えるのであって、ほかのポストではだめだろう。政治的な冒険に身を投じるとは思えない」

オルナーノ――（皮肉っぽく）「いや、たしかにあれは影の男ってタイプではない。タレイランやフーシェにはいかなる政治的野心もなかったってことになってるしな」

ポニア――「どっちみち彼らは野心を実現できなかったじゃないか」

オルナーノ――「そこは議論の余地があるな。ウィーン会議では……」

ジスカール――「手短に！　ほかには？」

ポニア――「盟主国の支持も取り付けずにブルガリアの諜報機関が勝手に作戦を遂行したということもまずあり得ないと思われます。逆に、ブルガリアの諜報部員が民間企業のために働いた可能性を考えることはできるでしょう。どういう性質の企業かはこれから特定しなければなりませんが」

オルナーノ――「ブルガリアの諜報機関はそんなに縛りが緩いのか？」

ポニア――「汚職は常態だし、社会のどんな部門にも蔓延している。諜報機関がほかよりましということはあり得ない」

オルナーノ――「諜報部員が空き時間を使って臨時報酬を得ているということか？　それは正直言って……」

ポニア――「諜報部員が複数の雇用主のために働くのがそんなに目新しいことか？」（と言ってグラ

スを空ける）
ジスカール――（灰皿代わりの小さな象牙の河馬で煙草をもみ消しながら）「まあいい。ほかには？」
ポニア――（両手を首の後ろに回し、ソファにふんぞり返って）「そうですね、カーターの弟はリビアに買収されていたということです」
ジスカール――（驚いて）「どの弟だ？　ビリーか？」
ポニア――「アンドロポフはこの情報をＣＩＡからつかんだようです。これを知ってさぞ大笑いしたでしょうが」
オルナーノ――（論点を戻そうとして）「で、どういうことなんだ？　彼らは疑いをかけられて、粛清されたわけか？」
ポニア――「大統領はあの文書を必要としているわけではない、敵の手に渡ったかどうかを知りたいだけだ」
僕の知るかぎり、ジスカールは苦境に陥ったり、あるいは喜びを感じたとき、スやズの音をシュやジュと発音する癖が際立つことを指摘した人はこれまでいない。彼は言う――「たしかに《シェルト》、たしかに《シェルト》……。だが、もし見つけられるものなら……。少なくとも、どこにあるかを特定し、できれば手に入れることができるものなら、心安らかでいられるのだがね。フランスのためにね。考えてもみたまえ、その文書が、そう、悪意のある者の手に渡ったとしたら……。あえて敵とは言わないが……。いずれにせよ、そういうことだ」
ポニア――「だから、バイヤールには彼に命じられた任務を明確にしておく必要があります。文書を誰も読まないうちに取り戻すこと。忘れてはならないのは、彼とともに任務を遂行している若い言語学者は文書を解読する能力があるということ、すなわちそれを使えるということです。取り戻すのが無理だとすれば、その文書がいかなる控えも残さず、完全にこの世から消滅していることを確認することです（そこまで言うと、彼はぶつぶつつぶやきながらバーのほうに歩いていく）。極左だ。極左の連中は必ず……」

オルナーノ――「その文書がすでに使われているとしたら、どうやってそれを確かめる？」

ポニア――「これまでつかんだ情報によると、誰かがそれを使っていれば、たちまちそれとわかるはずだ……」

オルナーノ――「だが、あくまでも表立たないようにしていたら？　できるだけ控えめに行動していたら？」

ジスカール――（ドラクロワの絵の下のサイドボードに背をもたせかけ、ケースに並べられたレジオン・ドヌールのメダルを指先で撫でながら）「それはありそうにもないことだ。いかなる種類のものであれ、権力は発揮されることを目的としているからな」

オルナーノ――（興味深そうに）「つまりは原子爆弾？」

ジスカール――（たしなめるように）「とりわけ原子爆弾」

この世の終わりに触れたことで、大統領の脳裡にある光景が浮かんだ。オーヴェルニュ地方を横断するはずの自動車専用道路A71号線を思い浮かべ、自分が大統領指名を受けた記念すべきシャマリエールの市庁舎を思い浮かべ、そして今、自分が背負っているフランスという国家を思い浮かべた。二人の協力者は恭しく大統領が言葉を続けるのを待った。「とりあえず、ただ一つの目標はわれわれの行動を統括することだ。左翼が権力の座に就かないようにするために」

ポニア――（封を切ったウォッカのボトルのにおいをかぎながら）「私が生きているかぎり、フランスに共産党政権が誕生することはあり得ない」

オルナーノ――（煙草に火をつけながら）「まさに、もし大統領選を成功させたいのなら、少しは控えろ」

ポニア――（グラスを持ち上げて）「乾杯《ナズドローヴィエ》！」

36

「クリストフ同志、二十世紀でもっとも偉大な政治家は誰か、もちろん知っているな？」

エミール・クリストフが呼び出されたのはKGB本部《ルビャンカ》ではなかったが、彼としてはできればそうしてほしかっただろう。

「もちろんです、ユーリ・ヴラジーミロヴィッチ。ゲオルギ・ディミトロフですよ」

KGB議長ユーリ・アンドロポフとの非公式を装った会談は、モスクワにあるほとんどすべてのバーがそうであるように地下にある古いバーで行なわれたが、そのことが安心を担保するものではなく、一般人が出入りする場所にいるからといって事態が変わるわけではない。公共の場所にいても逮捕されることはある。死ぬことだってある。彼はそれをよく知る立場にいる。

「そう、ブルガリア人だよ」と言って、アンドロポフは笑った。「信じられないことにね」

ウェイターがウォツカの入った小さなグラスを二つ、それにオレンジジュースの入った大きなグラスを二つ、そして小さな皿に盛った大きなピクルスを二本置いていった。クリストフはあのウェイターはもしかすると警察のスパイかもしれないと警戒した。周囲では客が煙草を吸い、酒を飲み、大きな声で話している。これは会話の内容を聞かれたくないときの鉄則だ。たとえマイクが仕掛けられていたとしても、特定の声を拾うことのできないような、偶発的な雑音に取り巻かれた騒がしい場所に陣取ること。仮に室内であれば、浴槽に水を流すとか。だが、もっとも手っ取り早い方法は外に飲みに出かけることだ。クリストフは客の顔を見回して、店内に少なくとも二人のスパイがいると見当をつけたが、実際はそれより多いだろうと思った。

アンドロポフはディミトロフの話題にこだわった。「まったくたいした男だよ。とくに一九三三年以降、ドイツ国会議事堂放火事件の裁判では聞きしに勝る活躍だった。証人として喚問されてゲーリングと渡り合ったときは圧巻だった。なにしろディミトロフは被告席にいて、来るべきファシストの台頭と攻撃を喝破し、共産主義者の英雄的抵抗と最終的勝利を予見してみせたのだ。この裁判は政治的にも道徳的にもあらゆる観点から共産主義の優位を示す象徴的な舞台だった。ディミトロフは論敵を嘲笑うかのように、堂々と史的弁証法を完璧に駆使し、自分の首をかけて、粗野な言葉を並べ立てて、拳を振り上げるゲーリングと対峙《たいじ》した……。まったく見ものだったよ！　相手は国会議長にしてプロイセン州首相、内務大臣を兼ねたゲーリングだ。ところが、ディミトロフは役割を完全に入れ替えた。ゲーリングに質問をぶつけて答えさせたのだ。ディミトロフは相手を完全に論破した。ゲーリングは顔を真っ赤にして激怒した。まるでデザートを取り上げられた子供のように地団駄を踏んだ。その前には、法廷内の全員が見つめるなか、被告席で堂々とナチスの狂気を暴くディミトロフがいた。裁判長自身もそれを意識した。なにしろ、ディミトロフに対してゲーリングの振る舞いを許してやってほしいと言わんばかりの口調なのだからね。彼はこう言ったんだ。昨日のことのように憶えているよ。『被告は共産主義のプロパガンダを思う存分主張したわけだから、証人がこれほどまでに動揺を示したとしても驚くべきではないでしょう』と言ったのだ。動揺だよ！　するとディミトロフは、首相の返答にいたく満足しておりますと答えた。はっは！　なんという男だ！　なんたる才能だ！」

クリストフはいたるところに当てこすりとほのめかしがあることを察したが、あまり過敏になりすぎないように気をつけた。そもそも自分の被害妄想の度合いを考えると、ＫＧＢ議長の話をどこまで正しく理解しているか心許ないからだ。とはいえ、今回のモスクワへの呼び出しそのものが動かぬ証拠なのだ。アンドロポフが何かに気づいていることは確かだ。問題は何を知っているかだ。この問題ははるかに扱いが面倒だ。

「当時は世界中でこう言われていたものさ。『ドイツにはたった一人しか残っていない、その男はブルガリア人だ』とな。彼のことはよく知っているよ、エミール。天性の雄弁家さ。名人だよ」

アンドロポフが偉大なるディミトロフを褒めそやしているのを聞いているあいだ、クリストフ同志は自分の置かれている状況を見定めていた。これから嘘をつこうとしている人間にとって、自分が対面している相手の持つ情報のレベルがわからないことほど居心地の悪いことはない。いずれ賭に出なければならないことは明らかだった。

そしてそのときがやって来た。アンドロポフはディミトロフの話題を引っ込め、ルビャンカの自分の執務室に届いた最新の報告書に関する詳細をブルガリアの同僚に求めた。パリでのあの作戦、あれはいったいどういうことか？

ようやく本題に入ったか。クリストフは心臓の鼓動が速くなるのを感じたが、あまり深く息をしないように心がけた。アンドロポフはピクルスのキュウリを齧った。さて、肚《はら》をくくらなければならない。作戦の責任を取るか、何も知らないとしらを切るか、しかし第二の選択には自分の無能をさらけ出すという不都合があるから、諜報活動の世界にあっては決して得策とは言えない。クリストフはよい嘘がどういうものであるかよく知っていた。真実の海のなかで溺れなければならないのだ。九〇パーセントの真実を語ることは、隠しておきたい残り一〇パーセントの信憑性を確保できる一方で、ついうっかり尻尾を出す危険性も少なくしてくれる。時間稼ぎをし、あくまでも明晰《めいせき》に話す。嘘をつくなら、たった一点だけに絞り、あとはすべて正直に話すこと。エミール・クリフトフはアンドロポフに顔を近づけ、こう言った。「ユーリ同志、ロマン・ヤコブソンはご存じですね？　あなたの同胞だ。彼はボードレールについて、とても美しい文章を書いていますよ」

37

ユーレンカ、

昨日、モスクワから帰ってきたところだ。訪問はうまくいったよ、少なくとも自分ではそう思っている。いずれにせよ、無事に帰ってきた。老人とたっぷり飲んできたよ。向こうは愛想がよく、終わりのほうでは酔っているようだったが、実際は酔っていなかったと思うよ。私だって、人の信頼を得たり、相手の警戒を解くためにときには酔ったふりをすることがあるからね。ただし、言わなくてもわかるだろうが、私は警戒を解いたことはないがね。彼が知りたがっていたことはすべて話したよ。ただし、もちろん、おまえのことは話さなかった。彼に言ったのは、自分があの原稿の力を信じていなかったので、パリでのミッションについては報告しなかった、なぜなら、まずは自分で確かめたかったからだとね。ところが、うちの部局にはそれを信じている者もいたので、半信半疑ながら、私は部下を何名か派遣した。その連中が興奮しすぎたというわけだ。フランスの当局も動き出しているようだが、どうやらジスカールは事情に明るくない人間を捜査に当たらせているようだ。おまえなら自分の夫の関係を通じて、そのあたりのことを調べられるだろう？　いずれにせよ、注意深く行動するんだぞ、今や私はモスクワの老人に目をつけられているから、これ以上部下を派遣することはできんのだよ。

　あの軽トラックの運転手はよくやった、おまえに書類を渡した偽医者もよくやった。フランスの警察には絶対に捕まえられないだろう、今ごろは黒海の沿岸で遊んでいるはずだ。おまえとの関係が疑われそうなのはあの二人だけだから。二人のスパイは死んでしまったが、一人だけ生き残って捜査の具合を監視している。怪我をしたことは知っているが、頑丈なやつだから大丈夫だ、当てにしていい。

　一つだけ忠告させてくれ。あの書類はしっかりと保管しなければいけない。われわれは職業柄、決して失ってはならず、しかもどんなことがあってもその内容を漏らしてはいけない貴重な書類はただ保管するだけでなく、隠しておくのが習い性になっている。ますは控えを作る、一部だけだぞ。そしてそれを、信頼はできるが、なかに何が書かれているかは理解できないような人物に保管してもらうように託すのだ。原本はおまえ自身が保管する。

　それからもう一つ、日本人は信用するな。

これが私からの忠告だ、ユーレンカ。ちゃんと役に立てるんだよ。おまえが元気で、何もかも予定どおりに事が進むことを願う。何ごとも予定どおりには進まないということを経験からよく知っているけれどもね。

　つねにおまえのことを気にかけている老父、
パパ《タ》パ《ツ》《コ》
PS　返事はフランス語で書いてくれ。そのほうが確実だし、使う機会があったほうがいいからね。

38

パンテオンの裏には、高等師範学校の宿舎がある。場面は大きなアパルトマン、白髪で目の下にたるみのある男が、うんざりしたように言う。

「私ひとりしかおらんよ」

「エレーヌはどこですか？」

「知らん。また大喧嘩をやらかしたんだ。彼女はつまらんことですぐに激昂する。あるいは、この私がね」

「わたしたちはあなたを必要としています。この書類を預かってもらえませんか？　開封してはいけません。読んではいけません、誰にも話してはいけません、エレーヌにも」

「わかった」

39

一九八〇年にクリステヴァがソレルスについてどう思っていたかを想像するのは難しい。その時代がかったダンディズム、いかにもフランス的《ツー・フレンチ》な女たらし、病的なまでの自己顕示欲、青臭い挑発スタイル、ぎょっとするようなブルジョワ的教養、そういったものが六〇年代に東欧から出てきたばかりのブルガリアの小娘を魅了したということは十分にあり得るだろう。それから十五年の歳月がたち、彼女が当時ほどにはこの魅力に眩惑されていないということもあり得るだろう。だが、彼らの連携が強固であり、それは当初から完璧に機能してきたし、今でもそれは変わらないということだけははっきりしているようだ。つまりはそれぞれ役割分担をこなしながらみごとなチームプレイを演じているということだ。彼のほうは、はったり、社交界での世渡り、とにかく受けを狙う。彼女のほうは、スラブ女の危険な香りのする冷たい構造主義者としての魅力を振りまき、アカデミックな世界の奥義《おうぎ》を究め、教授陣を仕切り、自分たちの出世のための技術的、制度的な側面、当然のことながらお役所的な側面もサポートする役割を担ってきた（伝説によれば、彼のほうは郵便振替の手続きすら知らないという）。二人揃えばそれはもう、次の世紀の輝ける職歴《キャリア》の模範たるべく驀進《ばくしん》する強力な政治的大型兵器のようなものだ。実際、クリステヴァがニコラ・サルコジの手からレジオン・ドヌール勲章を受け取ったとき、授賞式に参列したソレルスは「バルト」と言うべきところを「バルテス」と発音した大統領をからかうことを忘れなかった。「良い警官《グッド・コップ》、悪い警官《バッド・コップ》、名誉の報酬、無礼の報い」（のちにフランソワ・オランドはクリステヴァをレジオン・ドヌールの三等勲章《コマンドゥール》にまで引き上げた。大統領は去っていくが、勲章佩用者《はいようしゃ》は甦る）。

　地獄のデュオ、政治的カップル。とりあえずはそのことを記憶しておこう。

　クリステヴァがドアを開け、アルチュセールが妻を伴ってやって来たことを確認すると、しかめ面を抑えることができなかった。抑えるつもりもなかったのだろうが、それを見たアルチュセールの妻エレーヌは、今夜いきなりこういう連中の自宅を訪れればどんな反応が返ってくるか十分に承知していたので、わざと辛辣な笑みを浮かべた。それはほとんど共犯関係と大差ない女同士の本能的な憎悪の表われだった。アルチュセールのほうは小さな花束を差し出しながら、叱られた子供のような顔をしている。クリステヴァは急いでその花束を洗面台の水につける。ソレルスのほうは見るからに突然の来訪に面食らっているものの、わざとらしい歓声をあげて二人の客を愛想よく迎え入れる。「おやまあ、いったいどういう風の吹き回しですか……まさかあなた方がおそろいでお越しとは……ルイ、いつものようにマティーニですかな？……赤のマティーニ！……エレーヌ……あなたは何がご所望ですかな？……わかってますよ……ブラディ・マリーですね！……ひ、ひ！……ジュリア、セロリを持ってきてくれ……セロリだよ、聞こえてる《マ・シェリ》？……ところでルイ！……党のほうはいかがですかな？……」

　エレーヌは用心深い老猫のようにほかの客人の顔ぶれを観察しているが、テレビで見たことのあるＢＨＬと、黒い革のスーツを着た大柄の若い女性と一緒に来ているラカン以外は知った顔がいない。ソレルスが出席者たちを順番に紹介しているが、エレーヌはいちいち客のファーストネームまで憶える必要があるのかしらと訝っている。スポーティな服装で着ている若いニューヨーカーのカップル、北京の雑伎団で空中ぶらんこ乗りを務めている大使館付き中国人女性、パリの編集者、カナダ人のフェミニスト、ブルガリア人の言語学者。「プロレタリアの前衛ってところね」とエレーヌは胸のうちでせせら笑った。

　会食者たちが着席したのを見ると、さっそくソレルスは愛想笑いを浮かべて、ポーランド問題についての議論の口火を切った。「これぞまさしく、決して古びることのない話題でしょう！　連帯《ソリダルノスク》、ヤルゼルスキ、そう、そう、ミツキェヴィチとスロヴァキアからワレサとヴォイティワ（ヨハネ・パウロ二世）にいたるまで……百年でも千年でも話題は尽きず、ポーランドは永遠にロシアのくびきから逃れることができない……これは助かる……おかげでわれわれの会話は途切れることがない。それにロシアがだめならドイツがいるし、そうでしょ？　さてさて、同志諸君……グダンスクのために死ぬか……ダンツィヒのために死ぬか……なんとも耳に優しいたどたどしさではないですか！……どう思います？ええ、まぁ、どっちみち同じことでしょうけどね……」

　挑発はアルチュセールに向けられているのだが、この老哲学者は目をとろんとさせて、ゆっくりとマティーニに唇を浸している。まるでグラスのなかに溺れてしまいそうな風情であるけれども、エレーヌのほうは小さな野生動物並みの果敢さで夫に代わって、こう答える。「ポーランド民族に対するあなたの思いやり、よくわかります。たしか、彼らはあなたのご親族をアウシュヴィッツ送りにしてはいませんものね」するとソレルスは、ユダヤ人についての挑発にただちに乗るのを一瞬（ほんの一瞬）躊躇したので、彼女は迷わずたたみかけることにした。「ところで新しい教皇をほんとうにお気に召したのかしら？（そこで彼女は皿に目を落とす）にわかには信じがたいんですけどね」（ここで彼女はあえて庶民的な口調を強調する）

　ソレルスは両腕を鳥の翼のように大きく広げると、興奮気味に明言した。「あの教皇はじつに僕のタイプなんですよ！（と言って、アスパラガスを囓る）飛行機から降りてくると、迎え入れてくれた大地にキスするあたり、とっても素敵じゃないですか？……その国がどこであれ、教皇は、自分の口で客を迎え入れようとする最高の娼婦のように、ひざまずいて大地にキスするのですからね……（と言って、半分齧ったアスパラガスを振り回す）あの教皇はキス魔なんですよ、いいじゃありませんか……どうして愛さずにいられましょうか？……」

　ニューヨーカーのカップルが声をそろえて笑っている。ラカンが手を挙げながら鳥のさえずりのような声を発したが、発言にはいたらなかった。エレーヌは、いかにも善良なコミュニストらしく首尾一貫した考え方があるので、続けてこう尋ねた。「で、教皇のほうはあなたのようなリベルタンがお好きなのかしら？　最近耳にしたところによると、性にはあまり開放的でないとか（と言って、クリステヴァに視線を投げかける）。政治的に、ということですよ、あくまでも」

　ソレルスはけたたましく笑った。それは最初の話題から、ほかの適当な話題へ淀みなく移っていくために、彼がよく使う戦略だ。「それは彼がちゃんとした助言を受けていないからですよ……。それに、彼が同性愛者たちに囲まれていることは確実ですし……。同性愛者たちは新たなイエズス会士ですからね……だからといって、あっちの方面のことについてよい助言者であるとはかぎらない……。たとえ……新たな病が次から次へと彼らの命を奪っているとしてもね……。神は言った、産めよ、増やせよ、とね……。フード《コンドーム》をかぶせよ、とは……。なんたる醜悪！……健全なる性行為……。触れ合うことのない脳梁《のうりょう》と脳漿《のうしょう》……。うえっ！……僕は生まれてこのかた一度も英国フード《コンドーム》を使ったことがない……。僕のイギリス嫌いはよくご存じだと思いますがね……このいちもつにカバーをかけるなんて……まっぴらごめんだね！……」

　このとき、アルチュセールが目を覚ました。

「ソ連がポーランドに侵攻したのには、高度な戦略的意図があったからなのだ。なんとしてでもヒトラーのロシア国境への接近を阻《はば》む必要があった。スターリンはポーランドを一種の緩衝材として利用したのだ。ポーランドの大地に陣を構えることによって、来るべき侵攻に備えようという算段があった……」

「……そして、その戦略は周知のように絶大な効力を発揮したというわけね」とクリステヴァが口を挟んだ。

「ミュンヘン協定が結ばれると、独ソ不可侵条約は不可欠のもの、いわば異論の余地のないものとなったわけだ」とアルチュセールはたたみかけた。

ラカンは梟のような声を発し、ソレルスは空になったグラスに酒を注いでいる。エレーヌとクリステヴァは睨み合いを続け、中国人女性も、ブルガリアの言語学者も、カナダのフェミニストも、ニューヨーカーのカップルもフランス語が話せるのかどうか依然としてわからないままでいたが、クリステヴァがフランス語で、最近テニスした？と彼らに質問を向けた（どうやらニューヨーカーはソレルス夫妻のダブルスのパートナーらしく、クリステヴァはこの前の練習試合では、自分でも驚くほど闘志満々でプレーしたことにこだわり、さらには、ふだん自分はベースラインでのプレーに難があるのにね、と詳しい説明を加えた）。しかし、ソレルスは彼らに返答の隙を与えず、相変わらず上機嫌で話題を変えた。

「そうそう、ボルグ！……寒い国から来た救世主……。ウィンブルドンの芝にひざまずき……両腕を胸のところで交差させ……。あの金髪といい……あのヘアバンドといい……口髭といい。まさしく芝のイエス・キリストだ……。ボルグのウィンブルドンでの勝利は、全人類の贖罪のためなのだ……。これでもか、これでもかと、彼は毎年勝利する……。どれだけ勝利を積み重ねれば、われわれの罪は浄化されるというのか？……五……十……二十……五十……百……千……」

「ぼくはてっきりあなたはマッケンローびいきだと思ってましたけどね」と若いニューヨーカーがニューヨーク訛りのフランス語で言う。

「ああ、マッケンローね……愛すべき憎まれっ子《ザ・マン・ユー・ラヴ・トゥー・ヘイト》……ダンサーなんだよ、あいつは……悪魔の恵みさ……だが、コートの上をどんなに華麗に飛びまわろうと……マッケンローは……天使のなかでもっとも美しい天使……魔王《リュシフェル》だから……ついには地に堕ちて堕天使となる……」

ソレルスが聖ヨハネとジョン・マッケンローを対比して（ジョンはヨハネなので）、聖書の解釈を始めると、クリステヴァはアントレの仕度を言い訳に、中国人女性とともにキッチンに姿を消した。

ラカンの若い愛人はテーブルの下で靴を脱ぎ、カナダのフェミニストとブルガリアの言語学者は相手の気持ちを探り合うように視線を交わし、アルチュセールはマティーニに入っていたオリーブをもてあそんでいる。ＢＨＬはテーブルを拳で叩いて、「アフガニスタンに介入すべきだ！」と言っている。

　エレーヌは全員を観察している。

　そして言う。「で、イランには介入しないわけ？」するとブルガリアの言語学者が謎めいた口調で付け加える。「躊躇は摩訶不思議の母ですよ」カナダのフェミニストは微笑む。クリステヴァは羊の腿肉と中国人女性とともに戻ってくる。アルチュセールが言う。「党がアフガニスタン侵攻を支持したのは間違いだ。当局のプレスリリースだけで一国を侵すことはあってはならない。ソ連は利口だから、そのうち撤退するだろう」ソレルスはからかうように尋ねる。「党にはいくつの分派があるんですか？」編集者は腕時計を見てから発言する。「フランスは遅れているんです」ソレルスはエレーヌに向かって微笑み、こう続ける。「七十歳にもなると、物事をそう深刻には受け止めなくなりますよね」ラカンの愛人に素足で股間を愛撫されたＢＨＬは顔色も変えずに勃起している。

　やがて話題はバルトのことに移る。編集者がどっちにも取れるような曖昧な弔辞を口にした。ソレルスはこう説明する。「多くの同性愛者と様々な場面で出会う機会があったけれども、彼らからは共通した同じ印象を受けた。内部から浸食されているという印象かな……」これに続けてクリステヴァは十一人の会食者全員のために詳しく説明する。「言わずもがなでしょうが、私たちにはとても親密な結びつきがあったのです。ロランはフィリップを敬愛してましたし……」と言いかけて、彼女は謙虚そうな、少し謎めいた表情で、「私のこともとても愛してくれました」するとＢＨＬが言い足す。「彼はぜったいにマルクス・レーニン主義を受け入れることができなかったんだ」これに対して「でも、ブレヒトのことはものすごく評価していたでしょ？」と編集者が応じる。「じゃ、中国のことはどうなの？　どう思ってたの？」とエレーヌが嫌みを言う。アルチュセールが眉をひそめる。中国人女性が頭を上げる。ソレルスが「退屈さ。もっともほかも似たようなものだけど」とぞんざいに答えると、バルトのことをよく知っていたブルガリアの言語学者は「日本は別だけどね」と応じる。言語学者に促されて自制心を保ったカナダのフェミニストは「彼はとても愛想がよく、とても孤独だったわ」と懐古するにとどめた。編集者はしたり顔で「そうでもあり、そうでもないかな。彼は取り巻かれる術《すべ》を知っていた……自分がそう望むときにはね。いずれにせよ、まだまだやれたのに」と言った。ラカンの愛人は椅子からずり落ちそうな姿勢になって、足先でＢＨＬの陰嚢をくすぐっている。

ＢＨＬは動じない。「師がいるとはけっこうなことだ。そこから身を切り離す術を知ればなおけっこう。たとえばこの私だが、高等師範《エコール・ノルマル》では……」と言いかけると、すかさずクリステヴァが乾いた笑いを放ち、「フランス人はどうしてそこまで出身校にこだわるのかしら？　一時間も話していると、必ずそのことが話題になる。退役軍人のようだわね」と切り込む。「たしかにフランスでは、誰もが出身校に郷愁を抱いている」と編集者が相槌を打つ。「それに一部には生涯そこで過ごすのもいる」とソレルスがからかう。だがアルチュセールは反応しない。エレーヌは、自分たちにしか当てはまらないことを一般論で語る、いかにもブルジョワ的な習慣に内心うんざりしている。彼女は学校が嫌いだったし、長くそこに居残ったわけでもなかった。

玄関の呼び鈴が鳴った。クリステヴァが立ち上がり、ドアを開けに行く。玄関広間で、身なりのよくない髭男と言葉を交わす彼女の姿が見える。会話は一分も続かない。彼女は何ごともなかったかのように戻ってくると、ただたんに「ごめんなさい、厄介なことが起こったものだから、私の仕事部屋の件で」と言うと（一瞬彼女の訛りが際立つ）また腰かけた。編集者がさっきの話を続ける。「フランスでは学歴が社会的成功において過剰な比重を占めているのです」ブルガリアの言語学者がクリステヴァの顔をじっと見て言う。「でも、残念なことにそれだけが要因じゃない。そうじゃないですか、ジュリア?」するとクリステヴァはブルガリア語で何か返事をしている。二人は母語で小声で短いやり取りを交わしている。盛り上がっている周りの雰囲気のなかでは、そこに敵意のようなものがあるのかどうか、ほかの会食者たちには窺い知る余地もなかった。ソレルスが口を挟む。「さて、さて、そこのお二人さん、ひそひそ話はやめましょう、ハハ……」と言ってから、カナダのフェミニストに話しかける。「ところで、あなたの小説ははかどってますか? 僕はアラゴンの意見に賛成なんですよ、じつは……。女性は男性の未来だって……つまり、文学の未来ってことです……だって女性は死ですから……それに文学はいつも死の傍らにあるものだし……」そして、カナダ人女性が自分のペニスをくわえているところをありありと想像しつつ、クリステヴァにデザートの用意をしてくれないかなと頼んでいる。クリステヴァは立ち上がり、中国人女性に手伝ってもらって食卓の上の食器を片づけはじめ、二人がまたもやキッチンに姿を消すと、編集者は葉巻を取り出し、パンナイフで先端を切り落とした。ラカンの愛人は相変わらず椅子の上で身をくねらせている。二人連れのニューヨーカーは行儀のいい笑みを浮かべ、おとなしく手を握り合っている。ソレルスはカナダ女とテニス・プレイヤー二人を交えた4Pプレイを想像している。BHLは鹿のように勃起しつつ、この次はソルジェニーツィンを呼ばないとなと言っている。エレーヌはアルチュセールを叱りつけ、「まあ汚い! こぼしてるじゃない!」と言いつつ、炭酸水を含ませたナプキンでワイシャツを拭いてやっている。ラカンは小声でユダヤの数え歌のようなものを口ずさんでいる。誰もそれに気づかないふりをしている。キッチンではクリステヴァが中国人女性の腰に手を回している。BHLがソレルスに言う。「フィリップ、考えてみると、きみはサルトルより強い。なにしろ向こうはスターリン主義者、毛沢東主義者、結局は教皇制支持者だから……彼はいつも間違えてきたと言われているが、きみときたら! ころころ意見を変えるから、間違う暇もない」と言われたソレルスはシガレットホルダーに煙草を差し込んでいる。ラカンが「サルトルなんて、くだらないよ」とぼやく。ＢＨＬが「次に出す本のなかで、僕は……」と言いかけると、ソレルスが割って入った。「サルトルは反共産主義者はみな犬だと言ったが……僕に言わせれば、反カトリックはみな犬だ……そもそも簡単なことじゃないか、カトリックに改宗しようと思ったことのない有能なユダヤ人はいない……そうでしょう？……ところでジュリア、デザートはどうしたの？……」するとキッチンからクリステヴァの押し殺した声が聞こえてきた。今持っていくわ。

　編集者がソレルスに、次はたぶんエレーヌ・シクスーの本を出すことになるだろうと言うと、ソレルスは「かわいそうなデリダ……。デリダの愁眉を開く《デリデ》のはシクスーじゃない、フフ」と応じる。そこでまたＢＨＬが口を挟んで、自分の思いを詳《つまび》らかにしようとする。「僕はデリダに深い思い入れを抱いているんだ。僕の恩師でもあるしね。ルイ先生もそう。でも、ただの哲学者としてじゃない。まだご存命のフランスの哲学者で、僕が認めるのは三人しかいない。サルトルとレヴィナスとアルチュセールだ」このお追従《ついしょう》にアルチュセールは反応しない。エレーヌは苛立ちを隠す。アメリカ人が質問する。「では、ピエール・ブルデューはどうなんです、立派な哲学者じゃないんですか？」ＢＨＬが、彼も高等師範の先生だが哲学者とは言えないと応じる。編集者もアメリカ人に向かってさらに詳しく説明した。彼は社会学者で、見えない不平等、つまり文化資本、社会関係資本、象徴資本について……。ソレルスがあからさまに欠伸《あくび》をする。「まったく目障りなやつだよ……。あいつの社会様態論《ハビトゥス》ときたら……。たしかに、われわれはみな平等ではない、なんとも目新しい理論だ！　ここだけの話ですがね……シーッ……もう少し近くに寄って……それはいつもそうだったし、これからも変わることはない……あきれたことにね、そうでしょう？……」

ソレルスはますます興奮して続ける。「高みの見物、上から目線、抽象理論なんてそんなもの！……われわれはエルザとアラゴンじゃない、サルトルとボーヴォワールもそう、嘘っぱちさ！……不倫は犯罪だよ……。そうさ……。そうさ……。どうせするならね……。神の息吹、人はいつもそいつを忘れる……ここ。今。まさにここ。まさに今……。流行は往々にして正しい……」彼の視線はカナダ人女性とエレーヌのあいだを行き来している。「毛沢東主義の問題？　あれは時代の気晴らしだよ……。中国……。ロマンチシズム。僕は挑発的なものを書くはめになった、そういうことなんだよ……。僕は口笛でやじる名手だから……。この国一番のね……」

ラカンは上の空だ。愛人の足先は相変わらずBHLの股間を愛撫している。編集者はお開きになるのを待っている。カナダ人女性とブルガリア人は無言の連帯で結ばれていることを感じている。エレーヌは、フランス人大作家の独白を憤懣やるかたなく耐えている。アルチュセールは自分のなかに危険なものが湧き上がってくるのを感じている。

クリステヴァと中国人女性は、アプリコットのタルトとクラフティを持って戻ってきた。引き直したばかりの二人の口紅は灼熱の炎のように赤い。カナダ人女性が、来年の大統領選をフランス人はどう見ているのかと尋ねた。ソレルスがぷっと噴き出す。「ミッテランは宿命を負っている。敗退という宿命……それを彼は最後まで全《まっと》うするだろう」些細なことを思い出してはすぐに敏感に反応するエレーヌは「あなたはジスカールの昼食会に呼ばれたことがあるんでしょう、どんな人だったの？」「ジスカール？　ふん、偽貴族の末裔め……貴族の家柄はもともと彼の妻のものだって、ご存じでしょ？　われらがロランは正しかった……みごとな成功を収めたブルジョワの見本と、彼は言ったんですよ……もし、われわれがまだ六八年に生きているとしても……六八年五月の再来なんてものを拠り所にすることはできないでしょうよ……」

「さまざまな機構、組織……街のなかの……」ラカンがかろうじてつぶやく。

「私たちのところでは、彼のイメージは聡明で力強く、野心的な愛国者のイメージですよ」とアメリカ人が言う。「でも今のところ、国際的な方面では目立った痕跡は残してませんね」

「たしかにベトナムを爆撃はしなかったがね」アルチュセールは口もとを拭いながら歯を軋らせた。

「それでもザイール（コンゴ民主共和国）には介入しましたがね」とBHL。「それにヨーロッパを愛している」

「これでまたポーランドの話に戻れるわね」とクリステヴァ。

「あ、それはない、今日はもうポーランドはおしまいにしよう！」と言って、ソレルスはシガレットホルダーの煙草をふかす。

「それじゃ、たとえば東ティモールの話でもどうかしら」とエレーヌ。「空気も変わるでしょ。ところでインドネシアでの虐殺をフランス政府が非難するのを聞いたことがないんだけど」

「考えてもごらん」と、息を吹き返したかのようにアルチュセールが言う。「向こうは一億三千万という人口、巨大な市場、あの地域にはあまりないアメリカの貴重な同盟国なんだ、おいそれと口を挟めると思うかい？」

「ああ、おいしかった」と、クラフティを食べ終わったアメリカ人女性が言う。

「コニャックのお代わりは、いかがですか、みなさん？」とソレルス。

相変わらずBHLのペニスを足先でこすっている若い女が突然、サン＝ジェルマンでみんなが話題にしている、あのシャルリュスって誰と訊いてきた。ソレルスが笑みを浮かべる。「世界でもっとも魅力的なユダヤ人ですよ……。さらには性倒錯者でもある、それに……」

カナダ人女性が、私もコニャックをいただこうかしらと言う。ブルガリア人が煙草を一本差し出すと、彼女はそれに蠟燭の炎で火をつけた。ソレルス家の猫が中国人女性の脚にすり寄ってくる。誰かがシモーヌ・ヴェイユの話をすると、エレーヌがあんなひと大嫌いと言い、すかさずソレルスがヴェイユの肩を持つ。アメリカ人のカップルは、そのうちカーターの出番が回ってくると思うと発言する。アルチュセールは中国人女性を口説きはじめる。ラカンはかの有名な愛用の葉巻を一本取り出して火をつける。それからサッカーの話になり、プラティニという若い選手は有望だという点で全員の意見が一致した。

夜の集いは終わりを迎える。ラカンの愛人はBHLと帰っていく。ブルガリアの言語学者はカナダ人のフェミニストを送っていこうとしている。中国人女性はひとりで派遣団のもとに帰る。ソレルスは、結局は実現しなかった乱痴気騒ぎを夢みながら眠るのだろう。そのとき突然、ラカンがどうしようもなくうんざりした口調で自説を述べる。「面白いものだね、女が女でなくなるとき、自分の身近にいる男をどんなふうにして踏みつぶすか……。そう、踏みつぶすのさ、自分の欲得のためにね、もちろん」気まずい沈黙がほかの客たちのあいだに流れる。ソレルスが宣言する。「王とはもっとも苛烈な去勢体験をその身に保持している者のことである」

40

切り落とされた指の問題を解明しなければならない。そこでバイヤールはポン・ヌフでブルガリア人を射殺した警官を尾行させることにした。しかし、警察が、身元はおろか、どういった性質のものかもわからない敵に潜入されたというのは面白くないので、この問題を監察官室には上げず、シモンに託した。シモンは例によって抵抗した。とりわけ今回は有無を言わせぬ反論があると思った。そもそも件の警官とはポン・ヌフの上ですれ違っているし、バイヤールが川に飛び込んだとき、シモンはほかの警官たちと一緒にいて、彼が川から上がってきて二人で話し合っているところを見られているのだから。

それがどうした、変装すればいいではないか。

どんなふうに？

まずはその髪を切り、一時代前の学生みたいなボロ服を脱げばそれですむ。

それはあんまりだ、ここまでずいぶん協調的にやってきたシモンだが、今回かぎりは断固として突っぱねる。話にならない。

バイヤールは公務員という職業がどういうものかよく知っているので、若いシモン（青二才と言ってもいいくらい若いが、いったい何歳なのか？）に身の振り方という難題をふっかけてくる。論文を書き上げたあとは、どうするつもりだ？　ボビニーの中学校くらいならポストを見つけてやれると思うが。それとも、ヴァンセンヌで専任になれるよう便宜を図ってやろうか？

シモンは、公教育の世界ではそんなふうに事は進まないし、ジスカールその人の後ろ盾があったとしても（というよりジスカールだから！）、ヴァンセンヌのポスト（なにしろドゥルーズやバリバールのいる大学なのだ！）を得るには何の役にも立たないだろうと思ったけれど、確信があるわけではない。逆に勤め先の学校をどこにするかは絶対に避けては通れない問題なのだ。それならば床屋に行って、髪をばっさり切ってもらおう。その結果を目《ま》の当たりにしたとき、たしかにそれは自分の顔なのだが、長年にわたって無意識のうちに築き上げてきた自分ではなく、自分がまるで他人になったようなじつに居心地の悪い気持ちになったけれど、そのまま洋服屋に向かい、スーツ一式を買って内務省に払わせた。スーツはそこそこの値段であるにもかかわらず、ごくありふれたもので、必然的に肩幅がやや広すぎ、ズボンの丈も短めだし、シモンはネクタイの締め方も知らない。結び方だけでなく、幅の広いほうと狭いほうがうまく重なり合うように正しく狙いをつけることも覚えなければならなかった。ところが、実際に変身をすませて、鏡の前に立つと、嫌悪と違和感の入り混じった感情のほかに、この自分の姿、自分ではない自分、別の人生を生きているもうひとりの自分、ひょっとしたら銀行か保険会社か、あるいは公的機関、外務省に就職しようとしていたかもしれない自分に対する好奇心のような興味のようなものを抱いている自分がいることに気づいた。シモンは本能的に、ネクタイの結び目をまっすぐにすると、上着の下のワイシャツの袖を引っ張った。さて、これでミッションに出かける仕度は調《ととの》った。人生からの遊びの誘いにより敏感な部分が、このささやかな冒険を楽しんでやるぞと覚悟を決めていた。

彼はパリ警視庁《ケ・デ・ゾルフェーブル》の前で、指の先のない警官が業務を終えて出てくるのを、フランスの国家予算で買ったラッキーストライクを吸いながら待っている。この任務のもう一つの利点は経費を請求できることなので、煙草屋のレシート（三フラン）はちゃんと取ってある。

ようやく、私服に着替えた警官が出てきて、徒歩の尾行が始まる。シモンはあとをつける。男はサン＝ミシェル橋を渡り、大通りをサン＝ジェルマンの交差点に向かって歩き、バスに乗った。シモンはタクシーを拾い、慣れない口調で「あのバスを追ってくれ」と言いつつ、うさん臭い映画の登場人物になったような複雑な気持ちになった。運転手のほうは理由も聞かずにただバスを追うことしか考えていないので、バスが停留所で停まるたびにシモンは私服の警官が降りてこないことをいちいち確認する必要があった。男は中年、中肉中背、とくに目立つところがないので群衆にまぎれてしまえば見失ってしまう。だから油断できないのである。バスはモンジュ通りを進み、男はサンティエの停留所で降りた。シモンはタクシーを停めた。男はバーに入っていく。シモンは一分ほど待ってから、なかに入っていく。男は店の奥のテーブル席に座っている。シモンはドアの近くに腰かけ、すぐにそれが間違いだということに気づく。というのは、シモンのほうをずっと見ているからだ。彼に目をつけたからではなく、たんに誰かを待っているのだ。シモンは感づかれないように、窓の外の賑やかな学生たちを見つめている。メトロを出たり入ったり、たむろして煙草を吸い、騒動の結果については態度を保留し、群れていれば安心、さっさと未来が来てくれないかと焦っている学生たちの姿。

ところが突然、学生ではない男がメトロの階段を上がってくるのが見えた。DSとのパシュート・レースをしたとき、自分を殺そうとしたブルガリア人ではないか。よれよれの同じスーツを着て、髭を剃る必要はないと判断しているようだ。あたりをぐるりと見回してから、こちらに向かってやって来る。足を引きずっている。シモンはメニューを覗き込んで顔を隠す。ブルガリア人がドアを押して店のなかに入ってくる。シモンは本能的に少し身を引くが、ブルガリア人はそちらには目もくれずに、まっすぐ警官のいる店の奥に進んでいく。

二人の男は小声で話をしはじめる。ちょうどそのときを選んだかのように、ウェイターがシモンのところにやって来た。探偵見習いは何も考えずにマティーニを注文する。ブルガリア人は、シモンには見覚えのない奇妙なパッケージの煙草に火をつける。シモンもラッキーストライクに火をつけると、ブルガリア人には気づかれなかったし、この変装のおかげで店内の誰にも正体がばれていないと自分に言い聞かせるように煙を深々と吸い込み昂《たかぶ》る神経をなだめた。そのうち、ひょっとすると店にいる全員が自分のズボンの丈が短すぎること、上着が少しだぶついていること、素人探偵のうさん臭い挙動に気づいているのではないかと不安になってきた。そもそも、取って付けたような上辺とその奥にある自分自身の本性との乖離《かいり》を見抜くことはそんなに難しいことではないだろう。そう思うと、シモンはにわかに、化けの皮がはがれたときの詐欺師になったような、空恐ろしい感覚に襲われた。おそらく日頃から感じていることなのだろうが、今回はいつもより痛切だった。二人の男はビールを頼んだ。ああでもないこうでもないと考えたあげく、どうやら彼らは自分に気づいていないらしい、驚いたことにほかの客も同様だという結論に達したシモンは気持ちを入れ替えた。ほかの楽器から一つの楽器の音だけを取り出す音響技師のように、様々な客の声が入り混じる店内の音のなかから二人の男の声だけに集中して会話の中身を聴き取ろうとした。「書類」……「シナリオ」……「連絡」……「学生」……「任務」……「車」……などの言葉が聞こえるように思うが、自己暗示にかかっているのかもしれないし、聞きたい言葉だけを拾って、自分に都合のいい会話を作り上げているだけかもしれない。「ソフィア」という言葉も聞こえてくるような気がする。「ロゴス・クラブ」という言葉も聞こえてくるような気がする。

そのとき、自分の前に滑り込んでくる人の姿、気配を感じた。耳を澄ますことに気を取られて、店のドアが開いて外の空気が入り込んできたことに気づかなかったのだが、椅子を引く音は聞こえたので、そちらに顔を向けると、自分のテーブルに座っている若い女が目に入ってきた。

金髪で頰骨が高く、笑みを浮かべ眉をひそめている女。「あなた、サルペトリエール病院で警察の人と一緒にいたでしょう?」と言う。またもやシモンはぎょっとして気分が悪くなった。ちらりと店の奥に目をやると、二人の男は話に夢中になっていて、こちらの声が耳に届いた形跡はない。彼女はなおも「あのかわいそうなバルトさん」と続けるので、またもやぎくりとさせられた。ソレルスやBHLやクリステヴァが見舞いにやって来て顰蹙《ひんしゅく》を買った日に、バルトの身体から管が外されているのを発見した脚のきれいな看護師だ。むしろ彼女が自分に気づいたことのほうが驚きで、自分の変装の質に関する楽観的な思い込みに愕然とさせられた。「彼は深く悲しんでいた」彼女の語り口調に訛りはほとんどなかったが、シモンはそれを感じ取った。「あなたはブルガリア人ですか?」彼女は虚を衝かれたようだった。栗色の目を大きく見開いている。年齢は二十歳そこそこか。「違うわ、どうして？　わたし、ロシア人よ」シモンは、店の奥から、せせら笑う声が聞こえてきたような気がした。恐る恐るそちらのほうに目を向けると、二人の男がグラスを合わせて乾杯しているところだった。

「わたし、アナスタシアっていうの」

シモンは少し頭が混乱してきたが、それでも、ソ連が多少規制を緩めはじめているとはいえ、国境を開くというところまではいっていない一九八〇年に、ロシア人の女性看護師がフランスの病院で何をしているのか妙に思った。そもそも、フランスの病院で東側の人間を雇い入れているなんて話は聞いたこともない。

アナスタシアは事情を説明した。彼女は八歳のときパリにやって来た。彼女の父親はシャンゼリゼ通りにあるアエロフロートの旅行代理店の店長に任命され、家族を呼び寄せる許可を得たという。そして、モスクワから本社勤務の辞令が下りたとき、フランス政府に政治的保護を求め、母親と弟とともに家族はパリに残ることになった。アナスタシアは看護師になり、弟はまだリセに通っている。

彼女はお茶を注文した。シモンには彼女が何を求めているのかまだわからない。彼女がフランスに来た年から数えて年齢を割り出そうとしている。彼女は若々しい笑みを浮かべて「窓からあなたが見えたの。話を聞かなくちゃって思ったの」と言う。店の奥で椅子を引く音がした。ブルガリア人が立ち上がった。小便か電話だろう。シモンはうつむき、手をこめかみのあたりに持って行って横顔を隠した。アナスタシアがティーバッグをカップのお湯に浸すのを見て、この人の手首の動きにはどこか優雅なところがあるという考えを抱いた。カウンターでは、客の一人がポーランド情勢について声高に語り、ついでプラティニのオランダ・チームとの戦いぶりについて、さらにはローラン・ギャロスにおけるボルグの無敵ぶりについて自説をぶちまけている。シモンは自分が明らかに集中力を失っていると感じる。若い女が突然目の前に出現したせいで混乱し、次第に神経が昂り、今ではどういうわけだか、頭のなかでソ連の国歌が鳴り響き、シンバルが打ち鳴らされ、赤軍の合唱隊が歌いはじめる。ブルガリア人がトイレから出てきて、自分の席に戻る。

「自由な共和国の揺るぎない同盟を《サユース・ニエールシームイ・レスプーブリク・スヴァボードヌイフ》……」

数人の学生が入ってきて、友人たちのいる騒がしいテーブルに合流した。アナスタシアはシモンに、あなたは警察の人なのと訊いてきた。とっさにシモンは、違う、警察の人間なんかじゃないと否定した。しかし、自分でもどういうわけだかわからないのだが、バイヤール警視のもとで、言ってみれば、助言者のような役割をはたしていると続けた。

「偉大なルーシは永遠に結びつけた《スプラチーラ・ナヴエーキ・ヴエリーカヤ・ルーシ》……」

奥のテーブルから、警官が「今夜」と言っているのが聞こえてきた。それに対して、ブルガリア人のほうは「キリスト」という単語を含む短い返答で応じているようにシモンには思えた。目の前の若しい笑顔を見つめていると、雷雨を貫いて太陽と自由の光が照らしている、と思う。

アナスタシアがバルトについて話してほしいと言う。彼は自分の母親とプルーストが大好きだったんだとシモンが言うと、プルーストなら、もちろん知ってるわ、とアナスタシアが応じる。偉大なレーニンがわれわれの進路を照らし。バルトの家族は心配しているでしょうね、だって彼は鍵を身につけていなかったから、ドアの錠前を変えなくちゃいけないでしょ、すると費用がかかるじゃない、とアナスタシア。スターリンがわれわれを育て、人民に忠誠心を吹き込んだ。この箇所をシモンが歌うと、アナスタシアは、フルシチョフ報告が出てからスターリンに触れる箇所を削除するために歌詞が変わったのよと注意した（といっても一九七七年まで待たなければならなかったのだが）。そんなことかまうものかとシモンは思い、わが軍は戦闘を重ねて強くなり……と続ける。ブルガリア人が立ち上がり、ジャケットをはおり、出ていこうとしている。シモンはあとを追うかどうかためらう。だが、あくまでも任務を続行すべきだと懸命に判断する。戦いによって人民の未来は決まるだろう。ブルガリア人の目はシモンを殺そうとしたときと同じだ。警官のほうは違う。それほど危険ではないことは確かだが、この警官も今回の事件に一枚噛んでいることは明らかだ。ブルガリア人は出がけに、美しい微笑みを送ってきたアナスタシアの顔をまじまじと見つめた。シモンは、死神がかすめていくのを感じ、全身が硬直し、思わず顔を伏せた。次に警官が出ていった。アナスタシアは彼にも微笑みかけた。この人は見つめられることに慣れっこになっているんだろうとシモンは思った。警官はモンジュ通りのほうへ歩いていく。さっさと追いかけないと見失ってしまうことはわかっているから、お茶とマティーニの代金として二十フラン札を出し、お釣りはもらわずに（でも、レシートはもらって）看護師の腕をつかんで表に出た。彼女は少し驚いたようだが、抵抗はしないでついてくる。「レーニンの党《パールチヤ・レーニナ》、人民の力《シーラ・ナーロドナヤ》……」今度はシモンが微笑みかけた。外の空気が吸いたくなってね、それに少し急いでいるんだ、よかったらつき合ってくれないかな。彼の頭のなかでリフレインが終わる。「……われわれを共産主義の勝利へと導く《ナス・ク・タルジエストヴー・コムニーズマ・ヴエジヨート》！」シモンの父親は共産党員だったが、この少し突飛な行動を面白がっているように見える若い女性にわざわざそんなことを説明する必要はないと思った。これはむしろチャンスなのだから。

二人は警官から十メートルほど離れて歩いている。すでに陽は、落ちている。少し寒い。シモンはさっきから若い看護師の腕をつかんだままでいる。アナスタシアはこの振る舞いをふつうではない、あるいは図々しいと思っているかもしれないが、そういう表情は見せていない。彼女が言うには、バルトは取り巻きが多すぎて、ひっきりなしに見舞い客が来て病室に入りたがったのだという。警官は通りを折れて、地下鉄のミュチュアリテ駅方面に向かった。彼女は話を続ける。あの日、彼が病室の床に倒れているのが発見されたとき、大騒ぎをしにやって来た三人組にわたしもこっぴどく侮辱されたのよ。警官はノートルダム大聖堂前の広場にさしかかったところで、細い路地に入っていった。シモンは民族友好ということを、あらためて思う。アナスタシアに向かって、バルトは人の行動を支配している目に見えない規範《コード》を読み取るのがとても得意だったんだと説明すると、彼女は眉を寄せてうなずいた。警官はずっしりと重そうな木の門の前で足を止めた。門は歩道よりもわずかに低いところにある。シモンとアナスタシアが門のところまで来たときには、警官はすでになかに入っていた。シモンは立ち止まる。手はアナスタシアの腕をつかんだままだ。高まる緊張感に気づいてか、彼女は口を開かない。二人は正面の鉄柵の前に立ち、石段と木製の扉を見つめている。アナスタシアがまた眉をひそめた。

気がつくと、一組の男女がやって来て、門の前に突っ立っている二人の前に割り込むようにして、鉄の門をくぐって石段を降り、呼び鈴を押した。門が開くと、口に煙草をくわえ、首に毛糸のマフラーを巻いた顔色の悪い年齢不詳の男が二人をじろじろと見つめ、中へ通した。

シモンは自問する。「自分が小説の登場人物だとしたら、さて、どうする?」もちろん、呼び鈴を押すにきまっている。そしてアナスタシアと腕を組んで、なかに入っていくだろう。

すると中は違法な賭博場になっていて、シモンは警官のいるテーブルに座って、ポーカーの勝負を挑む。その間、隣のアナスタシアはブラディ・マリーをちびちび舐めている。シモンは男にさりげなく、その指はどうしたと訊く。すると男も負けじとさりげなく、ドスのきいた声で「猟の事故だよ」と答える。するとシモンはエースとクイーンのフルハウスで勝つという筋書きだ。

でも、人生は小説ではないよな、とシモンは思い直し、二人は何ごともなかったかのようにその場を立ち去り、また歩きはじめる。ところが通りの端まで来て振り返ると、新たにまた三人連れがあの門の呼び鈴を押し、なかに入っていくではないか。シモンはそれに気を取られて、反対側の路肩にでこぼこになったフエゴが停まっているのに気づかない。アナスタシアはまたバルトのことを語りはじめる。意識があったときには、何度か上着を取ってくれと頼まれた。何かを捜しているようだった。それが何だか心当たりはあるかとシモンに訊いてくる。シモンは、今夜はこれで自分の任務は終わったと意識したとたん、はっと我に返った気分になり、若い看護師を目の前にして、急にどぎまぎしはじめた。もし、ひょっとして予定が入ってないなら、どこかで一杯やりませんか、とおそるおそる訊いてみる。アナスタシアは微笑み(シモンにはこの微笑みの真意がいまひとつつかめない)、さっき飲んだばかりじゃない? と言い返す。シモンはもう一杯、どこかでまた、と哀れっぽく誘ってみる。アナスタシアはじっと彼の目の奥を覗き込むと、いつもの自然な微笑みに重ねるかのようにまた微笑み、「いいわね」とだけ答えた。シモンはみごとにふられちゃったなと思い、おそらくその判断は正しかった。なぜなら、若い看護師は「そのうちどこかでね」と繰り返すと、電話番号も教えずに立ち去ってしまったから。
通りの背後では、フエゴの目が光った。

41

「さあ、もっと前へ、雄弁家諸君、美辞麗句の達人、才気あふるる弁士たちよ! さあ、席に着きたまえ、狂気と正気の巣窟、思考の劇場、夢想のアカデミア、論理のリュケイオンの席に! さあ、砕け散る言葉の波音に耳を傾け、動詞と副詞の絡み合いを愛《め》で、弁論を操る猛獣使いたちの毒気に満ちた婉曲《えんきょく》話法を堪能《たんのう》したまえ！　諸君、本日はこの新たな例会のために、〈ロゴス・クラブ〉は指をかけた討論を一回、二回に留まらず、三回ここに用意した！　さて諸君の食欲をそそるために最初に用意した舌戦は、このあとすぐに登場する二人の論客によって、地政学上の厄介きわまりない問題をテーマとする。すなわち『アフガニスタンはソ連にとってのベトナムと化すか？』
諸君、言葉《ロゴス》に栄光あれ！　弁証法万歳！　さあ、祭典の幕を開けようではないか！　言葉《ヴェルブ》のご加護が諸君にあらんことを祈って！」

42

ツヴェタン・トドロフは、もじゃもじゃ蓬髪《ほうはつ》の、眼鏡をかけた痩せぎすの男だ。二十年来、フランスで暮らしている言語学者であり、バルトの弟子の一人として様々なジャンルの文学作品（とりわけ幻想文学）について研究を重ねていると同時に、修辞学と記号学の専門家でもある。

バイヤールは、この文学者もブルガリア生まれなので、事情聴取をしたほうがいいというシモンの勧めに従ってやって来たのだ。

全体主義の国で生まれ育ったことが、彼のうちにとても強い人道主義の意識を発達させたらしく、言語理論にまでそれが表われている。たとえば、レトリックというものは実際には民主主義のなかでしか開花することはないと彼は考える。なぜならば、君主制や専制国家においては本質的に提供されることのない討論の場を必要とするからである。その証拠として、まずは帝政ローマにおいて、ついで中世ヨーロッパにおいても、弁論術は相手を説得するという目的を失い、相手を受容することに焦点を当てることをやめ、言葉そのものに引きこもっていくと主張している。そうなると弁術に期待されるのは有効性ではなく、たんに美しければいいということになる。政治上の問題が、純然たる審美上の問題に取って代わられてしまうのだ。言い換えれば、修辞学は詩学となるわけだ（つまり第二の修辞学と呼び習わされてきたものを指す）。

彼は完璧だがはっきりと訛りの残るフランス語でバイヤールにこう説明した。ブルガリアの秘密諜報部（ＫＤＣ）は、自分の知るかぎり、活発で危険な組織であると。ＫＧＢの後ろ盾があり、なおかつ自ら緻密な作戦を立て実行する能力を持っている。さすがに教皇を暗殺したりはしないだろうが、少なくとも邪魔になる人物を抹消することくらいはできる、まず間違いなく。とは言うものの、バルトの交通事故に彼らが絡む理由はよくわからない。フランスの文芸批評家のどこに彼らが引っかかってくるのか。バルトは政治活動をしていないし、ブルガリアと関係を持ったこともない。たしかに彼は中国に行ったが、だからといって毛沢東主義者になったわけでも、反毛沢東主義者になったわけでもない。彼はジッドでもないし、アラゴンでもない。帰ってきてからのバルトの怒りはもっぱら、エール・フランスの機内食に向けられたことをトドロフは今でも憶えていて、バルトはそれについて記事を書こうとさえ考えていたのだという。

バイヤールは、自分の捜査が今突き当たっている重要な問題をみごとに言い当てているとトドロフに答えた。つまり、動機だ。しかし、情報が有り余っているわけではなく、手持ちの客観的証拠――犯行に使われた拳銃とか雨傘――でなんとかしなければならないということはよく心得ているし、バルト殺害に何らかの地政学的要素が絡んでいることに確証があるわけでもないので、とにかくブルガリア人批評家に出身国の諜報活動についての質問を続けることにした。

組織を統轄しているのは誰ですか？　エミール・クリストフ大佐とかいう男だ。評判は？　とくにリベラルということはないが、かといって記号学にことさら傾倒するようなタイプでもない。バイヤールは袋小路に足を踏み入れたような嫌な印象を抱く。結局のところ、あの二人の殺し屋がマルセイユ出身か、ユーゴスラヴィア人か、モロッコ人であったとして、それでいったいどういう結論が導き出せるというのか。バイヤールはいつのまにか、構造主義者のように考えている。ブルガリア変数ははたして関与的基準たり得るか？　今自分が持っている手掛かりのうち、まだ検討したことのないものを頭のなかで反芻してみる。そして、念のために尋ねてみた。

「ソフィアという名前に心当たりはありますか？」

「もちろん、自分の生まれた町だから」

なるほどブルガリアのソフィアか。

ということはブルガリアの線は間違ってないということじゃないか。

と、そのとき、バスローブに身を包んだ若く美しい赤毛の女性が出現し、客に控えめに挨拶しながら部屋を横切っていった。バイヤールはその言葉に英語訛りがあると踏んだ。この眼鏡のインテリ、けっこうなご身分じゃないかと思う。この英語圏の女の出現とブルガリア人批評家とを結ぶ暗黙の性的共謀に直感的に気づくと、興味本位ではなく、職業的反応として、この関係はつい最近始まったばかりか、不倫か、あるいはその両方だろうと見積もった。

そう納得すると、彼はあらためてトドロフに尋ねてみることにした。ハメッドが死に際に言い残した言葉、「こだま《エコー》」に何か心当たりはありますか？　するとブルガリア人はこう答える。「あるよ、彼の身に何かあったのか？」

バイヤールは何のことやらわからない。

「ウンベルトは元気かい？」

43

ルイ・アルチュセールは例の大切な紙をしっかりと手に持っている。自分を育ててくれた党の規律、持ち前の優等生気質、模範的な捕虜として過ごした数年の経験、どれをとってもこの謎めいた文書を読んではいけないと命じている。同時に、コミュニストらしからぬその個人主義、隠しごとを好む性格、積年のいかさま癖、そのいずれもが紙を開いて中身を読んでみろとそそのかす。むろん、なかに何が書いてあるかは知らないものの、なんとなく危険なにおいを察知している彼が、もしそんなことをしたら、高等師範受験の準備学級時代に課された哲学の作文で不正行為によって二十点満点中十七点を取ったときから始まる一連のカンニング歴にその行為がまた登録されることになるだろう（彼自身がしょっちゅう思い返しているほど、自分のいかさま師としての個人的神話の出発点を告げるにふさわしいエピソード）。だが、怖い。そんなことをしたら、彼らが何をしでかすか、よく知っているのだ。そこで彼はおとなしく（意気地がないと内心思っている）、読まないことにしたのである。

では、どこに隠せばいいのか？　自分のデスクの上にうずたかく積み上がった本と資料の山を見つめて、彼はポオを思い出す。この文書を広告か何かが入っていた封筒に入れるのだ。たとえば当時はやたらに各戸の郵便受けに配られていた近所のピザ屋でも銀行でも、なんの広告でもいいのだが、肝要なことは、それをデスクの上の、山のように積まれた書きかけの原稿だとか論文だとか下書きのど真ん中に、わざと目立つように置いておくことなのだ。どれもマルクスかマルクス主義について書かれたもの、とりわけ、かたや「民衆の運動」と、かたやその運動に課せられ、あるいは注ぎ込まれたイデオロギーとのあいだの危うい物質的関係に対して、彼が最近展開している「反理論家的自己批判」の「実践的」結論を引き出すための論文の山。ここに置けば、あの封書は安全に守られる。ここにはまた、マキャベリ、スピノザ、レイモン・アロン、アンドレ・グリュックスマンなどの著作も置いてある。読まれた形跡のある本もあれば、そうでない本もある（忍耐強く段階を踏んで形成されてきた詐欺師的神経症の枠内で彼はしょっちゅうそういうことを考えている）。書棚を飾る数千冊の本の大半は後者の部類に入る。プラトン（とはいえ、これくらいは読んでいる）、カント（読んでいない）、ヘーゲル（ぱらぱらめくった程度）、ハイデガー（読み飛ばした）、マルクス（『資本論』第一巻は読んだが、第二巻は読んでいない）、などなど。

ドアの鍵穴のなかで鍵が回る音がする。エレーヌが帰ってきたのだ。

44

「用件は？」

用心棒というものは、世界のどこに行っても似たようなものだが、ここの用心棒はぶ厚い毛糸のマフラーを巻き、白人で年齢不詳、肌の色は冴えず、口にはくわえ煙草、目つきは無表情ということはないが、目の前に誰もいないかのように相手の背後を見つめ、心の奥を読もうとしているような陰険な目つきをしている。さすがにバイヤールは警察の身分証を提示できないことくらい知っている。このドアの向こうで行なわれていることに立ち会うためには身分を隠したままでいるしかないからだ。そこでいかにも哀れを誘う嘘をつこうとしたとき、とっさに妙案を思いついたシモンが前に出て言った。「彼女に通してあります」

　木が軋み、ドアが開く。用心棒は少し下がり、どっちつかずの仕草で、中に入るように促した。二人は、石と汗と煙草の煙のにおいのする丸天井の地下室へと入っていく。場内は何かのコンサートのように満席になっているが、観客はボリス・ヴィアンを見に来ているわけでもないし、壁にはかつて響かせたジャズのコードの記憶が刻み込まれているわけでもない。その代わりに、開演前のおしゃべりから発せられるざわめきのなかに、大道芸人のような口調の声が響きわたった。

「〈ロゴス・クラブ〉へようこそ、さあ、明かしたまえ、論じたまえ、褒めたまえ、貶《けな》したまえ、〈言葉〉の美のために！　言葉よ、心をつなぎ、宇宙に命じるものよ！　弁舌の至芸と観客の最高の歓心を求めて争う弁論家たちの晴舞台をとくとご覧あれ！」

　バイヤールは目でシモンに問いかける。シモンは耳もとでささやく。バルトは文章をつぶやこうとしたのではなく、イニシャルだったんですね、Logos Club のLC《エル・セ》。バイヤールは、なんのことだかわからずに、むっとした顔をした。シモンは控えめに肩をすくめた。声はなおも場内の観客をたきつける。

「美しきかな、くびき語法よ！　美しきかな、連結辞省略よ！　だが、そこには支払うべき代償というものがある。今宵もまた、諸君は言語の代償というものを知ることになるだろう。なぜならば、われわれの信条、この世の掟となるべきものは、何人《なんぴと》も無償《ただ》では語れないということだから。〈ロゴス・クラブ〉においては、駄弁空論は通用しない、そうではないかね、諸君？」

　バイヤールは、左手の二本の指先が欠けている白髪の老人に近づいていった。できるだけ刑事風の口調にならないように、かといって観光客みたいな口調にもならないように、「ここでは何が行なわれているんですか？」と訊いてみた。老人は相手の顔を見返した。警戒している様子はない。「初めてかね？　それなら、まずは見ることをお勧めするよ。あわてて入会することはない。ゆっくり時間をかけて学ぶことだね。聞いて、学んで、進歩する」

「入会？……」

「親善試合ならいつでも参加できるよ、もちろん、何も賭けずにね。でも、まだ一度も討論《セッション》に立ち会ったことがないのなら、とりあえず観客のままでいたほうがいいだろうね。最初の討論で観客に与える第一印象がそのままその人の評判の基礎となってしまうし、評判というものはとても大切なものだよ。その人の人間力《エートス》が問われるからね」

そう言うと、彼は先の切断された二本の指のあいだにはさんだ煙草を吸った。一方、石の丸天井の下のどこかに潜んでいる見えない場内の熱気はますます高まり、息苦しくなっていく。「偉大なるプロタゴラスに栄光あれ！　キケロに栄光あれ、モーの司祭に栄光あれ！」バイヤールは、誰だこいつら、とシモンに訊いた。モーの司祭ってボシュエのことですよと、シモンは答えた。バイヤールはまたもやむっとして、こいつ引っぱたいてやろうかと思った。

「デモステネスのごとく、石を食らいたまえ！　ペリクレス万歳！　チャーチル万歳！　ドゴール万歳！　イエス万歳！　ダントンとロベスピエール万歳！　なぜジョレスは殺されたのか？」こいつらのことなら知っているとバイヤールは思う。最初の二人を除いて。

シモンは競技の規則について老人に訊いている。老人は答える。すべての試合は決闘であり、まずはテーマをくじ引きで選ぶ。くじ引きは、二人の討論者が相対する立場に立って議論するために、いずれもはいかいいえあるいは賛成か反対か、二者択一の質問形式になっている。

「テルトゥリアヌス、アウグスティヌス、マクシミリアンはわれらとともにある！」という声が場内に響きわたる。

例会の前半は親善試合に充てられている。真剣勝負はその後だ。通常は一試合、ときには二試合、三試合のこともあるが、そういうことはめったにない。建前としては試合数に制限は設けられていないが、明白な理由によって、明示する必要はないと老人は思っている。志願者が殺到してくるわけではないので。

「ディスプタティオ・イン・ウトランクェ・パルテム！　さあ討論の始まりだ！　ここにいる優れた二人の弁士は、この魅惑の問題をめぐって対決する。すなわち、ジスカールはファシストか？」

歓声と口笛が場内に響きわたる。「対照法《アンチテーゼ》の神々よ、ここに降《くだ》れ！」

演壇には、男一人と女一人が聴衆と相対するかたちで、それぞれ書見台の前に立ち、メモを走らせはじめている。老人はバイヤールとエルゾグに説明する。「彼らには五分の準備時間が与えられている。そして、自分の観点と大まかな論拠をそれぞれ発表したのち討論に入るわけだ。試合時間は一定していない。ボクシングの試合と同じように、審判はいつでも試合終了を告げることができる。最初に発言するほうが、自分の擁護する立場を選べるわけだから有利だと言える。相手はその逆の立場を擁護しなければならない。同レベルの選手同士が争う親善試合では、どちらが最初に口火を切るかを決めるくじを引く。しかし、異なる階級に属する選手が争う公認試合では低い階級の選手が口火を切ることになっている。ほら、テーマのジャンルを見ればわかるだろう、これはレベル1の舌戦なのだ。今、演壇にいる二人はたんに「話し手《パルルール》」と呼ばれる。これは〈ロゴス・クラブ〉の階級のなかではもっとも下位の者だ。いわば一兵卒だな。次が弁士《レトゥール》、その次が雄弁家《オラトゥール》、弁証家《ディアレクティシアン》、逍遙学徒《ペリパテイシアン》、護民《トリ》弁論家《ブン》と続き、最高位に愛知者《ソフィスト》が来る。しかし、レベル3を超える者はめったに出ない。愛知者《ソフィスト》ともなると数は非常に限られていて、せいぜい十人というところ、みな暗号名を持っているらしい。レベル5からはほとんど隔絶された領域に属している。愛知者《ソフィスト》などじつは存在しなくて、クラブのメンバーに到達不能の目標のようなものをちらつかせて、永遠に手の届かない完璧の幻想を抱かせようとしているると言い張る者さえいる。私は存在すると確信しているがね。ドゴールはこの域に達していたと思ってる。おそらく大プロタゴラスその人だったとさえ思ってるよ。〈ロゴス・クラブ〉の会長はこう呼ばれているらしい。私の位は弁士だよ、雄弁家だった時期も一年あったが、維持できなかった」と老人は言って、指先のない手を挙げて見せた。「高くついたもんだ」

論戦が始まると、口を閉ざさなければならないので、シモンは「真剣勝負」が何を意味するのか、老人に尋ねることができなかった。聴衆を観察すると、大半が男で、年齢はまちまち、みな堂々としている。このクラブはエリートの集まりだが、選別の基準は資金力ではなさそうだ。

最初の選手の張りのある声が響く。彼の主張はこうだ。フランスにおいては首相は実権のない操り人形であり、国会は憲法第四十九条三項によって去勢され、いかなる権力も持っていない。ドゴールは、報道機関を含めてすべての権力を集約しようとしているジスカールに比べれば、愛すべき君主だった。ブレジネフ、金日成、ホーネッカー、チャウシェスクといえども、党には釈明の義務を負っているし、アメリカ合衆国大統領はわが国の大統領ほど強大な権力を持っていない。メキシコの大統領は再選を禁じられているが、わが国の大統領は再選可能だ。

迎え撃つのは、かなり若い女性の選手だ。彼女は、新聞を読むだけで、この国が専制国家でないことはすぐにわかる（たとえば、今週の『ル・モンド』でさえ政府について「なにゆえ、これほどの多くの分野で失敗しているのか？」という見出しで語っている。検閲は以前より厳しくなっているというのに……）と答え、その証拠としてマルシェ、シラク、ミッテランなどの政敵の、がさつな個人攻撃を挙げる。専制政治にしては、表現の自由は健全に機能している。ドゴールを引き合いに出すのなら、当時ドゴールはファシストだと呼ばれていたことを思い出そうではないか。すなわち第五共和政はファシズムだ、憲法はファシズムだ、われわれの政体は不断のクーデタだ、ということになる。彼女の結論はこうだ。「ジスカールをファシスト呼ばわりするのは、歴史に対する冒瀆であり、ムッソリーニやヒトラーの犠牲者たちへ唾を吐くことだ。スペイン人はどう思っているか、尋ねてみるといい。ホルヘ・センプルンに、ジスカールはフランコかどうか、尋ねてみるといい！　記憶に背くとき、レトリックは恥ずべきものとなる！」拍手が湧き起こる。短い審議ののち、審判団は女性の選手を勝者と宣言した。若い女性は喜び勇んで、論敵と握手すると、聴衆に向かって小さくお辞儀をした。

論戦はさらに続き、選手たちは程度の差こそあれ満足し、聴衆は拍手喝采したり、野次を飛ばしたり、口笛を吹いたり、叫んだり様々だが、やがて今夜の山場がやって来る。「指をかけた論争」。テーマは、記述《エクリ》と口述《オラル》。

老人がもみ手して喜ぶ。「ああ、これぞメタ・テーマだ！　言語が言語について語る、これほどの見物がほかにあるだろうか。私はこういうのが好きだなぁ。ほら、ごらんなさい、レベルが黒板に張り出されている。若い弁士が、雄弁家に挑んで、その座を奪い取ろうという試合だ。だから、先手は若い弁士だ。問題はどっちの立場を選ぶかだな。概して一方の命題が他方の命題より難しい場合が多いのだが、だからこそあえて難しいほうを選べば審判団と聴衆に強い印象を与えるというメリットもあるわけだ。逆にわかりやすい命題を選んだ場合には、華やかな論拠を展開できないという危険を伴うので成果を上げづらい。結果として演説が凡庸になり、ぱっとしないものになってしまう……」

そこで老人は口をつぐんだ。さあ、始まるぞ、全員が熱く押し黙って耳をそばだてる。雄弁家の位を切望する若者が毅然とした態度で口火を切る。

「〈書物〉に対する信仰がわれわれの社会を鍛《きた》えてきたし、われわれはテクストを神聖化してきました。十の戒律を収めた『律法の書』しかり、トーラーの巻物しかり、バイブルしかり、コーランしかすなわち、それが価値を持つためには刻みつけられたものである必要があったのです。すなわち、物神崇拝《フェティシズム》。すなわち、迷信。すなわち、教義の褥《しとね》。

口述の優位を主張するのはこの私ではありません。われわれが現在あるようなかたち、すなわち思想家、修辞家と呼ばれる人々が出現する以前に、弁証法の父と呼ばれる、ここにいるわれわれ全員の父祖、書物など残そうとはつゆ思わず、西洋の思考様式の基礎を築いた人がそう言っているのです。

思い出してください。たとえば、われわれは今、古代エジプトのテーベにいるとします。王がこう尋ねる。文字など、何の役に立つのか？　すると神はこう答える。それは無知を根治するものである。すると王は言い返す。逆だろう！　事実、この技芸を学んだ者の魂に忘却がもたらされるのは、思い出すことをしなくなってしまうからだ。想い起こすことと記憶とは別物であり、書物など備忘録にすぎない。それは認識をもたらすことも、理解をもたらすこともなく、習熟をもたらすこともない。

書物ですべてが学べるならば、学生は教師を必要とするでしょうか？　彼らはなぜ書物に書かれていることを誰かに説明してもらわなければならないのだろうか？　なぜ学校があるのだろうか、図書館だけではだめなのだろうか？　それは書かれたものだけでは不十分だからです。いかなる思考も交換され、固定されない限りにおいて生きている。そうでなければ思考は死んでしまう。ソクラテスは文字を絵画になぞらえた。絵のなかにいる者たちは、あたかも生きているようにちゃんとそこに立っているように見える。しかし、問いかけても、威厳のあるポーズをとったまま動かず、沈黙を守っている。書かれたものもそれと同じなのです。書物もまた語ると思っているかもしれない。でも、何を言っているのか理解しようとして問いかけたとしても、多少の違いはあるにせよ、いつも同じことを繰り返すだけ。

言語の働きが何かのメッセージを生み出すことにあるとしても、受け手がいなければなんの意味もない。今こうやって私が話しているときも、あなたがた聴衆は私のスピーチの存在理由なのです。砂漠で語るのは狂人だけです。そのときですら、彼は自分自身に語りかけている。ところがテクストはいったい誰に語りかけているのでしょう？　全員に！　つまり、誰にでもないということです。ひとたび文字に書き起こされてしまうと、そのことに精通している人に対しても、無縁な人に対しても、まったく区別なく、語りかけるべき相手は誰かなどということはおかまいなしになってしまう。語りかける相手を明示しないテクストが担っているのは曖昧さであり、漠然とした非人称の発言なのです。すべての人に通じるメッセージなどというものがはたしてあるのでしょうか？　一通の手紙ですら、どんな種類の会話にも劣る。手紙はある状況《コンテクスト》のなかで書かれ、それとは別の状況のなかで受け止められる。ほかの場所、後日になれば、書き手の状況も受け手の状況も変わる。宛先の人物がすでに物《ぶっ》故《こ》しているだけで、あるいは書き手が封筒に封をして投函してすぐに時の井戸のなかに姿を消してしまってこの世にいないだけで、手紙は何のために存在するのか、意味を失ってしまう。

　ですから、記述されたものとは死なのです。テクストの居場所は教科書のなかにしかない。言説の様々に変化する姿のなかにしか真実はなく、口述の言葉だけが永遠に流れつづける進行中の思考のリアルな速さに応じることができるのです。口述、それは命です。私がそれを証明し、今日ここにこうしてお集まりのみなさんが証明している。それは語るため、耳を傾けるためではありませんか、意見を交換し、議論し、異議を申し立て、生きている思考を全員で創り上げ、話し言葉《パロール》と呼ばれる声の響きに包まれながら、弁証法の力によって命を吹き込まれた言葉と観念を共有するためではありませんか。書かれた言葉など、音楽になぞらえれば楽譜にすぎないのです。最後の締めくくりに、ソクラテスの残した究極の言葉をここに引用しましょう。『本物の知者ではなく、見せかけの知者』、それこそが文字から生み出されるものなのです。ご静聴ありがとうございました」

湧き起こる拍手。老人は興奮している。「いやはや！　あの小僧、古典をちゃんと自分のものにしているじゃないか。あいつの強みは堅実さだな。一冊も本を書かなかったソクラテスという安全牌をど真ん中に持ってきやがった！　修辞学のエルヴィスってところかな。それに、戦略的にも口述を擁護する立場を選んだのは手堅い選択だった。それは言うまでもなく、このクラブの活動を正当化するものだから、いわば劇中劇のような効果を狙ったというわけだ。さて、これに論敵がどう応じるかだ。彼もまた自分の拠って立つ確実な足場を見つけなければならない。私ならデリダ風にやるだろうな。コンテクストというトリックを解体して、会話はテクストや手紙よりも個性化されているわけではないと説明するわけさ。なぜならば、人は話しているとき、あるいは聴いているとき、自分が何者か、自分の話し相手が誰であるか、じつは決してわかっていないからだ。状況だの文脈だの、そんなものはあった例《ためし》がない、そんなものは子供騙しの論理であって、コンテクストなど存在しない、とまあ、こんな具合にやるのさ！　いずれにせよ、私ならこれが反論の軸となるだろうね。まずはみごとに仕上がった相手の論理をぶち壊さなければならない、それから、精緻にやらなければならない。なにしろこの筆記の優位性ってやつは、いささか学校の授業っぽくなるからね、つまりかなり専門的になるというか、でも、面白味に欠ける。私かい？　ソルボンヌの夜学に通ったことはあるよ。郵便配達だったんだ。おっと、シー！　シー！　真打ち登場だ、あんたのランクが盗んだものでないことを証明してくれよ！」

雄弁家が登場すると会場は静まり返った。年配の、白髪混じりで恰幅《かっぷく》はいいが、立ち居振る舞いに派手なところのない男が演壇に立った。視線を聴衆から論敵へ、そして審判団に向けると、人差し指を立てて、たった一言、言葉を発した。

「プラトン、ですよね」

そして、彼は口を閉ざした。長い沈黙に付き物の気まずい空気が場内に立ち込める。そして、自分に発言権が与えられている貴重な時間をどうして無駄遣いするのだろうと聴衆が疑問に思っていることに気づくと、ふたたび口を開いた。

「わが尊敬すべき論敵は先ほど引用した言葉をソクラテスのものと言いましたが、わざとそのように言い換えたわけですよね？」

沈黙。

「彼が言おうとしたのはプラトンです。書かれたものがなければ、ソクラテスも、その人の思想も、先ほどわが尊敬すべき論敵がほぼそのまま再現してみせてくれた『パイドロス』のなかの口述を擁護する素晴らしい弁明も、われわれは知らないままでいたことでしょう」

沈黙。

「ご静聴ありがとうございます」と言って、彼はふたたび席に着いた。

すべての聴衆が彼の論敵のほうに目を向けた。彼が望むなら、また発言し、論争することもできるが、彼は顔面蒼白のまま何も言わなかった。三人の審判の評決を待つまでもなく、彼は負けた。

ゆっくりと潔く、青年は前に進み出て、開いた片手を審判席のテーブルの上に置いた。聴衆全員が固唾《かたず》を呑む。煙草をくわえている者は苛立たしげに煙を強く吸い込む。誰もが自分の鼓動が聞こえるような気がした。

真ん中に座っている審判が手斧を持ち上げると、青年の小指をすっぱりと切り落とした。

青年は悲鳴こそ上げないものの、その場にしゃがみ込んだ。ただちに手当てする者がやって来て、大聖堂のような静けさのなかで包帯を巻いた。ついでに指先も拾っていったが、捨てるためなのか、それとも広口瓶に入れて日付とテーマを記入したラベルを貼ってどこかに保管するのか、シモンにはわかるはずもない。

また声が響きわたった。「選手に敬意を！」聴衆も唱和する。「選手に敬意を！」

静まり返った地下室のなかで老人が小声で説明する。「たいていは負けると再度チャンスが与えられるまでに少し時間を置くことになっている。いい制度だと思うよ、血気にはやる挑戦者を避けることができるからね」

45

この事件には不明の点があり、それが出発点にもなっている。それはバルトとミッテランの昼食だ。こんな絵に描いたような出来事は、ふつうは起こらない。でも、実際にあった……。ジャック・バイヤールとシモン・エルゾグには、その日の昼食会がどういうもので、どういう会話が交わされたのか、まるでわからないし、永遠にわからないだろう。せいぜい招待客のリストを手に入れるくらいだろう。でも、僕ならできる、たぶん。結局のところ、方法論の問題なのだ、どうすればいいか、僕は知っている。現場にいた人全員から話を聞き出し、あやふやな証言は切り捨て、記憶と実際に起こった出来事を照らし合わせてみるのだ。で、場合によっては……。言わなくてもわかりますね。あの日は、まだ片がついていないところがあるのだ。一九八〇年二月二十五日という日には、まだ語るべきことが残っている。小説の力をもってすれば、時すでに遅しということはない。

46

「もちろん、パリに必要なのは新たなオペラ座ですよ」

バルトは、できたら席を外したいと思う。こんな社交談義にはとてもつき合いきれない、こんな昼食会への誘いに応じるんじゃなかった、これじゃまた左翼の友人たちに罵倒されるだろうが、少なくともドゥルーズはご満悦だろう。フーコーはもちろん、さんざん揶揄嘲弄《やゆちょうろう》を浴びせかけてくるだろうし、結局は同じことの繰り返しなのだ。

「アラビア語圏ではフィクションの領域を積極的に問い直してますよ。古典主義的な枠組みから外れて、お決まりの主題のある小説と決別しようとしている……」

これがジスカールと昼食を共にしたことの代償ってわけか？　たしかに「みごとな成功を収めた大《グラ》資本家《ン・ブルジョワ》」さ、でも、連中だってそう捨てたものじゃない……。さあ、ワインの栓は抜かれたんだ、飲むしかないだろ。それに、この白、うまいじゃないか、どこのものだ？　まぁ、シャルドネだろうけど。

「モラヴィアの最新作は読みましたか？　私はレオナルド・シャーシャの大ファンでしてね。イタリア文学は読みますか？」

どこがどう違う？　べつにたいした違いはない。

「ベルイマンはお好きですか？」

見ろよ、こいつらの立ち居振る舞い、しゃべり方、身なり……。まぎれもない右派の特徴《ハビトウス》、ブルデューならそう言うだろう。

「ミケランジェロほどに、たぶんピカソを除けば、批評的価値の大きい芸術家はいないでしょう。でも、その作品の民主的な意義については何も語られてこなかった！」

で、この私は？　右派のハビトゥスに染まっているか？　身なりを気にしないだけでは、それを免れることはできない。バルトは座っている椅子の背もたれを触り、古びた上着がまだそこにあることを確認する。落ち着くんだ。誰も盗んだりはしない。はっは！　まるでブルジョワの考えそうなことだ。

「近代ということに関しては、ジスカールは中世のフランスを夢見ている。フランス国民が支配者とか指導者とかを求めているかどうか、いずれわかるだろう」

こいつはしゃべるとき弁論口調になる。いかにも弁護士らしい。厨房からいいにおいが漂ってくる。

「もうじき出てきますよ、ほぼ出来上がってますから。ところで、ご自身は今、どういうお仕事をなさっているのですか？」

言葉についていろいろ。笑み。訳知り顔。細かい説明をしたって始まらない。プルーストのことを少々、いつ読んでも面白いので。

「信じてもらえないでしょうけれど、私の家族にはゲルマント公爵家と交友のあった伯母がいるんですのよ」この若い女優はなかなか刺激的だ。いかにもフランス女。

疲れる。本当はレトリックを駆使するような道はたどりたくなかったのに。でも、ここまで来たら、もう遅い。バルトは悲しげにため息をつく。退屈するのが嫌いなのに、そういう機会がたくさん用意され、どういうわけだか引き受けてしまう。でも、今日は少し違う。ただ漫然と招待に応じたわけではない。

「ミシェル・トゥルニエとはけっこう懇意にしてましてね。彼は人が思っているほど、人づき合いの悪い男ではないですよ、ハハハ」

お、出てきた、魚か。だから白なんだ。

「こっちに来て、座ってくれよ、ジャック！　まさか食事中ずっと厨房に引っ込んでいるつもりではないだろ！」

厨房、か。言葉遣いで育ちがわかる……。ヤギ顔で巻き毛の若い男が自分のグラスにビールを注ぐと、招待客のテーブルへとやって来た。彼は、バルトの椅子の背にもたれかかるようにして、隣の席についた。

「これはコトリアードという料理です。ヒメジ、タラ、シタビラメ、サバを甲殻類や野菜とともに煮込んだスープに少々ヴィネグレットソースをふったものですが、さらにほんの少しのカレー粉とひとつまみのエストラゴンを加えてあります。さ、どうぞ《ボナペティ》！」

なるほど、うまい。おしゃれだし、それでいて庶民的だ。バルトは食事のことをよく書いた。フライドポテト添えのビーフステーキ、バターを塗ったハムサンド、ミルクにワイン……。でも、これは別物だ、言うまでもなく。あまり手は加えていない、でも、ちゃんと料理されている。まずは調理の過程で費やされた努力、心遣い、愛情が感じられなければならない。そして次には常に力の誇示がやって来る。彼はすでに日本についての本のなかで、それを理論化している。西洋の食事は幾重にも積み重ねられて膨れ上がり、ついには荘重の域にまで達し、さらには幻惑の作用が加味されて、ひたすら肥大、巨大、豊富、豊満へと向かう。東洋は逆の動きに沿って、微細なほうに向かって開花する。キュウリの未来はそれを積み重ねることにも厚みを持たせることにもなく、ひたすら分割することにある。

「これはブルターニュの漁師料理です。かつては船上で海水を使って調理されていました。ヴィネグレットソースは塩分による渇きを抑えるためのものだったのです」

東京の思い出……。分割するための箸《はし》は分けたり、離したり、摘《つま》んだりするものであって、西洋式のカトラリーのように切り刻んだり、摑み取ったりはしない。食べ物を虐待しないのである……。

バルトはまたワインを注がれ、テーブルを囲んでいるほかの客たちは遠慮がちに無言で料理を口に運んでいるなか、いつも唇を固く引き締めているあの小柄な男が、こういう場合にこそ周到に身をもって示すべき、正しいブルジョワの礼儀作法として、かすかなすすり音とともにタラの身を口のなかに吸い込んでいる姿をじっと見つめている。

「私は、権力は所有だと述べたことがあります。もちろん、それはあながち間違っているとは思いませんが」

ミッテランはスプーンを置いた。無言の聴衆は食べるのをやめ、小柄な男に向かって、その発言に集中しようとしていることを示した。

日本料理がいつも食べる人の前で作られるのは（それがこの料理の基本的な特徴だ）、敬っているものの死を人前にさらすことによって神聖化する、おそらくそれが大切なことだからである……。

まるで劇場で物音を立てるのを恐れているかのようだ。

「でも、じつはそうではない。それについてはあなたのほうがよくご存じではないですかな？」

日本料理はどの皿も中心を持たない（われわれのところでは、食事を順序立て、一皿一皿の料理の周囲に飾り付けをあしらったり、パイなどで包み込んだりする慣習がすでに食に中心があることを前提としている）。すべてはほかの装飾の装飾であり、何よりもそれは食卓の上であれ、盆の上であれ、食事は断片のコレクションでしかないから……。

「真の権力は、言語《ランガージュ》ですよ」

ミッテランは笑みを浮かべ、その声には、バルトが予想していなかった媚びるような調子が含まれていたが、それが自分に向けられたものであることは理解できた。東京よ、さらば。ほら、ついに恐れていた瞬間がやって来た（だが、避け難いものであることは知っていた）、即答し、相手の期待どおりに振る舞い、記号学者を、少なくとも言語についてはそれなりに深めた知識人を演じなければならないのだ。そこで、簡潔さが深みと捉えられることを期待して、こう言った。「とりわけ民主的な体制のもとでは」

ミッテランは笑みを絶やさず、「本当に？」という言葉で応じてきたが、それが説明を求めているのか、丁重な同意なのか、はたまた控えめな異議申し立てなのか、正確に判断するのは難しい。ヤギ顔の青年は、明らかにこの出会いの場を盛り立てる責任があるので、会話が始まったばかりの時点で口を挟んでおこうと考えたか、あるいは会話が卵のまま孵《かえ》らないで終わるのを恐れてか、「ゲッベルスいわく『文化という言葉を聞くと、思わず私は銃を抜く』……」と言いだした。バルトがこの状況でなぜこの引用なのか解せないでいると、ミッテランがきっぱりと訂正した。「違う、それはバルドゥール・フォン・シーラッハだ」食卓を囲んでいる招待客のあいだに気まずい沈黙が広がった。「みなさん、ムシュー・ラングを大目に見てやってください。彼は戦争とともに生まれたので、当時のことは幼くて憶えていないのです。そうだね、ジャーク？」そう言うと、ミッテランは日本人のように目を細めた。彼は今「ジャック」というファーストネームを古式ゆかしく「ジャーク」と発音したのだ。このときバルトは、なぜか、この射抜くような目をした小柄な男と自分のあいだで何かが演じられていると感じた。この昼食会が自分のためだけに催されたかのような、ほかの招待客はたんなるお飾り、疑似餌《ぎじえ》、最悪の場合には共犯者であるかのような印象。しかし、ミッテランのために催される文化人昼食会はこれが初めてではない。月に一度は催されているし、ほかの招待客にしたって、ただのお飾りではない、とバルトは思う。

外から聞こえてくるのは、ブラン＝マントー通りを通る小型馬車《カレーシュ》の音のようだ。

バルトは素早く自己分析する。ここにいたる様々な状況と上着の内ポケットにたたんでしまってある文書のことを勘案すると、自分はパラノイアの症状を呈しているとしか考えられない。そこで彼は、茶色の巻き毛の青年を窮地から救ってやる意味でも、多少ぎこちないとはいえ笑みを絶やさず、自分も発言することにした。「修辞学が発達した時代はいずれも共和政の時代に対応していますね、アテネでもローマでもフランスでもそうです。もちろん時代によって弁論術のあり方も変わるわけですが、あたかも民主的なキャンバスの上に花開く刺繡のように弁論術も織り込まれていくのです」。ミッテランはいかにも興味深そうに身を乗り出し、異論をさしはさんだ。「われらが友のジャックがせっかく気を利かせて戦争を話題に招き入れてくれたのですから、あえて申し上げますが、ヒトラーは演説の名手でした」さらに対話者たちが気にするような皮肉の調子を交えずに、「ドゴールもそうです。しかもとびきり名手でした」

ここまでくれば受けて立つしかないと、バルトが切り返す。「では、ジスカールは？」

ミッテランは、最初からこれを待っていたかのように、最初の布石は会話をまさにこの場所に引っ張ってくるためのものだったと言わんばかりに、椅子の背にもたれかかった。「ジスカールはすぐれた話術の持ち主だ。彼の強みは、自分自身について、自分の持っている能力・資力、そして自分の弱点について、正確に把握していることです。彼は自分が息切れしやすいことを知っているが、彼の言葉はぴたりとリズムに合っている。主語、動詞、直接補語。必ず句点で区切り、読点でつながない。何か斬新なことが言われているような気になる」そこで一息つくと、会食者の顔にようやく媚びるような笑みがこぼれるのを見て、彼はさらに続ける。「必ずしも二つのフレーズのあいだに関係がなくてもいい。それぞれのフレーズが卵のように滑らかに丸みを帯びて、自足していればそれでいい。一個、二個、三個と卵は続けざまにメトロノームのように規則的に産み落とされる」食卓の周りに広がる含み笑いに気を良くしたミッテランはさらに熱を帯びる。「みごとな装置だ！　自分のメトロノームのほうがベートーヴェンより才能があると思い込んでいる音楽狂いの男を私は知っているがね……。当然、場は盛り上がる。おまけにきわめて教育的でわかりやすい。卵は卵だということくらい誰でも知っている、そうではないかね？」

そのとき、文化的橋渡しの役目を果たそうとやっきになっているジャック・ラングが割って入った。「それこそまさにバルト氏がその著作を通じて暴いている同語反復《トートロジー》の弊害ですよ」

バルトが相槌を打つ。「そう、つまり……優れて虚偽の論証、無用の等式、A＝A、ラシーヌはラシーヌである、そういうのはみな零度の思考なのです」

ミッテランは、この理論的観点の一致に気をよくしてはいるものの、自分の発言の道筋は見失っていない。「まさしくそのとおり。『ポーランドはポーランド、フランスはフランス』ってね」と、ことさらおどけた口調で続ける。「ならば、その逆を主張してみせようじゃないか！　私の言いたいのは、ジスカールは自明の理を述べる類まれな話芸の持ち主だということだ」

バルトは相手に合わせて能弁になる。「自明の理に証明はいりませんからね。なにしろ自ずと明かされるわけだから」

ミッテランも勝ち誇ったように繰り返す。「そうそう、自明の理に証明はいらない」このとき、テーブルの反対側から声が上がった。「しかしながら、あなたの論証《デモンストラシオン》に従うならば、勝利があなたの手から滑り落ちることがあり得ないのは自明のことのように思えますが。フランス国民はそれほど愚かではありません。二度もあの詐欺師に騙されることはないでしょう」

そう発言したのは、ジスカール風に鶏の尻のように口がすぼまり、額の禿げ上がった若者で、ほかの会食者とは違い、小柄な男に気後れしている様子はない。ミッテランはその若者を睨みつけた。

「ローラン、あなたの考えはお見通しだよ！　どうせ大方の国民と同じように、彼ほど鮮やかな実演《デモンス》販売人《トラトウール》はいないと考えているんだろう」

ローラン・ファビウスは仏頂面で抗議する。「そんなことは言っていません……」

ミッテランはすっかり機嫌が悪くなる。「いや、いや、そう言ってるよ！　あなたは善良なテレビ視聴者だ！　あなたのような善良なテレビ視聴者がたくさんいるから、ジスカールはあんなにテレビで愛想よく振る舞うのさ」

額の禿げ上がった青年は抗弁しない、ミッテランはさらに激昂する。「自分がいないと物事がどんなふうに進んでいくかを語るときの彼の説得力は素晴らしい、それは認める。九月に物価は上がりましたか？　無論、うなぎ登りです（バルトは、ミッテランが無論《パルブル》と言ったのを聞き逃さない）。十月はメロン。十一月はガス、電気、鉄道に家賃。みなさん、なぜ物価は上がらないほうがいいのでしょう、とくる。鮮やかなもんだ」ミッテランの顔が引きつったように歪み、声が曇る。「経済の神秘にかくも易々と接近しておいて、さらには例の蘊蓄《うんちく》の詰まった指南書に基づいて高等な財政の奥義へと分け入っていく」ここで彼は声を張り上げる。「そうさ、うなぎ登りだ！　忌まわしいメロンめ！　裏切り者の家賃め！　ジスカール万歳！」

招待客はみな唖然として固まっているが、ファビウスだけは煙草に火をつけながら、「誇張しすぎですよ」と応じる。

ミッテランの引きつった顔は持ち前の人を籠絡《ろうらく》するような表情を取り戻し、額の禿げ上がった青年に向かって答えようとしているのか、会食者全員を安心させようとしているのかは読み取れないものの、ごく平然とした声で話を続ける。「もちろん、冗談だよ。といっても丸っきりの冗談ではない。だが降参しよう。要するに、類まれな知性を動員して、統治することは責任をいっさい取らないことだと主張しているだけなのだから」

ジャック・ラングは姿を消した。

バルトは心密かに、自分の目の前に強迫神経症の格好の症例が存在すると思う。この男は権力を欲していて、叶わぬ未来に対してあまりに久しく抱いてきた怨恨のすべてを直接の政敵のうちに結晶させているのだ。あたかも今からすでに次の選挙での敗北に怒りをぶちまけているかのように、と同時に、断念すること以外はどんなことでもする覚悟があるといった気配もにじませている。たぶん自分の勝利を信じていないのだろうが、勝つために奮闘するのが彼の性分であり、あるいはこれまで歩んできた人生がそうさせるのかもしれない。敗北はつまるところ最良の学校なのだ。バルトはやや気が滅入ってきたので、平静を保とうとして煙草に火をつけた。だが、敗北は同時にそれを体験した個人を数々の重い病に繋ぎ止めてしまう。バルトは、この小柄な男が本当に求めているものは何なのだろうと思った。彼の決断に疑わしいところがあるわけではなく、堂々巡りから抜け出せなくなっているのではないか？　一九六五年、一九七四年、一九七八年……。その度に、みごとな負けっぷりを披露し、誰もそれを彼個人のせいにしたりはしないし、彼自身もあくまでも自分の生きざまにとどまることを許されていると思っているし、そして、彼の生きざまとは、もちろん政治なのだが、だがそれは同時に敗北でもある。

額の禿げ上がった青年がふたたび口を開く。「ジスカールはたしかにすぐれた雄弁家です、あなたはそれをよくご存じだ。それに加えて、彼の容姿はテレビ向きだ。つまり現代的なわけです」

ミッテランはそれに同調するふりをしてみせる。「ローラン君、そんなことは先刻ご承知だよ。彼が国民議会の演壇に立って発言していた頃からすでに、彼の自己演出の才には舌を巻いていたからね。当時から、こんなに素晴らしい弁舌を聞くのは久方ぶりだと気づいていたよ……ピエール・コット以来だとね。そう、人民戦線内閣で大臣を務めた急進派のひとりだ。少し話は逸れるが、ファビウス君はまだ若いから、せいぜい共産党との共通綱領くらいしか知らんだろうが、人民戦線というのは……(食卓の周囲から遠慮がちの笑いが上がる)。いやどうも、みなさんのご意向とあらば、話を戻しましょう、雄弁の範たるジスカールの話に! 論旨の明晰さ、口調の滑らかさ、適度に間合いを挟んで、聴衆に考えることが許されているという印象を与え、あたかもスポーツ番組のスローモーション映像が、肘掛け椅子のなかでゆったりと腰を休めていた視聴者を、スポーツ選手のあの隆々たる筋肉との英雄的な一体感を通じて、まさに頭脳が停泊する港とでも言うべき至福の状態に招き入れるように、すべての効果が相まって、われわれの目の前にある小さな画面にジスカールをぴたりとはめ込むのだ。おそらく彼は天性の資質に加えて、たいへんな努力を重ねたのだろう。アマチュアは終わり! だが、彼はちゃんとその報酬を受け取っている。彼の登場とともに、テレビから呼吸音が聞こえるようになった。強靭な心肺が勝利する時代がやって来たのだ」

額の禿げ上がった青年は相変わらず動じない。「その結果、恐るべき効果が現われた。彼の話を聴く人がいるだけでなく、投票する人まで出てきたというわけです」

ミッテランは思慮深げに、まるで自分自身に言い聞かせるように、こう応じる。

「さて、それはどうかな。さっききみは現代的ということを言った。だが私は、彼はもう古いのではないかと思うのだ。様々な文学的引用を散りばめたり、心の昂りを前面に押し出すレトリックが揶揄の対象になったこともある(バルトは一九七四年の大統領選討論会に関するゴシップ記事を思い出し、この不幸な候補者にとってはまだ生々しい傷跡になっているのだろうと思った）。当然のことだよ、たいがいはね（この種の譲歩がどれだけ彼の臓腑を掻きむしっていることか、こんなふうに平静を装えるようになるまで、どれだけミッテランは自制心を鍛えねばならなかったことだろう……）。華美な言葉は、厚化粧が目障りであるように、耳障りになるね」

ファビウスが待つ、バルトが待つ、誰もが待つ。ミッテランは人を待たせるのに慣れているから、ゆっくりと時間をかけて先を続ける。「だが、レトリックにも上には上がある。テクノクラートのレトリックはもう廃れた。昨日まで貴重だったものが、滑稽なものになる。つい最近『私の国際収支が痛む』と言ったのは誰だったかね？」

ジャック・ラングが戻ってきて、割って入った。「ロカールじゃなかったですか？」

ミッテランはまた苛立ちを覗かせる。「いや、ジスカールだ」自分の言葉の効力を台無しにした巻き毛の青年を睨みつけてから、何ごともなかったかのように彼は言葉を続ける。「どこが痛むのか、つい触ってみたくなる。頭か？　心臓か？　腰か？　腹か？　みなそれがどこかわかっている。だが、国際収支はどこにある？　肋骨の六番目と七番目のあいだか？　いまだ知られていない腺か？　尾骨のあたりか？　ジスカールはそんなことおかまいなしだ」

客たちはみな、笑うべきなのかどうかわからなくなっている。疑わしいときは控えるにかぎる。

ミッテランは窓の外を見ながら続ける。「彼には常識があり、大凡《おおよそ》を司《つかさど》る技術者として、誰よりも政治に通じ、理解している」

バルトはこの褒め言葉の持つ両義性が手に取るようにわかった。ミッテランのような人間にとっては、これは最大限の評価だが、政治そのものが分裂的で、きわめて豊富な多義性を備えているから、彼の口から「政治」という言葉が発せられると、むしろ相手を下に見て軽蔑する要素が感じられるのだ。

ミッテランの舌鋒はもう誰にも止められない。「だが、彼の世代は経済主義と同様、消えていくだろう。王妃マルゴは、涙が乾くと、退屈しはじめる」

バルトは、ミッテランは酔っているのではないかと思う。

ファビウスはいよいよ面白がっている様子で、自分の仕える主人に呼びかける。「油断召さるな、彼はまだ動いているし、正確に狙いをつけることもできる。彼の放った矢を憶えておいででしょう。『あなたに心の独占権はない』」

客たちは固唾を呑む。

大方の予想に反して、ミッテランは動じずに答える。「私はそんなものを求めているわけではない！　とはいえ、私の考察はあくまでも公人に向けるものであって、自分のあずかり知らない私人について判断することは差し控えたい」そして、自分のなすべきことを認め、そうすることによって持ち前のフェアプレイの精神を示した彼は、こう締めくくることができた。「今日の話はどうやら技術的なことに終始したようだ。技術に関しては彼に分があるようだが、想定外のことがどこに潜んでいるかは彼にもわからない。人生における困難な時というものは、彼の人生にあっても、諸君の人生にあっても、この私の人生にあっても、野心的であろうとするかぎり、さあ自分自身を範とせよと教える兆しが目の前の壁に記される時なのだ」

この言葉を聞きながら、バルトは自分のグラスに鼻を突っ込んだ。苛立たしい笑いが湧き上がってくるのを感じたが、心のなかであの格言をつぶやきながら笑いを堪えた。

「人は誰しも他人を笑いものにする」

つねにそれは自分に返ってくる。

第二部　ボローニャ

47

十六時十六分

「なんて暑さだ、くそ」シモン・エルゾグとジャック・バイヤールは〈赤い都市〉ボローニャの入り組んだ街路を行ったり来たりしている。一九八〇年のこの夏、北イタリアにまたもや猛威を振るった炎暑をもたらす陽射しから、ほんのいっときでもいいから逃れさせてくれる場所はないかと、全市に網の目のように張りめぐらされているアーケードの下を歩き回っているのだ。壁にはスプレーペンキの落書きがある。「われわれはすべてを欲する《ヴォリアーモ・トウット》！ 街をわれらの手に《プレンディアーモチ・ラ・チッタ》！」三年前、まさにここで警官隊が一人の学生を殺したことで、正真正銘の人民蜂起を誘発し、内務大臣は鎮圧の手段として戦車部隊の派遣を選んだ。チェコスロヴァキアと同じことが、一九七七年にイタリアで起こったわけだ。だが、今はすべてが落ち着き、装甲車も自分のねぐらに戻り、全市が昼寝《シエスタ》をしているように見える。

「ここかな？ 今、どこにいるんだろう？」

「地図を見せろよ」

「あんたが持ってるんでしょ！」

「おいおい、さっきおまえに返しただろ！」

グエッラッツィ通りは、ヨーロッパでもっとも古い大学都市の学生街の真ん中を通っている。シモン・エルゾグとジャック・バイヤールは、いかにもボローニャらしい古い建物に入っていく。ここにはＤＡＭＳ、すなわち芸術・音楽・演劇の専門大学があって、イタリア語で書かれたわけのわからない講義名が並ぶ掲示板をなんとか解読したところによれば、週に一度、エーコ教授が半期の講義を受け持っているのだ。だが教授は不在で、女性の事務員は完璧なフランス語で、前期の講義は終了しましたが（「だから言ったじゃないですか」とシモンがバイヤールに食ってかかる。「夏に大学を訪ねるなんて愚の骨頂だって！」）、十中八九、ビストロにいるでしょうと言う。「ふだんはいつも、《ドロゲリーア・カルゾラーリ》か《オステリーア・デル・ソーレ》に行きます。でも《マ》、《ドロゲリーア》のほうが早く閉まります。そうなると、先生《イル・プロフェッソーレ》の喉の渇き具合によるでしょうね」

二人は大聖堂《バシリカ》を見上げながら壮麗なマッジョーレ広場を横切っていく。十四世紀に着工され未完成のままになっているこの大聖堂は、上半分が代赭《たいしゃ》色の石、下半分が白い大理石でできていて、その真向かいには邪悪なイルカに馬乗りになって自分の胸に触れている人魚に取り囲まれたネプチューン像の水盤がある。《オステリーア・デル・ソーレ》は狭いアーケードのなかにあり、すでに学生でいっぱいになっている。表の壁には《Lavorare meno - Lavorare tutti !》と書かれている。ラテン語の初歩くらいは勉強したシモンは、こう読んだ。「あまり働かないこと《ラヴォラーレ・メーノ》――みんなで働くこと《ラヴォラーレ・トゥッティ》」バイヤールは思う。「穀潰《ごくつぶ》しばっかりで、働いているやつなんてどこにもいない」

入口には、大きなポスターの上に錬金術師の看板のように様式化された大きな太陽が描き出されている。この店ではワインが安く飲めるだけでなく、食べ物を持ち込むことができる。シモンがサンジョヴェーゼを二杯たのんでいるあいだに、バイヤールはウンベルト・エーコが店に来たかどうかを尋ねている。みんなエーコのことは知っているが、口々に「今はいないよ《ノン・オーラ》、ここにはいないよ《ノン・クイ》」などと答えている。それでも二人のフランス人は、炎天下を避け、ひょっとしたらエーコが顔を出すかもしれないので、少し待ってみることにした。

L字形になっている店の奥には、学生のグループが女子学生の誕生日を祝って騒いでいる。トースターをプレゼントされた女子学生はうれしそうにそれを見せびらかしている。老人の客もいるが、みな入口近くのカウンターに腰かけているのにシモンは気づいた。その理由は、ホールまでサービスの手が回らないので、注文するのにカウンターのほうが楽だからだ。カウンターの向こうには黒ずくめの老婦人がいて、灰色の髪をきっちりとシニョンにまとめ、厳めしい顔つきで下働きに指示を出している。この人は店主の母親ではないかとシモンは見当をつけ、店内を見回して主人の姿を探すと、すぐに見つかった。ひょろっと背の高い男がテーブル席でカード遊びをしている。その不機嫌そうなしゃべり方、やや大げさなほどかわいげのない態度から、彼はこの店の人間だが、カードで遊んでいるくらいだから（見たことのないカードなので、タロットか何かではないかとシモンは踏んだ）実際には働いていない、ということは彼が店のオーナーだと、シモンは判断したのだ。母親がときおり「ルチアーノ！　ルチアーノ！」と呼びつける。すると息子はぶつぶつ不満げに返事をする。

L字形のホールのくぼんだところは、テラス席になっている小さな中庭に通じている。シモンとバイヤールの視線の先には、その席で親しげに愛撫し合っているカップルと、見るからに陰謀を企んでいるような顔つきをした三人の若者がいる。シモンは外国人も何人かいると見ている。それがイタリア人でないことは、着ているものや身振り手振り、あるいは目つきでわかる。ここ数か月に起こった様々な出来事のせいで、いくらか妄想的になっているせいか、いたるところにブルガリア人がいるような気がする。

とはいえ、店の雰囲気に妄想的なところはほとんどない。客たちはベーコンとペーストを詰め込んだ小さなガレットを開いてみたり、アーティチョークをちびちび食べたりしている。もちろん、みんな煙草を吸っている。シモンには、陰謀を企む三人の若者が中庭のテーブルの下で包みを受け渡しているのが目に入らない。バイヤールはワインをお代わりしている。やがて、ホールの奥にいた学生グループの一人が寄ってきて、プロセッコとリンゴのタルトでもどうですかという。その学生の名はエンツォ、ものすごいおしゃべりで、フランス語もしゃべる。陽気に言い合っている仲間たちのところに来ないかと言う。「ファシスティ」とか「共産党員《コムニスティ》」とか「連　立《コアリツィオーネ》」とか「組み合わせ《コンビナツィオーネ》」とか、あるいは「政治腐敗《コルツィオーネ》」とか、そういうイタリア語が飛び交っているところをみると、政治問題で議論しているようだ。さっきから会話のなかに何度も出てくる「ピチー」という言葉の意味をシモンは尋ねた。顔色の悪い茶色の髪の小柄な女子学生がフランス語で、イタリア語では「ＰＣ」（＝共　産《パルティート・コム》党《ニスタ》）をそう発音するのだと教えてくれた。どの党も腐敗していて、共産党だって幹部連中が経営者側と取引したり、キリスト教民主党と野合しようとしたりしている。幸いなことに、〈赤い旅団〉がアルド・モーロを誘拐したので、この歴史的妥協《コンプロメッソ・ストロリコ》は水泡に帰した。たしかに、最終的には殺してしまったけれど、でもそれはローマ教皇と、交渉に応じようとしなかったあのアンドレオッティの豚野郎が悪いんだ。

フランス人との会話を聞いていたルチアーノが大げさな身振りで、女子学生に食ってかかった。「なに言ってるんだ！《マ・ケ・ディーチ》　〈赤い旅団〉《レ・ブリガーテ・ロッセ》なんて人殺しじゃないか！《ソーノ・デッリ・アッサッシーニ》　やつらはモーロを殺したあげく、車《マツキナ》のトランクに捨てたんだ、犬《カーネ》みたいにな！」

女子学生はくるりと振り返った。「犬はあんたでしょ！《イル・カーネ・セイ・トゥ》　彼らは戦争してるのよ、政治犯として捕えられている仲間と交換したかったのよ、政府が話し合いに応じるまで五十五日待った、ほぼ二か月よ、でも拒否された、たった一人の釈放も認めないって、アンドレオッティは言った！　モーロは懇願した、助けてくれ、私は無実だ、交渉すべきだってね！　でも、彼のお友達はこう言った、あれは彼じゃない、薬のせいだ、無理やり言わされてるんだ、別人になってしまったってね！　あれは自分の知ってるアルドじゃない、下衆野郎《スティ・フィリ・ディ・プターナ》だって言ったのよ！」

　そう言うと、彼女は唾を吐く仕草をしてから、グラスを一気に空けると、シモンに向かってにっこり笑いかけた。ルチアーノは捨て台詞をぶつぶつつぶやきながら、またタロットカードのあるテーブルに戻っていった。

　彼女の名はビアンカ、目は黒く、歯は真っ白、ナポリ出身で政治学の勉強をしている。ジャーナリスト志望だが、ブルジョワ新聞では働きたくないと言う。シモンはうなずき、ただなんとなく微笑んだ。自分はヴァンセンヌで学位論文を書いていると自己紹介すると、それが功を奏した。ビアンカは手をたたき、三年前に、ここボローニャで大規模な学会が催され、著名なフランスの知識人が招かれた。ガタリ、サルトル、それから白いワイシャツ姿の若い人、なんとかレヴィ……。そのとき彼女は継続闘争《ロッタ・コンティヌア》について、サルトルとボーヴォワールにインタビューした。彼女は指一本立てて、そのときのサルトルの答えを記憶から引き出す。「若い闘士が共産党の統治下にある都市の街路で殺されるなどということはとうていあってはならないことだ」と言ってから、共産党の同調者として「私はこの若い闘士の側につく」と宣言した。素晴らしかったわ《マニフィコ》！　ガタリなどはロックスター並みの扱いで、街路で見る彼の姿はまるでジョン・レノンのようだったと言う。それはもうたいへんな騒ぎだったのよ、と彼女は当時のことを思い出す。ある日、街頭デモに参加したときのこと、彼はベルナール＝アンリ・レヴィと出会った。すると、ガタリは彼を隊列の外に出し、学生たちはひどく興奮しているから、白いワイシャツ姿《カミーチャ・ビアンカ》の哲学者はたたき出されてしまうぞ、と諭《さと》した。ビアンカはそう言うと大笑いして、プロセッコをまた自分のグラスに注いだ。

　バイヤールと話し込んでいたエンツォが会話に割り込んできた。「〈赤い旅団《ブリガーテ・ロッセ》〉？　要するに左翼のテロリストだろ、テロリストはテロリスト、違う？」

ビアンカがまたいきり立った。「テロリストですって《マ・ケ・テロリスティ》？　行動の手段として過激な行動をする闘士のこと、そうでしょ《エッコ》！」

エンツォは苦々しく笑う。「そうさ《シ》、で、モーロは資本家の下僕《ラッケ》だってことも、知ってるよ《イオ・ソ》。大富豪のアニェッリ家とアメリカの言いなりになるスーツにネクタイを締めた道具《ストウルメント》にすぎないこともね。でも《マ》、ネクタイの背後には一人の人間《ウオモ》がいたんだ。奥さんや孫に宛てたあの手紙を読んでなければ……、おそらく道具《ストウルメント》しか見えないだろうけどね、人間《ウオモ》じゃなく。だから、彼の友人たちはあわてたんだ。あれは無理やり書かされたんだと言いたければ言えばいいさ、でも、みんなわかってたんだ、あの言葉は看守《カルチエリエレ》の誰かが書き取ったものではなく、もうじき死ぬ哀れな男《ポヴエルオーモ》の本心から出た言葉だってね。きみがあの手紙のことを忘れようとするのは、旅団の友達が自分の孫を愛したじいさん《ヴェッキエット》を殺したということを忘れたいからさ。ま、いいんじゃないの《ヴァ・ベーネ》！」

ビアンカの目がきらきら光った。あれだけ悪態をついたあとの救いはたった一つ、情に訴えること、できれば抒情を少々、もちろん過剰にならない程度に、というのも、政治的な抒情は下手をするとキリスト教の教義のように響く危険性があるということを彼女は知っているから。そこでこう切り返した。「彼の孫はきっと立ち直り、最高の学校に通い、決して飢えることもなく、ユネスコやＮＡＴＯ、国連の研修生の推薦を受けて、ローマでも、ジュネーブでも、ニューヨークでも行けるわよ！　あなた、ナポリに行ったことがあるでしょ？　ナポリの子供たちは、アンドレオッティの政府も、あなたのお友達のモーロの政府も倒壊したままほったらかしにしている家で暮らしているのを見た？　キリスト教民主同盟の政治に見捨てられた女や子供がどれくらいいると思う？」

エンツォはにやりと笑いながら、ビアンカのグラスにワインを注ぐ。「悪には悪をもって制す、つてとこ《ジュスト》かな？」

そのとき、若い陰謀家のひとりが立ち上がってナプキンを投げつけると、顔の下半分をスカーフで隠したまま、カードに興じている客のいるテーブルまで進み出て、ピストルを店主のほうに向け、脚を撃った。

ルチアーノは呻き声をあげて、床に転がった。

バイヤールは銃を持っておらず、たちまち店内は騒然となったので、発砲した若者がまだ煙の出ている銃を手にして、同席していた二人の友人に守られるようにして店から出ていくのを阻止できなかった。

瞬きする間に、スカーフで顔を隠した一味は姿を消した。

店内はパニックというほどではない。老いた母親が叫び声をあげながら、カウンターの後ろから息子のほうに駆け寄っていき、若い客も年取った客もてんでに喚き立ててはいるが。ルチアーノは母親を押しのけている。エンツォはビアンカに向かって、皮肉混じりの苦々しい思いを込めて叫んでいる。「たいしたもんだよ！《ブラーヴァ・ブラーヴァ》　これでもまだあんたの友達の旅団を擁護するのか？《コンティヌア・ア・ディフェンデルリ・イ・トゥオイ・アミーチ・ブリガディスティ》　ルチアーノを罰する必《ビゾニャーヴァ・プニーレ・》要があったのか？《ルチャーノ・ヴェーロ》　この薄汚れた資本家がバーの所有者で、《クエスト・スポルコ・カピタリスタ・プロプリエターリオ・ディ・バール》ここはファシストの巣窟だっていうの《エ・ヴェーロ・コーヴォ・ディ・ファシスティ・ジュ》か？《スト》」ビアンカは床に倒れているルチアーノのもとに駆け寄り、エンツォにはイタリア語で、あれはきっと旅団のメンバーじゃない、Ｐ38で脚を狙い撃つ《ガンビッザツィオーネ》極左や極右の過激派なら何百人もいるわよ、と応じた。ルチアーノは母親に向かって、「いいから《バスタ》、ママ《マンマ》！」と言っている。母親はずっと不安の嗚《お》咽《えつ》を漏らしつづけている。ビアンカには、〈赤い旅団〉がルチアーノを撃つ理由がわからない。彼女が布巾で止血を試みているあいだ、エンツォはこう指摘する。この襲撃を極左によるものか極右によるものか、彼女が決めかねていること自体に問題があるんじゃないか。誰かが警察を呼ぶべきだと言ったが、ルチアーノははっきりとした拒否の意志を示した。警察はだめだ《ニエンテ・ポリツィア》。バイヤールは傷口に顔を近づけて状態を確かめている。銃創は膝の上、大腿部にあり、出血の状態からして大腿動脈は逸れている。ビアンカがエンツォに答える。シモンにも語りかけていることがわかるようにフランス語で話している。「わかるでしょ、これも緊張戦略《ストラテジア・デッラ・テンシオーネ》なのよ。フォンターナ広場の事件から一貫してね」シモンはどういう事件かと尋ねる。エンツォが説明する。一九六九年にミラノで起こった事件のことで、フォンターナ広場に面した銀行で爆弾が爆発して十五人が殺された。ビアンカが説明を続けた。事件の捜査中に、アナーキストの労組活動家が警察署の窓から投げ落とされて死亡した。「最初は、やったのはアナーキストだってことで通っていたんだけど、そのうち、じつは極右の仕業で、国家と共謀して爆弾騒ぎを起こし、それを極左のせいにしてファシズム政治を正当化しようとしたということがわかった。それを緊張戦略っていうの。かれこれ十年も続いているわ。ローマ法王だって一枚噛んでるんだから」と彼女が言うと、エンツォもそれを認めた。「それはそうさ。だってポーランド人の法王だから！」そこでバイヤールが口を挟む。「ところで、えーと、その脚狙い《ジャンビザシオン》はしょっちゅう起こるのか？」ビアンカは自分のベルトを圧迫帯代わりにしようとして工夫しながら考えている。

「そんなに頻繁じゃないけど。一週間に一度もないんじゃないかしら」

　客たちは、ルチアーノがいまわの際にあるわけではなさそうだということがわかると、夜の街に散っていき、シモンとバイヤールは、まっすぐ家に帰りたくないエンツォとビアンカに案内されて《ドロゲリーア・カルゾラーリ》へと向かった。

十九時四十二分

　二人のフランス人は夢のなかを彷徨《さまよ》うように、ボローニャの街路の奥へ奥へと入り込んでいく。街は影の劇場、足早に立ち去る人影が謎めいた振り付けどおりに奇妙なダンスを踊り、学生たちが闇のなかから忽然と現われては列柱の背後に消え去り、麻薬中毒患者と街娼たちがアーチ形の玄関口に陣取り、憲兵《カラビニエーレ》が無言で闇のなかを走り抜けていく。シモンは頭を上げる。中世の時代からそびえている美しい二本の塔がビザンチンの古都ラヴェンナに通じる街道の始まる門を見下ろしているが、片方の塔はピサの斜塔のように傾いていて、高さも低い。これは倒壊を防ぐ目的で先端を切り落とされたために〈切断された塔《トッレ・モッツァ》〉と呼ばれているが、ダンテが地獄巡りの最後の行程で登場させたときには、もっと高く、今にも倒れそうで、「塔の傾いている方に雲が通り過ぎていくときに下から見上げると、ガリセンダは手前に倒れてくるように見える」と描かれている。〈赤い旅団〉の星が赤煉瓦の壁を飾っている。遠くで警官の呼び子の音とパルチザンの歌が聞こえる。物乞いがひとりすり寄ってきて、バイヤールに煙草一本をねだり、革命を起こすべきだよなどと語りかける。バイヤールには言っていることがわからないので、無視してどんどん歩いていくけれど、通りをどれだけ渡っていってもアーケードが続くので、永遠にこれは終わらないのではないかとさえ思えてくる。石と梁《はり》の壁にべたべた貼りつけられた選挙ポスターを見ながら、イタリア共産主義の国の迷宮を歩くダイダロスとイカロスみたいだな、とシモンは思う。そしてもちろん、亡霊のような人の群れに混じって、猫もいる。イタリア中どこでもそうだが、こっちが町の本当の住人なのだ。

《ドロゲリーア・カルゾラーリ》のウィンドウが濃厚な闇夜に輝いている。店内には大学の先生や学生たちが前菜《アンティパスティ》をつまみながらワインを飲んでいる。店主はもうじき閉店だよと言うが、店にみなぎる活気がその予言をかき消している。エンツォとビアンカはマナレージの赤をボトルで頼んだ。

髭の男が滑稽な話をして、周囲を笑わせているが、手袋をした男と肩掛け鞄を持っている男だけは無言のままだ。エンツォが二人のフランス人のために通訳を買ってでる。「ある男《ウオモ》の話、夜自宅に帰ろうとしているが、ぐでんぐでんに酔っ払っている。途中、僧服に身を包み帽子をきっちりかぶった善良な修道女に出会う。すると男は修道女に飛びかかり、顔を殴りつける。打ちのめしたあと、修道女を抱え起こすと、こう言う。「バットマンめ、おまえのほうがオレより強いと思ってたのに、だらしねぇ！」エンツォが笑い、シモンも笑うが、バイヤールはためらっている。

髭男は、眼鏡をかけた若い女性と一人の男を相手に話をしている。バイヤールは一目見てこの男は大学の教師だなと思った。なぜならば学生風だが老けているから。髭の男はグラスを空けると、カウンターに置いてあるボトルを取って自分でワインを注いでいるが、若い女性と教師の空になったグラスには注がない。バイヤールがラベルの文字を読み上げ、ヴィッラ・アンティノーリ、こいつはうまいのか、とバーテンダーに訊く。すると、これはトスカナ地方の白で、そんなにおいしいわけではないと流暢なフランス語で答えた。彼の名はステファノ、政治学の勉強をしている。「ここじゃ、みんな勉強して政治に参加するんだ」とバイヤールに言ってから、グラスを持ち上げて「左翼に乾杯《アッラ・シニストラ》！」と付け加えた。バイヤールもグラスを上げて「アッラ・シニストラ！」と繰り返した。「酒はゆっくりやれ《ピアーノ・コル・ヴィーノ》、ステファノ！」と叫ぶ声を受けて、ステファノは笑いながらバイヤールに言った。「気にしなくていいから、あれは僕の親父さ」

手袋の男はアントニオ・ネグリの釈放を要求し、CIAから資金を受けている、あの極右の根城〈グラディオ〉を糾弾している。「ネグリが〈赤い旅団〉の共謀者だなんて、トロツキーがスターリンの共謀者だというのと同じように馬鹿げている！」

ビアンカが憤慨する。「スターリニストはボローニャにいるのよ《リ・スタニスティ・スタンノ・ア・ボローニャ》！」

エンツォが若い女性に、何を勉強しているか当てようかと声をかけ、即座に言い当てた（政治学）。

ビアンカはシモンに説明している。イタリアでは共産党がとても強く、五十万の党員がいて、フランスとは違って、一九四四年に武装解除しなかったので、ドイツ製のP38が国内に大量に出回ることになったという。そして、赤の町ボローニャはイタリア共産党のショーウィンドウみたいなところがあって、主流派の代表ジョルジョ・アメンドーラの右腕が市長になっている。「要するに右派よね」とビアンカはさも軽蔑したように言う。「あのろくでもない歴史的妥協は、あいつの仕業なんだから」シモンが彼女の話に夢中になっているのを見たバイヤールは、赤ワインの入ったグラスを彼のほうに差し出した。「おいこら、新左翼《ゴーシスト》、気に入ったか、ボローニャは？ ヴァンセンヌの学食にいたときより機嫌がよさそうじゃないか？」ビアンカが目を輝かせて繰り返す。「ヴァンセンヌ……ドゥルーズのいるところじゃないの！」バイヤールは、今度はバーテンダーのステファノに、ウンベルト・エーコを知ってるかと尋ねる。

　ちょうどそのとき、サンダル履きのヒッピーが店に入ってきて、まっすぐ髭面の男のほうに歩み寄り、肩を叩いた。髭男が振り返ると、ヒッピーはおもむろにズボンの前を開け、小便を引っかけた。髭男はぎょっとして後ずさりし、客はみな叫び声を上げ、一瞬店内は騒然となったが、すぐにヒッピーは店主の息子に抑え込まれた。周囲があわただしく動くなか、髭男が「私は政治の話はしてない《マ・イオ・ノン・パルロ・マイ・ディ・ポリテ》ぞ《イカ》！」と呻いた。ヒッピーは店から追い出される前に、「だからだよ《アップント》！」と捨て台詞を投げた。

　ステファノはカウンターの後ろに戻ると、髭男を指さした。「ウンベルトは、この人だよ」

　肩掛け鞄の男は、カウンターの足もとに鞄を置いたまま出ていこうとしたが、幸いなことにほかの客がそれに気づいて追いかけ、鞄を渡してやった。男は恐縮して不器用そうに謝り、ありがとうと言って闇夜に消えた。

　バイヤールは、髭男がお座なりにズボンを拭いている（というのも小便はすでにほとんど布地に吸い込まれていたので）ところに歩み寄り、名刺を差し出した。「エーコさんですか？ フランスの警察です」エーコは動揺して言い返す。「警察だって？ それならまず、あのヒッピーを捕まえるべきだろう！」と言ってから、《ドロゲリーア》に集まっている新左翼の学生たちのことを考え、その話に深入りするのはよくないと判断した。バイヤールはなぜ自分がここにいるかをかいつまんで説明した。バルトはある若い男に自分の身に不幸なことが起こった場合にはエーコに連絡を取るように頼んであったのだが、その若い男があなたの名を言い残して死んだのだ、と。エーコは心底驚いたようで、「ロランのことはよく知っているが、それほど親密なつき合いはしていない。今回のことはじつに痛ましい、でも《マ》、あれは事故なんだろう？」

　バイヤールはまだまだ忍耐力で武装する必要がありそうだと思い、グラスに残っているワインを飲み干し、煙草に火をつけてから、目をそらした。手袋をした男が両手を大きく動かしながら「史的唯物論《マテリアリズモ・ストリコ》について講釈し、エンツォは女子学生の髪に触りながら口説いているし、シモンとビアンカは「欲望する自治」（「欲望する資本主義」に対抗する無政府主義的組合運動の理念）に乾杯している。バイヤールはそれを見ながら、こう続けた。「よく考えてください。わざわざバルトが万が一の場合にはあなたに連絡しろと言ったのには、それなりの理由があるはずですから」

　そしてエーコの話に耳を傾けるが、質問の答えにはなっていない。「ロラン、私が記憶に留めている彼の記号学の偉大な教えは、この世界で起こるどんな出来事も指し示し、それにはなんらかの意味があると告げることだ。記号学者というものは街を散歩しているときでも、ほかの人がそこに出来事だけを見ているところに意味を嗅ぎつけるものだ、と彼は繰り返し言っていた。服の着方、グラスの持ち方、歩き方一つとっても、そのなかで人は何かを主張しているということを彼は知っていた……。たとえばあなたの場合、私にはわかるんですよ、あなたはアルジェリア戦争の体験があり、そして……」

「けっこうです！　聞くまでもない」バイヤールはふてくされて言った。

「え？　けっこう《ベーネ》。そして同時に、彼が文学で愛したのは、一つの意味にとらわれずに、意味で遊ぶことだった。おわかりかな《カピーシエ》？　これはすごい、だからこそ彼はあんなにも日本を愛したのだ。それまでいかなるコードも知らなかった世界ですよ、要するに。いかなるインチキもできないし、思想や政治の賭け金も使えない。使えるのは美意識と、せいぜい文化人類学の知見だけ。いや、文化人類学でさえ歯が立たないだろう。指示対象から解放された自由で開かれた解釈の快楽。彼は私にこう言っていたんだよ。「とくに大事なことは、いいかい、ウンベルト、指示対象を殺すことなんだ」ってね。は、は、は、は！　でも注意《アテンツィオーネ》、だからといって意味《シニフィエ》が存在しないということではないんだよ！　何ごとにもそれなりの意味はある（ここで彼は白ワインを一気に飲み干す）。何ごとにもね。だからといって、解釈は無限にあるということでもない。ヘブライの神秘学者《カバリスト》はそう考えるけれどもね！　二つの潮流があるんだよ。新しいものを生み出すために律法《トーラー》を無限の相で解釈するカバリストと、聖アウグスティヌスの二つの流れだ。アウグスティヌスは、聖書のテクストは『意味の無限の森《フォレスタ・インフィニータ・ディ・センシ》』――聖ヒエロニムスのラテン語で無限の意味の森《インフィニタ・センスウム・シルヴァ》――であることを知っていたけれども、同時に、それはつねに反証の規則に照らされるものであることも知っていた。つまり、聖書のテクストがどれほど解釈の暴力にさらされようと、文脈《コンテクスト》からそうは読めないものを排除することができるということです。おわかりですかな？　どの解釈が正しいとか、どれがいちばん優れているとか断定することはできないけれども、テクストはそれ自身の文脈性と相容れない解釈を拒否するということです。要するに何を語ってもいいということにはならない。つまり《インソンマ》、バルトはアウグスティヌス派であってカバリストではなかったということですよ」

ワインのボトルが棚にぎっしり並ぶ店内では、賑やかな会話の声やグラスをぶつけ合う音が響くなかで、エーコは負けじと声を張り上げ、学生たちのしなやかで引き締まった肉体が未来への信仰を分泌させている一方で、バイヤールは、手袋をした男のほうに視線を向け、何か未知の話題で話し相手に向かって説教しているのを見つめている。

　そして、気温が三十度もあるというのに、なぜ手袋をはめているんだろうと訝っている。

　さっきエーコのジョークのお相手をしていた大学教師が訛りのないフランス語で口を挟んできた。

「問題はね、ウンベルト、あなたのことだからわかっていると思うけれど、バルトはソシュール的な意味での記号の研究をしていたのではなく、厳密に言うと象徴の研究をしていたってことですよ、ほとんどの場合、むしろ徴候と言うべきかもしれない。徴候の解釈は記号学に特有のものではなく、あらゆる学問の使命ですよ。物理学、化学、人類学、地理学、経済学、文献学……。バルトは記号学者ではなかったんですよ、ウンベルト、彼は記号学がなんたるものか理解していなかった。なぜかというと、彼は記号の特殊性を理解していなかったからです。記号というものは、受容者によって拾い上げられる束の間の痕跡にすぎない徴候とは違って、発信者が自発的に発信するものでなければならないのです。発想豊かな万能の人ではあったけれども、結局のところ古風な批評家にすぎなかった。まさに彼の論争相手だったレイモン・ピカールとか、その手の連中と同じようにね」

「いや、いや《マ・ノ》、それは違うよ、ジョルジュ。徴候の解釈があらゆる学問に当てはまるのではなく、あらゆる学問の記号学的契機と記号学の本質そのものが普遍的なのだよ。ロランの『神話作用』は傑出した記号学的分析だ。なぜなら、日常生活というものは絶えざるメッセージの爆撃にさらされているからだ。そのメッセージは必ずしも直接的な意図を示しているとはかぎらない。むしろほとんどの場合、観念的な辻褄合わせのために現実世界の〝自然性〟という装いをまとおうとするからだ」

「へぇ、そんなにきっぱり言い切っていいんですかね？　そもそも僕には、認識の一般論にすぎないものを、どうしてそんなに記号学と呼びたがるのかよくわからない」

「でも《マ》、まさにそうなんだよ。記号学はね、科学するということは何よりもまず世界をその全体性のうちに、意味する事象の総体として見ることであると再認識させてくれる道具なんだよ」

「ということは、とりもなおさず記号学はすべての学問の母だと言ってるのと同じことじゃないか！」

ウンベルトは開いた両手を大きく左右に広げ、髭面に満面の笑みを浮かべた。「そのとおり《エッコ》！」

コルク栓を抜く音が、ポン、ポン、ポンと続く。シモンは愛想よくビアンカの煙草に火をつけてやっている。キスしようと迫るエンツォを女子学生は笑いながら押しのける。ステファノは全員にワインを振る舞っている。

バイヤールは、手袋をした男がグラスのワインを飲み干さずに街路に出ていくのを見ている。店の造りからして、カウンターが閉まると、客は店の奥には入れないようになっているから、トイレも使えなくなるのだろうとバイヤールは踏んだ。ということは、手袋の男がさっきのヒッピーと同じことをしたくなければ、外で用を足すしかないだろう。バイヤールが肚をくくるまで数秒かかった。カウンターの上に置きっぱなしになっているコーヒースプーンを手に取ると、男のあとを追った。

男はそんなに遠くまで行っていなかったし、この界隈には見通しのきかないような暗い路地もほとんどない。男が壁に向かって放尿しているところを狙って、バイヤールは髪の毛を引っ張って仰向けに地面に押し倒し、面と向かって大声を張り上げた。「おまえは小便するときも手袋をはめているのか？　自分の手を汚すのがそんなに嫌なのか？」男は中肉中背なのだが、あまりにも驚いたので、抵抗するどころか叫び声を上げることもできず、ただ狼狽して目をきょろきょろさせることしかできない。バイヤールは自分の膝を相手の胸に押しつけて身動きできないようにすると、相手の両手をつかんで引き寄せた。左の手袋のなかにぐにゃりとしたものを感じたので脱がしてみると、小指と中指の先が欠けているのがわかった。

「なんだこれは？　おまえも薪割りが好きなのか？」

そう言うと、バイヤールは男の頭を湿った舗道にこすりつけた。

「集会はどこだ？」

手袋の男がもごもご意味不明の声を発するばかりなので、押しつける力をゆるめてやると、ようやく「そんなの知らないよ《ノン・ロ・ソ》！　そんなの知らないよ《ノン・ロ・ソ》！」と言っているのがわかった。

バイヤールは、この街に漂う暴力的な雰囲気に染まってしまったか、忍耐力のあるところを示そうという気にはならないらしい。上着のポケットから小さなスプーンを取り出し、それを男の目にぐっと押しつけると、男は怯えた小鳥のようにピーピー喚きはじめた。背後から走ってくるシモンの大声と足音が聞こえた。「ジャック！　ジャック！　何やってんだ？」シモンはバイヤールの肩をつかんだが、相手の力があまりに強すぎて、やめさせることができない。「ジャック！　めちゃくちゃじゃないか！　どうかしてるよ！」

彼は眼窩にスプーンを押し込もうとしている。

質問を繰り返すようなことはしない。

不意打ちの効果を利用して、相手の苦悶と絶望を一気にその最大限にまで高めようというのだ。アルジェリアのときと同じように、狙っているのは効率性だ。一分にも満たない前まで、この手袋男はどこかで穏やかな夜を過ごそうと思っていたのに、今や立ち小便をしている真っ最中に、どこからともなく忽然と現われたフランス人に背後から襲われ、目をくり抜かれようとしているのだ。

男は恐怖におののき、自分の目と命を救うために用意されている道はこのうえなく小さな戸口しかないことを覚悟したと見たバイヤールは、ようやく自分の質問を詳しく説明することにした。

「〈ロゴス・クラブ〉のことを言っているんだよ、このクソ野郎！　どこでやるんだ？」すると指先の欠けた男は咳き込みながら言う。「アルキジンナジオ！　アルキジンナジオ！」そう言われても、バイヤールには理解できない。「アルキなんだって？」すると背後で、シモンのではない声が聞こえてきた。アルキジンナジオ宮というのはマッジョーレ広場の裏手にある旧ボローニャ大学の本拠地だったところだよ。建てた建築家はアントニオ・モランディ、通称は恐怖《イル・テリブリア》、なぜならば《ペルケ》……」振り返らなくとも、バイヤールはエーコの声だとわかった。「でも《マ》、どうして《ペルケ》、この気の毒な青年《ポヴエルオモ》を痛めつけているのですか？」

バイヤールが説明する。「今晩、ここボローニャで〈ロゴス・クラブ〉の集会があるんだよ」手袋の男は苦しげに息をぜいぜい言わせている。

シモンが訊く。「どうしてそんなこと知ってるの？」

「うちの部局がその情報をつかんだんだ」

「うちの部局？　総合情報《R・G》局のこと言ってるの？」

シモンは《ドロゲリーア》の店内に残っているビアンカのことを思い、できれば客全員に向かって、自分がフランスの情報局のために働いているわけではないということを説明したかった。でも、自分のなかでどんどん大きくなっていくアイデンティティの危機を言葉で説明するのが面倒になり、黙り込んでしまったのだ。それに自分たちがエーコから話を訊くためだけにわざわざボローニャまで来たわけではないことも理解していた。エーコが〈ロゴス・クラブ〉が何であるかと尋ね返すこともしないので、自分のほうから「あなたは〈ロゴス・クラブ〉について何か知っているのですか、ムシュー・エーコ？」と訊いてみた。

エーコは髭を撫でつけ、咳払いをしてから、煙草に火をつけた。

「古代都市アテネは三本の柱の上に載っていた。競技場と劇場と修辞学の学校だ。この三部構成の痕跡はショービジネスのはびこる現代社会にも残っていて、三つの範疇《はんちゅう》に属する個人を有名人にまつり上げている。すなわち、スポーツ選手、俳優（あるいは歌手、古代の劇場では区別をしていなかったので）、そして政治家だ。これら三つの範疇のうち三番目のものがもっとも強力であるのは（ロナルド・レーガンの例を見ればわかるようにこれらの範疇には厳密な境目はない）、もっとも強力な武器である言語を自在に操れるからである。

古代から現代に至るまで、言語を自在に駆使できることは政治における基本的な要件であった。封建時代にあっても、肉体の力と軍事的優越による支配を神聖なものに見せかける力を持っていた。マキャヴェッリは『君主論』のなかで、支配は力によってではなく、恐怖によってなされるものであり、この二つは同じものではないと説いている。すなわち、恐怖は力に基づく言説の産物なのだと。とい《ア》うわけで《ローラ》、恐怖と愛を喚起する能力によって言説を自在に操れるものは実質的に世界の支配者だというわけだ！

この原マキャヴェリックな理論に基づき、同時に増大するキリスト教の影響を阻止するためもあって、紀元三世紀にある異端の一派が〈ロゴス会《ロギ・コンシリウム》〉を創設した。

やがて、この〈ロゴス会〉はイタリア全土に散らばり、次いでフランスに入り、十八世紀の革命期には〈ロゴス・クラブ〉と呼ばれるようになった。

このクラブはピラミッド構造を備え、きわめて細分化された秘密結社のような組織として発展していった。その頂点に立つ指導者たちは愛知者《ソフィスト》と呼ばれ、大プロタゴラスに統括される十人のメンバーによる執行部は、おもに政治的野心の実現のために用いられる修辞的才能の錬磨に励んでいる。歴代ローマ法王の幾人か、たとえばクレメンス六世やピウス二世などが、この組織の最高位に就いていたことがあるとも言われている。一説によると、シェイクスピア、ラス・カサス、ロベルト・ベラルミーノ（ガリレオの異端裁判を担当した審問官、ご存じかな《サペーテ》？）、ラ・ボエシ、カスティリオーネ、ボシュエ、レス枢機卿、スウェーデンのクリスティーナ女王、カサノヴァ、ディドロ、ボーマルシェ、サド、ダントン、タレイラン、ボードレール、ゾラ、ラスプーチン、ジョレス、ムッソリーニ、ガンジー、チャーチル、マラパルテ、彼らもみんな〈ロゴス・クラブ〉のメンバーだったと言われている」

シモンは、このリストには政治家だけ挙がっているわけではないことに気づいた。

エーコは説明を続ける。「実際、〈ロゴス・クラブ〉には二つの大きな流派が存在している。一つは〈内在主義〉、雄弁競技の快楽それ自体に目的があると考える流派で、もう一つは〈機能主義〉、レトリックというものを到達すべき目標に達するための手段だと見なす流派だ。機能主義派もさらにマキャベッリ派とキケロ派に分かれている。表向きは、前者はたんに相手を説得しようとするのに対して、後者はむしろ言い含めることを目的としていると言われる。ということは後者のほうが道徳的な動機が強いと言えるかもしれないが、実際のところ、境目は曖昧である。なぜならばどちらにせよ、権力を奪取するか、保持しようとするかの違いしかないわけだから……」

バイヤールがそこで口を突っ込む。「で、あなたは？」

エーコ――「私ですか？　私はイタリア人ですよ、だから……」

シモン――「マキャヴェッリでもあり、キケロでもあると」

エーコは笑う。「そう《シ》、そのとおり《ヴェロ》。いずれにせよ、どちらかといえば、私は内在主義者だと思うが」

バイヤールは手袋の男に入場するための合い言葉はなんだと尋ねる。恐怖から幾分立ち直った男は大声を上げて抵抗する。「でも《マ》、それは秘密なんだよ！」

バイヤールの背後には、物音を聞きつけて、いったい何が起こったのか見にやって来たエンツォ、ビアンカ、ステファノ、そして店の客の半分ほどが集まっている。事の次第を手短に説明するウンベルト・エーコの話に聞き入っている。

シモンが「そんなに重要な集会なのかい？」と訊くと、手袋の男は「今夜はレベルの高い集会になるんだ。なにしろ、愛知者《ソフィスト》の頂点に立つ大プロタゴラスその人が立ち会うかもしれないという噂があるくらいだから。バイヤールはエーコに自分たちをそこに案内してくれないかと頼んでみたが、断わられた。「そういう集会については知ってるよ。私だって若い頃には〈ロゴス・クラブ〉の会員だったんだからね。演壇に立ったこともあるが、指を切られたことはないよ」と言って、自慢げに両手を広げてみせた。手袋の男はしかめ面にならないよう懸命に堪えている。「でも、研究が忙しくなって、集会に参加するのをやめたんだ。もうずいぶん前にランクは失ってるよ。今の競技者がどのくらいのレベルなのか見てみたいものだが、あいにく《マ》私は明日十一時の列車に乗ってミラノに帰り、十五世紀《クワトロチェント》の浅浮彫りにおけるエクフラシス（美術の形象世界を言語により明示すること）についての講演の準備をしなければならないのでね」

バイヤールは身柄を拘束することはできないが、できるだけ脅迫的な口調にならないように気をつけて、こう言った。「われわれにはまだ質問したいことがあるのですがね、エーコさん。たとえば、言語の七番目の機能について」

エーコはバイヤールをじっと見つめる。そして、シモンを、ビアンカを、手袋の男を、エンツォとその新しいガールフレンドを、フランス人の同僚教師を、ステファノと一緒に表に出て来た父親を見つめ、路地で小さな群れをなしている店の客たちにも視線を送った。

「よろしい《ヴァ・ベーネ》。明日十時に駅の待合室で落ち合いましょうか。二等車の待合室でね」

そう言うと、彼は店に戻ってトマトとツナ缶を買い、商品を入れた袋と学者鞄をぶら下げて闇のなかに消え去った。

シモンが言う。「通訳が必要になるな」

バイヤール――「あいつのなくした指がなんとかしてくれるだろ」

シモン――「彼はあまり体調がよさそうじゃないな。そんなに力を発揮できないんじゃないかな」

バイヤール――「そういうことなら、おまえさんの女友達を連れていこう」

エンツォ――「僕も行きたいよ！」

《ドロゲリーア》の客たち。「おれたちだって行きたい！」

相変わらず路上に倒れたままの手袋の男は、指のないほうの手を横に振る。「でも《マ》、内輪の集会なんだ！　全員連れていくことはできないよ」

バイヤールは平手打ちを飛ばした。「おいこら、それでもコミュニストか！　さあ、行くぞ」

ボローニャの暑い夜のなか、小さな集団が古い大学を目ざして歩いていく。遠くからだと、フェリーニの映画に出てくる行列に似ているようにも見えるが、それが『甘い生活《ラ・ドルチェ・ヴィータ》』なのか『道《ラ・ストラーダ》』なのか、はっきりとはわからない。

零時七分

アルキジンナジオの入口の前には、すでに小さな人だかりができていて、どこにでもいるようなガードマンがいる。ただし、ここの用心棒はグッチのサングラスをかけ、プラダの腕時計をはめ、ヴェルサーチのスーツを着て、アルマーニのネクタイを締めているけれど。

手袋の男が用心棒に話しかける。その両脇にはシモンとバイヤールがいる。「われわれは《シアーモ・クィ・ペ》〈ロゴス・クラブ〉のためにやって来た《ル・イル・ロゴス・クラブ》。コード《イル・コーディチェ》は〝フィフティ・センツ〟」

用心棒は不審そうに訊き返した。「何人いるんだ？」

手袋の男は振り返って、数える。「えーと、十二人かな」

用心棒は歪んだ嗤《わら》いを堪えて、それは無理だなと答えた。

するとエンツォが進み出て言う。「なあ、たのむよ、ここには今夜の集会に参加するために遠くからやって来たのもいるんだ。なかにはフランスからわざわざ来たのもいる、わかってくれるだろ？」

用心棒は動じない。フランスから来たという理由がことさら強い印象を与えてはいないようだ。

「外交問題に発展する恐れだってあるんだぞ。このなかには身分の高い人もいるんだから」

用心棒はグループ全体を見回し、貧乏人の群れしか見えないと言い、「ご託を並べるのはいいかげんにしろ！」と切り捨てた。

エンツォは引き下がらない。「あんた、カトリックかい？」

すると用心棒はサングラスを外した。

「衣は僧を作らずって諺《ことわざ》、知っているよね。そうとは知らずにメシアに門戸を閉ざしてしまった人をあんたならどう思う？　どう判断するかな？」

用心棒は口を尖らせた。迷っていることは明らかだ。男は長いこと考え、ひょっとしたらこのなかにお忍び姿の大プロタゴラスがいるのではないかと思い、ついに肚をくくった。「ま、いいだろ。あんたがた十二人、入っていいよ」

一行は館内に入り、様々な紋章がずらりと飾られている石段を登っていく。手袋の男が解剖学教室へと案内する。シモンが、どうして合い言葉はフィフティ・センツなのかと尋ねると、〈ロゴス・クラブ〉のイニシャルLCはラテン語だと五十と百……五十はフィフティ、百はチェント、憶えやすいかったよという答えが返ってきた。

一行は、円形の階段教室として設計された総板張りの壮麗な教室へと入っていった。周囲の壁は著名な解剖学者や医師の木像で飾られ、中央にはかつてはその上で数々の遺体を解剖した白い大理石の台が置いてある。教室の奥には、やはり木製の、筋肉組織を露出させた人体模型《エコルシェ》が二体、ぶ厚い生地のドレスを着た女性像を載せた台を下から支えている。それを見たバイヤールは、これは医学の寓意なんだろうと思いつつ、もしこの女性像が目隠しされていれば盲《めし》いた正義の化身にもなるだろうなと考えた。

階段席はすでに大方埋まっていて、審判団は人体模型の下にある議長席のような場所に陣取り、教室内は雑然としたざわめきに満たされているが、なおも観客は続々と入室してくる。ビアンカがいかにも興奮した様子でシモンの袖を引っ張る。「ほら、見て、アントニオーニ監督よ！『情事《ラッヴェントゥーラ》』見た？ ほんとに傑作《マニフィコ》よね！ わっ、モニカ・ヴィッティと一緒に来てるんだ！ なんて《ケ》きれいなの《ベッラ》！ ほら、あそこ、あの人、審判団の真ん中に座っている人、見えるでしょ？ 通称ビフォ、ボローニャではとっても人気がある自由放送局《ラジオ・アリス》の社長よ。三年前の内乱をたきつけたのは彼の番組だし、ドゥルーズ、ガタリ、フーコーを紹介したのも彼なの。それにほら！ パオロ・ファッブリ、オマール・カラブレーゼもいる。エーコの同僚で、同じく記号学者、どちらもとても有名な学者よ。それにほら！ ヴェルディリオーネも来てる。同じく記号学者だけど、精神分析学者でもある。ほら、あそこ！ あれはロマーノ・プローディ、元産業大臣で、もちろんキリスト教民主党《ディーチー》のメンバーだけど、何しに来たんだ、あいつ？ あの馬鹿《クエル・ブッフォーネ》、まだ例の歴史的妥協ってやつを信じてるわけ？」

バイヤールはシモンに「おい、見ろよ」と言って、階段席に老いた母親と並んで座っているルチアーノを指さした。松葉杖に顎を載せて、煙草を吸っている。そして、その反対側の奥には、彼を撃ったスカーフを巻いた三人連れの若者が座っている。どちらも何ごともなかったかのようにしている。スカーフの一味は警察に追われているようには見えない。奇妙な国だとバイヤールは思う。

時刻は深夜零時を回っている。開始を告げる声が響く。口火を切ったのはビフォ、七七年にボローニャを燃え上がらせた《ラジオ・アリス》の男だ。彼はマキャヴェッリが『君主論』の最後を締めくくるために引用したペトラルカの歌《カンツォーネ》を読み上げた。"Vertu contra furore / prendera l'arme, et fia 'combatter corto : / che l'antico valore / ne gli italici cor' non e ancor morto."

憤怒に抗する勇気
武器を取れ、戦いはじき終わるだろう
なぜならばイタリア人の心にある
古代の価値はまだ死んでいないから。

ビアンカの瞳に黒い炎がともった。手袋の男は胸を張り、握り拳を腰骨のあたりに置いている。エンツォは、《ドロゲリーア》でナンパした女子学生の腰の下に手を回している。ステファノは興奮して口笛を鳴らしている。階段教室に国歌の一節が流れる。バイヤールは教室の薄暗い隅のほうに潜んでいる人物に気づいたが、それが誰かはわからない。シモンは観客のなかにさっき《ドロゲリーア》にいた鞄の男が混じっているのに気づいていない。なぜならビアンカの赤銅色の肌と大きく開いた襟ぐりのなかで脈を打っている胸に気を取られているからだ。

ビフォが最初の主題を取り出した。アントニオ・グラムシの一節、ビアンカがそれをシモンとバイヤールのために翻訳する。

「危機はまさに古いものは死んだのに新しいものが生まれてこないということのなかにある」

シモンはその言葉の意味を考えている。バイヤールはそんなことはどうでもよく、ひたすら教室内を観察している。松葉杖に顎を載せているルチアーノとその母親。アントニオーニとモニカ・ヴィッティ。隅に隠れているソレルスとBHLは目に入らない。シモンは頭のなかで、何が問題なのかを考えている。「まさに」ってなんだ？ 三段論法が頭をめぐる。われわれは危機的状況にある。われわれは行き詰まっている。だからジスカールのような連中が世界を牛耳っている。エンツォは女子学生にキスをしている。さて、どうする？

二人の選手が、あたかもすり鉢状の闘技場で対峙しているかのように、教室の中央、その下のほうに設《しつら》えられた解剖台をはさんで立っている。立っているのは、いつでもその場でくるりと回転して聴衆に向かって語りかけられるようにするためだ。

総板張りの解剖学教室の中央で、大理石のテーブルだけが白い神秘的な光を放っている。ビフォの背後には、通常は大学教授が座ることになっている木製の肘掛け椅子（教会にあるような背もたれの高い重厚な椅子）を両側から挟みつけるようにして人体模型が立ち、想像上の門番の役割を果たしている。

先攻の選手は、プーリア州の訛りのある若者で、シャツのボタンを外し、銀の大きなバックルのついたベルトを締めている。いよいよ攻撃開始だ。

もし仮に支配階級が国民の支持を失えば、つまり、もはや国民を率いる力はなく、たんに支配的な地位にあって、強権の執行者であるにすぎない場合、それが正しく意味するところは、大衆が伝統的イデオロギーから離反してしまい、かつて信じていたものを信じることができなくなっている状態なのであって……。

ビフォは教室内を見回している。その視線がビアンカのところで一瞬止まった。

まさにこの過渡期の空位期間こそ、グラムシがこのうえなく多岐にわたって病的な現象と呼ぶものが胚胎《はいたい》しやすい時期なのです。

バイヤールは、ビアンカを見つめているビフォを見つめている。暗がりのなかで、ソレルスがＢＨＬにバイヤールのほうを指さしている。ＢＨＬは人目につかないようにするために黒いワイシャツを着ている。

若い選手はその場でゆっくりとひと回りしながら、場内の聴衆に呼びかける。グラムシが暗示しようとした病的な現象がいかなるものか、当然ご存じですね。現在、われわれを脅やかしているものと同じ、あれです。そこで彼は間を置く。そして、声を張り上げる。「そう、ファシズム《ファシズモ》！」

彼はこの言葉を発する前に、聴衆の心のなかに観念を誘発させておいて、一瞬にして、あたかもテレパシーのような暗示による集団の精神的交感を通じて、それを耳にした聴衆全員に同一の観念を生み落とすことに成功したのだ。ファシズムという観念が静かに教室内に広がっていく。若い選手は少なくともここで一つの（不可欠な）目標に達したわけだ。演説の争点を明確に定めること。のみならず、それを可能なかぎり高いレベルで演出してみせた。ファシズムの危険、それを胚胎する素地はまだ十分肥えていること、等々。

鞄の男は膝の上で鞄を握りしめている。

薄暗がりのなかで、ソレルスがくわえている象牙のパイプの先で煙草が赤く輝いている。

しかしながら、現在とグラムシの時代とのあいだには違いもあります。今われわれはファシズムの脅威にさらされているわけではありません。ファシズムはすでに国家の中心部に居座っているのです。

そして、幼虫のようにうごめいている。ファシズムはもはや危機的状況にある国家や大衆を制御する力を失った支配階級の破局として現われてくるものではない。むろん、その報いでもなく、むしろ進歩主義勢力の台頭を抑えるために支配階級が用いる陰険な手段、あるいは補助手段なのです。それは積極的に支持されたファシズムではなく、隠れファシズム、影のファシズム、兵士ではなく、悪徳警官によるファシズムであり、もはや若者の党ではなく、老人のファシズム、何も変わらせまいとしてすべてが変わることを望む差別主義者のパトロンに雇われた引退間際の秘密情報部員や公安刑事が暗躍し、イタリアを死の頸木《くびき》にかけて窒息させてしまうファシズムなのだ。食事の席で失態ばかりやらかすので誰もが閉口するが、それでも親族の集まる食事には呼ばれる嫌われ者の親戚にすぎない。それはもはやムッソリーニではなく、秘密結社ロッジP２なのだ。

階段席からヤジが飛んでくる。プーリア訛りのある若者は、最後にこう結論づけた。このような幼虫の姿では、堂々と表立って自己主張できるわけではないが、国家機関のあらゆるレベルに浸透し、国家の成長を阻止するくらいの力は十分ある（プーリア州出身のこの若者は、例の歴史的妥協についての自説をできるだけ全面に出さないようにしているのである）。この幼虫形態のファシズムは、永続化しつつある危機をもたらす脅威などではなく、危機が永続化するうえでの条件でさえあるのです。もう何年もイタリアを膠着状態に陥れている危機は、国家からファシズムを摘出できたときに初めて打開できるのです。だからこそ、と言って彼は拳を振り上げた。「闘争は続くのだ！《ラ・ロッタ・コンティヌア》」

拍手。

反論者はネグリ的理念に沿って、危機はもはや制度の機能不全や停滞による一時的な景気動向の――すなわち循環的な――問題ではなく、変容と多様性を本質とする資本主義が絶えずみずからを再生産し、新たな市場を求め、つねに労働力に与圧をかけておくために永遠に前方逃亡を強いられていることを指摘し、ついでにその徴候としてサッチャーの選挙や目前に迫るレーガンの選挙といった例を出してみたものの、彼は二対一で負けた。場内の聴衆からは、両者とも質の高いパフォーマンスを披露してくれたし、弁証家《ディアレクティシアン》の地位にふさわしい弁論だったという評価を得た。だがプーリア州出身の若者は、ある意味ではファシズムを前面に出したことでその恩恵を受けたとも言えるだろう。

次の討論も同じように展開した。主題は「カトリシズムとマルクス主義」(いかにもイタリアらしい定番のお題だ)。

先攻の選手はアッシジの聖フランチェスコについて、托鉢修道会について、聖マタイによる福音書について、パゾリーニについて、労働者司祭について、南アメリカにおける解放の神学について、神殿から商人を追い出したキリストについて語り、イエスこそ、最初の正当なマルクス・レーニン主義者であると結論した。

場内に喝采が湧き起こった。ビアンカは割れんばかりの拍手を送っている。スカーフの一味はジョイントに火をつけた。ステファノはここぞというときのために持ち込んだワインの栓を抜いた。

後攻の選手も負けじと、民衆の阿片について、フランコとスペインの市民戦争について、ピウス十二世とヒトラーについて、バチカンとマフィアの癒着について、異端審問について、反宗教改革について、完全な帝国主義戦争の一例としての十字軍について、ヤン・フス、ブルーノ、ガリレオの裁判について語ったが、まったく功を奏さない。場内は興奮の渦、観衆は総立ちになり、なんの関係もないのにパルチザンの愛唱歌「さらば恋人よ《ベラ・チャオ》」を歌いだす。最初の選手が聴衆の後押しで三対ゼロで勝利を収めたが、ビフォがその結果に完全に納得していたかどうかは疑問だ。ビアンカは声を張り上げて歌っている。シモンは歌うビアンカの横顔を見つめ、そのまばゆいほどに輝いている顔のしなやかで生き生きとした表情にすっかり魅了されている(クラウディア・カルディナーレに似ていると思っている）。エンツォと女子学生も歌う。ルチアーノと母親も歌う。アントニオーニとモニカ・ヴィッティも歌う。ソレルスも歌う。バイヤールとＢＨＬは歌詞の意味を理解しようとしている。

次の討論は、若い女性と年配の男性の一騎打ちとなった。テーマはサッカーと階級闘争。ビアンカがシモンに説明するところによれば、イタリア全土が〈トトネーロ〉と呼ばれるサッカー賭博のスキャンダルに揺れていて、この八百長試合にユベントス、ラツィオ、ペルージャの選手ばかりでなく、ボローニャのチームの選手も関わっているとのこと。

ここでも大方の予想に反して、論戦を制したのは若い女性で、スポーツ選手はほかの労働者と同じようにプロレタリアートであり、クラブのオーナーによって労働力を搾取されているという主張を展開した。

ビアンカはシモンにさらに詳しく事情を説明する。この八百長スキャンダルのせいで、イタリア代表チームの若きストライカー、パオロ・ロッシまでが三年間の試合出場停止処分を食らい、その結果、スペインで開催されるワールドカップにも出場できなくなるだろうという。そのほうが彼のためにもよかったのよ、とビアンカは言う。ナポリに行くのを断わるいい口実になったんだから。どういうことかとシモンが訊くと、ビアンカは笑みを浮かべた。ナポリは貧しいから、トップの選手と競り合う機会がなくなるのだという。名選手はナポリになんか絶対行かないわよ。

奇妙な国だ、とシモンは思う。

さて、夜も更けて、指のかかった勝負の時間がやって来た。押し黙っているガレノス、ヒポクラテス、そしてイタリアの解剖学者たちの彫像、人体模型、女性の座像とは対照的に、生者たちはせわしなく動いている。煙草を吸い、おしゃべりし、飲み食いしている。

ビフォが選手を呼ぶ。弁証家《ディアレクティシアン》と逍遙学者《ペリパティシアン》との闘いだ。

一人の男が、解剖台に面した位置についた。アントニオーニだ。シモンはモニカ・ヴィッティを見つめる。薄い翅《はね》のようなプリント地のスカーフで顔を包み、巨匠の監督に愛おしげな視線を送っている。

その向かいには、いかにも謹厳実直そうな足取りでやって来た、髪を完璧なシニョンにまとめた女性がいる。たった今、階段席から降りてきたルチアーノの母親だ。

シモンとバイヤールは見つめ合う。エンツォとビアンカに視線を向けると、彼らも少なからず驚いているようだ。

ビフォがテーマを読み上げる。「知識人と権力《リ・インテレットウアーリ・エ・ポテーレ》」

格下の選手が最初に論じることになっているので、当然、弁証家《ディアレクティシアン》が先に口火を切ることになる。議論が成り立つためには、最初の論者が争点を際立たせる役目を担う。とくにこの場合、争点は容易に引き出せる。すなわち、知識人は権力の味方なのか敵なのか、という点である。どちらかを選べばそれでいい。知識人の側に立つか、それとも反対の立場を取るか。アントニオーニは自分が帰属し、国会の大多数を占める特権階級《カースト》を批判することにした。権力の共犯者としての知識人。宜なるかな。

知識人とは、支配権の構築に参画する上部構造に属する役人である。ここでまたグラムシの言葉を借りるならば、たしかにすべての人間は知識人であると言えるかもしれないが、すべての人間がこの社会のなかで、大衆の自発的な同意を得るために働く知識人の職務に就いているとはかぎらないというわけである。「組織的」あるいは「伝統的」な知識人というものは、つねに「経済共同体《コジ・シア》」の論理に組み込まれている。

グラムシにとっての知識人救済の道とは何か？　党を超克することである。ここでアントニオーニは意地の悪い笑いを爆発させた。ところが、共産党そのものがこんなに腐敗していてはどうしようもないではないか！　今日、その対象がなんであれ贖罪を可能にする道はどこにあるのか。妥協は身の破滅を招く！

破壊的知識人？　おいおい、よしてくれ！《マ・ファンミ・イル・ピアチェーレ》　そう言うと、彼は自分とは別の監督が製作した作品の台詞を朗唱する。「スエトニウスが歴代の皇帝に対してどういう立場を取ったか考えてみたまえ！　告発の野心をもって語りはじめても、いずれは密かな共犯の合意に至るものだ」

芝居がかった敬礼。

拍手喝采がそれに応える。

老婆が口を開く。

「私は知っている《イオ・ソ》」

彼女もまた朗唱から始める。選んだのは、一九七四年に『コリエーレ・デラ・セーラ』紙に発表され、今でも語り草となっているパゾリーニの「私は訴える」の一節だ。

「私は知っている、一九六九年にミラノで起こった虐殺事件の首謀者たちの名を。私は知っている、一九七四年にブレシアとボローニャで起こった虐殺事件の首謀者たちの名を。私は知っている、CIAやギリシア人の軍人やマフィアの力を借りて反共産主義十字軍を立ち上げ、やがて反ファシズムの純粋性を標榜するようになった有力者たちの名を。私は知っている、二つのミサのあいだに指示を出し、老いた将軍たち、ネオファシズムの青年たち、さらには一般の犯罪者にまで政治的保護を約束した人たちの名を。私は知っている、笑いを誘う人の背後、あるいは影の薄い人の背後に控えている信用と影響力のある人たちの名を。私は知っている、みずからすすんで殺し屋や刺客となった悲劇的な若者たちの背後に控えている信用と影響力のある人たちの名を。こういったすべての名前を私は知っているし、彼らに容疑が向けられた制度に対する襲撃や虐殺など、すべての事件を私は知っている」

老婆が唸ると、そのしわがれ声がアルキジンナジオ全体に鳴り響く。

「私は知っている。だが、証拠はない。手掛かりすらない。それでも私が知っているというのは、私が一介の知識人であり、一介の物書きであり、起こっていることのすべてを追求し、それについて書かれたものすべてを知ろうし、人の知らないこと、あるいは黙していることのすべてを想像しようと努力しているからだ。そして、はるか昔の出来事と関係づけ、まとまりのない断片的な事実のかけらを拾い集めて、一つの首尾一貫した政治状況として組み立て、恣意と狂気と謎が支配しているように見えるところに論理を打ち立てようとする者だからだ」

この記事が発表されて一年も経たないうちに、パゾリーニはオスティアの浜辺で殴り殺された姿で発見された。

グラムシは獄死した。ネグリも投獄された。世界が変わるのは、知識人と権力がしのぎを削るからだ。勝つのはいつも権力であり、知識人は命がけで、あるいは自分の自由をかけて、権力に抗して立ち上がろうとして、辛酸を舐めさせられると相場が決まっているが、いつもそうだとはかぎらない。ひとりの知識人が権力に勝利するとき、たとえそれが死後であったとしても、世界は変わる。ひとりの人間が声なき声を代弁するとき、知識人の名に値するのだ。

アントニオーニは、無傷の身体をかけた討論の結着をそう簡単に相手に譲ったりはしない。彼は「代弁者とは縁を切る」べきだと言ったフーコーを引き合いに出した。代弁者とは他者のために語るのではなく、他者になりかわって語るだけだから。

すると老婆はすぐに応酬し、フーコーのことを「タマなし」と罵り、三年前にここイタリアでも尊属殺人事件が起こったとき、この事件について発言しようとしなかったじゃないか、ピエール・リヴィエールの親殺しに関する本を出したばかりだというのに、と憤った。まさに自分の専門領域に属する事柄に関与しようとしない知識人なんて、何の役に立つのか？
ソレルスとＢＨＬは陰に隠れてほくそ笑んでいるが、ＢＨＬは、ソレルスの専門分野ってなんだっけと疑問に思っている。

今度はアントニオーニが反撃に転じる。フーコーはほかのいかなる作家よりも、あの死後の名声という虚栄心を暴いてみせた作家なのだと言って、またフーコー自身の言葉を引用して「たいした重要性もない些細な言い争いに深刻そうな色合いをつける」のは知識人の悪い癖にすぎないと反論する。フーコーは、自分はあくまでも研究者であって、知識人ではないと自己規定している。自分は長期にわたる研究に携わる者であって、騒がしい論争に携わっているわけではない。「知識人たちは思想闘争を通じて、自分が実際に持っている以上の重みを自分に持たせたいと願っているだけなのではないか」とも彼は言っている。

老婆は喉を詰まらせる。そして声を張りあげる。いかなる知識人も、そう呼ばれるにふさわしく、またそうすることがその使命であるべき発見的研究に正しく携わっているかぎりにおいて、たとえ権力に奉仕しているとしても、権力に抗するものである。なぜなら、レーニンが言ったように（ここで彼女は大見得を切るようにその場でゆっくりと回転しながら場内を見回し）真実はつねに革命的であ《ラ・ヴェリタ・エ・センプレ・リヴォルツィオナ》る《リア》！からです。

マキャヴェッリを例に取ってみれば、なるほど彼はその『君主論』をロレンツォ・デ・メディチのために書いた。これほどの媚びへつらいはないと言える。しかし、事実はどうか。臆面もない政治的駆け引きの書とみなされているこの著作が、まぎれもないマルクス主義的宣言になっているではないか。「なぜなら、民衆の目指すところは、かたや滅ぼさんとし、かたや滅ぼされまいとする王侯貴族らの目指すところよりも正直だから」と彼は書いている。じつは、彼は『君主論』をフィレンツェの大公のために書いたのではない。著作はいたるところに出回っているのだから。『君主論』を公にすることで、もっぱら権力者の側にとどまって、権力者だけが利用できるものであるはずの真実が暴かれたのだ。体制を転覆する行為であり、革命的な行為なのだ。彼は〈君主〉に属する秘密を民衆に手渡した。神聖さとか道徳性のようなまやかしの正当性を剝ぎ取った政治的プラグマティズムの奥義を明るみに出すこと。すべての脱神聖化の行為と同じく、人間解放のための決定的な行為とも言える。暴露し、説明し、明るみに出すことによって、知識人は聖なるものに戦いを挑む。そのことにおいて、彼はつねに解放者でもあるのだ。

古典の素養があるアントニオーニは反撃に出る。マキャヴェッリにはプロレタリアなどという観念はほとんどないから、プロレタリアの置かれた社会的境遇やその窮乏、その希求を考慮することはできなかった。だから、「全国民から財や誇りを奪わないかぎり、彼らは満足して生きている」とも書いている。黄金の籠のなかにいる彼には、当時は（今もなお）大多数の人々が財も誇りも剝奪されていたから、それを奪うことすらできないという事態を想像することができなかった……。

老婆は、それは真の知識人のみごとな姿だと言う。知識人が革命的であるために革命的であろうとする必要はないのだから。民衆に仕えるために民衆を愛する必要も知る必要もない。当然のことながら、必ずしも共産主義者である必要もない。

アントニオーニは、それをハイデガーに説明してやるべきだったな、と吐き捨てるように言う。

老婆は、それならマラパルテを読み直すほうがいいと言い返す。

アントニオーニは反面《カッティーヴォ》教師《マエストロ》という概念を持ち出す。

老婆は、形容詞を付加して、反面教師もいるということを明示する必要があるということは、基本的には教師は手本になるものだということではないかと反論する。

どうやら今回、KOはないと踏んだビフォは、討論の終了を告げる笛を鳴らした。

睨み合う二人の論者は表情を強ばらせ、歯を食いしばり、汗をかいているが、老婆のシニョンは相変わらず完璧にまとまっている。

聴衆は二つに割れ、勝敗がつけられない。

ビフォの両隣の審判も、一方はアントニオーニに、もう一方はルチアーノの母親に票を入れた。

聴衆はビフォの判断をじっと待っている。ビアンカはシモンの手を握っている手に力を込める。ソレルスは固唾を呑む。

ビフォは老婆に票を投じた。

モニカ・ヴィッティが青ざめた。

ソレルスが笑みを浮かべた。

アントニオーニは無言で結果を受け入れた。

そして、解剖台の上に手を置いた。ビフォの隣に座っていた審判の一人が立ち上がる。長身痩せぎすの男で、手には青光りするほど研ぎ澄まされた手斧を持っている。

斧がアントニオーニの指に振り下ろされると、骨が切断される音に刃先が大理石にあたる音、そして映画監督の叫び声が混じった。

モニカ・ヴィッティが駆け寄ってきて、薄手のスカーフを包帯代わりにして手を縛っているあいだ、審判は小指の先を拾い上げて、女優に差し出した。

ビフォは力強い声で宣言した。「演説者に敬意を《オノーレ・アリ・アッリンガトーリ》」聴衆も続いて同じ言葉を唱和した。

ルチアーノの母親は息子の隣の席に戻った。

映画の終了と同じように、場内はまだ暗く、現実世界への回帰がゆっくりとした気《け》だるい目覚めにも似て、瞼《まぶた》の裏に夢の残像がまだ踊っている時間が数分続いたあと、ようやく何人かの観客がしびれた脚を伸ばして立ち上がり、会場を去っていった。

解剖学教室は徐々に客がいなくなり、ビフォと二人の審判はメモを厚紙のファイルに挟むと、厳かな足取りで会場をあとにした。〈ロゴス・クラブ〉の例会は真夜中に散会した。

バイヤールは手袋の男に、ビフォは大プロタゴラスなのかと尋ねた。手袋の男は子供のように頭を左右に振った。ビフォは護民弁論家《トリブン》（レベル6）だが、愛知者《ソフィスト》（レベル7、最高位）ではない。たしかアントニオーニがかつて六〇年代には愛知者《ソフィスト》だったという話を聞いたことがあると思うと、手袋の男は答えた。

ソレルスとBHLはこっそりと姿を消した。バイヤールは二人が出ていくのに気づかなかった。混み合っている戸口のところで、鞄を持った男の背後に隠れてしまったからだ。さあどうするか、肚を決めなければならない。バイヤールは結局、アントニオーニのあとを追うことにした。振り返ると、シモンに向かって、みなの前で大声で言った。「明日、十時、駅で会おう。遅れるなよ！」

三時二十二分

会場はようやく空になろうとしている。《ドロゲリーア》の面々も立ち去った。シモンは念のために最後に出ようとしている。帰ろうとしている手袋の男を見て、また一緒に出ていこうとしているエンツォと女子学生のほうを見やった。ビアンカがまだ動こうとしないでいるのに気づいて、満足した。自分を待ってくれていると思ってもよさそうだった。最後は二人だけになった。立ち上がり、ゆっくりと戸口のほうに歩いていった。ところが教室を出るときになって、二人は立ち止まった。ガレノス、ヒポクラテスを初めとする彫像が彼らをじっと見つめている。二体の人体模型が身じろぎもしないで立っている。欲望、アルコール、旅の陶酔、フランス人が外国を旅するときに向けられる親切などがあいまって、本来臆病なシモンにパリにいるときには持てなかったような勇気——まさにおっかなびっくりの勇気！——を与えた。

シモンはビアンカの手を握った。

あるいはその逆だったか。

ビアンカはシモンの手を握ると、舞台までの階段を降りていった。そしてその場でくるりと回転すると、壁の周囲に並ぶ彫像が彼女の目のなかで、まるで居並ぶ幽霊のスライド写真のように、まさにドゥルーズの運動イメージ《イマージュ＝ムーヴマン》のように連続してつながっていった。

シモンはまさにこの瞬間、人生とは結局のところ、できるだけ上手に演じなければならないロール・プレイだということを悟ったか、あるいはその滑らかな肌と爪の短い、しなやかで細身の若いその肉体にドゥルーズの精神が宿ったのかもしれない。

彼はビアンカの両肩に手を置くと、大きく開いた襟ぐりをそのまま下に滑らせ、突然の閃きに打たれて、自分にも言い聞かせるように彼女の耳もとでささやいた。「この女のなかに封じ込まれた風景を僕は欲する、僕の知らない風景ではあるけれど予感はある、それを目の前に広げてみないかぎり、僕は満足できないだろう……」

ビアンカはうれしそうに身体を震わせた。シモンは自分とは思えないほどの命令口調で彼女にささやいた。「複合体《アジャンスマン》を作り上げよう」

すると彼女は口を押しつけてきた。

シモンはそのまま彼女を解剖台の上に押し倒した。彼女はスカートをめくり上げて脚を開き、「機械みたいにやって」と言った。彼女が下着から胸を露わにするあいだに、シモンは彼女の複合体《アジャンスマン》へと沈んでいく。彼の舌＝機械が割れ目にはまる部品のように彼女のなかに滑り込むと、ビアンカの、いくつも使い道のある口がまるで送風機のような呼吸音を出しはじめ、シモンのペニスの拍動に合わせてリズミカルな声――「そうよ《シ》！　そうよ《シ》！」――を響かせる。ビアンカが呻き声を上げると、シモンはさらに勃起し、シモンがビアンカを舐め、ビアンカは自分の胸を押し上げ、人体模型も勃起し、ガレノスも、ヒポクラテスも衣の下で自分の性器をこする。「そうよ《シ》！　そうよ《シ》！」ビアンカは、溶鉱炉から出てきたばかりの鉄のように熱くて硬いシモンの性器をつかむと、それを自分の口のなかへ導き入れる。シモンは自分に言い聞かせるように、「皮膚の下の肉体は過熱した工場だ」というアントナン・アルトーの詩句を口ずさむ。ビアンカという名の工場は性器と化した自分の肉体に自動で潤滑油をあふれさせる。重なり合う二人の呻き声が無人の解剖学教室に響きわたる。

　ところが無人ではなかった。あの手袋の男が戻ってきて、若い二人を覗き見ていたのだ。シモンの目が階段の隅に潜んでいる男の姿を捉える。シモンを口で愛撫しているビアンカの目もその姿を捉える。手袋の男も、シモンのペニスを吸い上げながら、闇のなかで黒い瞳を輝かせて自分を見つめるビアンカの視線を捉えている。

　外では、ボローニャの暑い夜もようやく涼しくなりはじめている。バイヤールは煙草に火をつけ、堂々としているものの、さすがに消耗しているアントニオーニが動き出すのを待っている。捜査のこの段階では、この〈ロゴス・クラブ〉が無害な狂信者の集まりなのか、それともバルトの死やあのジゴロの死や、ジスカールともブルガリア人とも日本人とも関係したもっと危険な組織なのか、はっきりしたことは言えない。教会の鐘が四回鳴った。アントニオーニが歩きはじめると、そのあとをモニカ・ヴィッティが追い、その二人をバイヤールが追う。三人は瀟洒な店が軒を連ねるアーケードを無言で歩いていく。

解剖台の上で反り返っているビアンカは、階段状の座席に潜んでいる手袋の男にも聞こえるくらいの声でシモンに吹き込む。「機械みたいにやって《スコーパミ・コメ・ウナ・マッキナ》」シモンは彼女の上にのしかかり、彼女のヴァギナの入口に自分のペニスをあてがうと、その内部ですでに待ち受けていたかのように潤滑油を生産しているのを確認して喜び、ようやく奥まで侵入していくと、あたかも自分が小刻みに震えるナポリ女の豊満でしなやかな肉体をひたすら滑っていく自由な液体であるように感じた。

ファリーニ通りを登りきり、七つの教会を擁するサント・ステファノ大聖堂（なにしろ果てしもなく長い中世の時代を通じて、建て増しを続けてきた聖堂だから）の前に出たアントニオーニは縁石に腰かけた。指を切断された手を無傷の手で包み込むようにして握り、頭を垂れているが、バイヤールはアーケードの下に留まり、距離を置いている。彼が泣いているからだ。モニカ・ヴィッティが近づいていく。アントニオーニがすぐ背後に彼女がいることに気づいている証拠は何もないが、バイヤールは彼がそれに気づいていることを知っている。モニカ・ヴィッティは手を挙げるが、垂れた頭の上でとまどい、華奢《きゃしゃ》で分不相応な後光のように、そのまま宙吊りになっている。バイヤールはアーケードの柱の背後で、煙草に火をつける。アントニオーニはすすり泣いている。モニカ・ヴィッティは凍りついた夢のように立ちすくんでいる。

ビアンカは痙攣しながら、シモンの身体の重みにもがいているかのようにしがみつき、シモンが内燃機関のような爆発的力でピストン運動を繰り返すのに合わせて、「ああ、なんて素晴らしいわたし《ラ・ミア・マッキナ・ミラコ》の機械《ランテ》！」と叫んでいる。暗がりに潜む手袋の男は、機関車と野生馬が合体したような幻覚を見ている。解剖学教室は彼らの出会いによって膨張し、鈍い途切れ途切れの唸り声は、結局のところ欲望する機械というものは作動しながら絶えず故障するものだが、逆に言うと故障することで作動するものだということを証明しているのだ。「つねに生産は生産に接ぎ木されるし、機械の部品もまた可燃性なのだ」

バイヤールはゆっくりと時間をかけて、また煙草に火をつけ、そしてさらにまた煙草に火をつけている。モニカ・ヴィッティはようやく手をアントニオーニの頭に載せた。今でははばかることなく嗚咽をもらしているアントニオーニの髪を曖昧な手つきで撫でてやっている。彼はとめどなくただひたすら泣いている。彼女はその美しい灰色の目を映画監督のうなじに向けているが、バイヤールは遠すぎて、その顔の表情まではっきりとわからない。それでも暗闇に目を凝らして、こういう場合、同情を読み取ってもかまわないのではないかとバイヤールが理屈っぽく考えていると、モニカ・ヴィッティは目をそらして、大聖堂のどっしりとした建物を見上げた。おそらく彼女の心はすでに余所にあるのだろう。遠くで猫の鳴き声が聞こえた。バイヤールは、そろそろ寝に帰ってもいい頃だろうと判断した。

解剖台の上では、今やビアンカは、シモンを大理石板に仰向けに押さえつけて馬乗りになっている。若いシモンは全身の筋肉を強ばらせ、イタリア女の腰の動きをさらに際立たせている。「生産しかないのよ、しかも、現実を生産する生産」ビアンカはシモンの上でますます早く腰を滑らせ、着弾点を目指す。それは二つの欲望する機械が原子の爆発のなかで融合し、ついにはあの器官なき身体へと変貌する地点だ。「なぜならば、欲望する機械というものは欲望の経済学の根底をなすカテゴリーであって、作用する主体とそれに属する固有のパーツを区別することができない……」シモンの肉体が絶頂に達して痙攣すると、ドゥルーズの言葉が彼の脳裡に縞模様をつくり、ビアンカの肉体は乱れ狂い、彼の上で崩れ落ち、汗にまみれてついに精根尽き果てた。

二人の肉体はぐったりと弛緩し、痙攣の名残にまだ震えている。

「それゆえ、幻想は決して個人的なものではなく、集合的なものなのである」

手袋の男は立ち去れずにいる。彼もまた消耗しているが、健全な疲労によるものではない。失われた指が痛む。

「統合失調は資本主義の臨界に位置している。それは絶えざる発展、過剰生産、プロレタリア、そして皆殺しの天使である」

ビアンカはマリファナを巻きながら、シモンにドゥルーズのいう統合失調《スキゾ》を説明する。外では夜明けの鳥のさえずる声がする。二人の会話は朝まで続く。「違うよ、大衆は騙されたんじゃない、あのとき、ああいう状況のなかでファシズムを欲したんだよ……」手袋の男はついに、階段状に並んだ机の列のあいだで眠りに落ちた。

八時四十二分

若い男女はようやく木製の友人たちと別れ、すでに暑気をはらんでいるマッジョーレ広場に出てきた。ネプチューンの噴水と悪魔のイルカと猥褻な人魚の像を横目に通り過ぎると、シモンはにわかに疲労とアルコールと快楽とマリファナのせいで目が回りそうになった。ビアンカは駅まで送っていくつもりでいる。二人は、まだ眠りから覚めていない商店街の中心部を貫くエンデペンデンツァ通りを歩いていく。犬たちがポリバケツのにおいを嗅いでいる。人々が手にスーツケースを持って、家から出てくる。ちょうどバカンスの始まる日なので、みな駅に向かっているのだ。

みな駅に向かっている。時刻は九時。日付は一九八〇年の八月二日である。七月にバカンスを取った人が帰ってくる。八月に取る人が出かけていく。

ビアンカがマリファナを巻く。シモンは着替えをしなくちゃと思う。アルマーニの店の前で立ち止まり、これは経費で落とせるかなと考える。

長い並木道の果てに、ビザンチン様式の館と中世のアーチを折衷《せっちゅう》したような、とても重厚な構えのポルタ・ガリエラがある。シモンはどういうわけだか、その門の下をくぐっていくことにこだわり、駅での待ち合わせの時間にはまだ間があるので、ビアンカを公園に上がる階段のほうに連れていき、階段の壁に彫り込まれている風変わりな噴水の前で立ち止まると、マリファナ煙草を二人で吸いまわしながら、馬と闘っている裸婦像や蛸《たこ》の像、その他得体の知れない海洋生物の像に見入った。マリファナのせいで少しラリってるかもしれないと思いつつ、シモンはスタンダールを思い出しながら彫像に微笑みかけ、やがてバルトの言葉にたどり着いた。「自分の愛するものについては、いつだってうまく語れないものだ……」

ボローニャ駅はショートパンツ姿のバカンス客と騒がしい子供たちでごった返している。シモンがビアンカに案内されて待合室に入っていくと、すでにそこにはエーコの姿があった。バイヤールも待っていて、投宿したホテルから持ってきた小さな旅行鞄をシモンに渡した。いずれにせよ、彼もまたろくに寝ていないのだろう。シモンは、弟を追いかけて走ってきた子供に追突されて、よろめいた。エーコがバイヤールに説明しているのが聞こえる。「結局のところ、赤頭巾ちゃんには、かつてヤルタ会談があって、今度はカーターの後にレーガンが大統領になるというような世界はとうてい理解できないということですよ」

バイヤールの視線に応援要請の合図のようなものが読み取れるにもかかわらず、シモンはこの著名な大学教授の話に割って入ろうとはしないので、バイヤールは周囲を見回し、群衆のなかに家族連れのエンツォの姿が見えたと思った。エーコはなおも続ける。「手短に言えば、狼が話しかけてこない世界を信じている赤頭巾ちゃんにとっては、『現在の』世界は彼女の世界かもしれない、つまりそれは狼が話しかけてくる世界だということです」シモンは自分の内部にせり上がってくる不安の波をマリファナのせいにした。ステファノが若い女性とプラットフォームのほうに向かって立ち去っていくのが見えた、ように思う。「『神曲』のなかで語られている出来事は、中世の百科全書的基準に照らしてみれば『信ずるに足る』と読めるし、現代の百科全書的基準からすれば伝説だということになるわけです」シモンはエーコの言葉が頭のなかで飛び跳ねていくような気がしている。食糧をたくさん詰め込んだ大きな鞄を持ってどこかに行こうとしているルチアーノと母親の姿が見えたように思う。自分を安心させるために、ビアンカがちゃんと隣にいることを確かめる。みごとな金髪にチロリアンハットをかぶり、大きなカメラを首からさげ、革のショートパンツにハイソックスといった出で立ちのドイツ人観光客が彼女の背後を通り過ぎていくのが目に入る。駅の屋根の下に響きわたるイタリア語のどよめきに包まれながら、シモンはフランス語で説明するエーコの言葉を聞き分けようと意識を集中させている。「逆に、歴史小説を読んでいて、フランス王ロンシバルドという名が出てきた場合、歴史の百科事典的基準に照らしてみたとき、読者の協調的注意を修正しなければならないと予感させる居心地の悪さを感じさせることになります。つまり、これは歴史小説ではなく、ファンタジー小説であると修正するわけです」（エーコの『物語における読者』による。）

シモンがようやく肚を決めて二人の男に近づいていって挨拶しようとしたとき、自分はこの著名なイタリアの記号学者を間近に見てぼうっとしているのだろうと思ったが、バイヤールのほうは、さっきシモンが公園の奇妙な像の前で下した自己診断と同じように、こいつ少しラリってるなと見抜いた。

エーコは彼に対しても、最初からこの会話に加わっていたかのように語りかけてきた。「小説を読んでいるとき、現実の人生において起こっていることよりも『真実』らしいと認めることは何を意味するのか？」シモンは、これが小説なら、バイヤールは唇を噛んでいるか、肩をすくめているだろうな、と思う。

エーコはようやく口を閉ざし、少しのあいだ、誰も沈黙を破ろうとしなかった。

シモンには、バイヤールが唇を噛んでいるように思えた。

その背後を手袋の男が通り過ぎていくように思えた。

「言語の七番目の機能について、きみは何を知っているのかね？」シモンはぼんやりしていて、この質問を発したのがバイヤールではなく、エーコだということにすぐには気づかなかった。バイヤールが彼のほうに目をやった。シモンはまだビアンカと手をつないでいることに気づいた。エーコがわずかに好色そうな目で若い女子学生を見つめた（あくまでもわずかにそう見えただけ）。シモンは気力を振り絞って言った。「バルトと二人の人間が言語の七番目の機能に関する文書のせいで殺されたと信じる根拠はあると思います」シモンは自分自身の声でしゃべっていることは意識しつつ、まるでバイヤールがしゃべっているようだと思った。

エーコは、殺人事件まで誘発した失われた文書の話を興味深く聴いている。彼の目に手に薔薇の花束を持った男が通り過ぎていくのが映る。意識が一瞬飛んで、毒殺された僧侶の映像が脳裡に浮かぶ。

シモンは、群衆のなかに、昨夜見た鞄の男がいることに気づく。男は待合室のベンチに腰かけると、鞄を座席の下に滑り込ませた。鞄ははち切れそうなほど膨らんでいる。

時刻は十時になった。

シモンは無礼を承知で、ヤコブソンの理論によれば、言語の機能は六つしかないことになっていますよね、とあえてエーコに言ってみた。もちろん、エーコはその辺のことは完璧に知っているうえで、じつはあながちそうとは言い切れないと答える。

シモンは、たしかにヤコブソンの論文には「言語の魔術的ないしは呪術的機能」について触れているところがあるけれども、でもそれは正式な分類に含めるほど重要な機能ではないと判断したのではないか、とエーコに言い返した。

エーコは、字義どおりの「魔術的機能」が存在するとは思えないが、ヤコブソンの研究の延長線上には、その種のものが出てきてもおかしくないと語った。

事実、イギリスの哲学者オースティンは、言語のもう一つの機能を理論化し、それを「遂行的《パフォーマティヴ》」と名づけた。それを定型表現にまとめると「言うときは、すでにしている」ということになる。

それは、発話した時点で発話したことの内容を実現（エーコは「現実化《アクチュアリゼ》」という言葉を使った）してしまう言語の能力のことだ。たとえば市町村長が「あなたがたを夫婦と宣言する」と言うときや、領主が「汝を騎士に任ずる」という言葉を発することで、封臣に騎士の位を授けたり、あるいは判事が被告に「有罪に処する」と宣告するとき、あるいはまた国会の議長が「議会の開催を宣告します」と言うとき、あるいはもっと単純に、誰かに向かって「それを約束するよ」と言うとき、これらの言葉を発するとき、その言葉の示すところがすでに現実のものとなっている。

ある意味では、これは呪文の原理であり、ヤコブソンの「魔術的機能」であるとも言える。

壁の時計は十時二分を指している。

バイヤールは会話にはついていけないので、シモンに任せている。

シモンはオースティンの理論を知っているが、それがまさか人殺しにつながるとも思えない。

エーコによれば、オースティンの理論はそういう場合にだけ限定されるのではなく、もっと複雑な言語学的状況にまで拡大されているという。つまり、ある発話が世界についての何かを明示するだけに留まらず、実現するかしないかはともかく、その発話を通じて、なんらかの行動を誘発しようとする場合がそうだ。たとえば、誰かがあなたに「ここは暑いですね」と言ったとしよう。それはたんなる温度の確認にすぎないように聞こえるが、言った本人はそう指摘することによって、部屋の窓を開けてほしいと思っていると、一般的には理解する。同様に「時計をお持ちですか？」と尋ねられた場合、相手は、はいかいいえの返事ではなく、まさしく時間を教えてもらうことを期待しているわけだ。

オースティンによれば、話すことは発語行為《ロキュショナリー・アクト》の一つで、それはもちろん何かを言うことであるが、発語内行為《イロキュショナリー・アクト》である場合も、発語媒介行為《パーロキュショナリー・アクト》である場合もある。これは言語による純粋な意思疎通を超えたものであるから、この場合の発語は、ただ何か言うだけでなく、まさに行動を誘発するという意味において、何かすることになる。言語の使用は指摘や確認だけでなく、遂行する《トゥ・ペルフォルム》とエーコはイタリア語訛りの英語で言った）こともできるのだ。

バイヤールには、エーコが話の矛先《ほこさき》をどこに持っていこうとしているのかさっぱりわからなくなっていたし、もちろんシモンにだってわからない。

鞄の男はどこかに行ってしまったが、シモンには、鞄は座席の下に残されたままのように見える（それにしても大きすぎないか？）。シモンは、また忘れたのかよ、ずいぶん迂闊《うかつ》な人がいるものだ、と思う。群衆のなかを捜してみるが、持ち主の姿はどこにも見えない。

壁の時計は十時五分を指している。

エーコは説明を続ける。「さてここで、言語の遂行的機能がさっき取り上げたケースに限定されたものではないとしたらどうなるか、ちょっと想像してみよう。つまり、きわめて拡張された言語機能の一つとして、どんな人に対しても、どんな状況においても、どんなことでもやらせるように説得できる機能を想像してみるんだ」

十時六分

「そういう機能を自家《じか》薬籠中《やくろうちゅう》のものにした人がいるとしたら、その人は実質的に世界の支配者だろう。彼の力は無限だろう。すべての選挙に勝利し、民衆を奮い立たせ、革命を扇動し、すべての女を魅了し、想像し得るありとあらゆる製品を売りさばき、世界中に国を立ち上げ、全世界を手玉に取り、どんな状況にあっても、望むものはすべて手に入れることができるだろう」

十時七分

バイヤールとシモンはようやくわかってきた。

ビアンカが言う。「彼なら大プロタゴラスを追いやって、〈ロゴス・クラブ〉のトップの座に就けるわ」

エーコは人のよさそうな笑みを浮かべて答える。「ま《エ》、私もそう思うがね《ペンソ・ディ・シ》」

シモンが問い返す。「でも、ヤコブソンはその機能については言及していないわけですから……」

エーコ――「おそらく結局《イン・フィン・ディ・コンティ》は書いたのではないかね？　この機能についての詳細を記した『一般言語学』の未完の草稿があるとか？」

十時八分

バイヤールは声に出して考えている。「ということは、バルトはその文書を持っているところを見つけられたのかもしれない」

シモン――「ということは、それを盗み出すために彼を殺したのか？」

バイヤール――「いや、それだけではないだろう。それを使うのを阻止しようとしたとも考えられる」

エーコ――「七番目の機能が存在するとして、それが遂行的、もしくは発語媒介的な機能であるとするなら、誰もが知るものになったときにはその力の大半が失われてしまうかもしれないからね。その機能の操作的メカニズムを知っているからといって、必ずしも防御の手段とはならないが――コマーシャルとか広報宣伝を見ればわかるように、それがどのように作用し、どのような仕掛けを使っているか、ほとんどの人が知っているからね――それでもやっぱり力は弱まるだろう……」

バイヤール――「そして、盗み取ったやつは、それを自分だけ使えるように画策するはずだ」

ビアンカ――「ま、いずれにせよ、盗んだやつはアントニオーニではないわよね」

シモンは、五分前から待合室の座席の下に置きっぱなしになっている黒い鞄が気になって目が離せないでいる。それにしてもでかいな、と彼は思う。三倍くらいに膨らんでいるような気がする。優に四十キロはあるんじゃないか。それとも、こっちの頭がすっかりいかれちまったのか。

エーコ――「もし誰かが自分だけのものにしようと思って横領したとしたら、コピーが出回らないようにするはずだ」

バイヤール――「バルトの部屋にはコピーがあった……」

シモン――「ハメッドは移動するコピーだった。自分の頭のなかにコピーを持っていた」彼の目には、鞄についている金色の留め具が、墓のなかのカインのように自分をじっと見つめているような気がしている。

エーコ――「だが、盗んだやつが自分のためにコピーを取って、どこかに隠していることもあり得る」

ビアンカ――「その文書にそんなに価値があるなら、失ってしまうような危険を冒したりはしない……」

シモン――「だからこそ、コピーを一部取って、それを誰かに預けるという危険を冒すに違いない……」。鞄から煙が出ているような気がする。

エーコ――「諸君、私はそろそろお先に失礼するよ。私の乗る列車はあと五分で出てしまうのでね」

バイヤールが壁の時計を見る。十時十二分。「たしか、十一時の列車に乗ると言っていませんでしたか？」

「たしかに、でも、その前の列車に乗ることにしたんですよ。そうすればミラノにもっと早く着けるのでね！」

バイヤールは尋ねる。「そのオースティンってやつは、どこにいったら見つかるんですかね？」

エーコ――「もう死んでるよ。でも《マ》、この遂行的だとか、発語内とか、発語媒介的とかいう問題について研究し続けている弟子はいる……。言語を専門とするアメリカの哲学者で、名前はジョン・サールという」

バイヤール――「で、そのジョン・サールとかいう御仁《ごじん》はどこにいるんですか？」

エーコ――「そりゃ……アメリカだよ！」

十時十四分。記号学の大家は列車に乗り込んでいく。

バイヤールは時刻表を見上げる。

十時十七分。ウンベルト・エーコを乗せた列車はボローニャ駅を出ていく。バイヤールは煙草に火をつける。

十時十八分。バイヤールはシモンに、おれたちは十一時のミラノ行きに乗って、そこからパリ行きの便に乗ろう、と言う。シモンとビアンカは別れの言葉を交わす。バイヤールは乗車券を買いに行く。

十時十九分。シモンとビアンカはごったがえす待合室のなかで、気持ちを込めてキスをしている。ディープ・キス、でも男の多くがそうするように、シモンはビアンカにキスしているあいだも、目を開けたままだ。イタリアのアンコーナとスイスのバーゼルを結ぶ列車の入線を告げる女声のアナウンスが聞こえる。

十時二十一分。ビアンカとキスしているあいだに、シモンは金髪の若い女が視野に入ってきたのに気づく。その女は十メートルほど離れたところを通り過ぎていく。そして、振り返ってシモンに微笑む。シモンはぎょっとする。

アナスタシアだ。

シモンは、マリファナがよっぽど効いて、自分もよっぽど疲れているのだろうと一瞬思ったけれど、いや、違う、あの姿、あの微笑み、あの髪は、間違いなくアナスタシアだと思い直す。サルペトリエール病院の看護師が、ここ、ボローニャにいる。面食らったシモンが我に返って呼び止めようとしたときには、若い女はすでに遠ざかり、駅から出ようとしているので、彼はビアンカに「ここで待っていて！」と言い残すと、真偽を確かめようと看護師のあとを追った。

幸い、ビアンカはシモンの言うことをきかずに、彼女もそのあとを追う。というのも、そのおかげで彼女は命拾いをするからだ。

十時二十三分。アナスタシアはすでに駅前のロータリーを渡り終えていたが、そこで立ち止まり、まるでシモンを待っているかのように振り返る。

十時二十四分。シモンは駅を出たところで、彼女がどこにいるか、あたりを見回し、町を取り囲んでいる大通りの端にいるのを見つけたので、ロータリーの真ん中にある花壇を一足飛びに駆け抜ける。

ビアンカも数メートル後ろから追いかけてくる。

十時二十五分。ボローニャ駅は爆発した。

十時二十五分

シモンは地面に倒れ、芝生にしたたか頭を打ちつけた。地震のような轟音が連続して打ち寄せる波のように頭上に広がっていく。草のなかにうつ伏せになり、息も絶え絶え、埃にまみれ、大きめの瓦《が》礫《れき》も飛んでくるし、耳も爆発音でおかしくなっているシモンは、自分の背後で起こっている駅舎の崩壊を、まるで無限に落下する夢でも見ているように、あるいは酔っていて足もとの大地が揺らいでいるかのように感じ、うつ伏せに倒れている花壇がまるであらゆる方向に旋回する空飛ぶ円盤のように思えた。ようやく、あたりの景色の揺れがおさまったところで、彼はしっかりと着地しようと試みる。目でアナスタシアを捜すが、彼の視野は広告のパネル（ファンタの広告）で遮られているうえに、頭を動かすことさえできない。しかし、聴覚は少しずつ回復し、イタリア語の叫び声や最初のサイレンの音が聞こえてくる。

　彼は自分が操られているように感じている。アナスタシアが、自分を仰向けにして、状態を調べている。シモンの目に、ボローニャの青い空をバックに際立つ彼女の美しいスラブ系の顔立ちが映っている。怪我をしたかどうか尋ねられても、彼には答えることができない。そもそも何がどうなっているのかまるでわからないし、言葉が喉の奥に引っかかったまま出てこないのだから。アナスタシアは彼の顔を両手で包み込むようにして、話しかけてくる（このとき彼女の訛りはいっそう際立った）。「こっちを見て。あなたは無事、大丈夫」と言われて、シモンはようやく立ち直った。

　駅の左翼がそっくり粉々に破壊されている。待合室があったところには、石の山と崩れ落ちた梁しか残っていない。長い呻き声が、内部をえぐり取られ、屋根が吹き飛ばされ、捻れた骨組みが剝き出しになった建物のなかから聞こえてくる。

　シモンは、花壇のなかに倒れているビアンカの姿に気づく。そこまで這っていって、彼女の頭を持ち上げる。気を失っているが、生きている。意識が戻って、咳き込んだ。額が切れていて、顔に血が流れている。「いったい何が起こったの《コーザ・エ・スチェッソ》？」と言った、ちょうどそのとき、まさに生の挙動と言うべきか、反射的に彼女は、血に染まったワンピースの上から斜めにかけていた小さなバッグのなかを手で探った。煙草を一本取り出すと、シモンに言った。「火をつけて《アッチエンディメーラ》、お願い《ペル・ファヴォーレ》」

ところで、バイヤールは？　シモンは、負傷者や動顛《どうてん》した生存者のなかに彼の姿がないか、目で捜してみたが、フィアットで駆けつける警察官やら、パラシュート部隊のように最初に到着した救急車から飛び降りてくる救急隊員でごった返し、現場は興奮したマリオネットが舞い踊る舞台のようで、人を見分けることなどとうていできる状況にない。

ところが、しばらくすると忽然と現われたのである。フランス人警官、バイヤールが瓦礫のなかから埃まみれで這い出してきたではないか。そのがっしりとした体躯から、みなぎる力と、無言の思想的怒りを発散させながら、意識を失った青年を背負って、この戦闘シーンさながらの事故現場から、ぬっと姿を現わしたとき、シモンは、ジャン・バルジャンを思い浮かべた。

ビアンカはつぶやく。「これは間違いなくグラディオ作戦《ソーノ・シクーラ・ケ・シ・トラッタ・ディ・グラディオ》だわ……」

シモンは動物の死骸のように地面に転がっているものに目を留め、それが人間の脚であることに気づいた。

「欲望する機械と器官なき身体のあいだに明白な抗争が起こる」

シモンは頭を横に振る。担架で運ばれていく最初の被害者をじっと見つめている。生死はともかく、いずれも腕をだらりと担架の外に垂らし、地面をこすっている。

「装置のどの接合部分も、装置から生まれるどの製品も、装置から発せられるどの音も、器官なき身体にとっては耐え難いものとなる」

彼はアナスタシアのほうを振り返り、まず何よりも最初に訊かなければならない質問を彼女にぶつけようと、ようやく思い立った。「きみは誰に雇われているんだ？」

アナスタシアは少し考えてから、それまでとは違う、いかにもプロらしい口調で答えた。「ブルガリア人ではないわ」

彼女はそう言い残すと、看護師のはずなのに、怪我人の手当てを手伝おうと救急隊員に申し出ることもなく、立ち去った。大通りに向かって走り、車道を渡るとアーケードのなかに姿を消した。

まさにこのとき、バイヤールはシモンとふたたび相見《あいまみ》えた。あたかも舞台作品のようにあらかじめ逐一細かく振り付けられているようだが、マリファナの陶酔に爆弾事件と続いたあとでは、ただの妄想と片づけるわけにもいかないだろうとシモンは思う。

バイヤールはミラノ行きの二人分の切符を見せて言う。「車を借りるぞ。この分だと、今日は鉄道は動かんだろう」

シモンはビアンカから煙草を一本もらうと、自分の口にくわえた。こりゃ完全なカオスだなと思い、目を閉じて思い切り煙草の煙を吸い込んだ。芝生の上に横たわっているビアンカを見ていると、また解剖台の上でのことを思い出し、人体模型を、アントニオーニの指を、ドゥルーズを思い出した。焦げ臭いにおいが漂っている。

「器官の下には、気味の悪い幼虫と蛆虫《うじむし》と、生体を組織するときに汚し、息の根を止める神の仕業のにおいがする」

第三部　イサカ

48

アルチュセールはパニックになっている。書斎にある書類をすべて調べてみたが、預かっておいてほしいと託されたあの大事な文書が見つからないのだ。わざとダイレクトメールの封筒に隠して、デスクの目立つところに置いておいたはずなのに。今にも神経が切れそうだ。なぜなら、文書の内容は知らされていないものの、わざわざ自分に託してくるくらいだから、それがきわめて重要なものであることくらいはわかるし、それだけの責任が自分に課されているということもわかるから、屑入れをひっかき回してみたし、抽斗もひっくり返してみたし、書棚から一冊ずつ本を取り出しては逆さに振っては、腹立ちまぎれに床に投げつけたりもしたのだ。しまいには、自分自身に対する怒りに混じって、疑惑の念も湧いてきた。「エレーヌ！　エレーヌ！」と呼びつけると、妻のエレーヌが心配して駆けつけてきた。ひょっとしたら、きみ、心当たりないかな……開封してあるダイレクトメールで……銀行だったか、ピザ屋だったか、忘れてしまったのだが……するとエレーヌは平然とした顔で、

「あ、覚えてるわよ、ダイレクトメールでしょ、捨てちゃったわ」

アルチュセールのなかで時間が止まった。もう一度繰り返してくれ、と言ったところで何になる、よく聞こえたじゃないか。とはいえ、一つ望みは残っている。「ごみ箱は……？」昨夜、ごみボックスに空けて、今朝、ごみ収集車が持っていったという。哲学者の心の奥底で長い苦痛の呻き声があがり、筋肉を怒らせて、自分の妻を睨みつける。長年、夫に耐えてきた老いた妻、エレーヌ、彼は自分

が彼女を愛していることを知っている、彼女を称賛し、憐れみ、憎んでいることも知っているし、自分の気まぐれや不貞、未熟な振る舞いでずいぶん苦労させたことも知っている。自分の愛人の選択を妻にも承認させねば気がすまないといった子供っぽさに加えて、躁鬱の揺れ（「軽躁」という説もあるが）で迷惑をかけてきたということも認めるが、今回ばかりはひどすぎる、許容範囲をはるかに超えている、未成熟ないかさま師たる彼は、野獣の叫び声を上げて妻に飛びかかり、両手でその喉元をつかむと万力のように締め上げた。するとエレーヌは驚いて大きく目を見開いたものの、自分を守ろうともせず、自分の手を喉を締めつける夫の手に重ねるくらいのことはするが、本気で抗おうとする様子はない。それはおそらく彼女が、いつかこんなふうに終わるだろうと覚悟していたか、あるいはこれに近いような終わり方を望んでいたか、はたまたアルチュセールの動きが速すぎたか、激しすぎたか、獣の暴力に取り憑かれていたということもあるかもしれないが、彼女自身がこういう瞬間が来たら、自分の愛した夫の言葉を自分の生身で経験し、反芻してみたいと願っていたのかもしれない。なるほどアルチュセールは「人は自分の考《コンセプト》えを犬を捨てるように捨てたりはしないものだ」と言っているくせに、その本人が今、自分の妻を犬のように絞め殺そうとしているのだ。ただし、この場合の犬は、狂暴でエゴイストで無責任で偏執的なアルチュセールその人ではあるけれど。彼が手の力を緩めたときには、彼女は舌先——のちの彼の言葉によると「哀れな小さな舌先」——を口から出して死に果て、その飛び出た両目は、自分を殺した男を、あるいは天井を、あるいは存在の虚無を凝視している。

　アルチュセールは妻を殺したが、起訴されることはなかった。この事件が起こったとき、彼は心神喪失の状態にあったと判断されたから。そう、たしかに彼は激怒していた。だが、なぜそのとき彼は妻に何も言わなかったのだろう？　アルチュセールが「自分自身の被害者」であるのは、秘密を守るように求めた人々に背かなかったからである。妻にくらい話したってよかったではないか。嘘をつくときは上手につかなければならない。たとえば、少なくとも「この封筒に触ってはいけない。きわめて重要な書類が入っている。X（ないしはY、ここで嘘をついてもいい）から預けられた大切なものなのだ」くらい言うべきだったのだ。そうしなかったから、エレーヌは死んだ。アルチュセールは狂人と見なされ、免訴となった。数年間、精神病院に収容されたのち、ウルム通りのアパルトマンを出て、二十区に移り、そこで『未来は長く続く』と題した奇妙な自伝を執筆する。そのなかには括弧でくくられた、あの常軌を逸した文章が記されている。「毛《マオ》は私に面会の機会を与えてくれたのに、〝フランスの政治問題〟を理由に、招きに応じないという、わが人生最大の愚行を演じてしまった……」

（傍点引用者）

49

「はっきり言って、イタリアはもうだめだな！」オルナーノは大統領執務室のなかを両手を挙げて、大股で歩き回っている。「なんだよ、あのボローニャの騒ぎは？　あれはこっちの一件と関係してるのか？　うちの捜査員が狙われたってことなのか？」

ポニアトウスキはサイドボードを物色している。「それはないんじゃないか。あれはたぶん偶然だろう。政府が絡んでいるという可能性もある。イタリア人てのは何をしでかすかわからんからな」と言って、彼はトマト・ジュースの口を開けた。

ジスカールはデスクの向こうで、読んでいた今週号の『エクスプレス』を閉じ、無言で両手を組み合わせている。

オルナーノ（足を踏み鳴らして）――「偶然だと、なにを腑抜けたことを言ってるんだ！　もし――いいか、あくまでももしだからな――なんらかのグループなり、政府なり、通信社なり、情報局なり、機関なりが、われわれの捜査を邪魔しようとして、八十五人もの死者を出す爆弾を破裂させる手段と意志を持ったとすれば、われわれにとって厄介な問題だと言ってるんだ。アメリカにとっても問題だ。イギリスにとっても問題だ。ロシアにとっても問題だろう。彼らがやったのでなければね、もちろん」

ジスカールが尋ねる。「今回の事件は彼らの手口に似ているんじゃないかね、ミシェル？」

ポニアトウスキはセロリ・ソルトを見つけ出した。「できるだけ多くの民間人の犠牲者を出そうとする無差別殺人は、やはりむしろ極右の特徴が出ていると認めざるを得ません。それにバイヤールの報告によれば、例のロシア人女性工作員が青年の命を救ったということです」

オルナーノ（飛び上がって）――「あの看護師か？　どっちにしたって、爆弾を仕掛けたのは彼女だろう」

ポニアトウスキ（ウォッカのボトルを開けながら）――「それならなぜ駅に姿を現わしたんだ？」

オルナーノ（まるでポニアトウスキ個人に責任があるかのように指さしながら）――「調べてみたら、彼女がサルペトリエールで働いていた形跡はないじゃないか」

ポニアトウスキ（自分のためのブラディ・マリーをかきまぜながら）――「バルトが病院に入ったとき、文書を持っていなかったことはほぼ明らかだ。おそらく事態はこのように推移したはずだ。彼はミッテランの昼食会を出たあと、クリーニング屋の軽トラックにはねられた――運転手は一人目のブルガリア人だ。次に医者だという男が近づいてきて、容態を診るふりをして身分証明書と鍵を盗んだ。文書はそのとき一緒に持ち去られたと考えるのが自然だ」
オルナーノ――「じゃ、病院では何が起こったんだ?」
ポニアトウスキ――「二人の不審人物を見たという二人の証人がいる。その特徴はジゴロを殺した二人のブルガリア人と一致している」
オルナーノ(ブルガリア人がこの事件に関与したという説の弱点を頭のなかで思い巡らしながら)――「でも、そのときはもう文書を持っていなかったんだろう?」
ポニアトウスキ――「おそらく彼らは最後の始末をつけにやって来たんだろう」
オルナーノはたちまち息切れがして、堂々巡りはやめて、自分の関心はじつは違うところにあると言わんばかりに、壁に掛かっているドラクロワの絵の隅を調べはじめた。
ジスカール(JFKの伝記をつかみ、その表紙を撫でながら)――「われわれの捜査員がボローニャの襲撃事件の標的だったかもしれないということを認めてみようじゃないか」
ポニアトウスキ(タバスコを加えながら)――「それだと彼らの捜査の方向性が正しかったことの証明になりますね」
オルナーノ――「つまりどういうことだ?」
ポニアトウスキ――「彼らを始末しようとしたのだとしたら、彼らが何かを発見するのを阻止するためだったということだよ」
ジスカール――「例のなんとかクラブのことか?」
ポニアトウスキ――「あるいはそれとは別のことかも」
オルナーノ――「それでやつらをアメリカに送ると言うのか?」
ジスカール(ため息をつきながら)――「そのアメリカ人の哲学者は電話を持っていないのか?」

ポニアトウスキ――「若いのが言うには、『いろんなことをすっきりさせる』機会になるということらしい」

オルナーノ――「そりゃはっきりしてるじゃないか、その小僧は旅費を国《ラ・レピュブリック》に払わせたいのさ」

ジスカール（困惑し、何か口のなかで弄んでいるかのようにもぞもぞと）――「これまで出そろった諸要件を勘案するに、その二人をソフィアに派遣するほうが妥当なのではないか？」

ポニアトウスキ――「バイヤールはすぐれた刑事だが、ジェームズ・ボンドとは言えない。いっそ特《セル》別機動部隊《ヴィス・アクション》でも送りますか？」

オルナーノ――「何のために？　ブルガリア人を叩くためか？」

ジスカール――「できれば、そういったことで防衛大臣の力は借りたくない」

ポニアトウスキ――「それにソ連との外交関係を危うくするのもまずいでしょう」

オルナーノ（話題を変えようとして）――「危機ということなら、テヘランはどう動くだろう？」

ジスカール（『エクスプレス』のページをまた繰りながら）――「国王《シャー》が死んで、律法学者《ムッラー》たちが踊ってる」

ポニアトウスキ（ウォツカをカクテルに注ぎ足しながら）――「カーターはもうだめだし、ホメイニが人質を解放することはないだろう」

沈黙。

『エクスプレス』に、レイモン・アロンがこう書いている。「法律は、その是非はともかく、習俗によって拒否された場合には、眠らせておくのがよい」。それを読んだジスカールは「なんたる叡智」と感心する。

ポニアトウスキは冷蔵庫の前でひざまずいている。

オルナーノ――「そういえば、女房を殺した哲学者はどうなった？」

ポニアトウスキ――「知ったことか。いかれたアカさ、精神病院にぶち込まれたよ」

沈黙。ポニアトウスキは氷を製氷皿から取り出している。

ジスカール（毅然とした口調で）――「今回の事件が選挙戦に影響を与えるようなことがあってはならない」

ポニアトウスキ（ジスカールが気にかけている話題に戻ってきたことを理解して）――「ブルガリア人の運転手と偽医者は見つかっていません」

ジスカール（革のデスクパッドを人差し指で叩きながら）――「運転手のことなどどうでもいい。医者のこともどうでもいい。例の……〈ロゴス・クラブ〉とやらもどうでもいい。私の望みはあの文書だ。このデスクの上で読みたい」

50

パリのボーブール地区にポンピドー・センターが建てられると、たちまち「精油所」だの「パイプでできたノートルダム」だの、さんざんなあだ名がつけられたが、その落成式が一九七七年にジスカールによって挙行されたとき、三万人を超える訪問者が訪れ、鉄筋剝き出し構造のこの建物があわや「ねじ曲がり」そうになったということを知ったボードリヤールは〈フレンチ・セオリー〉の腕白小僧よろしく喜び、『ボーブール効果――爆縮と抑止力』と題した薄手の本のなかで、こう書いた。

「この建物の構造に引き寄せられた（見学者の）大群そのものが、建築構造それ自体の破壊要因になったということ――これがもし、設計者の望んだことであり（だが、どうしたらそんなことを望めるだろう？）、建築と文化に終止符を打つ機会をあらかじめプログラムしておいたのだとしたら――ボーブールこそ、今世紀におけるもっとも大胆で、もっとも成功したハプニング芸術だということになる」

スリマーヌはマレ地区をよく知っているし、図書館が開館すると同時に学生たちが列をなすようになったボーブール通りも、もちろんよく知っている。なぜなら、夜の乱行で疲れ果てて店から出るときには、もう学生たちが並んでいるのを見かけ、よくもまぁ、同時に並行する世界がこんなふうに互いに接触することもなく、すれ違えるものだと不思議に思っているからだ。

でも、今日は違う。彼もこの列のなかにいるからだ。煙草を吸いながら、ウォークマンのヘッドフォンを耳にかけ、本に没頭している二人の学生のあいだに割り込んでいる。二人が読んでいる本のタイトルをこっそり盗み見すると、前の学生はミシェル・ド・セルトーの『日常的実践のポイエティーク』、後ろの学生はシオランの『生誕の災厄』だった。

スリマーヌはポリスの「ウォーキング・オン・ザ・ムーン」を聴いている。

列は遅々として前に進まない。もう一時間になるよ、という声が聞こえてくる。

「**ボーブールをねじ曲げろ**！　これが新たな革命のスローガンだ。火をつける必要はない。抗議する必要もない。ただ行くだけ！　それがあれを壊すもっともいいやり方なのだ。ボーブールの成功はもはや謎ではない。すでに崩壊を予感させる脆弱さを露見している建物をねじ曲げるためだけの目的で、人々はその建物に足を向け、押し寄せる」

スリマーヌは、ボードリヤールを読んだことはないが、ようやく自分の番が回ってきたとき、このポスト反体制派のプログラムのようなものに参加することになるとは知らずに、回転ドアから館内に入っていった。

マイクロフィルムをビューアーで閲覧することもできるプレス・ルームのような部屋を通り抜けると、エスカレーターに乗って、巨大な裁縫工場に似た資料閲覧室に出る。工場と違って、ワイシャツを作るために布地を裁断して縫い合わせているのではなく、みな本を読んで、小さなノートにメモを取っている。

スリマーヌの目には、女を引っかけにやって来た若者や、寝に来ただけの浮浪者の姿が映っている。スリマーヌには、館内の静けさもさることながら、天井の高さも印象深く、なかば工場、なかば大聖堂だなと思う。

大きなガラスの仕切りの向こうには、大型のテレビが設置してあって、ソ連のテレビ番組の映像が流されている。その数秒後には、画面は突然アメリカのチャンネルに変わる。様々な年齢の視聴者は赤い肘掛け椅子のなかで度肝を抜かれている。ちょっと臭い演出だ。スリマーヌは同じところにじっと留まらず、大股で棚の前を通り過ぎていく。

ボードリヤールはこう書いている。「人々はすべてを奪い、荒らし、吹き飛ばし、すべてを思いどおりにしたがっている。見て、解読して、学ぶだけでは心動かされない。集団の情動はただ一つ、思いのままにすることなのだ。組織者は（それに芸術家も知識人も）この抑制のきかない意思に脅かされる。なぜなら、彼らが期待しているのは、あくまでも文化を見物して学習するだけの大衆でしかないからだ」

内側にも外側にも、正面の広場にも、天井にも、いたるところに通風管がある。スリマーヌがこの前代未聞の冒険から生還したときには、この未来派の巨大な船舶のようなボーブールのアイデンティティは、この通風管にあると考えるに違いない。

「彼らはこのような積極的で破壊的な感化を望んでいないし、理解不能の文化の恵みに対する乱暴かつ斬新な反応も、聖域への侵入・侵犯のあらゆる特徴を備えた娯楽施設《アトラクション》であることも決して望んでいない」

スリマーヌは次から次へとやみくもに書名を読んでいく。ジョルジュ・ムーナンの『ルネ・シャールを読みましたか?』、スタンダールの『ラシーヌとシェイクスピア』、ロマン・ガリの『夜明けの約束』。ジェルジュ・ルカーチの『歴史小説』。『火山のもとで』。『失楽園』。『パンタグリュエル物語』(彼の気を惹いたのはこれだけ)。

彼はヤコブソンの前を通り過ぎるが、目に入らない。

髭面の男とぶつかる。

「あ、どうも」

そろそろ、このブルガリア人に輪郭を与えてもよい頃だろう。彼の相棒のように、発端ははっきりしているが結末は杳《よう》としたままの密かな戦いで倒れる無名の兵士として死なせないために。

名前はニコライということにしておこう。いずれにせよ、本名を知ることはないのだけれど。死んだ相棒とともに、フランスの捜査員のあとをつけているうちに、ジゴロたちを知った。そして、そのうち二人を殺した。ここにいる残り一人も殺すべきなのかどうか、彼にはわからない。それに今日は武器を持っていない。傘を持たずにやって来たのだ。ボードリヤールの亡霊が耳もとでささやきかけてくる。「外的な理由はないのに、低速でパニックになる」彼は尋ねる。「いったい何を探している?」スリマーヌは、二人の友人が殺されて以来、見知らぬ人間を警戒しているので、つっけんどんに「べつに何も」と答える。ニコライは微笑みかける。「なんでもそうだが、見つけるのは難しい」

51

われわれはまたパリの病院にいるが、今回は誰も病室に入っていくことはできない。なぜなら、ここはサン＝タンヌ精神科病院であり、アルチュセールは鎮静剤を投与されている。レジス・ドブレ、エティエンヌ・バリバール、そしてジャック・デリダの三人が病室のドアの前に立ち、老師を守るために何をすべきか話し合っている。法務大臣のペールフィットもまたパリ高等師範学校の卒業生だが、そのことで寛大な措置に傾くということはなかったようで、すでに報道陣に向かって重罪院の裁きを主張している。一方、ここに集まってきた三人は善良なディアキーヌ医師の数々の否認の言葉に辛抱強く耳を傾けるしかなかった。この医師は長年アルチュセールを診てきた精神分析医なのだが、彼にとっては、アルチュセールが自分の妻を絞め殺したなどということは、まったく考えられないことであり――これは僕の言葉――、物理的にも「技術的にも」不可能――ここは本人の言葉を引用した――だと言うのである。

そこにフーコーが登場する。もし仮にあなたが一九四八年から八〇年までのあいだに高等師範学校で教鞭をとっていたら、教え子や同僚のなかにデリダもいれば、フーコーもいる、ドブレもいれば、バリバールもラカンもいる、フランスはそんなふうだったのだ。もちろん、ＢＨＬもそこに含まれているわけだが。

フーコーが容態を尋ねる。「私はエレーヌを殺した、あとはどうなるんだ？」と同じことを繰り返しているという。

フーコーはデリダを脇に呼び寄せ、頼まれたことはちゃんとやったのかと尋ねている。デリダはこっくりとうなずき、ドブレは二人の様子をこっそり観察している。

フーコーは、こんなことになるとは思いもよらなかったし、そもそも自分が頼まれたときは断わったんだ、と言う（大学におけるライバル関係はどこにでもついて回る。彼は、あのことを頼まれたのはデリダよりも自分のほうが先だということを踏まえて言っているのだ。何を？　この時点で、それを言うのはまだ早い。だが、彼が断わったのは、友を出し抜くわけにはいかないと思ったからだ、たとえ、胸の奥に収めきれない憤懣や恨みつらみが山ほど絡みついている「旧友」と呼ばれる関係であっても）。

デリダは、とにかく前に進めよう、いろいろ利害が絡んでいたもんでねと言う。もちろん政治的な利害だ。

フーコーは天を仰ぐ。

ＢＨＬがやって来る。丁重に戸口でお帰りいただく。もちろん、窓からでも入ってくるだろうが。今のところとりあえず、アルチュセールは眠っている。教え子たちは、師が夢を見ないことを祈っている。

52

「クレーコート・テニスのヴィジョン、芝の衛星中継《モンドヴィジョン》、ほら、こんなふうに文章のなかでダイレクトに叩き返すべきなんだ、バックハンドでトップスピンをかけたボレーがネットインして、ボルグ－コナーズとビラス－マッケンローのストレート勝負……」

ソレルスとクリステヴァは、リュクサンブール公園内の、軽食ビュッフェで休んでいる。クリステヴァはたいしておいしそうでもなく砂糖のかかったクレープをちびちび食べている。その間、ソレルスはカフェ・クレームを飲みながら、疲れ知らずの独白を続けている。

彼は言う。

「キリストの場合、ちょっと特別なところがあって、それは、彼が自分は戻ってくると言ったことだ」

さらには、

「ボードレールいわく、私は長い時間をかけて無謬になった」

クリステヴァは、コーヒーの表面に浮いているミルクの皮膜をじっと見つめている。

「ヘブライ語で黙示録《アポカリプス》は、ガラと言って、発見するという意味なんだ」

クリステヴァは自分の胸にせり上がってくる吐き気を抑えるために反り返っている。

「聖書の神が、私はどこにでもいる（遍在する）と言ったのだとしたら、すぐにそれと知れたはずなのに……」

クリステヴァは自分を抑えようとして、「記号は物ではないがやはり物なのだ」と心のなかでつぶやいている。

そこにたまたま、幼い子供を散歩させるために公園に来ていた知り合いの編集者が挨拶しに近づいてきた。ソレルスに向かって、「いま現在」どういう仕事をしているのかと尋ねると、もちろんソレルスは喜び勇んで答える。「大勢の登場人物がいて、その描写もたくさんあって……そのうえ現地で取材したメモもふんだんに含まれている……。性の戦争という点では……これほど詳しく、多種多様で、自堕落で軽い本は見たことがない」

クリステヴァは相変わらずミルクの皮膜による催眠状態のなかで、吐き気を押し殺している。精神分析の専門家でもある彼女は、今の自分の状態をこう診断する。自分自身を吐き出したがっているのだ。

「冷たい叙情的レアリスムに貫かれた、哲学小説でもあり形而上学小説でもある」

トラウマ性ショックに起因する幼児性退行。でも、彼女はクリステヴァなのだ。自分自身をちゃんとコントロールできる。自分を抑えることができる。

ソレルスの長広舌を浴びせかけられた編集者は、眉を吊り上げて、どれだけ自分がその話題に関心を持っているかを示そうとするのだが、連れてきた幼い子供がすでに父親の袖を引いている。「二十世紀後半のきわめて徴候的な転換点は、その多岐にわたる密かで具体的な分裂のなかで描かれるだろう。そこから化学変化を具体的に表わす図像のようなものを導き出すこともできるだろう。たとえば、ネガティヴな女性の身体とか（それはなぜか）、ポジティヴな身体との（それはどのようにして）」

クリステヴァは手をゆっくりとカップのほうに伸ばし、持ち手に指を通す。そして、ベージュの液体に唇をつける。

「そこでは、哲学者たちはそれぞれの個人的限界を備えた生身の人間として登場し、女たちはその持ち前のヒステリーと計算高さを備える、と同時に自由で気まぐれな存在として登場するだろう」

コーヒーが喉を通る瞬間に、クリステヴァは目を閉じる。夫がカサノヴァの言葉を引用しているのが聞こえる。「快楽がこの世に存在し、生きているうちにしかそれを味わうことができないとしたら、人生はけだし幸福である」

編集者はその場で飛び跳ねる。「おみごと！　じつに素晴らしい！　素晴らしい！」

子供は驚いて目をぱちくりさせている。

熱くなったソレルスは語りの現在に移行する。「ここでは、信心家の男も女も冷淡で、熱狂的社会中心主義者も狂信的社会中心主義者も皮相なことばかり叫び、目覚ましく発展したショービジネス産業も行き詰まり、せめてこの現状認識だけでも変えようとするから、悪魔はご不満だ、なぜなら、快楽は破壊的であるべきだし、人生は不幸であるべきだから」

コーヒーがクリステヴァのなかを温い溶岩流のように流れていく。彼女は口内に、喉のなかに皮膜が張るのを感じる。

編集者は、その原稿が完成した暁にはぜひ本にさせてほしいと願い出る。

ソレルスは数えきれないほど繰り返した自分とフランシス・ポンジュのエピソードを、ここでもまた持ち出す。編集者は鄭重に耳を傾けている。ああ、あの大作家たち！　自分の妄執を飽きることなく繰り返し、自分の素材をいつまでもこねくり回している作家たち……。

クリステヴァは思う、恐怖症は消え去るのではなく、言語の下に忍び込むものだと。恐怖の対象は文字表記以前のものであるから、逆に言えば、話し言葉の行使は、文字からすると、恐怖に基づく言語活動だということになる。「作家というものは、恐怖では死なず記号のなかで復活するために変身する術を身につけた恐怖症患者なのだ」と彼女は心のなかでつぶやく。

編集者が尋ねる。「アルチュセールのことは、何かお聞きになりましたか？」ソレルスは突然、黙ってしまう。「バルトに続いて、そら恐ろしい。なんという年だ！」ソレルスはあらぬ方に目を向けて答える。「そう、世界は狂っている、どうしようもない、そうでしょう？　でも、それが悲しき人間の定めなのです」そう言う彼には、二つの黒い穴のように見開いているクリステヴァの目が見えない。編集者は小うるさく騒ぎ立てる子供を連れて、その場を辞した。

ソレルスは、しばらく無言のまま立ち尽くし、クリステヴァはさっき飲んだコーヒーが胃のなかで淀んだ泥水のように溜まっているのを思い浮かべている。危機は去ったが、皮膜はまだ残っている。カップの底には、まだ嘔吐の素が残っている。ソレルスが「僕は違いがわかる男なんだよ」と言うと、クリステヴァはカップの残りを一気に飲み干した。

二人は大きな池のほうに降っていった。一時間、数フラン程度の料金で親に借りてもらった木のボートに乗って子供たちが遊んでいる。

クリステヴァが、ルイの容態についての知らせはあるのと訊く。番犬が見張っているが、ベルナール（BHL）は面会できたようだ。「すっかりへばっていて、見つかったときには、『おれはエレーヌを殺してしまった、あとはどうなるんだ？』という言葉をひたすら繰り返していたらしい。そんなこと想像できるかい？　あとは……どう……なるんだ？　とても信じられないだろう？」ソレルスはいかにもうまそうにエピソードを味わっている。そういう彼をクリステヴァはもっと実際的な考察へと引き戻す。ソレルスは自分を安心させたい。あの部屋の乱れ方からして、コピーが燃やされていないとしても、どんなに探しても見つからないところに行ってしまったはずだ。最悪でも、どこかの整理箱に収められ、それを二百年後に中国人が見つけたとしても、何のことやらさっぱりわからず、阿片パイプに火をつけるのに使ったりするのが関の山だろう。

「きみのお父さんは間違ったんだよ。コピーは取らないほうがいい、この次はね」

「たいしたことじゃないし、この次というのもないわ」

「いや、いつだってこの次というのはあるよ、僕のかわいいリスちゃん」

クリステヴァはバルトのことを考えている。ソレルスは言う。「僕は、彼とは誰よりも親しくつき合ったんだ」

クリステヴァは冷たく答える。「でも、その彼を殺したのは私よ」

ソレルスはエンペドクレスの言葉を引用する。「心の臓を満たす血は思考なのだ」と言いつつ、なんでも自分中心に考えなければ数秒と持たない性格なので、歯を食いしばって、ぼそぼそと続ける。「彼の死は無駄にはならない。私はなるべきものになるだろう」

そして、何ごともなかったかのように、またさっきまでの独り言に戻る。「もちろん、メッセージのことはもうどうでもいいんだ……あーあ、今回のちっぽけな事件はどうもはっきりしないんだよ、公衆というものはそもそも忘れっぽいからね、永遠の処女、ずっと処女林のまま……。われわれは、陸《おか》に上がった魚のようなもの……。ギー・ドゥボールが僕とコクトーを比較するほど誤解したとしてもどうってことはない……。そもそも、おれたちいったい何者なんだってことじゃないのか？……」

クリステヴァはため息をつく。そして、彼をチェスのテーブルのほうへ連れていく。

ソレルスはまるで子供のようだから、三分たつとすぐに何もかも忘れてしまい、老人と若者の対局に見入っている。どちらもニューヨークの野球チームのロゴの入った野球帽をかぶっている。若いほうが明らかに敵陣に切り込む目的の一手を打つと、ソレルスは妻の耳もとでささやく。「ほら、あの老人、猿みたいに抜け目ないぞ。だが、こっちも、お望みなら、いつでもお相手いたそうってところかな、へ、へ、へ」

隣接するコートから、テニス・ボールの跳ねる音が聞こえてくる。

今度はクリステヴァが夫の袖を引く。もうそろそろ時間だからだ。

二人はブランコの森を通り抜け、指人形劇場《ギニョール》へと向かう。そして、子供たちに混じって、木のベンチに腰かける。

彼らのすぐ後ろに腰かけた男は、髭面で身なりがよくない。

皺だらけのジャケットの裾を引っ張っている。

両脚のあいだに例の傘を挟んでいる。

煙草に火をつける。

クリステヴァのほうに顔を傾け、何ごとか耳もとでささやく。

ソレルスは振り返ると、陽気に大声を出す。「よう、セルゲイ！」クリステヴァがきつい口調でたしなめる。「彼の名前はニコライよ」ソレルスは青いエナメルのケースから煙草を取り出すと、ブルガリア人に火を貸してくれとたのんだ。隣に座っている子供が興味深げにその様子を見ている。ソレルスはその子に向かって舌を出す。幕が開き、ギニョールが登場する。「こんにちは、子供たち！――こんにちは、ギニョール！」ニコライがクリステヴァにブルガリア語で、ハメッドの友人を尾行したことを報告している。自宅を捜索してみたが（今回は荒らしたりせずに）、コピーはないということがはっきりした。だが、奇妙なことがある。ここ最近、彼は日中、図書館で過ごしているのだ。

ソレルスはブルガリア語を話せないので、とりあえず人形劇を見ている。劇は、一方に無精髭の泥棒を追うギニョールがいて、もう一方にはセルゲイのようにrを巻き舌で発音する警官がいて、棒きれで殴り合うドタバタ騒ぎを繰り返すという、いたって単純な筋立てだ。大ざっぱに言えば、ギニョールは盗まれた侯爵夫人《マルキーズ》の首飾りを泥棒から取り返さなければならないのだ。ソレルスは、とっさにこの首飾りは、性的寵愛のしるしとして侯爵夫人がみずから進んで与えたものではないかと推測する。

クリステヴァは、スリマーヌが調べていたのはどんな本だったかと尋ねる。

ギニョールは子供たちに、泥棒はこっちから逃げていったのかと尋ねる。

ニコライは、スリマーヌが見ていたのはおもに言語学と哲学の本だったようだが、どうやら自分が何を探しているのかよくわかっていなかったように思えると答える。

子供たちが「そうだよぉぉぉ！」と答える。

クリステヴァは、要は彼が何かを探しているということなのだと思う。念のためにその考えをソレルスに伝えると、彼は「そうだよぉぉぉ！」と応じる。

ニコライは正確を期して、とりわけアメリカの著者が多かったと思うと言った。チョムスキー、オースティン、サール、それとロシアのヤコブソン、ドイツ人のビューラーと、ポパー、それとフランス人のバンヴェニストもいた。

このリストだけでも、クリステヴァにとっては有益な情報だ。

泥棒は子供たちにギニョールを裏切ってくれと頼む。

子供たちは「いーやだよぉぉぉ！」と叫ぶ。ひょうきんなソレルスは「いいよぉぉぉ」と答えるが、その声は子供たちの叫び声にかき消されてしまう。

ニコライはさらに詳しく状況を説明する。スリマーヌは、いくつかの本はページをめくるだけですませたが、オースティンの本は熱心に読んでいた。

クリステヴァは、それを聞いて、彼はサールと連絡を取ろうとしていると結論した。

泥棒は棒きれを手に、こっそりギニョールの背後に忍び寄る。子供たちはギニョールに知らせようとして、「気をつけて！　気をつけて！」と叫ぶ。でも、ギニョールが振り返るたびに、泥棒は隠れてしまう。ギニョールは子供たちに泥棒が近くにいるのかと尋ねる。子供たちは泥棒の居場所を知らせようとするけれど、ギニョールはまるで耳が聞こえないかのように、わからない素振りをするものだから、子供たちをよけいにいらいらさせる。子供たちは叫び、ソレルスも一緒に叫ぶ。「後ろだよ！　後ろだよ！」

ギニョールはついに棒の一撃を食らう。会場には不安な沈黙が広がる。ついにやられてしまったのかと思うが、じつはそうではなくやられたふりをしているのだ。ふう。

　クリステヴァは考えている。

　この画策が功を奏して、今度はギニョールが泥棒を打ち倒す。遠慮会釈なく、相手をめった打ちにしてしまう（現実世界では、こんなに頭を叩かれたら死んでしまうだろうとニコライは思う）。

　警官が泥棒を捕まえ、ギニョールを褒め称える。

　子供たちは割れんばかりの拍手喝采を送る。ただし、ギニョールが侯爵夫人に首飾りを返したのか、それとも自分のものとしてとっておくことにしたのか、それは最後までわからない。

　クリステヴァは夫の肩に手を置いて、耳もとで叫ぶ。「わたし、アメリカに行かなくてはならない！」

　ギニョールが挨拶する。「さようなら、子供たち！」

　子供たちとソレルスも「さようなら、ギニョール！」と応じる。

　警官もｒを巻き舌で発音して、「さようなら《オルルヴォワール》、子供たち」と応じる。

　ソレルスは振り返って、「バイバイ、セルゲイ」と声をかける。

　ニコライもｒを巻き舌で発音して、「さようなら《オルルルヴォワール》、クリステヴァのダンナ」と応じる。

　クリステヴァはソレルスに言う。「わたし、イサカに行くわ」

53

　スリマーヌもまた、自分のものではないベッドで目覚める。でも、そのベッドには自分のほかには誰もおらず、ただ、まだ温かいシーツにはチョークで描かれたように肉体の痕跡が残っているだけ。ベッドといっても、窓もなく暗闇に沈んでいる、ほとんど剝き出しの部屋の床にじかに敷いてあるマットレスの上に寝ているのだ。ドアの向こうからは、クラシック音楽に混じって、何人もの男の声が聞こえてくる。自分がどうしてこうなったのか、彼ははっきりと憶えていたし、流れている音楽も知っている（マーラーだ）。彼はドアを開けると、服を着ることもせずに、サロンに戻った。

ここはパリを見下ろす（ブーローニュの森とサン＝クルー方面）全面ガラス張りの細長い広大な部屋だ。そう、この部屋は九階にあるのだ。低いテーブルを囲むようにして、黒いキモノ姿のミシェル・フーコーが、ブリーフだけ身につけた二人の若者――そのうちの一人は、ソファが寄せられている柱にかかっている三枚の肖像写真のうちの一人だ――に向かって、ゾウの性生活の神秘について語っている。

正確を期するなら、スリマーヌが理解したと信ずるところによれば、いかにしてゾウの性生活が人の察知するところとなり、十七世紀のフランスにおいて記述されたか、についてである。

二人の若者が吸っている煙草には阿片が含まれていることをスリマーヌは知っている。気分の沈降を抑える効果があるのだ。面白いことに、フーコーはそういった手段に頼る必要を感じたことがなく、それほど彼にはどんなドラッグに対しても耐性があるから、一晩中LSD漬けで過ごした翌朝でも九時からタイプライターに向かうことができるのである。彼らのほうは見るからに具合が悪そうだ。それでも、スリマーヌがやって来ると、低くこもった声で挨拶する。フーコーがコーヒーを勧めたちょうどそのとき、厨房のほうから大きな物音が聞こえてきて、三人目の若者がプラスチックの取っ手のようなものを握って、血相を変えて飛び出してきた。マチュー・ランドンがティーポットを割ってしまったのだ。仲間の二人は肺結核患者の咳き込むような嗤《わら》いを抑えることができない。フーコーは愛想よくお茶を勧める。スリマーヌは腰をおろし、ラスクにジャムを塗っている。その間に黒いキモノをまとったスキンヘッドの大男は象に関する論を再開した。

十七世紀のジュネーヴの司教にして、『敬虔なる生活への指南』の著者であるフランソワ・ド・サール（フランチェスコ・ディ・サレジオ）にとって、象は貞潔の模範なのである。誠実で節度ある象は、生涯ただひとりの伴侶しか持たず、しかも三年に一度、五日間だけ、こっそりと夫婦の営みを行ない、そのあとは時間をかけてゆっくりと身体を洗う。ブリーフ姿の美男のエルヴェは、紫煙の陰に不満げな顔を隠している。象の寓話の背後には、このうえなくおぞましいカトリックの道徳が透けて見えるからだ。唾を吐きかけてやりたいところだが、あいにく唾ではなく咳しか出てこない。フーコーはキモノに包んだ身体を揺らして熱弁する。「まさしくそのとおり！　非常に興味深いのは、すでにプリニウスの『博物誌』のなかにも象の生態に関する同様の分析が見られることだ。つまり、この道徳の系譜をたどっていくと、世に言われているように、どうやらその根っこはキリスト教以前にまで、少なくとも、キリスト教が生まれたばかりの時期にまでさかぼれることがわかってくるのだ」フーコーは喜び勇んでいるように見える。「そう、いいかね、人はあたかもキリスト教というものが存在しているかのように、キリスト教について語っているのだ……。だが、キリスト教と異教は、それぞれ確定された統一体でもなく、はっきり区別できる個別性を備えているわけでもない。互いに影響を与えることも、浸透し合うことも、互いに変容させ合うこともなく、ある日突然現われて、ある日突然消え去る、密閉された塊のようなものを想像してはいけないのだ」

マチュー・ランドンは、壊れたティーポットの持ち手を持ったまま立ち尽くしている。「だけどさ、ミシェル、それできみは何を言いたいんだ？」

フーコーははじけるような笑みを送る。「たしかに異教を統一体と見なすわけにはいかないだろうわれわれの思考方法を見直さなければならないんだよ、わかるだろ?」

「そんなことを言うなら、キリスト教だって統一体からはほど遠い! われわれの思考方法を見直さなければならないんだよ、わかるだろ?」

スリマーヌはラスクを齧ってから、口をはさんだ。

「ねぇ、ミシェル、コーネルでやるとかいうあんたの学会、やっぱり行くつもりなの? そもそも、その田舎町はどこにあるの?」

どんな質問であれ、質問に答えるのが大好きなフーコーは、スリマーヌが自分の学会に興味を持っていることに驚きもせず、アメリカ合衆国の北部にはイサカという小さな町があって――オデュッセイアに出てくるイタケー島に由来する地名だが――、コーネル大学はそこにある立派な大学だと説明してやっている。どうして招待に応じたかは、よくわからない。というのも、その学会のテーマは言語、あちらでの言い方に従うなら、言語論的転回[linguistic turn]についてだし、長いこと(一九六六年に出した『言葉と物』以来)そっちの方面の研究から遠ざかっているからだが、いずれにせよ、どういうわけだか招待に応じてしまったし、約束を反故《ほご》にするのは好きではないから、行こうと思っている(じつはアメリカが好きだということはよくわかっている)。

スリマーヌは食べかけのラスクをよく噛んでから、熱々のお茶を一口すすり、煙草に火をつけると、咳払いをして、こう訊いた。「僕も一緒に行っていいかな?」

54

「それは無理よ、あなたは、わたしと一緒に来ることはできないわ。そもそも大学人のための学会だし、クリステヴァのダンナと言われるのは嫌でしょ」

ソレルスは笑みを浮かべたが、自尊心の傷を隠しきれるものではなく、この傷は一生癒えないのではないかと恐れた。

モンテーニュやパスカルやヴォルテールが学位論文の審査を受けているところを想像できるか？あのアメリカの屑どもは、なぜ頑なにこのおれを無視しつづけるのか。おれは、二〇四三年になっても読まれ、読み返される大作家のひとりとなるんだぞ。

シャトーブリアン、スタンダール、バルザック、ユゴーのことを想像してみたらどうだ？　思考許可証みたいなものが必要となる日がそのうち来るとでもいうのか？

いちばんおかしいのは、言うまでもなく、彼らがデリダを招いていることだ。だが、親愛なるヤンキー諸君、きみたちの偶像は、差延《ディフェランス》について不定冠詞のa付きで書き（世界は解体され、世界は溶ける）、〈数〉に捧げられた代表作の『散種《ラ・ディセミナシオン》』（世界は散種される）を書いたがゆえに尊敬の対象となっているが、ニューヨークにおいても、カリフォルニアにおいても、誰も翻訳しようとしないではないか！　まったく笑止千万だ！

ソレルスは腹をたたきながら笑う。は、は、は！　このおれなしで、デリダなんてあり得ないんだ！　あーあ、みんなそれをわかっていたら……。アメリカ人がわかっていたら……。

クリステヴァは、すでに何度も聞かされたこの演説を我慢して聞いている。

「いいか、フローベール、ボードレール、ロートレアモン、ランボー、マラルメ、クローデル、プルースト、ブルトン、アルトーが、どこかの大学の学位論文の審査を受けているところを想像できるか？」ソレルスはそこで中断し、考え込んでいるようなふりをするが、クリステヴァには彼が続けて何を言おうとしているか、先刻ご承知だ。「もちろんセリーヌにも論文はあるよ、でもそれは医学論文だ、文学的に見ても素晴らしい論文だけどね（余談――実際この人はセリーヌの論文を読んでいる。

ここまで言える大学人がどれだけいるだろうか?)」

それから妻の近くに擦り寄り、片手で彼女の頭を引き寄せると、気取った口調でささやく。

「でも、どうしてきみはあっちに行こうとするのかな、ぼくの大好きなリスちゃん?」

「そんなこと、わかってるでしょ。サールがいるからよ」

「ほかの連中もね!」ついにソレルスは爆発する。

クリステヴァは煙草に火をつけ、自分がもたれかかっているクッションに刺繍された模様を調べている。クリュニーのタペストリーの一角獣で、ずいぶん昔にシンガポールの空港でソレルスと一緒に買い求めたものだ。彼女はソファの上で両膝を折って座っている。髪はポニーテールにしてきっちりまとめ、ソファの横の観葉植物の葉を撫でながら、小声で、でもわざと自分のわずかな訛りを強調して答える。「そうよ……ほかのれーんちゅうもね」

苛立たしさを抑え込むために、ソレルスは自分自身のためにロザリオの祈りを唱える。

「フーコーは、あまりにヒステリックで、嫉妬深く、激しすぎる。ドゥルーズ? あまりに刺々《とげとげ》しい。アルチュセール? 病みすぎ(ハハ!)。デリダ? 次から次へと自分を包み隠しすぎだ(ハハ)。ラカンは堪えられない。コミュニストたちがヴァンセンヌで安全を確保したことに不都合を見るべきではない(ヴァンセンヌは過激派《アンラジェ》を監視するための場所なのだ)」

本当のことをクリステヴァは知っている。ソレルスは、自分の作品がプレイヤード叢書に入らないで終わることを心配しているのだ。

次に不遇の天才はやっきになってアメリカ人をこき下ろしはじめる。彼らの「ゲイとレズビアン研究」について、フェミニズム原理主義について、さらにはデリダの「脱構築《デコンストリュクシオン》」やラカンの「対象a」にはやたらに夢中になるくせに、明らかにモリエールの名前さえ知らないアメリカ人!

そして、彼の地の女たちときたら！

「アメリカの女たち？　大半が食えない女ばかりじゃないか。金に不平不満、家庭小説《ファミリー・ロマンス》に似非《えせ》心理学。幸いなことにニューヨークには、ラテン系の女もいるし、中国女もいるし、ヨーロッパ系の女にも事欠かない」ところが……コーネルだと！　ふん。

クリステヴァはジャスミン・ティーを飲みながら、英語の精神分析学の専門誌をぱらぱらとめくっている。

ソレルスは怒り狂って、雄牛のように肩をすぼませ、居間に置いてある大きなテーブルの周囲をぐるぐる回っている。「フーコー、フーコー、やつらの頭のなかにはそれしかないんだ」

そして、ゴール・ラインを切ったあと精根尽き果てたスプリンターがふたたび上体を起こすように、「くそ、それがどうした？　おれだってやり方くらい知ってるさ。旅をして、講演をこなし、忠実な奴隷のようにアメリカ英語を話し、退屈な学会に参加し、〈みんなに合わせ〉、話を薄め、いかにも人間らしく振る舞えばいいんだろ」

クリステヴァはカップを置くと、優しく語りかける。「仕返ししてやればいいじゃないの」

熱を帯びたソレルスは、自分の脈を取りながら、冷静さを保つために、あえて二人称で自分に問いかける。「おまえは弁が立つ。それは明々白々で、相手の神経を逆撫でするほど（言い淀むところを期待されているのだろうが、おあいにくさま）……」

クリステヴァが手を取る。

ソレルスは笑みを浮かべて、言う。「ときには勇気を出さないとね」

クリステヴァも笑みを浮かべて、応じる。「さあ、ジョゼフ・ド・メーストルでも読みましょうか」

55

パリ警視庁で、バイヤールがタイプライターで報告書を打っているあいだ、シモンは生成文法についてのチョムスキーの著作を読んでいる。といっても、あまりよく理解できないというのが正直なところなのだが。

バイヤールは一行打ち終わるたびに、右手でレバーを操作してローラーを元の位置に戻し、左手でコーヒーカップを引き寄せ、一口飲んで、煙草を一服し、パスティス51のロゴのついた黄色い灰皿の端に置く。ガシャ、カタ・カタ・カタ、カタ・カタ・カタ、ガシャ、カタ・カタ・カタカタ、以下同様。

ところが、そのカタ・カタが止まった。バイヤールは合成皮革を張った腰かけから立ち上がると、シモンのほうを振り向いて、問い質した。

「ところで、クリステヴァって名前、どこから来てるんだ？」

56

セルジュ・モアティがサヴァンヌのチョコバーをむしゃむしゃ食べているところに、ミッテランがやって来る。パンテオンの私邸にいるファビウスは、スリッパ履きで彼を迎え入れる。ラング、バダンテール、アタリ、ドブレの面々はコーヒーを飲みながら、行儀よく待っている。ミッテランは巻いているマフラーを出迎えたファビウスに投げつけると、不機嫌そうな太い声を出した。「きみたちの友人のモーロワ、私はやつをぶっつぶす！」不機嫌であることは疑いようがなく、若い支持者たちは、今日の会合は辛いものになりそうだと覚悟した。ミッテランは牙を剝く。「ロカールめ！　ロカールめ！」誰ひとり異議を唱える者はいない。「やつらはメスの大会で負けたかと思ったら、今度はなんとしてでも私を大統領選に推そうとしている。私を厄介払いするためにな！」彼の若き参謀たちはため息をつく。モアティは相変わらず、サヴァンヌをゆっくり嚙みしめるように食べている。鳥のような頭をした若い参謀が思い切って口をはさむ。「大統領……」そう呼ばれたミッテランは冷たく恐ろしげな顔をそちらのほうに向けると、指先を相手の胸に押し当て、「口を慎むんだ、アタリ……」と言いながら、そのまま前に進んでいく。するとアタリは壁際まで後退していくが、想定上の大統領候補はかまわず話を続ける。「彼らはみな、私が落選すればいいと思っているが、彼らの思惑を出し抜くなど容易なことだ。立候補しなければいいのだからな、ハハ！　あのロカールの馬鹿野郎が、ジスカールの大馬鹿野郎に思い切り尻を叩かれればいいのさ。ロカールとジスカール、この選挙戦は馬鹿と馬鹿との戦争になるだろう！　見物《みもの》だぞ！　最高だ！　第二の左翼なんてお笑い種じゃないか、ドブレ！　じつにフランス的なお笑い種だよ！　ロベール、ペンの用意はいいか、今から声明を述べるから、書き取ってくれ。私は降りるぞ！　今回は出ない。ハハハ！　どうだ、みごとなやり方だろう！……」彼は唸り声をあげる。「落選？　どういうことだ？　落選だと？」

誰もあえて答えようとしない。場合によってはボスに盾突くことも辞さないファビウスだが、こんな危なっかしい話題に首を突っ込むほど無謀ではない。そもそも、これはあくまでも修辞的な問題なのだ。

ミッテランは政見放送の録音をしなければならないのだ。すでに演説の草稿を書いていたが、平板でありきたり、まったく惹きつけるところがない。明鏡止水《めいきょうしすい》みたいな心構えを語っているにすぎない。情熱も、メッセージも、ひらめきもなく、大げさで空疎な決まり文句が並んでいるだけ。永遠の敗者の冷たい怒りのようなものが透けて見える。録音は陰気な沈黙のうちに終了する。ファビウスはいらいらして、履いているスリッパのなかでもぞもぞ足の指を動かしている。モアティはサヴァンヌをセメントか何かのようにもぐもぐ嚙みつづけている。ドブレとバダンテールは無表情な視線を交わしている。アタリは窓から、モアティの乗ってきたルノー5《サンク》に婦警が駐車違反の切符を貼りつけているのを見ている。ジャック・ラングでさえ困惑しているように見える。

ミッテランは歯を食いしばる。そして、生涯にわたってかぶってきた仮面をかぶる。はらわたに食い入る怒りを隠すためにいつも利用してきたあの尊大な顔の陰に立てこもる。彼は立ち上がり、マフラーを取りに行くと、さようならも言わずに立ち去った。

沈黙はなおしばらく続く。

モアティは青ざめている。「ま、ジャック・セゲラだけがわれわれの唯一の希望だってことかな」

ラングが、その背後でつぶやく。「いや、もうひとり残っている」

57

「最初にどうして彼が見逃したのか、それがどうも理解できない。ヤコブソンとかいうロシアの言語学者に関する文書を捜しに来たことははっきりしているわけだからな。しかも、デスクの上にはヤコブソンの本が置いてあったのに、それには目もくれなかったなんてことあり得るか？」

　ま、たしかにありそうにもないことですね。

「それに、われわれがバルトの部屋に乗り込んでいくと、たまたま彼もちょうどそこにいたというのも変だ。事件発生から何週間も経っているんだぞ、やつは合い鍵を持っていて、いつでも入れるというのに」

　シモンがバイヤールの話を聞いている間に、ボーイング747は長距離飛行用の機体を滑走路から引き上げようとしていた。大ブルジョワのファシスト、ジスカールは最終的には彼らの旅費を払うことにしたが、コンコルドの料金を払うまでには至らなかった。

　ブルガリアの線を追っていった結果、クリステヴァに行き着いた。

　そのクリステヴァはすでにアメリカに渡っている。

　そこで、われわれにはホットドッグと機内放送が与えられたというわけだ。

　もちろん、同じ列の席には泣いている子供がいたりする。

　スチュワーデスがバイヤールのところにやって来て、離着陸の際には禁煙になっておりますので、お煙草はご遠慮くださいと言っている。

　シモンは、機内で読むために用意してきたウンベルト・エーコの『物語における読者』を取り出す。バイヤールは、その本には面白いことが書いてあるのかと訊いてくる。彼の言う面白いというのは、捜査に役に立つという意味なのだが、実際にはそれだけでもないのだろう。シモンはページに目を落とし、読みはじめる。「私は生きている（つまり、これを書いている私は、私の知っている唯一の世界のなかで生きているつもりでいる、ということ）が、語りの世界は数多《あまた》存在し得るという理論に基づくときには、（私が直接的な体験を有する現実世界を基点にして）その世界を数ある語りの世界と比較するために記号論的世界に縮小しようとする」

シモンが急に顔を火照《ほて》らせていると、スチュワーデスは飛行中の安全規則を身振り手振りで説明している（子供は泣きやみ、交通巡査のような振り付けに見とれている）。

クリステヴァは、表向きはニューヨーク州のイサカにあるコーネル大学で開かれる学会のためにアメリカに飛んだことになっている。バイヤールはその学会のタイトルもテーマも理解しようとしなかった。彼が知る必要のあることは、エーコから聞いたジョン・サールというアメリカ人哲学者も招待された学者のなかに含まれているということなのだ。ブルガリア女をアイヒマンのようにとっつかまえて国に連れ戻せばいいという話ではない。ジスカールがバルトを殺した犯人を逮捕したいのであれば、どう考えても彼女が一枚噛んでいると考えられるのだから、高飛びを阻止していたことだろう。問題は何が画策されているかを理解することなのだ。そもそも、大事なことはいつだってそういうことではないのか？

赤頭巾ちゃんにとって、現実の世界は狼がしゃべる世界なのだ。

そして、例の書類を取り戻すことだ。

バイヤールは懸命に理解しようとしている。言語の七番目の機能とは、取扱説明書のようなものなのか？　それとも魔術？　教科書？　それを手に入れれば一攫千金の夢を実現できると信じている政治家や知識人たちを惑乱させる幻想のようなものなのか？

通路をはさんで隣り合っている席では、さっきの子供が色違いの面を持つプラスチック製の立方体を取り出し、いじくりはじめた。

結局のところ、とシモンは思う、自分と赤頭巾ちゃん、あるいはシャーロック・ホームズとの根本的な違いは何なのだろう？

バイヤールが声に出して自問しているのが聞こえてくる。もしかすると、こちらに語りかけているのかもしれないが。「言語の七番目の機能とは、まさにあの遂行的機能であるとしよう。その機能を自在に扱えるようになると、どんな相手でも、どんな場合においても説得できるというわけだ。その文書はどうやら一枚の紙に、たとえば表と裏に細かい字で書かれているものとしよう。はたして、これほどの力を持った機能の使用法がこんな紙切れ一枚に収められるものだろうか？　洗濯機であれ、テレビであれ、あるいはおれの乗っているプジョー５０４であれ、技術的な取扱説明書でさえ、最低数ページの分量があるものだ」

シモンは歯を軋らせる。たしかに説明書だとすると想像がつかない。だから、説明が書いてあるわけではないのだ。その文書に書かれていることについて、ほんのわずかの直感的理解を得るだけで、大統領に選ばれたり、どんな女とも寝たりすることができるのかもしれない。

しゃべっているあいだ、バイヤールは子供が手にしている玩具をじっと見つめている。端から観察できたかぎりでは、その立方体の玩具はさらに小さい立方体からなり、その小さな立方体を色ごとに組み合わせるために垂直方向と水平方向に回転させて遊ぶものらしい。子供は夢中になって色合わせに取り組んでいる。

『物語における読者』のなかで、エーコは虚構の登場人物の地位を論じるにあたって、それらの人々は現実世界の人々に付加されるものと考え、「定員外」と名づけている。ロナルド・レーガンやナポレオンは現実世界に属しているが、シャーロック・ホームズはそうではない。だとすれば、「シャーロック・ホームズは結婚していない」とか「ハムレットは狂っている」とか断定することにはどんな意味があるのだろうか？　定員外の人物を現実の人物として扱ってもいいのだろうか？

エーコはヴォッツリというイタリアの記号学者の言葉、「この私は存在する、エンマ・ボヴァリーは存在しない」を引用している。シモンはだんだん不安になってくる。

バイヤールは立ち上がり、トイレに行こうとするが、本当に行きたいわけではなく、シモンが読書に没頭しているのがわかったし、脚のしびれを直したいのもさることながら、持参してきたミニチュアボトルを全部飲み干してしまったからである。

機内後方へ向かって歩いていくと、首にヘッドフォンをかけたアラブの青年を相手に熱弁を振るっているフーコーの姿が目に飛び込んできた。

すでに学会のプログラムを目にしていて、フーコーが招待されていることも知っていたから、驚く理由はないはずだが、彼は驚きの仕草を抑えることができない。フーコーは持ち前の肉食獣のような笑みを投げかける。

「スリマーヌはご存じありませんかな、警視殿？　ハメッドの親友だった男です。当然、警察では彼の死の状況など解明してはいないでしょうな？　ホモが一人増えても減ってもどうってことはない、ですよね？　それともアラブ人だから？　その両方ってことですかな？」

自分の席に戻ったバイヤールの目に、腰かけたまま眠ろうとすると誰しもそうなるが、首を斜めに傾げて窮屈そうに眠っているシモンの姿が目に入った。エーコのもう一つの言葉に彼はとどめを刺されたのだ。それはエーコの義理の母親の言葉の引用だった。「私の婿は私の娘と結婚してなかったら、いったいどんなふうになっていたでしょう？」

シモンは夢を見ている。バイヤールは考え込んでいる。フーコーはスリマーヌを二階のバーへと連れていき、古代ギリシアにおける性夢についての講演について説明している。

二人がウィスキー二杯を注文すると、注文を受けたスチュワーデスは、哲学者のフーコーに負けない笑みを返した。

アルテミドロスによれば、われわれが見る性夢は予知のようなものである。まずは夢のなかで経験した性的関係と現実世界における人間関係の対応を確定しなければならない。たとえば、奴隷と寝る夢は吉兆である。というのは、その奴隷がわれわれの所有であるかぎりにおいて、われわれの世襲財産が増えていくことになるからである。相手が既婚女性であるときは凶兆である。他人の所有しているものに手を出してはいけないからである。相手が自分の母親である場合は、検討を要する。フーコーによれば、ギリシア人がオイディプスに認めた意義は誇張されすぎているという。いかなる場合の夢判断も、自由で能動的な男性の視点に貫かれている。挿入することは（相手が男、女、奴隷、家族の構成員の順で）、善いことなのである。挿入されることは悪いことである。もっとも自然に反する最悪の事例は、挿入を行なうレズビアンである（神々と、動物と、死体と性的関係を持つことの次に位置する）。

「それぞれに根拠があり、すべてが規範に適っているのだよ！」と言って、フーコーは笑い、また二杯のウィスキーを注文し、スリマーヌをトイレに連れていく。スリマーヌは喜んで相手の求めに応じた（ただし、ウォークマンを外すのは断わった）。

われわれはシモンがどんな夢を見ているのか知る術もない。それはそうだろう、われわれは彼の頭のなかにいるわけではないのだから。

バイヤールは、フーコーとスリマーヌが機体の最上部に位置しているバーに上がっていくのを見た。説明のつかない衝動に突き動かされて、彼らの空席を調べに行った。フーコーのシートポケットには本がはさまっていて、スリマーヌの席には雑誌が置いてある。バイヤールは、この席の真上の手荷物入れを開け、二人のものとおぼしきバッグを取り出した。フーコーの席に座ると、哲学者のショルダーバッグとジゴロのリュックサックを調べはじめる。書類、本、着替えのTシャツ、カセットテープ。

どう見ても例の書類はないようだが、わかりやすく「言語の七番目の機能」と封筒の上に大書されているわけがないので、二つのバッグを持つと、自分の席に戻って、シモンを起こした。

シモンが目を覚まし、状況を理解し、フーコーが同じ機内にいることに驚き、バイヤールの要求に憤慨しつつも、結局は自分のものではない手荷物の中身を優に二十分の時間をかけて調べたあげく、フーコーの持ち物のなかにも、スリマーヌの持ち物のなかにも、言語の七番目の機能に関係しているようなものは何一つないことを確認し、それをバイヤールに断言するにいたったとき、フーコーが階段を降りてくるのが見えた。

このまま彼が席に戻れば、自分の手荷物がなくなっていることに気づくのは時間の問題だ。シモンはバイヤールに示し合わせる必要もなく、二人は歴戦の強者同士のように息の合った行動に出た。シモンはバイヤールを跨ぎ越して、フーコーが歩いてくる通路に飛び出し、バイヤールはそれと平行する通路に出て、機内最後尾まで行って反対側の通路に回り、フーコーの座席にたどり着く作戦だ。

シモンは機内前方から歩いてくるフーコーの前で立ち止まる。フーコーは相手を通してやろうと脇に寄るが、シモンが通り過ぎていかないので、目を上げ、近視の眼鏡越しに相手の青年を見ると、まるで知り合いのように振る舞う。

「おや？　アルキビアデスか！」

「フーコー先生、なんという奇遇でしょう！……　じつに光栄です、先生のお仕事にはいつも感服しております……。今はどういうお仕事をなさっているのですか？……やはり性に関することですか？」

フーコーは目を細める。

バイヤールはもう一本の通路を後方に進んでいくが、飲み物のワゴンを押すスチュワーデスが通路をふさいでいる。淡々とお茶や赤ワインを乗客に注ぎながら、免税品《デューティ・フリー》をたくみに売りつけているスチュワーデスの背後で、バイヤールは足踏みしている。

シモンはフーコーの返事を聴いていない。次に何を問われるか、そっちに神経を集中させているからだ。フーコーの背後では、スリマーヌがしびれを切らしている。「前に進んでくれませんか？」シモンはすかさず言葉を返す。「あ、どうも、お付きの方ですか？　どうも初めまして、よろしく！彼はあなたのことも、アルキビアデスって呼ぶんですか、ハハ、なるほどね。アメリカにはもう何度も行ったことがあるんでしょうね？」

バイヤールは、いざとなったらスチュワーデスを突き飛ばすこともできたが、たとえそうしてもワゴンは跨ぎ越せないし、最後尾まで三列のところで止まっている。

シモンはなおも話を続ける。「ペールフィットと会ったことはありますか？　あれはひどいもんです。ヴァンセンヌでは、あなたの講義をみんな待ち望んでいるんですよ、おわかりでしょ？」

フーコーは愛想よく、しかしきっぱりとした態度でシモンの両肩をつかむとタンゴのステップのように相手と一緒に一回転すると、シモンはフーコーとスリマーヌの間に立つことになった。具体的に言うと、フーコーは巧みにシモンを交わして、自分の席までの数メートル、遮るものがなくなったというわけだ。

バイヤールはやっと最後尾のトイレにまで達し、反対側の通路に回り込むと、フーコーの座席にまでたどり着いた。しかし、自分の席に向かって歩いてくるフーコーと鉢合わせになれば、バイヤールが彼らのバッグを元に戻そうとしているのがばれてしまう。

眼鏡なしでも遠くまで見えるシモンは、状況がどうなっているか一目瞭然だったので、バイヤールとフーコーが鉢合わせしそうになった瞬間に、「エルキュリーヌ・バルバン！」と叫んだ。

乗客は度肝を抜かれた。フーコーが振り返った隙に、バイヤールは収納棚を開けて二つのバッグを押し込むと蓋を閉めた。フーコーはじっとシモンを見つめている。シモンはにやにや笑って、「われわれはみなエルキュリーヌ・バルバンではありませんか、フーコー先生？」と付け加えた。

バイヤールは、トイレから帰ってきたようなふりをして失敬と言いながら、フーコーの脇をすり抜けた。フーコーはすり抜けるバイヤールを見て、肩をすくめ、こうして全員が自分の席に戻った。

「誰だ、そのエルキュリーヌなんとかって？」

「いろいろ不幸な目に遭った十九世紀の両性具有者ですよ。フーコーは、その人の回想録を刊行してるんです。そこには彼個人の思想的動機もあって、男と女の二つの選択肢しか認めずに、われわれにそのどちらかの性と性行動を選ぶように強いる生権力の規範的な割り当てを暴き出そうとしているのです。そもそも男女の異性愛しか認めないこと自体がおかしいわけで、たとえば古代ギリシアであれば、彼らなりの性の規範はあったにせよ、それは今よりずっとゆるやかで……」

「うーん、わかった、もういい！」

「ところで、フーコーと一緒にいた青年は誰ですか？」

空の旅はその後、平穏無事に過ぎていった。バイヤールが煙草に火をつけようとすると、スチュワーデスがやって来て、機体が着陸態勢に入ったときは禁煙ですと注意するので、警視はこういうときのためのミニチュアボトルに口をつけるだけで我慢した。

われわれは、フーコーに付き添っている青年がスリマーヌという名であることを知っている。姓は知らないけれども、アメリカの国土に入ろうとしたとき、シモンとバイヤールは、パスポート検査のところで、空港の警察官や税関職員を相手に言い争いをしているところを目撃した。どうやらパスポートが正規のものでないというより、ビザがどこにもないことが問題になっているらしいのだが、バイヤールはむしろ、それでロワシーの国際空港をよく通れたものだと不思議に思った。フーコーは懸命に取りなそうとするのだが、まったく功を奏さないし、アメリカの警察は外国人に冗談を言う習慣がないから取り付く島もない。スリマーヌはフーコーに自分を待たずに先に行ってほしい、心配しなくてもいい、自分で何とか切り抜けるから大丈夫だと言う。そうこうしているうちにシモンとバイヤールは二人を見失い、郊外電車に乗り込んだ。

二人は、セリーヌの『夜の果てへの旅』のように船で到着したわけではないけれど、地下のマジソン・スクエア・ガーデン駅からいきなりマンハッタンのど真ん中に出たときの衝撃はそれに劣るものではなく、二人の男はあっけに取られて目を上げ、摩天楼の消失線と八番街のネオンの帯に見とれ、非現実の感覚とそれに負けず劣らず親密な感覚も同時に抱いた。マーベルコミックの古くからの読者であるシモンは、スパイダーマンが黄色いタクシーと赤信号の上に忽然と姿を現わすのを期待した（でも、スパイダーマンは〈定員外〉なので、この小説に登場させるわけにはいかない）。忙しそうにしている現地の人がわざわざ立ち止まり、彼らに助力を申し出てくれたりするので、こんな厚意に慣れていない二人のパリジャンはすっかり当惑してしまうのだった。ニューヨークの夜を、二人は八番街に沿って港湾管理公社《ポート・オーソリティ》ターミナルへと向かう。その向かいには、巨大なビルが聳えているが、その正面にはゴシック体の大きな文字で『ニューヨーク・タイムズ』と記されているので、そこに新聞社の本社が入っていることは一目瞭然だ。そして、二人はイサカ行きのバスに乗り、夢のような摩天楼の森をあとにした。

バスの行程は五時間の長丁場なので、バイヤールはバッグのなかから、面が色分けされている小さな立方体を取り出し、それで遊びはじめた。シモンは開いた口がふさがらない。「あの子のルービックキューブ、巻き上げてきたの？」バイヤールが最初の面を揃えたとき、バスはリンカーン・トンネルを抜けた。

58

「言語論的転回へのオーバードライブ・シフト」

コーネル大学、イサカ、一九八〇年秋

（学会開催責任者　ジョナサン・D・キュラー）

発表者一覧

ノーム・チョムスキー
　生成文法
エレーヌ・シクスー
ハイビスカスの涙
ジャック・デリダ
ア・セック・ソロ
ミシェル・フーコー
アルテミドロスの夢判断における多義性のゆらぎ

フェリックス・ガタリ
　シニフィアンの専制
リュス・イリガライ
　実体の男根ロゴス中心主義と形而上学
ロマン・ヤコブソン
　〈生きていること〉、構造的に語れば
フレドリック・ジェイムソン
　政治的無意識——社会的象徴行為としての語り
ジュリア・クリステヴァ
　言語、この未知なるもの
シルヴェール・ロトランジェ
　口のポモ《ポモ・ド・ブーシュ》——ポスト・モダンの言葉
ポール・ド・マン
　ケーキの上のセリジー——フランスにおける脱構築
ジェフリー・メールマン
　ブランショ、洗濯屋
アヴィタル・ローネル
「人は語るがゆえに、言語について語れると思うのだ」——ゲーテと言語について語る人たち
リチャード・ローティ
　ウィトゲンシュタイン対ハイデガー——大陸間の衝突？

エドワード・サイード
メイン・ストリートでの亡命
ジョン・サール
フェイクかフェイントか：フィクションにおけるFを頭文字とする単語の働き
ガヤトリ・スピヴァク
サバルタンはときに口を閉ざすべきか？
モリス・J・ザップ
脱構築的世界における代補《サプリメント》の捕獲

59

「ドゥルーズは来ないんだってね《ドゥルーズ・ノット・カミング・ライト》？」

「そう、でも今夜は〈アンチ・オイディプス〉が演奏するっていうから《ノー・バット・アンチ・オイディプス・イズ・プレイング・トゥナイト》、わくわくしてるんだ《アイム・ソー・エクサイテッド》」

「彼らの新しいシングル、聴いた《ハヴ・ユー・リッスンド・トゥ・ゼア・ニュー・シングル》？」

「もち、ありゃすごいね《ヤー・イッツ・オウサム》。めっちゃLAっぽいよ《ソー・エル・エー》！」

クリステヴァは、二人の青年にはさまれて、芝生の上に座っている。彼女は二人の髪の毛を撫でながら、「わたしはアメリカが好きよ《アイ・ラヴ・アメリカ》。あなたたち、とっても純真だもの《ユー・アー・ソー・インジェニアス》」

二人のうち一人が抱き寄せて首筋にキスしようとするが、彼女は笑いながら押し返す。もう一人の青年は耳もとでささやく。「それって〝本物〟ってことだよね《ユー・ミーン・ジェニュイン・ライト》？」クリステヴァは小声でくすくす笑った。小柄な身体に電気的な身震いが走るのを感じた。彼らの前では、もうひとり別の学生がマリファナを巻き終え、火をつける。いい香りがあたりに広がっていく。クリステヴァも一服やってみると、少し頭がくらくらしたが、簡潔に講釈を垂れた。「スピノザも言っているように、それぞれの否定が一つの定義なのよ」それを聞いたポスト・ヒッピー、プレ・ニューウェイブの三人の若者は興奮して叫ぶ。「ワオ、もういっぺん言ってよ《セイ・イット・アゲイン》！　スピノザがなんて言ったって？《ワット・ディド・スピノザ・セイ》」

キャンパスでは、学生たちがみなそれぞれ忙しそうに行ったり来たり、ゴシック様式、ヴィクトリア様式、新古典様式の建物のあいだに広がる芝生を横切っている。大学の敷地全体を鐘楼のような建物が見下ろしていて、その鐘楼自体も湖と峡谷を見下ろす丘の上に建っている。われわれは、どこにもない場所の真ん中にいるのかもしれないが、少なくとも、それは真ん中なのだ。クリステヴァはクラブハウス・サンドウィッチにかぶりついている。彼女の大好きなバゲットは、ニューヨーク州の最深部、シラキュースを郡庁所在地とするオノンダガ郡にまでは入っていないのだ。ニューヨーク・シティとトロントのちょうど中間点にあって、かつてはイロコイ同盟に属するカユーガ族が居住していた地域に、権威あるコーネル大学を擁するイサカという小さな町はある。彼女はクラブハウス・サンドを一口食べると、眉をひそめて「しかたないわね、そこそこ似たものであればよしとしなければ」と言う。

やがて彼らは、宿泊施設から出てきた四人目の青年と合流する。青年は片手にアルミの包みを持ち、もう一方の手に『グラマトロジーについて』の英訳を持っている（が、さすがにクリステヴァに向かって、デリダを知っているかとは訊かない）。アルミの包みには、自分で作った焼き立てのマフィンが入っている。クリステヴァは、テキーラで少々酔っぱらいながらの、即興のピクニックに喜んで参加した（当然のことながら、ボトルは紙袋で隠している）。

彼女の目の前を、本を小脇に抱えた学生たちが通り過ぎていく。ホッケーのスティックを持っている学生もいれば、ケースに入ったギターを持っている学生もいる。

額が後退していて、やぶのような髪を後ろに撫でつけている老人が、木陰でぶつぶつ独り言をつぶやいている。前に突き出して揺らしている両手はまるで枝のようだ。

『一〇一匹わんちゃん大行進』に登場するクルエラとヴァネッサ・レッドグレーヴを足して二で割ったような、ショートカットの若い女性は、目には見えない反対集会の唯一の参加者であるように見える。彼女は、クリステヴァはわかっていないというスローガンを叫んでいる。どうやらものすごく怒っているようだ。

若者の集団がアメリカン・フットボールのボールで遊んでいる。そのなかの一人はシェイクスピアの一節を朗唱し、ほかの連中は赤ワインのボトルを回し飲みしている（紙袋で隠していないのは、反抗を誇示するため）。ボールにドリルのような回転をかけて投げ合っている。ボトルを持っている者は、片手──しかも煙草を持っている──ではボールを受け取れないので、みんなにからかわれている。すでに全員、かなり酔っ払っているように見える。

クリステヴァの視線は、額の後退したやぶ頭老人の視線と交わり、そのままほんの一瞬、無視するにはほんのわずか長すぎる一瞬、二人は見つめ合った。

激昂した若い女がクリステヴァの前に立ちはだかり、「わたしはおまえが誰だか知っている《アィ・ノウ・フー・ユー・アー》。帰《ゴー・ホー》れ《ム・ビッチ》」と言う。クリステヴァの取り巻きは、あっけに取られて互いに見つめ合い、噴き出し、ひどく興奮した口調で応じた。「あんた、酔っ払ってるのか？《アー・ユー・ストーンド》　あんたこそ、自分を何様だと思ってん《フー・ザ・ファック・ドゥー・ユー・シンク・ユー・》だ？《アー》」そう言われて女が去っていき、またひとりきりのデモンストレーションを再開するのをクリステヴァは見つめている。彼女とは今まで一度も会ったことがないのはほぼ確実だと思っている。

また別の若者グループがやって来て、フットボールで遊んでいたグループと鉢合わせになり、たちまちその場の雰囲気が変化した。クリステヴァのいる位置からも、二つのグループがすぐに敵意を露わにしていることが見て取れる。

教会の鐘が鳴った。

あとから来たグループが最初からいたグループを大声で呼び止めている。クリステヴァの聞こえる範囲では、どうやら最初のグループをフランス人のしゃぶり屋と罵っているらしい。それが前置詞の同格的使用法なのか（フェラチオ好きはフランス人の特徴だということ）、名詞の補語的用法なのか（フランス人相手にフェラチオをしているということ）、すぐには理解できなかったが、標的になっているグループがアングロ＝サクソン系らしいので（その根拠は彼らがアメリカン・フットボールのルールをある程度習得しているように見えるから）、正しいのは第二の仮説だろうと考えた（この種の曖昧さは英語にも当てはまる。「French suckers」というときの French は、たしかに前置付加形容詞として機能する形容詞ではあるが、同時に絶対的な属格的実詞でもある）。

それはともかく、最初のグループも負けじと同じレベルの侮辱「分析哲学の能なし《ユー・アナリティック・プリックス》！」で応じると、一触即発の危ない雰囲気になったが、そこに六十歳くらいの男が現われ、大声を上げて（驚いたことにフランス語で）二つのグループのあいだに割って入った。「鎮まらんか、この大馬鹿ども！」クリステヴァの取り巻き青年のひとりが、自分がちゃんとこの状況を理解しているということを彼女に印象づけるために耳もとでささやいている。「あの人はポール・ド・マン。フランス人ですよね？」クリステヴァが正す。「いいえ、ベルギー人よ」

樹木人間は木陰でぶつぶつつぶやいている。「言語の音形《ザ・サウンド・シェイプ・オヴ・ランゲージ》は……」

さっきの若い女は、二つのグループのうち一方を支持しているかのように、たったひとりで声をからして主張している。「われわれにデリダは不要だ《ウィー・ドント・ニード・デリダ》、ジミ・ヘンドリクスがいる《ウィー・ハヴ・ジミ・ヘンドリクス》！」

クルエラ・レッドグレーヴのいささかぎょっとさせられるスローガンに気を取られているポール・ド・マンは、背後から呼びかける声が耳に入らなかった。「おい、振り返って、敵の顔をよく見ろ」背後に立っているのはツィードのスーツに身をつつんだ男で、大きすぎる上着と長すぎる袖を揺らし、髪を横で分けて、前髪を額に垂らしている。シドニー・ポラックの映画で脇役を演じるのがお似合いの顔立ちだが、その小さな目は骨の髄まで見通しそうな鋭い光を放っている。

この男がジョン・サールだ。

額の後退したやぶ頭老人は、この場面をじっと観察しているクリステヴァを観察している。彼女は注意深く意識を集中しているので、指先の煙草はただ煙と化すままになっている。やぶ頭老人の視線はサールからクリステヴァへと移り、クリステヴァからサールへとまた戻ってくる。

ポール・ド・マンは、皮肉っぽくも融和的な態度を全面に押し出しつつ、この気安い男の役割を演じることに今一つ確信を持てないまま、こう言った。「穏やかにたのむよ《ピース・マイ・フレンド》！ その剣をおさめて《プット・ユア・ソード・ダウン・アンド》、あの若い連中を引き離すのを手伝ってくれないか《ヘルプ・ミー・セパレート・ゾーズ・キッズ》」この言葉が、どういうわけだか、かえってサールを激昂させ、ポール・ド・マンのほうへつかつかと歩み寄ったので、殴りかかるのではないかと誰もが思った。クリステヴァが隣にいる青年の腕を思わず握ると、彼はその隙に彼女の手を握った。ポール・ド・マンは自分に向かって威嚇するように歩いてくる肉体と、ぶつかってきたときに想定される衝撃に全身がすくんで、その場に立ち尽くしていたが、わが身を守るために、あるいは防戦しようとして――そういうことだってあるかもしれない――わずかに身構える素振りを見せたとき、第三の声が響いた。いかにも陽気な口調だったが、わずかに興奮した不安げな調子は隠しきれない。「やあ《ディア・》、ポール《ポール》！ やあ、ジョン《ディア・ジョン》！ コーネルへようこそ《ウェルカム・トゥー・コーネル》！ きみたちが来てくれて、私はとてもうれしい《アイム・ソー・グラッド・ユー・クドゥ・カ》よ《ム》！」
声の主はジョナサン・キュラー、この学会を企画した若き研究者だ。あわててサールに手を差し出すと、サールは不機嫌そうに握り返したものの、その手は湿っていて、険悪な視線をポール・ド・マンに向け、フランス語で「あんたのとこのデリダ・ボーイを連れ去ってくれ。今すぐにだ」と言った。ポール・ド・マンが小グループを引き連れて立ち去ると、小競り合いは終わり、クリステヴァの手を握っていた青年は、あたかも大きな危機を逃れたと言わんばかりに、あるいは、少なくとも強烈な一瞬を体験したと言わんばかりにクリステヴァを抱き寄せた。クリステヴァも同じようなことを考えていたのか、いずれにせよ、青年の好きなようにさせていた。

夕暮れのキャンパスに突如エンジン音が鳴り響いた。ロータス・エスプリがタイヤを軋らせて停車した。四十がらみのきびきびした身のこなしの男が出てくる。口には葉巻をくわえ、頭には釣鐘型の帽子、胸のポケットには絹のハンカチをのぞかせて、クリステヴァに向かってまっすぐ歩み寄る。
「ヘイ、チーカ！」と呼びかけて、彼女の手にキスをする。クリステヴァは学生たちのほうを見て、彼を指さして言う。「あなたたちにモリス・ザップ（デヴィッド・ロッジ著『交換教授』の登場人物）を紹介します。構造主義ならびにポスト構造主義、〈ヌヴェル・クリティク〉、その他いろいろな分野の専門家よ」

モリス・ザップは笑みを浮かべ、すぐには自分の虚栄心を非難されないように（とはいえフランス語で）十分に相手との距離を置いて、こう言い添えた。「六桁の報酬を頂戴している最初の教授です！」

若者たちはジョイントを吸いながら、「ワオ」という喚声を上げた。

クリステヴァは明るい笑い声を上げながら、訊く。「ボルボについての講義の準備はしてくれたの？」

モリス・ザップはいかにもすまなそうな口調で答える。「まあ、なんというか……世間のほうの準備が整っていないように思えて」と言いつつ、芝生の上で話を続けているサールとキュラーのほうにちらりと視線を送るが、サールがキュラーに対して、自分とチョムスキーを除けば、あとの発言者はみなクズだと言っているのは耳に入らない。とはいえ会話の内容をさぐるために挨拶しに行くのはあきらめて、クリステヴァにこう言った。「とにかく《エニウェイ》、のちほどまた《アイル・シー・ユー・レイター》。ヒルトンにチェックインしなければならないので《アイ・ハフ・トゥー・チェック・イン・アット・ザ・ヒルトン》。」

「大学の宿舎に泊まらないの？」

「ああ、それは勘弁してください、ぞっとする！」

クリステヴァは笑う。そうは言うものの、外部からの参加者たちを受け入れるコーネル大学の《テルライド・ハウス》は非の打ち所のない立派な施設なのだ。モリス・ザップは、大学での出世主義を芸術のレベルにまで高めたと評価する人もいる。彼が愛車ロータスにふたたび乗り込んでエンジンを吹かし、あやうくニューヨーク行きのバスに追突しそうになり、猛スピードで丘を走り抜けていく様を見て、そういう見方もあながち間違いではないとクリステヴァは思う。

その追突されそうになったバスから、シモン・エルゾグとバイヤール警視が降りてくるのが目に入ると、今度は眉をひそめた。

彼女は木陰からじっと自分を観察しているやぶ頭老人のことはもう気にしていなかったが、彼自身もまた、北アフリカ出身らしいアラブ系の痩せぎすの若い男に観察されていることに気づいていない。生え際の後退した老人は、まるでカフカの小説から抜け出てきたようで、細い縞模様の厚手のスーツを着て、毛糸のネクタイを締めている。木陰で何ごとかつぶやいているが、誰にも聞き取ることができないか、たとえ理解できたとしても、ここではごくわずかな人だろう。というのも、彼はロシア語でしゃべっているから。若いアラブ人はまた耳にウォークマンのヘッドフォンをかけた。クリステヴァは芝生に寝そべり、宵の星たちを眺めている。バイヤールは、五時間の移動時間で、ようやくルービックキューブの一面だけ色を合わせることに成功した。シモンはキャンパスの美しさにうっとりと見とれ、ここに比べたら、ヴァンセンヌのキャンパスは巨大なごみ箱みたいなものだと思わざるを得なかった。

60

「最初のうち、哲学と科学は手に手を取って歩いていた。十八世紀までは、大ざっぱに言って、教会の反啓蒙主義と闘うために。続く十九世紀からは徐々にロマン主義とかそういったすべての動きが加わって、啓蒙の時代の精神に立ち帰ろうとする気運が高まり、ドイツでもフランスでも（イギリスはそうではなかった）哲学者たちが声をあげはじめた。科学では生の秘密を解き明かすことはできない。哲学だけがその任に耐え得るのだってね。そこからにわかに大陸哲学は科学と敵対するものであることを自覚するようになっただけでなく、明晰とか、知的厳密とか、明証の文化のようなみずからの基本原理とも敵対するようになった。哲学はますます難解になり、ますます自由《フリースタイル》になり、ますます神秘主義的に（マルクス主義哲学は別として）、ますます生気論的な傾向を帯びるようになったわけさ（たとえばベルクソン）。

この傾向は、語の広い意味における反動的哲学者、ハイデガーの出現で頂点を極めた。この数世紀来、哲学は道を間違えてきたのだ。だから〈存在〉という根源的な問題に立ち帰るべきなのだと彼は決めつけ、『存在と時間』という著作のなかで、自分はこれから〈存在〉の問題を追究するのだと述べた。結局は突き止められなかったわけだけどね、ハハ、でもまあ、それはいいさ。いずれにせよ、あの哲学者たちの曖昧模糊とした文体に大いに刺激を与えたのはハイデガーだし、わけのわからない造語や、やたらにひねくり回した論証、ぎくしゃくとした類推、行き当たりばったりの比喩、そういったものを今、デリダが引き継いでいるんだ。

その一方で、イギリス人やアメリカ人は哲学の科学的な側面に忠実であろうとしてきた。それこそが分析哲学と呼ばれるもので、サールはそれに依拠しているんだ」

(キャンパスで拾った一学生の声)

61

正直に言うけれども、アメリカの食事はとてもおいしいし、とくにコーネル大学の教員用食堂はおいしい。セルフではあるけれど、料理の質に関しては、むしろレストラン並みだ。

その日の昼、ほとんどの学会参加者たちが食堂に来ていて、バイヤールとシモンにはまだよくのみ込めていない地政学に基づいて、あちこちに散らばって座っていた。ホールのテーブルはそれぞれ六人から八人はかけられるが、どれも満席になっているところはなく、シモンとバイヤールは、その雰囲気から明らかにいくつかの陣営があることを感じ取った。

「対立の勢力図みたいなものを用意しておいてくれればよかったのに」とバイヤールはシモンに言いながら、温かい料理として、二本のリブステーキにポテトピュレと焼きバナナ、それに白ブーダンを添えた皿を注文した。バイヤールの言っていることが聞こえた黒人のコックがフランス語で答えた。

「ほら、戸口に近いところにあるテーブルが見えるでしょ。あそこは分析哲学のコーナーですよ。敵陣まっただなかにいて、数的には不利なので、ああやってかたまっているんですよ」そのテーブルには、サール、チョムスキー、そしてクルエラ・レッドグレーヴがいる。彼女の本当の名はカミール・パーリア、性の歴史の専門家で、じつは彼女が心の底から毛嫌いしているフーコーの直接の敵対者なのだ。「その反対側の窓に近い席には、フランス語で言う綺羅星《ベル・ブロシェット》たちがそろってますよ。リオタール、ガタリ、シクスー、そして真ん中にいるのがフーコー、知ってますよね《ユー・ノウ・ヒム》、もちろん《オフ・コース》、大きな声でしゃべっているスキンヘッドの大男です。クリステヴァもいます。モリス・ザップも、雑誌『セミオテクスト』のボス、シルヴェール・ロトランジェも一緒です。隅のほうに一人で座っている老人はわかりません。毛糸のネクタイをして、髪がもじゃもじゃの人です（妙な格好をしているとバイヤールは思う）。その後ろの、髪を紫色に染めた若いレディもわかりません」プエルトリコ出身のコック助手がちらりとそっちのほうを見やって、さりげない口調で「きっとハイデガー派ですよ」とコメントした。

　バイヤールは、そんなことに関心があるわけがないが、職業的な反応によって、教授間の対立はどこまで激しくなっているのか訊いてみた。黒人のコックは言葉で答える代わりに、チョムスキーのいるテーブルを指さした。その前を鼠のような顔の青年が通りかかると、サールが呼び止めた。

「ヘイ、ジェフリー、あのケツの穴のろくでもない最新作をおれのために翻訳してくれよ《ユー・マスト・トランスレート・フォー・ミー・ザ・ラスト・ピース・オヴ・トラッシュ・オヴ・ザ・アスホール》」

「ヘイ、ジョン、てめえの相手なんかしてられるか《アイム・ノット・ユア・ビッチ》。自分でやるんだな《ユー・ドゥー・イット・ユアセルフ》、わかったか《オーケー》？」

「けっこうじゃないか《ヴェリ・ウェル》、このクズ《ユー・スカムバグ》、おれのフランス語でもそのクソくらい楽に読めるからな《マイ・フレンチ・イズ・グッド・イナフ・フォー・ディス・シット》」

　黒人のコックとプエルトリコの助手は手と手を打ち合わせて笑い転げた。バイヤールには会話の内容は理解できなかったが、何が起こっているのかおおよその見当はついた。背後にしびれを切らしているのがいた。「前に進んでくれませんかね？」シモンとバイヤールは、フーコーと一緒にいたアラブの青年だと気づいた。プレートにはチキンカレー、紫ジャガイモ、ゆで卵、根セロリのピュレが載っているが、認証カードがないのでレジまで戻されている。フーコーがそれに気づいて、取りなそうとするが、スリマーヌは大丈夫だという合図をする。そして、実際、短い交渉の結果、プレートを持ってレジを通過した。

バイヤールはシモンと一緒に、老人が一人で座っているテーブルについた。

やがて、デリダが入ってくるのが見えた。会ったことはないが、すぐにわかった。猪首《いくび》、鰓の張った顎、薄い唇、鷲鼻、コーデュロイのスーツ、開襟シャツ、炎のように逆立つ銀髪。クスクスと赤ワインを選んだ。ポール・ド・マンが付き添っている。サールのテーブルでも、フーコーのテーブルでも、会話が途絶える。シクスーが合図を送るが、デリダはそれに気づかず、すぐにホール内を見渡してサールを見つけ出した。一瞬、食事を載せたプレートを手にしたまま、時間が止まったが、やがて仲間のいるテーブルに合流した。シクスーがキスの挨拶をし、ガタリが背中をたたき、フーコーは面白くなさそうな顔をして手を握る（デリダが昔書いた「コギトと『狂気の歴史』」という論文のなかで、フーコーにはデカルトのことがちっともわかっていないとほのめかしたせいだ）。髪を紫色に染めた若い女性もやって来て挨拶した。名前はアヴィタル・ローネル、ゲーテの専門家で、脱構築の大ファンだ。

バイヤールは身体の動きと顔の表情を追っている。無言でブーダンを食べているあいだ、シモンは手にしたプログラムの説明を続けていたが、「見た？　ヤコブソンについての講演があるよ。行こうか？」。

バイヤールは煙草に火をつけた。よし行こうと言いたいところなのだが。

62

「分析哲学者って、地味な働き蜂みたいなもんさ。テニスで言うなら、ギリェルモ・ビラス、かな？実際つまらない連中ばかりで、えんえん時間をかけて、すべての用語の定義をしているだけ、論証するときはいちいち前提をつけないと気がすまないから、前提にも前提をつけて、それがずっと続く。くそいまいましい論理屋さ。しまいには、十行ですむところを二十ページもかけて説明することになる。不思議なことに、それは往々にして彼らが大陸哲学に向ける批判の根拠でもあるんだな。しまりのない夢想にすぎないとか、厳密でないとか、文学ではあっても哲学ではないとか、数学的精神に欠けるとか、詩人にすぎないとか。つまり不真面目な、神秘的錯乱に近い輩ってことさ。ま、要するに大陸哲学は変幻自在のマッケンローってとこかな。少なくとも、読んでて退屈しないよね」

（キャンパスで拾った一学生の声）

63

通常ならばシモンの英語はまあまあのレベルであるはずだが、奇妙なことに、フランスにおいて通常と見なされることは、こと外国語の能力に関するかぎり、かなり不十分な状態にあることがほとんどである。

そんなわけでシモンは、モリス・ザップの講演では、三つに一つのフレーズくらいしか理解できないでいる。彼を弁護するために言うと、脱構築というテーマそのものが彼にはあまり馴染みがなく、難解な概念がやたらに出てくるのでよけいにわからない。でも、せめて解明の糸口くらい見つけられればと、彼は期待している。

バイヤールは結局来なかったので、シモンは喜んでいる。来ても耐え難かったろうから。

それはそうと、どうせ話を聞いていてもほとんどわからないので、自然とほかのところに注意が向いて、モリス・ザップの皮肉の伝染力とか、聴衆のしたり顔の笑いとか（誰もがこの階段教室の〈今・ここ〉に正当に帰属していることを確認したがっているのだ——「ああ、また階段教室かよ」と、繰り返される動機をつい求めてしまう構造主義的偏執反応の犠牲者であるシモンは思いつつ）、聴衆からの質問とか——その内容はどうでもよくて、講演者に挑戦するとまでは言わないものの、少なくともほかの聴講者に比べて、自分が鋭い批判精神と優れた知性を備えた正当な対話者の地位にいることをひけらかすこと（つまり、ブルデューの言う卓越化《ディスタンクシオン》だ）が目的なのだ——そういうものに意味を汲み取っている。それぞれの質問の口調に、質問者の立場が透けて見えるのだ。学部の学生か、博士課程か、教授か、専門家か、ライバルか……。小うるさいだけのやつか、臆病者か、点取り屋か、横柄なやつか、難なく判別できるし、大多数の聴衆は質問するタイミングを失い、それでも自分の意見を言いたいという止むに止まれぬ欲求に苛まれ、自分の言葉に酔いしれるかのように、えんえんと独り言を繰り出している。この操り人形の劇場では、明らかに実存的な何かが演じられているのだ。

とはいえ、それでも彼は「決定的な過ちの根源は文学と人生の素朴な混同にある」という注意すべき一節を聞き逃すことはなかった。その言葉が気になったので、彼は自分の隣に座っている四十がらみのイギリス人に、もしよかったら同時通訳のようなことをお願いできないだろうか、それが無理なら話の内容を要約してもらえないだろうかと頼んでみると、そのイギリス人は、大学に所属する半数の人間と学会の四分の三の参加者がそうであるように、高いレベルのフランス語能力があったので、こんなふうに説明してくれた。モリス・ザップの理論によれば、そもそも文芸評論は最初から人生と文学を混同するという方法論的過ちに根ざしているのであるが（シモンはさらに耳をそばだてる）、それは同じものでもないし、同じように働くものでもない。「人生は透明だが、文学は悟《くら》い」とイギリス人は説明する（それには議論の余地があるとシモンは思う）。「人生は開かれたシステムだが、文学は閉ざされたシステムだ。人生は事実から成っているが、文学は言葉から成っている。人生が語っていることには裏表がない。飛行機のなかで恐怖を感じるときは、死が問題になっている。女の子を誘おうとしているときは、セックスが問題になっている。けれども、たとえば『ハムレット』の場合、どんな愚鈍な評論家でも、自分の叔父を殺したいと思っている男のことが問題なのではなく、別の事柄が問題になっていることに気づく」

これを聞いて、シモンは少し安心した。自分の身に降りかかってきた椿事《ちんじ》が何を自分に語りかけているのか、まったく思い当たるところがなかったからである。

ただし、言語に関しては、もちろん同意できないところがある。

モリス・ザップの講演はますますデリダ的になっていく。たった今、メッセージを理解することは、暗号《コード》を解読することだ、なぜなら言語もまたコードだから、と断言したことからもそれが窺える。ところで「すべての暗号解読は、それ自体で新たなコード化である」と彼は続ける。ということは、大ざっぱに言って、確実なことは何もなく、とりわけ二人の対話者が理解し合うことはあり得ない。なぜなら、一方の使う言葉が他方と同じ意味で使っているという確信は誰も持ち得ないから（同じ言語でしゃべっている場合でも）。

やれやれ、厄介なことになってきた、とシモンは思う。

そして、モリス・ザップは身につまされる比喩を使ったのである。それをイギリス人はこう翻訳した。「会話とはつまるところ、粘土でできたボールを打ち合うテニスの試合のようなもので、ボールはネットを越えるたびに形を変えてしまうのです」

シモンは自分の足もとで大地が崩れ落ちるような感覚をおぼえた。煙草を一本抜き出して吸っていると、スリマーヌとばったり出会った。

アラブの青年は講演が終わるのを待って、モリス・ザップと話をしに来たのだという。何か訊きたいことでもあるのかいとシモンが訊くと、スリマーヌは相手が誰であれ、人に何かを尋ねる習慣はないんだと答えた。

64

「そう、たしかに、〈大陸哲学〉と呼ばれる哲学が、今日ではヨーロッパよりもアメリカではるかに成功を収めているというのは、明らかに矛盾しているよね。こちらじゃ、デリダ、ドゥルーズ、フーコーといえば、どのキャンパスでも絶対的スターなのに、フランスでは、文学部では研究対象にならないし、哲学科では見下されている。こっちはね、英語でやるんだよ。英語の学部では、〈フレンチ・セオリー〉というのは、人文科学の無用の長物がほかのすべての学科を包括することを可能にするクーデタの道具なんだ。どうしてかっていうと、〈フレンチ・セオリー〉は言語はすべての根本だという前提から出発するから、言語の研究は哲学の、社会学の、心理学の研究にまた戻ってくる……。そう、それがかの有名な〈言語論的転回〉なんだ。にわかに哲学者たちはいきり立って、言語について猛勉強し、サールやチョムスキーの著作を読みはじめ、大半の時間をフランス人をこき下ろすことに費やした。『しっかり構想されたものは明晰に表現される』という明晰さへの至上命令を持ち出してみたり、『天の下に新しきことなしと、すでにコンディヤックは言っているし、アナクサゴラスだって似たようなことを言っているし、彼らの言っていることはニーチェの焼き直しにすぎない』というような脱神秘化の攻撃を仕掛けたりしたわけだ。彼らにしてみれば、大道芸人や道化師や香具師《やし》に主役の座を乗っ取られたように感じているわけだから、怒るのも当然さ。でも、やっぱりチョムスキーよりフーコーのほうがセクシーだと言わざるを得ないよね」

（キャンパスで拾った一学生の声）

65

すでに遅い時間になっている。一日中講演がひっきりなしに続き、聴衆の数は多く、みな熱心に話に耳を傾けていたが、今、キャンパスの興奮は一時的に鎮まっている。宵闇のなか、そこかしこで酔った学生たちの笑い声があがってる。

フーコーの部屋に転がり込んだスリマーヌが、ひとりでウォークマンを聴いていると、ドアをノックする音が響く。「あのー、あなた様に電話が入っておりますが？」

スリマーヌは慎重に廊下に出た。すでに彼はいくつかの最初のオファーを受けていた。新しい買い手が出てきて、値がさらに吊り上がればいいのにと思い、廊下の壁に固定されている受話器を取った。フーコーからだ。電話の向こうから、狼狽して呂律《ろれつ》の回らない声が聞こえてくる。「迎えに来てくれ！ また始まったんだ。英語を忘れちまった」

いったいフーコーはどうやって、こんな片田舎で、ゲイの、しかもSMのナイトクラブを見つけることができたのだろう。自分だって知らないのに。スリマーヌはタクシーに乗ると、町外れにある《ザ・ホワイト・シンク》という名の場所に駆けつけた。客たちはみな、革のズボンをはき、〈ヴィレッジ・ピープル〉と記された帽子をかぶっていて、スリマーヌは一目見るなり、いい雰囲気の店だと感じた。鞭《むち》を持った屈強そうな大男が酒を振る舞おうとしたが、丁重にお断わりして、奥の部屋に通してもらう。果たして、そこにはLSDのせいで床にうずくまっているフーコーがいる――スリマーヌは一目見れば、LSDの症状がわかるのだ。心配そうにしている三、四人のアメリカ人に囲まれて、なかば裸の全身に大きなみみず腫れをつくり、完全に正体を失い、ただ同じことを繰り返すことしかできないでいる。「おれは英語を忘れちまった！ 誰も理解してくれない！ ここから出してくれ！」

タクシーはフーコーを乗せるのを拒んだ。おそらく車内で吐かれるのが嫌だったか、単純にホモが嫌いだったのだろう。そこでスリマーヌは仕方なく、フーコーを立たせ、両肩を抱きかかえるようにして、キャンパスの宿舎まで歩いて帰った。

イサカは人口三万人（キャンパスの学生を含めるとその倍）の小さな町だが、とても大きく広がっている。幹線道路が長く延び、街路は閑散として、多かれ少なかれ似たような木造の住宅がえんえんと連なっている。どの家にもソファがあり、中庭《パティオ》にはロッキングチェアが出してあったり、低いテーブルの上には空になったビール瓶が何本か、灰皿は吸い殻であふれていたりする（一九八〇年のアメリカではまだ煙草が吸えた）。百メートルおきに木造の教会が建っている。二人はいくつかの川を渡り、フーコーはそこらじゅうでリスを見かけた。

警察の車がゆっくり近づいてきて、彼らのところで停まった。スリマーヌは自分を照らす懐中電灯の向こうに不審そうな顔でこちらを見ている警官の姿を見分けた。彼はできるだけ陽気な口調を装って、フランス語で何ごとか答えた。フーコーはもごもご不明瞭な言葉を発した。見る人が見れば、スリマーヌが抱きかかえている男はたんに酔っぱらっているだけでなく、完全な幻覚症状に陥っていることくらい見抜かれてしまうだろう。せめてフーコーがLSDを所持していないことを祈った。パトロールの警官は躊躇したが、身体検査はしないで立ち去っていった。

二人はようやく町の中心部にたどり着いた。スリマーヌはフーコーのために、モルモン教徒がやっている簡易食堂《ダイナー》でゴーフルを買ってやった。フーコーは、「ファック・レーガン！」と叫んだ。

丘を登るのにさらに一時間かかるので、さいわいスリマーヌは墓地を横切ることを思いついた。その間ずっと、フーコーは繰り返した。「昔ながらのうまいクラブ・サンドとコカコーラ……」

フーコーはホテルの廊下でパニックの発作を起こした。出かける直前に『シャイニング』を観たからだ。スリマーヌが毛布をかぶせてやると、フーコーはおやすみのキスをねだり、グレコローマンのレスラーの夢を見て眠った。

66

「ぼくはイラン人だから言わないけど、フーコーは馬鹿なことばっかり言ってる。チョムスキーは正しい」

（キャンパスで拾った一学生の声）

67

女性の文章《エクリチユール》についてのシクスーの講演会から出るときに、シモンはユダヤ人の若いレズビアンのフェミニストと仲良くなった。ジュディスという名で、ハンガリーのユダヤ人家庭の出身だ。哲学の博士論文を準備しているところで、彼女が遂行《パフォーマティヴ》的ということに関心をもったのは、家父長的権力が陰険な遂行的発語に頼ってきたのは、異性間の一夫一婦制をモデルとする文化構造を自然なものに見せかけるためではないのかと疑っているからなのだ。あからさまに言えば、異性愛の白人男性が、それはそこにあると言いさえすれば、それはそこにあるのよ、と彼女は言う。

言語の遂行性というのは、何も騎士の叙任式に限ったことではなく、たんなる力関係の結果を太古の昔からの決まり事のように変えてしまうレトリックのいたずらでもある。

とりわけ、「自然な」という言葉。自然とは、じつは敵のことなのだから。反動ということについての衝撃的な議論。「自然に反すること」とはかつては神の意志に反することを意味していたのに、いつのまにか曖昧な現代的意味合いを担うようになった（神は、アメリカにおいても、一九八〇年にはやや疲れを見せているが、反動のほうは決して武装解除していない）。

ジュディス──「自然とは、痛みであり、病であり、残酷であり、野蛮であり、死なのよ。そう、自然は人殺し」と言って、彼女は笑う。「中絶は人殺し」という妊娠中絶合法化反対派《プロ・ライフ》のスローガンをもじったのだ。

シモンは彼なりの同意を示す。「ボードレールは自然を嫌ったしね」

彼女の顔は角張っていて、髪型はこざっぱりした学生風のカット、いかにもパリ政治学院《シアンス・ポ》を出た優等生という感じだ。ただし、モニク・ウィッティグと同じように、レズビアンは女ではない、なぜなら女性はそもそも男性の補完物として定義されたものであり、その定義からすれば女性は従属物だから、と考えているところは違う。アダムとイヴの神話は、ある意味で、遂行的発話の起源だとも言える。女性は男のあとに出現し、男の一部から生まれたと決めつけ、林檎を齧るなんて馬鹿な真似をしたのは女だと書かれてしまってからは、女は淫売であり、苦しんで子を産むのも当然の報い、おあいにく様ということになってしまった。そのうえ子供の面倒も見ないなんてことになれば最悪。

そこにバイヤールがやって来た。シクスーの講演に間に合わなかったのは、むしろホッケー・チームの練習を見物して、キャンパスの空気を吸っていたほうがましだと思ったかららしい。手には半分空になったビールとポテトチップスを持っている。ジュディスは、シモンの予想とは逆に、あからさまな敵意を示すこともなく、興味深そうにバイヤールを見つめた。

「レズビアンは女性ではないから、あなたがた男性と男根中心主義なんて問題にしないのよ」と言って、ジュディスは笑い、それにつられてシモンも笑った。バイヤールは「何の話だ？」と訊いた。

68

「サングラスを外せば？　太陽なんて出てないよ、天気は最悪だってわかってるでしょ」

伝説とは裏腹に、さすがのフーコーもやはり前夜のご乱行のせいでかなりへばっている。かろうじて飲めそうなダブルエスプレッソにペカン・ナッツの入った巨大なクッキーを浸して食べている。スリマーヌは、ブルーチーズ・ソースのかかったベーコン入りチーズバーガーを食べながら付き添っている。

食堂は丘の上にある。キャンパスの入口になっている橋のかかった峡谷の反対側に位置していて、その橋の上から気を滅入らせた学生がときどき身を投げる。二人は自分たちのいるところがパブなのか、ティーサロンなのか、じつのところよくわからないでいる。頭が割れそうに痛いのに、好奇心だけは旺盛なフーコーはそれを確かめるためにビールを注文しようとしたが、スリマーヌはすぐに注文を取り消した。ウェイトレスはおそらく客員教授《ヴィジティング・プロフェッサー》やキャンパスのスターの気まぐれに慣れっこになっているのだろう、肩をすくめて、「かまわないのよ《ノー・プロブレム・ガイズ》、欲しいものがあったら何でも言ってちょうだいね《レット・ミー・ノウ・イフ・ユー・ニード・エニシング》。ところで、わたし、キャンディっていうの《アイム・キャンディ・バイ・ザ・ウェイ》」と棒読みするように言い残すと、踵《きびす》を返した。フーコーは「やあ《ヘロー》、キャンディ、きみ、とっても素敵だね《ユー・アー・ソー・スイート》」とつぶやいたが、ウェイトレスの耳には届かなかった。フーコーは英語が戻ってきたことを確認できたものの、これが今のところ精一杯《フォア・ザ・ベスト》だなと思った。

肩に手が触れるのを感じた。目を上げると、サングラスの向こうにクリステヴァがいる。手に持った保温ゴブレットからは湯気がたっている。「どう、元気、ミシェル？　久しぶりね」フーコーは瞬時にして態勢を立て直した。表情を引き締め、サングラスを取ると、クリステヴァに向かって、歯を全部剝き出しにして、かの有名な微笑みを送った。「ジュリア、まぶしいほどきれいだね」と言って、前日顔を合わせているかのように、すぐに「ところで何を飲んでいるんだい？」と訊く。

クリステヴァは笑う。「まずいティーよ。アメリカ人はお茶の淹れ方を知らないんだもの。この前中国に行ったときは、ね、わかるでしょ……」

自分の状態をさとられないために、フーコーはたたみかける。「講演はうまくいったかい？　僕は参加できなくてね」

「ああ、べつに……革命的なことは何もなかったわ」そこで彼女は間を置いた。フーコーは自分の腹がごろごろ鳴るのが聞こえた。「革命は、もっと大事なときのためにとっておくわ」

フーコーは笑うふりをして、それから謝った。「ここのコーヒーを飲むと、どうも小便が近くなるみたいだな、ハハ」と言うと、立ち上がってまっすぐトイレに向かった。いっそ身体中の穴から、すべて吐き出したかった。

クリステヴァはその席に腰かけた。スリマーヌは何も言わずに彼女を見つめる。彼女はフーコーの蒼白な顔色に気づいていて、体調がよくなるまでトイレから帰ってこないだろうから、しばらく時間があると思っている。

「あなたはこの学会で買い手が見つかるような何かを持っているのじゃないかと思えてならないんだけど」

「それは思い過ごしですよ、マダム」

「わたしは逆に、あなたは間違っていると思うわ。残念ながら誰が見てもね」

「何の話をしているのかよくわかりません、マダム」

「とはいうものの、わたしは個人的に買い入れを申し出る準備はできているのよ。それ相応の埋め合わせとの交換でね。ただし、わたしがとくに望むのは保証なの」

「それはどういう保証でしょうか、マダム？」

「ほかの人には決して売らないという保証よ」

「で、その保証をどのようにして得ようというのでしょう？」

「あなたがわたしにそう言えばいいのよ、スリマーヌ」

スリマーヌは自分のファーストネームをしかと聞き届けた。

「おい、ちゃんと聞け、この薄汚い売女、ここはパリじゃないし、あんたの二匹のわんこの姿は見ていない。またオレに近づいてきたら、ブタみたいに切り刻んで、ここの湖に放り込んでやるからな」

フーコーがトイレから戻ってくると、水で顔を洗ってきたことはわかるものの、身のこなしは非の打ち所なく、目に黄ばみのようなものがなければ、完璧に騙せたのに、とクリステヴァは思う。まるでこれから講演をやる準備が整ったといわんばかりで、そもそもそれが予定されていることでもあるのだが、残念ながら自分が登壇する正確な時間が思い出せないでいる。

クリステヴァは、ごめんなさいと謝りながら席を返した。「知り合いになれてとってもうれしいわ、スリマーヌ」と言うものの、手は差し出さない。彼がその手を握り返してくることはないと知っているから。彼はすでにキャップを外したボトルから飲むことはない。テーブルの塩入れは使わない。それがなんであれ、物には直接触れないのだ。この男は用心深い。もっともなことだ。ここにはニコライがいないから、何をするにしても少し手間取るだろう。しかし、と彼女は思う、わたしにできないことはない。

69

「一つの言説を脱構築することは、自分の求める哲学、あるいは自分の依拠する異論・反論の階層構造を掘り返し、テクストのなかに潜む修辞的な操作を特定することによって、その内容に想定される根拠を与え、そのキー・コンセプトなり、前提なりを露わにすることなのです」
（学会開催責任者、ジョナサン・D・キュラー、「言語論的転回へのオーバードライブ・シフト」）

70

「我々はいわば、言語哲学の黄金時代を迎えているわけです」

サールは今、講演しているところだが、それが彼の師のオースティンの名誉を挽回するための、デリダに対する正式な攻撃になることを全米の大学関係者たちは知っている。このアメリカの論理学者は、フランスの脱構築主義者によって師はひどい目に遭わされたと見なしているのだ。

シモンとバイヤールも会場にいるが、講演が英語なので、何もわからないか、ほとんどわからないでいる。主題が「発話行為《スピーチ・アクト》」だということはわかる。「発話内的《イロキュショナリー》」とか「発話媒介的《パーロキュショナリー》」とかいう言葉は聞き取れる。でも、そもそも「アッテランス」がわからない（発話。英語ではutterance だが、フランス語ではénoncé）。

デリダ本人は来ていないが、密偵を送り込んでいるから、彼らはきっと逐一報告するだろう。たとえば忠実な子分のポール・ド・マンとか、翻訳者のガヤトリ・スピヴァクとか、友人のエレーヌ・シクスーとか……。じつを言うと、みんな来ていたのだ。あえて出席する労をとらなかったフーコーを除いて。スリマーヌに講演内容のレジュメを託しているのかもしれないし、そもそもまったく関心がないのか、どちらかだろう。

バイヤールはクリステヴァの姿を見つけた。食堂で見かけた連中も全員来ている。そのなかには毛糸のネクタイを締めた、やぶ頭の老人もいる。

サールは講演のなかで、同じようなことを何度も繰り返している。わざわざここであれこれ引き合いに出す必要はないとか、いちいちあの点この点を説明して、尊敬すべき聴衆のみなさんを侮辱するつもりはないとか、これほど明々白々たる事実に拘泥する理由はないとか。

とはいえ、よほどの馬鹿でなければ「反復性《イテラビリテ》」と「恒久性《ペルマナンス》」、書き言葉と話し言葉、真面目な話と作り話を混同したりはしないとサールが考えていることくらいは、シモンにもわかった。要するにサールのメッセージは、「ファック・デリダ」につきる。

ジェフリー・メールマンはモリス・ザップの耳もとでささやいている。「あのやたらに論争好きなサールに警官みたいな哲学的繊細さがあるとは気づかなかったよ《アイ・ハド・フェイルド・トゥー・ノート・ザ・チャーミングリー・コンテンシャス・サール・ハド・ザ・フィロソフィカル・テンペラメント・オヴ・ア・コップ》」ザップは笑った。後ろに座っている学生たちが静かにと注意した。

講演が終わると、一人の学生が質問に立った。サールはデリダとの論争をどう考えているのか（なぜなら、論敵の名こそ明かさないものの、今日の講演が誰を標的にしているかは誰の目にも明らかだから――会場に同意のつぶやきが広がる）、それは二つの偉大な哲学的伝統（分析哲学と大陸哲学）の対決を象徴するものなのか？

サールは怒りを押し殺した口調で答える。「そう考えるのは誤りだろうと思います《アイ・シンク・イット・ウドウ・ビー・ア・ミスティク・トゥ・ビリーヴ・ソー》。対決は決して起こりません《ザ・コンフロンテーション・ネヴァ・クワイト・ティクス・プレイス》」大陸哲学と称される哲学の流派に属する一部の哲学者によるオースティンとその発話行為《スピーチ・アクト》の理論に関する理解は、たいへん不明瞭かつ漠然としていて、誤解と矛盾に満ちたものであって、「今私がそれを証明したように」これ以上長々とそこに留まることは無用である。さらにサールは、謹厳な聖職者のような顔つきで、こう言い添えた。「きみの貴重な時間をこんな愚かなことに費やすのはおやめなさい。これは真面目な哲学研究の道ではないのです。ご傾聴に感謝申し上げます」

そして、聴衆のどよめきを無視して席を立った。

ところが会場から聴衆が引きはじめたとき、スリマーヌが講演者のあとを追っているのにバイヤールが気づいた。「おい、見ろ、エルゾグ！ あのアラブが遂行的なんとかについて質問があるみたいだぞ」シモンはその口調に人種差別と反知性主義の響きを聞き取った。とはいえ、偏狭で反動的な皮肉の裏側には、本当の疑問がある。それは、いったいスリマーヌはサールから何を聞き出そうとしているのか、ということだ

71

「『光あれ』すると光があった」（死海文書。紀元前二世紀頃、現在のところユダヤ・キリスト教世界で発見された最古の遂行的発話の出現例）

72

エレベーターのボタンを押したとたん、シモンは自分がすでに天国に向かっていることを知った。〈ロマンス語研究〉と記されたフロアのドアはすべて開いていて、シモンは、安物の蛍光灯に照らされた天井まで届く書架が立ち並ぶ迷路に足を踏み入れた。コーネル大学図書館の太陽は二十四時間沈まない。

シモンの欲しがっている本も、そうでない本もすべて揃っている。財宝のぎっしり詰まった洞窟にいる盗賊。ここが洞窟と違うのは、欲しいものがあれば、貸出票に記入すれば取り出せるということだけだ。シモンは、自分の所有する麦畑で育った麦の穂を撫でるように、指先で本の背をかすめていった。ここには現実のものとなった共産主義がある。みんなのものはわたしのもの、その逆も真。

とはいえ、この時刻の図書館はまさに閑散としていて、ひとけがない。

シモンは〈構造主義〉の棚の前を大股で通り過ぎていく。おや、レヴィ＝ストロースの日本についての著作があるじゃないか。

彼は〈シュルレアリスム〉の棚の前で立ち止まり、稀覯《きこう》本の揃った壁の前でうっとりする。ロジェ・ヴィトラックの『死を知ること』……ウニカ・チュルンの『暗い春』……デスノスの作と言われる『悪魔の女教皇』、フランス語と英語双方のクルヴェルの稀覯本、アニー・ル・ブランとラドヴァン・イヴシクの未完の作品……。

そのとき、軋み音が響いた。シモンは立ち尽くす。足音。とっさにシモンは、真夜中に大学図書館にいること自体、不法行為ではないにしても、少なくとも、アメリカ人がよく使う言葉を借りれば、不適切な行為だと感じていたので、身を隠した。場所は「シュルレアリスト研究コーナー」の、「性の探究」と記された棚の後ろ。

サールがツァラの書簡集の前を通り過ぎていくのが見えた。

隣接する棚のあたりで誰かと話している声が聞こえた。シモンは『シュルレアリスム革命』のファクシミリ版十二冊のバックナンバーが収められた函を静かに引き出し、その隙間から向こう側を覗くと、そこにはスリマーヌのひょろりとした姿があった。

サールのささやき声は低すぎたが、スリマーヌの声ははっきりと聞き取れた。「返答は二十四時間以内。そして、最高値をつけた人に売る」そう言うと、彼はまたウォークマンのヘッドフォンをかぶり、エレベーターのほうに戻っていった。

しかし、サールは一緒に立ち去らなかった。放心したように、何冊かの本を取り出してページをめくっている。彼が何を考えているかなんて誰にもわかるはずがない。シモンは、この姿はどこかで見かけたことがあるという既視感を頭から追い払った。函入りの『シュルレアリスム革命』を元の位置に戻そうとして、『グラン・ジュ』のバックナンバーを向こう側に落としてしまった。サールはセッター犬のように頭を上げた。シモンはできるだけこっそり立ち去ろうと、忍び足で書棚のあいだを縫うように歩いていくと、背後で言語哲学者が『グラン・ジュ』を拾う音が聞こえた。雑誌のページをめくっている姿が頭に浮かんだ。自分のあとを追ってくる足音が聞こえてきたので、自分も歩を速めた。〈精神分析学《サイコアナリシス》〉と記されたコーナーを通り過ぎて〈ヌーヴォー・ロマン〉のコーナーに出たけれど、そこは行き止まりだった。振り返ると、ペーパーナイフを片手に、『グラン・ジュ』をもう一方の手に持ったサールが自分のほうに向かって進んでくるのを見て、飛び上がった。シモンは反射的にわが身を守るために本をつかんだ(『ロル・V・シュタインの歓喜』を手にして、これじゃあんまり役に立たないなと思い、それを床に捨てると『フランドルへの道』をつかみ、こっちのほうがいいと思った)。サールは『サイコ』みたいに手こそ上に挙げていないが、シモンはペーパーナイフの攻撃から自分の急所を守る必要があるだろうと確信したのだ。そのときエレベーターのドアが開く音が聞こえた。

行き止まりのコーナーに入り込んだシモンとサールの目に、ブーツを履いた若い女と雄牛のような体つきの男がコピー機のほうに向かっていくのが映った。サールはペーパーナイフをポケットにしまい、シモンは手にしたクロード・シモンの本を降ろし、二人の男は同じ好奇心に突き動かされて、ナタリー・サロート全集の前を歩いていくカップルの姿をじっと見つめた。唸るような機械音が聞こえてきて、コピー機の放つ青い稲妻のような光が見えたが、すぐに牛男はコピー機の上にかがみ込んでいる女を背後から抱きしめた。女はかすかなため息を漏らし、振り返ることもせずに、男のズボンの合わせ目に手をやった（シモンはオセロのハンカチを思う）。彼女の肌はとても白く、指はすらりと長い。牛男は女のワンピースのボタンを外し、足もとに滑り落とす。彼女は下着を身につけておらず、その裸体はラファエロの絵のようで、胸はどっしりと豊満で、ウェストは細く、腰は大きく張り出し、肩はみごとな曲線を描き、性器はきれいに剃り上げられていた。切りっぱなしのブラントカットの黒髪は、彼女の三角形の顔をカルタゴの女王みたいに輝かせている。サールとシモンは目を大きく見開き、彼女がひざまずいて牛男の性器を口にくわえようとするところを見た。男の性器もまた雄牛並みかどうか確かめたいのだ。シモンは『フランドルへの道』を床に置いた。牛男は身体を起こして、女を後ろ向きにしてそのなかに入り込もうとする。女のほうは両手で自分の尻を左右に開いて、背中を反らす。男は女の首をつかんで押さえる。雄牛として当然のことをなそうというのだ。まずは女のなかにゆっくりと重々しく侵入してから、徐々に猛々しさを増し、コピー機が壁にぶつかる音が聞こえると、女は床から足が離れ、長い咆哮がひとけのない（と彼らは思っている）図書館の通路に響きわたった。

シモンはさっさと逃げ出さなければならないのに、神話の世界を思わせる圧倒的な性交の光景が目に焼きついて身動きできなくなっていた。この素晴らしいセックスシーンを中断させてしまうのはもったいない。それでも彼の自己保存の本能は驚異的な力を発揮した。デュラスの著作が並んでいる棚から全部本を払い落としたのだ。本が床に落ちる衝撃音に、その場にいる全員が硬直した。咆哮はただちに止んだ。シモンはサールの目をまっすぐに見つめ、その脇をゆっくりとすり抜けていくが、相手は身じろぎもしない。中央の通路に出て、コピー機のほうを振り返ると、牛男がペニスを宙に突き立てたまま、こちらをじっと見ている。若い女は睨みつけるような視線を投げかけながら、ゆっくりとワンピースを拾い、まず片足を入れ、次にもう一方の足を入れ、牛男のほうに背を向けると、男は背中のボタンを留めてやった。そのときシモンは、女がブーツを脱いでいないことに気づいた。そして、業務用のエレベーターに乗って逃げた。

外に出て、キャンパスの芝生の上に立つと、クリステヴァの若い友達がまだそこにいるのに気づいた。彼らの座っている芝生の周辺に散乱している空き瓶やポテトチップスの箱から判断すると、三日間ずっとそこに居つづけているように見えた。誘われるがままに、彼らのあいだに座ると、ビールを手渡され、おまけにマリファナまで出されたのでありがたく頂戴した。シモンはようやく危険から逃れたのに（仮に危険があったとして、彼は本当にペーパーナイフを見たのだろうか？）、胸中の不安レベルが下がっていないことを感じていた。まだ。危機は去っていないのだ。

ボローニャでは、十七世紀の階段教室でビアンカと寝て、爆弾テロからからくも逃れた。ここでは深夜の図書館で言語哲学者にあやうく刺されそうになり、コピー機の上での、神話的とも言える後背位の場面を目撃することになった。エリゼ宮でジスカールと出会い、ゲイ専用サウナでフーコーとすれ違い、カーチェイスを経験したあげくに、男が毒を仕込んだ傘でもう一人の男を刺し殺す場面に遭遇し、討論で負けたほうが指を切り落とされる秘密結社を発見し、謎の書類を取り戻すために大西洋を渡った。たった数か月で、それまでの人生では考えられないような奇想天外な出来事を立てつづけに経験した。まるで小説のようだと思う。彼はウンベルト・エーコの〈定員外〉という言葉を思い返し、マリファナを吸った。

「どうかしたのか《ワッツ・アップ・マン》？」

シモンはマリファナを巻いた。頭のなかで、ひたすら回りつづける映画のように続けざまに起こった出来事を一つひとつばらし、そこから語りの基本構造を引き出し、補助者を、対立者を、寓意の射程範囲を取り出すというお得意の分析作業を始めた。セックスシーン（当事者）、ボローニャの襲撃（爆弾）。襲撃（ペーパーナイフ）、コーネル大学でのセックスシーン（観客）。（交差配列法）車での追跡。ハムレットの最後の決闘の書き直し。反復する図書館の動機（でも、なぜここでポンピドー・センターの図書室を連想するのか？）対の登場人物。二人のブルガリア人、二人の日本人、ソレルスとクリステヴァ、サールとデリダ、アナスタシアとビアンカ……。そして、どう考えてもありそうにもないこともたくさんある。なぜ、三番目のブルガリア人は、シモンとバイヤールが件《くだん》の文書のコピーがバルトの部屋に残っていることに気づくまで、アパルトマンの捜索に行かなかったのか？　アナスタシアがロシアの工作員なら、なぜあれほど早く、バルトの入院した病院の病棟に配属されることができたのか？　ジスカールはなぜクリステヴァを捕えて、拷問にかけて自白させるという方法を取らずに、彼女を監視させるためにバイヤールとシモンをアメリカに送り込むことにしたのか？　どうして問題の文書は、ロシア語でも英語でもなく、フランス語で書かれているのか？　誰が翻訳したのか？

シモンは頭を抱え込んで、呻き声を上げた。

「僕はどうやら、クソいまいましい小説のなかに閉じ込められてしまったようだ」

――え？《ワット》

「僕は小説のなかに捕らえられてしまったようだ《アイ・シンク・アイム・トラップト・インナ・ノヴェル》」

相手の学生は仰向けに寝そべり、煙草の煙を空に向けて吐き出し、天空を流れていく星屑を見つめてビールをラッパ飲みすると、芝生に肘をつき、アメリカの夜にしばらく沈黙を漂わせてから、「なんかカッコいいね。トリップを楽しみなよ」と言った。

73

「それゆえパラノイアは、危機的な雰囲気のなかであらゆる方面から自分を襲う、領域を失った（脱領土化された）記号の無力状態に寄与するわけだが、その分だけ、怒りという強大な感情のなかで、その雰囲気に広がる編み目の支配者のごとくに、シニフィアンの超権力状態に達することになる」

（ガタリ、一九八〇年のコーネル大学での講演における発言）

74

「おい、ヤコブソンについての講演がはじまるぞ、ぐずぐずするな」

「ああ、やめとくよ、飲みすぎて具合が悪いので」

「馬鹿、いまさらなんだ、行くって言ったじゃないか。会場は満員になるぞ。いろいろ勉強になるし……。くそ、このルービックキューブってのは面倒だな！」

カシャ、カシャ。バイヤールは飽きもせずに多色の面を回転させている。六面のうち二面はなんとかそろいかけている。

「わかったよ、でも、もうじきデリダの講演があるんだ、これは逃せない」

「なんでだ？　そいつはほかのやつより見どころがあるのか？」

「彼は今生きている思想家のうち、**世界で**もっとも興味深い思想家のひとりだよ。でも、今回の場合、そこが問題なんではなく、オースティンの理論に関して、サールと深刻にもめてるんだよ」

カシャ、カシャ。

「オースティンの理論の根本は、遂行的というんだけど、憶えてる？　発話内的とか、発話媒介的とかね。言葉を発するときは、すでに行為しているという立場だよね。人が言葉を発すると、どんなふうな影響を及ぼすか。誰かに何かを話しかけているとき、どんな現象が起こっているか。たとえば、僕が影響力の大きい発話媒介的な力を持っているとして、あるいはあんたがそんなに馬鹿じゃないとした場合、僕が『デリダの講演会』と口にしただけで、あんたはすぐに靴を履き、席を予約しに出かけるといった具合にね。もちろん、七番目の機能があたりをうろついていれば、デリダは真っ先に関係するに決まっている」

「誰と関係するんだ？」

「つまんない冗談やめろよ」

「どうしてみんなヤコブソンの七番目の機能を追っかけてるんだ？　オースティンの理論があれば間に合うんじゃないのか？」

「オースティンの仕事はあくまでも解説的なものだからさ。それがどんなふうに機能するかを説明してくれても、そうするためにはどうしたらいいかは書かれていないんだよ。オースティンは、たとえばある約束をしたり、誰かに脅しをかけたり、なんらかの形で相手に行動を促すように働きかけたりしたとき、どんなメカニズムが発動するかについて記述しても、相手に信用してもらうにはどうしたらいいのか、相手を自分の思いどおりに行動させるにはどうしたらいいのかというようなことには触れていない。ただたんに、発話行為《スピーチ・アクト》はうまくいくときもあるし失敗するときもあることを認め、成功するために必要ないくつかの条件を列挙しているだけなんだ。たとえば、『二人は夫婦であることを宣言する』というフレーズが効力を発揮するためには、市町村の首長か副首長でなければならないとか（でも、これだと純然たる遂行的発話の例だ）。彼はどうすれば成功するかについては語っていない。つまり、運用法の説明書ではなく、ただの分析なんだよ、このニュアンスわかる？」

カシャ、カシャ。

「で、ヤコブソンの仕事はたんなる分析じゃないってわけか？」

「いや、それはそうなんだけど、七番目の機能については……やっぱりそうじゃないって信じるべきだと思う」

カシャ、カシャ。

「くそ、うまくいかん」

バイヤールはなかなか二面をそろえることができないでいる。

彼は自分にシモンの責めるような視線が注がれているのを感じる。

「おい、ところで何時からだ？」

「遅れないようにね！」

カシャ、カシャ。バイヤールは戦略を変え、二番目の面を完成させることにこだわらず、最初の面の周りを組み立て直してみることにした。ますます器用になる手つきでキューブをいじくりながら、どうも発話内的というのと発話媒介的との違いがよくわからんと思っていた。

シモンは、バイヤールがいてもいなくても、楽しみにしていたヤコブソンについての講演会場へと向かおうとして、キャンパスの芝生を横切っていくと、喉を鳴らすような、それでいてよく通る笑い声が聞こえてきて、そちらのほうに振り返ると、昨夜の黒髪の女が目に入った。カルタゴの女王は相変わらず革のブーツを履いていたが、今はちゃんと服を着ている。小柄なアジア人女性と大柄なエジプト人女性（もしかするとレバノン人かも、とシモンは思う。直感的にアラブ系の顔立ちで、なおかつ小さな十字架のネックレスをしていることに気づいたからだが、だとするとマロン派教徒、むしろコプト教徒かもしれないと思った）と話し込んでいる（何を根拠にそう言い切るのか、自分でも不思議だ）。

三人の女性は陽気な足取りで、上のほうにある町に向かって歩いていく。

シモンもついていくことにした。

彼女たちは科学棟の前を通っていく。ここには、エドワード・ラロフという、おそらく天才的なシリアル・キラーの脳がホルマリン漬けの状態で保存されている。

さらには、パンの焼けるおいしそうなにおいがするホテル学校の前に出る。

そして、獣医学校の前を通っていく。この尾行を通じて、サールがクロケットの大きなバッグを持って、建物のなかに入っていくところをシモンは見ていないか、目には入っていても、この情報を解読するには及ばないと思ったか。

彼女たちは〈ロマンス語研究〉棟の前に出る。

そして、キャンパスと町を隔てる峡谷を跨ぎ越す橋を渡っていく。

それから《シリアル・キラー》という名のパブに入って、テーブルを囲んで座る。シモンは目立たないようにカウンターに腰かける。

ブーツを履いた黒髪の女がほかの二人にこんなことを言っている。「わたし、嫉妬には興味ないのよ、争うことにはもっと興味がない……。自分の欲していることを怖がっている男たちに疲れちゃったのよ……」

シモンは煙草に火をつける。

「ボルヘスは好きじゃないって言いたいところなんだけど……。でも、どういうわけだか、その度に言えなくなっちゃうのよ……」

シモンは、『イサカ・ジャーナル』を開きながら、ビールを注文する。

「わたしは肉体的な力強い愛に向いているって、はばかることなく言えるわ」

三人の女たちはそこで大笑いする。

それから話題は、夜空の星座の神話的で男尊女卑的な解釈について、ギリシア神話のヒロインたち(シモンは自分の頭のなかを探ってみる。アリアドネ、ファイドラ、ペネロペ、ヘラ、キルケ、エウロペ……)の永遠に繰り返される誘拐についてに移っていく。

こうして結局、彼もまた、ヤコブソンの生きていることの構造についての講演を聞きそびれることになった。なぜなら、黒髪の女が二人の女友達とハンバーガーを食べるところを盗み見するほうを選んでしまったので。

75

空気がぴりぴりしている。クリステヴァ、ザップ、フーコー、スリマーヌ、サール、全員が揃い、会場は満席で、通路は立ち見の聴講者であふれ、学生や教授を踏み越えなければ移動もできないような有り様。誰もが劇場の観客のように固唾を呑んで開演を待っているところに、主役がやって来る。

さあ、デリダ、登場《オン・ステージ》。

彼はまず最前列のシクスーに微笑みかけ、翻訳者のガヤトリ・スピヴァクに親愛の合図を送り、支持者と敵を見分け、目ざとくサールを見つけた。

シモンはバイヤールと一緒に来ている。席は若いレズビアンのフェミニスト、ジュディスの隣。

「和解という言葉は、たった一言、この言葉を相手に投げかけることで和解のきっかけを提供する発話行為《スピーチ・アクト》です。ということは、少なくともこの言葉が発せられる前には、戦争があり、苦悩があり、トラウマと傷があったことを意味します……」

シモンは会場内に、例のカルタゴの女王が来ているのに気づくと、たちまち集中力が途切れ、その結果、デリダが発した最初の言葉が含意しているところを解読することができなかった。どうやら緊張を和らげることを狙っているようなのだが。

事実、デリダは穏やかに、整然とオースティンの理論について論じはじめ、学者たちが使う厳密な意味で、できるかぎり客観的なやり方で、いくつかの異論を展開した。

「言葉もまた行為であるという前提に立つ発話行為《スピーチ・アクト》の理論は、言葉を発する人は、言葉を発すると同時に行動しているということを前提にしているが、この前提は話者の意図がまず存在しているということを暗黙の前提にしている。デリダはまずそれに異を唱える。すなわち、志向性の問題である。話すことに先立って話し手の意図があり、なおかつ、その意図は話し手自身にとっても話し相手にとっても（話し相手が誰であるかが明白に了解されているという条件で）、明白で誤解の余地がないという前提が本当に成り立つのかどうか。

わたしが〝もう遅い時間なので〟と言えば、そろそろお暇《いとま》したいという意味である。でも、じつはまだ居残っていたいと思っているとしたら？　引き止めてほしいと思っているとしたら？　帰らせないようにしてほしいと思っているとしたら？　〝そんなことはありませんよ、まだいいじゃありませんか〟と言ってもらいたがっているとしたら？

　わたしが何かを書くとき、何が書きたいか本当にわかっているだろうか？　形が整ってくるにつれて、テーマが姿を現わしてくるのではなかろうか？（はたして本当に姿を現わすものなのだろうか？）

　さらには、自分のほうは言いたいことがわかっているとしても、相手はわたしの言ったことを、わたしが考えているとおりに（わたしがそう考えたと思っているとおりに）受け取っているだろうか？　わたしの言ったことについての彼の理解は、わたしが彼に伝えようとしたことと正確に呼応しているだろうか？」

　これらの最初の指摘が発話行為《スピーチ・アクト》理論に重大な打撃を与えていることは明らかだった。実際、この控えめな異論に照らしただけでも、オースティンのように、発話内的な力（とりわけ発話媒介的な力）を、成功とか不成功というような言葉（それまでの文献学的伝統では真実とか虚偽とかという言葉が使われていた）で計るのは危険であることがわかってくる。

「わたしが『遅い時間になりました』と言うのを聞いて、相手が、わたしが帰りたいと言っているのだと思い、見送ろうとしたら、それは成功なのだろうか？　でも、じつは居残っていたいのだとしたら？　そう意識しているわけではなくても、わたしの心の奥の誰か、何かが居残ろうとしているとしたら？

　実際のところ、いかなる意味において、レーガンは自分がアメリカ合衆国大統領のレーガンだと思っているのでしょうか？　厳密な意味では、誰にもわからないのではないか？　本人ならわかる？」

　場内に笑いが起こる。関心は頂点に達している。誰もが文脈《コンテクスト》を忘れてしまった。

その瞬間、デリダは聴衆を驚かす選択に出た。

「しかし、もしわたしが〝サルル〟に彼を批評すると約束しておきながら、分析を口実に、でもじつは挑発するために、彼の〈無意識〉が欲しているものを先取りして論じてしまったら、どういうことになるでしょうか？ そのとき、わたしの〈約束〉は約束なのでしょうか、脅しなのでしょうか？」

バイヤールはジュディスの耳もとで、どうしてデリダは「サルル」と発音しているのかと訊いた。するとジュディスは、サール（Searle）をからかうためにわざとそう呼んでいるのよと答えた。フランス語で〝SARL《サルル》〟と言えば「有限責任会社」を意味するから、その当てこすりじゃないかしら。バイヤールは、それはなかなか面白いと思った。

デリダはさらに論を展開する。

「話し手の統一性あるいは同一性とはどういうものでしょうか？ 彼は自分の無意識の言いなりになっている発話行為《スピーチ・アクト》に責任が持てるのでしょうか？ なぜならば、わたしにも無意識があって、サルルが批評されたいと思っているかぎりにおいて、わたしは彼を喜ばせてあげたい、批評しないことで苦痛を与えてやりたい、批評しないことで喜ばせてやりたい、批評して苦痛を与えてやりたいという無意識もあるのです。あるいは脅しを約束してやろう、約束で脅してやろうという無意識もあるし、わざわざ〝明らかに誤っている《オブヴィアスリー・ファルス》〟ことを言って自分を批評にさらしてみたり、自分の弱さを演じてみたり、とりわけ目立ちたいという無意識もある」

もちろん、聴衆全員がサールのほうを向いている。彼はこの瞬間を予想していたといわんばかりに、階段席の真ん中に陣取っている。群衆のなかで、ぽつんと孤立している男、まるでヒッチコック映画の一場面のように。大勢の視線を浴びても、その無表情な顔は瞬き一つしない。理由は明白、剝製のように固まってしまったのだ。

「それに、わたしが何か発言をするとき、それは本当にこのわたしがしゃべっているのでしょうか？言語の本質からして、既存の語彙の宝庫（だから辞書のことを言語の宝典と言ったりする）のなかから汲み出すことを余儀なくされているというのに、いったい誰が真に独創的な、個人的な、そのひとだけの言葉を発することができるだろう？　時代とか読書体験とか、社会文化的決定要因とか、自分の個性を強調するうえで（いわば「お化粧をする」のと同じように）重要な「口癖」とか、可能なかぎり、想像し得るかぎりのありとあらゆる形式のもとに絶えず浴びせかけられる無数の言説とか、これだけ外部の要素の影響を受けているのですから。

たとえば友人でもいい、親でもいい、職場の同僚でも、義理の父親でもいいけれども、おそらくは新聞で読んだか、テレビで聞いたかした議論を寸分違わずそのまま繰り返している現場に出くわしたことのない人がいるだろうか？　あたかも、自分の頭で考え、自分自身の名において語っているかのように、その話を自分のものとして横領し、その発信源は自分であるかのごとく、まったく同じ言い回し、同じレトリック、同じ前提、同じ憤慨した口調、同じ訳知り顔で、何一つ変更を加えることなく、そのまま繰り返すのを見たことはないだろうか？　あたかも自分はニュースの声を素通りさせるただの媒体ではないと信じているようだが、ニュースの声も政治家の発言を繰り返しているだけだし、その政治家にしても何かの本を読んでいるわけで、その本の著者も同様という具合に、どこまでさかのぼっても、たどり着く場所を持たない。というのも、そもそも亡霊のようにさまよい歩く起源を持たない話し手の声がものを言っているのであり、意思疎通とはある引用の一節《パッセージ》を通じて、二つの場所を通い合わせるという意味なのである。

新聞で読んだことを繰り返しているだけだとしたら、あなたの義理のお父さんの話はいかなる意味で引用《シタシオン》ではないと言えるのか？」

デリダは自分の話の筋などどうでもいいと言わんばかりに、繰り返した。そして、もう一つの中心となる問題点に切り込んでいく。つまり、引用性《シタシオナリテ》、あるいはむしろ反復性《イテラビリテ》（シモンにはその違いがはっきりとはわからない）。

「自分の話し相手に、たとえ一部でも理解されるためには、同じ言語を使う必要がある。すでに使われた単語を繰り返さなければならない。そうしないと話し相手は理解できないからだ。ということは、われわれはつねに運命的に引用の形式を踏んでいることになる。われわれは他人の言葉を使っている。ところで、伝言ゲームの場合は、他人の言葉を何度も繰り返しているうちに、そのゲームに参加している人の数だけ、わずかずつ意味がずれてきてしまうのは十分あり得るというよりも、避け難いことである」

アルジェリア育ちのデリダの声はさらに重々しく、大きくなる。

「まさにこのことが、やがて特徴（精神的なものでも、口頭的なものでも、形象的なものでも、何でもいいけれども）の働きを確かなものにしていくことになるのです。すなわち、言葉がひとたび繰り返されると、話者の意図や言いたいことの『理想的な』自足・充足状態、さらには意味すること《ミーニング》と言うこと《セイング》のあいだの一致が分裂し、奪われていくからです」

ジュディス、シモン、黒髪の若い女、シクスー、ガタリ、スリマーヌをはじめとする、すべての聴衆、さらにはバイヤールまでが、彼が次のように語りだすと、その口もとに注目した。

「許可するという働きに限定しても、反復性を不可逆的に明示することによって成立する法規や法律に違反することは、繰り返しのなかに変質をもたらすことにもなります」

そして、彼は堂々と次のように言い添えた。

「偶発的事故は、たんなる事故ではすまされないのです」

76

「寄生の可能性は、すでにサルルが〈実生活《リアル・ライフ》〉と呼んでいるもののなかにもあります。この〈リアル・ライフ〉を彼は確実なものとして、誰にも真似のできないほどの自信をもって（絶対的とは言いませんが、ほぼ自信たっぷりに）、それがどういうものであるか、どこから始まって、どこで終わるかを知ることができると考えているようですが、はたしてこの語〈リアル・ライフ〉の意味は満場一致の賛同を得られるのでしょうか。文学とか、芝居とか、嘘とか、浮気とか、偽善とか、不幸《インフェリシティ》とか、寄生状態とか、実生活の偽装とか、そういうものは実生活の一部ではないのでしょうか！」

（一九八〇年にコーネル大学で開催された学会でのデリダの発言、あるいはシモン・エルゾグの夢想）

77

彼らは腰を曲げて大きな岩を押す古代の奴隷のように見えるが、じつは学生たちが、ふうふう喘ぎながらビール樽を転がしているのだ。夜は長く、予備の飲み物がいる。〈シール・アンド・サーペント・ソサエティ〉は、一九〇五年に創立された由緒ある「友愛会」で、もっとも権威のある、すなわちアメリカ人の言葉の使い方に従えば、もっとも世に知られた団体の一つである。今夜は大勢の人が来る。なぜなら、今日で学会が終わるからだ。参加者は全員招かれるし、一般学生にとっては、思想界のスターたちが次にやって来るまで、最後の見納めになる。それにまた、ヴィクトリア様式の館の門には「言語論的転回に歯止めは設けない。ようこそ」と書いてある。入場できるのは本来学部の学生だけなのだが、今夜はあらゆる年齢層を受け入れている。とはいえ、もちろん、万人に開かれているという意味ではない。どんな場合でも、社会的かつ／または形式的な重みという普遍的な基準によって、門をくぐれる人となかに入れない人はいる。

スリマーヌがそれを忘れるようなヘマをするわけがない。フランスにいても、いつも門前払いを食ってきたし、ここでも、案の定まずはそこから始まった。というのも、見張り番役をする二人組の学生にいったんは行く手を阻まれたが、何語でどんなふうに言ったのかはわからないけれども、彼は何ごとか短い言葉で交渉して、ウォークマンを首にかけたまま、羨ましそうに見ているアクリルの丸首シャツを着たあぶれ者たちの前を通っていったのだ。

彼がなかに入って最初に出くわした人物は、一階のパーティ会場に集まった青年たちに向かって語りかけている。「ヘラクレイトスには、デリダが持っているものすべてとそれ以上のものが含まれている」クルエラ・レッドグレーヴことカミール・パーリアだ。彼女は片手にモヒートのグラス、もう一方の手にはシガレットホルダーを持ち、甘い香りのする黒い煙草を吸っている。その横では、チョムスキーがエルサルバドル出身の学生と話し込んでいる。学生は、自分の国の民主革命戦線が右翼の行動隊と政府の治安部隊によって壊滅させられたばかりだと説明している。実際、エルサルバドルには左翼の野党がもはや存在しない。それを聞いたチョムスキーはたいそう心配している様子で、神経質そうにマリファナを吸っている。

おそらく奥の部屋というものに慣れているのだろう、スリマーヌが地下の様子を見に行くと、ブラック・サバスの「ダイ・ヤング」が聞こえてきた。きちんとした身なりの、すでに酔っ払っている学生たちが群がり、てんでにラップダンスを踊っている。フーコーもそのなかに混じっている。黒い革のブルゾンを着て、眼鏡はかけていない（ぼやけた人生模様を味わおうという魂胆だなと、彼のことをよく知っているスリマーヌは思う）。彼はスリマーヌに親しげな合図を送り、足場を組んでいる鉄の棒にストリッパーのように絡みついている女子学生を指さす。スリマーヌは、彼女がブラジャーはしていないが、下には、太い赤のマークが入った白のナイキ（白と赤の配置が逆だが、『刑事スタスキー＆ハッチ』に登場する車のような）に合わせて、白いショーツをはいていることに気づいた。

　ポール・ド・マンと踊っているクリステヴァがスリマーヌを目ざとく見つけた。ド・マンは彼女に何を考えているのかと尋ねた。彼女はそれに「私たちは初期キリスト教徒の地下墓地《カタコンベ》にいるのよ」と答えたが、ジゴロから目を離すことはなかった。

　彼は誰かを捜しているようだ。彼は上の階に上がっていく。階段の途中でモリス・ザップとすれ違うと、ザップはスリマーヌにウィンクした。スピーカーからはジェネシスの「ミスアンダスタンディング」が流れている。彼はテキーラのグラスをつかむ。各部屋のドアの向こうから、学生たちがセックスしたり、早くも嘔吐したりしているのが聞こえてくる。ドアの開いている部屋もあり、シングルベッドの上であぐらをかいて、煙草を吸い、ビールを飲みながら、セックスや政治や文学の話をしている連中が見えた。閉ざされたドアの向こうから、サールらしい声が聞こえてきて、奇妙な呻き声をあげていた。彼はまた降りてきた。

　パーティ会場になっている大ホールでは、シモンとバイヤールがジュディスと話し込んでいる。若いレズビアンの活動家はブラディ・マリーをストローで飲んでいる。バイヤールは、スリマーヌが来ているのに気づく。シモンは、カルタゴの女王のような顔をした黒髪の女が小柄なアジア人女性と大柄なエジプト人女性と入ってくるのに気づく。男子学生が叫ぶ。「コーデリア！」カルタゴの女王はその声に振り返る。抱き合い、熱い言葉を交わすと、学生はすぐにジントニックを取りに行った。ジュディスはバイヤールに語りかけているが、シモンは聞いていない。「権力は、名づけるという神聖な力をイメージするとよくわかるのよ。ある言葉を発することは、結局はその言葉を創造することなので」フーコーはエレーヌ・シクスーとともに地下から上がってきて、マリブ・オレンジのグラスをつかむと、上の階に上がっていった。ジュディスは、ここぞとばかりにフーコーの言葉を引用する。「言説《ディスクール》は人生ではなく、そこに流れる時間はわれわれの生きている時間ではない」バイヤールはうなずく。男子学生たちはコーデリアと連れの友達の周囲に集まっている。どうやら彼女たちは人気者らしい。ジュディスは続いて、ラカンがどこかで言った言葉を引用する。「名は対象の持つ時間である」それを聞いたバイヤールは「時間は対象の名である」とか「時間は名の対象である」、あるいは「対象は時間の名である」とか、「対象とは名の時間である」とか、あるいはもっと単純に「名は時間の対象である」とか言えないのかなと思いつつ、ビールのお代わりをして、回ってきたジョイントを吸い、つい本音を漏らす。「でも、あんたがたには選挙権もあるし、離婚の権利も堕胎の権利もあるじゃないか！」シクスーはデリダと話したがっているが、デリダは熱狂的な若いファンの群れに取り囲まれ、分け入る隙もない。スリマーヌはクリステヴァを避けている。バイヤールはジュディスに問いかける。「あんたがたは何を求めているんだ？」シクスーの耳にバイヤールの言葉が届き、会話に入り込んできた。「わたしたちに部屋を！」雑誌『セミオテクスト』の創刊者であるシルヴェール・ロトランジェは蘭の花を一輪抱えるように持って、デリダの翻訳者であるジェフリー・メールマンやガヤトリ・スピヴァクと話している。スピヴァクは「グラムシはわたしの兄弟よ！」と叫んでいる。スリマーヌはジャン＝フランソワ・リオタールと、リビドー経済とかポストモダンのトランザクションとかについて話し込んでいる。ピンク・フロイドが「アナザー・ブリック・イン・ザ・ウォール」を歌っている。

シクスーはジュディスとバイヤールとシモンに、来るべき新たな歴史は男の想像力を超えているのよ。なぜなら、新たな時代は男たちの概念的な上辺《うわべ》を奪い取り、彼らの張子の装置を破壊しはじめるからよ、などと語りかけているが、シモンはもうこんな会話を聴いてはいない。コーデリアのグループを敵軍の兵力を確認するかのように見つめている。総勢六人、男三人、女三人。彼女がたとえひとりだったとしても言い寄るのは至難の業なのに、こんな布陣じゃ、どうにもならない。

ところが、彼は動きだした。

「肌の白さ、体つき、スカート、安物のアクセサリー、わたしは自分の性、自分の年齢のすべてのコードを演じているのよ」と、彼はこの女性の頭のなかを想像してみる。彼女の脇を通り過ぎると、彼女が完璧に色っぽい上流階級的な口調でしゃべっているのが聞こえる。「どの夫婦も鳥のつがいのように離れ難く、とめどなく、檻の外に出ると、無意味に羽をはばたかせるのよね」でも、訛りは検出できない。するとその場にいたアメリカ人が、シモンの理解できない英語で何か指摘した。彼女はまず英語で答え（やはり訛りはないように彼の耳には聞こえる）、それから声を裏返して、「わたしは実際の恋愛は経験したことがなくて、小説の世界でしか生きてこなかったの」シモンは飲み物を、しかも二人分取りに行った（ガヤトリ・スピヴァクがスリマーヌに「わたしたちは敵にイエスと言うように《ウィー・ワー・トート・トゥー・セイ・イエス・トゥー・ザ・エネミー》教えられてきたのよ」と言っている）。

バイヤールはシモンがいなくなった隙に、ジュディスに発話内的と発話媒介的の違いを説明してくれと言っている。発話内的行為とは、それ自体、発話者が行なっていることであるのに対して、発話媒介的というのは、発話行為の内容とは一致しない効果を誘発することだと彼女は説明している。

「たとえば、『上に空いてる部屋があると思う?』と尋ねた場合、この質問に含まれる客観的な発話内的現実は、わたしはあなたを誘っているということです。この質問をすることで、すでにわたしはあなたを誘っている。ところが、発話媒介的な賭は別の次元にあります。つまり、わたしがあなたを誘っていることをわかったうえで、わたしの提案にあなたは興味がありますか、ということなのです。発話内的行為は、あなたがわたしの誘いを理解すれば成功です(『成功裡に遂行された』と表現されます)。でも、発話媒介的行為のほうは、あなたが部屋にまでついてこなければ実現されたことにはなりません。微妙でしょ? それにそのニュアンスはいつも変わらないというわけでもないし」

バイヤールは何やらぶつぶつつぶやいているが、でも、こうしてつぶやいていること自体、彼が理解したことを意味しているのだ。シクスーは持ち前のスフィンクスのような笑みを浮かべ、「というわけで、遂行しに行きましょう!」と言った。バイヤールが、どこからかビールのパックを探し出してきた二人の女性のあとについて、階段を上がっていくと、途中でチョムスキーとカミール・パーリアが立ち止まってディープキスを交わし合っていた。廊下ですれ違った、D&Gのロゴマークの入った絹のシャツブラウスを着たラテンアメリカ系の女子学生から、ジュディスはピルを買っている。D&Gのロゴマークに心当たりのないバイヤールがジュディスに尋ねると、あれはブランドのロゴではなく、ドゥルーズ&ガタリの略だと教えてくれた。よく見ると、ピルの一錠一錠にD&Gの印が刻まれている。

下からは、例のアメリカ人がコーデリアに「きみは女神だよ《ユー・アー・ザ・ミューズ》!」と言っているのが聞こえてくる。コーデリアはいかにも見下したように唇を尖らせ——どうやら唇の内側が目立つように研究したとシモンは見た——「それじゃ足りない《ザット・イズ・ノット・イナフ》!」と応じた。

このときとばかりにシモンは、アカプルコの断崖から飛び込むように意を決して、友達のいる前で、彼女に言い寄った。あたかも、たまたま通りかかっただけだと言わんばかりに、当意即妙に言葉尻を捉えると、できるだけかっこよく自然体を装い、こんな場合はどうしても口を挟まざるを得ないという感じで、こう言った。「そりゃそうだ、ただ崇められるだけでいいなんて誰も思わないよね？」沈黙。コーネリアの目に「オーケー、あなた、今、私の気を惹いたわ」というしるしが読めた。彼は心得ている。たんに都会的で教養があると見られただけではだめで、彼女の好奇心を刺激し、あまり気分を害さないように挑発し、彼女の機知を興奮させられるだけの機知があることを証明し、軽みと深みをうまく調合してペダントリーや気取りは避け、社交的なお芝居を演じ、決して騙そうとしているわけではないということをほのめかしつつ、関係を一気にエロチックなものにすることが肝要なのだ。「あなたは強力な肉体的性愛のためにあるような人で、コピー機の反復性を愛している、違いますか？　昇華された幻想とは実現された幻想にほかならない。その逆を主張するのは嘘つきであり、聖職者たちであり、人民の搾取者たちなのだ」と言うと、彼は両手に持っていたグラスの一つを差し出した。「ジントニックはお好きですか？」

スピーカーからはドクター・フックの「セクシー・アイズ」が流れている。コーデリアはグラスを受け取った。

彼女は乾杯するためにそのグラスを持ち上げ、「わたしたちは信用のおける嘘なのよ」と言った。シモンも自分のグラスを持ち上げ、一気に飲み干した。これで最初の関門は突破したのだ。

反射的に、場内をぐるりと見回すと、スリマーヌが二階に続く階段の踊り場の手すりに片手をつき、ホールに集まった群衆を見下ろしながら、もう一方の手でVサインを送ってくるのが見えた。それから、一方の手を垂直に立て、その中点の少し上のあたりにもう一方の手を交差させて十字のような印を作った。シモンは誰に送っている合図なのか見極めようとしたが、キム・ワイルドの「キッズ・イン・アメリカ」にのって、酒を飲んで踊り、いちゃいちゃし合っている学生と教授たちの姿しか見えず、何かうまくいかないことがあるのだろうが、それが何かはわからない。そして、デリダの周辺にはますます密集した人だかりができ、スリマーヌはそちらのほうをじっと見つめている。

シモンには、クリステヴァも、やぶ頭の毛糸のネクタイをした老人の姿も見えていない。でも、じつは彼らも場内にいたのだ。もし、仮に彼らが人混みに隠れていなくて、シモンにその姿が見えていれば、二人がそれぞれ別の場所からスリマーヌを注視しているのが目に入っていただろうし、彼らもスリマーヌが両手で作った合図をキャッチしていて、その合図が、やはり人混みに隠れているデリダに向けて送られていることを見抜いていることもわかっただろう。

彼にはまた、昨夜コピー機の上でコーデリアを犯した牡牛のような首をした男の姿も見えていないが、じつは彼もまたそこにいて、牡牛のような視線を彼女に送っていた。

また、バイヤールの姿を人混みのなかに捜しても見つからないのも当然で、バイヤールは上の階の一室にいて、ビール片手に、得体の知れない化学物質を血管の中にめぐらせながら、ポルノグラフィーについて、フェミニズムについて、さっき知り合ったばかりの女友達と話し込んでいたのだから。

コーデリアが「かの寛大なローマ・カトリック教会は、五八五年に開かれたマコンの公会議で、女性に魂はあるかどうかを問題にした……」と言っているのが聞こえてきたので、シモンは彼女の気を引こうとして、「……そして、賢明にも結論を出すのを保留した」

大柄なエジプト人女性は、ワーズワースの詩句を引用したが、シモンにはその出どころがわからなかった。小柄なアジア人女性は、ブルックリン出身のイタリア人に、自分はラシーヌにおけるクイアについての論文を書いていると説明している。

誰かが、「精神分析医は語ることさえできず、それ以上に解釈することしかできないということはよく知られている」と言っている。

カミール・パーリアは大声で「フランス人は帰れ！《フレンチ・ゴー・ホーム》　ラカンはこの国から放逐されるべき暴君だ！《ラカン・イズ・ア・タイラント・フー・マスト・ビー・ドライヴン・フロム・アワ・ショアー》」と叫んでいる。

モリス・ザップは笑い、場内に響き渡るような大声で彼女に答える。「あんたは正しい《ユー・アー・ダムン・ライト》、カスター将軍《ジェネラル・カスター》！」

ガヤトリ・スピヴァクは思う。「あなたはアリストテレスの孫娘じゃないのよ《ユー・アー・ノット・ザ・グランドドーター・オヴ・アリストートル》、そうでしょ？《ユー・ノー》」

上の部屋では、ジュディスがバイヤールに尋ねている。「ところで、あなた、どこで研究してるの？」不意を突かれたバイヤールは、シクスーがすぐに気づかないことを祈りつつ、「それはその……ヴァンセンヌだ」としどろもどろに答えた。もちろん、シクスーはすぐに片方の眉を上げたので、彼はまっすぐにその目を見つめて、「法学部だけど」と言った。シクスーはもう一方の眉も上げた。ヴァンセンヌでバイヤールを見かけたことがないだけでなく、法学部も存在しないからだ。その場を取り繕うために、バイヤールは彼女のシャツブラウスの下に手を入れ、ブラジャーの上から胸を握った。シクスーは驚きの表情を抑えたが、ジュディスがもう一方の胸に触ってきたので抵抗しないことにした。

ドンナという名の女子学生がコーデリアのグループに加わってきたので、コーデリアは彼女のクラブ生活を知りたくて、「ギリシアの生活はうまくいってるの？《ハウ・イズ・グリーク・ライフ・ソー・ファー》」と尋ねた（〈ギリシアの生活〉というのは、男性だけのクラブ、女性だけのクラブのことで、そういうクラブはだいたいギリシア語のアルファベット名で呼ばれているからだ）。ドンナとその女友達は、バッカスの祭りを再現してみたいとちょうど思っていたところだという。それを聞いてコーデリアはすごく興奮している。シモンは、さっきスリマーヌはデリダと会う約束を伝えようとしていたのではないかと考えている。あのVサインはヴィクトリーではなく、時間を示していたのだ。つまり二時、でもどこで？　どこかの教会だとしたら、スリマーヌはあんな奇妙な手真似ではなく、ふつうに十字を切っただろう。シモンは質問してみた。「このキャンパスのどこかに墓地はある？」若いドンナが両手を打ち合わせた。「あ、それよ！素晴らしい思いつきだわ！　墓地に行きましょう！」シモンはそういうつもりで言ったんじゃないんだけどと訂正しようとしたが、コーデリアとその取り巻きの女性たちがすっかりその気になっているので、何も言わないことにした。

ドンナは用具一式《マテリエル》を取ってくると言って、立ち去った。スピーカーからは、ブロンディの「コール・ミー」が流れている。

すでに一時近くになっている。

誰かがこう言っているのが聞こえる。「この世のすべてを解釈してみせる司祭は占い師のようなもので、神＝専制君主に仕える官僚なんだよ。さらに言うなら、司祭にはペテン師の面もある。解釈は無限にあるし、解釈する対象がすでにひとつの解釈だってこともざらにあるからね！」声の主はガタリ、見るからにかなり酔っていて、イリノイ州出身の純心そうな博士課程の学生を口説こうとしている。

何はともあれ、バイヤールに知らせておかなければならない。

スピーカーからは、デビー・ハリーが「コール・ミー」を歌う声が途切れ途切れに聞こえてくる。

ドンナが化粧道具の入ったポーチを持って戻ってくると、さあ行きましょうかと声をかける。

シモンは、バイヤールに墓地で二時に落ち合おうと知らせるために、あわてて上の階に駆け上がった。次から次へとドアを開けていくと、多かれ少なかれラリって騒いでいる様々な学生の姿や、ミック・ジャガーのポスターを前にマスターベーションしているフーコーの姿、いくつも詩を書いているアンディ・ウォーホル（じつは給与明細書に書き込みをしているジョナサン・キュラーだが）、天井まで届くほどのマリファナ栽培の温室だとか、クラック・コカインを吸いながらスポーツ・チャンネルで野球を見ているおとなしい学生もいて、ようやくバイヤールを捜し当てた。

「あ？　失敬！」

あわててドアを閉めたが、バイヤールが、相手が誰かは見えないけれど、女の股に入り込んでいて、その一方でペニスの張り型のついたベルトを締めたジュディスに背後から攻められているところを目撃する時間はあった。ジュディスは叫んでいる。「わたしは男《アイ・アム・ア・マン》、だからあんたを犯してやる《アンド・ファック・ユー》！　わた《ナウ・ユ》しの遂行力を感じるでしょ《ー・フィール・マイ・パフォーマティブ》、どう？《ドンテュー》」

この光景に度肝を抜かれたシモンは、メッセージを残すことも忘れて、コーデリアのグループに合流しようと、あわてて階段を駆け降りた。

階段の途中でクリステヴァとすれ違ったけれど、とくに注意はしなかった。

べつに緊急プロトコルの要請に従っているわけではないのだが、コーデリアの白い肌には人を惹きつけるとても強い磁力があるのだ。結局は待ち合わせの場所に行って、自分の立てた戦略を正当化しようとするのだろうな、と彼は思う。でも、その戦略は、自分の欲望の論理以外の何ものでもない論理によって命じられたものであることくらい、彼はよく知っていた。

クリステヴァは、奇妙な呻き声が漏れてくるドアをノックした。サールがドアを開けた。彼女はなかには入らず、彼の耳もとで何ごとかささやいた。それから、バイヤールが二人の女性と入っていくのを見た部屋へと向かった。

イサカの墓地は、木の生い茂る丘の中腹にあって、墓は林のなかに無秩序に散らばっているように見える。墓地を照らすものは月明かりと、町の明かりのほかにはない。グループは若くして死んだ女性の墓の周りに集まっている。ドンナが、これから巫女《シビラ》のお告げを読み上げるけれども、それには「新しい人間の誕生」と呼ばれる儀式を執《と》り行なわなければならず、その儀式の生贄《いけにえ》となる志願者が必要だと説明した。コーデリアがシモンを指さした。詳しいことを教えてほしいと思ったけれど、彼女がさっそく脱がせはじめたので、黙ってやらせておくことにした。素っ裸にさせられ、十人ほどの野次馬が彼らを取り囲んでいて、シモンにはちょっとした群衆のように思えた。素っ裸にさせられ、墓の周囲の草むらに寝かされたシモンの耳もとで彼女はささやく。「リラックスして。今から古い人間を殺すので」

みんなしこたま飲んで、とても開放的になっているので、どんなことでも本当に起こるんだろうな、とシモンは考えている。

ドンナが化粧道具入れを差し出すと、コーデリアはそのなかから床屋の使う剃刀を取り出し、もったいぶった手つきで刃を広げた。ドンナが薄暗がりのなかでヴァレリー・ソラナス（「男性皆殺し協会」を提唱した過激なフェミニスト）の名を呼ぶのを耳にすると、シモンはさすがに心穏やかではいられない。ところが、コーデリアはシェービングフォームのボンベも取り出すと、シモンの恥骨のあたりに泡を吹き付け、丁寧に毛を剃りはじめた。なるほど去勢の象徴的儀式か、とシモンは理解し、注意深くその作業を目で追いつつ、コーデリアの指先が自分のペニスに触れて、そっと位置をずらしているのを感じている。

「彼らが何を言おうと、この世の始まりには《イン・ザ・ビギニング・ノー・マター・ワット・ゼィ・セィ》、女神しかいなかった《ゼア・ワズ・オンリー・ア・ゴッデス》。ひとりの、たったひとりの女神《ワン・ゴッデス・アンド・ワン》しかいなかった《・オンリー》」

やっぱりバイヤールを連れてくればよかったとシモンは思った。

でも、バイヤールは、学生寮の部屋の真っ暗闇のなかで、二人の裸の女友達にはさまれ、やはり素っ裸でカーペットの上に寝そべり、煙草を吸っていたのである。一方の女性は彼の胸越しに腕を伸ばし、反対側にいる女性の手を握ったまま眠りこけている。

「彼らが何を思おうと、この世の始まりには《イン・ザ・ビギニング・ノー・マター・ワット・ゼイ・シンク》、女性が唯一無二の存在だった《ウィミン・ワー・オール・アンド・ワン》。そのとき唯一の権力は女性であり《ジ・オンリー・パワー・ゼン・ワズ・フィーメール》、自然発生的であり、そして複数であった《スポンティニアス・アンド・プルーラル》」

バイヤールはジュディスに、どうしておれに興味を持ったのかを問うと、その肩に絡みついているジュディスは猫撫で声を出し、中西部のユダヤ人特有の訛りで、「だって、あなた、どう見たってここでは場違いだもの」と答えている。

「女神はこう言った《ザ・ゴッデス・セッド》。『わたしが来たのは《アイ・ケイム》、それが正しく、善だからである《ザット・イズ・ジャスト・アンド・グッド》』」

そのとき誰かがドアをノックして部屋に入ってきたので、バイヤールは起き上がった。そこにいたのはクリステヴァで、「服を着たほうがいいんじゃないかしら」と言っている。

「まさにこの世に最初に現われた女神《ザ・ヴェリ・ファースト・ゴッデス》、最初の女性の権力者《ザ・ヴェリ・ファースト・フィーメール・パワーズ》。人類は彼女とともに、彼女によって、彼女のなかで生きている《ヒューマニティ・バイ・オン・イン・ハー》。大地、大気、水、火。そして言語《ザ・グラウンド・ジ・アトモスフェア・ウオーター・ファイア・ランゲージ》」

教会の鐘が二つなった。

「かくしてその日がやって来て、小さないたずらっ子が現われた《ザス・ケイム・ザ・ディ・ウェン・ザ・リトル・プランクスター・アピアード》。それほど力があるようには見えなかったが《ヒー・ディドウント・ルック・ライク・マッチ・バット》、自信家だった《ワズ・セルフ・コンフィデント》。彼は言った《ヒー・セッド》。『わたしは神であり《アイ・アム・ゴッド》、人間の息子であり《アイ・アム・ザ・サン・オヴ・マン》、彼らは祈るべき父を必要としている《ゼイ・ニード・ア・ファザー・トゥ・プレイ・トゥ》。彼らはどうすればわたしに付き従うことができるかを知るだろう《ゼイ・ウィル・ノウ・ハウ・トゥ・ビー・フェイスフル・トゥ・ミー》。わたしはいかにして意思疎通できるかを知っているので《アイ・ノウ・ハウ・トゥ・コミュニケイト》』」

墓地はキャンパスから百メートルくらいしか離れていない。パーティの騒音が墓のあいだに響き渡り、古代の宗教儀礼を模した儀式に、明らかに時代錯誤的なBGMを提供している。スピーカーから流れているのは、ABBAの「ギミ！　ギミ！　ギミ！」（A Man after Midnight）だった。

「こうして男はイメージと規則と《ザス・マン・インポーズド・ジ・イメージ・ザ・ルールズ》、ペニスの備わった人体を崇拝する習慣を植え付けた《アンド・ザ・ヴェネレーション・オヴ・オール・ヒューマン・ボディズ・エンドウド・ウィズ・ア・ディック》」

シモンが恥ずかしさと興奮を隠すために顔を背けたとき、数十メートル先の木陰にいる二人の人影に気づいた。すらりと背の高い方の人影がウォークマンのヘッドフォンを、スポーツバッグを持ったずんぐりした方の人影に手渡しているのが見えた。受け取っているのはデリダその人であり、受け取ったブツはまさに言語の七番目の機能を録音したテープであることを、シモンは理解した。

「リアルなものはコントロールできない《ザ・リアル・イズ・アウト・オヴ・コントロール》。リアルなものが物語を、伝説を、生きとし生けるものを創造する《ザ・リアル・ファブリケイツ・ストーリーズ・レジェンズ・アンド・クリーチャーズ》のだ」

数メートル先にいるデリダが、たくさんの墓が並ぶイサカの墓地の真ん中の木陰で、言語の七番目の機能に聴き入っている。

「墓の上に馬乗りになって《オン・ホースバック・オンナ・トウム》、われわれは自分たちの息子に彼らの父祖たちの肚のうちを注ぎ込む《ウィー・ウィル・フィード・アワ・サンズ・ウィズ・ザ・エントレイルズ・オヴ・ゼア・ファザーズ》」

シモンはそこに割って入りたいと思うが、全身の筋肉が金縛りに遭ったようで起き上がることができない。舌の筋肉は身体のなかでもっとも力があるということは知っているが、その筋肉でさえ動かないから言葉を発することもできない。そうこうしているうちに、儀式は象徴的な去勢の段階から、象徴的な再生の段階に移り、さらにはフェラチオに象徴される新人類の到来の段階に移ろうとしているではないか。さて、コーデリアがシモンのペニスを口に含み、カルタゴ女王の粘液の温かみが細胞の隅々まで広がっていくと、この任務は自分の負けだ、とシモンは思った。

「われわれは口によって女子会の生気と力をつくり出す《ウィー・フォーム・ウィズ・アワ・マウス・ザ・ブレス・アンド・ザ・パワー・オヴ・ザ・ソノリティ》。われわれは一つにして多数であり《ウィー・アー・ワン・アンド・メニー》、われわれは女の軍団である《ウィー・アー・ア・フィーメール・リージョン》……」

今まさに取引は完了し、それを阻止する術《すべ》はないかのように思われた。

ところが、頭を後ろにのけぞらせると、キャンパスの明かりに照らされた丘の上に、非現実的な光景が目に入ってきた。そして、この光景にそれなりの現実性があったとしても、むしろ非現実性のほうが彼を不安にした。大型犬二頭を引き連れた男が突然現われたのだ。

あたりはとても暗かったが、その男がサールであることはわかった。二頭の犬が吠えた。儀式の観客たちは驚いて、そっちのほうに目をやった。ドンナは祈りを中断した。コーデリアはシモンのペニスを舐めるのをやめた。

サールが口から合図の音を出し、犬を放すと、犬たちはスリマーヌとデリダに向かって突進していった。金縛りを解かれたシモンは起き上がり、二人を助けようと駆けだしたとたん、ものすごい力でつかまれた。コーデリアをコピー機の上で犯した牡牛の首の男に腕をつかまれ、顔面を思い切り殴りつけられたのだ。シモンは素っ裸で、その場に倒れ、ただ犬どもが哲学者とジゴロに向かって飛びかかっていくのを見ているしかなかった。

叫び声と唸り声が交錯した。牡牛の首の男は、背後で繰り広げられている惨劇にはまったく動じることなく、見るからにシモンと一戦交えたがっているようで、英語で罵詈雑言を浴びせかけてくるので、この男はコーデリアとの肉体関係において独占的な立場を求めているらしいことがわかった。そうこうしているあいだに、二頭の大型犬はスリマーヌとデリダに嚙みつき、切り裂こうとしていた。

入り混じる人間と犬の叫び声に、バッカスの儀式の実習生とその友人たちは、その場に凍りついた。たけり狂った猟犬に追われたデリダは墓の立ち並ぶ傾斜を転げ落ちていく。若くて力のあるスリマーヌは牙をむく犬の口を二の腕で防ごうとするが、嚙む力は筋肉にも骨にも及び、彼は一瞬にして気を失い、もはや抵抗することもできずに貪り食われてしまうかと思われたそのとき、急に犬がキャンキャン鳴き出すので、よく見ると、どこからともなく現われたバイヤールが二本の指を犬の目に突っ込み、眼球をえぐり出しているではないか。犬はぞっとするような鋭い泣き声を上げて、墓にぶつかりながら逃げていった。

次にバイヤールは、なおも転げ落ちているデリダを助けようとして、墓地の斜面を駆け下りていく。

二頭目の犬の頭をつかんで、首筋を捻り潰そうとしたが、犬が振り返って向かってくるのでバランスを崩しつつ、犬の前脚を懸命にブロックするも、巨大な口が十センチぐらいの距離まで迫ってくる。するとバイヤールはポケットから六面きっちり色のそろったルービックキューブを取り出し、それを犬の口から食道の奥まで突っ込んだ。犬は邪悪なガーゴイルのような叫び声を上げると、木々に頭をぶつけながら草むらを転げ落ち、ついに玩具で喉をつまらせ、痙攣して窒息死した。

バイヤールは、近くに横たわる人影のほうに這っていく。液体がどくどく流れ出す音が聞こえてくる。デリダは大量に出血していた。犬は文字どおり彼の喉もとに食らいついたのである。

バイヤールが犬を殺そうとして必死になり、シモンが牛男と休戦交渉をしているあいだ、サールは地面に倒れているスリマーヌのもとに駆け寄っていく。今ようやく、七番目の機能がどこに隠されているかがわかったので、もちろん言うまでもなく、ウォークマンを手に入れようとしているのだ。うつ伏せになって苦しんでいるスリマーヌを仰向けにすると、ウォークマンに手を伸ばし、イジェクト・ボタンを押した。

ところが、なかは空だった。

サールは怒り狂った獣のような叫び声をあげた。

木陰から第三の男が現われた。毛糸のネクタイを締め、周囲の環境に同化したような頭をしている。おそらく最初からそこに潜んでいたのだ。

いずれにせよ、その男がカセットを握っている。

磁気テープは抜き出されている。

もう一方の手で、ライターの点火用歯車を回している。

サールはぎょっとして叫ぶ。「ロマン、やめろ《ドント・ドゥー・ザット》！」

毛糸のネクタイをした老人がジッポの炎を磁気テープの端に近づけると、テープは一瞬にして燃え上がった。遠くからだと、闇夜に穴を開ける小さな緑色の炎でしかない。

サールは心臓を抉り出されたような声で叫んだ。

バイヤールが振り返る。牡牛の首の男も振り返る。シモンはようやく身を振りほどくことができた。そのまま（相変わらず裸）夢遊病者のようにやぶ頭の男のほうへふらふらと歩いていき、茫然とした声で、「あなたは誰です？」と訊いた。

老人はネクタイを締め直すと、ただたんに「ロマン・ヤコブソン、言語学者です」

シモンの血が凍りついた。

下のほうにいるバイヤールにはちゃんと聞き取れなかったらしい。「え？　なんて言ったんだ？シモン！」

磁気テープの燃え残った端がパチパチと音を立てて、ついにすべて灰になった。

コーデリアがデリダのもとに駆け寄ると、首に包帯を巻くために、ワンピースの裾を引き裂いた。出血をなんとか止めたいのだ。

「シモン？」

シモンは返事をしないが、心のなかでバイヤールとの無言のやり取りを組み立てている。ヤコブソンが生きていると、なぜ言わなかったんだ？

「一度も訊かなかったじゃないか」

本当のところは、構造主義の本家本元にして、一九四一年にナチス占領下のフランスを逃れるためにアンドレ・ブルトンとともに船に乗った人、プラハ学派に属するロシア人フォルマリスト、ソシュールに次いで言語学を創設した最重要人物の一人がまだ生きているなんて、思いもしなかったのだ。

シモンにとって、この言語学者は一時代前に属する人だった。レヴィ＝ストロースの時代に属する人であり、バルトの時代に属する人ではなかった。この馬鹿げた比較に、シモンは思わず笑ってしまった。バルトは死に、レヴィ＝ストロースは生きている、だったらヤコブソンが生きていたとしても、問題ないじゃないか？

ヤコブソンはデリダまでの数メートルの距離を、小石や地面のでこぼこにつまずかないよう気をつけながら下っていった。

哲学者はコーデリアの膝の上に頭をのせて、横たわっている。ヤコブソンがその手を取って、「ありがとう、友よ」と声をかけた。デリダは弱々しく言葉を口にする。「テープを聴いたとしても、秘密は守ったと思うよ」そう言うと、泣いているコーデリアのほうに目を向けた。「微笑みかけておくれ、わたしも最後まできみに微笑みかけるから……」

この言葉を残して、デリダは死んだ。

サールとスリマーヌは姿を消した。スポーツバッグも同様に。

78

「死者の前に出て赦しを乞おうとするのは、あまり馬鹿ばかしく無邪気で、文字どおり子供じみているのではないか？」

リス＝オランジスの小さな墓地にこんなに人が集まったのは前代未聞のことだった。パリ郊外の奥、国道七号線沿いに立ち並ぶ低層の集合住宅に囲まれたこの場所は、大群衆だけが生じさせることのできる沈黙に押しつぶされていた。

墓穴にまさに下ろされようとしている棺を前にして、ミシェル・フーコーが弔辞を述べている。

「友情あるいは感謝の熱い思いと、称賛の気持ちを込めて、本人に帰属する言葉を引用し、添えるに留めることで、程度の差こそあれ直接的に、本人に言葉を譲り、その言葉の前で引き下がることを意味します……。とはいえ過度の誠実は何も言わぬことに、何も取り交わされなかったことになってしまいます」

デリダは、ユダヤ人区画には埋葬されずに、しかるべき時が来たら、彼の妻と一緒になれるようにカトリック信者たちの地区に埋葬された。参列者の最前列にいるサルトルは、エティエンヌ・バリバールの傍らで神妙な面持ちで、頭を垂れている。咳はもうしていない。まるで亡霊のように立っている。

「ジャック・デリダは、もはやその名を耳にすることも、名乗ることもできなくなった人の名です」

バイヤールはシモンに、サルトルの横にいるのはシモーヌ・ド・ボーヴォワールかと訊いている。

フーコーは次第にフーコーらしくなっていく。「どうして同時代人を信じられましょうか？　それは同じ時代に属し、歴史的年代とか社会的な階層とか、そういうものによって限定されている人々のことを指すらしい。しかし、彼らの生きた時間はきわめて異質なままであり、はっきり言えば何の関係もないことは容易に証明できるでしょう」

アヴィタル・ローネルは静かに泣き、シクスーはジャン＝リュック・ナンシーに肩を寄せ、無表情な視線を墓穴に落とし、ドゥルーズとガタリは特異点の連続について考えている。

塗装にひびが入り、バルコニーも錆びついた背の低い三棟の集合住宅が、歩哨のように、海に埋め込まれた鋸歯状の防波堤のように墓地を見下ろしている。

一九七九年六月、ソルボンヌの大階段教室で催された「哲学の現状」と題された講演会で、デリダとBHLは文字どおり真っ向からぶつかり合っているが、この日の葬儀にBHLは参列し、やがて、あるいはすでに「わが恩師」と呼ぶことになる。

フーコーは続ける。「一般に思われているのとは逆に、（意識活動の）どうしても避けては通れない領域に住まう個々の〈主体〉は、権威的な〈超自我〉などではなく、むしろ権力を持っていないのです。権力は持てるものだと仮定しての話ですが」

ソレルスとクリステヴァも、もちろん来ている。デリダは、最初の頃『テル・ケル』に参加していたからだ。『散種《ディセミナシオン》』は〈テル・ケル叢書〉から出版されているが、一九七二年に袂《たもと》を分かった。政治的な理由と個人的な理由がどう絡んでいるのかはよくわからないけれども。ところが一九七七年の十二月、プラハで当時の共産党政権の仕組んだ罠――旅行鞄に麻薬を忍び込ませるという手口――に落ちて逮捕されたとき、彼はソレルスの支援を受け入れた。

バイヤールはまだ、ソレルスについてもクリステヴァについても、逮捕の命令は受けていない。ブルガリアとつながりがあるということ以外、彼らがバルトの死に関与した証拠をつかんでいないからだ。しかし、証拠はないけれど、彼らが七番目の機能を持っていることについては、ほとんど確信していた。

イサカの墓地での待ち合わせについてバイヤールに知らせてきたのはクリステヴァだし、サールにそれを知らせたのもクリステヴァだと彼は踏んでいた。バイヤールの仮説はこうだ。すべての関係者をあの場に集めて、相互干渉の可能性を高めることによって、取引を失敗させようと目論んだのだ。なぜなら、彼女はデリダがヤコブソンと協力して、コピーの廃棄を目論んでいたことを知らなかったからだ。ヤコブソンは、自分の発見を世間に知らしめてはいけないとずっと思っていた。そのために彼はデリダと協力して資金を集め、スリマーヌからカセットを買い戻そうとしていたのだ。

フーコーが弔辞を続けているあいだに、一人の女がシモンとバイヤールの背後に忍び寄ってきた。

シモンはアナスタシアの香りに気づいた。

彼女は彼らの耳もとで、何ごとかささやいたが、二人の男は本能的に振り返らなかった。

フーコー――「先ほどから〈死者に対して〉とか〈死に際して〉などと称されているものこそ、まさしく一連の典型的な方便なのです。なかでも卑しく、馬鹿ばかしく、とはいえよくある最悪のケースは、この期《ご》に及んでなお人を操り、つけ込み、なにがしかの利益を引き出そうとすることです。たとえそれがどんなに巧みであり、絶妙であったとしても、いずれにせよそれは死者から無用の力を引き出して、生者にそれを差し向け、暴きたて、多かれ少なかれ直接的に生き残った人たちを罵り、死者を盾に取って自己正当化を図り、死によって引き上げられるらしい無辜《むこ》の高みに自分も這い上がっていこうとすることにほかならない」

アナスタシア――「もうじき〈ロゴス・クラブ〉主催のとても大掛かりなイベントが開かれるわ。大プロタゴラスが挑戦を受けることにしたのよ。その称号をかけた闘いが繰り広げられるというわけ。とてつもなく大規模な例会になる。でも、ちゃんと信任された人しか傍聴できない」

フーコー――「古典的な形式を踏んだ弔辞、とりわけ死者に直接呼びかけ、ときに親しげに語りかける弔事はよいものでした。たしかにそれは無用のフィクションであって、私がいま語りかけているように、死者はいつも語る人の内部にいて、ほかの参列者はいつも棺を囲んでいるということになりますが、あまり長々と死者を自分のうちに留めないようにしないと、戯画の過剰によってレトリックがますますエスカレートする結果になってしまう」

バイヤールは、その例会はどこで開かれるのかと尋ねている。アナスタシアは、ヴェネツィアの秘密の場所で開かれることになっているけれど、彼女が所属している〈機関〉も特定できていないから、具体的な場所はまだ決まっていないのではないかと言う。

フーコー――「生者同士の取引を中断し、他者、すなわち私たちの内部にいるもう一人の死者に向けて真実を暴かなければならないのです。ただし、あくまでも他者としての死です、死後の生への宗教的保証は、依然として例の〈あたかも生きているかごとく〉を認めてきたのですから」

アナスタシア――「大プロタゴラスに挑戦するのは、七番目の機能を盗んだやつよ。あなたたちにはこの討論会に参加する動機があるわ」

サールもスリマーヌも行方知れずだった。でも、嫌疑がかかっているのは彼らではない。スリマーヌは売ろうとしていた。サールは買おうとしていた。ヤコブソンはデリダと組んで値を吊り上げようとしていたが、クリステヴァは取引そのものを失敗させるために画策し、デリダは死んだ。二人の男は今も逃げていて、一方は金を手にしていたが、バイヤールの雇用主の観点からすると、そんなことはたいした問題ではなかった。

必要なのは現行犯逮捕だ、とバイヤールは考えている。

シモンが、信任されるにはどうしたらいいのかと尋ねると、アナスタシアは、少なくともレベル6〈護民弁論家《トリブン》〉になる必要があって、近々そのために特別に催される進級審査のトーナメントがあると教えてくれた。

「〈小説〉は一つの死なのです。生を宿命と化し、思い出を有益な行為に、持続を方向性と意味を備えた時間に変えます」

バイヤールはシモンに、どうしてフーコーは小説のことなんか話しているんだと訊いている。

シモンは、何かの引用であることは確かだけど、彼は自分を不安にする原因を自らに問うているんだと答えた。自分自身に問いかけていて、それが不安の原因だと考えているんだろうと答えた。

79

サールは橋の上から川を覗き込んでいる。谷底はほとんど見えないが、闇のなかを流れる谷川の音は聞こえる。イサカの夜は更け、蛇行するカスカディーラ川沿いに繁茂する緑の回廊を風が抜けていく。石と苔に覆われ、両岸の切り立っている川は、人間たちのしでかす惨劇にはなんの関心も示さず、ひたすら流れつづけている。

橋の上を、手をつないだ学生のカップルが通り過ぎていく。この時刻、通行人はあまりいない。サールに注意を払うものは誰もいない。

彼がもし知っていたなら、知ることができたなら……。

話をもとに戻すのはもう手遅れだ。

言語哲学者は一言も発せずに欄干を跨ぎ、その上でバランスをとり、深淵を一瞥してから、最後にもう一度夜空の星を見上げると欄干をつかんでいた手を離し、そのまま下に落ちていった。

わずかに飛沫の跳ねる音がして、闇夜に白い泡が立った。

川は衝撃を緩められるほど深くはないものの、急流は死体をたちまち滝のほうへ、カユーガ湖へと運び、かつては、ネイティヴ・アメリカンたちが——本当のところは誰もわからないけれど——おそらく発話内的とか発話媒介的とかいうことは何も知らずに魚を釣って暮らしていた湖に彼は沈んでいった。

第四部　ヴェネツィア

80

「おれは今、四十四歳だ。つまり、三十二歳で死んだアレクサンダー大王よりも、三十五歳で死んだモーツァルトよりも、三十四で死んだジャリよりも、二十四のロートレアモンよりも、三十六のバイロン卿よりも、三十七のランボーよりも長生きしてしまったわけで、残された人生をまっとうしたら、今は亡きすべての偉人たちよりも、時代を画したすべての巨人たちよりも長生きすることになり、神がなお余命を授けてくれるなら、ナポレオン、カエサル、ジョルジュ・バタイユ、レイモン・ルーセルをも超えてしまうではないか。それはだめだ！……おれは若くして死ぬのだ……そう感じるのだ……老醜をさらして長生きしたりはしない……ロランのような最期は遂げない……六十四歳……悲劇だ……つまり、おれたちは彼にとんでもない貢献をしてしまったということか……いや、いや……おれは美しい老後を送ったりはしないぞ……そもそも、そんなものあるわけないんだから……自分を使い尽くすほうがいい……灯芯は太く短く、そういうことだ！……」

81

ソレルスはリド島が好きなわけではないけれど、カーニヴァルの雑踏を避けて、トーマス・マンとヴィスコンティを偲んで、とても瞑想的な『ベニスに死す』のロケーションが行なわれた《ホテル・デ・バン》に避難してきたのである。ここなら、アドリア海を前にして、思う存分瞑想にふけることができるだろうと思ってやって来たのだが、今のところ、彼はバーにいて、ウィスキーを引っかけ、ウェイトレスを口説いている。閑散としたバーラウンジの奥でピアニストがやる気なさそうにラヴェルを弾いている。早い話が、われわれは冬の午後のまっただなかにいて、コレラはなくとも、時節はまったく海水浴に向いていないということである。

「ねえ、きみ、名前はなんというのかな？　いやいや、何も言ってはいけない！　バイロン卿の愛人と同じ、マルゲリータというのはどうだろう。彼女、パン屋の娘だったって、知ってますか？　つまり「ラ・フォルナリーナ」（ラファエロの代表的肖像画の一つ。モデルはパン屋の娘、マルゲリータ・ルッティだと推定されている）……、炎の気質、大理石の太腿……。そして、あなたのような瞳、言うまでもなく。二人は浜辺で馬を走らせる、めっちゃくちゃロマンチックでしょ？　まあたしかに少し通俗的ですけど……。よかったら乗馬を教えてあげましょうか、のちほど？」

ソレルスは『チャイルド・ハロルドの巡礼』の一節を思い出している。「統領《ドージェ》を失って寡《やもめ》となった都市……」統領《ドージェ》はもう海を娶《めと》ることができず、獅子は相手を威圧することができない。もちろん、と彼は思う、これは去勢された状態を意味する。「そして、統領の船《ブチエンタウロ》は、見る影もない寡暮らしの姿でやつれゆく！……」しかし、まもなく彼はこの縁起の悪い考えを追い払う。空になったグラスを振って、ウィスキーのおかわりを注文する。「オン・ザ・ロックス」ウェイトレスはお行儀よく微笑む。

「かしこまりました《プレーゴ》」

ソレルスは陽気なため息をつく。「ああ、ゲーテのように『ヴェネツィアで私を知るものは、おそらく一人だけだろうし、しかもすぐに彼と私が出会うこともないだろう』とか言うことができたらいいんだけど。でも、僕は自分の国ではとても有名なんですよ、不幸なことにね。あなたはフランスに行ったことがありますか？　僕が連れていってあげましょうか？　あのゲーテは素晴らしい作家ですね。おや、どうしたの？　顔が赤くなっている。ああ、ジュリア、来てたのか！　マルゲリータ、紹介しましょう、私の妻です」

クリステヴァは猫のようにこっそりと閑散としたバーに入ってきたのである。「あなた、無駄な努力はよしたほうがいいわ、この若い女性はあなたの言っていることの四分の一も理解していないわよ。そうでしょ、マドモワゼル？」

若いウェイトレスはずっと笑みを浮かべている。「え？《プレーゴ》」

ソレルスはふんぞり返っている。「でも、そんなことどうでもいいじゃないか？　今の僕のように目による同意を享受しているときに、理解される必要なんてないんだよ（おかげさまで！）」

クリステヴァは彼にブルデューの話をしないようにしている。なぜなら彼は、自分にいつもいい役どころを演じさせてくれる表象体系のすべてを脅やかすこの社会学者をひどく嫌っているから。それに、この週の試合まであまり酒を飲みすぎないようにとも言わない。ずいぶん前から、彼女は夫のことを子供であると同時に大人として扱うことにしていた。いちいち説明するのをあきらめてしまったところもあるけれど、それでもなお求めてしかるべきだと信じているレベルまでは這い上がってくれると期待はしているのだ。

ピアニストは、とりわけ不協和な和音は捨て去るものだ。凶兆？　しかし、ソレルスのほうは自分がよい星のもとに生まれたことを信じている。彼はたぶんこれから海で泳ぐつもりでいる。クリステヴァは、彼がすでにサンダルを履いていることに気づいた。

82

二百隻のガレー船、二十四隻の快速ガリオット（小型ガレー船）、それに六隻の巨大なガレアス船（現代のB29に相当する）がトルコの艦隊を追って地中海を進んでいく。

ヴェネツィア艦隊を率いる癇癪持ちの提督、セバスティアーノ・ヴェニエルは内心腹を立てている。スペイン、ジェノヴァ、サヴォワ、ナポリ、ローマ教皇の連合軍のうち、海戦を望んでいるのは自分だけだと思っているからだが、それは間違いだ。

たしかにスペイン王フェリペ二世その人は新世界の制覇にやっきになるあまり、地中海への関心が薄れる傾向があったとしても、カール五世の庶子にして、神聖ローマ皇帝艦隊の司令官に推挙された血気に逸《はや》る若きドン・ファン・デ・アウストリアは、フェリペ二世の異母兄弟であるがゆえに、このレパントの海戦で、私生児の身にはもとより禁じられている名誉を勝ち取ろうとしていたのである。

セバスティアーノ・ヴェニエルは、〈静謐この上なき共和国〉の死活に関わる利益を守りたい一心であったが、己の名誉をかけて戦うドン・ファン・デ・アウストリアが最良の同盟者であることを、彼は知らない。

83

ソレルスはジェズアーティ教会（サンタ・マリア・デル・ロザリオ教会）の聖アントニウスの肖像画に見入り、自分に似ていると思う（ソレルスが聖アントニウスに似ているのか、それとも聖アントニウスがソレルスに似ているのか、どういう基準で判断しているのかはわからないけれど）。彼は自分自身を祝福するために大蠟燭に火をともすと、大好きなドルソドゥーロ地区に出て、あたりを散策しはじめた。

アカデミア美術館の前を通りかかると、入館を待つ列のなかにいるシモン・エルゾグとバイヤール警視と出会った。

「警視殿、あなたがここにいるなんて、驚いた！　いったいどういう風の吹き回しですか？　ええ、あなたのお気に入りの若者の活躍は耳にしてますよ。次の場面には、ぜひ立ち会いたいものですな。なるほど、つまらぬ隠し立ては無用ですよ。ヴェネツィアは初めてですね？　で、当然のことながら、美術館に勉強しにやって来た。ジョルジオーネの『嵐』によろしくお伝えください。大勢の日本人観光客をかき分けて鑑賞する労に値する唯一の作品ですよ。彼らはろくに見もしないで、写真ばっかり撮ってる、あなたがたもすでに出会ったでしょ？」

ソレルスが同じ列のなかにいる二人の日本人を指さすので、そちらに目をやったシモンは人に気づかれない程度の軽い驚きの身振りを示した。パリで命を救ってくれたフエゴに乗る日本人がそこにいた。彼らはたしかに最新のミノルタを持ち、そしらぬ顔で、動くものをみな写真に収めている。

「サン＝マルコ広場なんてお忘れなさい。《ハリーズ・バー》もお忘れなさい。ここが街の中心部なんです、つまり世界の中心だってことですよ、ドルソドゥーロは……。ヴェネツィアは、まさに格好の口実を持っているってわけですよ。それから、サント・ステファノ広場《カンポ・サント・ステファノ》にはぜひ行ったほうがいい、大運河《カナール・グランデ》を渡るだけですから……。そこへ行くと、ニッコロ・トマセオの彫像が見られます、政治家にして著述家という、まあ、たいして面白くもない人物ですが、ヴェネツィアの人はカガリブリって呼んでます。つまり書物を排泄する人（cagalibli、cacare＝排便する、libili＝本）ってことです。彫像の背後にぶ厚い本が重ねて置いてあり、まるで本を垂れ流しているように見えるからですよ。は、は。でも、やっぱり、ジュデッカ運河の対岸に渡ってみるべきでしょうね。巨匠パッラーディオが設計した教会がずらりと並んでいます。おや、パッラーディオをご存じない？　挑戦の人……あなたがたのようにね？　この人はサン＝マルコ広場の真ん前に大建造物を建設するという任務を負った。想像できますか？　とてつもないチャレンジ、アメリカの友人の言葉を借りれば、そういうことになるでしょうが、彼らは芸術というものを理解したためしがない……、それに女のこともわかってないけど、それはまた別の話でしたね……。ま、そういうわけで、サン・ジョルジョ・マッジョーレ聖堂が波間に屹立《きつりつ》することになったわけです。それになんと言っても、ネオクラシック様式の傑作、イル・レデントーレ聖堂、一方には過去のビザンチン様式とゴシックの火炎《フランボワイアン》様式があり、他方にはルネサンスと反宗教改革を経て復活した古代ギリシアの様式がある。ぜひどうぞ、百メートル先ですから！　急げば、日没が見られますよ……」

このとき、列のなかで叫び声が上がった。「泥棒！　泥棒！」と叫びながら、観光客がスリのあとを追いかけていく。本能的にソレルスは上着の内ポケットに手をやった。

でも、すぐに落ち着きを取り戻した。「は、は、見ましたか？　あれは間違いなくフランス人ですよ……。フランス人はすぐに引っかかる。注意するに越したことはないですよ。イタリア人は偉大な民族ですが、偉大な民族の例に漏れず、大泥棒ですから……。では、失礼しますよ、ミサに遅れてしまいますから……」

そう言うと、ソレルスはヴェネツィアの舗道にゴム・サンダルの音を響かせながら立ち去った。

シモンはバイヤールに言う。「見た？」

「うむ、見た」

「彼、あれ、持ち歩いてますよ」

「そうだな」

「それなら、なぜすぐに捕まえないんですか?」

「まずはあれが効くかどうかを確かめる必要がある。そのためにおまえさんがいるんだ」

シモンの顔に、傍からは見て取れない程度の誇らしげな色が浮かんだ。またもや出番だ。彼は背後に日本人がいるのを忘れた。

84

二百隻のガレー船がコルフ（ケルキラ）島の海峡を通り抜け、コリントス湾に向かった。この艦隊のなかには、ジェノヴァ人のフランチェスコ・サンフレーダ率いるマルケーザ号が含まれていて、ディエゴ・デ・ウルビーノ艦長とその部下たちが乗り込んでいる。サイコロ遊びをしている部下たちのなかに、やはり名誉と富を求めて旅に出た、借金まみれの歯医者の息子にして、カスティリアの下級貴族《イダルゴ》、落魄した軍人貴族の冒険家である若きミゲル・デ・セルバンテスがいた。

85

カーニヴァルのかたわらで、ヴェネツィアの様々な宮殿で私的な夜会が催されている。目下、カ・レッツォーニコで繰り広げられている夜会は、世の中にまったく知られていないわけでも、ごく内輪の催しというわけでもない。

建物から漏れてくる賑やかな声に惹かれて、羨ましげな通行人や小型蒸気船の乗客が舞踏室のほうに目をあげ、そこで繰り広げられている騙し絵のような世界、色鮮やかなとてつもなく大きなシャンデリアであるとか、天井を飾る十八世紀の壮麗なフレスコ画を垣間見たり、想像したりしているけれども、招待客は厳密な記名式になっている。

今日では、〈ロゴス・クラブ〉の集いが新聞で告知されることは、断じてあり得ない。

〈ロゴス・クラブ〉が、こういった夜会で話題になることもないだろう。

ところが、この集いは統領《ドージェ》たちの都市のど真ん中でちゃんと行なわれているのだ。百名の招待客が仮面をつけずに会場内にひしめいている（タキシード・イブニングドレスは必須だが、仮面舞踏会ではない）。

一見すると、この夜会はほかの通常のおしゃれな夜会となんら変わりがないように見える。しかし、交わされている会話に耳を傾けるがいい。導入、結び、命題、討論、反駁などという言葉が飛び交っている（バルトが言うように「分類への情熱は参加しない者にとっては、つねに陳腐に見える」）。破格構文、転化表現、省略三段論法、変態《メタボール》（ソレルスなら「さあ、かかってこい」とでも言うところだろう）。「ラテン語のRes《レス》とVerba《ヴェルバ》を単純に〈もの〉と〈ことば〉と訳すべきだと、わたしは思わない。クインティリアヌスは、レスとはquae significantur（意味されるもの）であり、ヴェルバとはquae significant（意味するもの）だと言っている。すなわち、言説《ディスクール》のレベルでは、シニフィエとシニフィアンに相当するわけだ」。ご説ごもっとも。

話題は過去の討論、そして来るべき討論に及び、招待客の多くが指を切り落とされたベテランであったり、弁論の若き狼であったり、そのほとんどが誇らしくも劇的な戦いの思い出を持っていて、ティエポロの天井画の下でそれを繰り返し語っては悦に入っている。

「あの引用の出所はわからなかったよ！……」

「ああ、あれね、ギー・モレの言葉がつい口をついて出てきたんだ！　自分でもあきれたけどね、は、は、は」

「ジャン＝ジャック・セルヴァン＝シュレベールとマンデス＝フランスとの伝説的討論の場に立ち会ったことがある。討論のテーマは、もう憶えていないがね」

「ルカニュエとエマニュエル・ベルルの討論もあった。突拍子もない組み合わせだけどね」

「あなたたちフランス人はほんとに《ユー・フレンチ・ピープル・アー・ソー・》議論好き《ディアレクティカル》だから……」

「わたしの引いたお題は……植物学でね！　こりゃもうだめだと思ったんだが、ふと菜園をやっていた祖父のことを思い出したんだ。おじいちゃんのおかげで、指が助かったってわけさ」

「するとね、やつはこう応じた。『どこにでも無神論者を見ようとするのはやめるべきだ。スピノザも偉大な神秘主義者だったのだから』とね。どうしようもない馬鹿だよ」

「ピカソ対《コントラ》ダリ。芸術の歴史的カテゴリーとしての古典。ピカソのほうが好きだけど、ダリを選ん《カテゴリア・イストリア・デル・アルテ・ウン・クラシコ・メ・グスタ・マース・ピカソ・ペロ・エスコヒ・ア・》だ《ダリ》」

「こっちは何も知らないのに、向こうはいきなりサッカーの話を始めたかと思うと、伝説の緑ジャージ（ASサン＝テティエンヌ）のことだとか、どこだかのスタジアムの話だとかをずっとしゃべりつづけるもんだから……」

「おれはもうだめだ、二年も試合をしていないから、ただの弁士《レトウール》に格下げになってしまった、おれには時間もないし、エネルギーもない、子持ちだし、仕事もあるし……」

「この試合はもう捨てようと思っていたとき、突然奇跡が起こった。相手がとんでもないことを口走ったんだ、口に出してはいけないことをね……」

「神はひとりだけ、その名はキケロ《チエ・ウン・ソロ・ディオ・エ・イル・スオ・ノーメ・エ・チチエローネ》」

「《ハリーズ・バー》に行ってきたけど《アイ・ウェント・トゥー・ハリーズ・バー》（ご多分にもれず、ヘミングウェイを偲んで《イン・メモリー・オヴ・ヘミングウェイ・ライク・エヴリワン・エルス》）、ベリーニ一杯《フィフティーン・サウ》一万五千リラって、ひどくない？《ザンド・リラ・フォー・ア・ベッリーニ・シリアスリー》」

「ハイデガー、ハイデガー……おれがハイデガーに見えるって《ジー・イッヒ・アウス・ヴィー・ハイデガー》？」

　そのとき突然、興奮の波が階段のほうから伝わってきた。新たな到着客を迎え入れようとして、聴衆が二つに割れた。入ってきたのはシモンとバイヤール。招待客たちは身を寄せ合っているが、同時に怖気づいているようにも見える。ほら、みんなが噂する若き天才のお出ましだ。どこからともなく現われて、信じられないほどの短期間で逍遙学徒《ペリパテイシアン》の位まで上り詰めた男、パリで行なわれた討論会で立て続けに三回勝利し、ふつうなら何年もかかるところを、一気に四階級昇進した。五階級制覇は目前だ。ダークグレーのアルマーニを着込み、ピンクのワイシャツに細い紫の縞の入った黒いネクタイを締めている。バイヤールのほうは、いつもの擦り切れたスーツを着替える必要はないと判断した。

　人々は遠慮を解いて若き天才の周囲に群がり、パリでの快挙について話してくれとせがむ。まずは、内政のテーマ（「最終的には、選挙というものは中道が勝利するのか？」）では、レーニンの『何をなすべきか』を引用しつつ、どんなふうに易々と、ウォーミングアップがわりに弁士《レトウール》の位の相手を粉砕したか。

かなり専門的な法の哲学の問題（「合法的な暴力も暴力か？」）においては、サン＝ジュストの言葉（「何人《なんぴと》も無辜のまま統治することはできない」、とりわけ「王は統治するか、しからずんば死ぬほかない」という名言）を援用しつつ、いかにして雄弁家《オラトウール》を退けたか。

シェリーの言葉（「彼は人生という夢から覚めた」）が主題になったときには、論争好きの女性弁証《ディアレクテイシ》家《エンヌ》に対して、カルデロンやシェイクスピアを巧みに操りつつも、いかに絶妙に洗練を見せ『フランケンシュタイン』からの引用を交えて応戦したか。

ライプニッツの言葉（「教育は何でもできる、熊を踊らせることも」）について、逍遥学徒《ペリパテイシアン》と一戦交えたときには、もっぱらサドからの引用に限定して論証するといういかにも贅沢な手法を用いて、いかに優雅に勝利を飾ったか。

バイヤールは煙草に火をつけ、大運河《カナール・グランデ》を行き来するゴンドラを見つめている。

シモンは請《こ》われるがままに上機嫌に答えている。三つ揃えのスーツに身を包んだヴェネツィアの老人が彼にシャンパンのグラスを差し出しながら、言った。

「マエストロ、もちろん、カサノヴァをご存じでしょうな？　あのポーランドの伯爵との有名な決闘場面で、彼はこう書いています。『決闘に臨む人に与える最初の忠告は、できるだけ速やかに敵が自分を害することができない状態にもっていくことだ』と。どう思います《コーザ・ネ・ペンサ》？」

（シモンはシャンパンを一口飲むと、目をぱちくりさせている老婦人に微笑みかける）

「それは剣による決闘でしたか？」

「いいえ《ノ》、拳銃《アッラ・ピストーラ》です」

「なるほど、拳銃による決闘でしたら、その忠告は有効だと思います。（そこでシモンは笑みを浮かべる）討論による試合の場合は、いささか前提が違います」

「どうして？《コーメ・マイ》　マエストロ、僭越《せんえつ》ながらお尋ねしますが、なぜでしょう？」

「そうですね、僕の場合だと、まずは小手調べのようなことをします。これは敵を招き入れることでもあります。相手のガードを下げさせるのです、わかりますか？《カピーシェ》　弁論の試合は剣による決闘に近いのです。守りを緩めたり、固めたり、逃げたり、フェイントをかけたり、斬りつけたり、交差していた剣をかわしたり、払ったり、突き返したり……」

「剣士の場合《ウノ・スパダッチーノ》は、たしかに《シ》。でも、拳銃のほうが優れているのではないですか？」

バイヤールが若き天才とやらを肘で小突く。もちろん、シモンは、このレベルの試合の前日に、求めに応じて戦術に関する事柄を気前よく開陳するのは賢明ではないことくらい知っているが、持ち前の教育好きの本性がつい優ってしまう。教えずにはいられないのだ。

「僕なりの考えでは、大きく二つのアプローチがあると思ってます。記号学的なアプローチと修辞学的なアプローチの二つです、わかりますか？」

「ええ《シ》、ええ《シ》……。私もそう思います《クレド・ディ・シ》、でも《マ》……もう少し《ウン・ポコ》説明してくれませんか、マエストロ？」

「そうですね、とても簡単なことなんですよ。記号学というのは、理解し、分析し、解読させてくれるもの、すなわち守備的なものであって、言ってみればビヨン・ボルグです。修辞学のほうは、相手を説得し、納得させ、説き伏せるためのもの、すなわち攻撃的なものであって、こちらはマッケンローです」

「たしかに《アー・シ》。でも《マ》、ボルグは勝つ、でしょ？《ノ》」

「もちろんですよ！　どちらも勝つことができる、ゲーム・スタイルが違うだけなんですから。記号学を使えば、相手の修辞学を解析して、急所をつかみ、ねじ伏せることができる。だから記号学はボルグなんです。相手よりも一つ多くボールを返せば勝てるんですから。修辞学というのは、エース、ヴォレー、ラインぎりぎりを攻めるストロークであるのに対して、記号学はリターン、パッシングショット、高く上げたロブです」

「で、そのほうが優れている？」

「いや、必ずしもそうとは言えません。でも、それが僕のやり方です、それが僕にできることです、僕はそんなふうにプレイするということです。僕は一流の弁護士でも、説教師でも、弁のたつ政治家でも、救世主でも、掃除機の宣伝販売員でもないのです。一介の大学教師です、僕の仕事は分析し、解読し、批評し、解釈することなのです。それが僕の持ち札なんです。僕はボルグです。ビラスです。ホセ＝ルイス・クレルクです。そういうことです」

「でも《マ》、対戦相手は誰ですか？」

「そうだな……マッケンロー、ロスコー・タナー、ゲルレイティスといったところかな……」

「コナーズは？」

「ああ、コナーズの、あんちくしょう」

「あんちくしょう？　コナーズがどうかしましたか？」

「彼は強すぎる」

　この時点で、シモンの最後の返答に含まれる皮肉の割合を判定するのは難しい。一九八一年の二月には、コナーズはもう八試合連続でボルグに勝てなくなっていて、彼の最後のグランドスラム優勝はほぼ三年前にさかのぼるし（一九七八年のＵＳオープン、対戦相手はまさにボルグ）、彼はもう終わりだと思われはじめていたからだ。

それはともかく、シモンはまた真顔になって尋ねた。「たしか彼はその決闘に勝ったんですよね？」

「カサノヴァのことですか？　ええ《シ》、ポーランド人の腹に弾が当たって、相手をほぼ殺したのですが、彼自身も親指に弾が当たり、あやうく左手を切り落とすところだったのです」

「え……そうだったんですか？」

「ええ《シ》、外科医がカサノヴァに、壊疽《えそ》になると言ったのです。そこでカサノヴァは、壊疽はもう始まっているのかと問い返した。外科医はまだですと答えたので、カサノヴァは『それならけっこう《ヴァ・ベーネ》です、様子を見ましょう』と言った。すると外科医は『それなら《アローラ》、腕を全部切断しなければならなくなりますよ』と言ったのです。そうしたらカサノヴァはなんと答えたと思います？『でも、手のない腕が残ったって仕方ないじゃないですか？』と答えたのです。ハハハ！」

「ハハハ。うーん……おみごと《ベーネ》」

シモンは丁重に挨拶してその場を去り、ベリーニを取りに行った。バイヤールはプチフールをしこたま腹に詰め込み、自分の相棒を好奇心と感嘆と、おそらくは畏怖さえ交えながら見つめている招待客を観察している。シモンは、ラメ入りのドレスを着た女性から煙草を一本頂戴している。この夜会の展開は、彼の知りたかった情報を確認させてくれた。パリで勝ち得た評判はヴェネツィアまで届いていたのだ。

シモンは自分に気合い《エートス》を入れるためにやって来たのだが、長居をするつもりはなかった。うぬぼれ《ヒュブリス》？　会場に試合の相手がいるかどうかはどうでもよかった。相手のほうは、しげしげと注意深くシモンを観察し、高価な木製の家具にもたれかかり、苛立たしそうにブルストロンの彫刻に煙草を押し付けたりしていたとしても。

バイヤールがラメ入りのドレスを着た女に言い寄られているのを見たシモンは、ひとりで帰ることにした。バイヤールのほうは、おそらく、大きく開いたドレスの胸もとに気を取られていただろうし、あるいは当地の華やかさと、ここに到着してからずっとシモンに無理やりつき合わされている文化的な名所廻りに呆然としていたのかもしれないが、シモンの行動には注意しておらず、いずれにせよ、彼が帰ることに異論があるはずもなかった。

シモンはほろ酔いで、夜も更けてはおらず、ヴェネツィアの街頭ではまだ祭りが続いているにもかかわらず、何かがおかしい。何かいると感じられるのだが、それは何を意味するのか？　直感というのは、神と同じように便利な概念で、いっさいの説明を不要にしてしまう。人は何も「感じる」ことはできない。見て、聞いて、計算し、解読するだけだ。反応する知性。シモンは、仮面をつけた人とすれ違う、次から次へと（でも、人の数はあまりに多く、曲がり角も無数にある）。ひとけのない路地に入っても、背後に足音が聞こえる。「本能的に」彼は回り道をして、当然のごとく道に迷う。足音がだんだん近づいてくるような印象を覚えた（複雑な心理的なメカニズムに関する精緻を極めた説明をするまでもなく、印象そのものが直感よりはるかに強固な概念なのだ）。ヴェネツィアの街を犬のように彷徨したあげくに、リアルト橋のたもとの、ストリート・ミュージシャンたちがちぐはぐな競演を繰り広げているサン・バルトロメオ広場にたどり着いた。ホテルまでは直線でせいぜい数百メートル、鳥ならひとっ飛びの距離だが、鳥たちをも惑わす狭い小道が入り組むヴェネツィアの迷路は、通りを前に進むたびに補助運河の暗い流れに突き当たってしまう。リオ・デラ・ファーヴァ、リオ・デル・ピオンボ、リオ・ディ・サン・リオ……。

石の井戸の縁に寄りかかり、おつまみ《チッケッティ》を齧りながらビールを飲んでいる、あの若者たち……。あの居酒屋《オステリーア》の前はさっき通ったんじゃなかったっけ？

この路地はだんだん狭くなっているけれど、その先に必ずある角を曲がると通り抜けられるとはかぎらない。また次の角があったりする。

ぴちゃぴちゃ、きらきら、川《リオ》だ。

くそ、橋はかかってない。

シモンが振り返ると、仮面を被った三人のヴェネツィア人が道をふさいでいた。一言もしゃべらないが、彼らの意図は明白だ。全員、鈍器を手にしているのだ。シモンは無意識のうちに品定めをしている。リアルト橋の出店で売っているような安物の翼のある獅子像、首のところを手で握っている空のリモンチェッロの瓶、ガラス工芸職人が使う長く重たいペンチ（これを「鈍器」のカテゴリーに入れるべきかどうかは自信が持てないけれども）。

彼はこの仮面の男たちに見覚えがあった。というのも、さっきカ・レッツォーニコでカーニヴァルを主題にしたロンギの数々の作品をじっくり観察していたときに、それぞれ、アキリヌスのような鼻をした隊長《カピターノ》の仮面、細長く尖った嘴《くちばし》を持つペスト医師の仮面、バウタと呼ばれる三角帽と黒マントの仮装で用いられる白い仮面《ラルヴァ》をつけた三人の男を見かけていたからだ。しかし、三人ともジーンズにバスケットシューズをはいている。誰かに雇われて自分を痛めつけに来たチンピラだろうと、シモンは推理した。正体を見せないようにしているのは殺すつもりがないと考えられるし、それはまず間違いないだろう。この仮面の男たちが、万一誰かに目撃された場合に備えているのでないかぎり。

ペスト医師が、空瓶を手に何も言わずに近づいてくる。シモンは、イサカで犬がデリダに襲いかかったときと同じように、この非現実的で、突拍子もない無言劇に魅せられた。すぐ近くの居酒屋《オステリア》の犬たちがけたたましく吠える声が聞こえてきたので、店までわずか数メートルしかないことがわかるのだが、大道音楽家の不揃いな音楽の響きとヴェネツィアの夜を活気づけている漠とした喧騒のなかでは、たとえ助けを求めても（彼はイタリア語で「助けて」はなんと言うか思い出そうとしている）、誰にも気づかれないだろうと思う。

シモンは後ずさりしながら考える。もし自分が本当に小説の登場人物だとしたら（この状況、仮面の男たち、やたらに目立つものを持っていることなどからよけいにこの仮定は信憑性を帯びるわけだが、陳腐な紋切り型を恐れない小説もあるのだろうか、とシモンは思う）、いったいどんな危険を冒そうとしているのだろう？　小説は夢ではない。小説のなかで死ぬことだってあるのだ。とはいえ、ふつうなら、主人公が殺されてしまうことはない。ただし、時と場合によって、物語の終わりで死ぬことはあるとしても。

でも、これが物語の終わりじゃないって、どうしてわかる？　自分が今、人生のどのページにいるかなんて、どうしてわかる？　人生の最後のページまで来たことをどうして知ることができる？で、もし仮に、自分が主人公ではないとしたら？　どんな人でも、自分がこの人生の主人公だと信じているのではないだろうか？

シモンは、コンセプチュアルな観点に立って、小説的存在論の角度から生死の問題を正しく判定するだけの情報を持っているとは思えなかったので、まだ時間があるうちに、つまり仮面の男が歩み寄ってきて空瓶で殴りかかってくる前に、より現実的な方策を考えることにした。

自分の唯一の逃げ道は、言うまでもなく、背後の運河だが、今は二月で、水は凍えるほど冷たいに違いないし、たとえ飛び込んだとしても、ゴンドラの櫂《かい》につかまるのはそう簡単なことではないだろう。というのも、ゴンドラの船着場は十メートル置きに設置されているから、運河をよろよろ泳いでいたら、アイスキュロスが『ペルシア人』のなかで描いているサラミスの海戦のギリシア人がマグロ相手にそうしたように、頭を叩き割られてしまうかもしれないから。

思考は行動よりも速いから、白い嘴の仮面が手に持った瓶を振り上げるあいだに、これらすべてのことを考え、瓶がシモンの頭に振り下ろされたときには、かろうじてかわしていた。というよりも、誰かが彼の手から瓶を取り上げていた。白い嘴の仮面が振り返ると、二人の手下の代わりに、黒いスーツを着た二人の日本人がいた。バウタと隊長《カピターノ》は地面に伸びていた。白い嘴は、理解できない光景を前にして、両腕をだらりと垂らして、茫然と突っ立っている。今度は彼が空瓶を手にしたまま、音もなく正確無比の動きによって倒される番だった。攻撃してきた男の腕前は、空瓶を壊すこともなく、スーツの衣擦れさえ聞こえないほど完璧だった。

路上に倒れた三人の男たちは静かに呻いている。立っている三人の男は音をいっさい発しない。シモンは疑問に思う。もし、どこかの小説家が自分の運命を司っているのだとしたら、自分を見守るためにどうしてこんなに不思議な守護天使を選んだのだろう？　二番目の日本人が近づいてくると、上体をわずかに傾けて挨拶し、シモンの無言の問いに答えた。「ロラン・バルトの友人は、われわれの友人ですから」と言い残すと、二人は男は忍者のように闇夜に消えた。

シモンは、ごく最低限の説明ではあるけれど、これで満足しなければならないのだろうなと思いつつ、ようやくホテルまでの道をたどって、眠りにつくことができた。

86

ローマ、マドリード、コンスタンチノープル、そしておそらく、ここヴェネツィアでも、人は自問する。この壮大な艦隊の目的は何か、と。キリスト教徒たちはどれだけの領土を取り戻し、あるいは制覇しようとしているのか？　キプロスを取り戻そうとしているのか？　第三回十字軍を企てようとしていることなのか？　だが、この時点でファマグスタがすでに陥落し、ブラガディン将軍が刑死したという知らせは届いていない。ただ、ドン・フアン・デ・アウストリアとセバスティアーノ・ヴェニエルだけが、戦闘はそれ自体に目的があり、なすべきことは敵軍を殲滅することだという直観を抱いている。

87

試合が始まるまで、バイヤールはシモンが気分転換できるよう好きなように散歩させているうちに、コッレオーニの騎馬像の下までやって来た。バイヤールがその騎馬像に見とれ、ブロンズの力強さに、ヴェロッキオのビュランのしなやかさに、力強く威厳のある峻厳な闘士であった傭兵隊長《コンドッティエーレ》の生涯から思い浮かぶ様々なことに魅了されているあいだに、シモンはサン・ザニポーロ聖堂に入っていき、そこでソレルスがフレスコ壁画の前で祈っている姿を目撃した。

疑り深いシモンは、この偶然の巡り合わせを怪しんだ。しかし、結局のところ、ヴェネツィアは小さな街であり、観光客が観光名所で同じ人物と二度すれ違うことは異常なことでも何でもない。

とはいえ、シモンはもちろん声をかけるようなことはせず、こっそり外陣のなかへと入り、歴代統領《ドージェ》の墓碑を見つめ（そのなかにはレパントの海戦の英雄セバスティアーノ・ヴェニエルの墓碑もある）、ベッリーニの絵画作品を鑑賞したのち、ロザリオ礼拝堂のなかではヴェロネーゼの画布を堪能した。

ソレルスがいなくなったことを確認すると、フレスコ壁画に近づいていった。

そこには、両脇に二頭の翼のある小さな獅子を侍らせた壺のような容器が描かれていて、その上には、禿頭の、長い口髭をはやし、痩せて筋骨の浮き上がった老人が拷問を受けて切り刻まれている姿を描いた版画のようなものが載っている。

その下にはラテン語で記されたプレートが貼ってある。シモンがなんとか解読したところによれば、キプロス総督のマルカントニオ・ブラガディンは、一五七〇年九月から一五七一年にかけてファマグスタの要塞を守るべく勇敢に戦ったがゆえに、トルコ兵によって惨殺されたとある（降伏した際に勝者に対する敬意を示さなかったということは、大理石の銘版には記されていない。慣例に従って、キリスト教徒の司令官たちを解放する見返りに、要塞内に捕らえられている人質を解放せよという勝者の要求を、彼は傲然として拒み、トルコ人捕虜の境遇に配慮しなかったがゆえに、パシャは部下たちに惨殺させることを許したのだという）。

かいつまんで言えば、両耳と鼻を切り取られ、肉体が腐りはじめ、腐臭を発するまで一週間にわたって放置され、それでも翻意しないので（その時点でもまだ彼は刑罰の執行者に対して唾を吐き掛け、罵詈雑言を浴びせかける余力が残っていた）、土砂の入った袋を背負わせて、トルコ兵たちの揶揄と暴行を受けながら、砲台から砲台へと歩かされた。

拷問はそれで終わらなかった。船を漕ぐキリスト教徒の奴隷たちに彼らの敗北とトルコ軍の怒りを示すために、彼をガレー船の帆桁《ほげた》に吊り上げたのだ。そして、一時間にわたって、トルコ兵は叫びつづけた。「どうだ、おまえの艦隊が見えるか、偉大な救世主《キリスト》が見えるか、援軍が来るかどうか、とくと見るがいい！」

そして最後に、裸で柱に縛りつけられ、生皮を剝がされた。

藁でくるまれた死体は、牛の背に乗せられて市中引き回しとなり、最後にはコンスタンチノープルまで送られた。

だが、剝がされた皮膚は、哀れな遺物として壺に収められた。それがどうしてここにあるのか、ラテン語の銘版には何も書かれていない。

ソレルスがなぜ、その前で黙禱していたのか、シモンは知らない。

88

「私はヴェネツィアの臭い山羊たちの相手をせよという命令は受けていない」

当然のことながら、ヴェネツィア海軍総司令官セバスティアーノ・ヴェニエルを前にこう言い放ったトスカナ出身の船長はたいへん面倒な事態に直面する。そして、言いすぎたという自覚もあったし、ヴェネツィアの老司令官の語り草になるほどの厳しさも知っていたのに、謹慎の命にも服さず、こういったことのすべてが謀反とみなされて、ついには深傷を負い、見せしめのために絞首刑に処された。

しかし、彼はスペイン艦隊の指揮下にあるので、ヴェニエルには懲罰の決定を下す権利はもとより、とりわけおのれの裁量で処刑する権利はなかった。ドン・ファンがこれを知ると、ヴェニエルに階級の道を遵守することを思い知らせるために、今度は彼を絞首刑にすることを本気になって考えたが、ヴェネツィア艦隊副司令官のバルバリーゴ海事長官が事を荒立てれば作戦全体が水疱に帰すと、なんとか総司令官を説得した。

連合艦隊は一路レパント湾を目指した。

89

パパ《タツコ》、

私たちは無事ヴェネツィアに到着し、フィリップは試合に出ることになっています。

街はとても活気に満ちています。カーニヴァルの賑わいを復活させようと、みな懸命になっているからです。街頭には仮面をかぶった人々やたくさんの見せ物が出ています。噂で聞いていたのとは違って、ヴェネツィアは腐臭を発してなんかいません。それどころか、日本人観光客の大群が押し寄せています。でも、それはパリも同じです。

フィリップはそれほど不安そうにはしていません。あなたも知ってのとおりの、いつもと変わらぬ楽天家ぶりを発揮しています。それはときとして無責任にも見えますが、両者相まって一つの力なのでしょう。

自分の娘がなぜ夫に主役の座を譲るのかわからないとあなたが思っていることは知っています。でも、こんな状況のなかでは、つまり男だけからなる審判団を前にしては、能力が同じであれば、つねに女よりも男のほうにチャンスがあるということを認めるべきです。

子供の頃から、あなたはわたしに、女は男と対等であるだけでなく、男よりも優れていると教えてきたし、わたしはあなたの言うことを信じてきました。今でも信じていますが、この男性支配と呼ばれる社会学的現実（私は今しばらくこの現実に対して恐れを抱かなければならないでしょう）を無視することはできないのです。

〈ロゴス・クラブ〉の全歴史を通じて、愛知者《ソフィスト》のレベルに達した女性は四人しかいないと言われています。カトリーヌ・ド・メディシス、エミリー・デュ・シャトレ、マリリン・モンロー、そしてインディラ・ガンジーの四人です。本当にわずかです。そして、当然、大プロタゴラスにまで昇りつめた女性はいません。

でも、フィリップがこの称号を勝ち取れば、誰にとっても状況は変わります。彼にとっては、この地球でもっとも影響力の大きい人物のひとりになるでしょう。あなたにとっては、彼の神秘的な力を利用できるわけだから、アンドロポフもロシア人も恐れる必要がなくなるし、あなたの国の顔さえ変えることができるでしょう（私たちの国と言いたいところですけど、あなたは私にフランス人になることを望んだわけだし、その意味においては、私はパパの期待以上のフランス人になったと言えるんじゃないかしら）。そして、あなたの一人娘にとっては、別のかたちの権力を手に入れ、フランスの知識人としての人生を全面的に謳歌できるようになるでしょう。

フィリップのことをあまり厳しい目で見ないでください。無意識は一種の力だし、彼があえて危ない橋を渡ろうとしていることも、あなたは知っているのですから。あなたはいつも私に、たとえそれがゲームであったとしても、行動に移すことの大切さを教えてきましたよね。そもそもメランコリーの傾向がなければ、精神性というものはあり得ないし、フィリップにはそれが欠けていることも私は知っています。だから彼はいつまでたっても、シェイクスピアの言うように、のべつまくなしに浮かれ騒いでいる哀れな役者でしかないのです。でも、そこが私は好きなんです。

パパ、キスの挨拶を送ります。

あなたを愛している娘、
ユーレンカ。

90

「もちろん《マ・シ》、まあ、だいたいのところ、そうですね《ヴェーロ》」

シモンとバイヤールは、たった今、サン＝マルコ広場でウンベルト・エーコとすれ違った。そう、まさに全員が、まるで示し合わせたかのようにヴェネツィアに集まっているのだ。シモンは、偶然の一致にも似たこの一連の事態を、自分の全人生が小説のような虚構と化すかもしれない兆候と見なす妄想状態に入っているので、持ち前の分析能力は曇り、エーコが今、ここにいることの、もっともな理由を自問することができなくなっていた。

潟には、形も大きさもまちまちの船舶が行き交い、船体がぶつかり合う音や、けたたましい空砲の音、エキストラの喚声からなる、賑やかな無秩序のうちに水面を移動している。

「あれはレパントの海戦の再現なんですよ」空砲の音と群衆の万歳の声のせいで、エーコは大声を張りあげざるを得ない。

昨年復活して、二度目を迎える今年のカーニヴァルは、数々の派手なショーがあるなかで、歴史的事件の再現というとりわけ大胆な企画を打ち出した。すなわち、スペイン無敵艦隊と教皇軍の支持を得たヴェネツィア海軍に率いられた神聖同盟が、スレイマン大帝の息子で、「酔っ払い」の渾名を持つセリム二世率いるオスマン・トルコ軍と激突したレパントの海戦。

「あの大きな船が見えますか？〈ブチントーロ〉（ブチェンタウロ）のレプリカですよ。かつては毎年、主の昇天の日に、その甲板の上に統領《ドージェ》が立ち、アドリア海に金の指輪を投じて、〈海との結婚《スポザリーツィオ・デル・マーレ》〉を祝う儀式が続けられてきたのです。戦争用ではなく、あくまでも式典用に絢爛豪華に飾り付けられた船でした。そもそも公式行事のときだけ出航し、潟の外に出たことは一度もなく、歴史的事件とはなんの関わりもないのですが、いちおうここでは、一五七一年十月七日のレパント湾にいることになっているので」

シモンはあまり聞いてはいない。偽物のガレー船と飾り立てられた小舟のダンスに魅せられて、埠頭へと進んでいく。だが、そこに見えない戸口の縦框のように立っている二本の円柱のあいだを通り抜けようとすると、エーコが制止した。「待って！」

ヴェネツィア人は、サン＝マルコの円柱《コロンネ・ディ・サン・マルコ》のあいだを決して通り抜けない。そうすると災いを招くからだと信じられているのだが、その理由は、共和国時代のヴェネツィアはここで死刑を執行し、遺体を逆さ吊りにしたからだという。

二本の円柱の天辺を見上げると、ヴェネツィアのシンボルである翼のある獅子像と鰐《わに》を踏みつけている聖テオドーロ像が見える。シモンは「僕はヴェネツィア人じゃないから」とつぶやきながら、見えない敷居を越えて水際まで進み出た。

すると見えた。ちょっと俗っぽい「音と光」でも、晴れ着姿のエキストラを乗せ戦艦に見立てた船たちでもない。船隊同士の激突だ。浮かぶ要塞として海のなかに据え付けられた六隻のガレアス船が周囲に群がるものを全滅させている。二百隻のガレー船が二手に分かれて応戦している。黄色い旗印を掲げた左翼は、戦闘開始早々、目に矢を受けて死んだヴェネツィア海事長官のアゴスティーノ・バルバリーゴ率いる艦隊、緑の旗印の右翼は、臆病者のジェノヴァ人、ジャン（ジョバンニ）・アンドレア・ドーリアが指揮を取っていたが、逃げ足の速い敵将ウルグ（クルチ）・アリ（改宗者のアリ、隻眼のアリ、裏切り者のアリなどの異名を持ち、南イタリアはカラブリアの生まれで、アルジェの太守となった）の機敏な操船によって敵の手に落ちた。青の旗印を掲げた中央には、最高司令官のドン・ファン・デ・アウストリアが率いるスペイン艦隊、コロンナが指揮する教皇のガレー船団、そして、のちにヴェネツィア共和国の統領《ドージェ》となる厳しい白い顎髭をたくわえた七十五歳のセバスティアーノ・ヴェニエル率いるヴェネツィア艦隊が並ぶが、ドン・ファンはスペイン艦隊に属する船長の一件があるので、ヴェネツィアの老司令官には言葉をかけようともしないし、目を合わせようともしない。その後衛には、戦況が悪くなったときに備えて、白い旗印のサンタ・クルーズ侯爵が控えている。この連合艦隊の真正面には、近衛兵《イエニチエリ》と私掠船団を従えた大提督《カプダン・パシャ》アリ・メジンザード率いるオスマン・トルコ艦隊が対峙している。

　ガレー船マルケーザ号に乗船したミゲル・デ・セルバンテス少尉は病を得て熱があったので船倉で寝ているようにと命じられたのだが、自分はどうしても戦いたいと船長に懇願した。史上最大の海戦を目前にして、これに参加しなかったら、あとで何を言われるかわからないじゃないですか、と。

　こうして両者の合意が成立し、ガレー船同士が船嘴《せんし》で突き合い、舷をぶつけ合い、至近距離から火縄銃を撃ち合い、敵船に乗り移っていくと、彼は猛然と敵兵に突進し、荒れ狂う海と戦闘の嵐にもまれながら、トルコ兵をマグロのように叩きのめし、彼自身も胸と左腕を火縄銃で撃たれるが、それでも闘うことをやめず、やがてキリスト教徒の勝利はもはや疑いのないところとなり、大提督《カプタン・パシャ》の首が旗艦のマストの先端に括り付けられたのだが、ディエゴ・デ・ウルビーノ艦長の指揮のもと、勇猛果敢に闘ったミゲル・デ・セルバンテス少尉は戦闘によって受けた傷のせいで左腕が使い物にならなくなった。あるいは外科医がぞんざいな処置をしたためかもしれない。

いずれにせよ、これ以降、彼は「レパントの片腕男」と呼ばれるようになり、このハンディキャップをからかわれることもあったが、それに憤慨し、深く傷ついてもなお、彼は『ドン・キホーテ』第二巻の序文で、こうきっぱりと釈明している。「この片腕はどこぞの居酒屋では萎縮したことがあったかもしれないが、過去、現在、未来の何世紀にもわたる歴史において語り継がれる最大の事件の渦中では、そうでなかったのである」

観光客と仮面の人々の行き来する雑踏のなかで、シモンは自分自身も熱っぽくなっていることを感じていると、誰かが肩を叩いた。統領《ドージェ》のアルヴィーゼ・モチェニーゴと十人会議のメンバー全員と三人の審問官がヴェネツィアの勇猛な獅子とキリスト教の華々しい勝利を祝うために忽然と姿を現わしたのかと思ったが、ただたんにウンベルト・エーコが愛想のいい笑みを浮かべて、こう語りかけてきたのだった。「一角獣を探し求めて旅に出たけれど、犀《さい》しか見つけられない人もいるんですよ」

91

バイヤールは、ヴェネツィアのオペラ座、フェニーチェ劇場の前で列をつくっていたが、自分の番が来て、リストに自分の名前があることがわかると、検問のような場所を通り過ぎるときに誰もが感じる安堵を感じたが（ただし彼は職業柄、絶えて久しくそういう経験をしたことがなかった）、検査係の男がどういう資格で招待されたのかと問うてくるので、バイヤールが、シモン・エルゾグという出場者の付き添いだと説明してもなお、「どういう資格なのか《イン・クァリタ・ディ・ケ》」としつこく繰り返す。バイヤールはどう答えればいいのかわからないので、仕方なく「うーん、トレーナーかな？」と言った。

ようやくなかに通されると、彼は金箔を張った桟敷席に入り、えんじ色のビロードで覆われた椅子に座った。

ステージでは、若い女性と老いた男が「おのおの自分の時間の支配者にさせてやろう」（マクベス原文――Let every man be master of his time. 現代英語訳からの翻訳：おのおの自分の時間を好きなように使わせてやろう）という『マクベス』（第三幕第一場）からの引用をめぐって論戦を交わしている。二人とも英語で論じ合っていて、バイヤールは観客に用意されている同時通訳のイヤホンをしていなかったが、若い女性のほうが優位に立っているように感じた（「時は私に味方している《タイム・イズ・オン・マイ・サイド》」と優雅に語っているのが聞こえたし、実際、彼女が勝利する）。

会場は満席で、昇格のかかる大会を一目見ようとヨーロッパ各地から聴衆が集まってきている。護民弁論家《トリブン》が格下の選手の挑戦を受けるのだが、その挑戦者の大半は、すぐ下の逍遙学徒《ペリパテイシアン》であるけれども、なかにはその下の弁証家《ディアレクティシアン》もいるし、さらにはその下の雄弁家《オラトウール》もいて、その試合に立ち会う権利を得たいというだけの理由で、いっぺんに三本の指を失う危険を覚悟で挑戦した者もいる。

今回は大プロタゴラスが挑戦を受けていること、そして、その試合には護民弁論家《トリブン》と、各々が選んだ人物一人だけが招待されるということを、誰もが知っているのである（もちろん、これに審判団を構成する愛知者《ソフィスト》が加わる）。この衝撃的な試合は明日行なわれるが、場所は秘密で、今夜の試合が終わった時点で資格を得た出場者だけに伝えられることになっている。挑戦者の素姓は公式には発表されていないが、いくつかの噂は流れている。

バイヤールは持ってきたミシュランのガイドブックをめくり、フェニーチェ劇場が創建以来、度重なる火災に見舞われるたびに再建されてきたことを知り、この劇場の名が不死鳥《フェニックス》を意味することも知った（バイヤールは、このフランス語の名詞が女性形だったらもっと美しいのにと思った）。

ステージの上では、聡明なロシア人が、引用の間違いを犯したがゆえに愚かにも指を切られている。

マーク・トウェインの言葉をマルローの言葉だと取り違えたせいで、ずる賢い対戦相手のスペイン人に、それまで優位に運んできた論戦を逆転されてしまったのだ。指が切られるコツンという音が響くと、いっせいに「オー！」という叫び声が場内に広がる。

そのとき背後のドアが開いたので、バイヤールは飛び上がった。「どうも、どうも、警視殿、まるでスタンダールその人が目の前に現われたという顔つきですな！」例のパイプをくわえたソレルスが桟敷席まで挨拶に来たのだ。「興味深い催しじゃないですか。ここにいるのはヴェネツィアの上流階級ばかりだし、それに言うまでもなくヨーロッパの教養人には必見の機会。アメリカ人だって来ているという話ですよ。ヘミングウェイはこの〈ロゴス・クラブ〉に加入していたことがあるんじゃないかと思ってるんです。彼はヴェネツィアを舞台にした作品を書いていますからね。年老いた大佐がゴンドラのなかで傷ついた手で若い女性を撫で回す話です。なかなかいい作品ですよ。それにヴェルディが『椿姫《ラ・トラヴィアータ》』をここで書いたって、ご存じでしたか？　それにヴィクトル・ユゴーの戯曲に基づく『エルナーニ』もね……」ソレルスの視線は、小柄だが肉付きのいいイタリア人とパイプをふかしているイギリス人が論戦を交わしているステージのほうに向けられ、物思わしげに「頭文字のHを奪われたエルナニ」（Hernani ヴェルディのオペラのタイトルにはHがない。日本語の仮名書きでは、ユゴーはエルナニ、ヴェルディはエルナーニ）と言い残すと、オーストリア＝ハンガリー帝国の将校のように踵を鳴らし、軽く上体を前に傾けて自分の桟敷席のほうへ引き下がっていった。バイヤールがそのあとを目で追うと、はたしてその桟敷席にはクリステヴァがいた。

ステージの上では、タキシード姿の司会者が次の論戦を告げるために「紳士淑女《シニョーレ・シニョーリ》のみなさま……」と語りかけはじめたので、バイヤールはヘッドフォンをつけた。「世界各国からお越しの選手のみなさま……次に登場するのはパリからの選手です……彼の戦績がすべてを物語っております……親善試合はなし……四試合すべて指のかかった真剣勝負……審査員全員一致の四勝無敗……これらの華々しい活躍によって、すでに『ヴァンセンヌの解読屋』という異名を取っております。さあ、ご登壇いただきましょう」

シモンが登場する。ぴったりと仕立て上げられたチェルッティのスーツに身を包んでいる。

バイヤールは場内のほかの聴衆とともに懸命に拍手を送る。

シモンは笑みを浮かべ、場内のすべての方向を意識しながら聴衆に挨拶し、その間に主題が引き出された。

〈クラシコとバロッコ〉、クラシックとバロック、美術史に関するテーマ？　驚くほどのことではない、なにしろここはヴェネツィアなのだから。

一瞬にして、様々なアイディアがシモンの頭に殺到してきたが、それを選別するのはまだ早い。まずはほかのことに意識を集中すべきなのだ。対戦相手と握手を交わしたとき、しばらく相手の手を握り締めたまま、目の前にいる男が何者であるかを読み取ろうとした。

――赤ら顔から察するに、イタリア南部《メッゾジョルノ》の出身、

――小柄、つまり支配欲が強い、

――力強い握手は、交際好きの証《あかし》、

――太鼓腹は、こってり煮込んだ肉料理をたくさん食べるから、

――聴衆ばかり気にして、対戦相手を見ないのは、政治家の反応、

――イタリア人にしては身なりがあまりよくなく、スーツはすこしくたびれ、全体としてわずかにちぐはぐ、ズボンの裾は短めだし、そのくせエナメルの黒い靴を履いているのは、ケチか扇動家のどちらか、

――高価な腕時計、最近のモデルだから、形見分けではなく、どう見ても分不相応であるのは、収

賄の可能性が濃厚（南《メッ》イ《ゾ》タ《ジ》リ《ョ》ア《ルノ》出身者の仮説を裏付ける）、――結婚指輪に加えて印台指輪もはめているのは、妻がいて、印台指輪をプレゼントした愛人がいることを示す。ただし、この印台指輪はおそらく結婚前からはめている（そうでなければ、こんなものがどこから出てきたのか妻に説明する必要に迫られただろうし、そのときは身内の遺品だということにしただろう）。だから、古くからの愛人で、結婚するつもりもなく、別れる決断を下すこともできなかったということだろう。

当然のことながら、これらの推理は仮説でしかなく、いつでも当たるという確信は、シモンにはない。「シャーロック・ホームズじゃないんだから」とシモンは思う。でも、いくつかの徴候がひとつながりの推論に発展するとき、シモンはそれを信じることにしている。

彼の下した結論は、自分の目の前にいる男は政治家で、おそらくキリスト教民主党員、応援しているサッカーチームはナポリかカリアリ、清濁合わせ呑むタイプで野心家、抜け目はないが、決断を下すのは苦手だ。

そこで彼は、序盤は相手を揺さぶる作戦に出ることにした。格下の競技者に当然の権利として与えられている先攻特権をこれ見よがしに放棄し、尊敬すべき対戦相手に寛大にも主導権を譲ったのだ。具体的に言えば、論戦のテーマに含まれる二項のうち、自分が擁護するほうを最初に選ぶ権利を相手に委ねたわけだ。テニスで言えば、レシーブを選んだことになる。

対戦相手はそれをどうしても受け入れなければならないわけではない。だが、シモンが賭に出たのは、イタリア人なら自分の拒否を悪く取られることを嫌がり、そこに軽蔑のような、不機嫌のような、頑固さのような、最悪の場合には、恐れのようなものを見抜かれたくないと思うはずだと考えたからだった。

相手のイタリア人は、自分はあくまでもギャンブラーでなければならず、座を白けさせてはいけないと思う。自分に向かって投げられた手袋が、たとえ罠に似ているとしても、それを拾わずに決闘に臨《のぞ》むことなどできるわけがない。当然、彼は応じた。

こうなればもう、相手がどっちの立場を選ぶか、シモンに疑いの余地はなかった。ここはヴェネツィアだ、どんな政治家であってもバロックを称賛するはずだ。

はたして対戦相手が、イタリア語のバロッコ barocco という言葉の由来（barroco と表記すれば、ポルトガル語で歪んだ真珠を意味する）から説明しはじめたので、シモンは少なくとも一手先んじたと判断した。

のっけからイタリア人はいささか教科書的でぎこちなかった。それは、シモンが主導権を放棄することで相手をあわてさせたということもあるが、そもそも、相手が美術史の専門家ではないということだろう。とはいえ、彼はまぐれで護民《トリブン》弁論家になったわけではない。徐々に自分を取り戻し、調子に乗ってきた。

バロックとは、世界を劇場と考え、人生を夢として、幻想として、生き生きとした色彩と劇的なジグザグ線を映す鏡だと見なす、あの美学上の潮流である。まさに魔術師《キルケ》と孔雀《パオン》（ジャン・ルーセの『フランスにおけるバロック時代の文学』の副題。フランスの「バロック」に関する歴史的通念を転換するきっかけを作った記念碑的労作）、すなわち変容《メタモルフォーズ》と誇示《オスタンタシオン》。バロックは直線よりも曲線を好む。バロックは非対称と騙し絵と逸脱を愛する。

シモンはヘッドフォンをつけているが、イタリア人がモンテーニュからそのままフランス語で引用しているのが聞こえた。「私はそこにあるものを描くのではなく、うつろうものを描くのである」

捉え難きバロックは国から国へ、世紀から世紀へ、十六世紀のイタリア、トリエントの公会議、反宗教改革、十七世紀前半のフランス、スカロン、サン＝タマン、十七世紀後半、イタリアへの回帰、バイエルン、十八世紀、プラハ、サンクト＝ペテルブルク、南アメリカ、ロココ……。バロックに統一性はなく、定められた事柄の本質もなく、永続性もない。バロックは動きである。ベルニーニ、ボッローミニ。ティエポロ、モンテヴェルディ。

対戦相手のイタリア人は、いい意味での一般論を手繰《たぐ》り寄せた。

そして突然、人間の思考のいかなる機制、いかなる道筋、いかなる機微をたどったか、これに沿って論旨を展開すれば、あたかも修辞のサーフボードに乗って自在に波乗りできるかのごとき、弁論の主導軸を発見したのだ。それは逆説的な主張だった。“Il Barocco e la Peste.”

バロックはペストだ。

本質を欠くこの芸術潮流の真髄は、ここヴェネツィアにある。サン＝マルコ大聖堂の玉葱形の屋根のなかに、正面を飾るアラベスク模様のなかに、潟に向かって迫り出す宮殿の怪奇《グロテスク》な装飾、そして、あのカーニヴァルの人形のなかにも。

それはなぜか？　対戦相手のイタリア人はみごとに地元の歴史を紐解いてみせた。一三四八年から一六三二年にかけて、ペストは何度も何度も襲ってきては、倦むことなくそのメッセージ、すなわち虚無の虚無《ヴァニタス・ヴァニタートゥム》を残していった。一四六二年、一四八五年と、ペストは立てつづけに共和国を襲い、荒廃させた。一五〇六年、すべては虚しい《オムニア・ヴァニタス》、ペストはまたやって来る。一五七六年には、ティツィアーノを奪い去っていく。人生はカーニヴァルだ。医師たちは、長くて白い嘴のある仮面をつけている。

ヴェネツィアの歴史は、ペストとの長い対話にほかならない。

さて、静謐このうえない共和国の出した答えは、ヴェロネーゼ（『ペストを止めるキリスト』）、ティントレット（『ペスト患者を癒す聖ロクス』）、そして税関岬《プンタ・デラ・ドッガーナ》にあるバルダッサーレ・ロンゲーナが設計したファサードのない教会、救済の聖母マリア聖堂《サンタ・マリア・デッラ・サルーテ》通称サルーテ。この建物は、のちにドイツの美術批評家ウィットカウワーによって「彫刻性とバロックの不朽性と豊かな光のたわむれの勝利」と評されることになる。

聴衆にまぎれて、ソレルスがメモを取っている。

ファサードがなく、豊かな空間を内部に湛えた八角形の構造。

サルーテのいくつもの奇妙な石の円盤は、メドゥーサが石に変えた波の泡のように見える。この世の虚しさへの返答のような永遠の波動。

バロックとはペストであり、すなわちヴェネツィアなのである。

けっこういい展開じゃないか、とシモンは思う。

勢いに乗ったイタリア人は、さらに続ける。古典《クラシック》とは何か？　その「クラシック」とやらは、はたしてどこで見たことがあるだろう？　ヴェルサイユはクラシックだろうか？　シェーンブルンはクラシックだろうか？　クラシックはいつも遅れてやって来る。クラシックはいつも事後《ア・ポステリオリ》的に決められる。よく人の口にのぼりはするが、誰も見たことがない。

つまりルイ十四世の政治的絶対主義を、それに先立つフロンドの乱に象徴される不安定な時代と対照させるかたちで、秩序と統一と調和の上に成り立つ美学的潮流に重ね合わせようとしたのだ。

これを聞きながらシモンは、早い話、ズボンの丈が短すぎる南イタリア《メッツォジョルノ》の田舎《いなか》っぺは、歴史と芸術と美術史を貫く一筋の光を見抜いているということじゃないか、と思った。

ヘッドフォンから聞こえてくる同時通訳はこう言っている。「しかし、古典主義《クラシック》の作家などというものは存在しない……古典《クラシック》というラベルは、ただの元帥杖（望み得る最高の称号）にすぎず……それは教科書のなかでしか通用しない」

そしてイタリア人はこう結論した。バロックはここにある。クラシックは存在しない。

聴衆から拍手が湧き起こる。

バイヤールは苛立たしげに煙草に火をつける。

シモンは自分の前の傾斜した机に体重をかけた。

彼には二つの選択肢があった。対戦相手が演説しているあいだ、自分のスピーチの準備をするか、相手に反撃を加えるために注意深く耳を傾けるか。彼はより攻撃的な後者を選んでいた。

「古典主義が存在しないというのなら、ヴェネツィアは存在しないということになります」

つまり、自滅的な戦争もなかったということになる。レパントの海戦のような。

「古典主義」という言葉を使うことで、自分が時代錯誤をおかしていることは承知しているが、そんなことはどうでもよいことだ。なぜならば、そもそも「バロック」と「クラシック」は事後《ア・ポステリオリ》的に練り上げられた概念であり、それ自体が時代錯誤的であり、不確かで議論の余地のある現実を擁護するためのものにすぎない。

「それに、それらの言葉が、新古典様式《ネオクラシック》の真珠と呼ばれる、ここフェニーチェで口に出されるのですから、いよいよ興味深いわけです」

シモンは「真珠」という言葉を意図的に使った。もう彼の頭のなかには、行動計画ができあがっていた。

「それは、そそくさと地図からジュデッカ島とサン・ジョルジョ大聖堂を消し去ろうとすることでもあります」と言って、彼は対戦相手のほうに顔を向けた。「パッラーディオは存在しなかったのでしょうか？　彼の新古典様式《ネオクラシック》の聖堂はバロックの夢想なのでしょうか？　わが尊敬すべき対戦相手はいたるところにバロックを見る、それはいいでしょう、でも……」

こうして二人の対戦者は、示し合わせたわけでもなく、このテーマの問題点がどこに集約されているか、意見の一致を見たのである。すなわち、ヴェネツィア。ヴェネツィアはバロックなのか、クラシックなのか？　テーゼとアンチテーゼのどちらが正当か、それを決めるのがヴェネツィアだというわけだ。

シモンは聴衆のほうに向き直って、朗々と語りかける。「秩序と美、豪奢、静謐、そして官能。ヴェネツィアを描写するのにこれほど適切な詩句がほかにありましょうか？　それでは、古典主義の最良の定義はあるでしょうか？」そして、ボードレールのあとは、バルトの引用。「古典の数々。教養（教養があればあるほど、悦びは大きく、多様になる）。知性。皮肉《アイロニー》。繊細。陶酔。習熟。安心。それら生きる術《すべ》の数々」。シモンは続ける。「ヴェネツィア！」

クラシックは存在し、ここヴェネツィアでくつろいでいる。偉大な一つの例として。

いや、二つの例と言うべきか。ここで対戦相手がテーマを読み間違えていることを指摘する。

「わが尊敬すべき論敵は誤解したのでしょう。バロックかクラシックか、ではなく、バロックとクラシック、なのです。なぜ、この二つを対立させるのでしょう。それらはヴェネツィアを構成している陰と陽であり、なべて宇宙は、アポロンとディオニソス、崇高と醜悪、理性と情熱、ラシーヌとシェークスピアから成り立っているのです（シモンは最後の例を出すのに躊躇しなかった。なぜならスタンダールはあからさまにシェイクスピアを好んでいたから――そもそもシモン自身がそうなのだが）

「パッラーディオをサン＝マルコ大聖堂の玉葱形屋根と対立させてはいけない。ほら。パッラーディオのイル・レデントーレ聖堂が見えませんか？」シモンは、ジュデッカの岸辺を思い浮かべるかのように、会場内の遠くに視線を向けた。「一方には、すでに過去の（と言ってよければ）ビザンチン様式とゴシックの火炎《フランボワイアン》様式があり、他方にはルネサンスと反宗教改革を通じて永遠に甦った古代ギリシアがある」論争者にとって、失われるものは何もない。ソレルスは笑みを浮かべて、この言葉に覚えのあるクリステヴァを見つめ、自分のいる桟敷席の金泥を塗った木製の肘掛けを軽く叩きながら、満足げに紫煙の輪をいくつもつくった。

「コルネイユの『ル・シッド』の場合はどうでしょう。この作品が書かれたときには、ほとんど悪漢《ピカレス》小説《ク・ロマン》的なバロック悲喜劇だったのが、自由奔放な作品一般が流行らなくなると、古典的な悲劇の枠に（無理やり）押し込められてしまった。規則、統一性、枠組み？　そんなものどうでもいいじゃないか。一つの作品のなかに二つの作品があって、それでも同一の戯曲、ある日はバロック、その翌日にはクラシック、それでいいじゃないか」

シモンは、出そうと思えばほかにも興味深い例があるという。たとえばロートレアモン、もっとも暗いロマンチシズムの詩人が、本名のイジドール・デュカスに戻ると、同一人物の作品とは思えないような『ポエジー』を出版して突然変異を遂げ、倒錯的な古典主義の擁護者になったが、彼は誤った方向に進もうとしたのではない。「古来からの二つの大きな伝統がある。すなわち、アッティカ風の簡潔典雅、小アジア風のエキゾチズム。かたや、ボワローの『よく考え抜かれたことは明瞭に表現される』という言葉に象徴される西洋流の厳格な明晰性、かたや、叙情の高揚、装飾性、官能的で錯綜したオリエントの転義に満ちたスタイルがある」

シモンは、アッティカ風も小アジア風も、なんら地理的根拠を持たない概念であって、せいぜい超歴史的な隠喩でしかないことをよく知っているのだが、このレベルになると、審判員たちも、論者がそれくらい心得ているのを承知していることもまたよく知っているから、あえて詳細には踏み込まないのである。

「では、その合流点はどこにあるか？　ヴェネツィア、世界の四つ辻！　ヴェネツィア、海と陸との融合、海に浮かぶ陸地、直線と曲線、天国と地獄、獅子と鰐、サン＝マルコとカサノヴァ、太陽と霧、動きと永遠！」

　割れんばかりの拍手。

　イタリア人はすかさず反論しようとするが、議論をまとめようにも、シモンがすでにまとめているので、彼は自分本来の資質に反する方向に論を進めざるを得ない。直接フランス語で反論してきたことに、シモンは感心したものの、その口調には苛立ちのしるしが現われている。「しかし、ヴェネツィアは、海です！　わが対戦相手の貧しい弁証法的試みでは、いかんともし難い。自然の要素のうち、流動するものは、バロッコです。固いもの、定まったもの、硬直したものは、クラシコです。ヴェネツィア、それは海なのです《エ・イル・マーレ》！」そこでシモンは、ここに滞在しているときに学んだことを思い出した。統領の船《ブチエンタウロ》、海に投ぜられた指輪、エーコから聞いた話だ。「違います、ヴェネツィアは海の夫であって、海と同じではない」

「ここは仮面の都市《まち》！　まばゆいガラスの都市！　きらめくモザイクの都市！　潟に埋もれてゆく都市！　ヴェネツィア、それは水と、砂と、泥の都市だ！」

「と同時に、石の都市でもある。たくさんの大理石がある」

「大理石、それはバロックだ！　縞模様が入っているのは、内部にたくさんの層があって、常時破壊が進んでいる証拠なのだ」

「そうではない、大理石はクラシックだ。フランス語では、確固不動であることを〝大理石に刻まれた〟と表現する」

「カーニヴァル！　カサノヴァ！　カリオストロ！」

「たしかに、カサノヴァは、集合無意識においては、優れてバロックの王様だ。でも、それは最後の王様だ。神格化することで、過ぎ去った世界を葬っているのだ」

「でも、それこそがヴェネツィアのヴェネツィアたる所以《ゆえん》ではないか。つまり永遠の断末魔。十八世紀こそがヴェネツィアなのだ」

シモンは、形勢が悪くなっていることを感じ、堅牢で直線的なヴェネツィアというパラドックスは長く持ち堪えられそうにないと思いつつも、あくまでも固執する。「それは違う、強固で、栄光に満ちた、支配者としてのヴェネツィアは、十六世紀の、喪失と崩壊が始まる以前の、十六世紀のヴェネツィアだ。あなたが擁護するバロックは、それを滅ぼすものだ」

イタリア人も引き下がらない。「しかし、崩壊こそヴェネツィアではないか！　ヴェネツィアをヴェネツィアたらしめているもの、それはまさに逃れられない死への道行なのだから」

「しかし、ヴェネツィアにも未来はあるべきだ！　あなたの描くバロックは、首を吊られた人を支えるロープだ」

「それもまたバロックのイメージだ。まずあなたは異議を唱え、それから断罪するが、結局はバロックに連れ戻される。それは、この都市をつくっているのがバロックの精神だということの証ではないか」

純然たる論理的な論証の意味においては、自分が負けの段階に入っていることをシモンは感じていたが、幸いなことにレトリックは論理だけからなっているわけではない。そこで、彼は情《パトス》のカードを切ることにした。ヴェネツィアは生きねばならぬ。

「おそらく、バロックとはこの都市《まち》を殺し、殺すことでさらに美しくする毒なのでしょう（譲歩は避けるべきだとシモンは内心思っている）。しかし、『ベニスの商人』の場合はどうか、救いはどこからやって来るでしょう？　島に住む女たち、そう、それは陸なのです！」

イタリア人は、勝ち誇ったように叫ぶ。「ポーシャのこと？　男に変装した女？　でも、それは完《マ》全にバロックですよ！　シャイロックの頑《かたくな》な合理性と、肉一ポンドを要求するためにシャイロックが笠に着ている権利に対するバロックの勝利とさえ言える。このユダヤの商人における手紙の精神硬直的な解釈こそ、（あえて言うなら）原古典主義的神経症の徴候ですよ」

シモンは、聴衆がその言い回しの大胆さを好意的に受けて止めているのを感じるのと同時に、対戦相手がシャイロックについて、いささか的外れなことを言っているのはもっけの幸いだとも思った。なぜなら、それは課されたテーマによって、本人が深刻に混乱しはじめている証拠であって、己の実存の存在論的基盤にまで疑いと妄想が及んだあげく、もっとも集中力を必要とする時点で、精神が麻痺しかけていることを意味するからだ。すかさず彼はシェイクスピアの路線で駒を進めることにした（「人生はのべつまくなしに浮かれ騒いでいる哀れな役者でしかない」という『マクベス』のなかの台詞が、なぜよりにもよってこんなときに甦ってくるのだろう？　どこから出てきたんだ？　シモンは必死になってこの疑問を抑え込み、あとで考えることにした）。「ポーシャこそ、バロックの狂気とクラシックの真髄の混交であって、それゆえシャイロックを打ち負かすことができたのです。ほかの登場人物のように情に訴えるのではなく、非の打ちどころのない確固とした法律的議論と模範的な合理性に基づき、シャイロックの論拠さえも手袋のように裏返してみせた。『たしかに一ポンドの肉片はあなたに与えられた権利です。しかし、契約書にない一滴の血も流してはいけない』この瞬間、アントーニオはこの法律的手品によって命拾いをする。たしかにそれはバロック的な行為ですが、あくまでもクラシックなバロックと言うべきものです」

シモンは聴衆の支持を得たと感じている。またもや主導権を失ったことがわかったイタリア人は、シモンの繰り出す、いわゆる「特殊な感動の渦」を無化しようとして、今度は彼のほうが小さなミスを犯した。シモンのあやしげな論理の飛躍を暴こうとして、「しかし《マ》、誰が法律は古典《クラシック》的な価値であると決めたのでしょうか？」と問い質してきたのだが、最初にこの前提で論を展開してきたのは彼自身なのである。ところがシモンはあまりに疲れ、あまりにぼんやりしているか、ほかのことに気を取られているかしていて、この矛盾をつく絶好の機会を逸してしまい、イタリア人はすかさずこう続けた。「ここにわが対戦相手の理論の限界が露呈しているのではないでしょうか？」

　さらには不意の突きまで入れてきた。「わが尊敬すべき対戦相手がしていることはきわめて単純明快、類比の無理強いです」

　シモンは、言説についての言説《メタディスクール》の領域というふつうなら自分の得意とするところで攻撃を受けているのである。このまま放っておくと、自分の得意技で負けてしまう恐れがあるので、あくまでも自分の路線に固執することにした。「あなたのヴェネツィア擁護は窮地に陥っている。本来なら連携することによって再発見すべきであり、ポーシャこそ、詭計《きけい》と実用主義のカクテルである連携の象徴なのです。ヴェネツィアがその仮面の背後で敗退しようとしているときに、ポーシャは自分の島からバロックの狂気とクラシックの良識をもたらしたのです」

　シモンはますます集中力が散漫になっていて、十七世紀の「威信」について考えてみたかと思うと、レパントの海戦に参加したセルバンテスについて、ヴァンセンヌでの自分のジェームズ・ボンドの講義について、考えたり、ボローニャの階段教室の解剖台やイサカの墓地を思い出したりと、一度にたくさんのことが思い浮かんでくるので、ほかの状況なら自分に襲いかかるこのバロック的目眩《めまい》をうっとり味わうところだが、この場面においてはまさに破滅の深淵としか言えない状況を乗り越えないかぎり、勝利はおぼつかないと観念した。

　そこで彼はみずから、このシェイクスピアについての場面の幕引きをはかることにした。ここで正しく議論を切り抜け、自分の全エネルギーを集中して話題を変え、対戦相手が仕掛けてきた議論《メタディ》についての議論的な道《スクールル》——シモンがこの試合で初めて、自分が危ないと感じた道から、なんとか相手を逸らさなければならない。

「さらにもう一言、静謐《セレニシム》」

そう言うことで、彼は対戦相手を反応せざるを得ない状況に追い込み、彼がこれから立ち上げようとしているレトリックの場面を中断させ、主導権を奪おうという魂胆である。相手はこう応じた。

「共和国《レプブリカ・エ・バロッコ》はバロックだ！」

すでに論争は即興の段階に入っているので、シモンは見せ場を作り、思いついたことを次から次へと口にしていく。「それは時と場合によるでしょう。なにしろ、統領《ドージェ》の時代が千年も続いたのですから。安定した体制。確固たる権力。そして、いたるところに教会。アインシュタインの言葉を借りるなら、神はバロックではない。ナポレオンは逆に（シモンはここでわざとヴェネツィア共和国を葬り去った張本人を出す）絶対君主ですが、絶えず動き回っていた。きわめてバロック的でありながら、クラシックでもある、かなり異色のね」

イタリア人が答えようとするが、シモンはその口を封じる。「ああ、そうだ、忘れてました。クラシックは存在しないんでしたね！　だとしたら、この三十分、われわれは何の話をしてるんでしょう？」聴衆は固唾を呑む。対戦相手はアッパーカットを食らった。

努力と神経をすり減らすような緊張に酩酊した二人は、もはやアナーキーとも言える乱戦模様となっていたが、その背後では、三人の審判がどちらが優勢か決着がついたと判断し、試合の終了を告げた。

シモンは安堵のため息をつくのをこらえ、審判のほうを振り返った。今夜の試合を判定する三人の審判は当然のことながら愛知者《ソフィスト》だろうと彼は思った（というのも、審判団は自分たちが裁定する出場選手よりも位の高いメンバーで構成されるのがふつうだから）。三人とも、自分を襲ってきた連中と同じようにヴェネツィア独特の仮面をつけているので、シモンはカーニヴァルの最中に試合を開催する利点が呑み込めた。こうすれば目立たないように匿名性を守ることができるというわけだ。

審判たちは、水を打ったような静けさのなかで票を投じていく。

一人目はシモンに投票した。

二人目は対戦相手に投票した。

こうして、この試合の評決は最後の審判員に委ねられることになった。シモンは、前の試合に出場した選手たちの指から出た血で真っ赤に染まった俎板《まないた》のような台をじっと見つめている。三番目の投票を受け入れている部屋から、何ごとかささやく声が聞こえてくるので、頭を上げられない。一度だけならいいだろう、このささやきの意味が、どうにも解読できないのだ。

台の上に置かれた小さな斧を手にする者は誰もいない。

三番目の審判員はシモンに投票した。

対戦相手は顔を引きつらせている。彼が指を失うことはない。というのも、〈ロゴス・クラブ〉の規則では挑戦者側だけが大切な指を賭けるからだが、彼は護民弁論家《トリブン》の位を長く守ってきたわけだから、一段位が下がるのは明らかに耐え難いことなのだ。

というわけで、シモンは聴衆の拍手を浴びて、護民弁論家《トリブン》に昇進することになった。のみならず、明日の頂上決戦への二人分の招待状が厳かに授与されたことは何よりだった。シモンは時間と場所を確認すると、聴衆に最後の挨拶をして、桟敷席のバイヤールと合流した。会場からは人の波が引きはじめていた（なぜなら彼の試合は今夜の最大の見せ場であり、プログラムの最後を締めくくる演目だったのだ）。

桟敷席で招待状を受け取ったバイヤールは、そこに記された情報を確認し、少なくとも今夜十二本目の煙草に火をつけた。一人の英国人が桟敷席のドアを開けて顔を出し、勝者を称えた。「素晴らし《グッド・》い試合《ゲーム》でした。相手はタフだった《ザ・ガイ・ワズ・タフ》」

その手を見ると少し震えているので、シモンはこう答えた。「愛知者《ソフィスト》はもっと手強いんじゃないかと思いますけどね」

92

ソレルスの背後には「天国」がある。このティントレットの巨大な油絵もまた、制作された当時はコンクールで勝利して、ドゥカーレ宮殿の大評議の間に飾られることになったのだ。

この大画布の下の巨大な演壇には、三人ではなく十人の審判が着席している。愛知者《ソフィスト》全員が揃う審判団だ。

彼らの前には、顔の四分の三を聴衆のほうにひねって相対している大プロタゴラス本人と、演説卓に寄りかかっているソレルスがいる。

十人の審判団と二人の選手はヴェネツィア風の仮面をつけているが、シモンもバイヤールも、一方がソレルスであることは簡単に見破ることができた。それに聴衆のなかにクリステヴァがいることにも気づいている。

フェニーチェのときとは違って、聴衆は立ったまま、十四世紀に千人以上の貴族を受け入れるために設計された広大な部屋に集められている。縦五十三メートルの部屋の天井にはおびただしい巨匠の画布がはめ込まれていて、その迫力に押しつぶされそうになる。柱の一本もないのに、どうやってこの天井が持ちこたえているのか不思議に思えてくるほどだ。

　このような大広間に大勢の人が集められているので、場内には不安げなざわめきが漂っている。ティントレットやヴェロネーゼの作品に見つめられて、誰もが恭しくささやき声を漏らしているからだ。

　審判の一人が立ち上がり、イタリア語で厳かに、試合の開幕を告げると、目の前に二つ置かれている壺の一方から、テーマを引き出した。

「人は穏やかに狂う《オン・フォルセーヌ・ドゥースマン》」

　どうやらテーマはフランス語のようだが、バイヤールはシモンのほうを見て、よくわからんという合図を送っている。

　困惑の波が縦五十三メートルの部屋を伝わっていく。フランス語を母語としない聴衆は同時通訳の装置が正しいチャンネルに合っていることを確かめている。

　ソレルスは仮面の背後で一瞬とまどったにしても、それを表に出すはずがない。いずれにせよ、会場内のクリステヴァは動じる様子を見せていない。

　ソレルスは与えられた五分間でテーマを理解し、そこに含まれる問題を見抜き、そこから何らかの命題を引き出し、首尾一貫した論証によってその命題を裏付ける準備をしている。できることなら華華しく。

　その間、バイヤールは隣にいる客たちに問いかけている。このわけのわからないテーマはいったいどういうことだ?

　巻いているマフラーに色を合わせた絹のハンカチを胸ポケットに入れている身なりのいい老紳士がこう説明している。「なにしろ、フランス人が大プロタゴラスに挑戦するわけですから。〝死刑に賛成か、反対か〟なんてテーマを期待するほうがおかしい、そうじゃないですか《ヴェロ》?」

バイヤールは納得しようとするが、それでもなお、テーマがフランス語なのはどうしてかと食い下がっている。

老紳士は答える。「大プロタゴラスへの礼儀でしょうな。彼はすべての言語に通じているということですから」

「彼はフランス人ではない?」

「とんでもない《マ・ノ》、イタリア人ですよ《エ・イタリアーノ、エー》!」

バイヤールは、仮面の背後でゆったりとパイプをふかしながら、メモを書きつけている大プロタゴラスをじっと見つめた。その姿形《すがたかたち》といい、その物腰といい、顎の形(というのも仮面は目の部分しか隠していないから)といい、心当たりがあるような気がした。

五分間が流れ、ソレルスは卓から身を起こして、場内を見回し、小さくダンスのステップを踏み、さらにはあたかも十人の審判がそこにいることを背中でも確認しようとするかのようにその場で一回転すると、対戦相手に向かって、多少なりとも慎ましくお辞儀し、自分の演説に取りかかった。それは大プロタゴラスに堂々と立ち向かったソレルスのあの演説として歴史に残るであろうと、彼は信じていた。

「狂《フォルセーヌ》う……狂《フォルセーヌ》う……力強い《フォール》……舞台《セーヌ》……外《フォール》に……セーヌ川《セーヌ》……フェリックス・フォール……最後《セーヌ》の晩餐。フェリックス・フォール大統領はフェラチオの最中に心臓発作で死に、そのために後世の語り草となったが、檜舞台からは降ろされた。とりあえず前口上《プロレゴーメナ》として……。先付け《アミューズ・グル》として。イントロダクションとしてね(ハハ!)……」

これを聞いたシモンは、ソレルスは大胆なラカン的アプローチを試みるつもりだなと思った。

バイヤールは横目でクリステヴァを観察している。その表情には、極度に集中していること以外、相変わらず何も読み取れるものはない。

「力《フォルス》。そして、舞台《セーヌ》。舞台上の力《フォルス・シュル・セーヌ》。つまり、『ル・シッド』の主人公ロドリーグ。セーヌの森《フォレ・シュル・セーヌ》（ヴァル＝ド＝マルヌ県。ここではまだ戸口にカラスの死体を釘で打ち付けているらしい）。騎士団長《コマンドゥール》の首を絞めるべきか、絞めないべきか。それが問題だ《ザット・イズ・ザ・クエスチョン》」

バイヤールが目でシモンに問い質すと、シモンは小声で答える。ソレルスは明らかに大胆な戦略を選んでいて、論理的な脈絡のかわりに類比的な脈絡を優先し、純粋な推論を観念の並列やイメージの連鎖で置き換えようとしていると説明した。

バイヤールは自分なりに理解しようとして、「つまり、バロックってことか？」と応じる。

シモンは驚く。「ええ、まあ、それでもいいけど」

ソレルスは続ける。「舞台を除いて《フォール・セーヌ》、すなわち、舞台の外で《オール・ラ・セーヌ》。猥褻《オブセーヌ》。そこにすべてがある。当然、ほかのことにはなんら関心が湧かない。『猥褻なソレルス』と喚きたてるマルスラン・プレネによる記事がどうした？ 遠慮はするな。とまぁ、そういうわけだ。オーラ、おー！ おだやかに《ドゥースマン》……ど《ド》こから《ウ》……精子《スマンス》……。どこから精子はやって来る？ 上からだよ、もちろん！（と言って、彼は天井とヴェロネーゼの絵を指さす）芸術は神の精子だ（そこで彼は背後の壁を指さす）ティントレット《タントレ》は預言者だ……そもそも、彼は網で鳴らす人《タン・ト・レ》だし……鐘《クロシュ》と網《フィレ》がふたたび鎌とハンマーに取って代わる時代に祝福あれ……そもそも鉤針《クロシェ》も網《フィレ》もどちらも漁師の道具ではないか？」

バイヤールはクリステヴァのスラブ系の顔を見て、わずかに不安の皺が寄っているんじゃないかと思う。

「魚たちが水の外に顔を出すことができれば、自分たちの世界が唯一の世界ではないことに気づいただろう……」

シモンのほうは、ソレルスのとった戦略は本当にとても大胆だと感じている。

バイヤールは耳打ちする。「少しイカれすぎじゃないか?」

胸ポケットにチーフをさした老人が二人にささやきかける。「たいしたタマ《コリョーニ》を持ってる、あのフランス人《フランチェーゼ》は。でも同時に、今こそそれをうまく使いこなすときです」

バイヤールは、その分析を詳しく説明してほしいと頼んだ。

老人が答える。「明らかに、彼はテーマを理解していない。少なくともわれわれ以上には、そうですよ《ヴェーロ》ね? そこで彼ははったりをかます《フランベ・ア・レスブルッフ》ことにした……フランス語ではこう言うんでしたよね? たいした度胸です」

ソレルスは卓に肘をついているので、どうしても前屈みになって、上半身が不安定になるのだが、面白いことに、このやや不自然な姿勢のせいで比較的余裕があるように見えるのだ。

「来た、見た、吐いた」

ソレルスの弁は加速し、なお流麗になり、ほとんど音楽と化した。「神はまさしくいかなる神秘もなく間近にあって穏やかに塗油され穏やかに罰当たりの手で秘跡《ミスフェール》を……」そして、シモンとバイヤールの度肝を抜くような言葉を続けた。「いちもつをこちょこちょすることへの信仰が、遺体を唯一の基本的価値として存続させることを可能にしているんだ」と言うと、ソレルスは自分の舌でいやらしく唇を舐めた。バイヤールは今度こそ、クリステヴァの表情に痙攣が走るのを見届けた。

そして不意に、ソレルスはこう切り出した(シモンには、いわば彼の内心の秘密をここで吐露しようとしているように思えた)。「さて話は飛んで、鶏から魂へ……」

バイヤールは話のリズムに揺すられながらも、ときどき丸太も一緒に流れてきて華奢な船体にぶち当たる川の流れを航行しているかのような感じに襲われている。

「キリストの全魂は受難において至福を感じていたなんて苦痛と歓喜は正反対のものなのだから同時に苦しみ喜ぶことは理屈からしてとうていあり得ないように思えるかもしれないがアリストテレスはたとえ正反対であっても深い悲しみは愉悦を妨げるものではないと指摘している……」

ソレルスは次第に涎《よだれ》を垂らし、まるでアルフレッド・ジャリの装置のごとくに続ける。「たとえ名の形を変え異名の啓示を受けようと私は同じ宮殿にあっても小屋にあってもファラオに鳩に羊に変異しようが変容と実体変化と昇天の……」

そして彼はようやく結論にたどり着く──聴衆はついてはいけないけれど、そう感じ取る。「私はなるものになる、ということは諸君が相手をしているのは私が私であるかぎり私であるところのものであって私が明日も私であるとすればどこまで行っても私は私なのだということをゆめ忘れることなかれ……」

バイヤールは驚いてシモンに向かって言う。「これなのか、言語の七番目の機能ってのは?」

シモンは例の妄想《パラノイア》がまた迫り上がってくるのを感じ、ソレルスのような登場人物が実際に存在するわけがないと思っている。

ソレルスは断固たる口調で締めくくった。「私はドイツ=ソビエト的なるものの対極にある」

場内、茫然自失。

大プロタゴラスまでもが唖然としている。いささか困惑したように「ううむ」と唸っている。やがて口を開いた。ようやく語る番がきた。

シモンとバイヤールは、ウンベルト・エーコの声だと気づいた。

「さて、どこから話しはじめればよいものやら。なにしろ、わが尊敬すべき対戦相手がありとあらゆる手段を尽くしてしまったので、ね《シ》?」

エーコはソレルスのほうを向いて、丁重に挨拶し、仮面の鼻の位置を直した。

「まずはちょっと語源的な指摘をさせてもらいましょうか。聴衆のみなさまがたも尊敬すべき審判団のかたがたもすでにお気づきのことと思いますが、フォルスネ forcener という動詞は現代フランス語ではもはや使われておりません。その唯一の痕跡は、フォルスネ forcené という名詞形に残っているだけで、暴力的な行動をともなう気の触れた人という意味です。

ところが、この forcené の定義がわれわれに誤解をもたらすことがあるのです。もともとは――僭越ながら綴り字に関するちょっとした指摘をさせていただきますが――forcener という動詞の c は s で書かれていたのです。というのも、この言葉はラテン語の sensus から来ています。つまり、“animal quod sensu caret”（＝動物、理性を欠いたもの）の意味での「サンス」（sens――感覚、センス、認識、分別などの意）ですね。フォルスネ forcener とは、文字どおり理性から外れた状態、つまり狂っていることを意味しますが、初めから力 force の意味合いが含まれていたわけではなかったのです。

ですから、この意味合いは、語源的には誤りではないかと思わせる綴り字の改変にともなって徐々に表に出てきたに違いありません。ちなみに、この綴り字の初出は十六世紀の中世フランス語に確認されています。

さて《アローラ》、もしわが尊敬すべき対戦相手が提起していてくれれば、議論していたであろう問題とは、次のような事柄でありましょう。すなわち「穏やかに狂う」とは撞着語法の一種であろうか？　二つの矛盾する言葉の組み合わせなのか、そうでないのか？

フォルスネという動詞の正しい語源を考慮するなら、そうではありません。

正しくない語源に含まれる力の意味合いを考慮するなら、そうだということになります。

そうだとしても《シ・マ》……穏やか《ドウ》と力強く《フォール》は必ずしも対立しないのではないでしょうか？　力は穏やかに行使されることもあります。たとえば、川の流れに運ばれていくときとか、愛する人の手を握りしめるときとか……」

歌うような口調が大きな会場に響くが、誰もがそこに攻撃の激しさを感じ取っている。人のよさそうな見かけとは裏腹に、エーコは、対戦相手が提起できなかった基本的な問題を独力で議論の対象にすることで、ソレルスの演説の不十分さをさりげなく強調しているのだ。

「しかし《マ》、言うべきことは言い尽くされているのではないですか？

たしかに私の説はごく控えめなものであって、わが対戦相手の解釈はきわめて大胆なものでありますが、あえて申し上げるなら、いささか酔狂の度が過ぎるのではありますまいか。もし、お許しいただけるなら、ただこのように説明しましょう。『穏やかに狂う』人とは、詩人のことである、と。すなわち、詩的狂気《フュロール・ポエティクス》。この言葉が誰のものか、確かなことはわかりませんが、たぶん十六世紀のフランスの詩人、ジャン・ドラの弟子にして、プレイヤード派の詩人でしょう。なぜなら、この言葉にはネオプラトニズムの影響が色濃く感じられるからです。

ご承知のとおり、プラトンにとって、詩はたんなる芸術でも技術でもなく、神的な啓示でした。詩人には神が宿り、憑依《ひょうい》状態になるのです。ソクラテスがかの有名な対話編のなかでイオンに説明しているのがそれです。つまり、詩人は狂っているのです。でも、それは穏やかな狂気、あくまでも創造的な狂気であって、破壊的な狂気ではない。

私はこの言葉の出所までは知りませんが、おそらくロンサールかデュ・ベレーでしょう。二人ともまさに《ジュスタメンテ》「穏やかに狂う」詩の学派に属していましたから。

さてこれで、神的な啓示という問題について語れると思うのですが、どうでしょう？　私にはわかりませんよ、なぜなら、わが尊敬すべき対戦相手が何について語ろうとしていたのか、よく理解できませんでしたから」

場内が静まり返った。ソレルスは発言権がまた自分に戻ってきたことを理解し、わずかに躊躇した。シモンは無意識のうちにエーコの戦略を分析している。それは一点に要約できる。すなわち、ソレルスの正反対を行くこと。そのためには極端に抑えた気品《エートス》ある態度と、とても地味でミニマルな論のレベルを採択することが前提になる。自由奔放な解釈はいっさい拒否し、あくまでも逐語的な説明に終始すること。世に知れた碩学《せきがく》ぶりを発揮しながら、エーコは説明するだけにとどめ、議論はしない。対戦相手の常軌を逸した饒舌とまともに向き合って議論することは不可能だと言わんばかりに。厳密と謙虚によって、誇大妄想に取り憑かれた相手の精神的混乱を明るみに出すこと。

ソレルスは、いくらか自信を失ったような口調で、また語りはじめた。「私は哲学について語っているのですよ。なぜなら、今や文学という行為は、哲学的言説がそのテーマとして統合され得るということを証明することにあるからです。少なくとも、その経験が超越的な地平にまで引き上げられるという条件のもとにね」

エーコは何も答えない。

するとソレルスはパニックに襲われて、叫んだ。「あのアラゴンが僕についての大絶賛記事を書いてくれたんだ！　僕の天才についてさ！　エルザ・トリオレもね！　二人からの献辞入りの本だって持ってるんだぞ！」

気まずい沈黙。

十人の愛知者《ソフィスト》のうち一人が合図をすると、会場の入口に配備されていた二人の警備員がソレルスを捕えにやって来たので、狼狽した彼は目を丸くして叫んだ。「こちょこちょ！　ほっほっほ！　ノン・ノン・ノン！」

バイヤールが、なぜ投票がないのかと尋ねると、ポケットチーフの老紳士は、投票するまでもなく満場一致が明らかな場合もありますから、と応じた。

二人の警備員が演台前の大理石の床に敗者を寝かせると、愛知者《ソフィスト》の一人が大きな剪定《せんてい》ばさみを手にして前に進み出た。

警備員がズボンを脱がそうとすると、ソレルスはティントレットの「天国」の下で、大声をあげてもがいた。残りの愛知者《ソフィスト》たちも演壇から降りてきて、押さえつけるのを手伝った。混乱のなかで仮面が落ちた。

最前列の聴衆だけが演壇の前で何が行なわれているかを目にすることができたが、いちばん奥にいる人も事態を察することはできた。

嘴の突き出たペスト医師の仮面をかぶった愛知者《ソフィスト》がソレルスの睾丸を、開いた剪定ばさみの二枚の刃のあいだに挟むと、両の手でそれぞれの柄のところをしっかりと握り、はさみに力を入れた。そして、切った。

クリステヴァは震え上がった。

ソレルスは、誰も聞いたことのないような音声を発した。声帯が切れるような音に続いて、発情した猫のような長い呻き声が天井を飾る巨匠たちの画布に跳ね返り、会場の隅々まで響きわたった。

ペスト医師の仮面をつけた愛知者《ソフィスト》が二つの睾丸を拾い、二つ目の壺に入れたので、ようやくシモンとバイヤールは、この第二の壺はこのために用意されていたのかと合点がいった。

シモンは青ざめ、隣人に尋ねた。「ふつう指一本が相場じゃないんですか？」

その男が言うには、一階級上に挑戦した場合は指一本ですむが、ソレルスの場合は何段階も順序を飛ばし、一度も試合に出たことがないのに、いきなり大プロタゴラスに挑戦したからだとのこと。

「それじゃ高くつきますよ」

　凄まじい呻き声を上げながら身をよじらせているソレルスに応急手当がほどこされているあいだに、クリステヴァは睾丸の入った壺を受け取って会場を出た。

バイヤールとシモンはそのあとを追った。

　彼女は壺を腕に抱えて、足早にサン＝マルコ広場を通り過ぎていく。夜更けにはまだ早く、広場は竹馬に乗った大道芸人や火吹き男、十八世紀の装束に身を包んで剣による決闘を演じている役者を取り囲む見物客で埋め尽くされている。シモンとバイヤールは彼女を見失わないように人混みをかき分けて進んだ。彼女はいくつもの路地を抜け、いくつもの橋を渡り、一度も振り返らない。アルルカンの衣装を着た男が彼女の腰に手を回し抱き寄せようとしたが、金切り声を上げてその手を振り切り、壺を抱えたまま小動物のように素早く逃げ去った。リアルト橋を渡ったところで、シモンとバイヤールは、相手がどこに行こうとしているのかわかっていないのではないかと思いはじめた。遠くの空から花火の打ち上がる爆発音が聞こえてきた。クリステヴァが階段でつまずき、壺を落としそうになった。吐息が白い。空気が冷え込んでいるのに加えて、ドゥカーレ宮殿にコートを置いてきてしまったのだ。

　だが、彼女はともかくたどり着いた。サンタ・マリア・グロリオーザ・デイ・フラーリ聖堂、彼女の夫みずから「静謐の誉れ高き心」と呼び、ティツィアーノの墓と『聖母被昇天』の祭壇画が収められている聖堂のもとで立ち止まった。この時刻、とうに門は閉まっているが、彼女はなかに入りたくてここまで来たのではなかった。

　偶然が彼女をここに運んできたのだ。

デイ・フラーリ運河にかかっている橋の階段を上がり、真ん中で立ち止まった。そして壺を縁石の上に置く。シモンとバイヤールは真後ろまで来ていたが、橋に足を踏み入れ、何段かの階段を上がれば追いつくのに、あえてそうしようとはしない。

クリステヴァは街のざわめきに耳を澄まし、夜のそよ風に漣《さざなみ》立つ水面に暗い目を注いだ。やがて小糠雨《こぬかあめ》が彼女の短い髪を濡らしにやって来た。

着ているブラウスから四つ折りにした紙を取り出した。

バイヤールは彼女に飛びかかって、その文書を奪い取りたい衝動に駆られるが、シモンが腕を取って制止した。彼女は二人のほうに顔を向けると、目を細めた。あたかも、ようやく今になってそこに彼らがいることに気づき、彼らの存在を発見したかのように冷たい憎しみの視線を投げかけたので、バイヤールはその場に凍りついた。そして、手にした一枚の紙をゆっくりと広げた。

暗すぎて、そこに何が書かれているのかは見えないものの、細かい文字がびっしりと書き込まれていることは判別できるようにシモンには思えた。間違いなく裏表に書き込まれていた。

そしてクリステヴァは静かにゆっくりと紙を引き裂きはじめた。

引き裂く動作が進んでいくにつれて、紙片はさらに細かくなり、運河の上に舞い散っていった。

最後には、夜風とかすかな雨音だけしか残らなかった。

93

「でも、クリステヴァは知っていたのか、知らなかったのか、どう思う?」

バイヤールは理解しようとしている。

シモンは混乱している。

ソレルスが七番目の機能が機能しないことに気づいていないというのは、十分にあり得る。でも、クリステヴァは？

「なんとも言えないな。あの文書を読むことができればよかったんだけど」

彼女に夫を裏切る理由なんてあるだろうか？　それに、なぜ彼女自身が七番目の機能を読んで試合に出なかったのだろう？

バイヤールはシモンに言う。「彼女もおれたちと同じだったんだろう。まずはあれが効くかどうか確かめてみたかったんだよ、たぶん」

シモンは、ヴェネツィアからゆっくりと引き上げていく観光客の群れを見ている。彼は小さな旅行鞄を持って、バイヤールと一緒に水上バス《ヴァポレット》が来るのを待っているのだが、カーニヴァルが終わったので船を待つ観光客の列は長く、おびただしい数の観光客が駅へ、空港へと向かおうとしているのだ。一隻の水上バスがやって来たが、彼らの乗る船ではなかったので、さらに待たなければならなかった。じっと考え込んでいたシモンがバイヤールに訊く。「ねぇ、あんたにとって現実ってどういうものなのかな？」

バイヤールがなんのことやらさっぱりわからなそうにしているので、シモンは詳しく説明した。「自分が小説のなかの登場人物ではないってことが、どうしてわかる？　何かのフィクションのなかで生きているのではないということがどうしてわかる？　自分が現実のものだということが、どうしてわかる？」

バイヤールは心底興味深そうにシモンの顔を覗き込み、相手をいたわるような口調で答えた。「おまえは馬鹿か？　現実ってのは生きてるってこと、ただそれだけだよ」

ようやく乗れそうな水上バスがやって来て、接岸の操作をするあいだ、バイヤールはシモンの肩をたたいて言った。「あんまり思い詰めるな、行くぞ」

乗船が始まると、荷物や子供を抱えて不器用によろよろと乗り込んでいく観光客を乗組員がどやしつけるやら、大騒ぎになった。

さてシモンの番が回ってきて、ひょいと船に飛び移ったところで、客の人数を数えるためのカウンターを持った係員が金属製の柵を下ろした。船着場に取り残されたバイヤールは抗議したが、イタリア人の係員は素っ気なく答えた。「満　員《トウット・エザウリート》」

バイヤールはシモンに次の船着場で降りて待て、自分は次の船に乗るからと言った。シモンは冗談のつもりで、さよならの仕草をしてみせた。

水上バスが遠ざかっていく。バイヤールは煙草に火をつけた。背後から大きな声が聞こえてきた。振り返ると、二人の日本人が罵り合っている。どうしたのかと思って、彼は近づいていった。すると一方の日本人がフランス語でこう言った。「たった今、あなたの友人は誘拐された」

バイヤールがこの情報を処理するのに数秒を要した。

数秒が経過すると――ただしそれを超えることなく――、彼は警官モードになり、警官なら訊かねばならない唯一の質問を発した。「なぜだ？」

もう一人の日本人が答える。「なぜなら、一昨日の試合に勝ったから」

彼が打ち負かしたイタリア人はナポリのきわめて有力な政治家で、自分の敗北を受け止めることができないでいたのだ。バイヤールは、カ・レッツォーニコでの夜会のあと、シモンが襲われたことを知っている。二人の日本人が説明するところによると、ナポリ人は自分の手下を送り込んで、シモンを試合に出られない状態にしようとしたのだという。それほど彼は対戦相手のシモンを恐れていたわけで、今度は試合に負けた腹いせに復讐しようというわけだ。

バイヤールは遠ざかっていく水上バスを見つめている。彼は素早く状況を分析し、周囲を見回すと、立派な口髭をたくわえた将軍のような銅像が目に入り、次に《ホテル・ダニエリ》の正面が見え、船着場に並んでいる船の列が見えた。さらにはゴンドラの上に立って観光客の来るのを待っている船頭の姿が見えた。

そして、日本人とともにそのゴンドラに飛び乗った。船頭はことさら驚くでもなく、イタリア語の歌で客を迎え入れたが、バイヤールは言った。

「あの水上バスを追え！」

言葉がわからないふりを船頭がするので、バイヤールがリラの札束を取り出すと、船頭は素直に船を漕ぎ出した。

水上バスはすでに三百メートル先を行っていて、一九八一年の時点では携帯電話はない。ゴンドラの船頭は驚いている。おかしい、あの水上バスは正しい航路をたどっていない、ムラーノのほうに向かっている、と。

水上バスはすでに脇に逸れて進んでいる。

船上のシモンは何も気づいていない。なぜなら乗客のほとんどが観光客で船のルートのことなど知る由もなく、操縦士にイタリア語で文句をつけている二、三のイタリア人を除けば、正しい航路から外れていることに気づいている者は誰もいない。ぶうぶう怒っているイタリア人が一人くらいいても乗客は気にしない。これもお国柄だろうと言い合っているうちに、水上バスはムラーノ島に接岸した。

その背後はるか遠くでは、バイヤールを乗せたゴンドラが遅れを取り戻そうとしている。バイヤールと日本人は声をかぎりに船頭にもっと速く漕げとけしかけ、シモンに気づけとその名を叫んでみても、いかんせん距離がありすぎるし、シモンにはこっちに注意を向けるいかなる理由もなかった。

そのかわりに彼は腰のあたりにナイフの切っ先が突きつけられているのを感じ、「急げ《プレゴ》」とささやく背後の声が聞こえた。降りろという意味だと彼は理解した。従うしかない。飛行機に乗り遅れまいとしている観光客にナイフが見えるわけもなく、水上バスは岸を離れて本来の航路を目指した。

船着場に降り立ったシモンは、背後にいる三人の男がこの前の晩に自分を襲ってきた連中だと確信した。

船着場の真向かいに建ち並ぶガラス工房の一つに彼は押し込まれた。中では職人が炉から出したばかりの溶けたガラスを練っていて、それは空気を吹き込まれて丸い玉になり、引き延ばされ、いくつか穴を穿たれたあと、やがて後ろ足で立ち上がる馬の形になっていく様をシモンはうっとりと眺めた。

炉の傍らには、ボタンを外した体に合わない地味なスーツを着た男が立っている。シモンには見覚えがある。フェニーチェで対戦した相手だ。

「ようこそ《ベンヴェヌート》！」

シモンは、三人の手下を従えたナポリ人と対面していた。

ガラス吹き職人は、何ごともないかのように、小さな馬の形を整えることに余念がない。

「ブラボー！　ブラボー！　あんたが立ち去る前に個人的にお祝いをしてあげたくてね。パッラーディオを出してきたのは、みごとだった。たやすいことだが、みごとだった。問題はポーシャだ。あれには納得してないよ、でも審判にはさからえないだろ？　ああ、シェイクスピアか……ヴィスコンティにしておけばよかったかな……『夏の嵐』は見たかい？　ヴェネツィアにやって来た外国人の話だけど、ひどい結末でね」

ナポリ人は、二頭目の小さな馬の成形に取り掛かっているガラス吹き職人に近づいていく。葉巻を取り出すと、灼熱のガラスの間近に持っていって火をつけてから、凶々《まがまが》しい笑みを浮かべてシモンのほうを振り返った。

「だがな《マ》、ここを去っていく前に、俺のことをちょっぴり記憶に残していってほしいんだよ。こういう場合、フランス語で何と言う? たしか〝各人それぞれ受けるべきものがある《ア・シャカン・ソン・デュ》〟じゃなかったっけ?」

　手下の一人がシモンの首根っこを押さえつけて身動きできないようにした。シモンは懸命にその手を振りほどこうとするが、二番目の手下に胸のあたりを殴られたので息ができなくなり、三番目の手下に右腕をつかまれた。

　三人がかりで無理やり前屈みにさせられ、腕を作業台の上に引っ張り出された。小さな馬の置き物が台から落ちて、床の上で砕けた。ガラス吹き職人は後退りしたものの、驚いた様子はなかった。職人の目を見たシモンは、その目のなかに彼に何が求められていて、彼にはそれを拒否することができないということが完全にわかったので、大声を上げて暴れはじめたが、叫んだって誰も助けに来ないということは明らかだったから、その大声は反射的なものにすぎなかった。なぜなら、援軍がこちらに向かっていて、バイヤールと日本人がゴンドラで到着しようとしていること、そしてゴンドラの船頭にはこれまでのこの航路の通過時間記録を破ったら、運賃の三倍をはずもうと約束していることなど知る由もなかったから。

　ガラス吹き職人が訊いている。「どの指にする《ケ・ディート》?」

　バイヤールと日本人は、少しでもスピードが増すようにと、自分たちの旅行鞄をオールがわりにして漕ぎ、船頭自身も、どういう事態になっているのか正確なところはわからないにしても、時間が切迫していることだけはわかるので、必死になって櫓《ろ》を動かしている。

ナポリ人がシモンに尋ねる。「どの指にする？　好みの指があるかな？」

シモンは馬のように脚をばたつかせるものの、三人の男たちは彼の腕を作業台の上にしっかりと押さえつけている。この瞬間、さすがに彼は自分が小説の登場人物であるかどうかと自問することはなく、自分の反応を引き起こしているのは生存本能による反応で、必死で男たちの手から身を振りほどこうとするものの、どうしても敵《かな》わない。

ゴンドラがようやく島に接岸すると、バイヤールはありったけのリラの札束を船頭に渡し、日本人と一緒に船着場に飛び移ったはいいものの、目の前に並ぶガラス工房のうち、どこにシモンが連れ込まれたのかわからない。次から次へと当てずっぽうに工房に飛び込んでは職人や売り子や観光客に呼びかけてみるしかないのだが、シモンを見たものは誰もいない。

ナポリ人は葉巻を吸うと、命じた。「手首から先全部だ《トウッタ・ラ・マーノ》」

ガラス吹き職人はやっとこをもっと大きなものに替え、シモンの手首を鋳鉄製の万力に固定した。

バイヤールと日本人は最初の工房に飛び込み、若いフランス人の特徴をイタリア人たちに説明しなければならないのだが、あまりにあわててしゃべるので相手に通じないから、そこを出て隣の工房に駆け込んでいくが、そこでもやはりフランス人を見かけた者はいない。むろんバイヤールは、捜査はこんなにあわててやるものではないということくらい知っているけれども、彼には警官独特の直観があって、判断材料がすべて揃っているわけではなくとも事態が逼迫《ひっぱく》していることだけはわかるから、次から次へと工房や店に飛び込んでいく。

しかし、時すでに遅し。ガラス吹き職人が万力を締めつけていくと、シモンの手首の肉が、靭帯が、骨が押しつぶされ、ついには骨が不気味な音をたてて砕け、右手が腕から引きちぎれて大量の血が流れ出す。

ナポリ人は、手を切断されて床に崩れ落ちる自分の論敵をじっと見つめ、一瞬ためらっているようにも見える。

十分な埋め合わせになったのか、ならなかったのか？

そして葉巻を吸い、煙の輪をいくつか吐き出すと、こう言った。「行こう《アンディアーモ》」

シモンの叫び声に気づいたバイヤールと日本人はようやくガラス吹き職人の工房を見つけ、砕け散ったガラス製の馬の置物の真ん中で、大量の血を流して倒れているシモンを発見した。

バイヤールは一刻の猶予《ゆうよ》もないことがわかった。すぐに失われた手を捜したが、どこにも見当たらない。床をくまなく捜しても、靴底の下で砕ける音のするガラスの馬の破片しかない。わかったことは、数分以内になんとかしなければ、シモンは出血多量で死ぬだろうということ。

すると一方の日本人が、炉のなかで熱せられたヘラのようなものを取り出して、それを傷口に当てた。焼灼《しょうしゃく》処置は空恐ろしい音を発した。苦痛で意識を取り戻したシモンは、わけもわからず叫び声をあげた。肉の焼けるにおいが隣接する土産店にまで広がり、ガラス工房で起こっている惨劇を知らない客たちの注意を引いた。

バイヤールは、むき出しの傷口を焼灼するということは、今後いかなる移植も不可能であり、シモンはずっと片手で生きていくことを意味すると考えていると、火かき棒を手にした日本人が、その思いを読み取ったかのように、悔いても仕方がないと言わんばかりに、炉を指し示した。あのなかでは、炭化した手の先の、ロダンの彫刻のようによじれた指がすでにぱちぱちはぜているのだからと。

第五部　パリ

94

「僕はそうは思わない！　あの性悪サッチャーがボビー・サンズを見殺しにしたんだ！」

アンテンヌ2のニュースで、アイルランド人の活動家が六十六日間のハンガーストライキの末に獄中死したことを告げるキャスターのＰＰＤＡを前にして、シモンは地団駄を踏んだ。

バイヤールはキッチンから出てくると、テレビのニュースにちらりと目をやり、意見を述べた。

「そうは言っても、自殺しようとするのを止めることもできないよな」

シモンはバイヤールを怒鳴りつける。「何言ってんだよ、薄汚いデカなんだから、事情に通じてるくせに！　彼はまだ二十七歳だったんだ！」

バイヤールも言い返す。「あれはテロリストのメンバーだった。ＩＲＡは何人も人を殺してるだろ？」

シモンは声を詰まらせる。「それじゃラヴァルがレジスタンスについて言ってたセリフとまったく同じじゃないか！　僕だって本当はあんたみたいな中年の警官にこき使われたくはなかったんだ！」

バイヤールは、ここは黙って引き下がっておいたほうがいいところだと思い、来客のグラスにポルト酒を注ぎ足し、カクテルウィンナーを盛った碗を低いテーブルの上に置くと、またキッチンに引っ込んで食事の仕度に取りかかった。

ＰＰＤＡはスペインの将軍暗殺事件に話題を転じ、三か月前にマドリードの国会でクーデタ未遂が起こったばかりなのに、またぞろこういう事件を起こすフランコ主義を懐かしむ勢力についての報道ルポルタージュを紹介している。

シモンはここに来る前に買って、メトロのなかで読みはじめた雑誌にまた目を落とした。「アンケート　フランスを代表する知識人、トップ42」というタイトルに惹かれて買ってみたのだ。第一位はレヴィ＝ストロース、二位サルトル、三位フーコー。以下、ラカン、ボーヴォワール、ユルスナール、ブローデル……と続く。

シモンは、デリダが死んだことを忘れて、彼の名を捜してみた（生きていれば上位三位に入っていたのではないかと思うが、実際のところは誰にもわからないだろう）。

ＢＨＬは十位だ。

ミショー、ベケット、アラゴン、シオラン、イヨネスコ、デュラス……。

ソレルス、二十四位。投票の詳細が記されていて、ソレルスが投票にも参加しているので、彼はクリステヴァに投票する一方でクリステヴァは彼に投票していることが確認できる（ＢＨＬとも表敬交換あり）。

シモンはウィンナーをつまむと、バイヤールに向かって叫んだ。「ところで、ソレルスの消息は聞いてる？」

バイヤールが布巾を手にして、キッチンから出てきた。「もう退院したよ。回復期を通じて、ずっとクリステヴァが枕元についていた。今はふつうの生活に戻っているらしいよ、聞いた話ではね。俺の情報網によると、ヴェネツィアにある全島墓地の島に睾丸を埋葬したということだ。睾丸に敬意を表するために、死ぬまで年に二回墓参りをするつもりらしい――一個につき一回の墓参ってわけだ」

バイヤールは少しためらってから、シモンのほうは見ずに穏やかな口調で「どちらかと言えば、回復は順調のようだ」と付け加えた。

アルチュセール、二十五位。妻を殺したわりには、それほど信用は損なわれなかったようだとシモンは思う。

「いいにおいがするけど、何作ってるの？」

バイヤールはキッチンに戻る。「ほら、とりあえずオリーブでも齧ってろよ」

ドゥルーズ、二十六位、クレール・ブレテシェと同順。

デュメジル、ゴダール、アルベール・コーエン……。

ブルデューは、かろうじて三十六位。シモンは息を詰まらせる。

『リベラシオン』の編集スタッフは、やはり、死んだのちもデリダに票を入れている。

ガストン・ドゥフェールとエドモンド・シャルル＝ルーは二人ともボーヴォワールに入れている。

アンヌ・サンクレールはアロン、フーコー、ジャン・ダニエルに入れている。寝てみたい女だな、とシモン思う。

それほどスケールの大きい知識人はもういないという理由で、誰にも投票していない人もいる。

ミシェル・トゥルニエはこう答えている。「自分を除けば、名前を挙げられる人は、じつはまったく見当たらない」一昔前なら笑っていたかもしれないとシモンは思う。ガブリエル・マツネフはこう書いている。「最初に挙げる名前こそ私の名前、マツネフだ」この種の退行的なナルシシズム——みずから名乗り出たいという欲望——は精神分析学の分類リストに挙げられるべきものではないか、とシモンは思う。

ＰＰＤＡ（アロン、グラック、ドルメッソンに票を投じている）はテレビでこう言っている。「ワシントンがドルの値上がりを喜ぶのはもっともであって、なにしろ五フラン四十という数字は……」

シモンは投票者のリストに目を通しながら、憤慨を抑えることができない。「なんてこった、ジャック・メドサンみたいな腐れたやつとか、ジャン・デュトゥールみたいな能無しまでリストに入っている……それから広告業界のやつら、もちろん、フランシス・ユステールのような新たな手合いも含めて、いったいどうなってるんだ⁇……ああ、あの薄汚いエルカバック、あいつは誰に入れたんだ？……それに老いぼれの反動、ポーウェルもいる……それにファシストのシラクまで、どうしようもない‼　みんな大馬鹿野郎だ！」

バイヤールがリビングに顔を出した。「俺を呼んだか？」

シモンが耳を覆いたくなるほどの暴言を吐いているので、バイヤールはキッチンに戻った。

ＰＰＤＡのテレビ・ニュースは、冷蔵庫並みのこの五月の天気にもようやく晴れ間が見えるでしょう（パリは十二度、ブザンソンは九度）と告げるアラン・ジロ＝ペトレの天気予報で締めくくられた。コマーシャルのあと、青い画面を背景に、シンバルと金管楽器による大時代的な音楽とともに「共和国大統領選挙に向けた」大討論会を告げるメッセージが浮かび上がった。

一九八一年五月五日のこの討論会の進行役を務める二人のジャーナリストが、引き続き青い画面に登場した。

シモンが叫ぶ。「ジャック、こっちに来いよ！　始まるぞ」

バイヤールがビールとアペリキューブ（サイコロ形のチーズ）を持ってリビングに入ってくる。ビールの栓が開けられ、画面ではジスカールが選んだジャン・ボワソナというユロップ1の政治担当ジャーナリストが今夜の番組展開を説明している。グレーのスーツに縞のネクタイ、社会党が勝利したらスイスにでも逃げようかというような顔だ。

その横には、ＲＴＬラジオのジャーナリスト、ミシェル・コッタがいて、ボブカットの黒髪に燃え上がるような真っ赤な口紅、フューシャピンクのブラウスに薄紫のベストを合わせ、こわばった笑顔でメモを取っているふりをしている。

シモンはRTLラジオを聴いたことがないので、フューシャピンクのロシア人形みたいな女は誰かと尋ねた。バイヤールはただへらへらと笑っている。

ジスカールが、今夜の討論会が有益なものになることを望んでいると述べた。

シモンが、ハム入りのキューブチーズを包んでいるアルミ箔を歯で剝こうとしてうまくいかないのでいらいらしていると、ミッテランがジスカールにこう切り出した。「おそらく、そちらとしてはシラク氏が泣き女の一員に加わったとお考えだろうが……」

ジスカールとミッテランは、それぞれの厄介な支持者たちを面と向かって互いに槍玉に上げ合っている。すなわち、当時は強硬で過激な自由主義者で、ファッショぎりぎりの右派代表と目されていたシラク（支持率一八パーセント）と、スターリニズム解体期のブレジネフ時代の共産党候補マルシェ（一五パーセント）だ。本選に残った二人の候補は、決選投票で勝利するためには、それぞれ彼らの支持を取り付ける必要があるのだ。

ジスカールは、自分が再選されれば国民議会を解散させる必要がないが、相手がとるべき道は共産党と連立するか、多数派の与党を持たない大統領になるしかない点を強調する。「目隠しをしたまま国民を率いることはできない。彼がどこに行こうとしているのかを知る必要があるのは有権者なのです」それを聞いたシモンは、ジスカールが解散という動詞の使い方を間違えていることに気づき、理工科学校の卒業生は無教養なんだなとバイヤールに言った。バイヤールはすかさず「モスクワのアカめ」と応じた。ジスカールはミッテランに言う。「あなたはまさかフランス国民に向かって、『私は大いなる変革をもたらしたい、連携する相手は誰でもいい、現在の国会を構成するメンバーも含めて』

とは言えますまい。そう言った以上は、解散できないわけだから」

社会党が国民議会の過半数を制することなど想像できないジスカールが、国会の不安定をしきりに強調すると、それに対してミッテランはかなりもったいぶった口調で応じる。「私は大統領選に勝利したいし、勝利すると考えているし、勝利した暁には国民議会選挙でも勝利すべく法の枠内で、なすべきことのすべてを、なすつもりでいる。来週の月曜日以降にフランスの精神状態とその素晴らしい変革への意志がどのようなものになるか、あなたに想像できないのは、この国で今起こっていることが何もわかっていないからだ」。それを聞いたバイヤールがボルシェビキのダニめと毒づくと、シモンはすかさず二重の表現法を指摘した。すなわち、ミッテランはジスカールに向かって物申しているわけではなく、ジスカールを忌み嫌っている人々すべてに向かって語りかけているのだと。

こうしてすでに三十分も議会の多数派についての議論が続き、ジスカールとしては、共産党の入閣という案山子《かかし》を前面に立てることで有権者を怖がらせようという算段なのだろうが、ちょっとしつこすぎるとシモンが思っていると、それまで言われる一方だったミッテランが突如として反撃に出た。「あなたの、その言いたい放題の反共的発言に関して言わせてもらえば、いくつかの緩和的語句が必要でしょう。というのも、やはり表現が安易すぎるからです。（間）まずはいいですか、共産党系の労働者の数は多いということです。（間）あなたの論理では、最終的にはこういうことになる。彼らは何の役に立つか？　彼らは生産し、働き、税金を払い、戦争では死んでくれるし、何事にも役に立つ。ただし、フランスにおいては多数派を形成することはできない、こういうことになりませんか？」

シモンは、ウィンナーをもう一つ食べようとして、その手を止めた。そして、ジャーナリストたちが面白くもない質問を繰り出しているあいだに、彼は理解した。おそらくジスカールもまた理解しているはずだが、討論の様相は一変したのだ。つまり、今度はジスカールが守勢に回り、声の調子を変え、労働者＝共産主義者という図式が通用しなくなった時代に、何が問題になっているかを完璧に意識した口調になっているのだ。「いやなにも……私は共産党支持の有権者を攻撃しているわけでは決してありませんよ。ムシュー・ミッテラン、言っておきますが、この七年の任期中、私はフランスの労働者階級をないがしろにするような発言は一度もしたことがありませんからね。一度も！　むしろ、その労働においても、活動においても、政治的表現においてさえも、敬意を払っている」

　シモンは意地の悪い笑いを爆発させた。「たしかに毎年〈ユマニテ祭〉（共産党系日刊紙『ユマニテ』主催の祭）に行ってメルゲーズ・ソーセージをぱくついているもんな。中央アフリカのボカサに招待されて猛獣狩りを二回やるあいだに、労働総同盟《C・J・T》の冶金工たちと乾杯したりとか、よく知られた話だよ、ハハ」

　バイヤールが腕時計に目をやり、火の通り加減を見るためにキッチンに戻っているあいだ、ジャーナリストたちはジスカールに自分の大統領としての総括を求めた。非常によいと思うという答えが返ってきた。ミッテランは大きな眼鏡をかけ直すと、むしろその正反対で、まったく腐敗していると指摘した。すると、ジスカールはアントワーヌ・リヴァロルを引用して、「何もしないのはとてつもなく有利なことだ。しかし、それを濫用してはいけない」と応じた。そして、相手の痛いところを突く。「実際、あなたが仕切っているのは言葉の内閣だ、一九六五年からずっとね。私のほうは、一九七四年からフランスを取り仕切ってきた」それを聞いたシモンは苛立つ。「いやはや、あきれたもんだね！」とはいえ反論するのが難しいことはわかっている。キッチンからバイヤールが応じる。「たしかにソ連経済のほうがはるかに好調だからな」

　ミッテランはここぞとばかりに突きを入れた。「あなたは七年前と同じことを繰り返す傾向がある。つまりは、〝過去の人〟ですよ。この間に、あなたが過去の人になってしまったというのは、やはり困ったものです」

　バイヤールが笑う。「こなれてないな、この過去の人ってツッコミは。七年前から反芻していたのが見え見えだ、ハハ」

　シモンも同感なので、反論しない。表現自体は悪くないが、前もって入念に準備してきたという印象を与えてしまうからだ。ともあれ、この言葉には、トリプル・アクセルを決めたフィギュアの選手のように、ミッテランをリラックスさせる効果はあったようだ。

　続いてフランスと世界の経済についての論戦に突入し、両者が一所懸命勉強してきたんだなと思っていると、ようやくバイヤールが湯気の立つ料理を運んできた。羊の蒸し煮《タジンヌ・ダニョー》。シモンが驚いて訊く。

「いったい誰に料理を教わったの？」ジスカールは社会党が政権を取った場合の、ぞっとするようなフランスの将来像を描き出している。「最初の妻とはアルジェリアで出会ったんだ。おまえさんは記号学とやらを巧みに操るが、おれの人生のすべてが見えているわけではないようだな」ミッテランが、四五年に大規模な国有化に着手したのはドゴールだと指摘している。バイヤールが赤ワインを抜く。一九七六年のコート・ド・ボーヌ。シモンは羊のタジン料理の味見をする。

「なにこれ、めっちゃくちゃうまい！」ミッテランはしきりに眼鏡を外したり掛けたりを繰り返している。バイヤールが「ブルゴーニュ、一九七六年は当たり年なんだ」と説明する。ミッテランは「ポルトガルのように全銀行を国有化したところがありますが、べつに社会主義の国というわけではない」と言明する。シモンとバイヤールはタジン料理とコート・ド・ボーヌを賞味している。バイヤールはわざとナイフを使わなくてすむ料理をつくったのである。よく煮込んだ肉はソースのなかで十分に柔らかくなっているので、フォークだけで身が離れる。シモンはバイヤールがわかっていることをわかっているし、バイヤールもシモンがわかっていることをわかっているが、二人とも何ごともなかったかのようにしている。どちらもムラーノ島での出来事を思い出させるようなことは言わない。

この間に、ミッテランは牙を剝いた。「官僚制を整備したのはあなただ。そして、統治しているのもあなただ。ところであなたはお説教のなかで、行政組織の弊害をたびたび嘆いているが、それはどこから来るのか？　統治しているのがあなたなのだから、責任はあなたにあるということではないか！　当然のことながら三日間の選挙戦（決定選）で、あなたは自分の胸に手を当てて誓っているが、なぜそんなことをするか、よくわかるとしても、あなたが今後七年間で過去七年間と違うことをするかもしれないと思わせる根拠がどこにあるだろうか？」

シモンは「かもしれない」という抜かりのない条件法の使い方には気づいたものの、おいしいタジン料理と苦々しい思い出に気を取られて、あまり集中できないでいる。

この突然の攻撃に驚いたジスカールは、いつもの尊大な態度でお返しを図る。「どうか慎みのある口調を保ってもらいたいものだ」だが、ミッテランはすでに真っ向から挑む覚悟ができている。「私のほうは断じて私の好きなように意見を言わせてもらうつもりだ」

そして、痛打を食らわせる。「百五十万の失業者」

ジスカールはすかさず訂正する。「求職者だ」

だが、ミッテランはもはや何をも見逃さない。「語彙の洗練は口に出せば火傷する言葉を回避できることくらい、私も承知している」

と言って、さらにたたみかける。「あなたはインフレーションに加えて失業者の増加を招いただけではない――これは異常事態だ、われわれの社会を死に至らしめる危険性のある病だ。なぜならば失業者の六〇パーセントが女性であり……その大半が若い女性であって……男女平等の尊厳を著しく損なう……」

最初、シモンは注意していなかった。ミッテランは次第に早口になり、より攻撃的に、より精確になり、より雄弁になっているのだ。

ジスカールはなんとか応戦していたが、ついに命脈を断たれる。田舎貴族の気障ったらしい発音は鳴りを潜め、社会主義者の論敵にあえて問い質す。「ＳＭＩＣ（全産業一律スライド制最低賃金）の増額は、いくらになるのか？」いずれにせよ、小規模の企業は生き残れないだろう。無責任な社会党の政策では、社会福祉の敷居をいたずらに下げ、賃金生活者の権利を十人以下の小企業にまで適用させようとするからだ。

元シャマリエール市長は引き下がるつもりは毛頭ない。

二人の男は丁々発止とやり合う。

だが、ジスカールは過ちを犯す。彼はミッテランにマルクの相場はいくらか、「今日の相場」はいくらかと尋ねるのだ。

ミッテランはこう答える。「私はあなたの生徒ではないし、あなたはここでは共和国大統領ではない」と。

シモンは思案顔で赤のグラスを飲み干す。この言葉には自己実現的な何か、つまり、発話遂行的な何かがある……。

バイヤールはチーズを取りに行く。

ジスカールは言う。「私は家族係数に応じた所得税には反対だ……むしろキャピタルゲインの種類に応じた見積課税制度に復帰することに賛同している……」彼はいかにも優秀な理工科学校卒業生らしい正確さをもって、次から次へと具体的な施策を提案していくが、時すでに遅し、彼は負けたのだ。とはいえ、白熱した専門的な議論はなおも続く。核について、中性子爆弾について、欧州共通市場について、東西関係について、防衛費について……。

ミッテラン。「ジスカールデスタン氏は、社会党は自国を防衛しようとしない悪いフランス人だと言いたいのだろうか？」

フレーム外からのジスカールの声。「とんでもない」

ミッテランは相手を見もしないで言う。「そのつもりがないと言うのなら、無用の発言だったというわけですな」

シモンは混乱し、低いテーブルの上のビールをつかむと、左脇にはさんでキャップを抜こうとするがビール瓶が床に滑り落ちた。バイヤールは、シモンが日常生活のなかで自分がハンディキャップのある人間になったことを思い知らされるのが何より耐えられないことをよくわかっているので、彼が怒りを爆発させる前に床にこぼれたビールをぬぐい、すかさず「気にするな！」と言った。

しかし、シモンは奇妙な困惑の表情を浮かべたままでいる。バイヤールに向かってミッテランを指さして言う。「よく見ろよ。何も気づかない？」

「何が？」

「最初から聞いてたんだろ？　いいと思わなかった？」

「うん、まぁ、七年前よりいいことは確かだ」

「いや、それどころじゃない。彼は異様なほどいいんだ」

「どういうことだ？」

「微妙なんだけど、最初の三十分が経過する頃から、彼はジスカールを翻弄しはじめたんだ。どうしてなのか分析はできないんだけど。見えない戦略のようなものかな、それを感じることはできるんだけど、理解することはできない」

「それって、つまり……」

「ほら、見ろよ」

バイヤールの目に、ジスカールがやっきになって社会党が無責任であることを明らかにし、とりわけ軍隊と核抑止力をこの党に託するべきではないと主張している様子が映っている。「防衛力に関しては、いつもあなたがた社会党は逆の立場にいて……防衛線で歩調を合わせたことはなく、防衛計画に関するありとあらゆる法案に反対してきたではありませんか。これらの法案は予算審議の別枠で提出されたものであるからして、あなたの党であれ、あなた自身であれ、フランスの安全保障についてのきわめて重要な法案であることをわかったうえで、防衛計画案にことごとく反対票を投じているわけで……とりわけ一九六四年一月二十四日の……」

ミッテランはあえて反論しようとせず、ミシェル・コッタが別のテーマに移ろうとすると、気を悪くしたジスカールはなおも固執する。「きわめて重要な問題ですぞ！」ミシェル・コッタは丁重に抗議する。「そのとおりです！　もちろんです、大統領閣下！」と言うと、アフリカ政策へと話題を変えた。ボワソナは明らかに別のことを考えている。みんなどうでもいいと思っているのだ。もう誰も彼の話に耳を傾けようとしない。まるでミッテランに解体されてしまったようだ。

バイヤールは理解しはじめた。

ジスカールは相変わらず身動きが取れない。

シモンはようやく結論を口にした。「ミッテランは言語の七番目の機能を手に入れたんだ」

バイヤールは、ミッテランとジスカールがザイールへのフランス軍の介入に関して議論を闘わせているあいだ、パズルのピースを組み合わせようとしている。

「シモン、ヴェネツィアではその機能がうまく働かなかった場面を見てきたじゃないか」

ミッテランはコルヴェジ事件に関する議論でジスカールにとどめを刺した。「つまり、もっと早くフランス軍を引き上げておけばよかったわけですな……それが頭にあればの話ですが」

シモンはロカテル製のテレビを指さして言った。

「こっちではうまくいったんだよ」

95

パリは雨が降っていて、バスティーユ広場ではお祭りが始まろうとしているが、社会党の幹部たちは、電気ショックを受けたような喜びに沸き立っている闘士たちの列に混じって、まだソルフェリーノの党本部に残っている。政治においては、勝利は始まりであると同時に終焉でもあるので、その結果として興奮は陶酔と目眩の入り混じったものになる。さらには酒もふんだんにあるわ、プチフールのたぐいも山積みになっているわで、ミッテランがその場にいたら「なんという騒ぎだ！」と言っただろう。

ジャック・ラングは握手をし、頬にキスの挨拶を交わし、やって来る人たち全員と抱擁し合っている。選挙結果の知らせを受けて子供のように泣いて喜んだファビウスに笑みを送っている。通りでは、雨のなかで歌声が上がり、歓声が上がっている。白昼夢であり、歴史的瞬間でもある。彼個人とすれば、文化大臣に就任することが決まっている。モアティは指揮者のように立ち回っている。バダンテールとドブレはメヌエットのようなものを踊っている。ジョスパンとキレスはジャン・ジョレスの名を称えて乾杯している。若者たちが党本部《ソルフェリーノ》の鉄門によじ登っている。カメラマンたちのフラッシュが〈歴史〉の大嵐に落ちる無数の稲妻のように瞬いている。ラングはもう何がなんだかわからなくなっている。自分を呼ぶ声が聞こえた。「ラングさん！」

振り返ると、そこにバイヤールとシモンがいた。

ラングは驚いたが、二人がお祝いのために駆けつけてきたのではないことくらい、すぐにわかった。

バイヤールがまず口を開いた。「少しお時間をいただけますか？」と言って、自分の名刺を差し出した。ラングの目に三色《トリコロール》の帯が飛び込んできた。

「どういうご用件ですかな？」

「ロラン・バルトの件で」

ラングは死んだ批評家の名を見えない平手打ちのように受け止めた。

「いくら何でも、それは……。正直言って、今はよいタイミングだとは思えませんが。今週、もう少しあとにしていただけませんか。秘書のところに行けば、約束を取り付けることができますから。では、失礼させていただきますよ……」

だが、バイヤールはその腕をつかんだ。「ぜひとも今」

そこにたまたまピエール・ジョクスが通りかかった。「何か問題か、ジャック？」

ラングは、鉄門からの出入りを調整している警官たちのほうに目をやった。今日まで警察は自分たちの敵に奉仕していたが、今ならこの二人を外に連れ出すように依頼してもよくなったわけだ。

通りでは、「インターナショナル」の合唱が響き渡り、クラクションの合奏がそれにリズムをつけている。

シモンは自分の着ている上着の右袖をめくり上げて言う。「お願いします。そんなに時間はかかりませんから」

ラングは手首から先のない腕をじっと見つめた。ジョクスが声をかける。「ジャック？」

「心配はいらない、ピエール。すぐに戻るから」

入口の中庭に面した一階に、使われていない部屋を彼は見つけた。照明のスイッチは壊れていたが、室内は外からの光が十分差し込んでくるので、三人の男は薄暗がりのなかで向かい合った。誰も腰かけようとはしない。

シモンが口を開いた。「ラングさん、七番目の機能はどのようにしてあなたがたの手に渡ったのですか？」

ラングはため息をついた。シモンとバイヤールは待っている。ミッテランは大統領になった。ラングはもう話せるはずだ。そして、おそらく、とシモンは思う、ラングは語りたがっているはずだ、と。

彼がバルトを招いて昼食会を催したのは、バルトがヤコブソンの草稿を手に入れていることを知っていたからだ。

「どのようにして？」とシモンは続けた。

「どのようにしてって、何を？」とラングは応じた。「どのようにしてバルトが草稿を手に入れたかということなのか、彼がそれを持っていることをどのようにして知ったのか、どちらですか？」

シモンは落ち着いていたが、バイヤールのほうは往々にして自分の短気さを抑えきれなくなることをよく知っていた。警察官の友人がスプーンでジャック・ラングの目玉を抉り出すぞと脅すようなことにはなってほしくないので、静かな口調で答えた。「その両方です」

ジャック・ラングは、バルトがどのようにしてその草稿を手に入れたのかはわからないが、知識階級における自分の特別な人脈を通じて、その事実を知ったのだという。ドブレはそのことをまずデリダに話し、ついでラングに話し、彼はその文書の意義について説得されたのだという。そこでその文書を盗み出すためにバルトを招いた昼食会を催すことにした。食事のあいだにバルトのポケットに入っていた文書をこっそり盗み出すと、玄関の隅に潜んでいたドブレに渡した。ドブレはそれを持ってデリダのところに駆けつけ、デリダはその原本から、まったく嘘っぱちの言語機能をでっち上げた。それをまたドブレはラングに渡し、ラングはまだ昼食が終わっていないうちにそれをバルトの上着に戻した。デリダが真正の文書から、いかにも本当らしく、しかしまったく機能しない偽文書を記録的な短時間で仕上げるには、きわめて緻密なタイムスケジュールを立てる必要があった。

シモンは驚く。「何のためにそんなことを？　バルトは文面を知っていた。変えればたちまちそれに気づくはずだ」

ラングは説明する。「われわれがこの文書が存在するという情報をつかんでいるとすれば、ほかにも知っている者がいるだろう、とすれば必ずやそれを欲しがるだろう、それを当てにしたわけだ」

そこでバイヤールが口をはさんだ。「あんたがたはソレルスとクリステヴァが七番目の機能を盗もうとすることを予想していたと言うのか？」

シモンがラングに代わって答える。「いや、そうじゃない、彼らはジスカールもそれを手に入れようとするだろうと考えたんだ。実際、その予想は間違っていなかったわけだ。なぜなら、彼があんたに託したのは、まさにその任務だったのだから。ただし、予想と違っていたのは、バルトが軽トラックにはねられた時点では、ジスカールはまだ言語の七番目の機能の存在を知らなかったということだ」と言うと、彼はラングのほうを見た。「文化人の世界におけるジスカール陣営の情報提供者のネットワークは、あなたがたのネットワークほど効率的でなかったということでしょう……」

ラングは自慢げな笑みを隠せない。「じつは作戦全体がある賭の上に成り立っていたのです、それもかなり大胆な賭と言わなければなりませんが。泥棒が盗もうとしている文書が本物の七番目の機能であると信じ、ついでにわれわれには嫌疑がかからないようにするためには、バルトが文書のすり替えに気づく前に偽の文書を盗まれなければならないわけですからね」

バイヤールが補足した。「そして、まさにそのとおりになったというわけだ。ただし、金を払って盗ませたのがジスカールではなく、ソレルスとクリステヴァだったという点を除けばね」

ラングが明快に言った。「われわれにとっては、最終的には大差なかったのです。われわれがジスカールを欺こうと計画したとすれば、彼に秘密の武器を手に入れたと信じさせる必要がある。でも、われわれはすでに七番目の機能を手に入れていた、本物をね。それがもっとも重要なことだった」

バイヤールは尋ねた。「しかし、なぜバルトは殺されたのか？」

ラングは、事態がそこまで行ってしまうとはまったく予測できなかったという。それが誰であれ、人を殺す意図は毛頭なかった。七番目の機能を手に入れたのがジスカールではなかったのだから、ほかの誰が手に入れて、たとえそれを習得しようと、それはもうどうでもいいことだ、と。

シモンはようやく理解した。ミッテランの目的は短期的なものだったのだ。テレビ討論でジスカールに勝つこと。だが、ソレルスのほうは、ある意味でもっと高い目標というか、もっと遠大な目標を抱いていたのだ。彼は〈ロゴス・クラブ〉のなかで大プロタゴラスの称号をエーコから奪おうとし、そのためには自分に決定的な修辞的有利さをもたらしてくれるはずの七番目の機能が必要だった。しかし、ひとたびその称号を得れば、それを確実に保持するためには、その機能をほかの人間に知られて、今度は自分に挑戦してくることがないようにしなければならない。そこでクリステヴァが雇った殺し屋たちにコピーを追い求めさせた。七番目の機能をソレルスだけの独占物にすることが至上命令だったのだ。だからバルトは死ななければならなかったし、そのコピーを手に入れた者、そしてそれを使うか、拡散させる恐れのある者も同様に消えてもらわなければならなかったのだ。

ミッテランは「七番目の機能作戦」を承認していたのかどうか、シモンは訊いてみた。

ラングは直接質問には答えなかったが、返答は明白であるから、否定しようともしなかった。「最後までミッテランは、それが功を奏するとは思っていなかった。この機能を自在に使えるようになるには多少時間がかかった。だが、最終的にはジスカールを倒すことになった」文化大臣内定者は誇らしげに微笑んだ。

「ところでデリダは？」

「デリダはジスカールの退陣を望んでいた。ヤコブソンとの合意のもとに、七番目の機能は誰の手にも渡らないようにしたかったのだが、ミッテラン陣営がそれを奪おうとするのを阻止できる立場にはなかったし、偽の文書を作るというアイディアには乗ってきた。彼は私に、大統領にはくれぐれも七番目の機能を自分専用のものとし、誰とも分かち合わないよう約束させることを求めてきた」ラングはここでまた笑みを浮かべた。「大統領にとっては難なく守れる約束だと確信しているがね」

「で、あなたは読んだのですか？」とバイヤールは尋ねた。

「いや、ミッテランはドブレと私に、開いてなかを見てはいけないと命じていたのでね。いずれにせよ、私は覗き見る暇もなく、すぐにドブレに渡したから」

ジャック・ラングはその場を再現した。彼は魚の火の通り加減を見たり、会話を盛り上げたりしながら、こっそり七番目の機能を盗み出さなければならなかった。

「ドブレに関しては、はたして彼が大統領の命令を守ったかどうかわからないけれども、彼もまた急がねばならなかったからね。彼の忠誠心を知っているから、やはり命令は守っただろう」

「ということはつまり」とバイヤールが不審げな顔で言う。「七番目の機能を知ってなおも生きている最後の人物がミッテランだということなのか？」

「ヤコブソン本人もね、言うまでもないが」

シモンは何も言わない。

外から叫び声が聞こえてくる。「バスティーユへ、バスティーユへ行こう！」

ドアが開き、モアティが顔を出した。「きみも来るだろ？　コンサートは始まっているし、バスティーユ広場は黒山の人だかりらしいぞ！」

「わかった、すぐに行くから」

ラングは仲間たちと合流したいようだったが、シモンにはあと一つ質問が残っていた。「デリダの練り上げた偽文書は、それを使った人の調子が狂うように工夫されていたんでしょうか？」

ラングは考え込んだ。「何とも言えないけれども……本物らしく見せる必要があったことは確かだ。それに、あんなに短時間で、いかにもそれらしい七番目の機能のイミテーションを書き上げること自体が離れ業だから」

バイヤールはヴェネツィアでのソレルスの演説を思い返して、シモンに言った。「いずれにせよ、ソレルスはもともと少し狂っていたんじゃないのか？」

ラングはできるかぎり丁重に、あなたがたの好奇心を満たしたようだから、そろそろお暇させていただけないだろうかと申し出た。

三人の男は薄暗い部屋を出ると、祭りに合流した。旧オルセー駅の前では、千鳥足の男が通行人に囃《はや》し立てられながら、フランス革命のときに流行った戯《ざ》れ歌のもじりを繰り返し喚いている。「ジスカールを街頭に吊るせ！　革命の踊り《カルマニョール》を輪になって踊ろう！」ラングはシモンとバイヤールにバスティーユ広場までご一緒しましょうかと提案した。途中で、このあと内務大臣に就任するガストン・ドゥフェールとすれ違った。ラングは二人を紹介した。ドゥフェールはバイヤールに言った。「私にはあなたのような部下が必要だ。今週、会いましょう」

土砂降りの雨にもかかわらず、バスティーユ広場は歓喜に酔いしれる群衆で膨れ上がっている。すでに夜だというのに、人々は叫んでいる。

「ミッテラン、陽の光を！　ミッテラン、陽の光を！」

バイヤールはラングに、あなたの考えではクリステヴァとソレルスは訴追されることになるのかと問い質している。

ラングはしかめ面をした。「率直に言って、それはないでしょう。七番目の機能はすでに国家機密ですから。大統領にとっては、この件を蒸し返しても何の得にもならない。それにソレルスはすでに自分の常軌を逸した野心に対する重い報いを受けているではありませんか。私は彼と何度か会ったことがあるんですよ。なかなか魅力的な男です。慇懃無礼《いんぎんぶれい》でしたがね」

ラングは品のいい笑みを浮かべた。バイヤールと握手を交わすと、明日にでも早々にその職に就く文化大臣は勝利を祝うために少数の仲間と合流した。

シモンは広場に流れ込む人の波をじっと見ている。

彼は言う。「なんて浪費だ」

バイヤールが驚く。「え、どうして、何が浪費なんだ？　六十歳で年金が受け取れる、その願いが叶ったんじゃないのか？　週三十五時間労働。五週間連続で取れる有給休暇。国有化政策。死刑の廃止。満足してないのか？」

「バルト、ハメッド、その友達のサイード、ポン・ヌフのブルガリア人、DSのブルガリア人、デリダ、サール……。みんな犬死にじゃないか。彼らは結局、ソレルスがヴェネツィアで睾丸を切り取られるために死んだということになる。なぜなら、正しい文書を持っていなかったからだ。最初からわれわれは幻を追いかけていたんだよ」

「そうとも言えないいんじゃないか。バルトの部屋には、ヤコブソンの本にはさまれた原本のコピーがあった。ブルガリア人がそれを盗み出そうとするのをわれわれが阻止していなければ、彼はそれをクリステヴァに渡していただろうし、そうなれば彼女は二つのテクストを比べて、すり替えが行なわれたことに気づいたことだろう。それにスリマーヌの持っていたカセットテープだって、原本をもとに録音されたものだった。それを不正な手に渡してはならなかったわけだし(まずい、とバイヤールは思う、手の話はするな!)

「だけど、デリダはそれを始末しようとしていた」

「だが、サールの手に渡っていたら(おいおい、また言っちまった、このバカ!)、どうなっていたかわからんのだぞ」

「でも結局は、ムラーノであああいうことになった」

歌い踊る群衆のなかで、重苦しい沈黙が流れた。バイヤールはどう答えていいかわからない。若いときに見た『ヴァイキング』という映画を思い出している。片腕のトニー・カーティスが片方の手だけでカーク・ダグラスを殺す話なのだが、こんなものを持ち出したところでシモンの心が動くとは思えなかった。

人がどう思おうと、捜査はきっちり行なわれたのだ。自分たちはバルトを殺した犯人を追いかけただけだ。彼らが真正な文書を持っていなかったことなど見抜けるわけがないじゃないか。シモンは正しい。要するに間違った道を最初からたどっていたのだ。

バイヤールは言う。「この捜査がなければ、おまえさんがそういう姿になることもなかっただろうからな」

「片手になったってこと?」シモンは苦笑いをする。

「最初に会ったときには、おまえさんは図書館に住む小さな鼠で、童貞の反体制《ババ・クール》の若者みたいだったが、今のおまえを見ろ。仕立てのいいスーツを着て、女の子にはモテるし、〈ロゴス・クラブ〉の期待の星だ……」

「そして、右手を失った」

バスティーユ広場に設けられた広大なステージの上では、次から次へとコンサートが繰り広げられている。みんな踊ったり抱き合ったりしているが、若者たちのグループのなかに金髪を風になびかせている女性がいて、シモンはアナスタシアだと気づいた（髪を降ろしている姿は初めて見たけれど）。こんな群衆のなかで、よりにもよって今夜、彼女と再会できるとは、なんという偶然なのだろう。この瞬間、シモンは自分がどうしようもなく才能のない小説家の手のなかにいるか、アナスタシアがスーパー・スパイであるかのどちらかだろうと思った。

ステージでは、テレフォンが「それ《サ》（まさにきみだよ《セ・ヴレマン・トワ》）」を歌っている。視線を送ると、モジャモジャの髪の若者と踊っていた彼女はそれに気づき、親しげな小さな合図を送り返してきた。

バイヤールの目にもそれが映った。彼はシモンに、そろそろ自分は帰ると告げた。

「残らないのかい？」

「これは俺の勝利じゃないからな。俺がもう一人の禿に投票したことくらい知ってるだろ。それにこういうのは、もう俺の歳ではついていけない（と言って、音楽のリズムに合わせて飛んだり跳ねたり、ぐでんぐでんに酔っ払い、ジョイントを吸ったり、ディープキスをし合ったりしている若者たちの群れを指さした）」

「やめなよ、じいじ《パピー》、コーネルじゃそんなこと言ってなかったじゃないか。あんたが誰だか知らない女とやっているときに、ジュディスに尻《けつ》から突っ込まれているのをちゃんと見てるんだからね」

バイヤールは聞こえないふりをする。

「シュレッダーに放り込むべき書類もたくさんあるしな。おまえさんの仲間に手を……いや、見つけられないうちにな」

「ドゥフェールから、どこかのポストを提案されたらどうするの？」

「俺は公務員だ。政府に仕えるために給料をもらっている」

「なるほど。その国家に対する感覚があんたの誇りなんだな」

「だまれ、この小僧」

二人は笑った。シモンはバイヤールに、少なくともこの事件に関するアナスタシアの見解を聞いてみたいと思わないかと尋ねた。バイヤールは手（左）を差し出すと、踊っている若いロシア人女性のほうに目をやり、「あとで教えてくれよ」と答えた。

そして、今度はバイヤールが群衆のなかに姿を消した。

シモンが振り返ると、雨のなかで汗を滴らせているアナスタシアが目の前にいた。ほんの少し気まずい時間が流れた。シモンの目には、自分の失われた手のあたりをじっと見つめている彼女の姿が映っている。気を紛らわせるために、彼のほうから口を開いた。「モスクワではミッテランの勝利をどう思っているのかな？」彼女は笑みを浮かべた。「知ってるでしょ、ブレジネフはもう……」彼女は口をつけた缶ビールを差し出した。「新たな実力者はアンドロポフよ」

「で、ブルガリアの同職の実力者はどう思っているんだろうか？」

「クリステヴァのお父さんのこと？　彼が自分の娘のために動いていることは知ってたわ。でも、どうして彼らが七番目の機能を欲しがったのかは理解できなかった。〈ロゴス・クラブ〉の存在を知ることができたのは、あなたのおかげよ」

「クリステヴァのパパは今後どういうことになるんだろう？」

「時代は変わったわ、もう六八年じゃないのよ。私はなんの指令も受けていない。父親に関することも、娘に関することもね。あなたを殺そうとした工作員を最後に見たのはイスタンブールで、そのあとは見失ったわ」

　雨が激しくなった。ステージではジャック・イジュランが「シャンパーニュ」を歌っている。

　シモンは苦しげな口調で尋ねる。「ヴェネツィアにはどうしていなかったんだい？」

　アナスタシアは髪をまとめ直すと、よれよれになった煙草の箱から一本取り出し、火をつけようとしたがうまくいかない。シモンは彼女をアルスナル港の上の木陰へと連れていった。「べつの線を追っていたのよ」彼女はソレルスがアルチュセールにコピーを託したことを突き止めていた。しかし、それが偽物であることは知らなかった。そこで彼女は、アルチュセールが収監されているあいだに、アパルトマンをくまなく捜した――そして、この捜索にはものすごい労力を要した。なにしろ、何トンもの本と書類があって、件の文書を隠そうとすればどこにでも隠せるから、しらみつぶしに整然と捜さなければならなかった。だが、見つけ出すことはできなかった。

　シモンは言う。「それは残念」

　彼らの背後のステージでは、ロカールとジューカンが手を握り合って「インターナショナル」を歌い、それを群衆が繰り返している。アナスタシアはその歌詞をロシア語でつぶやくように歌っている。シモンは、実人生のなかで本当に左翼が権力の座についたのだろうかと自問している。もっと正確に言えば、実人生のなかで人は本当に人生を変えられるのだろうかという問い。だが、いつもの存在論的考察の、下手をすると命を落としかねない捩れた回路のなかにまたもや引き込まれそうになったとき、アナスタシアが耳もとでささやいた。「私、明日モスクワに帰るの。今夜は空いてるのよ」そう言うと、彼女はまるで魔法のように、持っていたバッグからシャンパンのボトルを取り出した。どこからどうやって持ち出してきたのか、シモンにはわからない。若い二人はシャンパンをラッパ飲みし、シモンはアナスタシアを抱き寄せると、まさかヘアピンを頸動脈に突き刺したり、毒を仕込んだ口紅で即死させるつもりじゃないだろうねとささやいたが、彼女はなすがままになるだけで、口紅もつけていなかった。場面は、降りしきる雨と背景の祭りのせいで映画の一場面のようだったけれど、彼はもう何も考えないことにした。

群衆は叫んでいる。「ミッテラン！　ミッテラン！」（しかし、新大統領はその場にいない）

シモンは、アイスボックスに酒類を入れて売り歩いているもぐりの売り子に近づいていった。その夜にかぎって例外的に売っていたシャンパンを買い求めると、笑みを浮かべているアナスタシアの前で片手で器用に栓を抜いた。彼女の瞳はアルコールのせいで輝きを増し、束ねた髪をまた降ろした。二本のボトルをぶつけ合うと、アナスタシアは大雨のなかで声をかぎりに叫んだ。

「社会主義に乾杯！……」

若者たちの喝采が二人を包んでいる。

そのときパリの夜空に稲妻が走り、シモンはこう応じた。

「……現実だ！」

96

一九八一年、ローラン・ギャロスの決勝。ボルグはまたもや対戦相手を圧倒している。第一セットを6／1で奪い、チェコスロヴァキアの若きプレイヤー、イワン・レンドルをリードしている。ヒッチコックの映画のように、観客はみなボールを追って顔を左右に振っている。ただひとりシモンだけは別のことを考えている。

バイヤールにとってはどうでもいいことかもしれないが、彼はどうしても知りたいのだ。自分が小説の登場人物ではなく、現実世界に生きているという証拠がほしいと思う（現実って何だ？「お互いにぶつかり合うときのことだ」とラカンは言う。そして、シモンは自分の切断面に目をやる）。

第二セットは接戦になった。二人のプレイヤーのスライディングが土煙を巻き上げる。

シモンがボックス席で一人観戦しているところへ、マグレブ出身者らしい若者が入ってきた。青年は彼のすぐ隣の席に座った。スリマーヌだ。

二人は挨拶を交わす。第二セットはレンドルが奪った。

このトーナメントを通じて、ボルグが失った最初のセットだ。

「いいな、ボックス席って」

「広告代理店が取ってくれたんだ。ミッテランの選挙戦を取り仕切った会社さ。僕を雇いたがっているんだ」

「で、その気になっているわけですか？」

「もっと気楽に話してもいいんじゃないかな」

「その手、お気の毒に」

「ボルグが勝ったら、ローラン・ギャロスでは六回目の優勝になる。ほとんど無敵だよね？」

「滑り出しはいいみたいだけど」

たしかに、ボルグは第三セットでは最初から飛ばしている。

「ちょうどパリに立ち寄ったところだったからね。あんたと親しいあの刑事《フリック》から教えてもらったのかい？」

「今はUSAに住んでるってことかい？」

「そうさ、永住許可証を取ったんだ」

「半年で⁉」

「なんとかなるもんだよ」

「アメリカの当局相手にかい？」

「そうさ、誰が相手でもね」

「コーネルのあとは、どうしたんだい？」

「金を持って逃げたよ」

「いや、それはわかってるよ」

「ニューヨークに行ったんだよ。まずはコロンビア大学に入学して勉強することにした」

「年度の途中でそんなことができるのかい？」

「うん、べつにどうってことないよ、秘書のおねえちゃんをちょっと説得すりゃいいのさ」

ボルグはこのセット、レンドルから二度目のブレークを奪った。

「〈ロゴス・クラブ〉での連戦連勝の話は聞いてるよ。おめでとう」

「そもそもアメリカに支部なんてないだろう？」

「あるんだよ、でもできたてのほやほやだけどね。全国で護民弁論家《トリブン》が一人いるかどうかもわからないくらいだ。フィラデルフィアには逍遥学徒《ペリパテティシアン》が一人いて、ボストンには一人か二人いるらしい。西海岸には弁証家《ディアレクティシアン》がちらほらいるようだ」

シモンは、彼自身も登録しようとしているのかどうかあえて尋ねなかった。

ボルグは三セット目を6／2で取った。

「何か計画はあるのかい？」

「政治をやってみたいんだ」

「アメリカで？　国籍を取得するつもりでいるのかい？」

「もちろん」

「選挙に出ようってわけ？」

「うーん、その前に英語を上達させて、順応する必要があるだろうな。それにたんに論争に勝つだけじゃ十分ではないし、なんというか、辛抱強くこつこつやらないとね。二〇二〇年の民主党予備選あたりが狙い目じゃないかな、それくらいならね、でもそれより前は無理だな、ハハ」

スリマーヌの冗談めいた口調を聞いて、シモンは本気で言ってるわけじゃないような気がした。

「いや、聞いてくれよ、コロンビアである学生と出会ったんだ、彼ならもっと先まで行けると思うよ、僕が手伝ってやればね」

「先までって、どこまで？」

「上院議員ぐらいにはしてやれるんじゃないかと思ってる」

「でも、なんのために？」

「なかなか見どころがあるんだ。ハワイ出身の黒人でね」

「なるほど。きみの新たな力に見合った挑戦ってわけか」

「力というのとも違うけどね」

「そうだろうね」

レンドルが強烈なストレートを叩き込んで、ボルグはボールから三メートル離れたところで立ち往生した。

シモンがすかさずコメントした。「こんなこと、ボルグにはめったにないことだよ。このチェコの選手は強いね」

彼はスリマーヌと会って話したいと思っていた話題に触れるのを先送りにしていた。スリマーヌのほうは相手が何を求めているか先刻お見通しだった。

「僕はあれをウォークマンでエンドレスで聞いたけど、暗記しただけで事足りるってもんじゃないんだよ」

「方法のようなもの？　相手の裏をかくようなもの？」

「方法というより、鍵とか手掛かりのようなものかな。実際ヤコブソンは〝遂行的機能〟という名で呼んだわけだけど、〝遂行的〟という言葉も、一つのイメージだよね」

スリマーヌは、ボルグの両手打ちのバックを見つめている。

「一種のテクニックと言えばいいのかな」

「古代ギリシア語的な意味で？」

スリマーヌは微笑んだ。

「そう、テクネーさ、なんならね。プラクシスとか、ポエイシスとかでもいいけど……。ひととおり勉強したよ」

「で、無敵になったと感じてるのかな？」

「うん、でも実際にそうだという意味じゃないよ。負かされることもあると思ってる」

「七番目の機能なしではね？」

スリマーヌは笑みを浮かべる。

「さあ、どうかな。でも、学ぶべきことはたくさん残ってる。実地訓練もしなければならない。税関職員や秘書を説得したりするのはまあいいとしても、選挙に勝つのはもっと難しい。進歩の余地はまだまだたくさんある」

シモンは、ミッテランの習得はどの程度なのだろうと思う。社会党の大統領として選挙に負けることもあるのだろうか、それとも死ぬまで再選される運命にあるのだろうか。

その間にレンドルはスウェーデンのマシンを相手に善戦し、第四セットを奪った。観衆はどよめいた。ボルグがローラン・ギャロスの試合で最終第五セットまでもつれ込むのは耐えて久しくなかったことだったから。正確に言えば、一九七九年のヴィクトル・ペッチとの決勝で最終セットを争って以来、一つもセットを落としていないのだ。ちなみに最後に負けたのは、一九七六年のパナッタとの試合までさかのぼる。

ボルグはダブルフォールトをおかし、レンドルにブレイク・チャンスを与えた。

「こうなるとどっちがあり得ないことなのかわからなくなってきたな」とシモンは言う。「ボルグの六度目の優勝か……敗北か」

ボルグはサービスエースを決めた。レンドルはチェコ語で何ごとか叫んだ。

シモンは、自分がボルグの勝利を期待していることに気づいている。この思いにはおそらく縁起担ぎのようなもの、保守的なもの、あるいは変化を恐れる気持ちが含まれているのは確かだが、真実らしさの勝利を願っているともいえるだろう。なにしろボルグは、コナーズやマッケンローを相手にしても揺るぎないナンバーワンであり、これらの強敵を粉砕して決勝まで勝ち上がってきたのに比べて、世界ランキング五位のレンドルは準決勝のホセ＝ルイス・クラーク戦でも、第二回戦のアンドレス・ゴンザレス相手でも、あわや負けるところだったのだから。順当に行けば……。

「ところで、フーコーからの消息はあるの？」

「うん、定期的に手紙のやり取りをしてるよ。パリでは彼のところに厄介になってるんだ。相変わらず性の歴史について書いているよ」

「あ、そう、七番目の機能には興味がないってこと？　少なくとも研究対象としては？」

「言語学の領域を捨ててから、かなりの時間が経つからね。たぶんそのうち思い出すだろうけど。でもいずれにせよ、彼は慎重だから、僕なんかにそんなことを話したりはしないよ」

「あー、そう」

「あ、いや、きみのことを言ったわけじゃないよ」

シモンとスリマーヌはしゃべるのをやめて、試合の流れを追いかけている。

ボルグはレンドルをブレイクした。

スリマーヌはハメッドのことを考えている。

「で、あのあばずれクリステヴァは？」

「元気でやってるよ。ソレルスがどうなったか、知っているかい？」

スリマーヌの顔に意地の悪い作り笑いが浮かんだ。

二人はなんとなく、〈ロゴス・クラブ〉の頂点に位置する大プロタゴラスの地位を求めて真っ向から対決するのではないかという予感を抱いたが、どちらも今日のところはそれを口に出したりはしない。シモンはつとめてウンベルト・エーコのことは話題にしないようにした。

レンドルがブレイクを取り返した。

試合の流れはますますわからなくなってきた。

「で、きみの計画は？」

シモンは苦笑いを浮かべて、自分の切断面を示した。

「これじゃ、ローラン・ギャロスで勝とうと思っても、ちょっと難しいからね」

「でも逆に、シベリア横断鉄道に乗るには、うってつけじゃないか」

シモンは、スリマーヌがやはり片手を失った作家サンドラールをほのめかしたことに思わず笑い、彼はその文学的教養をいつ身につけたのだろうと不思議に思った。

レンドルは負けたくないが、ボルグはとてつもなく強い。

それでも。

考えられないことが起こる。

レンドルがボルグをブレイクした。

試合を決めるサーブがレンドルに回ってくる。

若いチェコスロヴァキアの選手は勝敗の重みに震えている。

でも、彼は勝った。

無敵のボルグが負けた。レンドルは両手を天に突き上げる。

スリマーヌは観客と一緒に拍手喝采を送っている。

レンドルが優勝カップを持ち上げているところがシモンの目に映ったときには、もう自分が何を考えているのかよくわからなくなっていた。

エピローグ　ナポリ

シモンはガレリア・ウンベルト一世の入口の前にいて、ガラスの天井と建物の大理石の幸福な調和に見とれているが、そこに立ったまま入っていこうとはしない。アーケードは目印であって、目的ではない。地図を開いてみても、どうしてローマ通りが見つからないのか理解できない。地図が間違っているという気がする。

それでもローマ通りには行かなければならない。ところが今いるところはトレド通りなのだ。

反対側の歩道から、靴磨きの老人が興味深げに彼をじっと観察しているのにシモンは気づいた。広げた地図を片手でどうやってたたむのか、その手順を確認したくてじっと見ているのだ。

老人は持ってきた木の箱の上で靴を固定する台のようなものをこしらえた。シモンは踵の高さを考慮した傾斜台だろうと見当をつけた。

二人は視線を交わした。

ナポリの街路の両側で困惑が広がる。

シモンは正確に今どこに自分がいるのかわからないでいる。彼は地図をたたみはじめた。ゆっくりと、しかし器用に、靴磨きの老人から目を離さずに。

ところが突然、靴磨きの老人がシモンの真上の一点に目を凝らしたので、何か異常なことが起こったことがわかった。老人の生気のない表情が唖然とした表情に変わったからだ。

シモンが頭を上げたその瞬間、アーケードの入口上部を飾っているペディメント――大紋章のようなものを両側から挟み込むようにしている二体のケルビムの浅浮彫り――がファサードから剝がれ落ちてきた。

靴磨きの老人は、惨劇を避けるために何か警告のような言葉（「気をつけて！」《スタッテ・アックオルト》）を発しようとしたが、歯の抜けた口からはいかなる声も出てこない。

ところがシモンのほうは、見違えるほど変わっていた。半トンもの大理石に潰されそうになっているのは、もはや図書館の鼠ではなく、片手を失ったとはいえ〈ロゴス・クラブ〉のかなり高い地位にいて、少なくともこれまで三回の瀕死の危機を脱してきた男なのだ。ただたんに後退りするのではなく、われわれの本能の命ずるところに従って、彼はなかば直感的な反応で、建物の壁に張りついた。そのおかげで大きな石の塊は彼の足もとで砕け散ったものの、怪我からは免れることができた。

靴磨きの老人は啞然としたままでいる。シモンは残骸を見つめ、老人を見つめ、立ちすくんだままでいる周囲の通行人を見つめた。

彼は哀れな靴磨きを指さして、攻撃的な口調で言い放った。もちろん語りかけようとしているのはその老人ではない。「最後に僕を殺そうというのなら、あんただってもっと痛い目に遭うことになるぞ！」あるいは小説家が何かのメッセージを送ろうとしているのかもしれない。「でも、それならもう少しわかりやすく説明しろよ！」と彼は激怒しながら思う。

「去年の地震のせいで、どの建物も脆くなっていて、いつなんどき崩れるかわからないのよ」

シモンは、ビアンカがどうしてとてつもなく大きな大理石の塊が落ちてきて頭に当たりそうになったのかを説明しているのを黙って聴いている。

「サン・ジェンナーロ——聖ヤヌアリウス——がヴェスヴィオ山噴火のときに溶岩を止めたのね。それ以来、この聖人がナポリの守護聖人になったわけ。そこで毎年、小さなガラス容器に入れて保存されてきたこの聖人の乾いた血を司教が液体になるまで振る儀式が行なわれているの。血が液化するのは、ナポリが災厄から免れるというお告げなの。それでね、去年はどうなったと思う？」

「血は液化しなかった」

「そう、そうしたらね、カモッラの連中が、CEE（ヨーロッパ経済共同体）から拠出されたお金を横取りしてしまったのよ。復興のための建設を請け負っているのは彼らだから。もちろん、金だけ受け取って何もしない。したとしても、それまでと同じように質が悪いだけでなく危険な仕事ばかり。しょっちゅう事故が起こる。ナポリの人は慣れっこになってるわ」

　シモンとビアンカは、観光客向けのちょっと高尚な文学カフェでケーキ類も出す《ガンブリヌス》のテラス席で、イタリアン・コーヒーをすっている。デートの約束にこの店を選んだのはシモンだ。ラム酒がけのババ《ババ・オ・ラム》を賞味している。

　ビアンカは「ナポリを見て死ね」（イタリア語では、vedi Napoli e poi muori. ラテン語では videre Napolium et Mori.）という言い回しが、じつは掛け言葉になっていることを説明している。Mori はナポリの近郊にある小さな町の名前なのだ。

　彼女はピザの歴史についても説明している。ある日、イタリア王ウンベルト一世に嫁いだマルゲリータ王妃がこの庶民の料理を発見し、イタリア全国に広げたという。その思い出に彼女の名を冠したピザが誕生した。だからこのピザは、緑（バジル）、白（モッツァレラ）、赤（トマト）というイタリア国旗の三色になっている、と。

今のところ、彼の右手についてはいっさい質問していない。

白のフィアットが二列になって停車した。

ビアンカは次第に身振りが大きくなっていく。政治の話になった。ありとあらゆる富を独占し、民衆を飢えさせるブルジョワたちに対する憎しみをまたシモンに語る。「わかるでしょ、シモン、バッグ一つ買うために何十万リラも使うブルジョワ女がいるのよ。ハンドバッグ一個よ、シモン！」

二人の若者が白のフィアットから降りてきて、テラス席に座った。そこへ三人目がやって来た。乗ってきたトライアンフを歩道に停めている。背を向けているビアンカには三人の男の姿は見えない。ボローニャで出会ったスカーフを巻いたギャングだ。

シモンはこんなところでまた出会うとは思っていなかったが、驚いた様子は見せなかった。

ビアンカはイタリアのブルジョワ階級のやり放題に悔し涙を流している。レーガンには罵倒のかぎりを尽くす。ミッテランのことは信用していない。アルプスの向こうでもこっち側でも、社会党はいつでも裏切り者だから。ベッティーノ・クラクシはクズだ。彼らはみんな死に値する。できたら自分が処刑してやりたいくらいだ。彼女にとってはこの世は真っ暗闇なんだな、とシモンは思い、あながち彼女が間違っているとも言えないなとも思う。

三人の若者はビールを注文し、煙草に火をつけたところに、もう一人の男が現われた。シモンが会ったことのある男、ヴェネツィアでの対戦相手、自分の右手を奪い取った男がボディガードを二人引き連れてやって来たのだ。

シモンはラム酒がけのババの上で顔を伏せた。男はいかにも地元の名士か代議士のようにも見えるし、同時にカモッラの有力者然とした態度で（この地方ではその違いは分明ではない）店内の客たちと握手を交わしている。彼はカフェの奥に姿を消した。

ビアンカはフォルラーニとその五党寄り合いの連立与党に唾を吐きかけている。シモンは彼女が神経の発作でも起こしているような印象を抱いた。彼女を落ち着かせようとして、心和ませる言葉をかけつつ――「あのさ、この世はそんなに捨てたものじゃないよ、ニカラグアのことを考えてごらんよ……」とか言いながら――テーブルの下から彼女の膝に手を伸ばしたところ、ビアンカのはいているスラックスの布地を通して、脚とは違う堅い感触が伝わってきた。

ビアンカは飛び上がり、脚をいきなり椅子の下に引き寄せた。そのとたん、彼女は嗚咽を漏らすのをやめた。その眼差しはシモンを睨みつけると同時に哀願していた。その涙には激昂と怒りと愛が入り混じっていた。

シモンは何も言わない。つまり、ハッピーエンドってことじゃないか。片手の男と片脚の女。そして、その種の幸福な物語がみなそうであるように生涯罪悪感を背負っていかなければならないということだ。ビアンカがボローニャの駅で脚を失ったのだとしたら、それは自分のせいであり、もし自分と出会っていなければ、彼女は今もスカートをはいていただろう、と。

それに、彼らはハンディキャップのあるカップルになるだけではないだろう。彼らは身体の一部を切断することで、多くのちっぽけな新左翼の仲間となったのではないのか？

ただし、これは彼が予定していた最後の場面ではない。

もちろん、彼はナポリに来たついでにボローニャの解剖台の上で交わったビアンカと再会するつもりではあったけれど、それとは別の計画も抱いているのだ。

シモンはスカーフを巻いた若者の一人にかすかに頭を動かして合図を送った。

三人の若者は立ち上がると、口もとまでスカーフを上げ、カフェの店内に入っていった。

シモンとビアンカは長く眼差しを交わし、そうすることによって延々と続くメッセージと物語と感情を伝え合った。過去のこと、現在のこと、そして早くも条件法過去で語られることがらも（最悪の場合、数々の悔恨の時間）。

二発の銃声が聞こえた。それに続いて叫び声と店内の混乱。

スカーフを巻いたギャングがまた奥から出てきた。顔の下半分を隠し、シモンの対戦相手を追い立てている。三人のうち一人がP38をカモッラの名士の腰にぴたりと押し当てている。別の一人は自分の銃でテラスを制圧し、唖然として身動きできない客に銃を向けている。

シモンの前を通り過ぎるとき、三人目がテーブルの上に何かを置き、シモンはその上からナプキンをかぶせた。

三人は名士をフィアットに押し込むと、車を急発進させた。

カフェの店内はパニックになっている。シモンは店の奥から叫び声が聞こえてくるので行ってみると、二人のボディガードが傷ついて倒れているのがわかった。どちらも至近距離から脚に一発撃たれている。

シモンは動揺しているビアンカに言った。「僕と一緒に来るんだ」

三人目の男のオートバイのところまで彼女を連れて行くと、さっきナプキンで包んだものを手渡した。なかにはキーが入っている。彼はビアンカに「きみが運転するんだ」と告げた。

ビアンカは抗議する。スクーターに乗っていたことはあるけど、こんなに大きいバイクは無理だ、と。

シモンは右袖を持ち上げて、歯ぎしりするように言う。「僕だって無理だ」

するとビアンカはトライアンフにまたがり、シモンはスターターをひと蹴りしてから後ろのシートに座り、彼女の腰にしがみついた。彼女がアクセルを回すと、バイクは跳ねるように発進した。ビアンカが行き先を訊くので、シモンは答えた。「ポッツオーリだ」

99

マカロニ・ウェスタンと『火星年代記』を混ぜ合わせたような、月夜の晩である。

白い粘土におおわれた巨大なクレーターの真ん中に、スカーフを巻いた三人のギャングがいて、ふつふつと湧き上がる泥の沼の縁にひざまずかせた太鼓腹の名士を取り囲んでいる。

彼らの周囲には、地の裂け目から溢れ出てきた硫黄の柱が何本も立っている。あたりには腐った卵のようなにおいがたち込めている。

シモンは最初、古代都市クーマエにある巫女《シビラ》の洞窟にすれば誰も彼らを捜しに来ないだろうと思ったのだが、そこを選ばなかったのは、あまりにも通俗的で、あまりにも重苦しく象徴的すぎるし、象徴には嫌気がさしはじめていたからだ。とはいえ、人はそう易々と象徴から逃れられないようで、ひび割れた地面を踏み締めていると、ビアンカは、古代ローマ人にとって、なかば火の消えたこのソルファターラ火山は地獄の入口だとみなされていたと語りかけてきた。オーケー。

「あら！《サルヴェ》　いったいどうしたのよ、同志《コンパーニョ》？」

《ガンブリヌス》では三人の男に気づかなかったビアンカが目をぱちくりさせている。

「あなた、ボローニャの〈赤い旅団〉を雇ったの？」

「必ずしも〈赤い旅団〉のメンバーではないんじゃないかと思ってたんだ。きみだって友達のエンツォにそう言っていたじゃないか？」

「われわれは誰にも雇われていない」

「おれたちは傭兵ではない《ノン・シアーモ・ディ・メルチェナーリ》」

「たしかにそのとおり、彼らは無報酬でやってくれてるんだ。僕が説得したのさ」

「こいつを誘拐しろって？」

「こいつはナポリの汚職政治家だ《シ・トラッタ・ディ・ウヌオーモ・ポリティコ・コッロット・ディ・ナーポリ》」

「市役所で建設許可を交付しているのはこいつなんだ。こいつがカモッラに売った許可証のせいで、地震のときに何百人もの死者が出た。カモッラが請け負ったおんぼろの建物の下敷きになってね」

シモンは腐敗した政治家に歩み寄ると、自分の切断面で相手の顔をこすった。「さらには質の悪い敗者でもある」男は獣のように頭を振った。「くそったれ《ストルンツ》！　くたばれ《シ・ムオルト》」

三人の旅団メンバーは革命派の人質と交換してはどうかと言っている。フランス語の話せるメンバーがシモンのほうを向いて言った。「しかし、こんな豚みたいな男のために金を払おうとするやつがいないともかぎらないからな、ハハ！」三人の男が笑い、ビアンカも笑ったが、口にこそ出さないもののの、死ねばいいのにと思っている。

アルド・モーロ的などっちつかずの状態。シモンはそういうのを好む。復讐したいのは山々だが、偶然に任せるというアイディアが気に入った。彼は左手で名士の顎をつかむと、ペンチのように締めつけた。「二者択一というのはわかるな？　4Lサイズのスーツケースに収まった状態で発見されるか、家に帰って以前と同じように汚い仕事を続けるか。だが、〈ロゴス・クラブ〉には二度と足を踏み入れようとはするな」彼の記憶にヴェネツィアでの二人の死闘、まさにわが身の危険を感じた唯一の試合が甦ってくる。「そもそも、おまえみたいな田舎者がどうやってあんなに洗練された教養を身につけることができたんだ？　二つのいかがわしい仕事のあいだに、よくも劇場に足を運ぶ時間を見つけられるものだな？」だが、そう言ったとたん、ブルデュー的な社会学の立場からはおよそ不適切な、こうした先入観に満ちた考察をすぐに後悔した。

彼が名士の顎から手を外すと、相手は早口のイタリア語で語りはじめた。シモンはビアンカに「何て言ってるんだ？」と訊いた。

「あなたの友達にたくさんお金を払って殺させるって」

シモンは思わず笑いだした。彼は相手に真っ向から立ち向かって説き伏せる才能があるだけでなく、おそらくはキリスト教民主主義を支持するマフィアの公務員とたかだか二十五歳程度の〈赤い旅団〉とのあいだに対話など成立するわけがないことをよく知っているのだ。昼も夜も彼らに語りつづけたところで、説得することなどできないだろう。

相手もおそらく同じことを考えていたに違いない。というのも、彼の体つきからは想像もできないほどの柔軟さと敏捷さで、いちばん近くに立っていた旅団のメンバーに飛びかかっていったかと思うと、P38を奪い取ろうとしたのだ。しかし、スカーフを巻いたギャングの構成員は健康な若者ばかりだ。太鼓腹の名士は銃床の一撃を受けて、また地面に倒れた。三人の旅団員は怒鳴り声を上げて銃を突きつけた。

これでこの物語もおしまいになるだろう。彼らはここで今、愚かな抵抗に対する罰として、彼を始末するだろう、とシモンは思った。

銃声が響いた。

だが倒れたのは、旅団員の一人だ。

火山にまた静けさが訪れる。

大気に充満している硫黄の蒸気をみな吸い込んでいる。

誰も隠れようとはしない。なにしろシモンは、周囲七百メートルの火口のど真ん中、見渡すかぎり剝き出しの場所を再会の地点に選ぶという卓抜な知恵を働かせたのだから。言い換えれば、身を潜める木も茂みも生えていないのだ。どこかに潜り込めるところはないかとあたりを見回すと、井戸のようなものと煙を吐き出している石を積んだ構造物（古代の人が煉獄と地獄に続く入口に見立てて作った蒸し風呂のような場所）を見つけたが、いかせん遠すぎた。

スーツ姿の二人の男が、こちらに向かってやってくる。一人は拳にメリケンサックのようなものをはめ、もう一人は銃を構えている。シモンはドイツ製のモーゼル銃に見覚えがあると思った。生き残った二人の旅団員は両手を挙げている。この距離ではP38は威力を持たないことを知っているのだ。

カモッラが自分たちの仲間である腐敗した名士を奪還するために人を送ってきたのだ。組織《システマ》はそう簡単に自分のところの子飼いを手放したりしないものだ。そしてさらには、こと自分たちの利益の侵害に対する報復に関するかぎり、鷹揚《おうよう》には振る舞わないだろうということもシモンには見当がついた。それは自分もこの場でスカーフのギャングの生き残りと一緒に処刑されてしまうことを意味する。ビアンカに関しても、同じ運命をたどるに違いない。「システム」というものが証人に対して寛大であった試しはないのだから。

このことは、名士があざらしのように苦しげに息をしながら立ち上がり、まずはシモンに平手打ちを食らわせ、次に二人の旅団員、さらにはビアンカにも平手打ちを食らわせたときにはっきりした。彼ら四人の命運はこれで定まったのだ。名士は二人の手下に苛立った口調で命じた。「片づけろ《アッチェリーテレ》」

シモンはヴェネツィアで出会った日本人のことを思い出した。今回は自分を救いに来てくれる機械《デウス》・

仕掛けの神《エクス・マキナ》は現われないのだろうか？　この期に及んで、シモンはこれまでも想像しては楽しんできた、自分の内部にいるあの超越的な審判との対話を再開した。もし仮に自分が小説のなかで追い詰められているのだとしたら、物語の構成として、最後に死ぬ必要があるのだろうか？　シモンはいくつかの物語構成上の論拠を挙げてみたが、どれも議論の余地があるものばかりだった。まずはバイヤールなら言いそうなことを考えてみた。「『ヴァイキング』のトニー・カーティスのことを思い出せ」と。なるほど。ジャックなら一人の手下から銃を取り上げ、その銃でもう一人の手下を撃ち殺すだろう。だが、ここにバイヤールはいないし、シモンはバイヤールではない。

カモッラの手下は彼の胸に銃を突きつけている。

シモンは、超越的な審判には何も期待できないことを悟った。小説家が存在するとしても、友人ではないのだろうと感じた。

死刑執行人のカモッラは旅団員より少し年長だろうと思った。そこで男が引き金にかけた指に力を入れようとしたとき、シモンは彼に言った。「僕はきみが名誉を重んじる男であることを知っているよ」カモッラの男はやりかけたことを中断して、ビアンカに通訳してくれと頼んだ。

「イッセ・ア・リット・カ・シノム・ドノーレ」

奇跡など起こるはずがない。でも、これが小説であるなしにかかわらず、自分がただ人のなすがままに何もしないで終わったなどとは言われたくないのだ。シモンは救済など信じてはいないし、この世でなすべき使命があるとも思っていないけれども、その逆に、この世にはあらかじめ定められていることは何もないと信じているし、たとえ自分が残酷で気まぐれな小説家の手の内にあるとしても、自分の運命はまだ定まってはいない。

今はまだ。

この仮定の小説家に対しては、神に対するのと同じようにしなければならない。つねに、あたかも神が存在しないかのごとくに振る舞わなければならないのだ。なぜならば、神が存在するとしても、それはせいぜいお粗末な小説家のようなものであり、尊敬するにも従うにも値しないから。歴史＝物語の流れを変えようとするにあたって、もう手遅れだということは決してない。ひょっとすると、想像上の小説家はまだ決断を下していないかもしれない。ひょっとすると、結末は小説の登場人物の手に託されているのかもしれないし、その登場人物とは、この僕なのだ。

僕はシモン・エルゾグだ。僕は僕自身の物語の主人公なのだ。

カモッラの男がこちらに顔を向けたので、シモンは言った。「きみの父親はファシストと闘った。彼はパルティザンだった。彼は自分の命をかけて、正義と自由のために闘った」二人の男がビアンカのほうを見ると、彼女はナポリの言葉に翻訳した。「パテト・エータ・ヌ・パルティッジャーノ・カ・ア・ファッタ・グエッラ・ア・ムッソリーニ・エ・イトレル。ア・コンマットゥト・パ・ジュスティーツィア・エ・ア・リッベルタ」

腐敗した名士は苛立ったが、カモッラの男は黙れという合図を送った。名士は二人目の手下にシモンを処刑しろと命じたが、銃を持った男は静かに「待て《アシュペット》」と言った。明らかに銃を持った男のほうが上なのだ。彼はシモンがどうして自分の父親のことを知っているのか知りたがった。

じつは、たまたま運よく推測が当たったのだ。シモンはモーゼルという銃に心当たりがあった。ドイツのエリート狙撃兵が使う銃なのだ（シモンは第二次世界大戦の歴史マニアで通ってきた）。そこで彼は、この青年は父親からこの銃を譲り受けたのだと推論し、そこから二つの仮説を立てた。一つは、父親はドイツ第三帝国軍の側についたイタリア軍の一員として戦っていたときにこのドイツ製の銃を手に入れたという説。もう一つは、その逆にパルチザンとしてドイツ軍を相手に戦ったときにドイッ兵の死体からこの銃を奪い取ったという説。最初の仮説ではなんの救いにもならないから、第二の仮説に賭けたのだ。だが、自分がどのように推理したかを細かく説明することはあえてしないで、ビアンカのほうを向いて言った。「僕はきみがこの前の地震で家族を失ったことも知っているよ」ビアンカが翻訳した。「イッセ・サペ・カ・エ・ペルゾ・ア・コッケルーノ・イント・テッレモート」

太鼓腹の名士は地団駄を踏んだ。「いいかげんにしろ《バシュタ》！　早く撃て《シュパーラ・モ》！」

だが、o zi《オジ》すなわち「おじ貴」と呼ばれている——下っ端の汚れ仕事を任されている若者のことを「組織」はこう呼んでいる——カモッラの男は黙って聞いている。シモンは、彼の家族を襲った地震《テツレモート》の悲劇のなかで彼が担った男の役割について説明している。

名士は抗議する。「嘘だ《ヌネ・オウエール》！」

シモンは何気なく訊いてみる。「そいつはあんたの家族を殺したんだ。あんたがたの組織では、敵討ちはそれなりの意味を持っているんじゃないのかい？」

ビアンカ——「キスト・ア・アッチーゾ・エ・パリエンティ・トゥオイエ。ヌン・テ・ミエッテ・シュクオルノ・エ・ライユータ？」

どうしてシモンに、この若い「オジ」が地震で家族を失ったことがわかったのか？　さらにはどうして、証拠が手もとにあるわけでもないのに、名士にその責任がある可能性があると判断できたのか？　危険なほどのパラノイア状態にあって、シモンはそれを明らかにすることを望まない。小説家がいるとして、どうして自分にそんなことができたのか、小説家に理解させたいとは思わない。小説のなかの登場人物か何かのように、誰かに自分の心のなかを読まれたくないのだ。

いずれにせよ、どうやってこの危機を脱するか、それだけで精一杯なのだ。「きみの愛した人々は死んで埋葬されたのだ」

もうビアンカに翻訳してもらう必要はない。シモンももう語る必要はない。

銃を持った若者は、火山を覆う粘土のように青ざめている名士のほうを向いた。

銃床で顔に一撃を加えると、名士は仰向けに倒れた。

教養のある太鼓腹の名士は、沸き立つ泥沼のなかに倒れ込んだ。「泥沼《ファンガイア》」と、ビアンカは茫然としてつぶやいた。

名士の肉体は恐ろしげな音を発しながら、ほんのいっとき浮いていたが、やがて火山のなかに呑み込まれていくあいだ、彼の耳には、死者のように生気のないシモンの声が聞こえていた。「よくわかったか、どうせなら僕の舌を切っておくんだったな」

そして、大地の胎内からは相変わらず硫黄の柱があふれ出ては空に向かって盛り上がり、大気を悪臭で染めていた。

訳者あとがき

作家でコレージュ・ド・フランス教授のロラン・バルトは、三月二十六日、交通事故が原因でパリ市内のピティエ＝サルペトリエール病院で死亡した。先月二月二十五日、エコール通りの横断歩道で自動車にはねられ、頭部に外傷を負っていた。六十四歳だった。

これは、一九八〇年三月二十七日付『ル・モンド』の記事の冒頭である。文芸批評の世界にまったく新しい視点と方法論をもたらし、世界中の文学ファンに愛されたあのロラン・バルトが交通事故で死ぬなんて、とても信じられないという声はあったものの、事件性を疑う者などもちろんいなかった。

ところが、それから三十五年の月日が経って、その事故から奇想天外な小説を思いついた作家が現れた。本書の著者ローラン・ビネである。二〇一〇年に処女作『ＨＨｈＨ――プラハ、１９４２年』でゴンクール賞の新人賞を受賞して颯爽《さっそう》とデビューを果たした若き作家が、次に満を持して世に問うた「問題作」が、本書『言語の七番目の機能』(*La septième fonction du langage*, Éd. Grasset, 2015)である。

出版されるや否や、「Fnac小説大賞」(フランス最大の書籍販売チェーン店Fnacが二〇〇二年に創設した文学賞)と「アンテラリエ賞」(一九三〇年の創設時はジャーナリストがジャーナリストによる小説を選考する文学賞だったが、現在は作家も選考に関わり、対象もジャーナリストによる作品に限らない）を受賞し、すでに三十以上の言語に翻訳されている。

とはいえ『ＨＨｈＨ』のときと同じく、またもや翻訳家泣かせの小説である。そもそも『言語の七番目の機能』というタイトルそのものが、およそ小説らしくなく、事実、その出どころはロシア生まれの言語学者ロマン・ヤコブソンの『一般言語学』なのである。しかしながら、ヤコブソンがこの著作のなかで挙げている言語の機能は六つしかない。七番目の機能なるものは、分類としては存在しない。つまり「言語の七番目の機能」なるものは小説家の想像力のなかにしかなく、この作品は七番目の機能について書かれたヤコブソンの未発表原稿を追うサスペンス小説なのである。

しかし、この小説が「問題作」であるのはここからである。このヤコブソンが残した「七番目の機能」なる文書を手に入れたのがロラン・バルトだったというのだ。そして、その死は偶発的な交通事故死などではなく、「七番目の機能」をバルトの手から奪い去るために入念に仕組まれた謀殺だったというのが、この小説の「仮説」なのである。

のっけからネタバレかと訝る読者もおられるかもしれないが、ここまでは、本書の冒頭十数ページを読めばすぐに見当がつくような事柄である。そして、読み出したら、作家の魔法にでもかかったかのようにページを繰る手が止まらなくなるだろう。この作家の持つ語りの力は、処女作『ＨＨｈＨ』ですでに実証済みである。

ロラン・バルトが実在の人物であり、死因となった交通事故も事実であり、それを発端として小説が展開する以上、登場人物のほとんどが実在の人物なのである。二十世紀後半の世界の思想界を牽引《けんいん》したフランス現代思想を代表する錚々《そうそう》たる作家、哲学者が実名で登場する――ミシェル・フーコー、ジャック・デリダ、フィリップ・ソレルス、ジュリア・クリステヴァ、ＢＨＬことベルナール＝アンリ・レヴィ、アルチュセール、ドゥルーズ、ガタリ、ラカン、挙げていくと切りがない。のみならず政界からは、第二十一代フランス共和国大統領のフランソワ・ミッテランとのちに最初の内閣の閣僚を務める取り巻きたち、その政敵たる第二十代大統領のヴァレリー・ジスカール・デスタンも登場する。

だが、この作品は「歴史小説」でもなければ、ノンフィクションでもない。純然たる「小説」なのである。この作家がもっとも強く惹かれている領域がフィクションでも、ノンフィクションでもなく、そのあいだに広がるグレーの領域であり、じつは人間という観念的な生き物はそのグレーの領域で生きているのではないかという暗黙のメッセージがこの第二作にも流れていることは認めるにしても、ここに描かれたフランス現代思想のスターたちの、ときに目を覆いたくなるようなあられもない姿をどう考えればいいのか？

カナダのトロントを本拠に活動している文芸ジャーナリストのリディア・ペロヴィッチは、著者本人に率直にこんな質問をぶつけている。(http://www.partisanmagazine.com/blog/2015/12/4/an-interview-with-laurent-binet)

――〔名誉毀損で〕訴えられはしないか心配することはなかったのですか？　少なくとも英語圏の出版社はまずそれを心配したと思うのですが。

これに対して、著者はこう答えている。

――いいえ。ただ、正直言って、僕の版元は心配したかもしれませんけどね。僕が心配しなかったのは、バルトが実際は殺されていたかもしれないなどと信じる根拠がまったくなかったからです。だから僕は思い切って、誰も真実だとは思えないような奇想天外な出来事を創作したんです。

なるほど。ところが、著者は他の様々なインタビューに答えて、根も葉もない事実無根のことをでっち上げているわけではないとも釈明している。たとえば、古風な「仕込み傘」を持ったブルガリア諜報部員の活動にブルガリア出身のクリステヴァの関与が疑われたこともあったし――本人は「事実無根」と反論しているが――、精力絶倫のフーコーの姿についても、直接の目撃談に基づいて書いていると発言している。

でも、まあ、この程度のことは目くじらを立てるほどのことではないのかもしれない。見るも無残な悪役に仕立て上げられたソレルスにしても、コーネル大学のキャンパスに隣接する墓地で『バスカヴィル家の犬』に出てくるような猛犬に喰い殺されてしまうデリダにしても、親族や出版社が訴訟を起こしたという話は届いていないので。

ようするに、この作品はローラン・ビネという才気あふれる作家のサービス精神がてんこ盛りになった小説と考えればいいのだろう。フランスやアメリカで発表された書評や紹介記事の内容をおおまかにまとめると、次のようになる。

第一に、これはシャーロック・ホームズ風の探偵小説である。大学で記号学を教えている主人公のシモン・エルゾグという名は、シャーロック・ホームズ（イニシャルがS・H）に重ねられるし、フランス総合情報局の警視ジャック・バイヤールは、アメリカの人気テレビドラマ・シリーズ『24：トウェンティフォー』の主人公の捜査官ジャック・バウアー（J・B）に重ねられるとは著者本人の弁。のみならず、これはじつに巧みに書かれた記号学入門の書である。著者によれば、シャーロック・ホームズの名推理はこの世の森羅万象を解読する記号学の応用篇であり、バルトの代表作『神話作用』もまた現代の資本主義社会を解析し、その本質を炙《あぶ》り出す記号学の名著だということになる。

あるいは、先端に毒を仕込んだ傘による暗殺劇や銃撃戦、パリ市内で繰り広げられるカーチェイスなど、アクション映画におなじみの場面が随所に出てくるところは、ジェームズ・ボンド張りのスパイ小説を思わせる。

あるいはまた、謎の文書をめぐるミステリーという意味では、ウンベルト・エーコの世界的ベストセラー小説『薔薇の名前』を下敷きにしているとも考えられる。エーコ本人が小説内に登場してくるのも、この大作家へのオマージュなのだろう。

読み進めていくうちに全貌が明らかになっていく秘密結社〈ロゴス・クラブ〉主催の弁論対決の場面は、鬼才デイヴィッド・フィンチャーの『ファイト・クラブ』を念頭において書いたと本人が語っている。作品のいたるところで一九八〇年代初頭のポップミュージックが鳴り響いているのは、著者がかつて「スターリングラード」なるロックバンドでボーカルと作曲を担当していたことと無関係ではないだろう。

作品の舞台装置として巧みに使われているポップカルチャーの要素が、かつてセーヌ左岸のサンジェルマン界隈にたむろしていた——今も？——知識人への痛烈な風刺をいっそう際立たせる効果を生み出している。

四年前に訳者がパリで著者に会ったとき、今回の作品はいくらなんでも風刺の度が過ぎるのではないかとつい本音を漏らすと、いや、これは風刺ではなく、嘲笑《サルカスム》なんだという反応が即座に返ってきたことを思い出す。

そのとき訳者は、ああ、そうか、フランスの若い世代に属する作家たちは、そのほとんどが戦前生まれの現代思想のスターたちが目の上のタンコブのように目障りに感じているのかもしれないなと思ったものである。

ローラン・ビネは一九七二年にパリで生まれた。第十六区のアパルトマン管理人の息子として生まれた父親はパリ第八大学（旧ヴァンセンヌ校）で地理学を修めたのち、歴史学の教授資格を取得してリセの教師となるもその職を追われたが、四十歳にしてまたその職に復帰したという（二〇一五年九月四日付のWEB版『リベラシオン』のインタビューにおける著者の発言）。このインタビューでは父親が職を追われた理由についても、復帰した理由についても詳しいことは語っていないが、共産党員としての活動、あるいは思想と無縁だったとは思えない。この十六区の共産党支部の会合で出会った女性がのちに著者の母となる。そして息子のローランもリセの教師となり、旧ヴァンセンヌ校でも教えることになる。

フランス共産党は、かつては「モスクワの長女」と揶揄《やゆ》されるほどソ連の共産党政権に忠実な政党として知られており——資金援助を受けていたことも明らかになっている——、その党内で中心的役割をはたしていたのが、本書にもたびたびその名が登場するジョルジュ・マルシェである。奇しくもローラン・ビネが生まれた一九七二年にフランス共産党の書記長に就任し、九四年までの十二年間にわたってその職を務めている。その間、フランス共産党は未曾有《みぞう》の浮沈を経験した。七二年には社会党と「左翼連合」を結成するもすぐに決裂、七九年にはソ連がアフガニスタンに侵攻し、モスクワに忠実なフランス共産党はいち早くソ連の正当性を擁護した。八一年にはミッテランの大統領選勝利によってマルシェ書記長は初入閣を果たすも、やはり脱退、そして八五年にはゴルバチョフがソ連共産党書記長に就任し、八九年にはベルリンの壁が崩壊し、九一年にはソ連という国家もあっけなく崩壊してしまう。

著者の両親が党内でどんな役割を担い、こういった事態をどのように見ていたのか、どのように行動していたのか、そしてその息子のローランは両親をどのように見ていたのか。

むろん、そんなことはどこにも書かれていないし、軽々しく語れるような事柄ではないだろう。あるいは、この前世紀末の激動を、世界はまだ言葉にできていないと言うべきかもしれない。

ロラン・バルトが、パリでもっとも古い街区のひとつ、マレ地区の私邸で催されたミッテランの昼食会に出席したあと、徒歩で自宅まで帰ろうとして交通事故に遭ったとき、ローラン少年は八歳だった。バルトの事故に関する報道と翌月の死亡報道を少年がどう受け止めたか、あるいはどの程度記憶に残ったかは定かではないが、翌年のミッテラン大統領誕生を祝って、シャンゼリゼ大通りを埋め尽くした群衆の姿は、共産党員の家庭で育った少年の記憶に鮮烈に刻まれたことはまちがいないだろう。

パリ大学卒業後、チェコスロバキアから分離独立したばかりのスロバキアに兵役でフランス語教師として赴任した経験から、前作の『HHhH』が誕生した。その後、第二十四代フランス共和国大統領フランソワ・オランド（社会党）の選挙戦を追うコラムを『パリ・マッチ』誌に連載し、『予想どおり何も起こらなかった』（*Rien ne passe comme prévu*, Grasset, 2012）と銘打った単行本としてまとめられたが、期待されたほど部数は伸びず（二万三千部）、最終的にはオランド政権を痛烈に批判する側に回ることになる（François Hollande? "Plaisir de trahir, joie de décevoir", L'Obs, le 09/07/2014）。

こうして本書に至るまでの経緯を追っていくと、ローラン・ビネという若き作家の足取りには文学や出版界の動向を超えた巨大な時代のうねりを垣間見ることができるだろう。

五年前に本書を読んだときには、正直言って、悪ふざけが過ぎるのではないかと思ったものだが、現時点では、彼は渾身の力を振り絞って、政治と思想にまつわる怨念のようなものを振り切りたかったのかもしれないと感じている。

フランス本国では『文明』(*Civilisations*, Grasset, 2019) と題された第三作目にあたる長編小説もすでに出版されていて、遠からず邦訳も本作と同じ東京創元社から刊行される予定である。

最後にこの場をお借りして、邦訳の刊行が種々の事情で大幅に遅れたことをお詫び申し上げたい。フランスではすでに二〇一五年に出版され、英訳も二〇一七年に出ていたこともあって、邦訳の刊行に期待する声、あるいはいつになったら出るんだというお叱りの声も編集部に届いていることは承知していた。心苦しい思いをしていたことは確かであるが、いかんせん、体と頭はひとつしかないので、気がつくと原書を読んでから早くも五年の歳月が経過していた。あらためて陳謝申し上げます。

本書の刊行にあたっては、今回も東京創元社の井垣真理さんにお世話になった。心より御礼申し上げます。

二〇二〇年七月

訳者紹介
1953年北海道生まれ。翻訳家。早稲田大学文学部卒業。訳書にローラン・ビネ『HHhH――プラハ、1942年』、パスカル・キニャール『アマリアの別荘』、オリヴィエ・ゲーズ『ヨーゼフ・メンゲレの逃亡』、ジャック・ルーボー『麗しのオルタンス』、フィリップ・クローデル『ブロデックの報告書』、エドゥアール・ルイ『エディに別れを告げて』等多数。

[海外文学セレクション]

言語の七番目の機能

2020年9月25日　初版
2020年12月11日　3版

著者――ローラン・ビネ
訳者――高橋啓（たかはし・けい）
発行者――渋谷健太郎
発行所――（株）東京創元社
〒162-0814　東京都新宿区新小川町1-5
電話　03-3268-8201（代）
URL　http://www.tsogen.co.jp
装丁――柳川貴代
印刷――萩原印刷
製本――加藤製本

ISBN 978-4-488-01676-0 C0097

HHhH*LAURENT BINET

ゴンクール賞・最優秀新人賞受賞作

HHhH プラハ、1942年

ローラン・ビネ　高橋啓訳

ナチによるユダヤ人大量虐殺の首謀者ハイドリヒ。ヒムラーの右腕だった彼を暗殺すべく、亡命チェコ政府は二人の青年をプラハに送り込んだ。計画の準備、実行、そしてナチの想像を絶する報復、青年たちの運命は……。ハイドリヒとはいかなる怪物だったのか？　ナチとはいったい何だったのか？　史実を題材に小説を書くことにビネはためらい悩みながらも挑み、小説を書くということの本質を、自らに、そして読者に問いかける。小説とは何か？　257章からなるきわめて独創的な文学の冒険。

▶ギリシャ悲劇にも似たこの緊迫感溢れる小説を私は生涯忘れないだろう。(……) 傑作小説というよりは、偉大な書物と呼びたい。　——マリオ・バルガス・リョサ

▶今まで出会った歴史小説の中でも最高レベルの一冊だ。　——ブレット・イーストン・エリス

四六判上製